Neil Hanson

Nur das Meer war Zeuge

Neil Hanson

Nur das Meer war Zeuge

Der Kampf ums Überleben
und das Gesetz der See

Aus dem Englischen
von Klaus Dieter Schmidt und
Nikolaus G. Schneider

Ullstein

Die Originalausgabe erschien 1999 unter dem Titel
»The Custom of the Sea« *bei Doubleday, London.*

Die Übersetzung von Teil I
(»Der Untergang«) besorgte
Nikolaus G. Schneider, die von
Teil II (»Der Prozeß«) Klaus Dieter Schmidt.
Fachberatung: Uwe M. Winge, Kapitän zur See a.D.

Der Ullstein Verlag ist ein Unternehmen der
Econ Ullstein List Verlag GmbH & Co. KG

ISBN 3-550-07142-6

Gesetzt aus der Aldus und Americana bei
Franzis print & media GmbH, München
Druck und Bindung: GGP Media, Pößneck

Für Lynn, Jack und Drew

Inhaltsverzeichnis

Teil II: Der Prozeß

Prolog

Das kleine Boot trieb in der endlosen Weite des Ozeans. Die Sonne brannte von einem messingfarbenen Himmel herab, und selbst die Wellen waren so flach, als würden sie von der Hitze niedergedrückt. Die Ruder lagen unberührt, und das improvisierte Segel, vier zusammengebundene Hemdfetzen, regte sich kaum in der matten Brise.

Drei hagere, verwilderte Männer lagen ausgestreckt auf dem Boden des Dingis. Ihre ausgemergelten Körper waren von Wunden übersät, ihre Füße und Beine geschwollen, die Lippen und Zungen schwarz angelaufen. Es war totenstill, nur das Boot schaukelte leicht auf dem Wasser.

Das Dingi war knapp vier Meter lang, 1,20 Meter breit und ganze 50 cm tief. In der Hitze hatten die dünnen Planken Blasen geworfen, und auf dem Backbord-Schandeckel befand sich ein ungleichmäßiger, großer Riß. In Höhe der Wasserlinie gab es ein weiteres Loch, das notdürftig mit einem moderigen, schwarzen Tuch verstopft worden war. Jedesmal, wenn das Boot ein wenig schaukelte, sickerte Wasser hinein und vergrößerte die Lache auf dem Boden.

Ein provisorischer Treibanker – einige zerbrochene Holzstücke des Wracks – hing hinten vom Boot herab und hielt den

Bug des Dingis im Wind. Vorne hatten die Männer ein zerrissenes Segeltuch festgezurrt, das jedoch zu klein war, um ausreichend Schutz vor der Sonne zu bieten. Darunter waren ein Chronometer und ein Sextant verstaut. Der tellerförmige, mit dunklen Flecken übersäte Metallbehälter des Chronometers schwamm auf der schaumigen Wasserlache am Boden des Boots. Außer zwei leeren Dosen und einem hölzernen Ösfaß befand sich nichts weiter darin. Die drei Männer verhungerten und verdursteten langsam und qualvoll auf dem Meer, in dem es vor Leben wimmelte.

Über eine Woche lang waren sie von den Böen achteraus gedrückt worden, unfähig, zu wenden und vor dem Wind abzulaufen, da sie befürchten mußten, bei diesem Manöver vollzuschlagen. Im Heck versuchte einer der Männer mit einem Steuerriemen den Bug des Dingis in der See zu halten, doch immer wieder schwappten Wellen ins Boot und durchnäßten denjenigen, der auf dem Boden ein wenig ausruhte, bis auf die Haut. Der andere kniete in der Mitte und versuchte unermüdlich, das hereinsickernde Wasser mit dem Ösfaß aus dem Boot zu schöpfen. Er konnte kaum mit der Geschwindigkeit des einströmenden Wassers mithalten. Als seine Wache schließlich zu Ende war, reichte er das Ösfaß dem nächsten Mann, rollte sich auf dem Boden zusammen und versuchte vergeblich, etwas Schlaf zu finden, während das Salzwasser sich über und um ihn herum ergoß, als treibe es grausamen Spott mit seinem Durst.

Ihr Gesichtskreis war durch das endlose Meer geschrumpft, und Töne bildeten die Grenzen ihrer Welt: der Wind, der durch die improvisierte Takelage pfiff, das Knarzen des Holzes, das Klatschen der Wellen, das Sprudeln des Wassers und das schabende Geräusch des Ösfasses. Schließlich legte sich der Sturm, das Meer beruhigte sich, und völlig erschöpft sanken sie in einen tiefen Schlaf.

Als die Sonne am Himmel immer höher stieg, begann sich einer von ihnen zu regen. Seine einstmals kräftige, untersetzte Gestalt war hager und ausgezehrt, die Rippen traten unter der gelblichen Haut hervor, und die Sonne hatte seine Gesichtsfarbe in ein aggressives, blasiges Rot verwandelt, das fast der Farbe seines Haars und seines Barts glich. Qualvoll langsam versuchte er, sich hinzusetzen, senkte den Kopf und bewegte die aufgeplatztzten Lippen in einem stummen Gebet. Nach so langer Zeit in dem winzigen Raum des Dingis, auf dessen Boden sie gesessen hatten, gekauert und herumgekrochen waren, konnte keiner von ihnen mehr aufrecht stehen. Auf der Suche nach einem Lebenszeichen am Horizont ließ er den Blick über die bleierne See wandern: »Nichts.« Seine Stimme war so schwach und heiser, daß sein Essexer Tonfall nicht mehr zu erkennen war, nur in seinen graugrünen Augen schimmerte noch ein wenig stählerner Glanz.

Die anderen reagierten kaum auf diese Bemerkung. Er setzte sich wieder auf die Bank, ließ seine Finger über den Schandeckel gleiten, tastete jede einzelne der dreiundzwanzig Kerben ab und nahm ein Klappmesser aus der Tasche. Am unteren Ende der fünf Zentimeter langen Klinge befand sich ein dunkler, klebriger Rest. Er prüfte die Schneide mit dem Finger und strich das Messer dann am Handballen ab. Wegen des Knarzens des Holzes und des Schaukelns des Bootes war das Geräusch kaum zu vernehmen, die beiden anderen hörten es dennoch sofort, richteten sich auf und starrten ihn an. Er beugte sich über den Schandeckel, schnitt eine weitere Kerbe hinein, klappte das Messer wieder zusammen und steckte es in die Tasche. Er wandte sich um, griff unter das Segeltuch und reichte jedem von ihnen einen schmalen Streifen Dörrfleisch. »Es ist fast nichts mehr übrig«, flüsterte er, »und seit vier Tagen hat es nicht mehr geregnet. Wenn wir nicht alle sterben wollen …« Einer der Männer wandte den Kopf ab, als ducke er sich vor den Worten seines Kapitäns, doch die dunklen, grüblerischen Augen des anderen spiegelten eine Warnung. »Fangen wir nicht wieder davon an. Es wird ein Schiff kommen.«

»Aber wenn keines kommt, oder wenn es vorbeifährt, wie die übrigen …?«

»Ich sage Ihnen, es wird ein Schiff kommen.« Er kroch zurück ins Heck und nagte an seinem Fetzen Fleisch.

Der Kapitän musterte ihn einen Augenblick und begann dann, an seinem eigenen Stück zu kauen. Es war so braun und zäh wie altes Leder und ohne Speichel kaum zu schlucken.

Kurze Zeit später legte er es neben sich. Unter größten Anstrengungen gelang es ihm, seine Hose zu öffnen. Jedesmal, wenn der rauhe, salzverkrustete Stoff gegen seine Haut scheuerte, durchzuckte ihn ein stechender Schmerz. Er griff nach einer der leeren Dosen, die am Boden des Bootes lagen. Nachdem er einige Minuten regungslos dagesessen hatte, rannen einige Tropfen dickflüssigen gelben Urins hinein. Er schloß die Augen und trank es in einem einzigen Zug, das Gesicht starr und ausdruckslos. Dann fuhr er langsam fort zu kauen.

Teil I

Der Untergang

1

Australien als Ziel

Von der See her blies ein kalter Nordwind über das Ödland, über Bäche, Marsch und Schlamm. Im Lichte des von Wolkenstreifen gemaserten Himmels wanden sich zwischen den Bänken aus Schilf und rauhem Seegras silbrige Bäche durch den braunen, glänzenden Morast. Fußwege, die man auf Holzpfählen errichtet hatte, schlängelten sich durch das Marschland und verbanden die Ankerplätze und Anlegestellen entlang der kleinen Buchten miteinander. Auf den Dämmen lagen die Reste einzelner, langsam vor sich hin modernder Hulke, die nach und nach in der unnachgiebigen Flut versanken. Kormorane hatten sich auf ihnen niedergelassen und breiteten ihre Schwingen aus, während Reiher durch den Schlamm stolzierten und mit ihren dolchartigen Schnäbeln nach Fröschen, Aalen und Fischen hackten.

Tom Dudley beobachtete, wie die Schmacken auf dem strudeligen Wasser der steigenden Flut flußabwärts fuhren, vorbei am Shinglehead Point und hinaus ins Hauptfahrwasser von Blackwater. Die Luft war vom Geschrei der Vögel erfüllt, und der Wind trug den sauren, erdigen Geruch des Watts zu ihm herüber. Er konnte den Salzgeschmack im Mund förmlich spüren. Er hatte sein Handwerk in diesen Breiten erlernt, doch dies war das letzte Mal, daß er in den hiesigen Gewässern segeln würde. Die Art, wie er am Ruder der Jacht *Mignonette* stand, war bezeichnend für ihn: die Füße gespreizt, die breiten Schultern nach hinten gelehnt – auf alles gefaßt, womit ihn die See oder das Leben konfrontieren würden. Seine scharfen Augen waren graugrün wie das Meer, auf dem er seinen Lebensunterhalt verdient hatte, und sein rotes Haar hob sich markant ab vor dem einförmigen Hintergrund der Küstenlandschaft.

Die Flut begann über das Watt zu laufen und brach sich am Damm. Die Winterstürme hatten Breschen in die Dämme geschlagen und die stampfenden Wellen einen breiten Abschnitt des dahinterliegenden Marschlandes weggeschwemmt, so, als sei aus den Tiefen des Ozeans ein Seeungeheuer emporgestiegen und habe ein Stück des Landes herausgebissen. Die Brüche waren zwar immer wieder ausgebessert worden, doch die Männer in Tollesbury wußten, daß das Meer ein unerbittlicher Gegner ist, der ihnen ihr Land, ihre Boote oder gar ihr Leben in einem einzigen heftigen Sturm rauben konnte.

Weiter nördlich, am äußersten Rand des Marschlands, ächzten und ratterten die hölzernen Segel eines Mühlrads, das sich im Wind drehte und von tief unten frisches Wasser für das Vieh emporpumpte. Die grasenden Rinder trotteten in Richtung des höhergelegenen Weidelands. Einige hielten an, um sich an den dicken Holzbalken aus schwarzer Mooreiche zu scheuern. Das Getrampel der Hufe hatte den Boden um die Pfosten herum in einen schwarzen Morast verwandelt. Auch die Schafe, die im Watt grasten, begannen vor der steigenden Flut zurückzuweichen und zogen sich in Richtung der Dämme zurück. Hasen, die im Seegras kauerten, warteten bis zum allerletzten Augenblick, wenn ihnen die Flut den Weg schon beinahe abgeschnitten hatte, bevor sie sich umdrehten und mit flach an den Kopf gelegten Ohren in Zickzacklinien eilig landeinwärts hoppelten.

Zwei Männer standen auf einer Planke im Marschland und reinigten einen der tiefen Entwässerungsgräben, der von der Flutmauer landeinwärts lief. Der eine schlitzte den Erdwall mit einem langstieligen Messer auf, der andere folgte ihm, hob die ausgeschnittenen rechteckigen Stücke mit einem Haken heraus und kippte sie auf den Damm. Grauer Rauch stieg aus dem Kalkofen in Old Hall empor, und Tom konnte die Lastkähne sehen, die am Anlegeplatz vertäut lagen und von denen der Kalk zum Verbrennen abgeladen wurde. Er hatte dort früher selbst gearbeitet und die Körbe vom Ofen zu den wartenden Karren und Waggons getragen. Der ungelöschte Kalk, der durch den Korb hindurchrieselte, und der rauhe Stoff seines Hemdes hatten seinen Rücken wundgescheuert, bis er die Farbe rohen Fleisches angenommen hatte.

Tom war einunddreißig, der jüngste von drei Söhnen George Dudleys, eines lokalen Steuereinnehmers und professionellen Jachtseglers. Schon mit sechs Jahren hatte er seine Mutter verloren, und da seine älteren Brüder bereits zur See fuhren wie ihr Vater, hatten sich Verwandte um ihn und seine Schwester gekümmert. Er wuchs als grüblerischer Einzelgänger auf. Seine kleine Gestalt, sein blasses, von Sommersprossen übersätes Gesicht und sein roter Haarschopf machten ihn unter den Kindern des Dorfes zu einer auffälligen Erscheinung, aber er war tapfer und stark genug, um denjenigen, die ihn drangsalierten, die Stirn zu bieten und sich, wenn es sein mußte, mit ihnen zu prügeln. Von Kindesbeinen an demonstrierte er zähe Entschlossenheit: Wenn man ihm eine Aufgabe stellte, dann führte er diese auch aus.

Wie für die meisten Familien in Tollesbury war das Leben für die Dudleys das ganze Jahr über eine einzige harte Plackerei. Nur wenige konnten sich das wöchentliche Schulgeld von zwei Pennies leisten, und wann immer sich irgendwo Geld verdienen ließ, wurde Tom zum Arbeiten geschickt. Ganze Familien zogen zum Obstpflücken und zur Erbsen- und Bohnenernte landeinwärts und ließen das Dorf verlassen zurück. Die Schulbehörde beugte sich schließlich dem Unvermeidlichen und führte anläßlich der Erbsenernte einen jährlichen Feiertag ein. Die Arbeit war sehr anstrengend, besonders für den Rücken, aber wenigstens verdiente Tom ein paar Pennies, und wenn die Ernte eingebracht wurde, erlaubten die Bauern ihm, die leeren Schoten einzusammeln, um sie zu trocknen und im Winter als Anzündmaterial zu verwenden. Wenn überhaupt, kamen die Schüler danach für nur einige Wochen wieder in die Schule zurück, bis zur Getreideernte ein neuer Massenexodus einsetzte. Als nächstes folgte das Einsammeln der eßbaren Strandschnecken, der Aalfang, das Rübenziehen und ein Dutzend anderer saisonbedingter Tätigkeiten. Der Aufsichtsbeamte der Schulbehörde war es schließlich leid, immer wieder vergeblich in der Kate an der Head Street vorstellig zu werden, und abgesehen vom Bibelunterricht in der Sonntagsschule erhielt Tom fast keine Ausbildung. Doch jedesmal, wenn er zur See fuhr, nahm er sich Bücher mit und brachte sich so in jahrelanger mühevoller Kleinarbeit das Lesen und Schreiben bei. Die einzigen richtigen Feiertage im Jahr waren zwei eintägige Feste: Das Stachelbeerfest am Ende der Erbsen- und Bohnenernte und das Fest, das Ende September begangen wurde, um die Rückkehr der Männer des Dorfes zu feiern, die während des Sommers auf den Rennjachten gearbeitet hatten. Es war das einzige Mal im Jahr, in dem das Geld in rauhen Mengen über den Tresen des Plough and Sail und des King's Head floß.

Die Männer aus Tollesbury waren bei den Skippern der Rennjachten sehr begehrt. Die rauhe, sumpfige Küste von Essex und die kalten, ablandigen Winde, die dort ununterbrochen wehten, standen in dem Ruf, härtere und fähigere Seeleute hervorzubringen als die geschützteren Häfen der Kanalküste. Seit dem Ende der napoleonischen Kriege hatte der Jachtsport einen immensen Aufschwung erlebt. Zum ersten Mal waren auch küstenferne Gewässer für Vergnügungsboote sicher geworden, und der wachsende, von der industriellen Revolution begünstigte Wohlstand der Mittel- und Oberschicht führte dazu, daß Fahrtensegelei und Jachtrennen, die Freizeitvergnügungen der Reichen, immer beliebter wurden. Viele Schiffsbesitzer betrieben die Segelei ebenso kämpferisch wie ihre Handelsbeziehungen. Nachdem sie die besten auf dem Markt erhältlichen Boote erworben oder in Auftrag gegeben hatten, waren sie auch bereit, gute Heuern für die besten Mitarbeiter zu zahlen, einschließlich eines Anteils am Preisgeld. Die Mannschaften wurden auf Kosten des Eigners mit Schuhen, Ölzeug, Hosen und Jerseys mit dem darin eingestickten Namen ihrer Jacht ausgestattet. Die Rennsaison begann Anfang Mai in Harwich, und die Jachten segelten dann im Uhrzeigersinn um die Küste und nahmen an den Regatten von Southend, Dover und Bangor teil, bevor sie sich vierzehn Tage lang auf dem Clyde ein Rennen lieferten. Dann kehrten sie zur Cowes Week und zur Ryde Regatta an die Südküste zurück, und im September endete die Saison mit einer Regatta und einem Fest am Kai in Dartmouth. Danach wurden die meisten Jachten für den Winter außer Dienst gestellt. Die Mannschaften heuerten auf Handelsschiffen und Schmacken an oder arbeiteten bis zum nächsten Frühling auf Bootsbau- oder Reparaturwerften.

Tollesbury hatte gerade erst begonnen, sich als eigenständiges Jachtzentrum mit seiner eigenen kleinen Regatta Ende September zu etablieren, mit der die Heimkehr der Männer des Dorfes gefeiert wurde. Die Mitglieder der Crew verdienten sich manchmal einen illegalen »Bonus« hinzu, indem sie Rum, Branntwein oder Tabak von der anderen Seite des Kanals mitbrachten. Gelegentlich durchsuchten Steuereintreiber die Jachten, aber sie unternahmen nur halbherzige Versuche, den Schmuggel zu unterbinden, da sie selbst in den von ihnen kontrollierten Gemeinden lebten.

Wie schon seine Brüder fuhr Tom bereits drei Monate vor seinem zehnten Geburtstag zum ersten Mal zur See. Mit der Mannschaft ruderte er im frühen Morgengrauen hinaus, während sich im Wasser noch die letzten Sterne spiegelten und die Luft vom klagenden Geschrei der Seevögel erfüllt war. Sein Boot gesellte sich achtzig oder neunzig anderen Schmacken hinzu, die sich über den Fischgründen drängten und während der Saison mit dem Netz Aale fingen, oder, jenseits der Küste, Rochen, Seezungen, Schollen, Kabeljau, Merlane, Makrelen, Heringe und Sprotten. Die Sprotten wurden in Salzfässern eingelegt und dann nach Rußland exportiert, doch die meisten anderen Fische verkaufte man im Ort und bot sie in Bastkörben an den Haustüren feil. Im Winter fing Tom Aale in den tiefen Schlammlöchern des Watts, zog Rüben aus den gefrorenen Feldern oder heuerte auf Schiffen an, die die Austern fressenden Seesterne fischten und sie den Bauern als Düngemittel verkauften. Andere Austernräuber wie Wellhorn- und Napfschnecken wurden getötet und über Bord geworfen.

Die ersten Schmacken, die am Ende des Tages einliefen, säumten die Küste der Woodrolfe-Bucht. Alle, die später kamen, mußten ihre Fracht über die Decks der anderen löschen. Die Seesterne wurden in Körben aufeinandergestellt und in Mistkarren zu den Bauernhöfen in der Umgebung von Tollesbury gefahren. Wenn Tom abends nach Hause kam, stank er fürchterlich nach dem verwesenden Getier. Es war eine widerliche Arbeit, und alle Männer haßten sie, aber es gab kaum Alternativen dazu. Wenn Stürme die Schmacken am Ausfahren hinderten, konnte man überhaupt kein Geld verdienen. Und manch besonders harten Winter mußten die Dudleys wie die anderen vierzig Familien des Dorfes bei der Pfarrei Armenhilfe beantragen.

Tom arbeitete auch auf den Austernfischern. Die Mannschaften schwitzten an den Winden und holten Schleppnetze mit den toten Muschelstücken herauf, auf denen sich die Austern niederließen. Der Ruf »wertvollster einheimischer Austernzuchtplatz der Welt oder zumindest des Britischen Königreichs« zu sein, war durch Überfischung und den Verkauf von Austernbrut an andere Fischereien vernichtet. Noch wenige Jahre zuvor waren in einem Zeitraum von ganzen drei Monaten über fünf Millionen Tonnen allein nach Whitstable verschifft worden. Jedermann in Tollesbury wußte, daß sich dieses Ergebnis nicht würde aufrechterhalten lassen, aber niemand wollte den ersten Schritt zurück tun, während die anderen

Blackwater plünderten. So fuhren die Austernfischer auch weiter aus, aber die Fangmenge wurde jedes Jahr geringer.

Toms Finger schlossen sich um das Ruder, doch bevor er den Befehl zum Absetzen gab, drehte er sich um und warf einen letzten Blick zurück. Hinter dem Marschland scharte sich um den mächtigen Kirchturm eine Gruppe niedriger Hütten, wie Kinder, die unter dem Rock der Mutter Schutz suchen. Sein Blick fiel zunächst auf die Schule, dann auf das Rieddach der Kate in der Head Street. Als er an diesem Morgen durch das Dorf gelaufen war, blieb er vor dem Haus stehen. Durch die offene Tür hatte er in die Küche geschaut und dort den vertrauten Eisenherd, den gescheuerten Holztisch und den abgenutzten Flickenteppich auf dem nackten Ziegelboden gesehen. Er konnte sich nicht von seinem Vater verabschieden, da dieser auf einer ganzjährigen Reise nach Amerika unterwegs war.

Toms Augen ruhten noch eine Weile auf dem Dorf, dann drehte er ihm den Rücken zu und blickte aufs Meer. Seine Frau Philippa stand neben ihm am Heck und barg ihr jüngstes Kind an der Schulter. Sie war einige Jahre älter und einige Zoll größer als Tom mit seiner untersetzten, kräftigen Gestalt. Sie sagte nichts, um das schlafende Kind nicht zu wecken, aber sie studierte einen Moment lang sein Gesicht und legte dann eine Hand auf seinen Arm. Als er sie anblickte, lächelte sie ihm freundlich und verständnisvoll zu. Seine Gesichtszüge wurden milder, dann richtete er seine Augen auf den Horizont und schien die Witterung aufzunehmen. Er runzelte die Stirn. Der Wind drehte in nordwestliche Richtung zurück und wurde dabei immer kühler. »Es tut mir leid, meine Liebe, aber das wird keine Vergnügungsfahrt. Ein neuer Sturm zieht auf.«

William Frost, der jüngere der beiden Brüder, die seine Mannschaft bildeten, stand an der Festmacherleine, mit der die *Mignonette* an der Anlegestelle vertäut war. Er war erst in der letzten Woche vierzehn Jahre alt geworden, fuhr aber seit seinem zwölften Geburtstag zur See. Sein Bruder Jim war vier Jahre älter und bereits ein erfahrener Matrose. Auch sie stammten aus Tollesbury, und Tom kannte sie seit ihrer Geburt.

»Mach los!« sagte er.

»Wartet!«

Tom unterdrückte einen Fluch, als er sah, daß ihnen auf dem Steg jemand entgegenkam. Es hatte ihn all seine Überredungskunst gekostet, die Brüder davon zu überzeugen, die Reise mit ihm zu machen, und nun befürchtete er, daß ihr Vater sie doch noch umstimmen würde. Aber er konnte Joe Frost nicht daran hindern, einen letzten Versuch zu unternehmen.

»Du läßt dich also nicht davon abbringen?«

Tom schüttelte den Kopf. »Ich habe dem Besitzer mein Wort gegeben und werde es halten.«

Joe hielt einen Moment inne und wählte seine Worte mit Bedacht. »Tom, es gibt kaum einen mutigeren Seefahrer oder besseren Mann an dieser Küste als dich, aber du willst auf einer zwanzig Jahre alten Jacht durch die Welt segeln. Sie wurde für die Küstenschiffahrt gebaut, nicht für die hohe See.«

»Du kennst die Werft, die sie gebaut hat. Das Schiff besteht aus stabilem und massivem Holz, und die *Mignonette*« – er hatte es aufgegeben, seinen breiten Essex-Akzent an die französische Aussprache anzupassen und nannte das Boot »Miggonette« – »war ursprünglich ein Kreuzer und Fischerboot. Man hat sie erst später in eine Rennjacht umgebaut. Wenn man sie richtig handhabt, wird sie jeden Ozean meistern.«

»Sie ist ein altes Boot und liegt schon den ganzen Winter im Schlamm von Brightlingsea.«

Tom nickte. »Und danach ist sie von einem Mann auf Vordermann gebracht worden, den wir beide kennen und dem wir vertrauen.«

»Meine Jungs sind an Bord, Tom.«

Tom sah Philippa an. »Und meine Frau mit unserem Kind auch. Glaubst du, ich würde riskieren, sie zu verlieren?«

»Aber sie segeln nur bis Southampton, nicht nach New South Wales.«

»Und wenn deine Jungs mit der *Mignonette* nicht zufrieden

sind, wenn sie bis dorthin gesegelt sind, können sie das Schiff ebenfalls verlassen. Ich gebe dir mein Wort darauf.«

Joe zögerte und blickte von seinen Söhnen zu Tom herüber. »Willst du es dir nicht noch einmal überlegen, bevor das Ganze in einer Katastrophe endet?« Die Jungen waren peinlich berührt und blickten ihren Vater kaum an. Tom schüttelte den Kopf. »Ich nicht. Das wird für mich und meine Familie der Beginn eines neuen Lebens sein, und ich habe mein Wort gegeben.«

Joe ließ seine Hand, die er halb ausgestreckt hatte, seitlich herabsinken. Er umarmte seine Söhne und ging davon, da er nicht sehen wollte, wie die Jacht ablegte und die Tollesbury Fleet hinabsegelte.

Tom beobachtete die Jungen aufmerksam, als sie mit der Arbeit begannen und das Segel setzten. Der nordwestliche Wind schob sie immer noch achteraus ins südliche Fahrwasser am Great Cob Island vorbei. Tote Muscheln von den Austernbrutplätzen lagen in großen Haufen ausgebreitet an der Küste, um dort in der Sommersonne zu trocknen und auszubleichen. Tom hob die Hand, um sich von den Männern zu verabschieden, die von einer Barke aus den Damm reparierten. Sie hielten einen Moment inne, um zuzusehen, wie die *Mignonette* flußabwärts glitt. Dann nahmen sie ihre Arbeit wieder auf. Sie rammten gespaltene Ulmenpfeiler in das Flußbett und befestigten sie mit Felsblöcken.

Als die Jacht den Shinglehead Pint passiert hatte, legte sie sich auf die Seite und wurde in den Seegang getrieben, der selbst in dem geschützten Gewässer des Flußdeltas kurz und steil war. Toms Blick ruhte fast immer auf den Segeln, und er spürte jedes Zittern des Bootes durch das Ruder hindurch, während er gen Südosten auf die weiter entfernte Küste von Kent zusteuerte. Für sie alle war es die erste Reise auf der *Mignonette*, und jedes Schiff war etwas Besonderes. Man mußte seine Eigenheiten kennenlernen, seine Stärken nutzen und sich vor seinen Schwächen in acht nehmen.

Sie war ein Dreißigtonner, etwas mehr als fünfzig Fuß lang,

mit einer Schiffsbreite von etwa zwölf Fuß und einem Tiefgang von sieben Fuß. Sie hatte einen Bleiballast von sechzehn Tonnen und weitere drei Tonnen, die sie außen am Kiel trug. Das machte sie zu einem steifen Boot, das bei Seegang nur wenig krängte und sich schnell wieder aufrichtete, da das Gewicht des Kieles es wieder in die Senkrechte holte. Trotz ihres Gewichts war sie eine schnelle Jacht, die im Verlauf der Jahre manche Preise gewonnen hatte. Am Großmast trug sie eine gehörige Segelfläche – wenn die Großstenge vorgeheißt war, befand sich die Spitze der Takelage sechzig Fuß über dem Deck – und sie hatte drei Vorsegel, die zwischen Bugspriet und Großmast gesetzt waren, und achtern einen kleinen Besan, der fast an Heckbord stand.

Als sie die Maplin Sands passierten und die Mündung der Themse zu überqueren begannen, wimmelte es auf dem Meer von Segeln. An der Küste von Essex drängten sich die mit stinkendem Abtrittsdünger beladenen Kähne auf ihrem Weg zu den Häfen, wo die Ladung an die Bauernhöfe verkauft wurde. Paketboote, Klipper und Barken kreuzten im Fahrwasser auf, um ebenfalls den Hafen zu erreichen, bevor der rückdrehende Wind sie zum Beidrehen zwang, während kleinere Schiffe – Küstenfahrer, Schmacken und Vergnügungsboote – sich beeilten, möglichst schnell die schützende Küste zu erreichen. Nur die Dampfschiffe behielten ihren geraden Kurs bei, und der Wind kippte die schwarzen Rauchsäulen, die aus ihren Schornsteinen aufstiegen, nach hinten, parallel zum Wasser, während sie sich durch die Wellen ihren Weg in die Hauptstadt bahnten.

Die *Mignonette* stampfte und rollte in der Dünung. Das Baby erwachte und begann zu schreien, und ein Strom von milchig Erbrochenem ergoß sich über Philippas Schulter. »Am besten du bringst das Kind nach unten«, sagte Tom. »Bis wir North Foreland erreichen, sind wir dem Wind schutzlos preisgegeben.« Er gab den Frosts den Befehl, ein doppeltes Reff in das Großsegel zu stecken, aber sogar mit der geborgenen Starkfock donnerte die Jacht vor dem Wind, so daß der Klüverbaum in die Wellen tauchte und durch die Dünung pflügte, während das Wasser sich über den Bug ergoß und durch die Speigatten hervorschäumte.

Der Himmel wurde immer dunkler, und über dem Heulen des Windes, dem Ächzen des Gebälks und dem ununterbrochenen Schlagen der Wellen gegen den Bug, hörte Tom ein fernes Donnern. Im Westen sah er einen grauen, dunklen Regenvorhang, der die schwarzen Wolken ins Meer entlud. Er raste mit dem Wind auf sie zu und wurde von Zeit zu Zeit von einzelnen Blitzen erhellt.

»Tom?« Philippas bleiches Gesicht erschien auf der Spitze des Niedergangs. »Das Boot leckt.«

»Wieviel Wasser ist es?«

»Ungefähr ein Zoll, aber es steigt.«

Sie bemühte sich, ruhig zu sprechen, aber er hörte ihre Furcht heraus und versuchte daher selbst, Gelassenheit auszustrahlen. »Hab' keine Angst, das ist ganz normal in einem Sturm.« Er hob die Stimme und rief: »William, Jim, kümmert euch um die Pumpe am Bug.«

Die beiden rannten nach vorne. Die Lederdichtungen in den Pumpenfässern pfiffen wie schwindsüchtige Lungen, als sie begannen, die Handpumpen zu betätigen, und sich das stinkende Bilgewasser über die Seite ergoß. Die Frosts mühten sich redlich, die Stellung zu halten, da die mächtigsten Wellen über den Bug schwappten und ihnen fast bis zu den Oberschenkeln reichten. Ihr Ölzeug glänzte in der Gischt und zeigte trübe Spiegelungen der Blitze, die den schwarzen Himmel durchzuckten. Der Sturm zog direkt über sie. Es war so dunkel, als dämmerte es. Regenströme ergossen sich über die hell schimmernden Segel, überfluteten das Deck, und auf jeden Blitz folgte unmittelbar ein harter Donnerschlag, der lange und dröhnend nachhallte.

Selbst im Toben des Sturmes hörte Tom die eindringlichen Schreie des kleinen Julian. Er verwünschte sich selbst, Philippa und das Baby mitgenommen zu haben, aber die Gelegenheit einer Fahrt auf der Jacht, ohne daß der Besitzer zugegen war, bot sich nur selten. Außerdem wollte er vor der Abreise soviel Zeit wie möglich mit Philippa verbringen. Während ihrer siebenjährigen Ehe hatte sie sich daran gewöhnt, daß er häufig abwesend war, wenn er zur See fuhr. Aber selbst während der Rennsaison, wenn eine Küstenregatta die nächste jagte, war Tom nie weiter als eine Tagesreise vom Hafen entfernt. Häufig nahm er den Nachtzug, kam in den frühen Morgenstunden an und verbrachte dann den Tag mit der Familie, bevor die nächste Regatta begann.

Doch diesmal stand ihm eine Reise von über zehntausend Meilen bevor, um die Jacht ihrem neuen Besitzer in Sydney zu überbringen. Wie Joe Frost hatten auch einige seiner Freunde versucht, ihm das Unternehmen auszureden, ihm die Gefahren vor Augen gehalten und ihm eine mögliche Katastrophe vorhergesagt, aber andere Kapitäne hatten ähnliche Reisen in noch kleineren Schiffen gemacht und während der über zwanzig Jahre, die er zur See gefahren war, hatte Tom den Eindruck gewonnen, er habe nun genug gelernt, um einen sicheren Weg nach Australien zu finden.

Die möglichen Gefahren der Reise beunruhigten ihn weniger als die Trennung von seiner Familie. Sobald die *Mignonette* Southampton verlassen hatte, würde Philippa erst wieder von ihm hören, wenn sie angekommen waren, es sei denn, er konnte unterwegs einem entgegenkommenden Schiff, das nach England fuhr, einen Brief für sie mitgeben. Er würde nicht wissen, ob seine Frau und die Kinder gesund oder krank waren, bis sie New South Wales erreichten, und es würde fast ein Jahr dauern, vielleicht sogar länger, bis er sie wiedersähe. Was immer ihnen in der Zwischenzeit widerfuhr, er würde ihnen nicht helfen können, bis auch sie in Sidney landeten.

Er verdrängte diesen Gedanken so schnell, wie er gekommen war, und packte das Ruder so hart an, daß die Adern an seinen Armen hervortraten. Der Sturm zog weiter, und der Donner war nur noch als entferntes Grollen zu vernehmen, bevor er sich allmählich in den Weiten der Nordsee verlor. Der Regen legte sich, und der Himmel hellte auf, doch der Wind und der Seegang setzten ihre gemeinsamen Angriffe auf das Schiff fort. Die Frostbrüder standen noch immer auf dem Vorschiff und arbeiteten an den Pumpen, und das übelriechende Bilgewasser schoß in einem stetigen Strahl außenbords. Tom rief Philippa zu: »Wie hoch steht das Wasser jetzt?«

»Genauso hoch.«

Er runzelte die Stirn. Er mußte sich diesem Problem widmen, aber im Moment hatte er alle Hände voll zu tun, das Schiff auf Kurs zu halten und sich immer dann den heftigen Schlägen des Ruders entgegenzustemmen, wenn die Jacht eine Welle nahm. Er starrte auf den Mast, in die Takelage und auf die straff gespannten Segel, dann ging sein Blick zurück auf die grau heranrollenden Wellen vor dem Bug. Er dachte daran, die Segel noch mehr zu reffen, aber der Sturm schien seinen Höhepunkt erreicht zu haben, und die schützende Ostküste von Kent war nun nicht mehr weit entfernt.

Er sah Margate an Steuerbord querab, und einige Minuten später öffnete sich die Küstenlinie nach Süden hin. Er rief die Frosts von den Pumpen zurück: »Klar zur Wende!« Sie gaben etwas lose auf das Großsegel, hielten aber die Brassen noch fest, klar zum Herumschwingen des Baumes.

»Hol über die Segel.« Sie gaben jetzt lose auf die Brassen, der Baum schwang herum auf die andere Seite, und mit einem Knall füllten sich die Segel erneut.

»Gut und fest alle Schoten.«

Sie kehrten nach vorne zurück und arbeiteten wieder an den Pumpen.

Der Wind war nicht mehr ganz so heftig, und der Seegang wurde ruhiger, als sie in die geschützteren Gewässer der »Downs« zwischen den Goodwin Sands und der Küste von Kent einliefen. Auch viele andere Schiffe hatten dort Schutz vor dem Sturm gesucht.

Tom ließ die Segel dichtgeholt und rief Jim zurück ans Ruder. Der scharfe Gestank von Erbrochenem stieg in seine Nase als er den Niedergang hinabstieg. Er trug einen stinkenden Eimer an Deck, kippte ihn ins Wasser und kletterte wieder hinab.

Philippa saß in Toms Kabine und kümmerte sich um das Kind auf ihrem Schoß. Beide hatten bleiche und schmerzverzerrte Gesichter. »Es tut mir leid«, sagte sie. »Jetzt fühle ich mich ein bißchen besser.« Er nahm ihre Hand in seine, streichelte die Wange des Kindes und ging durch die Unterdecks, um die Beplankung zu überprüfen. An der Durchführung des Bugspriets gab es ein kleines Leck, aber der Schiffszimmermann, der hätte verhindern können, daß dort bei schwerem Seegang Wasser eindrang, war noch nicht geboren. Beunruhigender war der Zustand der Beplankung am Kiel in der Nähe des Hecks. Er betrachtete sie einige Minuten lang. Meistens handelte es sich nur um ein schwaches Tröpfeln, aber wenn Jim den Bug etwas abfallen ließ und die Welle sie mehr seitlich traf, schienen sich die Planken aufzudrehen. Der Rumpf bog sich, und durch die Ritzen drang Wasser ein. Sobald das Boot sich wieder aufrichtete, normalisierte sich die Lage.

Philippa schaute ihn an: »Ist es ernst?«

Er zuckte mit den Schultern. »Es wird ernst werden, wenn es nicht repariert wird.«

»Aber das Boot wurde doch gerade erst in Brightlingsea überholt.«

Er nickte. »Ich weiß, ich weiß, aber Schiffe sind wie Matrosen. Einige ihrer Schwächen zeigen sich erst, wenn man in See gestochen ist.

Er hielt inne und untersuchte das Leck erneut. »Das schlimmste Wetter haben wir hinter uns. Wir werden nach Southampton segeln wie geplant, und dort werde ich sie herausnehmen und reparieren lassen. Es wird den Gewinn der Reise ein bißchen schmälern, aber unser Ertrag wird immer noch groß genug sein, um uns in Australien ein Haus zu kaufen und ein neues Leben aufzubauen.« Er neigte sich herab und küßte ihre Stirn. Sie antwortete mit einem schwachen Lächeln. Dann stieg er wieder an Deck.

2

Tom Dudley, Seefahrer

Tom hatte die ersten sechs Jahre auf See auf Schmacken und Küstenschiffen zugebracht und sich dabei vom Kabinenjungen zum Leichtmatrosen und weiter zum Vollmatrosen hochgedient. Im Alter von fünfzehn Jahren schloß er sich seinem Vater an und wurde Mitglied der Crew einer Clyde-Rennjacht, der *Condor*, unter Kapitän Mackie. Natürlich munkelte man anfangs, daß er die Koje nur wegen seines Vaters erhalten habe, aber eines Tages gerieten sie in einen schweren Sturm, der durch den St. George's Channel tobte, und mußten vor dem Wind ablaufen. Die Jacht legte sich so sehr auf die Seite, daß der Großbaum halb im Meer versank und parallel zum Schiff eine weiße Furche durch das Wasser zog. Als alle anderen sich weigerten, dem Befehl zum Segelreffen Folge zu leisten, kletterte Tom bis an die Spitze des Baumes vor und erledigte es selbst. Danach hatte das Gerede von Günstlingswirtschaft ein Ende.

Im Winter arbeitete er als Koch und Proviantmeister auf einem Handelsschoner, der *Lady Rodney* aus Salcombe. Es handelte sich um eine eigentümliche Position, die nicht Teil der normalen Kommandofolge des Schiffes war. Er war nur Kapitän Cowling gegenüber verantwortlich und allein zuständig für die Lebensmittelvorräte. Kein anderes Besatzungsmitglied hatte Zugang zur Vorratskammer. Wie viele andere Schiffe jener Zeit hatte auch die *Lady Rodney* lebende Tiere an Bord, so daß Tom das Metzgerhandwerk erlernen mußte. Das erste Tier, das er schlachtete, war ein Schwein. Es gab niemanden, der ihm diese Fertigkeit beigebracht hätte. Alles, woran er sich halten konnte, waren die Anweisungen einer abgegriffenen, mit Eselsohren versehenen Ausgabe von *The Steward's Handbook*:

»Wichtig ist, daß das Tier vor der Schlachtung vierundzwanzig Stunden lang kein Futter erhält. Statt dessen muß es viel Wasser bekommen, damit im Blut nicht zu viele Futterstoffe enthalten sind, die sich nur schwer aus den kleineren Blutgefäßen des Fleisches entfernen lassen. In diesem Zustand würde der Zerfallsprozeß zu schnell einsetzen. Wasser muß in großen Mengen verabreicht werden, um die Bluttemperatur normal zu halten und so das Ausspülen der Blutgefäße zu erleichtern …«

Tom hatte dem Schwein reichlich Wasser zu trinken gegeben, und das immer lauter werdende Gebrüll nach Futter ignoriert, doch als die Zeit gekommen war, es zu schlachten, fand er immer neue Beschäftigungen, um es hinauszuzögern. Immer wieder überprüfte er die Vorräte und schliff seine Messer. Doch schließlich duldete die Sache keinen Aufschub mehr. Er band einen Strick um den Hals des Schweines und knotete es an einem Ringbolzen auf dem Deck fest. Aber es kostete ihn gewaltige Überwindung, zum nächsten Schritt überzugehen, denn das Schwein erhob ein fürchterliches, fast menschliches Geschrei, als habe es Toms Absicht erraten.

Er schöpfte tief Luft, nahm alle Kraft zusammen und stemmte die Füße breitbeinig auf das Deck, um sich gegen das Schlingern des Schiffes zu sichern. Er wandte die Augen ab, ergriff das mächtige Schlächterbeil und ließ die spitze Klinge mit aller Macht auf der Stirn des Schweines niedergehen. Abrupt endeten die Schreie, das Tier stürzte zu Boden, und wie er es in dem Handbuch gelernt hatte, drehte er das Ende des Beils noch einmal kräftig herum, um sicherzugehen, daß das Gehirn des Schweins auch wirklich zerstört war. Er öffnete die Speiseröhre mit seinem Messer, schnitt die Arterien auf beiden Seiten des Halses auf und fing das Blut, das sich aus dem Tier ergoß, in einem Eimer auf. Dampfwolken hingen in der kalten Luft und verströmten den heißen, süßen, kränklichen Geruch des Blutes.

Tom verspürte einen starken Brechreiz und mußte am Fuß des Niedergangs nach frischer Luft schnappen, bevor er die Sache zu Ende bringen konnte. Er drehte das Schwein auf den Rücken und schnitt ihm den Kopf und die Füße ab. Er mußte sich immer nur auf den nächsten Schritt konzentrieren, sägte das Brustbein durch und schlitzte das Schwein dann vom Bauch bis zum Schwanz auf. Ein glibberiger Strom von Eingeweiden ergoß sich auf das fleckige Holzdeck. Er biß die Zähne zusammen, schob die Hände in den Rumpf des Tieres, zog den Rest der Eingeweide heraus, trennte die Nieren und die Leber voneinander und entfernte die Gallenblase. Als nächstes kamen das Herz und die Lunge an die Reihe. Dann wusch er den Leichnam mit mehreren Eimern Salzwasser aus und begann, ihn in seine Einzelteile zu zerlegen, indem er den Körper, der eben noch als solcher zu erkennen gewesen war, in rohes Fleisch verwandelte. Tiere zu schlachten und zu zerlegen sollte ihm nie leichtfallen, aber es war Teil seiner Arbeit, und er brachte sich bei, sie genauso kunstfertig auszuführen, wie er ein Reffbändsel durch ein Auge zog oder ein Segel auftuchte.

Während sich der Kapitän in dieser Nacht an frischem Schweinefleisch gütlich tat, aßen Tom und der Rest der Mannschaft »Salzbuckel« – ranziges, nichtidentifizierbares Pökelfleisch. Wie viele andere geizige Kapitäne und Schiffsbesitzer hatte auch Cowling es bei Unternehmern erworben, die Fässer mit gesalzenem Rinderfleisch aus den Proviantlagern der Marine weiterverkauften. Dieses Fleisch war als ungeeignet für die Verwendung in der Royal Navy ausgemustert worden und stand zum Verkauf.

Seine unangenehmen Tätigkeiten waren nur eines von Toms Problemen an Bord der *Lady Rodney*. Nie zuvor war er auf einem schlechteren Schiff gesegelt: Die Mannschaft war zu klein, der Proviant zu knapp und der Kapitän ein tyrannischer Trunkenbold, der seinen Befehlen mit den Fäusten und Schlägen mit einem verknoteten Seil Nachdruck verlieh. Tom schwor sich, seine Männer nie so zu behandeln, sollte er jemals selbst ein Schiff kommandieren. Er und ein anderer Matrose, Frank Williams, verließen in St. Michaels auf den Azoren das Schiff und heuerten auf einem Schoner an, der sich auf dem Weg nach Hull befand. Von da an diente er unter besseren Kapitänen und auf besseren Schonern, aber nie sollte er das Elend der Reise auf der *Lady Rodney* vergessen und das, was er sich dort geschworen hatte.

Er segelte auf Handelsschiffen – der *Jane Ann*, der *Annie Grant* und der *Bohemian Girl* – nach Spanien, Portugal, Genua und Neufundland, doch sein Herz schlug für die Jachtrennen. Zu Beginn jeder Saison kehrte er nach England zurück und fand Anstellung auf einer Jacht, zunächst zusammen mit seinem Vater, dann auf eigene Rechnung. Vierzehn Jahre lang führte er dieses Leben und erwarb sich in dieser Zeit den Ruf, solide, verläßlich und tapfer zu sein.

1873 wurde er Vollmatrose auf der *Pleiade*, der Jacht von Prinz Albert von Monaco aus Torquay. Im folgenden Jahr war er Bootsmann auf einem 40-Tonnen-Kutter, der *Mosquito* aus Greenock, und in der nächsten Saison Maat auf der *Fiona*, einem Kutter, der Mr. Boutcher gehörte. Seine Mannschaft schlug sich hervorragend und gewann in dieser Saison mehr als 500 Pfund an Preisgeldern, aber er war ein großzügiger Mann und teilte das Geld mehr als einmal mit der Crew.

1876 erhielt Tom sein erstes Kommando als Segelmeister der *Camelia*, nachdem Kapitän Mackie von der *Condor* sich bei ihrem Eigner für ihn verwendet hatte. Es handelte sich um ein kleines Boot aus Greenock, das im Vergleich zu den achtzig Tonnen der *Fiona* gerade mal fünf Tonnen verdrängte, aber er hatte eine gute Saison mit ihr in diesem Jahr und eine noch bessere im darauffolgenden. Er überquerte die Ziellinie fünfzehn Mal als erster und gewann über 200 Pfund an Preisgeldern – auch wenn der Inhaber die Hälfte davon in einem privaten Rennen mit dem Eigner einer rivalisierenden Jacht verlor.

Während der folgenden beiden Jahre war Tom Navigator von Tom Kirks Zehntonner *Volga* und gewann acht Rennen. Danach heuerte er für zwei Jahre auf der *Reindeer* an, einem Hunderttonner, der Iain MacNab gehörte, und dann kommandierte er bis zum Tod des Eigners im Jahr 1883 in eigener Verantwortung die *Nexie* für Mr. Addie. Zu diesem Zeitpunkt war Tom im Kreis der Segler von Southampton bis Clyde wohlbekannt und galt als »einer der fähigsten Männer, die je auf einer kleinen Jacht gesegelt sind«.

Während der Regatta von Plymouth hatte er Philippa Julian kennengelernt, die Direktorin des Internats Plymstock. Sie war größer als Tom, der nur 1,60 m maß, und sieben Jahre älter als er. Ihr Vater, William Julian, der als Bergmann in einer Zinngrube gearbeitet hatte, war gestorben, als sie noch ein Kind war, so daß ihr Onkel Richard, Lehrer von Beruf, sie großgezogen hatte. Auf der Hochzeitsurkunde ließ sie ihn als ihren Vater eintragen. Tom und Philippa heirateten 1877, einen Tag nach Weihnachten, und lebten in Oreston im Schulgebäude, bis Philippa 1880 Direktorin der Newtown-Schule in Sutton, Surrey, wurde. Sie hatten drei Kinder, Philippa, unmittelbar vor ihrem Umzug nach Surrey geboren, Winifred 1881 und Julian 1883.

Während der Saison waren Toms Dienste als Navigator sehr gefragt, doch im Winter war es wesentlich schwieriger, Arbeit zu finden, so daß er häufig viele Monate lang fern der Heimat zur See fuhr. Daß er nicht über Zeugnisse verfügte, war kein Hindernis für seine Anstellung auf Rennjachten, wo Erfahrung, Seemannschaft und vor allem die Fähigkeit, die Ziellinie vor der Konkurrenz zu überqueren, die einzigen Voraussetzungen waren. Als Tom zur See zu fahren begann, wurde die Frage nach Zeugnissen auf den Handelsschiffen noch sehr großzügig gehandhabt. Das Leben an Bord regelten weniger Gesetze als vielmehr Brauchtum und Praxis. Was immer man an Fertigkeiten benötigte, erlernte man auf dem Meer, und befördert wurde man, wenn man sich auszeichnete, ein Posten zu besetzen war oder aber aus reiner Notwendigkeit. Man wurde Vollmatrose, Bootsmann oder Maat, weil man sich als zuverlässig und solide erwiesen hatte.

Noch immer übten die Schiffseigner und Kapitäne eine nahezu feudalistische Herrschaft über ihre hölzernen Besitzungen aus. Andere Aspekte des Lebens an Bord wurden seit der Mitte des 19. Jahrhunderts durch Regierungserlasse geregelt. Das Gesetz schrieb nun vor, daß höhere, für die Navigation eines britischen Schiffes zuständige Offiziere ihre Tauglichkeit durch Patente nachweisen mußten. War ein Offizier zum zweiten Maat befördert worden, hatte er mindestens ein Jahr auf See zu dienen, bevor er die Prüfung zum ersten Maat ablegen, und weitere zwei Jahre, bevor er Navigator werden konnte. Mit Unterstützung Philippas bestand Tom seine Prüfung. Sein Patent als »Alleinsteuermann« erlaubte ihm, kleine Jachten zu befehligen, aber um weiter befördert zu werden, mußte er länger auf großen Schiffen Dienst tun und zusätzliche Fähigkeiten erwerben.

Doch er hatte bereits begonnen, sich vom Meer abzuwenden, weil er unbedingt an Land einen sicheren Arbeitsplatz finden wollte, der es ihm erlauben würde, mehr Zeit mit seiner größer werdenden Familie zu verbringen, und Philippa, ihre eigene Stelle aufzugeben. Mit einem Kompagnon eröffnete er in Sutton ein Gemüsegeschäft. Seine Hoffnung, sich ganz von der Seefahrt zurückziehen zu können, zerschlug sich, als sein Partner das gesamte Vermögen stahl und sich aus dem Staub machte, während er zur See fuhr. Tom fand keine Spur von ihm oder dem Geld, und es hieß, er sei in die Kolonien emigriert.

Philippas Tante, Mrs. Pettigrew, betrieb in Sydney ein kleines Geschäft als Zeltmacherin. Als sie von dem Unglück hörte, das ihnen widerfahren war, schrieb sie den beiden und bot Tom an, ihr Partner zu werden und den Betrieb um die Sparten Segelmacherei und Schiffszubehör zu erweitern. Die Idee reizte Tom, aber seine natürliche Vorsicht und die schlechte Erfahrung, die er mit seiner Partnerschaft gemacht hatte, ließen ihn zögern, sein ganzes Hab und Gut auf ein neues Wagnis zu setzen, noch dazu in einem Land, das sie noch nicht einmal gesehen hatten. Er schrieb ihr, er benötige mehr Zeit, um seine eigenen Angelegenheiten zu regeln. Dann fuhr er wieder zur See, als Kapitän der *Myrtle*, einer 200-Tonnen-Dampfjacht aus Wigtown in Galloway.

Im darauffolgenden Januar wurde Tom erneut angeheuert, um die *Myrtle* für Sir Charles Strickland und zehn seiner Gäste auf einer Winterkreuzfahrt durch das Mittelmeer zu schippern. Sie segelten am 7. Januar 1884 los. Während die Hinreise ausgesprochen ruhig verlief, war die Rückfahrt sehr stürmisch, und nach heftigen Böen und von vorne anlaufenden Wellen mußten sie in Corunna einen Zwischenstop einlegen, um zusätzliche Kohle an Bord zu nehmen. Als sie am 23. April in den Hafen von Dartmouth einliefen, fand Tom ein Telegramm von Andrew Thompson von der Thames Yacht Agency in London vor.

Matrosen konnte man in England auf jeder Werft und in jedem Hafen anheuern, aber gute Skipper waren selten, und miteinander konkurrierende Jachtbesitzer benutzten Makler wie Andrew Thompson, um sich die besten Mannschaften zu sichern. Thompson kannte Tom seit einigen Jahren und hatte eine hohe Meinung von ihm. Als eines Frühlingsmorgens in seinem Büro, Adelphi Terrace, the Strand, ein Herr aus den Kolonien auftauchte, der einen fähigen Kapitän für die Überführung seiner Jacht nach New South Wales suchte, empfahl Thompson ihn daher sofort als einen »kühnen und furchtlosen Mann, der bei den Jachtbesitzern sehr gefragt« sei.

Jack Want, ein extravaganter australischer Rechtsanwalt und Politiker, war zugleich ein begeisterter Jachtsegler. Sein Vater war 1862 Gründungsmitglied des Royal Sydney Yacht

Squadron gewesen, und Jack selbst war Mitglied und ehemaliger Präsident des Royal Prince Albert Yacht Club. Er besaß bereits eine 10-Tonnen-Jacht, die *Guinevere*, aber er war nach England gekommen, um ein schnelleres und billigeres Boot zu finden, das er nach Sydney mitnehmen wollte. In der Saison 1883 hatte er die 42-Tonnen-Jacht *Terpsichore* gechartert und die snobistischen Jachtclubs in Rage versetzt, weil er in Ostende, Ryde und Torbay jeweils erste Preise gewonnen hatte.

Die Tatsache, daß Want Mitglied der exklusivsten australischen Jachtclubs war, hatte in englischen Jachtsportkreisen kein Gewicht, und seine unverblümte Art entsprach nicht dem Geschmack der englischen Clubpräsidenten. Wie jenes andere teure Hobby reicher Männer, das Pferderennen, bot auch der Jachtsport sowohl Gelegenheit, sich in beträchtliche Unkosten zu stürzen und den eigenen Reichtum zur Schau zu stellen, als auch die Möglichkeit der gesellschaftlichen Ausgrenzung. Elitäre Jachtclubs wie der Royal Yacht Squadron in Cowes waren nicht minder exklusiv als die »Royal Enclosure« in Ascot. Sehr wohlhabend zu sein war eine notwendige, aber keinesfalls eine hinreichende Bedingung, um Mitglied zu werden.

Eines der ungeschriebenen Gesetze der Jachtrennen lautete, daß sich an Bord jedes Bootes, das an den Rennen teilnahm, entweder sein Eigner oder ein Mitglied des Segelclubs befinden mußte. Diese Regel zu brechen und in der Jacht eines anderen am Rennen teilzunehmen war schlimm genug, aber dieses Rennen dann auch noch zu gewinnen, war alles andere als rücksichtsvoll, und die Leserbriefspalten der Sportpresse geizten nicht mit scharfzüngigen Kommentaren: Wall wurde von den führenden Clubs geächtet. Auch wenn seine Begeisterung für englische Jachtclubs dadurch einen kleinen Dämpfer erhielt, tat dies seiner Bewunderung für englische Jachten und Mannschaften keinen Abbruch. Er nahm die Suche nach einem Schiff, das er nach Sydney mitnehmen konnte, wieder auf, da ihm dies bei Rennen zugute kommen und sein Ansehen steigern würde.

Die *Mignonette* schien ihm genau das richtige zu sein. Das stabile, wenn auch schon etwas ältere, erstmals 1867 registrierte Boot war in den vergangenen Jahren in mehreren Rennen erfolgreich gewesen. Es gehörte Mr. S. Hall, einem Mitglied des Welsh und des New Thames Clubs, der für sich selbst eine neue Jacht in Auftrag gegeben hatte. Nach einigem ebenfalls wenig höflichen Gefeilsche erwarb Walsh die *Mignonette* für 400 Pfund in bar. Sie war zu groß, um auf Deck nach Sydney verschifft zu werden, so daß er einen Kapitän suchen mußte, der sie dorthin segeln würde. Auf Empfehlung Andrew Thompsons nahm er einen Zug nach Dartmouth, um sich dort mit Tom Dudley zu treffen. Sie verstanden sich auf Anhieb. Trotz seines leicht theatralischen Gebarens war Want wie Tom eine ehrliche Haut und sprach seine Meinung offen aus. In Toms geradem Blick, seiner selbstsicheren Haltung und seinem weichen Essexer Tonfall erkannte er den Mut, die Zuverlässigkeit und die Aufrichtigkeit, nach denen er suchte.

Er bot ihm ein großzügiges Honorar: 100 Pfund als Vorschuß, weitere 100 Pfund bei Ablieferung der Jacht. Obwohl Tom das Boot selbst ausrüsten und die Mannschaft aus eigener Tasche bezahlen mußte, würden ihm nach allen Ausgaben 140 Pfund bleiben, genug, um ein Haus in Sydney zu kaufen und die Überfahrt für seine Frau und seine Familie zu bezahlen. Want sicherte ihm außerdem zu, daß er nach der Ankunft in Sydney Segelmeister der *Mignonette* bleiben und auch die Crew behalten könne, wenn er diese wolle.

Das Angebot hätte schwerlich zu einem günstigeren Zeitpunkt kommen können, denn es bot Tom die Gelegenheit, Sydney mit eigenen Augen zu sehen und Mrs. Pettigrews Vorschlag, sich an ihrem Geschäft zu beteiligen, ohne finanzielles Risiko prüfen zu können. Dennoch zögerte er ein wenig, es anzunehmen. Gemessen an der Länge und den Gefahren einer solchen Reise war die *Mignonette* ein kleines, altes

Boot, und trotz all seiner Jahre auf See besaß Tom kaum Erfahrung mit dem Ozeansegeln und hatte den Äquator noch nie überquert.

Er bat Want um etwas Bedenkzeit und besprach das Angebot dann bis tief in die Nacht mit Philippa. Außerdem las er jeden Bericht über Reisen in ähnlichen Booten, der ihm in die Hände fiel, und unterhielt sich mit vielen anderen Navigatoren. Einige versuchten, ihm das Projekt auszureden, doch die meisten waren wie Tom der Meinung, daß ein kleines Boot bei richtiger Handhabung nicht gefährlicher sei als ein zehnmal so großes. Im weiteren Verlauf der Woche traf er Jack Want erneut und besiegelte mit ihm den Vertrag per Handschlag.

Am Sonntag, dem 27. April 1884, brachte Tom die *Myrtle* nach Southampton. Am nächsten Morgen kehrte er nach Sutton zurück, und am Wochenende darauf reisten er und Philippa mit dem Baby nach Tollesbury und ließen die anderen Kinder in der Obhut von Philippas Schwester zurück. Auf dem Weg durch London schloß er eine Lebensversicherung über 200 Pfund ab und hinterlegte die Police bei Andrew Thompson. Der Schiffbauer, der die *Mignonette* überholt hatte, hatte sie bereits die paar Meilen von Brightlingsea heruntergebracht, und am Montag, dem 5. Mai, segelten sie in Tollesbury ab.

Tom blieb während des ganzen folgenden Tages und der darauffolgenden Nacht an Deck, da er den stärker werdenden Sturm fürchtete, der sie empfing, als sie die schützende Küste von Kent verließen. Das Wasser leckte weiter so rasch durch die Planken, daß die Frost-Brüder während der ganzen Reise an der Pumpe arbeiteten. Als sie sich auf der Höhe von Brighton befanden, schwammen zwei Badekarren an ihnen vorbei, die der Sturm vom Strand weggerissen hatte und die nun wie Treibholz vor dem Wind trieben, aber der Sturm und die hohe See begannen sich bereits zu legen, und sie erreichten den Solent sicher unmittelbar nach der Morgendämmerung am Mittwoch, dem 7. Mai. Sie segelten das

Southampton Water hinauf, vorbei an zahllosen Barken und Paketbooten, die darauf warteten, ihre Ladung an den Kais löschen zu können.

Die *Mignonette* segelte weiter in den Itchen und machte um halb neun am Westufer des Flusses in Northam fest. Noch ganz bleich von den Nachwirkungen der Seekrankheit, begaben sich Philippa und das Kind sofort nach Hause, während Tom sich zunächst um die erforderlichen Reparaturen kümmern mußte. Sobald das Schiff vertäut war, wollten die Frost-Brüder das Weite suchen, solche Angst hatten sie angesichts der Mängel der Jacht, die während der stürmischen Reise von Essex zutage getreten waren. Jim war ihr Sprecher, während William sich hinter ihm versteckte, die Augen abgewendet und die Wangen rot vor Scham.

»Wir möchten das Schiff verlassen, Kapitän Dudley«, sagte Jim.

Tom hielt einen Moment inne und wählte seine Worte sorgfältig. »Es war eine schwierige Reise von Tollesbury hierher, das stimmt, aber ich werde das Schiff hier aus dem Wasser nehmen und die Beplankung reparieren lassen. Dann wird es wieder voll seetüchtig sein.«

»Mag sein, aber wir wollen trotzdem von Bord.« Jim drehte die Mütze in seinen Händen. »Sie haben unserem Vater Ihr Ehrenwort gegeben.«

»Das stimmt, und niemand soll sagen, Tom Dudley halte sein Wort nicht, aber ich wäre enttäuscht, wenn ich euch verlieren würde. Ich werde noch ein weiteres Händepaar, einen Maat, anstellen, bevor wir aufbrechen. Die Lecks werden versiegelt, und die Arbeit wird weniger anstrengend werden. Wollt ihr nicht doch mit mir segeln? Australien könnte eine große Chance für euch sein.«

»Wir haben es uns gut überlegt, Kapitän Dudley. Aber unser Entschluß steht fest.«

Tom zögerte noch einen Moment, dann schüttelte er resigniert den Kopf. »Also gut. Ich bezahle eure Heuer, und ihr fahrt nach Tollesbury zurück – es sei denn, ihr wollt euch hier nach einem anderen Schiff umsehen.«

»Das haben wir vor.«

»Dann werde ich mich bei jedem Kapitän, den ihr findet, für euch verwenden.« Er streckte ihnen die Hand entgegen. »Viel Glück, und besucht uns mal in Sydney, wenn euch eure Reisen je dorthin führen sollten.«

Tom ließ die *Mignonette* in Fay's Yard in Northam aus dem Wasser nehmen. Er wußte, daß sie im Ruf stand, die beste und preisgünstigste Reparaturwerft in dieser Gegend zu sein. Er lief die Jacht entlang, die mit ihrem exponierten Kiel auf der Seite lag, während der Schiffsbauer sich das Holz besah und es mit der Klinge seines Messers begutachtete. »Die Kielbeplankung ist vermodert. Sie muß ersetzt werden.«

Tom nickte, da er dies bereits wußte. »Verwenden Sie soviel von dem vorhandenen Holz wie möglich, wenn Sie sie ersetzen«, sagte er. »Ich möchte den Gewinn der Reise nicht schon verlieren, bevor ich überhaupt Segel gesetzt habe.«

Der Mann brummte etwas vor sich hin und fuhr fort, das Holz mit seinem Messer zu prüfen. »Der Kielbalken ist ebenfalls weich.«

»Wenn ich den ersetze, segle ich das Schiff für umsonst in die Kolonien. Können Sie ihn sicher machen, ohne den Kiel zu erneuern?« Der Schiffbauer blickte ihn an. »Das kann ich schon, aber er wird nicht mehr viele Winter halten.«

Tom lächelte. »Das braucht er auch nicht. Man hat mir gesagt, daß es da, wo die Jacht hinsoll, keinen Winter gibt.«

»Trotzdem, sagen Sie dem Besitzer, daß er auf das Kielholz aufpassen muß. Wenn es noch mehr vermodert, wird es sich öffnen wie die Beine einer Hafennutte. Sonst noch was?«

»Ja, kürzen Sie den Bugspriet ein paar Zoll, und nehmen Sie den Besanmast heraus. Ich möchte das Schiff mit Kuttertakelung. Sie ist übertakelt, läßt sich also bei leichtem Wind gut segeln, aber in einem kräftigen Sturm ist sie topplastig.«

Mit einem Besanmast ließ sich eine Jacht am Wind besser handhaben, und als Yawl getakelt, würde sich die Segelfläche besser verteilen und den Skipper in die Lage versetzen, ein Großsegel zu fahren. Mit einer Vierer-Crew würde selbst ein vollgesetztes Großsegel keine Schwierigkeiten bereiten – und die *Mignonette* trug jetzt schon mehr Segel, als unter den Bedingungen, mit denen sie es im Atlantik und in den südlichen Meeren zu tun haben würden, nötig waren.

»Zumindest das mit dem Besanmast und die Kürzung des Bugspriets lassen sich ohne weiteres bewerkstelligen«, sagte der Schiffbauer.

»Und Sie rechnen mir den Wert des Masten auf die neuen Planken an?«

Er lachte. »Ja, das werde ich, soweit das möglich ist. Zwanzig Jahre alte ›Stangen‹ sind aber kaum etwas wert, außer als Brennholz. Ist das alles?«

»Nein, überziehen Sie den Rumpf mit einer Kupferfarbschicht, damit er nicht fault. Das Schiff muß so schnell sein, wie es nur irgendwie geht.« Er machte eine Pause. »Und Sie könnten den Leuten sagen, daß ich eine Mannschaft suche – einen Maat, einen Vollmatrosen und einen Kabinenjungen. Wir segeln nach New South Wales. Ich zahle gut für die richtigen Leute, und die Verpflegung wird reichlich und gut sein.«

»Kein Salzbuckel also?«

Schon der bloße Gedanken machte ihn schaudern. »Nichts dergleichen. Frisches Schweinefleisch, solange der Vorrat reicht, und danach Rindfleisch aus der Dose.«

3

Die Crew der Mignonette

Während die Reparaturen an der *Mignonette* ausgeführt wurden, kehrte Tom noch einmal nach Hause zurück, doch am 14. Mai war er wieder in Southampton und begann, nach einer neuen Mannschaft zu suchen. Es war noch früh am Morgen, und eine Rauchwolke hing über der Stadt, die über die Dächer zog und sich mit den Nebelschwaden über dem Fluß vermengte. In den Straßen staute sich der Verkehr. Karren, Kutschen und Droschken ratterten vorbei.

Am Fuße des Hügels drängten sich in den Straßen, die zu den Kais hinabführten, die Menschen. Die meisten von ihnen hatten sorgenvolle Mienen und sahen arm aus. In den Rinnsteinen stand der Schmutz, und die dunklen Gassen und von Unrat übersäten Höfe stanken nach abgestandenem Urin. Überall lagen Häufchen menschlicher Exkremente, auf denen Fliegen herumschwirrten. Wie in jedem Hafen waren in dem Gewirr der Pflastersteinstraßen in der Nähe der Kais und Lagerhäuser zahllose Kneipen und Schnapsbuden. Manche davon besaßen eigens zu diesem Zweck eingerichtete Kampfplätze, in denen Hunde-, Hahnen- und Rattenkämpfe stattfanden. Es gab Dutzende von Bordellen, und auch die Musik- und Tanzsäle waren nur notdürftig getarnte Puffs. Viele der Prostituierten waren fast noch Kinder. Daneben gab es aber auch die respektableren Gewerbe: Schiffsmakler, Läden mit Schiffszubehör, Seilereien und Segelmacherwerkstätten, Lebensmittelhändler, Pfandhäuser und Kuriositätenläden mit Muscheln, Korallen, lokalem und von Seeleuten hergestelltem Kunsthandwerk, feine Schnitzereien aus Elfenbein, Muscheln sowie Flaschenschiffe.

Wie in jedem Hafen gab es einen Tattoosalon, in den betrunkene junge Matrosen zu einem schmerzlichen Inititationsritual geschleppt wurden. Neben nautischen Motiven wie Meerjungfrauen oder Ankern ließen sich viele ein großes Kruzifix auf die Brust tätowieren, in der Hoffnung, daß ihnen so ein christliches Begräbnis zuteil würde, wenn sie Schiffbruch erleiden, ertrinken und an einer heidnischen Küste angespült werden sollten. In dem Tattoosalon wurden auch Ohren durchbohrt, und noch ehe er sich Alkohol und Huren leistete, pflegte sich ein junger Matrose, sobald er die Heuer für seine Jungfernfahrt erhalten hatte, einen goldenen Ohrring zu kaufen. Im Gegensatz zu Münzen konnte das Gold, das er im Ohr trug, nicht so leicht ausgegeben oder gestohlen werden, aber es war die Währung, die ihn eines Tages möglicherweise vor dem Verhungern rettete oder ihm die Heimfahrt sichern konnte, wenn er an einer fernen Küste ausgesetzt oder verlassen wurde.

Die Unterkünfte, Slums und Wohnungen, in denen die Matrosen zwischen ihren Einsätzen lebten, beherbergten auch Stauer, Arbeiter, Schauermänner, Frachtführer, Fährmänner, Lagerarbeiter, Lastenträger und Matrosen von Kohlenschiffen, Bänkelsänger und Fliegende Händler, Gassenjungen, die bei Ebbe das Hafenbecken und das Flußbett nach Wertgegenständen durchkämmten, sowie die Bettler, Diebe und Huren, die ihnen ständig hinterherjagten.

Mehrere wohltätige Einrichtungen für Seeleute, darunter Seemannsheime, die *British & Foreign Sailors Society* (Gesellschaft für Britische & Ausländische Seeleute), das *Royal National Institute for the Preservation of Life from Shipwreck*

(Königliches Nationales Institut zur Rettung des Lebens Schiffbrüchiger) und das *Destitute Sailors Asylum* (Asyl für mittellose Seeleute) waren in der ersten Hälfte des Jahrhunderts gegründet worden. Die besonneneren Seeleute gingen dorthin oder in die anständigen Pensionen, die von ehemaligen Matrosen geleitet wurden und ein sauberes bequemes Bett und eine ordentliche Mahlzeit boten.

Bei anderen Unterkünften aber handelte es sich um von Ratten bevölkerte Slums und Elendsquartiere, in denen schmierige Strohmatratzen auf dem Boden lagen, die Menschen beiderlei Geschlechts und aller Altersstufen als Nachtasyl dienten. Kleine Kinder schliefen dort neben betrunkenen Männern und Huren, Mittellosen, die von der Unterstützung der Pfarrei lebten, Kranken, Verkrüppelten, Alten und Sterbenden. Die schlimmsten wurden von zwielichtigen Gestalten betrieben, jenen »Seelenverkäufern« und Pensionsinhabern, die sich ihren Lebensunterhalt damit verdienten, daß sie betrunkene, unter Drogen gesetzte oder bewußtlose Matrosen an Kapitäne verkauften, deren Schiffe kurz vor der Ausreise standen.

Fischer, Handelsmatrosen und alle anderen, die dumm oder unglücklich genug waren, in der Nähe der Docks herumzulungern, fielen regelmäßig in die Hände der Preßgangs, welche die Männer in die Dienste der Royal Navy zwangen. Fanden sich nicht genügend Opfer, zogen sie ins Landesinnere weiter. Und wenn man auch dort zu wenige Seeleute »rekrutierte«, war es nicht unüblich, sich körperlich taugliche Männer aus Gefängnissen wie dem Newgate oder dem Fleet zu holen. Matrosen in die Dienste der Marine zu »pressen« war eine seit Jahrhunderten gängige Praxis gewesen, daß aber verbrecherische Menschenhändler auf diese Weise die Mannschaften für Handelsschiffe zusammensuchten, war ein Übel, das sich vor allem im 19. Jahrhundert verbreitete. »Seelenverkäufer« oder ihre Schlepper lauerten eintreffenden Schiffen auf, kamen, häufig mit Hilfe eines Enterhakens, an Bord, und versprachen den Matrosen Alkohol und die besten Huren der Stadt, um sie dazu zu bewegen, das Schiff mit ihnen zu verlassen. Die Männer waren häufig nur zu willig, bei der ersten besten Gelegenheit an Land zu gehen, und die meisten Kapitäne machten gute Miene zum bösen Spiel, weil sie entweder bestochen worden oder einfach nur erleichtert waren, die Crew während der Liegezeit im Hafen bis zum Antritt der nächsten Reise nicht bezahlen zu müssen.

Die Opfer der Schlepper wurden an Land gebracht und den »Seelenverkäufern« ausgeliefert, die sie mit Alkohol und Drogen abfüllten, mit Huren umgaben, sie um ihre Einkünfte brachten und sie häufig noch in derselben Nacht wieder auf ein auslaufendes Schiff brachten. Einige direkt am Hafen gelegene Pensionen hatten Falltüren, durch die die bewußtlosen Opfer in ein bereitstehendes Boot gelegt werden konnten, ohne das Gebäude verlassen zu müssen. Matrosen, die gerade erst von einer einjährigen oder noch längeren Reise zurückgekehrt waren, konnte es passieren, daß sie die Augen aufschlugen und sich erneut auf einem ausreisenden »Höllenschiff« befanden, ohne einen Penny in der Tasche, während ihre Heuer für die ersten zwei oder drei Monate als Kommission des »Seelenverkäufers« gedient hatte.

Manche »Makler« schreckten selbst nicht davor zurück, eine Leiche zu verhökern, die sie aus dem Hafen gefischt, nach einer tödlichen Schlägerei auf der Straße aufgelesen oder dem Aufseher eines Leichenhauses abgekauft hatten. Gin- oder rumüberströmt wurde der Leichnam als ein weiteres bewußtloses Mitglied der Crew auf dem Schiff abgeliefert, und der Betrug flog erst auf, wenn das Schiff in See gestochen und der »Seelenverkäufer« seine Kommission eingestrichen hatte.

Viele Schneider, die die Seeleute für Ozeanreisen ausstatteten, bedienten sich dabei ähnlich korrupter Praktiken. Gegen einen Schuldschein – ein Akkreditiv des Kapitäns des Schiffes, mit dem er es den Mitgliedern seiner Besatzung ermöglichte, sich für die Reise auszurüsten – liehen sie den Matrosen Geld. Das Akkreditiv wurde erst bar ausbezahlt, wenn das Schiff in

See gestochen war, aber die Schneider akzeptierten sie dennoch und versorgten die Seeleute mit Huren und rauschgifthaltigen Getränken. Das bewußtlose Opfer wurde dann von den Handlangern des Schneiders zu seinem Schiff geschleppt und stellte beim Erwachen fest, daß das Akkreditiv verschwunden war. Alles, was der Seemann statt dessen vorzuweisen hatte, war ein brummender Kopf und – wenn er Glück hatte – eine Seekiste voller, meist wertloser Kleider aus zweiter Hand, die möglicherweise sogar von einer Leiche stammten. Die Kapitäne der Schiffe, welche die Akkreditive gegen Bargeld einlösten, waren häufig an den Betrügereien der Schneider beteiligt.

So viele Seeleute waren Opfer der »Seelenverkäufer«, Pensionsbesitzer und Schneider, daß eine besondere Zeremonie, »Ein totes Pferd verkaufen«, auf den meisten Reisen um Kap Horn oder das Kap der guten Hoffnung abgehalten wurde. Ein symbolisches Holzpferd, das eines der Besatzungsmitglieder geschnitzt hatte, wurde ins Meer geworfen, um das Ende jener Zeit zu feiern, in der die Matrosen umsonst gearbeitet hatten, um die Kommissionen und Schuldscheine abzubezahlen.

Noch lange nachdem die Preßgangs gesetzlich verboten worden waren, setzten die »Seelenverkäufer« die zwangsweise Rekrutierung von Matrosen fort. Bis weit ins 20. Jahrhundert hinein wurden Männer bewußtlos oder unter Alkohol und Drogen gesetzt auf Schiffen abgeliefert.

Tom ging den »Seelenverkäufern« und Pensionsinhabern von Southampton aus dem Weg, da ihm an einer willigen und fähigen Mannschaft gelegen war, und suchte statt dessen in den Reparaturwerften, bei den Jachtmaklern und in den Kneipen bei den Docks. Es fiel ihm nicht schwer, die Männer zu finden, die er suchte. Obwohl die Heuer, die er ihnen bot, nicht mit der auf einer guten Rennjacht vergleichbar war, lag sein Angebot über dem, was normalerweise für die Route nach Australien gezahlt wurde, und außerdem war die Verpflegung inbegriffen, die sonst häufig vom Gehalt der Männer abgezogen wurde. Darüber hinaus war die Qualität des Essens wesentlich besser als das, was normalerweise auf Handelsschiffen angeboten wurde.

Es wurde vertraglich festgelegt, daß jedem der Männer eine wöchentliche Ration von sechs Pfund Rind-, dreiunddreiviertel Pfund Schweinefleisch, eine Pinte Erbsen und sieben Pfund Schiffszwieback zustand. Außerdem gab es eineinhalb Pfund Mehl pro Woche, das für das frischgebackene Brot am Sonntag verwendet wurde, eine Achtel Unze Tee, zwei Unzen Zucker und eine tägliche Wasserration von drei Quarts. Alkohol war an Bord nicht erlaubt. Tom war kein Abstinenzler, aber er trank maßvoll und bevorzugte eine nüchterne Besatzung. Wie üblich, bot er seinen Leuten an, dafür zu sorgen, daß sie bei der Rückfahrt auf einem britischen Schiff würden anheuern können oder er ihnen die Kosten für die Heimreise erstatten würde, sollten sie nicht ohnehin in Sydney bleiben wollen, wo sie alle Arbeit finden würden.

Edmund »Ned« Brooks unterschrieb als erster. Er wurde für fünf Pfund zehn Schilling die Woche als Vollmatrose und Schiffskoch eingestellt, mit dem Angebot, die Arbeit auf der *Mignonette* nach der Ankunft in Sydney für dieselbe Heuer fortsetzen zu können. Er hatte von dem Schiffbaumeister in Fay's Yard von einer Anstellung als Takler gehört, die er zwischen den Jobs auf See annehmen würde. Er stammte aus Brightlingsea, das von Tollesbury aus nur etwas weiter die Küste aufwärts lag, war seit seinem dreizehnten Lebensjahr zur See gefahren und kannte Tom seit den frühen 1870er Jahren, als sie auf konkurrierenden Rennjachten gesegelt waren. Es war genau drei Tage vor seinem achtunddreißigsten Geburtstag, als er den Vertrag unterschrieb. Aber er gab jedoch irrtümlich oder aus Trunkenheit sein Alter mit neununddreißig an.

Da er seit mehreren Jahren regelmäßig beschäftigt gewesen war, im Sommer als Jachtmatrose und im Winter auf den Dampfern der Union Line, zuletzt auf der *Athenian*, überraschte es Tom, daß Brooks keine bessere Unterkunft als sein schäbiges Zimmer in der von Mary Egerton geleiteten County Tavern in Northam besaß. Brooks war größer und kräftiger als Tom, und die dunklen Augen und sein grüblerisches, von rabenschwarzem Haar umrahmtes Gesicht verliehen ihm ein mürrisches Aussehen. Doch als Jachtmatrose stand er in hohem Ansehen und war vier Saisons lang unter Kapitän O'Neill, einem der erfolgreichsten Rennjachtskipper, Rennen gefahren.

Auf Fay's Yard stand eine prächtige neue Jacht, die O'Neill in dieser Saison eigenverantwortlich führen sollte, kurz vor der Fertigstellung. Man hatte Brooks eine Koje auf ihr angeboten und ihm in Aussicht gestellt, daß er am Preisgeld beteiligt würde, aber er beschloß, sein Los mit Tom und der *Mignonette* zu teilen, und erkärte diesem, er wolle in den Kolonien ein neues Leben beginnen. Wie viele Seeleute war er zu Lande wie zu Wasser ein tüchtiger Trinker, und in Northam und Brightlingsea kursierte überdies das Gerücht, er habe seine Frau und seine Kinder verlassen. Tom hatte diese Geschichten gehört und Brooks darauf angesprochen, doch dieser stritt sie rundweg ab und schwor, sie seien nicht wahr. Tom hatte keine andere Wahl, als ihm zu vertrauen. Wie fragwürdig seine häuslichen Verhältnisse auch sein mochten, Brooks war ein erstklassiger Matrose, und Tom schätzte sich glücklich, ihn für die Reise gewonnen zu haben.

Als Maat wählte er James Haines und bot ihm sieben Pfund pro Monat. Haines stammte ursprünglich aus Turnchapel in Devon, wo Tom ihn kennengelernt hatte, als er vor sieben Jahren im Nachbarort Oreston lebte, und hatte nun seinen festen Wohnsitz in Southampton. Seit sechs Jahren besaß er das Patent des Kapitäns eines Handelsschiffs, und sein letztes Schiff war die *Lord Elsington* aus Newcastle gewesen.

Das letzte Mitglied der Mannschaft, das den Vertrag unterschrieb, war zugleich das jüngste. Richard Parker stammte aus Itchen Ferry in der Pfarrgemeinde St Mary Extra. Sie lag direkt gegenüber von Fay's Yard, am anderen Flußufer von Southampton. Er wurde als Leichtmatrose eingestellt, und seine Heuer betrug ein Pfund fünfzehn Schilling pro Monat. Wie die anderen hatte er die Option, nach der Ankunft in Sydney Mitglied der Crew zu bleiben. Tom mochte ihn auf Anhieb und hätte der Beschreibung, die einer seiner Kollegen später von ihm gab, nicht widersprochen: »Ehrlich, höflich und zuverlässig, und sein Äußeres deutete darauf hin, daß einmal ein schöner Mann aus ihm werden würde.« Nur in einem Punkt war Richard nicht ganz ehrlich gewesen. Er war so sehr erpicht darauf, eine Koje auf der *Mignonette* zu ergattern, daß er sein Alter mit achtzehn angegeben hatte, obwohl er gerade erst siebzehn geworden war.

Er war der jüngste von vier Söhnen Daniel Parkers, eines Fischers und Seglers, und Segelmeisters der Yawl *Medora*. Auch Richards Brüder waren alle Segler. Der älteste, Daniel, war Matrose auf der Jacht *Marguerite*, Stephen arbeitete auf den Itchen-Fähren, und William war ebenfalls Crewmitglied einer Jacht. Außerdem hatte Richard eine jüngere Schwester namens Edith. Ihr Vater, den jeder nur »Old Chick« nannte, war im ganzen Dorf bekannt und ein ausgezeichneter Schlagmann im örtlichen Kricketteam, »ein typischer alter Itchen-Fährmann, der im Winter fischte und im Sommer segelte, und das Schlagholz auf dem Kricketplatz trefflich zu schwingen verstand«.

Er war 1881 im Alter von einundsechzig Jahren gestorben, als Richard vierzehn war. Er wurde zur Vollwaise, da seine Mutter bereits gestorben war, als er ganze sieben Jahre war. Dies verband ihn mit Tom, der eine ähnliche familiäre Tragödie erlitten hatte, und auch in anderer Hinsicht hatten sie manche Gemeinsamkeiten. Wie Tollesbury war auch Itchen Ferry damals eine abgeschiedene Gemeinde, in der praktisch jedermann seinen Unterhalt auf See verdiente. Richard hatte die Schule von St Mary Extra im Schatten des Kirchhofs mit dem Birnbaumgarten besucht, wo seine Eltern begraben lagen. Sein Lehrer aber wußte wenig mit ihm anzufangen, so daß er die

Schule verließ, ohne lesen oder schreiben zu können. Danach führte er eine Weile ein unstetes Leben, bevor ihn Kapitän Jack Matthews, auf dessen Rennjacht *Daphne* er Dienst tat, unter seine Fittiche nahm. Jack Matthews' eigene Kinder waren noch nicht alt genug, um mit ihm segeln oder fischen zu gehen, und so wurde er für Richard zu einer Art Ersatzvater. Der Besitzer der *Daphne* mochte ihn gern und hatte ihm bereits eine Stelle für die Rennsaison 1884 angeboten.

Obwohl er mit Booten groß geworden war, beschränkte sich Richards Erfahrung auf das Fischen und Segeln in den Binnengewässern des Solent, und er war noch nie zur See gefahren. Als ihm Freunde erzählten, daß man auf einer Jacht, die in Northam liege, einen Kabinenjungen für eine Hochseereise suche, fuhr er mit der nächsten Fähre hinüber, um sich für die Stelle zu bewerben. Abends berichtete er den Matthews, daß er in der *Mignonette* nach New South Wales segeln werde. Sie waren entsetzt und versuchten, ihm die Sache auszureden, aber er war fest entschlossen, zu fahren. »Es wird mir guttun, einmal zwölf Monate lang rauszukommen. Ich möchte ins Ausland gehen und ein richtiger Mann werden.« Jack schüttelte den Kopf: »Dick, du solltest nicht in solch einem kleinen Boot nach Australien fahren.« »Es wird mir nicht schaden«, sagte Richard. »Das Schiff ist in Ordnung.«

Vier Tage lang stritten sie heftig über das Für und Wider, und Jack beschwor einige seiner Freunde und seinen Bruder John, den Navigator der *May*, den Jungen von seinem Vorhaben abzubringen. Doch dieser beharrte darauf, etwas aus sich machen zu müssen. »Kapitän Dudley ist ein guter Mann und will mir alles beibringen, was er selber kann. Ihr werdet gutes Geld von mir erhalten, ich werde als richtiger Seemann nach Hause zurückkommen, und ich werde lesen und schreiben können, auch das hat Kapitän Dudley mir versprochen.«

Viele seiner Kameraden aus dem Umkreis der Itchen-Fähre bestärkten ihn in seinem Entschluß, berichteten ihm, was sie selbst von anderen Seeleuten über Australien gehört hatten, und versicherten ihm, daß er dort sicherlich sein Glück machen werde. Da er unbedingt die Zustimmung der Matthews für die Reise erhalten wollte, erzählte Richard ihnen, man habe ihm eine Heuer von einem Pfund pro Woche angeboten – mehr als doppelt soviel, wie er tatsächlich erhielt. Dennoch blieben sie bei ihrer ablehnenden Haltung. Der einzige, der ihn möglicherweise zu einem Sinneswandel hätte bewegen können, war sein ältester Bruder Daniel. Doch dieser fuhr im Moment zur See, und ohne ihn ließ Richard sich nicht umstimmen.

Jack Matthews' Angst war nur zu verständlich. Er kannte weder Tom noch die *Mignonette*, aber er verstand genug von Schiffen und vom Meer, um an der Tauglichkeit eines solchen Gefährts für diese Reise zu zweifeln. Außerdem machte er sich große Sorgen, was Richard auf diesem oder einem späteren Posten widerfahren würde, sobald er sich erst einmal weit entfernt von daheim auf hoher See befände.

In den Anfangszeiten der britischen Seemacht wurde das Leben auf See folgendermaßen beschrieben: »Ständige Zerstörung auf dem Vortopp, die Pocken an Bord, die Pest im Zwischendeck, die Hölle unter der Back und der Teufel am Ruder.« In den Jahrhunderten, die seither verstrichen waren, hatte sich wenig daran geändert. Erst 1854 wurde im Gesetz für die Handelsschiffahrt vorgeschrieben, daß der Kapitän bestimmte Maßnahmen ergreifen müsse, wenn auf seinem Schiff jemand gewaltsam zu Tode kam. Zuvor war dies dem Urteil des Kapitäns überlassen worden. Das Leben an Bord der meisten Schiffe, ob sie zur königlichen Marine oder zu einer Handelsschiffahrtsgesellschaft zählten, war ekelhaft, brutal und häufig kurz: Noch 1880 starb einer von sechzig Matrosen auf See eines gewaltsamen Todes. Bei den Bergleuten, der nächstgefährlichen Berufssparte, lag die Todesrate bei einem von 315.

Die Ordnung auf Schiffen glich einer Diktatur, und Kapitäne und höhere Offiziere konnten mit einem Mord davonkommen, und sie taten dies gelegentlich auch. Es war gang und gäbe, daß Navigatoren und Maate ihren Befehlen mit verknoteten Tauen und Belegnägeln Nachdruck verliehen, aber es gab auch noch andere, barbarischere und illegale Strafen wie etwa das Kielholen: Ein langes Seil wurde unter dem Schiff hindurchgezogen, dann warf man den Matrosen ins Meer und zog ihn unter dem Kiel auf die andere Seite. Dies hatte häufig schwere Verwundungen, wenn nicht gar den Tod zur Folge. Ein amerikanischer Maat wurde vor Gericht gestellt, weil er »aus Spaß« auf Matrosen in der Takelage gefeuert hatte. Einer von ihnen war getroffen worden und tot auf das Deck gestürzt. Der Maat wurde wegen Mordes angeklagt, aber freigesprochen.

Die Regierung hatte die schlimmsten Exzesse der räuberischen Industriebarone an Land eingedämmt, und in der zweiten Hälfte des 19. Jahrhunderts wurden die Vorschriften, wenn auch mit quälender Langsamkeit und gegen den heftigen Widerstand der Schiffseigner, auch auf die Schiffahrtsindustrie ausgedehnt. Doch diese Verordnungen sollten lediglich dem sicheren Transport der Ladungen und Passagiere dienen, nicht etwa dem Schutz der Seeleute vor tyrannischen Kapitänen und raffgierigen Eignern.

Mit dem Gesetz für die Handelsschiffahrt aus dem Jahr 1854 begann das neu eingerichtete Handelsministerium, das Gerüst aus Brauchtum und Praxis, das über die Jahrhunderte entstanden war, auf Vordermann zu bringen. Zu seinen Pflichten zählte die Registrierung aller britischen Schiffe und der Getreide- und Holzladungen. Die Tendenz des Getreides, zu verrutschen, der Auftrieb des Holzes und der Brauch, auf Holzschiffen Ladung an Deck zu befördern, machten Schiffe mit solchen Ladungen häufig sehr instabil.

Das Handelsministerium untersuchte Schiffbrüche und Todesfälle und überwachte die Überprüfung der Anker und Ankerketten. Zumindest theoretisch war es auch zuständig für die Anheuerung, Entlassung und Bezahlung von Seeleuten, ihren Schutz vor »Seelenverkäufern«, für das Repatriieren der im Ausland entlassenen Matrosen, die Fürsorge für in Not geratene Seeleute. Außerdem ging es Hinweisen auf das Fehlverhalten von Offizieren und von Todesfällen auf See nach.

Es führte fortlaufende Verzeichnisse über die Entlassung von Seeleuten, untersuchte und bestrafte Desertionen oder das Fernbleiben von Besatzungsmitgliedern und wurde mit der verantwortungsvollen Aufgabe betraut, die Examinierung und Zertifizierung der Schiffsoffiziere zu überwachen. Laut Vorschrift mußten Mannschaften in einem Büro der Marine unter den Augen eines Beamten des Handelsministeriums angeheuert und entlassen werden, aber viele Schiffseigner hielten sich nicht an dieses Gesetz. Allein die hohe Anzahl von Seeleuten und Schiffen setzten den Kontrollmöglichkeiten des Handelsministeriums Grenzen. Dies galt bereits für die Häfen und ihre verschiedenen Einrichtungen, aber erst recht für das Leben auf See.

Das Handelsministerium war auch mit der Gewährleistung der Seetüchtigkeit von Schiffen betraut und sollte insbesondere verhindern, daß Emigrantenschiffe überladen und nicht genügend bemannt waren, nachdem sich in der Mitte des Jahrhunderts eine Reihe schwerer Unglücke ereignet hatte. Für die steigende Zahl von Emigranten standen zu wenige Passagierschiffe bereit. Zwischen 1846 und 1854 waren 2,5 Millionen Menschen aus dem Vereinigten Königreich nach Australien und Amerika ausgewandert. Obwohl die Ursache hierfür zum Teil die Hungersnot in Irland war, hatten auch frühere Auswanderergenerationen Anteil daran, die ihre Familien in die Neue Welt nachholen wollten. Zahlreiche Schiffe wurden für die Beförderung von Passagieren umgerüstet, obwohl viele von ihnen überhaupt nicht dafür geeignet waren. In sieben Jahren erlitten einundsechzig Schiffe mit Passagieren Schiffbruch, wobei 1600 Menschen ihr Leben ließen. Die Höhe der Verluste zwang die Regierung, neue Gesetze zu erlassen und Passagier-, insbesondere Emigrantenschiffe, schärferen Kontrollen zu unterziehen.

Während die Beförderung von Passagieren besser geregelt

wurde, schrieb die lückenhafte Gesetzgebung im Umgang mit den Mannschaften nur die Einhaltung minimaler Standards fest. Der winzige Raum für die Unterkunft eines Seemanns betrug lediglich ein Achtel des Kubikraums und ein Fünftel der Bodenfläche, die das Kriegsministerium für die Unterbringung von Soldaten in Kasernen vorgeschrieben hatte. Auch wenn das Leben in der Royal Navy häufig sehr hart war – der Krimkrieg forderte Soldaten und ließ infolgedessen den Reiseverkehr zum Schwarzen Meer anwachsen –, waren die Schiffe, auf denen die Matrosen segelten, zumindest normalerweise in einem leidlichen Zustand. Seeleute auf Handelsschiffen hingegen besaßen dafür keine Garantie, und die abgewrackten »schwimmenden Särge« einiger korrupter Schiffseigner waren keine Seltenheit.

Die Eigner wurden von einer mächtigen Lobby im Parlament geschützt. Als das Handelsministerium die Gründe für die erschreckend hohe Zahl gesunkener Handelschiffe untersuchen wollte, protestierten prominente Schiffseigner sogleich lautstark gegen die »Einmischung des Gesetzgebers ... und seine restriktiven Praktiken, die der ausländischen Konkurrenz zugute« kämen, so daß die Regierung Lord Palmerstons nicht etwa neue Gesetze erließ, sondern gezwungen war, bereits bestehende Gesetze hinsichtlich der Ladungen auf Deck und der Gewährleistung wasserdichter Schotte wieder zurückzuziehen.

Vermeidbare Verluste vervielfachten sich, da die Regierung ihrer Aufsichtspflicht nicht nachkam und die Versicherung das finanzielle Risiko der Schiffseigner auf ein Minimum reduzierte. Großbritanniens zunehmende Beherrschung der Meere führte zu sinkenden Versicherungssätzen, weil die Bedrohung durch Piraten und Korsare abnahm. Durch den zunehmenden Wettbewerb auf dem Versicherungsmarkt wurden nicht mehr, wie bisher, 75 bis 90 Prozent des versicherten Wertes ausbezahlt, sondern die komplette Summe. Früher hatte es im Interesse aller Eigner gelegen, sicherzustellen, daß ihre Schiffe nach jeder Ozeanreise überholt wurden, und aus Sicherheitsgründen war es auch gängige Praxis gewesen, ein Minimum von drei Zoll Freibord für jeden Fuß im Laderaum, gemessen vom Kiel zum Hauptdeck, zu haben.

Doch seitdem die volle Versicherungssumme ausbezahlt wurde, war es für die geldgierigeren Schiffseigner sehr reizvoll geworden, ihre Schiffe zu überladen und ihr Gewinnpotential pro Reise um 50 Prozent zu steigern. Wenn das Schiff unterging, deckte die Versicherung den Verlust und brachte häufig einen stattlichen Gewinn ein, da einige Eigner ältere Schiffe und ihre Ladungen für einen Preis versicherten, der deutlich unter ihrem wirklichen Wert lag. Ja, es konnte für die Eigner lukrativer sein, wenn ein Schiff unterging, als daß seine Ladung unversehrt ausgeliefert wurde. Ein Londoner Schiffseigner versicherte ein Schiff, das ihn 300 Pfund gekostet hatte, für 1000 Pfund. Ein anderes Schiff, das für 7500 Pfund erworben, aber für 10000 Pfund versichert war, ging unter und riß zwanzig Menschen in den Tod. Die Eigner strichen einen Gewinn von 2500 Pfund ein, und den Frauen und Familien der Seeleute blieb nur die blanke Not. Für die Mannschaft, wenn sie denn überlebte, gab es keinerlei Entschädigung.

Selbst bei Schiffen und Ladungen, die mehrere 10000 Pfund wert waren, überschritt die Haftpflicht des einzelnen Versicherers selten einige hundert Pfund. Niemand besaß die Zeit oder die erforderlichen Informationen, die Herkunft oder den Zustand jedes Schiffes zu untersuchen, das er versichern sollte. Es war billiger und leichter, die Forderungen abzugelten, als eine Untersuchung über den Verlust eines Schiffes auf hoher See oder an einer fernen Küste in die Wege zu leiten.

Es war unmöglich, zu beweisen, daß »schwimmende Särge« vorsätzlich versenkt worden waren oder in einem Zustand in See stachen, der zwangsläufig zu ihrem Untergang führen mußte, aber es gab keinen Zweifel, daß jedes Jahr viele Hunderte Seeleute auf völlig seeuntauglichen Schiffen in ihr Verderben fuhren. Wenn sich die Seeleute beschwerten oder zu segeln weigerten, wurden sie ins Gefängnis gesteckt, da das Gesetz auf der Seite der Eigner stand.

Ein voll aufgetakeltes Kohlenschiff, die *Epaminodas,* lief zweimal auf Grund, während sie in den Tyne-Docks beladen wurde, und zog Wasser mit einer Geschwindigkeit von zweieinhalb Zoll pro Stunde. Die zehnköpfige Besatzung weigerte sich, in ihr nach Genua zu segeln, und wurde von den South Shields-Behörden prompt zu dreimonatigen Haftstrafen verurteilt. Ein anderes in London beladenes Schiff wurde von dem Lloyds-Prüfer als »völlig seeuntauglich« eingestuft, so daß in Deal ein Großteil der Mannschaft desertierte. Sie wurde ins Gefängnis gesteckt und eine neue Besatzung rekrutiert. Alle verloren ihr Leben, als das Schiff im Atlantik sank.

Das *Lifeboat* – die Zeitschrift der Royal National Lifeboat Institution – berichtete über den Verlust der *Utopia* auf einer Reise von Liverpool nach Bombay. Das Schiff war so überladen, daß es im Dock von Brunswick auf Grund lief und schwer beschädigt wurde. Die Dock-und Hafenbehörde von Mersey warnte den Besitzer und teilte ihm mit, bis zu welcher Grenze die Ladung sicher sei, ja, der für die Kontrollen zuständige Beamte malte die entsprechende Linie sogar auf den Rumpf des Schiffes. Dennoch wurde das Schiff beladen, bis diese Marke sich sechs Zoll unter Wasser befand, und dann in ein anderes Dock befördert, wo weitere 120 Tonnen Koks aufgenommen wurden. Der Kapitän protestierte bei dem Eigner und zog es dann vor, von seinem Kommando zurückzutreten, statt dieses Schiff zu segeln.

Damit der neue Kapitän gar nicht erst auf den Gedanken kam, dem Beispiel seines Vorgängers zu folgen, schickte ihm der Schiffsmakler eine Warnung: »Ich muß Sie davon in Kenntnis setzen, daß ich, nachdem ich Sie dem Eigner empfohlen habe, falls Sie das Schiff nicht befehligen sollten, dafür sorgen werde, daß Sie nie wieder eine Anstellung auf einem Schiff aus Liverpool erhalten werden, soweit dies in meiner Macht steht.« Am 10. März 1867 stach die *Utopia* vereinbarungsgemäß in See. Innerhalb weniger Stunden stand das Wasser drei Fuß tief im Frachtraum, und obwohl die Pumpen ununterbrochen im Einsatz waren, sank das Boot innerhalb von drei Tagen. Das *Lifeboat* klagte an: »Jeder prinzipienlose Schiffseigner oder sein Agent verfügen über die Macht, ein gut versichertes aber seeuntüchtiges Schiff gegen das Urteil und den Willen ihres Kapitäns und der Mannschaft in den fast sicheren Untergang zu schicken.«

Es handelte sich um einen nationalen Skandal. Ein Mann nahm sich der Sache an: Samuel Plimsoll war für Derby ins Parlament gewählt worden, weil er versprochen hatte, sich für eine Gesetzgebung zum Schutz der Seeleute auf Handelsschiffen einzusetzen, doch seine Versuche, 1871 den Entwurf für ein Kontrollgesetz für die Handelsschiffahrt einzubringen, wurde von jenen Abgeordneten, die selber Schiffe besaßen, erfolgreich vereitelt.

Statt dessen wurde ein Gesetzesentwurf der Regierung verabschiedet, der niemandem wirklich weh tat. Das Handelsschiffahrtsgesetz zwang die Eigner, auf dem Rumpf des Schiffes die Tiefgangsmarke und den Namen des Schiffes dauerhaft anzubringen, und Mannschaften hatten das Recht, eine Untersuchung der Seetauglichkeit ihrer Schiffe zu verlangen. Aber da sie die Kosten dafür selbst aufbringen mußten und außerdem Gefahr liefen, inhaftiert zu werden, wenn die Untersuchung das Gericht nicht davon überzeugte, daß das Schiff gefährlich sei, handelte es sich dabei um ein nahezu wertloses Zugeständnis.

Plimsoll war davon so angewidert, daß er beschloß, die Öffentlichkeit zu mobilisieren. Zu diesem Zweck veröffentlichte er im Dezember 1872 ein Buch mit dem Titel *Unsere Seeleute*. Darin kritisierte er die Seeuntauglichkeit eines bedeutenden Teils der Handelsflotte, die rauhe, häufig barbarische Behandlung der Mannschaften und die Gier und kriminelle Nachlässigkeit korrupter Schiffseigner. Außer der Überversicherung zitierte Plimsoll acht weitere Ursachen vermeidbarer

Schiffsunglücke, darunter einen Fall, bei dem ein Dampfer die Reise von Liverpool in den Fernen Osten mit nur acht Mann Besatzung angetreten hatte, und weiterhin den eines voll aufgetakelten Dreimasters, der mit nur elf Mann in See gestochen war – kaum die Hälfte der benötigten Anzahl, um ein solches Schiff sicher zu handhaben.

Die Ladung wurde häufig so sorglos verstaut, daß Schiffe sich auf die Seite drehten und kenterten, wenn eine Welle sie traf, oder sich so gewaltsam aufrichteten, daß der Rahmen und der Mast des Schiffes brachen. Die Beladung des Decks machte die Schiffe topplastig, ein Umstand, der sich während der Winterreisen verschlimmerte, wenn Schnee und Eis die Ladung noch schwerer machten. Aber auch ohne Ladung an Deck konnte das Überladen für Segelschiffe und Dampfer tödliche Folgen haben. Stark beladene Dampfer verfügten häufig über zuwenig Maschinenleistung, um in etwas rauherer See Vorwärtsfahrt über Grund zu machen. Plimsoll erwähnt ein Schiff, dessen Hauptdeck sich 65 cm unter der Wasseroberfläche und dessen Schutzdeck sich nur 125 cm darüber befand. Das Schiff sank nur achtzehn Meilen vom Hafen entfernt.

Auch Konstruktionsfehler waren weit verbreitet, etwa die absichtliche Verwendung von »Devils« – falschen Muttern, die, um die Kontrolleure zu täuschen, mit einer dünnen Kupferschicht überzogen waren, in Wirklichkeit aber aus billigerem Eisen bestanden, das im sauren Bilgewasser rostete. Aber auch sachgerecht konstruierte Schiffe wurden häufig weder repariert noch inspiziert.

Um Behauptungen entgegenzutreten, er bausche vereinzelte und triviale Zwischenfälle auf, um seine eigene politische Karriere voranzutreiben, zitierte Plimsoll eine über jeden Zweifel erhabene Quelle, das *Lifeboat*: »1869 kam es zu 177 Schiffbrüchen, als der Wind entweder völlig ruhig war oder höchstens eine ganz milde Brise wehte. 660 Schiffe gingen in mäßigen, frischen und starken Brisen verloren. Von den 606 Schiffbrüchen an unseren Küsten, die Kollisionen nicht eingerechnet, basierten 74 auf Defekten an den Schiffen oder ihrer Ausrüstung, unrichtigen Karten, funktionsuntüchtigen Kompassen und so weiter. Es ist unglaublich, wenn man darüber nachdenkt, wie viele Menschen wegen dieser vermeidbaren Schiffbrüche ihr Leben lassen mußten.« *Unsere Seeleute* plädierte für die obligatorische Überprüfung aller Handelsschiffe und schloß mit einem flammenden Appell an die Leser: »Es liegt bei Ihnen, die Sie diese Zeilen lesen, daß diese lebenswichtige Pflicht nun wahrgenommen wird, nicht nur vom Parlament und nicht nur von der Regierung, sondern von Ihnen ganz persönlich!«

Während der vorausgegangenen Jahrzehnte hatten die Ausdehnung des Stimmrechts und die rasche Zunahme der Literarizität, die sich in der wachsenden Verbreitung der populären Presse spiegelte, die Macht der öffentlichen Meinung erheblich gesteigert, und *Unsere Seeleute* rief sofort ein großes und heftiges Echo hervor. Zeitungen im ganzen Land brachten Auszüge daraus und kommentierten das Buch, und in jeder größeren Stadt wurden Versammlungen abgehalten, häufig mit Plimsoll als Redner. Großbritannien befand sich auf dem Zenit seiner wirtschaftlichen Macht, und für den anhaltenden Wohlstand des Landes war die Handelsschiffahrt unverzichtbar. Das britische Volk protestierte gegen den hohen Preis, den britische Seeleute dafür entrichten mußten.

Plimsolls lebhaftes Temperament und seine Ungeduld mit der Verhinderungs- und Verzögerungstaktik der Schiffseigner und der Vertreter des Handelsministeriums, verleiteten ihn in seinen öffentlichen Reden und im Unterhaus zu heftigen Angriffen. Doch alle Versuche, ihn durch Verleumdungsklagen mundtot zu machen, scheiterten. C.M. Norwood, ein Abgeordneter aus Hull, der selbst Schiffseigner war, verklagte ihn wegen seiner Kommentare zum Verlust der *Livonia*. Diese hatte 1861 nur sechs Stunden nachdem sie mit ihrer Ladung von Eisenbahnschienen losgesegelt war, zu treiben begonnen, weil ihre Maschinen aussetzten, und war dann vor Spurn Head gesunken. Plimsoll benannte als Zeugen einen Lloyds-Inspektor, einen weiteren angesehenen Schiffseigner und den Schiffsmaat, die alle drei bezeugten, daß ein Teil der Ladung entfernt werden mußte, bevor das Schiff die Barre am Hafeneingang passieren konnte. Einer der Schauermänner, die das Schiff beluden, erklärte: »Ich wäre keine drei Meilen darauf gesegelt, selbst wenn man mir das gesamte Schiff und die Ladung geschenkt hätte.« Als das Gericht von Queen's Bench am 14. Juni 1873 zu Plimsolls Gunsten entschied, zogen mehrere andere Abgeordnete und Schiffseigner ihre Verleumdungsklagen zurück.

Im März dieses Jahres hatte Chichester Fortescue, der Präsident des Handelsministeriums, die Einrichtung einer königlichen Kommission angekündigt, die die »angebliche Seeuntüchtigkeit registrierter britischer Schiffe« untersuchen sollte, unabhängig davon, »ob diese vom Überladen, von Decklast, Konstruktionsmängeln, ihrem Zustand, ihrer Form, ihrer Ausstattung oder ihren Maschinen, ihrem Alter oder unangemessener Ladeweise herrührt« und die außerdem »die gegenwärtige Rechtslage hinsichtlich der Verantwortung der Schiffseigner für Verletzungen ihrer Angestellten und die angebliche Praxis, zuwenig Personal anzustellen, untersuchen« sollte.

Das Gesetz über die Handelsschiffahrt, das im Mai 1873 verabschiedet wurde, als die königliche Kommission noch mit der Beweisaufnahme beschäftigt war, räumte dem Handelsministerium das Recht ein, Schiffe, bei denen der Verdacht bestand, sie seien seeuntüchtig oder überladen, zu inspizieren, falls ein Mitglied der Öffentlichkeit Beschwerde einlegen sollte. Mit diesen noch bescheidenen Befugnissen wurden innerhalb der nächsten zwölf Monate bereits 440 Schiffe daran gehindert, aus dem Hafen auszulaufen, und fast alle nach einer Beschwerde eines einzigen »Mitglieds der Öffentlichkeit«: Samuel Plimsoll, dem die Boulevardpresse den Beinamen »Der Freund der Seeleute« gegeben hatte. Obwohl Plimsoll sich wohl oder übel auf Informationen verlassen mußte, die ihm von anderen hinterbracht worden waren, wurden 424 der 440 Schiffe definitiv für seeuntauglich befunden, und die Kommission mußte einräumen: »Sein Urteilsvermögen war so klar, daß er in keinem einzigen Fall aufgefordert wurde, die Kosten zu übernehmen, noch nicht einmal im Fall jener sechzehn Schiffe (von 440), die in See stechen durften.« Denn selbst diese waren gezwungen worden, vor dem Auslaufen einen Teil ihrer Ladung zu löschen.

Schiffseigner, die gegenüber der Kommission aussagten, versuchten, die Schuld auf andere zu schieben. Einer der Eigner, der in zehn Jahren achtzehn Schiffe verloren hatte, machte dafür allein die »Inkompetenz der Kapitäne und Mannschaften« verantwortlich. Alle verunglimpften Plimsoll als »verrückt«, als »geltungssüchtig«, als jemanden, der »den Tod durch einen Parlamantsbeschluß verbieten lassen wolle«, und schlimmer noch, als »eine Landratte«.

Eine etwas andere Auffassung brachte ein Schiffsmaat in einem Brief an seine Verlobte zum Ausdruck, bevor er an Bord ging. Nachdem er sich darüber beklagt hatte, daß das Schiff überladen sei, fügte er hinzu: »Es ist höchst bedauerlich, daß das Handelsministerium keine generelle Lademarke und keine Inspektoren vorschreibt, die dafür sorgen, daß Schiffe, die für ihre Mannschaften zu Särgen werden, nicht mehr aufs Meer geschickt werden.« Aber um nicht gegenüber den anderen Besatzungsmitgliedern sein Gesicht zu verlieren und ins Gefängnis gesteckt zu werden, trat er die Fahrt dennoch an: Es sollte sein letzter Brief gewesen sein, denn wie erwartet sank das Schiff und riß ihn mit in die Tiefe.

Doch solche Zeugnisse beeindruckten die königliche Kommission, die sich hinter geschlossenen Türen traf und vor allem aus Beamten des Handelsministeriums, Schiffseignern und Schiffskonstrukteuren bestand, nicht über Gebühr. Die Seeleute hatten keinen eigenen Repräsentanten, und trotz der umfangreichen Erkundungen der Kommission wurden viele der Beweise, die Plimsoll in mühevoller Kleinarbeit zusammengetragen hatte, als unzulässig abgewiesen, da sie angeblich nicht sachdienlich waren. Der Bericht der Kommission roch förmlich nach Schönfärberei: »Wir sind daher, wenn auch nicht ohne Bedauern, zu dem Schluß gekommen, daß wir keine allgemeine Regel für das sichere Beladen aller Handelsschiffe vorschreiben können.«

Bei den Wahlen, die 1874 stattfanden, verlor Gladstones liberale Regierung die Macht, und als liberaler Abgeordneter dürfte Plimsoll wenig Hoffnung gehabt haben, unter Disraelis Regierung die neue Gesetzgebung durchsetzen zu können. Dennoch trieb er den Gesetzentwurf zum Schutz der Schiffe voran und setzte die zweite Lesung im Haus am 24. Juni durch. Zum Erstaunen Disraelis und trotz des massiven Widerstands der Regierung und der Schiffseigner scheiterte das Gesetz in der zweiten Lesung nur um drei Stimmen.

Auch weiterhin gingen Schiffe verloren, und die Inkompetenz des neuen Präsidenten des Handelsministeriums, Sir Charles Addersley, steigerte den Zorn der Öffentlichkeit. Der Fall der überladenen *Thoranby*, die in Cardiff im Dock lag, brachte das Faß im Dezember desselben Jahres schließlich zum Überlaufen. Obwohl Addersley über ihren bedenklichen Zustand informiert worden war, schickte er sein Verbot, daß das Schiff den Hafen nicht verlassen dürfe, nicht als Telegramm, sondern als Brief. Als dieser ankam, war das Schiff bereits losgesegelt, und neunundzwanzig Menschen ertranken, als es unterging.

Im folgenden Jahr brachte Plimsoll einen weiteren Gesetzentwurf im Parlament ein, doch erneut sorgten die Abgeordneten, die selber Schiffseigner waren, dafür, daß der Erlaß immer wieder verzögert und der Gesetzestext inhaltlich verwässert wurde. Am 22. Juli 1875 verkündete Disraeli dann, daß das Gesetz über die Handelsschiffahrt aufgegeben würde, damit sich das Parlament mit dem Gesetzentwurf über Landbesitz auseinandersetzen könne. Wichtiger als Leben und Tod der Seeleute schien die korrekte Form der Weitergabe von Ländereien zu sein.

Plimsoll verlieh seinem eigenen Zorn und dem der Öffentlichkeit Ausdruck, indem er das Parlament offen angriff, auch wenn dies weit weniger spontan erfolgte, als es zunächst den Anschein hatte. Für den Fall seiner Verhaftung trug er seine Zahnbürste in der Tasche, und seine Frau saß auf der Damen-Galerie und verstreute Kopien einer längeren, aber nicht minder heftigen Fassung seiner Rede über die unter ihr stehenden Schreibtische der Reporter.

Er schüttelte seine Faust in Richtung der Abgeordneten ihm gegenüber:

»Ich möchte den Schurken im Parlament die Maske vom Gesicht reißen, jenen trefflichen Repräsentanten der zahlreicheren, aber nicht größeren Schurken, den Schiffseignern mit ihren mörderischen Neigungen, die sich außerhalb des Parlaments befinden. Sie haben alle Bemühungen, eine Lösung für dieses Problem zu finden, zunichte gemacht und zerredet.

Der Direktor von Lloyds weiß von keinem einzigen Schiff, das von den Eignern aus dem Verkehr gezogen worden wäre, weil es seit dreißig Jahren in Dienst ist. Solche Schiffe werden von geldgierigen und skrupellosen Spekulanten aufgekauft, von denen sie mit wertvollen Menschenleben an Bord aufs Meer geschickt werden. Hunderte und Aberhunderte tapferer Männer werden kontinuierlich in den Tod geschickt, und ihre Frauen werden zu Witwen und ihre Kinder zu Waisen gemacht, damit einige Spekulantenverbrecher, in deren Herzen es weder Gottesliebe noch Gottesfurcht gibt, ihre unseligen Gewinne machen.

Im Namen unserer gemeinsamen Menschlichkeit fordere ich, daß dieses Gesetz unverzüglich auf den Weg gebracht wird. Sollte dies scheitern, rufe ich das Blut aller Männer, die im nächsten Winter aus vermeidbaren Ursachen zugrunde gehen, auf den Kopf des Premierministers und seiner Kumpane herab.«

Plimsolls Weigerung, das im Parlament unübliche Wort »Schurke« zurückzunehmen, führte zu seinem Ausschluß aus dem Unterhaus, und der Gesetzesentwurf zur Regulierung der

Handelsschiffahrt wurde zurückgezogen. Doch Disraeli hatte die Stimmung im Land falsch eingeschätzt. Von der Boulevardpresse angefacht, wurden im ganzen Land öffentliche Versammlungen abgehalten, die sich großen Zulaufs erfreuten und zu denen »die korrupten Schiffseigner ganz besonders eingeladen wurden«. Als ihm sein Irrtum klar wurde, hängte Disraeli sein Fähnchen nach dem Wind. Das Gesetz über seeuntaugliche Schiffe, einschließlich der Verfügung, daß jedes Schiff eine deutlich sichtbare »Plimsoll-Line« aufweisen mußte, erlebte am 30. Juli seine zweite Lesung und trat am 10. August 1875 in Kraft.

Die *Times* schrieb dazu: »In den letzten vierzehn Tagen ist Mr. Plimsoll der König gewesen und Mr. Disraeli der ergebene Diener. Der Premierminister kannte die Macht der Fraktionen im Unterhaus, aber er hatte keine Ahnung von der Macht der öffentlichen Meinung.«

Trotz dieser Wende gelang es den Schiffseignern erneut, das Gesetz für die Handelsschiffahrt, welches Plimsolls Gesetzesvorlage aus der vorherigen Sitzungsperiode festschrieb, zu verwässern. Daraufhin fügte Plimsoll sofort eine weitere Klausel hinzu, mit der alle in Großbritannien registrierten Schiffe gezwungen werden sollten, eine Bescheinigung über Seetauglichkeit mitzuführen, bevor sie aus dem Hafen ausliefen, trotz Addersleys Protesten, daß eine »Überwachung durch das Handelsministerium nicht zu einer Verbesserung der Bedingungen beitragen und eine nachteilige Wirkung auf die britische Schiffahrt und ihren Wettbewerb mit der Schiffahrt anderer Länder haben würde«.

Plimsoll verwies auf die Mängel einer Lademarke, die der Schiffseigner ohne Bezug auf eine feste Größe gezogen hatte. »Es gibt kein Gesetz, das besagt, er solle sie nicht unter Wasser anbringen. Die Idee wird von den Schiffseignern selbst so verspottet, daß viele von ihnen in Liverpool sie auf die Decklinie gemalt haben. Ein Kapitän aus Cardiff hat sie originellerweise auf dem Schornstein seines Dampfers angebracht.«

1876 trat das Gesetz schließlich in Kraft, aber es sollte weitere vierzehn Jahre dauern, bevor die Verantwortung für die Anbringung der »Plimsoll-Line« aus den Händen der Schiffseigner genommen und in die des Handelsministeriums gelegt wurde. In der Zwischenzeit setzten sich die Verluste in einem grauenhaften Ausmaß fort: 1153 Schiffe wurden vermißt gemeldet, und 11000 Menschen verloren ihr Leben.

4

Abschied und Aufbruch

Nachdem er seine Mannschaft beisammen hatte, ging Tom am nächsten Morgen mit den drei Männern zum Zollamt, um dort vor dem Leiter des Seemannsamtes die Verträge zu unterzeichnen. Richard hatte den Matthews nichts davon gesagt. Von den dreien war er der einzige, der mit einem Zeichen statt mit seinem Namen unterschrieb. Tom bemerkte seine Verlegenheit. »Du brauchst dich nicht zu schämen. Ich war als Junge auch ein Analphabet, aber ich habe mir das Lesen und Schreiben selbst beigebracht, und mit etwas Unterstützung schaffst du das auch. Wir haben Zeit genug: Ich verspreche dir, wenn wir in New South Wales ankommen, wirst du deinen Namen mit einem schwungvollen Schnörkel schreiben können.« Er versprach Richard, ihn auf der Reise zu unterrichten und zu diesem Zweck einige Bücher mitzunehmen. Auch einige Gebetsbücher waren darunter, damit er sonntags den Gottesdienst abhalten konnte.

Als Richard an diesem Nachmittag nach Hause kam und erzählte, er habe den Vertrag für die Reise unterschrieben, brach Mrs. Matthews in Tränen aus. Er konnte nun keinen Rückzieher mehr machen, ohne befürchten zu müssen, inhaftiert zu werden. »Nun gut, Dick«, sagte sie, »wenn du entschlossen bist zu gehen, dann geh', und geb's Gott, daß du wieder gesund nach Hause zurückkehren wirst.« Sie kauften ihm eine Seekiste sowie die Kleidung und das Ölzeug, das er für die Reise benötigte, aber es gelang ihnen nicht, ihre innere Unruhe zu verbergen.

Tom verbrachte den Rest des Donnerstags, des 15. Mai, damit, Vorräte einzukaufen, da er am nächsten Morgen mit der Flut lossegeln wollte. Doch inzwischen war Haines durch Gerüchte über den Zustand der Schiffsbeplankung alarmiert worden und hatte Tom mitgeteilt, daß er nicht mitfahren werde. Da er den Vertrag bereits unterschrieben hatte, setzte er sich damit der Gefahr aus, verhaftet und wegen Desertion ins Gefängnis geworfen zu werden. Doch statt ihm damit zu drohen, versuchte Tom ihn zu überreden und bot ihm sogar ein zusätzliches Pfund pro Monat, falls er die Reise mit ihm machen würde. Doch Haines ließ sich nicht umstimmen.

Tom mußte die Abfahrt also erneut verschieben und kehrte zu den Docks und Jachtagenturen zurück, um ein neues Besatzungsmitglied zu finden. Er rekrutierte Edwin Stephens als Maat für acht Pfund pro Monat, dieselbe Heuer, die er auch Haines geboten hatte. Er versicherte sich seiner, indem er ihm versprach, daß er Kapitän der *Mignonette* werden könne, sobald sie in Sydney eingetroffen seien. Da er Stephens vorher nicht gekannt hatte, zog er gründliche Erkundungen über seinen Charakter und seinen persönlichen Hintergrund ein. Stephens, der wesentlich größer und dünner als Tom war, war siebenunddreißig Jahre alt, verheiratet und hatte fünf Kinder. Er erfreute sich eines hohen Ansehens, war ein gläubiger Christ und ein Mitglied der Above Bar Congregational Church, des YMCA und der Freimaurerloge *Kap der guten Hoffnung*. Stephens Vater, wie sein Sohn Kapitän eines Handelsschiffs, war im April 1868 ertrunken, doch seine Mutter und Schwester lebten noch in Southampton, in der Nähe seiner Wohnung in der 73 Northumberland Road, Nicholls Town.

Die Stephens waren relativ wohlhabend gewesen, da Edwins

Vater einen regulären, gutbezahlten Arbeitsplatz besaß, so daß Edwin als einziger Sohn eine wohlbehütete Kindheit gehabt hatte. Anders als Tom, war er erst drei Monate vor seinem vierzehnten Geburtstag zum ersten Mal zur See gefahren. Sein Vater hatte sein ganzes Leben für die Isle of Wight Steam Packet Company gearbeitet, während sein Sohn sich schon bald der Peninsular and Orient Line anschloß. Er hatte als Kabinenjunge begonnen und war rasch befördert worden. Nach achtzehn Monaten war er Leichtmatrose, zwei Jahre später Vollmatrose geworden. 1869 erhielt er sein Maat-Patent, und im selben Jahr trat er der Union Line bei. Zwölf Monate später erwarb er sein Patent als erster Maat. Er war ein außerordentlich erfahrener Tiefseesegler, der bereits mehrere Male am Kap gewesen war. Zu Tom hatte er gesagt: »Mein ganzes Leben lang bin ich nach Süden gesegelt.« Wahrscheinlich hätte er es bei der Union Line bis zum Kapitän gebracht, wäre ihm nicht 1877 ein Unfall widerfahren, der seiner Karriere ein jähes Ende bereitete. Auch Tom hatte diese Geschichte einen Moment lang zögern lassen, bevor er ihm die Stelle gab. In Anbetracht der sehr kleinen Mannschaft war er darauf angewiesen, daß jeder der Männer seine Pflichten hundertprozentig erfüllte.

Bei schlechter Sicht war der 2000-Tonnen-Dampfer *European* bei der Rückfahrt vom Kap auf ein Riff geprallt und mit der gesamten Post, dreißig Passagieren und sechsundsiebzig Seeleuten an Bord gesunken. Kapitän Ker war der Agent der Firma in Südafrika, besaß aber kaum Erfahrung auf hoher See. Stephens war zu diesem Zeitpunkt Erster Offizier und Navigator. Der letzte Festlandstützpunkt war Kap Finisterre gewesen, aber niedrige Wolken und eine stürmische See hatten sie davon abgehalten, eine Sonnenbeobachtung durchzuführen. Nur auf der Grundlage der Koppelrechnung nahm er einen nordöstlichen Kurs über den Golf von Biskaya, um direkt an Ushant vorbeizusegeln.

Am frühen Nachmittag des 5. Dezember drehten sie bei, um zu loten. Obwohl die Tiefe der Seekarte zufolge an der entsprechenden Stelle 73 Faden betrug, wurde an einer hundert Faden langen Leine kein Grund gefunden. Da jede Wassertiefe, die 100 Faden oder mehr beträgt, als offene See, also als sichere Entfernung vom Land gilt, fuhren sie nach Nordosten weiter. Drei Stunden später versuchten sie erneut zu loten, doch wieder ohne Erfolg. Dennoch gaben sie nicht auf, obwohl die Karten zeigten, daß Stephens mit seiner Einschätzung der Position des Schiffes um mindestens fünfzig Meilen danebenlag. Weitere drei Stunden später stießen sie in 40 Faden Tiefe auf Grund, der aus Sand und Muscheln bestand.

Ushant lag noch immer in dichtem Nebel, aber Stephens und Ker kamen zu dem Schluß, daß sie sich zehn Meilen nördlich davon befinden müßten, obwohl die Seekarte an dieser Stelle Schlamm und Schlick verzeichnete, nicht Muscheln und Sand, und überdies eine andere Tiefe. Stephens hatte gerade die zweite Hundewache hinter sich, als die Wache rief: »Licht an Backbord voraus.« Sie legten das Ruder hart Steuerbord und stoppten die Maschinen. Dann rief der Wachposten: »Brecher voraus.« Der Kapitän ordnete an: »Volle Kraft voraus«, um eine Kollision zu verhindern, doch das Boot lief auf den Basse-Meur-Felsen auf. Das Licht, das sie gesehen hatten, war das Ushant-Licht. Passagiere, Besatzung und Post wurden gerettet, doch das Schiff ging verloren.

Eine formale Untersuchung kam zu dem Schluß, daß sich der Kapitän schwere Versäumnisse hatte zuschulden kommen lassen. Als Untergebener, der zumindest in theoretischer Hinsicht lediglich die Befehle des Kapitäns ausführte, entging Stephens direkter Kritik, aber er wußte, daß seine Schuld mindestens genauso groß war wie die des Kapitäns, und er gab dies während des Verhörs auch offen zu. Danach wurde er nie wieder von der Union Line beschäftigt.

Statt dessen tat er später Dienst auf den Schiffen von G.T. Harper and Company im Schwarzmeerhandel sowie für die alten Arbeitgeber seines Vaters, der Isle of Wight Steam Packet Company, doch seine Heuer war nur noch knapp halb so hoch wie die eines leitenden Offiziers der Union Line. Außerdem war er nur noch unregelmäßig beschäftigt. Als Tom ihm den Posten auf der *Mignonette* anbot, war er arbeitslos – und da er eine Frau und fünf Kinder unterhalten mußte, dachte er bereits daran, nach Australien auszuwandern, um dort einen Neuanfang zu wagen.

Trotz Toms Vorbehalten gegenüber einem Mann, dem solch gravierende Navigationsfehler unterlaufen waren, fand er Stephens Hochsee-Erfahrung sehr verlockend. Obwohl Tom viele Jahre als Navigator gedient hatte, war seine eigene Ozeanerfahrung sehr begrenzt, und er hatte das komplizierte Verfahren, mit dem man die geographische Länge auf See feststellt, nie praktiziert. Überdies beeindruckte ihn Stephens Aufrichtigkeit. Er versuchte nicht, seine Fehler zu kaschieren, und gab seine eigene Schuld am Untergang der *European* offen zu.

»Sie sind bereit, mich dennoch anzuheuern?« fragte Stephens. »Und mir die Navigation anzuvertrauen?«

»Ja, das bin ich. Ich habe in Southampton Erkundungen über Sie angestellt und dabei nur Gutes erfahren. Das mit der *European* war ein schrecklicher Fehler, aber nach allem, was ich über Sie gehört habe, ist es der einzige schwerwiegende, der Ihnen unterlaufen ist.« Er lächelte. »Ich habe selber Fehler gemacht, und ich wollte nicht für immer an einem Irrtum gemessen werden, der Jahre zurückliegt.«

Bevor er die Vorräte für die Reise an Bord nehmen konnte, mußte Tom seine Crew einer harten und schmutzigen, aber notwendigen Aufgabe unterziehen. Jede Tür und jedes Luk unter Deck wurde geöffnet, und der Schiffsbedarf, die Werkzeuge, die Reservesegel und Rundhölzer wurden entweder entfernt oder zum Lüften ausgebreitet. Auf einem gußeisernen Behälter, der auf dem Ballast über dem Kiel aufgestellt wurde, machte er ein kleines Holzkohlefeuer, bedeckte es mit feuchter Rinde und goß dann ein wenig Schwefel in das glimmende

Feuer. Jeder offene Plankenstoß des Bootes war bereits kalfatert worden, aber jetzt wurden auch die Luken und die Schiebekappe über der Kajüttreppe geschlossen, mit Latten verschalkt und abgedichtet. Tom und seine Männer überprüften das ganze Schiff und kalfaterten jeden Schlitz, aus dem noch Rauch emporstieg.

Sie verbrachten die Nacht an Land, und am nächsten Morgen wurden die Luken wieder geöffnet, so daß die kühle Frühlingsluft unter Deck gelangen und die letzten Schwefeldünste davonblasen konnte. Als Tom durch die Jacht lief, sah er in den Ritzen des Holzes winzige gelbe Schwefelkristalle, die im schwachen Licht wie Primeln auf der dunklen Erde eines Waldbodens leuchteten. Außer der kalten Asche des ausschwefelnden Feuers entfernten sie noch fünf tote Ratten. Tom war sich nun sicher, daß auch sämtliche Läuse, Fliegen und anderes Ungeziefer tot waren.

Er gab der Crew den Befehl, das Schiff mit den Vorräten für die Reise zu beladen und überwachte persönlich deren Verstauung. Eine Jacht, die unter stürmischen Bedingungen beigedreht liegt, schlägt häufig quer. Wenn die Ladung und der Proviant richtig verstaut sind, kann dies drei- bis viermal pro Stunde geschehen, ohne daß ein Schaden entsteht. Ist dies hingegen nicht der Fall, wird die Ladung durch das Schlingern der Jacht auf die Seite geworfen und kann das Schiff zum Kentern bringen. Die meisten Schiffe sind deswegen gekentert und untergegangen. Diejenigen mit losem Gut waren besonders gefährdet, und Teilladungen aller Art waren immer bedenklicher als ein voller Laderaum.

Der Bleiballast der *Mignonette* war am Kiel befestigt und konnte sich nicht bewegen, aber der Stauraum war nur halb mit Vorräten gefüllt. Daher wurden die Lebensmittel mit besonderer Sorgfalt verstaut. Sobald die riesigen Wasserfässer und die anderen schweren Ladungen sich an ihrem Platz befanden, legten die vier Männer starke Planken darüber und befestigten sie mit Streben. Diese reichten von der Beplankung bis zu den Balken, die das Deck trugen. Die Streben wurden dann so kräftig verkeilt und versteift, daß selbst ein Hurrikan sie nicht verschieben konnte.

Am Freitagmorgen war die Arbeit getan, aber da er die Ängste, die er bei Philippa durch ihre rauhe und gefährliche Überfahrt geweckt hatte, ein wenig besänftigen wollte, beschloß Tom, erst am Montag zu segeln, um noch ein letztes Mal nach Sutton zurückkehren zu können. Ein Angestellter von Fay's Yard erhielt den Auftrag, das Schiff und seine Ladung zu bewachen, während die Männer ihr letztes Wochenende daheim verbrachten.

Nach einer schlaflosen Nacht und dem bedrückenden Abschied von seiner Familie kehrte Tom am Montagmorgen, dem 19. Mai, um 11.30 Uhr zurück. Er war ein handfester, praktischer Mann, der nicht dazu neigte, seine Gefühle zu zeigen, aber als er an diesem Morgen das Gartentor geschlossen und zu seiner Frau und ihren Kindern zurückgeblickt hatte, hatten sich seine Augen mit Tränen gefüllt. Wenn irgend etwas schiefging … Er grub seine Nägel in die Handballen und verscheuchte den Gedanken. Als er sich vom Tor abwendete, zwang er sich zu lächeln und winkte ihnen zuversichtlich zu, aber der Anblick der tränenüberströmten Gesichter seiner Kinder zerriß ihm fast das Herz.

Bis er in Southampton ankam, war seine alte stoische Ruhe zurückgekehrt, die ihn akzeptieren ließ, was immer das Schicksal für ihn bereithielt. Er hatte sich selbst, sein Boot und seine Crew nach bestem Wissen und Gewissen vorbereitet, alles andere lag nun in Gottes Hand. Die älteren Mitglieder seiner Mannschaft teilten seine Begeisterung für die Reise nicht, dafür aber alle seine Befürchtungen. Die Gerüchte über den zweifelhaften Zustand des Bootes, die in der Umgebung von Fay's Yard kursierten, hatten nun auch Ned Brooks nervös werden lassen, so daß er einen Rückzieher machen wollte, auch wenn er später behauptete: »Ich dachte nicht daran, daß die

Reise mit einem Risiko verbunden sein könnte. Da ich mit der See und kleinen Jachten und Booten groß geworden bin, glaubte ich nicht, daß es gefährlicher sein könnte, in der *Mignonette* nach Sydney zu reisen, als den Ärmelkanal zu überqueren. Aber meine Freunde und jedermann, mit dem ich über das Thema sprach, versuchten mich von der Reise abzuhalten.« Tom begab sich auf direktem Weg in die County Tavern in Northam, wo er den stark nach Alkohol riechenden Brooks inmitten einer Schar von Zechbrüdern fand. Es dauerte fast zwei Stunden, ihn unter hartnäckigem Zureden sowie der Drohung, ihn wegen Desertion einsperren zu lassen, davon zu überzeugen, an Bord der *Mignonette* zu gehen.

Auch Stephens mußte er zweimal von zu Hause abholen. Bei ihm war seine Frau das Hindernis, das es zu überwinden galt. Er hatte die Koje auf der Jacht gegen ihren ausdrücklichen Wunsch angenommen, und am Tag der Abreise tat sie alles, um ihn am Weggehen zu hindern. Stephens teilte die Zweifel seiner Frau nicht, aber offenbar fürchtete er sich, mit ihr zu streiten. Er versteckte sich hinter Tom, als sei dieser und nicht er mit ihr verheiratet. Tom redete ihr gut zu und erreichte schließlich sein Ziel. Stephens verließ seine Frau und seine Mutter, die einander weinend umarmten, und folgte Tom zum Liegeplatz der Jacht. Später sagte er: »Ich hatte nicht die leiseste Ahnung, daß die *Mignonette* nicht seetüchtig sein könnte. Da ich kein Jachtsegler war, hatte ich mich erkundigt, ob sie sicher sei, bevor ich mich anheuern ließ, und alle sagten mir, daß wir in ihr besser segeln würden als in einem großen Schiff, wenn wir sie nur richtig handhabten.«

Der einzige, der sich wirklich auf die Reise freute, war Richard Parker. Er war so enthusiastisch, daß er um fünf Uhr morgens zu Hause aufbrach, jedoch beim Aufbruch sein Bedauern nicht verbergen konnte. »Als er sich verabschiedete, küßte er uns beide und hielt uns mehrere Minuten fest umschlungen«, sagte Mrs. Matthews. »Ich werde das nie vergessen. In diesem Augenblick schien es ihm leid zu tun, daß er uns verlassen würde, und zum ersten Mal bereute er augenscheinlich den Entschluß, den er gefaßt hatte. Das war das letzte Mal, daß ich ihn gesehen habe, denn ich ertrug es nicht, die *Mignonette* auslaufen zu sehen.«

Bevor er das Schiff bestieg, lief Richard noch einmal über den Birnbaumgarten zum Friedhof. Er verweilte an einem aufwendig verzierten Obelisk – einem Gedenkstein für eine prominente örtliche Familie –, in den die Namen vieler Generationen von Toten eingraviert waren. Sein Auge ruhte einen Moment lang auf einer der Inschriften »... und ihre Kinder, Rebecca, ein Tag alt, Caleb, drei Tage alt, Reuben, sechs Monate alt, und Alice, ein Jahr und zehn Tage alt«. Neben dem Mitgefühl, das er für diese Familie empfand, regte sich in ihm auch ein leichter Groll. Obwohl diese Menschen nur kurze Zeit gelebt hatten, war doch eine Spur ihres Erdendaseins zurückgeblieben. Die Grabstätte seiner Eltern hingegen war durch keinen Stein und keine Tafel gekennzeichnet. Er trat an das Ostfenster der Kirche, das auf die kleine Schule hinausging, die er für kurze Zeit besucht hatte, und machte danach vor einem mit Frühlingsblumen bewachsenen Rasenstück halt. Vor dem Grab seiner Eltern, an die er sich kaum erinnerte, verneigte er sich, dann drehte er sich um und ging unter den Eiben, in deren Schatten das Tor der Kirche lag, davon.

Der alte Birnbaum auf der Wiese stand in voller Blüte, und der Wind, der vom Meer her wehte, trug den Duft zu ihm herüber. Er lief die Seestraße zum Kai hinab, vorbei an der unebenen, abschüssigen Wiese, auf der sein Vater sonntagnachmittags einige Kupfermünzen für sich selbst und einige Guineen für die örtlichen Herrschaften verdient hatte, die auf seine Fertigkeit im Umgang mit dem Kricketschläger setzten.

Am Fuße des Hügels überquerte er die Eisenbahngleise und kam zu den dichtgedrängten Häusern und Gaststätten an der Küste zwischen der Helling und dem Anlegeplatz der Fähre. Die niedrigstehende Sonne funkelte auf dem Fluß, und die Fähren, die unermüdlich über den Itchen pendelten, warfen ihre langen Schatten auf das gegenüberliegende Ufer. Er nahm die nächste Fähre nach Northam und stieg in der Nähe des Jachthafens aus. Dicht am Fuße der Helling bewegte sich der Mast der *Mignonette* im Strom, während die Gezeitenwende einsetzte. Stromabwärts ging die schlammige Mündung des Itchen in die Weite des Southampton Water über.

Richard löste die Wache auf der Jacht ab und verstaute seine Seekiste und sein Gerät unter der engen Koje, die man ihm zugewiesen hatte. Es war die kleinste, die am Kopfende fast an den Kettenkasten stieß. Bei schwerem Seegang würde das ohrenbetäubende Rasseln der Kette gegen die Wände des Kastens das Schlafen fast unmöglich machen, aber als jüngstes Mitglied der Crew hatte er keine andere Wahl, als die Hundekoje an Bord zu akzeptieren.

Brooks und Stephens trafen erst wesentlich später ein. Beide wurden von Tom zur Jacht begleitet und blickten häufig ans Ufer zurück. Aufgrund dessen, was er an diesem Morgen erlebt hatte, ließ Tom das Dingi sofort an Bord hieven. Das Beiboot erforderte sorgfältige Behandlung, da es sehr empfindlich war. Es bestand aus mehreren Schichten nach unten gewendeter Klinkerplanken, aus viertelzolldickem Mahagoni, die mit vernieteten Kupfernägeln befestigt waren. Nachdem das Dingi über dem vorderen Skylight verstaut war, gab es für die Crew kein Zurück mehr. Die einzige Möglichkeit, das Schiff zu verlassen, bestand darin, an die Küste zu schwimmen, doch von den vieren war Tom der einzige, der schwimmen konnte. Viele Seeleute weigerten sich absichtlich, schwimmen zu lernen, da sie befürchteten, sich im Falle des Kenterns dem Grauen von Haifischattacken oder einem langsamen, qualvollen Hungertod auszusetzen.

Tom rief sie am Ruder zusammen. »Wir sind ein kleines Schiff und haben eine lange Reise vor uns, aber wenn Sie Ihre Pflicht erfüllen, wird alles gutgehen. Wenn wir uns alle zusammenreißen, werden Sie in mir einen fairen und freundlichen Kapitän finden.« Er lächelte. »Freundlicher, als ich heute manchmal hätte sein müssen. Wir haben uns jetzt verabschiedet, es geht eine frische Brise, die uns zügig vorantreiben wird, und ein neues Land wartet auf uns. An die Arbeit, es gibt noch viel zu erledigen, bevor wir in See stechen können.«

Um fünf Uhr dreißig liefen sie mit der Nachmittagsflut aus. Brooks und Richard, die beiden stärksten, arbeiteten an der Winde. Es war harte Arbeit. Der Anker wog ein Zentner und hing an einer 300 Fuß langen Kette. Es erinnerte an den Klang einer Glocke, als die rostigen Kettenglieder der Winde nacheinander in den Kasten rasselten. Endlich durchbrach der Anker die Oberfläche und schwang tropfend vor dem Bug. Brooks und der Junge rannten, um ihn aufzufangen, wobei ihnen die Hosen locker um die Beine schlugen. Sie befestigten ihn am Rumpf, während Tom dem Dampfschlepper *Mezzi* das Signal gab, die *Mignonette* aus dem Itchen zu ziehen.

Während sie stromabwärts fuhren, kreisten und schrien die Möwen über ihnen. Richard blickte zurück auf die Häuser am Ufer, über das ansteigende Land und die grünen, von Baumgruppen bestandenen Felder. Bevor sie außer Sichtweite glitten, erhaschte er einen letzten Blick auf den Birnbaumgarten und die dunklen Eiben, welche die Kirche umgaben.

Tom stand am Ruder, als die *Mignonette* in Southampton Water, in der Nähe des ankernden Schlachtschiffs HMS *Hector* die Schleppleine loswarf. Während er auf die Küste zurückblickte, umfaßte er die Reling und spürte die Wärme und Festigkeit des verwitterten Holzes in seiner Hand. »Klar zum Setzen der Segel? Setzt Segel!«

Er hörte das Wimmern des Seiles in den Blöcken, als seine Männer an den Fallen zogen. Kein Schiff klang wie ein anderes: Nach einigen Tagen auf See würde er die Geräusche der *Mignonette* so gut kennen, daß er sie mit geschlossenen Augen unter anderen Schiffen heraushören könnte. Das schwere Großsegel wurde gesetzt und mit der Schot dichtgeholt. Danach folgte die Breitfock, und die Segel füllten sich. Als sie ins offene Wasser kamen, lehnte sich die *Mignonette* auf die Seite und rollte in der Grunddünung. Alle Arbeitssegel in der südöstlichen Brise gesetzt, verschwand der Hafen schon bald aus dem Blick, und die Küste lag wie eine niedrige Nebelbank über dem Meer.

Tom nickte zufrieden, während er seine Crew beobachtete. Stephens und Brooks arbeiteten flink und behende, nahmen sich aber auch Zeit, um den eifrigen, aber unerfahrenen Richard anzulernen. Sie begannen die üblichen Wachen – vier Stunden Wache, vier Stunden frei, sieben Tage die Woche –, ein Minimum von achtundvierzig Stunden pro Woche und wesentlich mehr bei schlechtem Wetter. Die Wachen verliefen von Mitternacht bis Mitternacht, und jede halbe Stunde wurde durch das Schlagen der Glocke angezeigt. Acht Glasen bedeutete das Ende der Wache.

Tom und Richard übernahmen die erste Wache, aber auch die beiden anderen blieben an Deck, solange die vertraute Küste noch in Sicht war. Sie alle empfanden dieselben gemischten Gefühle, das Bedauern, ihre Lieben daheim zurücklassen zu müssen, und die Aufregung angesichts der vor ihnen liegenden Reise ins Ungewisse. Am Ende der ersten Wache übergab Tom das Ruder an Stephens und ging hinunter, um sein Reich zu inspizieren. Der vertraute muffige Geruch unter Deck begrüßte ihn: altes, feuchtes Holz, der abgestandene Schweiß von Männern, Teer vom Kalfatern des Schiffes und der schwache, aber unverkennbare Geruch des Bilgewassers, der nie ganz verschwand, ganz egal, wie häufig die Pumpen zum Einsatz kamen.

In seiner winzigen Kabine, achtern hinter dem Niedergang, befand sich lediglich sein Holzstuhl mit einer geraden Lehne und ein Kartentisch, auf dem schon die mit Alteisen beschwerten Karten und das Logbuch lagen. Der Tisch stand direkt unter dem hinteren Skylight, der einzigen Lichtquelle außer der Laterne, die vom Decksbalken herabhing. Der Sextant und das Chronometer waren unter dem Tisch verstaut, obwohl Stephens als Maat, und nicht Tom, die Verantwortung dafür hatte, die Position des Schiffes richtig zu berechnen und das Logbuch zu führen. Die Kombüse und das Proviantlager, Brooks Zuständigkeitsbereich, befanden sich zu beiden Seiten des schmalen, dunklen Durchgangs, der zum Mannschaftsraum führte. Er war an der Stelle eingerichtet worden, wo die Fischer von Essex früher ihren Fang gelagert hatten. Auf dem gußeisernen Herd wurde ein Topf erwärmt. Die Plankenwände und die Decke der Kombüse waren voller Flecken und schwarz vom Rauch. Der Speckgeruch war so tief in sie eingedrungen, daß alles Reinigen und Ausräuchern ihn nicht mehr völlig beseitigen konnte. Im übrigen Laderaum befand sich nichts außer einigen Stapeln Kohle und Brennholz für die Kombüse, die Proviantvorräte, Fässer mit frischem Wasser und ein Verschlag mit zwei Ferkeln. Tom beugte sich herab und kratzte sie am Kopf. Er erinnerte sich an seine Tage als Koch und Steward. Die Schweine erhielten die Abfälle von den frischen Vorräten, die sie in Southampton an Bord genommen hatten, aber sobald diese verbraucht waren, würden sie nacheinander geschlachtet werden. Tom hoffte, in Madeira und am Kap weitere Vorräte kaufen und ihre Fleischkonserven ein wenig aufstocken zu können.

5

Das Leben an Bord

Seit Jahrhunderten hatte man lebende Tiere an Bord mitgeführt, doch die Hühner, Enten und das übrige Geflügel wie auch ihre Eier waren dem Kapitän und den höheren Offizieren vorbehalten. Die Langboote wurden häufig in Viehpferche umfunktioniert und der Laderaum in einen Schweinestall. Wenn sie Glück hatten, erhielten die Mitglieder der Crew eine Portion von jedem getöteten Schwein und manchmal auch die weniger schmackhaften Stücke eines Schafs oder einer Kuh. Doch im Gegensatz zu den Schweinen, die das Leben auf See regelrecht zu genießen schienen, vertrugen es die anderen Tiere weniger gut. Auf größeren Schiffen fuhren Schweine sogar bis zum Hoorn oder zum Kap und lebten dabei unter ähnlichen Bedingungen wie die Crew, freilich mit dem Unterschied, daß die Zahl der Ferkel im Verlauf der Reise kontinuierlich abnahm.

Wenn das Frischfleisch aufgebraucht war, erhielten die Seeleute Pökelfleisch, wie es in den Statuten festgelegt war. Die Händler, die die Marine während der napoleonischen Kriege belieferten, verdienten sich dabei eine goldene Nase, doch die Seefahrer verachteten sie von ganzem Herzen. Das Fleisch wurde in Fässern mit Salzwasser eingelegt und war immer höchst fragwürdiger Herkunft. Mitunter stammte es von einer Kuh, doch häufig von Schweinen oder anderen, weniger schmackhaften Tieren. Nicht selten fanden sich Knochen, Hufe und andere Fremdkörper in den zähen und unidentifizierbaren Stücken.

Das Verfahren zur Konservierung von Lebensmitteln, indem man sie abkochte und luftdicht versiegelte, wurde zu Beginn des 19. Jahrhunderts von dem Franzosen Nicholas Appert erfunden. 1813 belieferte die englische Firma Donkin and Hall die Kanalflotte mit einem ersten Probekontingent Rindfleisch in Dosen. Obwohl die Vorzüge des neuen Verfahrens offensichtlich waren, wurden Konserven wegen der hohen Produktionskosten nur bei längeren Expeditionen, etwa in die Arktik, ausgegeben. Auf dem freien Markt war Dosenfleisch erst ab 1830 erhältlich, und die Royal Navy machte es erst in der Mitte des 19. Jahrhunderts zu einem festen Bestandteil ihres Speiseplans. Die Eigentümer von Handelsschiffen hingegen hielten noch wesentlich länger an dem billigen Salzfleisch fest, dessen Qualität ebenso unberechenbar war wie die See, auf der ihre Schiffe fuhren. Am schlimmsten aber war das ausgesonderte Fleisch der Royal Navy, das Tom an Bord der *Lady Rodney* verzehren mußte.

Als die Zeitungen 1876 über Fälle von Skorbut berichteten, wandte sich Samuel Plimsoll erneut mit einer Rede an das Unterhaus: »Die Regierung lagert in den Garnisonen Gibraltars und Maltas Vorräte für sieben Jahre ein. Danach wird das Schweine- und Rinderfleisch, das dort im Salzwasser vor sich hin schimmelt, nach Hause gebracht, und in Deptford werden die Reifen von den Fässern geschlagen. Das verschimmelte und schlechte Fleisch wird an Seifensieder verkauft, den Rest läßt unsere Regierung in saubere Behälter mit frischem Salzwasser füllen und verkauft es dann an die Schiffseigentümer.

Nachdem zwölf Männer von dieser schrecklichen Krankheit während der Überfahrt dahingerafft wurden und auf See bestattet werden mußten, traf im letzten Herbst in San Francisco ein Schiff mit einem Toten und zweiundzwanzig kranken Besatzungsmitgliedern ein. Man schickte sie ins Krankenhaus, wo zwei weitere von ihnen starben. Ich verlange für unsere Seeleute, daß man sie nicht länger mit Nahrungsmitteln abspeist, die man nicht einmal den Hunden zum Fraß vorsetzen würde.«

Doch noch viele Jahre lang blieb Plimsolls Forderung unerfüllt. Die letzten Fässer mit Salzfleisch wurden 1920 auf einem britischen Boot verschifft.

Auch der Begriff »Brot«, der andere Hauptbestandteil der Marinekost, ist irreführend. Bis 1855 bestand »Brot« ausschließlich aus Schiffszwieback, der in verschiedenen Proviantierungsstellen gebacken wurde, der Royal Victoria in Deptford, der Royal Clarence in Portsmouth und der Royal William in Plymouth. Er war hart wie Mörtel und galt als unverwüstlich, so daß man ihn in Leinensäcken verstaute, in die Insekten und Ungeziefer leicht eindringen konnten. Es war eine typische Geste jedes Seemanns, daß er seinen Schiffszwieback zunächst auf dem Tisch ausklopfte, damit die Maden und Getreidekäfer herausfielen. Ein Matrose, Dalrymple Hay, beschrieb einen Schiffszwieback, der völlig von Ungeziefer durchlöchert war. Die einzige Art, es loszuwerden, bestand darin, die Eingeweide eines frisch gefangenen Fischs auf einen Zwiebackhaufen zu legen und die Maden und Käfer auf diese Weise herauszulocken.

Henry Jones, ein Bäcker aus Bristol, hatte sich 1845 eine Methode mit selbsttreibendem Teig und einem Backofen zur Verwendung an Bord patentieren lassen und bot seine Erfindung dem Versorgungsamt der Marine an. Nachdem er zehn Jahre vergeblich auf einen positiven Bescheid gewartet hatte, schickte er Details seiner Erfindung und Kopien seiner Korrespondenz mit der Admiralität an jeden einzelnen Abgeordneten. Binnen einen Monats wurde selbsttreibender Teig an jedes Schiff der Marine ausgegeben, und das erste Mal in der Geschichte der Seefahrt kamen die Seeleute in den Genuß weichen Brotes, wenn auch nur sonntags. Auch jene Rationen, die Tom seiner Crew zugesagt hatte, beinhalteten Mehl, aus dem man sonntags Brot buk. Aber noch im Jahre 1884 war ihr übriges »Brot« Schiffszwieback, mit dem die Schiffe bis zu Beginn des 20. Jahrhunderts versorgt wurden.

Während des napoleonischen Zeitalters bestand die einzige Variante dieser eintönigen und häufig zu Verstopfungen führenden Kombination aus Rindfleisch und Brot in einer kleinen Portion Erbsenbrei und, soweit die Seeleute danach verlangten, etwas Essig. Auf Anraten der Marineärzte kam ab 1825 auch Gemüse auf den Speiseplan, das aber in der Regel nur am Anfang der Reise zur Verfügung stand. In der zweiten Jahrhunderthälfte wurde die Palette der Lebensmittel ein wenig reicher. Die Smutjes konnten das Essen nun mit Reis, Erbsen, Perlgraupen, Mehl, Dosenkartoffeln, weißen Rüben und anderem Wurzelgemüse, Korinthen und Rosinen, ja sogar Senf und Pfeffer, etwas schmackhafter gestalten.

Auch die Getränke der Seeleute an Bord durchliefen eine lange und eigentümliche Entwicklung. Vor dem viktorianischen Zeitalter gab es keine Möglichkeit, Wasser an Bord so zu lagern, daß es frisch blieb. In den Holzfässern, in denen es aufbewahrt wurde, begann es schon bald schal zu werden und zu stinken, so daß es ungenießbar wurde. In jedem Hafen, in dem man anlegte, mußten alle Fässer, die vollen wie die leeren, aus dem Lagerraum gehievt, geleert und neu gefüllt werden. Aufgrund der Größe und des Gewichts der Fässer, die es dabei zu bewegen galt, waren Knochenbrüche die häufigste berufsbedingte Verletzung in der Marine.

Seeleute tranken Wasser nur zu Beginn einer Reise, solange es noch genießbar war, oder im Verlauf einer Schlacht, wenn Pützen mit »Kampfwasser« in den Halterungen an Deck befestigt wurden. Häufig war es dann von Pulver verseucht oder sogar vom Blut und Fleisch der Verwundeten, aber in der Hitze des Gefechts trank man es dennoch. Zu allen übrigen Zeiten bevorzugten die Seeleute Bier statt Wasser, ein dünnes und häufig saures Gebräu aus den Proviantstellen der Marine. Jeder Mann hatte Anspruch auf eine Gallone pro Tag. In den Marinebestimmungen war festgelegt, daß das Bier aufgebraucht oder ungenießbar sein mußte, bevor ein Ersatzgetränk geliefert werden durfte. Befand sich das Schiff in heimischen Gewässern, wurde weiteres Bier eingekauft. In ausländischen Häfen erstand man leichte Weine der Gegend, doch das Reglement sah auch hochprozentige Getränke vor, falls Bier und Wein nicht zur Verfügung standen. In der Karibik bedeutete dies unweigerlich »Grog« – Rum, der zur Hälfte mit Wasser verdünnt wurde. Dieses Getränk gehörte zum Leben in der Marine. Obwohl die Statuten vorsahen, daß es nur getrunken werden durfte, wenn die Biervorräte erschöpft waren, wurde in der Praxis und schließlich auch im Reglement eine tägliche Grogration festgeschrieben: zunächst ein halber Liter pro Tag, im weiteren Verlauf des Jahrhunderts dann immer weniger. Ein Matrose konnte seine Ration entweder trinken, wenn sie ausgegeben wurde, oder sie aufbewahren, aber wenn er sie an einen seiner Kameraden weitergab oder weiterverkaufte, wurde er ausgepeitscht. Trotz dieser Versuche, Strenge walten zu lassen, war Trunkenheit auch an Bord weitverbreitet.

Ab 1825 wurden die Schiffe der Marine mit Eisenbehältern ausgestattet, deren Inhalt wesentlich länger frisch blieb. Mit kleinen Kanistern transportierte man das Wasser auf die Boote, und die schweren, auf dem Kiel angebrachten Tanks, die einen Teil des Sandes und des Schlicks ersetzten, die man früher als Ballast benutzte, wurden mit Pumpen entleert und neu gefüllt. In den Tropen reinigte man das Wasser mit Hafermehl, und in den 1860er Jahren gelang es den Marineärzten schließlich, die Navy davon zu überzeugen, das Wasser mit Limettensaft zu mischen. Dadurch wurde es schmackhafter, und die Skorbutgefahr nahm ab. Doch trotz dieser Verbesserungen blieb die Wasserversorgung ein Problem für Segelschiffe, vor allem, wenn sie längere Zeit in einer Flaute lagen.

Bereits 250 Jahre zuvor war eine Methode erfunden worden,

mit der sich frisches Wasser aus Salzwasser herausdestillieren ließ. 1595 nahm Richard Hawkins ein Destilliergerät mit auf seine Reise in die Südsee, und auch Kapitän Cook hatte bei seiner zweiten Reise eines im Gepäck. Im 17. und 18. Jahrhundert entwarfen Erfinder immer raffiniertere Destillierapparate, aber trotz ihrer offensichtlichen Vorzüge, wurden die Schiffe der Royal Navy nicht damit ausgestattet. Einige Kapitäne erwarben sie daher auf eigene Kosten. 1825 entwickelte Dr. Alphonse Normandy ein Gerät, das aus sechs Gallonen Meerwasser eine Gallone Wasser destillierte, doch die Marine weigerte sich weiterhin, sie für ihre Flotte anzuschaffen. Möglicherweise befürchtete sie, sie könnte für andere, illegale Zwecke verwendet werden.

Die Gefahren für Schiffe, die ohne diese Apparate segelten, sowie die weiterhin existierende Kluft zwischen Offizieren und Mannschaften veranschaulicht der Fall der HMS *Xenophon,* die 1845 vor Mexiko in einer Flaute lag und mit dem Strom zu treiben begann. Nach sechzig Tagen kam das Schiff in die Nähe der Küste, aber der Weg durch die Korallenriffs war zu flach für die Beiboote. Daher ruderten die Küstenbewohner zum Schiff und boten der Crew an, sie zu einem stattlichen Preis mit Wasser zu versorgen, aber der Kapitän, der seine eigenen privaten Wasserbehälter und einen ebenfalls beachtlichen Weinvorrat an Bord hatte, lehnte das Angebot ab.

Die *Xenophon* wurde wieder vom Land weggetrieben, und die Wasserration der Männer auf einen halben Liter herabgesetzt, während das Vieh an Bord – die Schafe und Hühner des Kapitäns – reichlich Wasser erhielt. Um zu überleben, waren die Männer gezwungen, das Badewasser des Kapitäns aufzufangen und zu trinken, obwohl sie dafür ausgepeitscht wurden. Während der Kapitän, der sicher in seinem Quartier saß, seine täglichen Waschungen fortsetzte, begannen seine Männer Essig und Seewasser zu trinken. Einige wurden wahnsinnig, andere verdursteten. Schließlich erreichte die *Xenophon* Gil Blas und konnte sich mit frischem Wasser versorgen, nachdem sie neunzig Tage lang den Wellen preisgegeben war. Als eine Art ausgleichende Gerechtigkeit wurde der Kapitän vor ein Kriegsgericht gestellt. Doch dies geschah nicht, weil er seine Leute hatte verdursten lassen, sondern weil er ein kleineres, weniger gut bewaffnetes Schiff in ein Seegefecht geführt und ein Zehntel der Beute für sich selbst beansprucht hatte.

Die *Mignonette* war als ein Küstenboot gebaut worden, nicht für lange Seereisen, und besaß daher keine Wassertanks aus Eisen. Die Vorräte, die Tom und seine Männer geladen hatten, waren in alten Holzfässern im Lagerraum untergebracht. Eine der letzten Pflichten der ersten Morgenwache bestand darin, den kleinen Wassereimer, der am Fuß des Niedergangs in einem Holzgestell stand, wieder zu füllen. Tom zwängte sich durch den schmalen Spalt zwischen den großen Fässern und lief nach vorne ins Quartier der Mannschaft, wobei er sich unter den Hängematten ducken mußte, die von den Balken herabhingen. Die Stauräume rechts am Bug waren dicht bepackt mit aufgerollten Tauen, Reserverundhölzern und -segeln, Planken, Zimmermannswerkzeug, Werg und Pech, um die Beplankung des Schiffs zu kalfatern, Leinsamenöl, um das Ölzeug abzudichten, und zahlreichen anderen lebenswichtigen Ausrüstungsgegenständen, alle sauber gestapelt und verstaut.

Als er ins Zwischendeck schaute, hörte er den rhythmischen Schlag der Wellen gegen den Bug, das muntere Plätschern des Wassers unter dem Vordersteven des Schiffes und das klatschende Geräusch nackter Füße an Deck, wo Richard gerade dabei war, das Focksegel zu überprüfen. Als Tom wieder nach oben kam, war es bereits Nacht. Im milchig schimmernden Licht der Sterne und im Schatten der vom Wind vorangetriebenen Wolken hörte man nichts als das Rauschen des Meeres und das Knarzen der Blöcke.

Um Mitternacht passierte die *Mignonette* die Needles. Bei Tagesanbruch nahm die neue Wache die Arbeit auf, füllte den Wassereimer, schoß die Leinen auf und trimmte die Segel.

Aufgrund der frischen Brise, die im Ärmelkanal wehte, kamen sie gut voran. Am Mittag lag Portland hinter ihnen, und in der folgenden Nacht passierten sie Start Point. Um 10.30 Uhr am Morgen des 21. Mai trafen sie auf die *Lady Evelyn*, einen Schoner, der im Kanal gegen den Wind aufkreuzte, und gingen an Bord. Tom gab dem Kapitän einige Briefe an die Daheimgebliebenen mit und erhielt etwas Reservewasser für seine Fässer. Diese Post, die bei der Ankunft der *Lady Evelyn* in Plymouth aufgegeben wurde, ließ Philippa glauben, daß Tom dort in den Hafen eingelaufen sei.

Mittags erreichte die *Mignonette* den Leuchtturm von Eddystone, der traditionell als Ausgangspunkt für Ozeanreisen von Schiffen galt, die England verlassen. Für sie alle war dies ein bewegender Moment. Im Logbuch stand: »Wir liefen aus und warfen einen letzten Blick auf die Heimat.«

Am nächsten Tag dämmerte der Morgen kalt und grau, und ringsum verhüllte Nebel den Horizont. Ein wehmütiges Gefühl überkam sie, als im langsam heller werdenden Licht allmählich die endlose Weite des Ozeans sichtbar wurde. Doch Tom versuchte alle möglicherweise noch vorhandenen Gefühle des Bedauerns zu vertreiben, indem er alle tüchtig arbeiten ließ. Während Brooks unter Deck ging, um das Frühstück zuzubereiten, schickte Tom Richard und Stephens nach vorne, damit sie die Pumpe gebrauchsfertig machten und das Deck schrubbten. Dann nahmen sie sich der Takelage des Schiffes an und überprüften und reparierten das laufende Gut. Wo immer sie Spuren von Abnutzung entdeckten, umwickelten sie das Gerät oder die Planken mit Lederstücken, alten Tauen oder einem Stück Segeltuch, um die Reibung zu reduzieren.

Wenn Lose in das stehende Gut kam, und dies war selbst unter den besten Witterungsbedingungen häufig der Fall, mußten alle Taljereeps und Flaschenzüge durchgesetzt werden. Die Spannung, die auf einem einzelnen Seil lag, wirkte sich auf die mehrerer anderer aus, so daß sich keines für sich allein verändern ließ. Die Männer begannen daher mit den wichtigsten

Seilen und arbeiteten sich von diesen nach außen vor. Manche zogen sie an, andere lockerten sie, bis die Wanten, Stagen und die Takelage sich in einem perfekten Gleichgewicht befanden und sie, zumindest in Toms Ohren, im Wind wie die Saiten einer Harfe klangen.

Die Männer hatten ständig zu tun. Wenn sie nicht an der Takelage oder an den Pumpen arbeiteten, die Segelfläche vergrößerten oder reduzierten, entknoteten sie altes Tauwerk, das sie für einige Pennies in einem Laden für Schiffzubehör gekauft hatten, und gewannen daraus Kabelgarn, das sich vielseitig verwenden ließen. Taue, die hierfür zu abgenutzt waren, wurden zu Werg gezupft, das man zum Kalfatern der Schlitze, für Malerarbeiten und zu Reinigungszwecken benutzte.

Auf größeren Schiffen wären solch niedere Tätigkeiten unter der Würde eines ersten Maats und ganz und gar unter der des Kapitäns gewesen. Die Hauptpflicht des Maats bestand darin, das sachgerechte Verstauen der Vorräte und der Ladung zu überwachen, das Logbuch zu führen und dafür zu sorgen, daß die Befehle des Kapitäns ausgeführt wurden. Aber bei vier Mann Besatzung mußte jeder mit anpacken, und Stephens und Tom übernahmen genau wie die beiden anderen auch die unbeliebteren Arbeiten.

Am 22. Mai um acht Uhr morgens passierten sie Ushant, doch wegen des Nebels und des Regens war die Stelle, wo Stephens sein gravierender Navigationsfehler mit der *European* unterlaufen war, nicht zu sehen. Glücklicherweise wurde der Golf von Biskaya seinem gefürchteten Ruf nicht gerecht. Die Winde waren leicht und der Seegang mäßig, während die *Mignonette* ihn auf ihrem südwestlichen Kurs durchpflügte und mit langen Schlägen nach Luv aufkreuzte. Bei jedem Schlag stand Tom auf der Wetterseite des Ruders. »Klar zur Wende. Schoten los.« Die Segel wurden losgeworfen, fertig zur Übernahme auf die neue Seite.

»Hol weg die Lose.« Die Mannschaft ließ die Brassen los. Der Baum ging zur anderen Seite über.

»Hol dicht vorne.«

»Dichtholen und belegen, achtern.«

Tom behielt stets die alte Beplankung der *Mignonette* im Auge. Noch immer leckte der Bugspriet ein wenig, aber dank der Reparaturarbeiten in Fay's Yard waren die schlimmsten Lecks behoben. Trotzdem gab Tom Brooks und dem Jungen den Befehl, die Beplankung mit Pech und Werg zu kalfatern, denn auch jetzt sickerte noch immer etwas Wasser herein, wenn sich der Rumpf im Seegang bog, und bei schwerer See mußten zwei Männer das Bilgewasser von Hand abpumpen.

Sie hatten sich inzwischen an den Rhythmus an Bord gewöhnt und arbeiteten paarweise in 4-Stunden-Wachen, außer am späten Nachmittag und frühen Abend. Dank der beiden zweistündigen Hundewachen war gewährleistet, daß die Crewmitglieder, die an einem Tag zwei der drei Nachtwachen übernahmen – die erste, die mittlere sowie die erste Morgenwache – am nächsten Tag nur eine Nachtwache hatten. Während der Hundewachen befanden sich normalerweise alle Besatzungsmitglieder an Deck, aber auch nach Beginn der ersten Nachtwache blieben die anderen häufig oben. Wenn das Wetter warm und trocken war, zogen alle die frische Luft dem unangenehmen, fauligen Geruch des Bilgewassers unter Deck vor.

Jetzt, da kein Land mehr zu sehen war, benutzte Stephens den Chronometer und den Sextanten, um an klaren Tagen mittags eine Sonnenbeobachtung durchzuführen und sich dann in die Kabine zurückzuziehen, um mit einer Reihe langer, komplizierter Berechnungen ihre Position zu bestimmen. Doch auf einer kleinen Jacht ließen sich präzise Berechnungen nur schwer durchführen. Wenn die Sonne nicht zu sehen war, mußte er sich auf die häufig ungenauen Methoden der Koppelrechnung und »Log, Lot und Ausguck« verlassen.

Die Navigationstechniken hatten sich seit der Jahrhundertwende kaum verändert. Im Kompaßhaus direkt vor dem Ruder befand sich der Magnetkompaß in einer kardanischen Aufhängung, damit er, ungeachtet der Lage des Schiffes, immer waagerecht lag. Die Kompaßrose war in 32 Striche unterteilt, die zwar keiner genauen Zahl von Graden entsprach, dem Steuermann aber eine klare Orientierung bot. Die Entfernung, die das Schiff zurücklegte, wurde gemessen, indem man am Bug einen Gegenstand ins Wasser warf und dann die Zeit nahm, die er benötigte, um eine Markierung am Heck zu erreichen. Wenn man nun die Geschwindigkeit des Schiffes im Verhältnis zur Relingslogge berechnete, konnte der Maat die Zahl der Meilen einschätzen, die das Schiff seit der letzten Ablesung zurückgelegt hatte.

Die *Mignonette* war mit einem weniger primitiven Log ausgestattet, einem torpedoartigen Körper mit einem mechanischen Zählwerk, das die Umdrehungen registrierte und eine ungefähre Einschätzung der zurückgelegten Entfernung ermöglichte, wenngleich man auch hier die Gezeiten berücksichtigen mußte. Wegen der wechselnden Winde und des stürmischen Wetters ließ sich die Strecke, die das Schiff tatsächlich zurückgelegt hatte, nur schwer bestimmen, und häufig war der Navigator gezwungen, sich mit der Koppelrechnung zu behelfen, die mitunter reine Spekulation war. Wie das Schicksal der *European* gezeigt hatte, konnte man leicht viele Meilen danebenliegen.

In Küstennähe ließ sich die Position des Schiffes auch durch regelmäßiges Loten ermitteln, aber der beste Garant für die Sicherheit war immer ein aufmerksamer Ausguck. Ein guter Seemann hatte ruhelose Augen, die er unermüdlich zwischen der Wetterseite des Bootes, der Topptakelung, dem Meer und dem Horizont hin- und herwandern ließ. Außerdem beachtete er sorgfältig auch die kleinsten Veränderungen auf dem Meer und am Himmel, um einen Wind- oder Wetterumschwung oder die Nähe einer mit dem bloßen Auge noch nicht wahrnehmbaren Küste rechtzeitig zu erkennen. Selbst eine kleine Veränderung des Wolkenmusters oder eine ungewöhnliche Verfärbung des Himmels reichten häufig aus, um einen erfahrenen Seemann zu warnen.

Wenn man sich dem Festland nähert, wird die dunkle Farbe des tiefen Ozeans etwas heller, und die Zahl der Fische nimmt in der Regel zu. Kelp, Holzstücke und anderes Treibgut können auf einen Küstenstrom hindeuten. Auch die an- und ablandigen Winde und der Flug der Vögel, die ihnen folgten – in der Morgendämmerung hinaus aufs Meer und bei Einbruch der Dunkelheit zurück zum Land –, ließen sich schon mehrere Meilen vor der Küste erkennen. Aber es gab noch weitere Anhaltspunkte. Das hellere und weniger stark nach Salz schmeckende Mündungswasser großer Flüsse findet sich selbst noch weit draußen auf dem Meer. Brecher konnte man schon lange hören, bevor sie zu sehen waren, und die Düfte des Festlandes – die feuchte Erde, Rauch, Sümpfe oder der markante Geruch von Eukalyptusbäumen – wurden vom Wind häufig weit auf die See hinausgetragen.

Doch da es im Umkreis von hundert Meilen der *Mignonette* keine Küste gab, nutzte Tom die Gelegenheit, eine gründliche Reinigung und Generalüberholung des Schiffes anzuordnen, zumal sie in den südlichen Breiten wesentlich schlechteres Wetter erwartete. Das Teeren der Takelung war eine heiße, schmutzige und zermürbende Angelegenheit, für die sie ihre älteste, zerschlissene, bereits vom Teer steife Arbeitskleidung anzogen. In der Kombüse erhitzten sie einen Eimer mit Pech, zogen ihn zum Masttopp hoch und begannen dann, das Tauwerk damit zu bestreichen, wobei ihnen eine Handvoll Werg als Pinsel diente. Sie arbeiteten von oben nach unten, teerten die Stagen und Wanten, die kurzen Bändsel und die Perdunen, die Toppwanten und die Fußpferde am Großmast. Als sie die Arbeit beendet hatten, waren sie genauso schwarz wie die Takelage, in der sie gearbeitet hatten.

Mit etwas Reservesegeltuch und einigen Stoffetzen verschlossen sie die Speigatten, pumpten Wasser hinein und wuschen sich dann in ihrer primitiven Badewanne. Sie scheuerten ihre Haut solange mit grober Seife, bis sich zumindest die obersten Teerschichten gelöst hatten. Dann reinigten sie ihre

Kleidung mit Seewasser und zogen sie eine Weile an einem Seil hinter dem Schiff her, um die Seife hinauszuspülen. Später knoteten sie sie um die Reling und begannen mit der Arbeit an Deck.

Während Richard die Schiffsglocke, das Kompaßhaus und den Messingkopf des Ankerspills auf Hochglanz trimmte, kratzten die anderen mit den Messern die Teerflecken von der Beplankung, fegten das Deck und wuschen die Speigatten. Dann bestreuten sie die Decks mit einer dünnen Schicht grobkörnigen Sandes aus dem Laderaum und begannen die aufwendige Reinigung mit dem Scheuerstein. Von unten wurde ein weicher roter Sandstein heraufgebracht, der auf beiden Seiten mit Löchern versehen war, aus denen Seilstücke hervorstanden. Brooks und Richard nahmen jeder eines davon in die Hand und schrubbten die Planken mit dem feuchten Sand, indem sie den Stein auf dem Deck hin- und herzogen. Für die schwerer zugänglichen Stellen um die Luken, die Reling und das Ofenrohr der Kombüse benutzten sie kleinere, handgroße Steine. Die Lukendeckel und der Niedergang wurden nach oben geholt und derselben Behandlung unterzogen. Dann nahm Brooks die Hauptpumpe in Betrieb und spritzte die Beplankung ab. Wenn es trocknete, leuchtete das sonnengebleichte Holz weiß im Sonnenlicht. Es wärmte Toms nackte Füße, als er über das Deck lief und mit rastlosem Blick die Segel musterte und die Spannung in den Wanten und Stagen überprüfte.

Segelschiffe mit dem Ziel Australien mieden die kürzere Strecke durch den Suezkanal, weil die Winde dort weniger zuverlässig waren als die atlantischen Passatwinde. Statt dessen segelten sie den üblichen Großkreis ab und versuchten dabei möglichst nahe am St.-Pauls-Felsen im Süd-Atlantik, unweit der Küste Südamerikas, vorbeizukommen. Dann liefen sie in den südöstlichen Passatgürtel ein und segelten in einem weiten Bogen um Tristan da Cunha bis zum vierzigsten Breitengrad oder noch weiter südlich. Die kräftigen Westwinde der brüllenden Vierziger trieben sie bis weit südlich vom Kap der

Guten Hoffnung, und außer in Notfällen liefen sie erst in Australien wieder in einen Hafen ein.

Für die großen Segelschiffe waren die gewaltigen Seen und die heftigen Stürme der brüllenden Vierziger kein Problem, aber mit kleinen Jachten verhielt es sich anders. Bevor sie ausgelaufen waren, hatte Tom die zurückliegenden Jahrgänge der Jachtzeitschriften nach den Erfahrungsberichten anderer Schiffe durchkämmt, welche die Reise nach Australien gemacht hatten. Er hatte sich für eine Route entschieden, die in der Vergangenheit von vielen Kapitänen gewählt worden war. Später sollte er dazu sagen: »Es schien mir sicherer, in der Nähe des Festlandes zu bleiben, als den üblichen Großkreis zu segeln, den andere Schiffe nehmen, damit die brüllenden Vierziger sie in die südlichen Meere trieben. Ich vermutete, daß wir ruhigeres Wetter haben würden, wenn wir einen Kurs östlich oder nördlich davon einschlügen.«

Er plante, zunächst nach Madeira zu segeln, wo er frischen Proviant an Bord nehmen wollte, dann zu den kapverdischen Inseln und anschließend nach Kapstadt. Nach einer erneuten Proviantaufnahme wollte er einen fast direkten westlichen Kurs nach Australien einschlagen, etwas über dem 40. Breitengrad, in weniger zuverlässigen, aber leichteren Winden. Er hoffte Sydney in höchstens 120 Tagen zu erreichen und dabei täglich etwa 120 Meilen zurücklegen zu können. Das war ein optimistisches, aber kein unmögliches Ziel für eine Jacht von der Größe der *Mignonette*. Es war durchaus verständlich, daß ein Mann mit seiner beschränkten Tiefsee-Erfahrung und einem kleinen, fragilen und älteren Boot diese Strecke wählte. Doch wenn dem Schiff irgend etwas passieren sollte, befand er sich in gefährlichen Gewässern, ein gutes Stück nordöstlich der üblichen Segelroute und ziemlich weit westlich der Dampferstrecke zum Kap.

Am ersten Sonntag auf See feierte Tom an Deck den Gottesdienst, während Stephens das Ruder hielt. Nachdem er aus der Bibel vorgelesen hatte, sangen sie gemeinsam ein Lied und sprachen abwechselnd Gebete für sich und ihre Lieben daheim. Während des restlichen Tages entspannten sich diejenigen, die eine Freiwache hatten, an Deck. Stephens und Brooks flickten ihre Kleidung, rieben ihr abgetragenes Ölzeug mit Leinsamenöl ein, plauderten und rauchten eine Pfeife.

Tom begann, Richard das Lesen und Schreiben beizubringen. Er war stolz darauf, daß er sich nie auf das Deck setzte, um seiner Mannschaft kein schlechtes Beispiel zu sein und sie zum Müßiggang zu ermuntern, und so blieb er auch diesmal stehen, während sich der Junge zu seinen Füßen niederkauerte. Unter seiner Anleitung verfaßte Richard unter größten Anstrengungen einen Brief an die Matthews in seiner unsicheren, kindlichen Handschrift. »Ich bin glücklich und zufrieden. Allen an Bord geht es gut. Unsere Fahrt verläuft problemlos und angenehm«, lauteten die knappen Zeilen, und Richards Gesicht war stolzerfüllt, als er ihn beendet hatte. Es war der erste Brief, den er in seinem ganzen Leben geschrieben hatte. In Madeira würden sie ihn aufgeben.

Während Richard weiter seine Schreibübungen machte, unterhielt sich Tom mit Stephens. »Werden Sie in Sidney bleiben?« fragte er. »Mr. Want scheint mir ein guter Mann zu sein, auch wenn er in England nicht jedermanns Geschmack entspricht. Es gibt wesentlich schlechtere Eigentümer.« Er lachte. »Ich bin für einige von ihnen Jachten gesegelt.«

»Ich würde gerne dort bleiben«, sagte Stephens, »falls Ann nachkommt.«

»Sie haben ihr noch nichts davon erzählt?«

»Ich habe es vor. Ich wußte nicht, wie ich es ihr beibringen sollte. Ich werde ihr von Madeira aus einen Brief schicken.« Der Gedanke schien ihm nicht angenehm, und er wechselte rasch das Thema. »Aber wie sieht es bei Ihnen aus, Kapitän? Wollen Sie das Angebot nicht selbst annehmen?«

Tom schüttelte den Kopf. »Wenn Mrs. Pettigrew und ihr Geschäft ihren Beschreibungen entsprechen, werde ich mich daran beteiligen.« Sein Gesicht verfinsterte sich. »Aber ich werde bei der Wahl meiner Partner wesentlich vorsichtiger sein, als ich es in der Vergangenheit gewesen bin.« Er bemerkte den fragenden Blick auf Stephens Gesicht und berichtete ihm von seinem Mißgeschick.

Als kurz darauf in der Nähe des Schiffes ein Schwarm Delphine auftauchte, verflog seine gedrückte Stimmung so rasch, wie sie gekommen war. Die Tiere begleiteten die Jacht mehrere Meilen, wobei sie abwechselnd auf der Druckwelle am Bug ritten und die Wasseroberfläche auf beiden Seiten des Bootes mit schwungvollen Sprüngen durchbrachen. Unterdessen rauschte die *Mignonette* mit ihrer gesamten Segelfläche im harten Licht der Sonne dahin, eine Pyramide aus blendend weißen Segeln, die sich im grünen, gekräuselten Wasser spiegelte, umrahmt von der Gischt in den Farben des Regenbogens schimmernd.

Doch Brooks besaß kein Auge für die Schönheit dieser Szene. Er hatte seit zwei Tagen über Zahnschmerzen geklagt, und als er sich am nächsten Morgen erhob, um seine erste Wache anzutreten, war sein Gesicht so angeschwollen, daß seine Augen nur noch zwei schmale Schlitze bildeten.

»Wir müssen etwas tun«, sagte Tom.

Brooks schüttelte den Kopf und schien protestieren zu wollen, aber er konnte den Mund kaum mehr öffnen.

»Wir haben etwas Laudanum an Bord«, sagte Tom, »aber das ist für schlimmere Fälle als Zahnschmerzen. Sie können warten, bis wir in Madeira einlaufen und dort Ihr Glück mit einem örtlichen Knochenbrecher versuchen, aber wir brauchen noch mindestens drei Tage, selbst wenn der Wind so weiterweht wie bisher. Es ist bestimmt besser, wenn ich Ihnen den Zahn ziehe. Es wäre nicht das erste Mal, daß ich das mache.«

Brooks zögerte eine Weile, dann nickte er widerwillig. Aber als Tom sein Messer aus der Tasche zog, starrte er den Kapitän mit weit aufgerissenen Augen an. »Sie wollen ihn doch wohl nicht herausschneiden?« fragte Stephens. »Nein, ich möchte nur sichergehen, daß ich den richtigen Zahn erwische.« Er hielt

Brooks Mund so weit geöffnet wie möglich und tippte mit der Rückseite des Messers der Reihe nach auf jeden Zahn, bis Brooks vor Schmerz aufschrie. Tom schickte Richard unter Deck, um das Kabelgarn zu holen, und riß ein langes Stück davon ab. Dann wickelte er es um den Zahn, verknotete es, wand es ein paarmal um die Faust und zog es stramm. »Haltet seinen Kopf fest«, sagte er. Stephens und der Junge klemmten Brooks Kopf zwischen sich ein. Tom lockerte das Garn noch einmal für einen Augenblick und zog es dann plötzlich mit einem kräftigen Ruck wieder straff. Brooks entfuhr ein gewaltiger Schrei, der in ein leises Jaulen überging, dann fiel der Zahn auf das Deck.

Brook riß sich von den beiden andern los und stampfte fluchend und gegen die Verschanzung tretend auf dem Deck herum, wobei er Blut und Flüssigkeit über die Reling ins Meer spuckte. Nachdem er seinen Rundgang beendet hatte, begann die Schwellung bereits nachzulassen, und er schüttelte Toms Hand und dankte ihm.

Tom lachte: »Es wird Ihnen bald wieder besser gehen, aber ich bezweifle, daß sie die Damen auch in Zukunft so leicht mit Ihrem Lächeln herumkriegen werden.«

6

Überquerung des Äquators

Kumuluswolken am Horizont vor der *Mignonette* deuteten darauf hin, daß sie sich Madeira näherten, auch wenn die Insel selbst noch unsichtbar in der grenzenlosen Weite des Ozeans lag. Bei jedem Wachwechsel loteten sie, und nach einiger Zeit hörte Tom in der Ferne das dumpfe Rauschen der Wellenbrecher. Am Abend des 2. Juni erreichten sie die Insel. Sie segelten die Ostküste entlang, rochen den von der Sonne erhitzten Boden und das Harz der Kiefernwälder und hörten, wie sich die Atlantikwellen brüllend an den Felsen brachen.

Um Mitternacht liefen sie auf die Reede von Madeira. Unmittelbar hinter dem Hafen erhoben sich steile Hügel und gingen allmählich in die Berge im Herzen der Insel über. Der Hafen von Funchal lag in nahezu völliger Finsternis, nur einige Fackeln flackerten am Kai. Schiffe mit den Flaggen verschiedener Nationen lagen draußen vor Anker oder waren am Kai vertäut. Nach so langer Zeit auf offener See empfanden sie die Hitze auf dem geschützten Land als drückend. Während sich die beiden anderen zum Schlafen aufs Deck legten, sobald sie Anker geworfen hatten, blieben Tom und Richard noch eine Weile an der Reling stehen und versenkten sich in den Anblick, die Gerüche und Klänge eines fremden Landes, die die Brise zu ihnen herüberwehte.

Am nächsten Morgen, kaum hatte sich die Sonne am Horizont gezeigt, wurde die *Mignonette* bereits von Bumbooten belagert. Männer mit hageren Hühnern und quiekenden Ferkeln, die wie Truthähne zusammengebunden waren, Fischer, die ihre besten Stücke feilboten, Wasserverkäufer und zahllose andere Händler mit Zwiebel- und Knoblauchketten, Wein- und Rumflaschen, Blumen, Ananas, Melonen, Limetten, Orangen, Pfirsichen, Feigen und Oliven.

»Behaltet sie gut im Auge, und laßt niemanden an Deck«, sagte Tom. »Die sind beim Stehlen genauso schnell wie beim Handeln.« Zuhälter ruderten grell bemalte Huren heran und priesen ihre Vorzüge an. Brooks lehnte sich über die Reling und sprach mit einer von ihnen, aber Tom befahl ihn zurück. »Wir segeln mit der nächsten Flut. Es gibt eine Menge zu tun, und wir haben keine Zeit zum Herumhuren.«

Nachdem Stephens die Schiffslänge mit seinen Berechnungen verglichen hatte, halfen sie alle mit bei der mühsamen Arbeit, frisches Wasser an Bord zu transportieren. Die Stützen wurden abgenommen und die leeren Fässer aus dem Laderaum geholt. Die Wasserverkäufer ruderten sie weg, schrubbten sie mit Sand und füllten sie dann erneut mit Süßwasser aus den Quellen in den Hügeln über Funchal. Alle vier Mitglieder der Crew mußten dabei helfen, sie wieder an Bord zu hieven, und schwitzten unter dem gewaltigen Gewicht der Fässer, als sie sie über die Verschanzung zogen und danach wieder in den Laderaum hinabließen.

Bei einem der Händler kaufte Tom frisches Obst und Gemüse, einen Sack mit Limetten, um das Trinkwasser zu aromatisieren, sowie ein Schwein. Bei all diesen Geschäften diente ihm Tabak als Tauschobjekt. Alle vier Männer schickten Nachrichten nach Hause. Richard brachte seinen Brief an die Matthews zur Post, und auch Brooks kritzelte ein paar Zeilen, verbarg aber den Namen und die Adresse vor den anderen, indem er seinen Arm vor das Blatt legte. Tom sandte Philippa ein Telegramm mit der knappen Botschaft »Alles in Ordnung«, doch zugleich schrieb er ihr einen langen Brief und legte gepreßte Hibiskus- und Bougainvillablätter zwischen die Seiten, auf denen auch die Spuren einiger Tränen zu sehen waren. Nachdem er den Umschlag verschlossen hatte, ging er zum Bug und blieb dort eine Weile alleine stehen. Den Rücken der Mannschaft zugewandt, starrte er auf den riesigen Ozean, der ihn von der Heimat trennte.

Stephens schickte einen noch längeren Brief an Ann, in dem er ihr zum ersten Mal von seinen Auswanderungsplänen berichtete und sie fragte, ob sie und die Kinder ihm nach Australien folgen würden. Er bat sie, ihm ihre Antwort ans Kap zu schicken. Da Briefe mit dem schnellen Postdampfer befördert wurden, würde dieser Kapstadt vor dem geplanten Ankunftsdatum der *Mignonette* erreichen.

Um 11.30 Uhr am nächsten Morgen segelten sie weiter, nachdem sie nur zwölf Stunden im Hafen gelegen hatten. Vor ihnen lagen die Roßbreiten nördlich des Wendekreises des Krebses. Etwa sechs Tage später konnte Stephens ihre Position erneut bestimmen, als sie in Sichtweite an San Antonio vorbeisegelten, der nördlichsten der Kapverdischen Inseln. Da sie noch reichlich mit Lebensmitteln und Wasser versorgt waren, beschloß Tom, nicht in den Hafen einzulaufen, sondern so schnell wie möglich ans Kap zu segeln.

In dieser Nacht sah er am Himmel direkt über dem südlichen Horizont eine besonders hell leuchtende Gruppe von Sternen. Er hatte gehört, wie Seeleute während der Nachtwachen vom Kreuz des Südens gesprochen hatten, aber er selbst hatte es noch nie gesehen. Mit jeder Meile, die sie gen Süden fuhren, kletterte es höher am Himmelszelt. Es verband sie mit ihrem Zielort und erinnerte sie zugleich daran, welche gewaltige Strecke sie schon zurückgelegt hatten. In bewölkten Nächten war es fast völlig dunkel, und Tom konnte die vielen tausend Meilen, die ihn von seinen Lieben daheim trennten, fast körperlich spüren.

Er ließ jeden Zoll Segel auf der *Mignonette* gesetzt, so daß diese bei kräftigem Wind über hundert Meilen pro Tag zurücklegte. Immer wieder tummelten sich Delphine am Rumpf der Jacht, und fliegende Fische sprangen neben dem Schiff in anmutigen Bögen aus dem Meer. Sie ritten auf den Wellenkämmen, schienen aber dabei das Wasser kaum zu berühren, und erhoben sich dann auf ihren ausgebreiteten Schwingen erneut in die Lüfte. Drei von ihnen, die mit dem Wind durch die Nacht geflogen waren, verfingen sich in den Segeln und landeten betäubt auf Deck. Brooks las sie auf und bereitete sie für die Mannschaft zu. Auch später fanden sich nach jeder mondlosen oder bewölkten Nacht regelmäßig ein paar Fische auf Deck.

Innerhalb von zwölf Tagen sahen sie nur ein einziges Schiff, das aus Liverpool kam. Doch am Sonntag, dem 14. Juni, hörte Tom einen Ruf: »Segel in Sicht!« und eilte an Deck.

»Wo genau?«

»Steuerbord querab.«

Ein Schiff durchpflügte das Wasser und hielt direkt auf sie zu. Er sah die englische Fahne am Masttopp und mußte ein aufflammendes Heimweh unterdrücken, als er daran dachte, daß diese Crew sich auf dem Weg nach Hause befand. Die Matrosen enterten die Takelage auf und Tom gab Brooks und Richard den Befehl, dasselbe zu tun. Er grüßte, als sich die beiden Schiffe einander langsam näherten und dabei leicht in der sanften Dünung schaukelten. »Kapitän Dudley von der *Mignonette*. Wie heißen Sie?«

»Kapitän Fraser von der *Bride of Larne*, noch einundvierzig Tage bis Liverpool. Wo kommen Sie her?«

»Southampton, mit Ziel New South Wales.«

»Brauchen Sie irgend etwas?«

»Danke, wir haben Briefe für zu Hause, aber ansonsten sind wir gut versorgt.«

Sobald die Segel aufgetucht waren, wurde das Dingi zu Wasser gelassen, und Tom und Stephens ruderten mit den Briefen der Crew zur Barke hinüber. Tom nahm einen Drink mit Kapitän Fraser und tauschte mit ihm Neuigkeiten über die Windbedingungen und Schiffe aus, die sie gesehen hatten. Unterdessen debattierten Stephens und der Maat der *Bride of Larne* über ihre unterschiedlichen Auffassungen hinsichtlich ihrer derzeitigen Position. Ihre Schätzungen wichen über zweihundert Meilen voneinander ab, aber da Stephens die genaue Position erst vor kurzem an den Kapverdischen Inseln hatte ermitteln können, war sich Tom sicher, daß dieser im Recht war.

Um vier Uhr nachmittags verabschiedeten sie sich von Kapitän Fraser. Als sie mit dem Dingi zur *Mignonette* zurückruderten, sah Tom einen Lotsenfisch im Wasser. »Sehen Sie genau hin«, sagte er. »Ich habe noch keinen Lotsenfisch gesehen, der nicht von einem Hai verfolgt wurde.« Als sie an Deck kletterten, sahen sie einen grauen Wirbel im Wasser, und das Dingi prallte gegen den Rumpf der Jacht, als es von der Welle des Hais getroffen wurde. Dessen Rückenflosse durchbrach die Oberfläche und legte eine dünne Schaumspur über die Dünung, während der stattliche Fisch um den Bug herum- und auf der anderen Seite zurückschwamm. Tom sah, wie sich Brooks und Stephens einen Blick zuwarfen. Ein Hai, der ein Boot umkreiste, galt bei den Seeleuten als sicheres Vorzeichen für einen Tod an Bord.

Am nächsten Dienstag, dem 17. Juni, neunundzwanzig Tage nachdem sie von zu Hause aufgebrochen waren, überquerte die *Mignonette* den Äquator nach Stephens Berechnungen auf der Länge von 20° 40′ West. Er und Brooks hatten den Äquator schon mehrfach überquert, aber für Tom und Richard war es das erste Mal. Da es an Bord keinen Alkohol gab, fand keine der üblichen Trinkzeremonien statt, doch Tom, der sich normalerweise eher reserviert gab, unterzog sich dem »unwürdigen« Ritual, von seiner Mannschaft unter Wasser getaucht zu werden.

Brooks und Richard übernahmen die nächste Wache. Es war eine warme Nacht, in der nur eine leichte Brise wehte, so daß es kaum etwas zu tun gab und sie die Nachtstunden mit dem Erzählen von Seemannsgarn verbringen konnten.

»So, Dick«, sagte Brooks, »jetzt hast du also den Äquator überquert. Jetzt bist du ein richtiger Seemann. Was denkst du? Wirst du mit uns in New South Wales bleiben, oder steckt dir das Meer in den Adern?«

Der Junge wurde rot. »Ich möchte eigentlich erst noch ein bißchen mehr von der Welt sehen.«

Brooks sah ihn an und lächelte. »Leg es nicht zu sehr darauf an, dein Leben dem erstbesten zu verpfänden. Es gibt viel schlimmere Kapitäne als Tom Dudley. Ich war auf Schiffen, da hätte ich eine Hand gegeben, wenn ich sie hätte verlassen können – ein Tyrann von einem Kapitän, Sadisten als Offiziere und furchtbares Pack von Straßenräubern und Taschendieben als Mannschaft, die dem Schiff von »Seelenverkäufern« angedreht wurden.«

Er machte eine Pause, um sich eine Pfeife anzuzünden. Fast unberührt von der schwachen Brise stieg der blaue Dunst nach oben. Gebannt wartete der Junge auf die Fortsetzung der Geschichte. »Die ›Seelenverkäufer‹ hatten immer ein Schreiben mit den Fehlern des Mannes dabei, aber die Offiziere waren nie besonders pingelig. Sie wollten eine Crew, und das war alles, was sie interessierte. Auf einigen Schiffen war die Verpflegung so ekelhaft, daß selbst eine Ratte lieber verhungert wäre, aber trotzdem mußten die Mannschaften den Proviant von ihrer Heuer bezahlen. Ich bin auf einem Schiff gesegelt, dessen Kapitän so geizig war, daß die Vorräte schon zehn Tage bevor wir das Festland erreichten, aufgebraucht waren. Wir hatten solchen Hunger, daß wir unseren Tabak und einen Lederbeutel aßen.« Er bemerkte Richards zweifelnden Blick. »So wahr ich hier stehe. Fünf Tage später war auch das Wasser aufgebraucht. Wir töteten daraufhin sechs Ratten, tranken ihr Blut und aßen ihr Fleisch.«

Richard schauderte, aber Brooks war nun ganz in seinem Element. »Wenn Menschen sich in einer verzweifelten Lage befinden, sind sie noch zu ganz anderen Taten bereit. Ich weiß von einem Schiff, der *Frances Mary*, die von einer Monsterwelle getroffen wurde, welche die Spieren zerschmetterte, alles, einschließlich der Rettungsboote, von Deck fegte und dann das Heck eindrückte. Ein Mann ertrank in der Welle, ein anderer hing tot in der Takelage. Die Überlebenden, darunter die Frau des Kapitäns und eine weitere Frau, Ann Saunders, kauerten auf dem Vorschiff unter einem Zelt, das sie notdürftig aus einem Fetzen Segeltuch gefertigt hatten. Zwei Schiffe kreuzten ihren Kurs, aber sie boten ihnen keine Hilfe an und segelten weiter.

Weil sie kein Frischwasser mehr hatten, tranken einige ihren eigenen Urin oder Salzwasser. Sie krochen auf ihren Händen und Knien an Deck herum und verloren den Verstand. Der erste starb nach einer Woche, und sein Leichnam wurde über Bord geworfen. Als der nächste zehn Tage später starb, vierteilten sie ihn und hängten das Fleisch auf. Am nächsten Tag starb ein weiterer Mann, und sie verzehrten seine Leber und sein Herz. Im Verlauf der nächsten zwölf Tage verschieden sieben weitere Männer. Alle wurden ausgeblutet und dann von den anderen verspeist.

Als der Smutje starb, nahm seine Verlobte, Ann Saunders, die Tasse des Maats, schnitt die Kehle ihres verstorbenen Bräutigams durch und trank sein Blut mit der Begründung, sie habe das größte Anrecht darauf und es sei ›Gottes Wille‹, daß es so geschehe. In dieser grauenhaften Situation erwies sie sich als stärker als die meisten Männer. Sie schnitt die Körper auf und reinigte sie, schleifte die Messer, schnitt dem Mann die Ader auf und trank sein Blut. Die Frau des Kapitäns aß auch das Gehirn eines Lehrlings, der bereits drei Mal Schiffbruch erlitten hatte und erklärte, dies sei »das Köstlichste, was sie je gegessen habe«. Nur sechs Besatzungsmitglieder lebten noch, als sie schließlich von einer Fregatte gerettet wurden.

Stephens war unter Deck gewesen, doch als Brooks zu erzählen begann, war er nach oben gekommen. Er lehnte sich gegen die Reling, rauchte seine Tonpfeife und studierte Richards halb furchtsamen, halb skeptischen Gesichtsausdruck. »Die Geschichte ist nur zu wahr, mein Junge, und es gibt genügend andere, die dasselbe Schicksal erlitten haben.

Ich bin mal auf einem Kohlendampfer gefahren, der *Euxine*. Ursprünglich war sie ein Raddampfer gewesen, aber als ich auf ihr anheuerte, lief sie schon unter Segeln, weil man die Maschinen ausgebaut hatte. Vor gut zehn Jahren verließ sie South Shields unter der Führung von Peter Murdock. Sie war auf dem Weg nach Aden mit einer Kohlenladung für die Dampfschiffe, die dort damit beladen werden sollten. Ich plante, bei dieser Reise dabeizusein, hörte aber von einer besseren Stelle auf einem größeren Schiff und unterschrieb daher den Vertrag mit der *Euxine* nicht. Am 1. August verschob sich die Ladung bei schwerem Seegang. Während der folgenden drei Tage wurde der Laderaum umgestaut – eine fürchterliche Arbeit –, und vier Tage später stieg Rauch aus den Luken auf. Die Kohle hatte von selbst Feuer gefangen, was auf solchen Schiffen häufig genug vorkommt.

Die Mannschaft verschalkte die Luken, und die *Euxine* nahm Kurs auf St. Helena, aber das Feuer ließ sich nicht unter Kontrolle bringen, und am 8. August gingen alle dreißig Mann von Bord. Sie blieben in der Nähe, da sie hofften, daß das Feuer von selbst verlöschen würde, aber am nächsten Morgen stand das ganze Schiff in Flammen, und sie segelten in einem Konvoi aus drei Booten in Richtung St. Helena. Das letzte Boot, das dem Kommando des zweiten Maats, James Archer, unterstand und sieben Mann an Bord hatte, verlor in dieser Nacht den Kontakt zu den anderen.

Anfangs schien es keinen Grund zur Beunruhigung zu geben. Ihr Boot war dreißig Fuß lang, mit zwei Masten und einem langen Klüverbaum, Großsegel, Starsegel und Klüver. Sie hatten zwei Instrumente, einen Sextanten, Chronometer und eine Seekarte, und sie besaßen genügend Proviant: Schinken, Käse, zwei Kekspackungen, Fleischdosen, und vier Pfund Tabak. Allerdings verfügten sie nur über zwei kleine Wasserbehälter, so daß jeder Mann nur einen halben Liter pro Tag erhielt.

Nach zwölf Tagen befanden sie sich auf dem Breitengrad von St. Helena, aber der zweite Maat war kein besonders guter Navigator und konnte das Land nicht finden. Nach zwei Tagen gab er die Suche auf und ging auf einen Kurs Nordwest zu Nord, um mit Hilfe der Passatwinde nach Brasilien zu gelangen, das über zweitausend Meilen entfernt war. Sie reduzierten die Rationen auf einen halben Keks und eine Tasse Wasser pro Tag, aber das Wetter schlug um, und am 27. August, genau eine Stunde vor Mitternacht, kenterte das Boot, und der Bootsmann ertrank. Man hat mir gesagt, daß er sich über Bord gestürzt und seine Kameraden ihrem Schicksal überlassen haben soll.

Die anderen richteten das Boot wieder auf, aber kurze Zeit später kenterte es erneut. Ein Junge, der als Vollmatrose angeheuert hatte, ertrank, doch die anderen fünf klammerten sich die ganze Nacht an das Boot und richteten es am Morgen wieder auf. Sie befanden sich jetzt in einer ziemlich hoffnungslosen Lage, da sie alles verloren hatten – Masten, Segel, Sextanten sowie ihre gesamten Vorräte.«

Er hielt inne und blickte über das Meer, während Richard mit weit aufgerissenen Augen auf das Ende der Erzählung wartete. »Am letzten Augusttag beschlossen sie, Lose zu ziehen. Der erste, der das kurze Los drei Mal zöge, würde getötet werden. Unter den Männern war Francis Gioffous, ein kleiner italienischer Junge im Alter von dreizehn Jahren, der kaum englisch sprach und bei den anderen nicht besonders beliebt war. Er war der Unglückliche, der die ersten beiden Male das kürzere Los zog. Als er sich weigerte, das dritte Mal zu ziehen, übernahm einer aus der Crew diese Aufgabe für ihn, und erneut zog dieser Mann das kürzeste Stück – zumindest hieß es so. Sie gaben dem Jungen Zeit, ein letztes Gebet zu sprechen, während sie selbst noch einmal den Blick über den Ozean schweifen ließen, um zu sehen, ob sich nicht doch ein Segel am Horizont zeigen würde, und dann tötete ihn ein Mitglied der Besatzung.«

Er lächelte grimmig. »Das ist zumindest die Version des zweiten Maats. Ich habe aber von einem anderen Überlebenden gehört, daß der Junge über Bord gesprungen sei, nachdem das zweite Los gezogen wurde. Sie packten ihn, bevor er sich selbst ertränken konnte, zogen ihn wieder an Bord und ermordeten ihn. Seine Kehle wurde mit solcher Wucht aufgeschlitzt, daß er dabei geköpft wurde. Sie tranken das Blut, aßen das Herz und die Leber und verstauten den Körper und die Gliedmaßen in den Fächern des Bootes. Fünf Stunden später sahen sie ein Segel und wurden von einer holländischen Barke, der *Java Packet* gerettet, die sich auf dem Weg nach Batavia befand.«

Trotz der Wärme der Nacht lief es Richard kalt den Rücken herunter. »Und was ist mit den Männern geschehen?«

»Sie erreichten Batavia Anfang November und eine Woche später Singapur. Man hielt sie einige Tage lang fest, aber dann wurden sie nach England zurückgeschickt. Es war sogar davon die Rede, sie wegen Mordes vor Gericht zu stellen, aber sobald sie London erreichten, setzte man sie auf freien Fuß.«

Er strich dem Jungen über das Haar. »Du hast wahrscheinlich während der Nachtwachen schon viele Geschichten gehört, Dick, aber diese hier sind wahr. Es ist der Brauch des Meeres, und er wurde in all den Jahrhunderten häufiger praktiziert, als Sterne am Himmelszelt stehen.«

7

Sturm und Schiffbruch

Die *Mignonette* befand sich nun im Kalmengürtel, jener Region zwischen den süd- und den nordöstlichen Passatwinden, in der die Meeresoberfläche von heftigen, ineinanderlaufenden Kreuzseen und kreisenden Strömungen aufgewühlt wird. Kurze, launische Sturmböen, die jederzeit von allen Seiten des Kompasses losbrechen können, wechseln dort mit langen Phasen völliger Windstille.

Vor Tagesanbruch war sogar die letzte schwache Brise abgeflaut. Die vier Männer schliefen im Freien, um dem Gestank und der Hitze unter Deck zu entfliehen. Die Segel hingen schlaff und schwer am Mast, und die träge und drückende Atmosphäre hatte sich auch der Mannschaft bemächtigt. Stephens lehnte mit gelangweilter Miene am Steuer, Richard zupfte lustlos Werg, und Brooks beschäftigte sich damit, im Schneckentempo ein Segel zu flicken. Nur Tom hatte nichts von seiner rastlosen Energie eingebüßt. Immer wieder lief er über das Deck, musterte die Takelage, prüfte die Wanten und Stage und ließ den Blick über den Horizont gleiten.

Am Nachmittag, eine Stunde vor der ersten Hundewache, kam eine leichte Brise auf, und im Westen zeigte sich eine Wolke, die rasch größer und dunkler wurde und sich mit beeindruckender Geschwindigkeit dem Schiff näherte.

»Alle Mann auf die Stationen, aber flott!«

Sie warfen das Kalfaterwerg und das Flickzeug den Niedergang hinab und schlossen die Schiebeluken. Es blieb kaum Zeit, die übrigen Luken dichtzumachen, die Segel zu bergen und alles fest anzulaschen, da brach die Bö auch schon über sie herein. Sie versetzte das Meer in heftige Bewegung und füllte die restliche Segelfläche mit einem heißen Wind, der keinerlei Erfrischung brachte. Als sie sich die Kleidung vom Leib streiften, spürten sie, wie die dicken Tropfen des warmen tropischen Regens das Salzwasser von ihrer Haut hinunterwuschen.

Noch ehe die Bö ganz vorüber war, befahl Tom: »Setzt die Segel!« Er war ängstlich darauf bedacht, jede sich bietende Gelegenheit zu nutzen, die die Jacht auf ihrem langen, beschwerlichen Weg nach Süden aus dem Kalmengürtel heraus- und in die Region der Passatwinde bringen konnte. Doch im nächsten Augenblick legte sich der Wind schon wieder. Die regennasse Beplankung begann in der Hitze zu dampfen, und bereits nach wenigen Minuten hätte man meinen können, es habe die Bö nie gegeben.

Am nächsten Tag, kurz vor Sonnenuntergang, zogen erneut dunkle Wolken am Himmel auf. In Erwartung des Sturmes hatte Tom die Stagfock wegnehmen und die Großsegel reffen lassen, aber obwohl der Himmel immer finsterer wurde, regte sich kein Lüftchen, und die Segel hingen weiter schlaff am Mast. Wenn er über das Deck lief, hallte in der angespannten Stille das platschende Geräusch seiner nackten Füße auf den Planken wider.

Plötzlich war das Schiff in ein unheimliches Licht getaucht. Richard blickte zum Masttopp empor und stieß einen Schrei aus, als er dort einen leuchtenden Lichtkreis sah. »Hab' keine Angst, das ist nicht gefährlich«, sagte Tom. »Das ist eine elektrische Entladung, ein St.-Elmos-Feuer.« Es hielt sich noch einige Minuten lang am Masttopp, wobei es mal etwas weiter oben, mal etwas weiter unten leuchtete, doch dann erlosch es plötzlich so schnell wie eine Kerze, die man ausgepustet hat.

Im nächsten Augenblick gab es einen gewaltigen Donnerschlag, und der ganze Himmel schien sich in eine Wand aus weißem Feuer zu verwandeln. Dennoch regte sich nach wie vor kein Lüftchen, und die See war totenstill. Nur in der Ferne war ein regelmäßiges Donnern zu vernehmen und erinnerte jedesmal an ein Schlachtschiff, das eine Breitseite abfeuert. Ungeheuere Wassermengen gingen vom Himmel nieder und schossen in stetem Strom aus den Speigatten, als durchpflüge das Schiff eine stürmische See. Dann hörte der Regen ebenso rasch auf, wie er eingesetzt hatte, und der Sturm zog weiter. Nur einzelne Blitze durchzuckten am Horizont noch mehrere Stunden lang die Dunkelheit.

Am nächsten Tag kam endlich eine Brise auf, und sie segelten in einem erfrischenden Südost, dem ersten Vorboten der Passatwinde, in den Südatlantik. Der Himmel war von Nordwesten nach Südosten mit langen, dünnen Federwolken übersät, die den Weg zum Kap wiesen. In Erwartung der schwierigeren Wetterbedingungen, die vor ihnen lagen, hatte Tom die Maststenge an Deck nehmen lassen, um das Toppgewicht der Rigg zu verringern und die Stabilität der *Mignonette* zu erhöhen. Tom, Stephens und Richard arbeiteten barfuß. Nur Brooks trug immer seine Seestiefel. Jede Nacht, wenn er Freiwache hatte, rieb er sie mit Leinsamenöl ein, damit sie wasserdicht blieben.

Sie segelten eine ganze Woche weiter nach Süden, wobei sie mit langen Schlägen gegen den Wind aufkreuzten und die leichten, hohen Wolken der Passatwinde über sie hinwegzogen. Am 25. Juni änderten sich die Witterungsbedingungen abrupt. Tom war gerade unter Deck, als er Stephens rufen hörte: »Alle Mann an Deck!« Während Tom den Niedergang hinaufrannte, ohne sich die Zeit zu nehmen, das Ölzeug anzuziehen, hörte er bereits das Knallen der Segel, die von einer Sturmbö getroffen worden waren. Er warf einen Blick über die

Luvseite des Schiffes und sah eine dichte Wolken- und Nebelbank, die sich am Himmel über den Ozean erstreckte und direkt auf sie zutrieb. Das Meer verdunkelte sich und war übersät von Blasen großer, auf die Wasseroberfläche schlagender Regentropfen. Eine kurze, steile, unangenehme See baute sich auf und versetzte das Boot in eine heftige Bewegung. Es galt nun, die Segel so schnell wie möglich zu reffen und einzurollen. Brooks und Richard arbeiteten bereits am Großsegel. Der Junge versuchte an der Reffkausch zu ziehen, aber die Sturmbö war so stark, daß ihm das Segel zweimal aus den Händen gerissen wurde und gegen den Mast knallte. Tom packte den Baum neben sich und rief: »Hau' ran, Junge, oder der Mast wird aus der Spur springen.«

Der Regen peitschte erbarmungslos auf sie ein, während die Wolke sie regelrecht verschluckte und sie der ganzen Wucht des Windes aussetzte. Unter dem Druck der noch stehenden Segel legte sich das Schiff noch weiter nach Lee über, und jede Bewegung der Jacht schien sich zu verdreifachen. Richard war speiübel. Er drehte sich um, stöhnte auf und mußte sich übergeben, doch die nächste Bö klatschte ihm das Erbrochene ins Gesicht zurück.

»Geh nach unten«, sagte Tom. »Du nützt uns hier nichts und gefährdest dich nur selbst.« Während sich der Junge über das Deck schleppte, zog Tom selbst an der Reffkausch. Er blickte nach links. »Hol weg, Brooks!« Unbarmherzig schlug der Wind auf die beiden Männer ein, während diese sich über den Baum beugten und an dem völlig durchnäßten Segeltuch rissen. Toms Kleidung klebte ihm am Leib, aber er spürte die Kälte kaum, sondern nahm all seine Kraft zusammen, um das Segel festzulaschen.

Sie kämpften sich nach vorne, um ein Reff in das Vorsegel zu stecken, aber der Wind nahm immer noch weiter zu, und so waren sie bald wieder auf dem Weg nach achtern, um das zweite Reff in das Groß einzubinden, um dann die Vorsegel ebenfalls weiter zu verkleinern. Der Klüverbaum war vor Antritt der Reise um sechs Fuß gekürzt worden, aber als Tom zur Spitze hinauskroch, um den Außenklüver zu bergen, und die See dabei um ihn herum kochte und der Wind ihn herunterzureißen drohte, wünschte er sich, daß er ihn noch um mindestens einen weiteren Meter hätte absägen lassen.

Selbst hoch am Wind schob das Schiff starke Schlagseite, und der Mast bog sich wie eine Gerte. Während der Bug das Wasser durchschnitt, schoß die Gischt der brechenden Wogen über das Vorschiff und floß schäumend durch die Speigatten ab. Sie verschalten das vordere Luk und laschten das Ruder fest, dann ging Tom wieder unter Deck. Richard lag zusammengekauert am Boden des Niedergangs. »Es tut mir leid, Kapitän, ich …«

Tom machte ihm ein Zeichen zu schweigen. »Als ich zum ersten Mal zur See gefahren bin, habe ich mich eine ganze Woche lang hundeelend gefühlt. Ich hatte ein solches Wetter noch nie erlebt. Rennjachten beeilen sich, nach Hause zu kommen, wenn ein Sturm aufzieht. Es wird dir bald wieder bessergehen.«

Der Junge versuchte zu antworten, aber seine Worte gingen in einem neuerlichen Stöhnen unter. Bevor Tom sich in seine Koje legte, zog er sich trockene Kleidung an. Er war sich sicher, bald wieder gebraucht zu werden. Das Schiff stampfte indessen sogar noch stärker, da sich die See durch den vollen Sturm weiter aufbaute. Die Laterne über Toms Kopf beschrieb eine Kreisbewegung und warf, einem Leuchtturm gleich, ihre Strahlen in kurzen rhythmischen Abständen auf das grobe Holz des Schotts.

In der Nacht frischte der Wind weiter auf, und Tom erwachte vom Geräusch des Regens, der über seinem Kopf auf das Deck niederprasselte. Das Stampfen des Schiffes hatte die unterste Schicht des Brackwassers im Schiffsbauch aufgewühlt und erfüllte die Luft mit einem ekelhaften Gestank, der dem des Gases im Grundschlamm eines Teiches in nichts nachstand. Die Wellen knallten unaufhörlich gegen den Rumpf der Jacht und erinnerten Tom an den regelmäßigen Schlag eines

Beiles, unter dem jede einzelne Planke des Schiffes zu ächzen und zu stöhnen schien.

Er kletterte aus seiner Koje, zog sein Ölzeug an und ging an Deck. Stephens kauerte über dem Ruder, während Brooks vorne Ausguck hielt. Die Segel waren so stramm gespannt wie Trommelfelle und die Wanten und Stage so straff, daß man meinte, auf ihnen wie auf Geigensaiten spielen zu können, während der Wind durch die Takelage pfiff und die losen Enden des Tauwerks wie Schlangen durch die Luft wirbeln ließ.

Jedesmal, wenn der Bug die Wellen durchpflügte und sich dann mit einem lauten Stöhnen der Planken wieder aufrichtete, ergoß sich Seewasser über das Deck und floß durch die Speigatten wieder ab. Die verhärteten Sohlen und gespreizten Zehen von Toms Füßen verliehen ihm einen sicheren Halt auf dem glatten Grund. Die Stärke des Sturmes nahm noch immer zu, und eine schwere See lief von querab heran. Tom übernahm das Ruder von Stephens: »Setz die Stagfock Nr. 3!«

Der nordwestliche Sturm dauerte fünf Tage. Sie segelten mit dem einmal gerefften Großsegel weiter und machten gute Fahrt in Richtung des Kaps, aber durch das Stampfen des Schiffes war es unmöglich, etwas zu kochen oder auch nur Teewasser aufzusetzen. Sie ernährten sich von Schiffszwieback, Dosenrüben und ein paar Stücken kaltem, fettigem Fleisch und tranken etwas Wasser dazu. Aber selbst der Geschmack der Limetten, die Tom in Madeira gekauft hatte, konnte nicht darüber hinwegtäuschen, daß es inzwischen nicht mehr frisch war.

Am Montag, dem 30. Juni, drehte der Wind plötzlich auf Süd-Südwest, blies aber unverändert stark. Tom ließ das Groß- und Vorsegel bergen und dafür das Trysegel anschlagen. Dennoch segelten sie zeitweise kaum, weil der Seegang so stark war.

Das Trysegel bestand aus extra dickem Segeltuch und wurde ohne Benutzung des Baums oder einer Rah direkt am Mast und der Verschanzung befestigt. Unter den Sturmbedingungen, in denen es eingesetzt wurde, war die Gefahr, die von den beweglichen Spieren ausging, größer als die Vorteile, die sie sonst haben mochten.

Am späten Abend des nächsten Tages flaute der Sturm plötzlich ab. Wie immer nach einem derartigen Unwetter, war die ganze Besatzung gereizt und erschöpft. Alle Gelenke schmerzten, nachdem die Männer in der heftigen See auf dem Boot hin und her geworfen worden waren. Die ständige Berührung mit dem groben Tauwerk hatte die Hände rissig werden lassen.

»Ich hoffe, daß wir jetzt eine Weile keine solchen Stürme mehr erleben werden«, sagte Richard und nahm einen Schluck Tee, seine erste Tasse seit mehreren Tagen. Tom warf einen prüfenden Blick auf den niedrig stehenden Himmel. »Der Sturm ist keineswegs vorüber, mein Junge. Wir stecken mittendrin.« Ursprünglich wollte er noch mehr sagen, aber dann beschloß er, lieber zu schweigen. Warum sollte er dem Jungen erklären, daß die See, die schon jetzt durch die tagelangen heftigen Böen aufgewühlt war, vom nächsten Sturm noch weiter aufgepeitscht würde? Er würde es ja ohnehin bald merken, und es gab keinen Grund, ihn unnötig zu beunruhigen.

Während des gesamten nächsten Tages, es war der 2. Juli, regte sich kein Lüftchen, erst am Abend kam eine leichte Brise auf. Zunächst wehte sie aus den unterschiedlichsten Richtungen, doch allmählich konzentrierte sie sich auf West-Südwest und nahm kontinuierlich zu.

Bevor die rasch dahinziehenden Wolken den nächtlichen Himmel ganz verhüllten, blickte Tom noch einmal nach oben. Selbst die Sterne und ihre verschiedenen Konstellationen, die einzigen Fixpunkte eines Seemanns auf dem Meer, hatten sich völlig verändert und waren kaum mehr zu erkennen. Der Polarstern, der erste Stern, den jeder Navigator auf den nördlichen Meeren zu identifizieren lernt, sowie der Große Bär waren schon lange hinter dem Horizont verschwunden. Statt dessen leuchteten hier die Konstellationen des südlichen Himmels. Das Kreuz des Südens stand weit über ihnen, und

Tom sah nun die großen Galaxien der südlichen Hemisphäre, die Magellanschen Wolken, zum ersten Mal. Zwei von ihnen waren genauso hell und diffus wie die Milchstraße, die andere so dunkel, als sei eine Nebelbank über sie hinweggezogen.

Dann verhüllten die schwarzen, immer tiefer dahinziehenden Wolken des herannahenden Sturms den Himmel, und die Segel begannen zu knallen, weil der Wind immer kräftiger an ihnen riß und zerrte. Die Seen bauten sich zu einer Höhe von fünfzehn bis zwanzig Fuß auf, und graue Gischtfetzen flogen gleich Möwenfedern durch die Luft. Sie ließen das Großsegel, die Breitfock und Fock Nr. 2 gesetzt. Um vier Uhr nachmittags wehte der Wind bereits äußerst stark aus Süd-Südwest, und die See wurde immer heftiger. Sie refften das Großsegel und die Breitfock, doch um elf Uhr nachts riß sich das Großsegel los. Der Wind fegte nun messerscharf über sie hinweg. Im Pfeifen des Sturmes hörte man plötzlich ein Geräusch wie einen Pistolenschuß: Eine der Schoten war gerissen. Einen Moment lang flatterte ein Zipfel des Segels lose im Wind, dann hörte Tom, wie das Tuch entzweiriß. Betäubt vom Tosen des Sturmes und blind vom Regen, der ihnen direkt ins Gesicht schlug, krochen sie nach vorne und versuchten, das zerrissene Segel zu bergen.

Das Segeltuch war zwar mit Wasser vollgesogen, doch dank der ungeheueren Kraft des Windes gespannt wie ein Trommelfell. Tom griff sich die Mitte, wo die Arbeit am schwersten war, Brooks und Richard halfen ihm links und rechts. Zoll für Zoll holten sie das sich immer wieder aufbäumende und um sich schlagende Segeltuch ein. Dreimal riß es sich mit einem lauten Knall wieder los, als eine noch stärkere Bö am Mast rüttelte. Das Segel blähte sich über ihren Köpfen auf, nur um dann mit einer solchen Wucht in ihre Richtung zurückzuschlagen, daß es sie fast von Deck gefegt hätte.

Sie brauchten fast vierzig Minuten, um das Segel unter größten Mühen einzuholen und das Trysegel zu setzen. Es war brandneu und aus stärkstem Segeltuch gefertigt, und sie hatten es so tief wie möglich über dem Deck gesetzt, aber sogar bei dieser kleinen Angriffsfläche hätte die Gewalt des Sturmes beinahe ausgereicht, die Kauschen aus den Ecken zu reißen, während das Schiff vorwärtsjagte.

Das zerrissene Großsegel wurde unter Deck verstaut, und Tom lief nach achtern, um das Ruder von dem erschöpften Stephens zu übernehmen. Das Steuern des Schiffes am Wind durch diese schwere Seen erforderte alle Kraft und sämtliche Fertigkeiten, die er in seinen Jahren auf See erworben hatte. Jede einzelne Welle schlug krachend gegen den Rumpf und drückte den Bug herum, so daß die Jacht Gefahr lief, quer zu den Wellengebirgen zu liegen und flach auf das Wasser gedrückt zu werden. Der kleinste Fehler – und eine riesige Welle konnte sämtliche Aufbauten hinwegfegen, den Mast wie ein Streichholz umknicken und sie alle dem sicheren Tod überantworten.

Als Stephens vier Stunden später die Wache wieder übernahm, blieb Tom zunächst bei ihm, da er sich fürchtete, in einer solchen Situation der Seemannschaft eines anderen zu vertrauen. Aber die Müdigkeit trieb ihn dann schließlich doch unter Deck. Er entledigte sich seiner Kleidung, wrang sie aus, hängte sie über das Schott und sank dann todmüde in seine Koje. Die Sachen tropften noch immer, als er keine Stunde später durch den Ruf »Alle Mann an Deck!« geweckt wurde, da sich ein weiteres Tau losgerissen hatte.

Zwei Tage lang kämpfte die *Mignonette* in der schweren See gegen den Sturm. Die Böen waren so heftig, daß die Jacht buchstäblich nach Lee weggedrückt wurde. Jede Meile, die sie während der letzten Woche in Richtung Kap zurückgelegt hatten, ging nun, da sie vor den wütenden Attacken des Sturmes flohen, wieder verloren. Das Seil, mit dem das Ruder angelascht war, riß sich los, und Tom und Stephens mußten es unter Aufbietung all ihrer Kräfte festhalten, bis Brooks es wieder festgebunden hatte.

Wenn er nach unten ging, um sich einen Moment lang auszuruhen, wurde Tom durch das Stampfen des Schiffes jedesmal so heftig aus seiner Koje geschleudert, daß er gezwungen war, eine Hängematte aufzuhängen. Doch darin schlief es sich genauso schlecht, da zwar die Hängematte in der Senkrechten blieb, das Schiff aber in einem Bogen von neunzig Grad um sie herumschwenkte. Außerdem zeigte sich ein weiteres, noch wesentlich beunruhigenderes Zeichen für die Gewalt des Sturms. Durch die Beplankung, die in Fay's Yard repariert worden war, drang erneut Wasser ein. Von seiner Hängematte aus konnte Tom sehen, wie es im Licht der hin- und herschwingenden Laterne funkelte.

Am 5. Juli war das Wetter noch schlechter geworden. Nach wie vor goß es in Strömen, und eine wütende Sturmbö blies aus Süd-Südwest. Der Sturm brüllte in der Takelage, und die Segel krachten jedesmal, wenn die Böen hineinfuhren. Er hörte das gequälte Ächzen des Mastes, der sich in einem fort im Winde bog. Während die *Mignonette* durch den heftigen Seegang pflügte, stand das Wasser in den Speigatten hüfthoch. Die Meeresoberfläche war ein Teppich aus dichtem Schaum, und gewaltige Gischtschwaden sausten durch die Luft. Die Kreuzseen waren stärker als alles, was Tom je gesehen hatte, ein Mahlstrom aus kochendem und tosendem Wasser. Riesige Wogen schienen aus allen Richtungen auf sie zuzulaufen, und das einzige, was der Rudergänger tun konnte, war, zu versuchen, den Bug im Wind und gegen die höchsten Wellenberge zu halten und dabei zu beten, daß keine ungewöhnlich hohe Welle alles verschlingend über ihnen zusammenbrach.

Die Wogen wurden immer höher und steiler. Sie erreichten jetzt eine Höhe von vierzig Fuß. Ihre gleißenden Fronten schienen fast senkrecht emporzuragen und waren von wirbelnden grauen Schaumspitzen bekrönt. Das war kein gutes Zeichen, und Tom durchlief ein mulmiges Gefühl. Weit vom Festland entfernt brechen Wellen nur aus einem einzigen Grund: weil die Wasserberge unter ihrem eigenen gewaltigen Gewicht in sich zusammensacken. Alles, was sich einem dieser Ungeheuer in den Weg stellte, wurde gnadenlos zertrümmert.

Während er versuchte, sich einer zerbrochenen Want zu nähern, die auf dem Deck hin- und herschlug, hieb der Wind so heftig auf ihn ein, daß er sich auf allen vieren vorwärts bewegen und sich dabei an der Verschanzung festklammern mußte, um nicht von Bord gefegt zu werden. Selbst in dem kurzen Moment der Windstille, in dem die *Mignonette* das Wellental erreichte und die nächste Woge den Wind eine Sekunde lang blockierte, kam er nur ein winziges Stück voran. Dann legte er sich flach auf das Deck, während die Jacht auf den Wellenkamm gehoben wurde und der Sturm erneut unbarmherzig an ihm zu zerren begann. Seine Haare klebten ihm im Gesicht, und als er den Kopf hob, strömten Tränen aus seinen Augenwinkeln, und er spürte, wie die ungeheuere Kraft des Sturmes seine Augäpfel in die Höhlen drückte.

Als er sich aufrichtete, um nach dem losen Ende der Want zu greifen, traf ihn der gewaltige Schlag einer Bö. Er kippte nach hinten, überschlug sich, und eine Welle spülte ihn das Deck entlang. Er prallte mit solcher Wucht auf eine Luk, daß ihm alle Luft aus den Lungen wich. Dann sank er zur Seite und blieb mit ausgebreiteten Armen an der Verschanzung liegen, nur wenige Zentimeter von der kochenden See entfernt. Sobald er Gelegenheit fand, schleppte er sich vom Rand des Schiffes fort, legte sich wieder auf das Deck und versuchte erneut, nach Luft zu schnappen, doch im selben Moment schwappte bereits die nächste Woge über die Planken. Er rappelte sich auf, umklammerte die Verschanzung und brachte sich mit letzter Kraft in Sicherheit.

Eine Jacht unter seinem Kommando war einmal bei einer Fahrt über die Irische See von einer von achtern heranstürmenden Welle überlaufen worden, aber selbst damals, in einem Schiff, in dem so viel Wasser stand, daß es jeden Moment zu kentern drohte, hatte Tom nie die Furcht empfunden, die ihn jetzt ergriff. Im Herzen des tosenden Sturms mit Geschwindigkeiten bis zu achtzig Knoten und vierzig bis fünfzig Fuß hohen Wellen, realisierte er zum ersten Mal, daß er auf See sterben könnte.

Die Gesichter aller vier Männer waren nun grau vor Erschöpfung. Selbst wenn sie nicht an Deck oder an den Pumpen arbeiteten, ließ sie das wilde Stampfen der See nicht zur Ruhe kommen, und keiner von ihnen hatte seit Ausbruch des Sturmes mehr als einige Minuten geschlafen. Tom hatte die Nachmittagswache mit Richard, und während er sich darauf vorbereitete, die nächste Wache um vier Uhr heraufzurufen, beschloß er »beizudrehen, bis das Wetter sich etwas beruhigt haben würde«. Stephens und Brooks, die sich unten in ihrem Ölzeug hingelegt und vergeblich zu schlafen versucht hatten, kamen wieder an Deck. Tom befahl Stephens, ans Ruder zu gehen, während die Breitfock weggenommen wurde. »Wir müssen die Segelfläche reduzieren, oder der Sturm reißt uns die Masten raus. Das Schiff kann den Sturm mit backgesetzter Stagfock und dem Trysegel abreiten.«

Nachdem sie die Breitfock niedergeholt hatten, begannen sie alles, was sich losgerissen hatte, festzulaschen, bevor Stephens den Bug der Jacht an den Wind brachte. Mit zusammengekniffenen Augen starrte er in den Sturm, um zu versuchen, die Lücke zwischen den höchsten Wellenbergen zu erspähen, in denen er wenden konnte. Aber in den zehn oder zwanzig Sekunden, in denen das Schiff langsam an den Wind drehte, würde es ständig an Vorwärtsfahrt verlieren, bis die See es auf die Seite drücken und der Kiel beinahe sichtbar werden würde. Jede große Woge, die es in diesem Zustand traf, konnte es querschlagen lassen und unter sich begraben. Selbst wenn es diesem Schicksal entging, konnte das Gewicht des Ballasts, das versuchte, es wieder in die Vertikale aufzurichten, dazu führen, daß der Mast brach oder die Beplankung leck sprang.

Aber Tom hatte keine Wahl. Der Seegang wurde immer heftiger und bedrohlicher, und die Abstände zwischen den steilen Wellenkämmen betrugen nur noch wenige Sekunden. Wenn sie weiter vor dem Wind abliefen, würde die *Mignonette* solch gewaltigen Wogen, die sich über dem Heck brachen, nicht lange standhalten. Die einzige verbleibende Hoffnung bestand darin, den Bug in den Wind zu drehen, um so den Sturm abzureiten. Wenn dieser so stark war, daß man nicht Segel setzen konnte, ohne Gefahr zu laufen, zu kentern, oder wenn die folgenden Seen so heftig und furchterregend waren, daß die Jacht nicht vor dem Wind ablaufen konnte, und zu befürchten war, daß sie von den Wellen, die sich am Heck brachen, begraben wurde, konnte ein Kapitän versuchen, sein Schiff beizudrehen.

Eben noch war die Jacht vor dem Wind vorangestürmt, um kurz darauf durch das Manöver fast völlig zum Stillstand zu kommen. Ohne zusätzliches Eingreifen des Rudergängers würde der Bug nur wenig hin- und hergieren, da der Anprall der Wellen von dem windwärtigen Bug aufgefangen wurde und das Schiff nur wenig Wasser nahm.

Man laschte dann das Ruder fest, tat dies aber mehr, damit es nicht von einer Seite zur anderen schlug, als daß es einen Einfluß auf das Verhalten des Schiffes gehabt hätte. Die Crew konnte sich unterdessen ein wenig ausruhen, da die Jacht nun fast von selbst segelte, zumindest solange die Segel hielten. Falls aber die Wucht des Sturmes die Segel aus ihren Bändseln riß, schwebte sie in unmittelbarer Gefahr, zu kentern, wenn der Sturm sie vor den heranrollenden Brechern querschlagen ließ. Die einzige mögliche Abhilfe bestand dann darin, die Laschings des Ruders zu kappen und das Schiff vor dem Wind ablaufen zu lassen, bis man ein neues Notsegel aufgeriggt hatte.

Es dauerte eine halbe Stunde, bis alles losgeschlagene Gerät an Deck wieder beigefangen war. Brooks verstärkte die Laschings auf dem Dingi, während Tom mit dem stumpfen Ende eines Beils das Segeltuch über das hintere Skylight nagelte, bevor er den Befehl zum Beidrehen gab.

In diesem Moment wandte sich Stephens, der das Ruder in Händen hielt, um und erstarrte. Er sah sich einer Monsterwelle gegenüber, einer Wand aus Wasser, die den gesamten Horizont verhüllte und jede Sekunde auf sie niederstürzen würde. Sie schien ihm bis an die Spitze des Masttopps, sechzig Fuß über dem Deck, zu reichen. Auf ihrer gesamten Länge war sie von Schaumspitzen bekrönt, die in Streifen an ihrer Vorderseite herabrannen wie in einem Wasserfall. Das Tal am Fuß der Welle war so tief, daß es wie ein riesiges schwarzes Loch im Meer aussah. Stephens stieß einen gellenden Schrei aus. »Ich rief: ›Warschau!‹, gleichzeitig legte ich das Ruder hart über, um vierkant gegen die Welle anzulaufen, aber die Woge überrollte das Schiff mit verächtlicher Gleichgültigkeit.«

Das Heck der *Mignonette* sank steil ab, als sich das Tal vor der Welle darunterschob, während der Bug in die Höhe gerissen wurde. Dann brach die graue, viele Tonnen schwere Wand in sich zusammen und begrub die Jacht unter ihrem Gewicht. In diesem Augenblick war jede Planke der *Mignonette* dem Bersten nah. Stephens versuchte, sich am Ruder festzuklammern, wurde aber mit voller Wucht gegen die Reling geschleudert. Er spürte, wie die Verschanzung nachgab, und im nächsten Augenblick hing er über der kochenden See, mit den Beinen um sich schlagend wie ein frisch Gehenkter. Dann begann das Wasser der Monsterwelle endlich abzufließen.

Tom klammerte sich an den Baum, als seine Füße unter ihm weggerissen wurden, und hing dort wie ein im Winde flatternder Wimpel. Es gab kein Oben oder Unten mehr, kein Licht und keine Dunkelheit, nur noch das zerstörerische Gewicht des Wassers und die gnadenlose Gewalt, die ihn vom Baum loszureißen drohte. Er hatte keine Vorstellung, ob sich der Baum noch am Mast befand oder bereits über die Verschanzung gespült worden war, er konnte nur versuchen, sich mit aller Macht daran festzuklammern, während seine Lungen nach Sauerstoff schrien und ihm das Blut in den Ohren hämmerte.

Auch Brooks, der damit beschäftigt war, das Dingi loszulaschen, hatte die Welle kommen sehen. »Ich nahm zwei Rundtörns mit der Leine um meinen Arm und hielt mich fest.«

Als die Welle über das Deck fegte und ihn unter sich begrub, schnitt das Seil zwei tiefe Striemen in sein Fleisch. Das Segel wurde mit einem einzigen Hieb entzweigerissen.

Stephens schleppte sich auf das zerstörte Deck zurück. »Als ich wieder zu mir kam, erkannte ich zu meinem Schrecken, daß die luvwärtige obere Beplankung sowie die Verschanzung von der Mitte nach achtern zu eingedrückt worden war, und rief, ›Mein Gott, ihre Seitenteile sind eingedrückt, sie sinkt.‹«

Tom ging auf die Luvseite und stellte fest, daß es genauso war, wie der Maat gesagt hatte – die Wucht der Welle hatte die Kielbeplankung weggerissen.

Das Dingi wurde am vorderen Skylight losgebunden, und Tom rief Brooks durch den tosenden Wind zu: »Helfen Sie mir, das Dingi hinunterzulassen!«; »Der Maat schrie laut auf«, sagte Brooks, »und als wir hinüberschauten, sahen wir, daß das Schiff ein Loch hatte. Wir rannten alle zum Boot, bis auf den Maat, der am Ruder blieb. Ich versuchte, die Laschings durchzuschneiden, aber es gelang mir nicht. Daraufhin gab mir Kapitän Dudley eine Axt, und ich trennte sie mit zwei Hieben durch. Ich befestigte die Vorleine am Beiboot, und dann hoben wir es über Bord.« Während sie das Dingi mit vereinten Kräften ins Wasser ließen, schlugen sie versehentlich ein Loch hinein, so daß es sich sofort mit Wasser füllte, als die Wellen darüber zusammenschlugen.

Stephens umklammerte noch immer das Ruder. Tom befahl Richard, unter Deck zu gehen und das kleine Wasserfaß vom Fuß des Niedergangs heraufzuholen. Als Richard dies getan hatte und es über die Reling werfen wollte, packte Tom seinen Arm. »Wirf es nicht in das Dingi, sonst durchschlägt es den Boden, sondern ins Meer. Wir fischen es dann raus.« Kaum war das Fäßchen, das bereits halb leer war, im Wasser gelandet, wurde es vom Wind davongetrieben. Unterdessen kletterten Brooks und Richard in das Dingi hinab.

»Ich rief dem Kapitän zu, er solle kommen«, sagte Brooks. »Er kam an Deck und versuchte, das Boot achteraus zu fieren.«

Tom gab Lose in die Vorleine, wodurch das Dingi auf den Wellen zum Heck der Jacht getragen wurde. Er nahm einen Rundtörn um die Klampe auf der Heckreling und warf dann Brooks das andere Ende zu.

Trotz der Wogen, die sich über der Jacht brachen, eilte Tom zum Niedergang. Er spähte in das Dunkel unter Deck, sah den wirbelnden Schaum und hörte das häßliche Gurgeln des Wassers, welches das Boot durchströmte. Er zögerte einen Augenblick, doch dann stieg er noch einmal hinab und bahnte sich den Weg zu seiner Kabine, obwohl ihm das Wasser bereits bis zur Brust reichte. Die abgedichteten Behälter des Sextanten und des Chronometers trieben auf der eiskalten Flut. Tom kämpfte sich zum Fuß des Niedergangs zurück und warf sie an Deck. Doch Stephens hatte inzwischen das Ruder verlassen und war den beiden anderen in das Dingi gefolgt, so daß die nächste große Welle die beiden Instrumente über Bord spülte.

Tom war jetzt ganz allein auf der sinkenden Jacht. Er wußte, daß sie jeden Augenblick untergehen konnte, doch er zwang sich, noch einen Moment unter Deck zu bleiben. Er eilte in die Kombüse und griff sich sechs Dosen, von denen er glaubte, daß sie Fleisch enthielten. Dann hörte er einen lauten Schrei: »Kapitän, sie sinkt!« Er eilte hinauf und spürte bereits, wie sich die Jacht zu drehen begann. Noch immer die Dosen umklammernd, versuchte er zunächst vom Heck in das Dingi hinabzuklettern. Doch als das Schiff unter ihm immer stärker zitterte und nun offenbar tatsächlich zu sinken begann, sprang er in das Beiboot, in dem bereits ebenfalls Wasser stand. »Ich hatte plötzlich solche Angst, das Schiff nicht mehr rechtzeitig verlassen zu können, daß nur eine Dose den Weg mit mir in das Dingi fand.« Die übrigen fielen ins Meer, doch wegen des starken Seegangs gelang es den anderen, nur eine einzige von ihnen herauszufischen.

Tom griff sich sofort eines der Ruder, Stephens das andere, und Brooks riß die Leine los, die sie noch mit dem Schiff verband. Die Dollbords waren kaum frei von der Oberfläche, da brachen sich schon wieder neue Wellen über dem Dingi, und Wasser strömte durch das Loch auf der Seite. Brooks nahm das hölzerne Ösfaß und begann, das Wasser auszuschöpfen, und Richard half ihm mit dem Hut seines Ölzeugs dabei. Tom und Stephens legten sich derweil in die Riemen, um das Boot hinter die *Mignonette* zu bringen.

Die Entfernung, die sie von der Jacht trennte, betrug nur etwa die Länge des Dingis, als sich plötzlich der Umriß des Bugs in den dunkler werdenden Himmel erhob und das Schiff über das Heck zu sinken begann. Einen schaurigen Moment lang ragte es noch über ihnen, dann glitt es in die Tiefe, und das Wasser schloß sich über ihm. Keine fünf Minuten waren vergangen, seit die gewaltige Welle sie getroffen hatte. Eine einzige riesige Luftblase stieg an die Oberfläche – es war das Todesröcheln der *Mignonette*.

8

Vier Männer im Dingi

Im traumatischen Moment eines Schiffbruchs durchfährt den menschlichen Körper ein kräftiger Adrenalinstoß. Herzschläge und Blutdruck nehmen zu, die Blutgefäße an der Oberfläche ziehen sich zusammen, verringern den Verlust von Körperwärme und versorgen die Muskeln mit mehr Blut, und die Leber setzt zusätzlichen Zucker frei. Doch ohne die notwendige Erfahrung und Willensstärke sowie die erforderlichen Kenntnisse kann ein Großteil dieser Energie in falsche Bahnen gelenkt werden, so daß Überlebende von Schiffbrüchen gerade in der panischen Anfangsphase häufig schwere Fehler begehen.

Wenn die Menge des ausgeschütteten Adrenalins schließlich wieder abnimmt und ihnen das ganze Ausmaß der Katastrophe vor Augen tritt, reagieren die Betroffenen sehr unterschiedlich. Einige werden wirr und unorganisiert, sind außerstande, zu handeln oder Entscheidungen zu treffen, und warten mit stumpfer Gleichgültigkeit auf ihr Ende. Andere dagegen reagieren energisch und zupackend. Doch mit der Zeit verschärfen die physischen Folgen von Hunger und Durst die psychologische Wirkung der verzweifelten Situation, und dann beginnt auch die seelische und emotionale Festigkeit der stärksten Persönlichkeiten zu bröckeln.

Das Festhalten an einer bestimmten Routine, das Aufstellen von Plänen und die Stärkung der allgemeinen Moral durch Gebete, Meditationen, Gespräche und Lieder erhöhen die Überlebenschancen. Diejenigen, die tage- und wochenlang hilflos in einem offenen Boot auf hoher See umhertreiben, überleben eher aus Willensstärke als aufgrund bestimmter körperlicher Eigenschaften. Aber letzten Endes geben auch Menschen mit einem besonders ausgeprägten Willen der Versuchung nach, der Wirklichkeit durch Träume, Phantasien oder einfach nur Apathie zu entfliehen. Dehydrierung, falsche Ernährung, Schlafmangel und die Folgen von Hitzschlägen führen schließlich zu Delirien und Halluzinationen. Einige begehen Selbstmord, bei anderen hingegen siegt der Selbsterhaltungstrieb, und sie werden zu Kannibalen.

Im abnehmenden Tageslicht ruderten Tom und seine Mannschaft durch die vereinzelt auf der Oberfläche treibenden Trümmer des Wracks. Sie fanden das Chronometer und den Sextanten, und es gelang ihnen auch, den Holzboden des Wasserfäßchens zu retten; das Faß selbst indes blieb verschwunden. Das einzige, was sie sonst noch aus dem Wasser fischen konnten, waren die hölzerne Gräting der Jacht und eine Handvoll Werg, das sich mit Wasser vollgesaugt hatte. Brooks zog das Werg aus den Wellen und formte daraus einen groben Pfropfen für das Loch auf der Seite des Dingis, um so das Einströmen des Wassers zu verlangsamen. »Die See türmte sich berghoch. Zeitweise war es einfach fürchterlich. Wir hatten ein Loch in unser Boot geschlagen, und es war uns gerade gelungen, es notdürftig zu stopfen und das Wasser auszuösen, als uns die nächste Woge unter sich begrub und das Boot erneut bis zur Ruderbank mit Wasser füllte. Wir schafften wiederum, uns davon zu befreien, und sprachen Stoßgebete, daß wir aus dieser Gefahr errettet würden.«

Sie schöpften das Wasser mit allem aus, was ihnen zur Verfügung stand: mit den beiden Hälften der Kiste, in der sich das

Chronometer befunden hatte, sowie mit dem Ösfaß. Dennoch stieg das Wasser im Boot immer höher, da die hereinschwappenden Wellen schneller waren als sie. Tom rief Brooks zu: »Wir müssen den Bug in die See drehen, sonst werden wir kentern.«

Während die anderen, dem Ertrinken nahe, da die Wellen immer wieder über ihnen zusammenschlugen, weiter das Wasser aus dem Boot östen, machte sich Tom in panischer Eile ans Werk. Er verknüpfte die Auflage für das Holzfaß, die Gräting und alle Planken, die sie nicht unbedingt benötigten, miteinander und warf sie dann über den Bug. Mit einem Ruck spannte sich das Seil, und das Gewicht des improvisierten Ankers begann das Dingi mit der Spitze voran in die Wellen zu ziehen. Noch immer drohte jede große Woge das zerbrechliche Boot unter Tonnen von Wasser zu begraben, doch jedesmal stieg sein Bug mit der Welle in die Höhe und folgte ihr dann ins Tal. Es gab kaum eine Verschnaufpause, weil ständig neue Wellen heranrollten. Trotz ihrer Erschöpfung wurden sie durch das Adrenalin derart angestachelt, daß sie beim Ausösen ihr wahnsinniges Tempo beibehielten, bis das Wasser im Boot endlich zu sinken begann. Das war alles, was sie vor Tagesanbruch tun konnten. Die Männer waren zu erschöpft und niedergeschlagen, um zu sprechen.

Tom starrte in die Dunkelheit. »Ich begann, über unsere Lage nachzudenken: kein Wasser, nur die beiden kleinen Dosen als Proviant, die einsetzende Dunkelheit, die teilweise riesigen Wogen und der Gedanke an unsere Lieben daheim. Es war furchtbar, darüber nachzudenken.« Abwechselnd öste jeder der Männer eine Stunde lang Wasser aus und übernahm dann die Wache, während die anderen, noch immer völlig durchnäßt, ein wenig zu schlafen versuchten.

Das Dingi gierte noch immer in der heftigen See, als das Boot gegen elf Uhr nachts, so vermutete Tom aufgrund der Position des Mondes, von einem Schlag gegen die Unterseite getroffen wurde. Darauf hörte er eine Art Kratzen, und das Dingi begann sich ein wenig auf die Seite zu legen. Einen Moment lang dachte Tom, sie seien auf Grund gelaufen, aber es gab kein Geräusch sich brechender Wellen und auch keine leuchtende überstürzende Brandungswelle auf der schwarzen See. Tom schaute über den Rand des Bootes und meinte, im Wasser vor dem Bug einen Wirbel zu erkennen. Ein großer Hai, der fast genauso lang war wie das Dingi selbst, schwamm auf sie zu und schlug mit seiner Schwanzflosse gegen das schwache Boot. Tom sah, wie das Mondlicht auf der grauen, ledernen Haut des Haies schimmerte, als dieser durch die Wasseroberfläche brach. Erneut schlug er mit seiner Schwanzflosse heftig gegen das Boot. Die anderen Männer schreckten aus ihrem unruhigen Schlaf hoch und griffen mit furchterfüllten Mienen instinktiv nach dem Schandeckel.

Zunächst entfernte sich der Hai wieder ein Stück und schwamm in einiger Entfernung hin und her, als wolle er zehn oder fünfzehn Meter vor der Steuerbordseite des Dingis abwarten. Doch als er sich plötzlich umdrehte und von neuem auf das Boot zuschoß, spürte Tom, wie er von der Angst gepackt wurde. Er nahm eines der Ruder und schlug mit dessen flachem Ende auf die Wasseroberfläche. Selbst inmitten des Sturms klang dies, als habe man eine Muskete abgefeuert, und der Hai drehte bei und verschwand.

Tom fühlte das heftige Pochen seines Herzens, während er aufmerksam die Wellen musterte. Die Sekunden verstrichen, ohne daß der Hai zurückgekehrt wäre. Da stieß Brooks plötzlich einen Schrei aus. Der Hai war auf der anderen Seite des Bootes wieder aufgetaucht. Tom sah, wie seine glänzende Haut das Wasser durchschnitt und sich ihnen mit großer Geschwindigkeit näherte. Als er auf die andere Seite des Bootes stürzte, schwankte das Dingi so heftig, daß sich der Schandeckel auf der Höhe des Wassers befand. Halb aufrecht stehend, bewegte er sich im Rhythmus des Bootes hin und her und hielt dabei das Ruder hoch über dem Kopf. Als der Hai sich unmittelbar neben dem Dingi befand, schlug Tom ihm mit aller ihm verbliebenen

Kraft auf den Kopf, bevor ihn das heftige Schwanken des Bootes in die Knie zwang. Man sah einen weißen Spritzer, dann tauchte der Hai unter das Boot und verschwand. Während der nächsten Stunden kehrte er noch mehrmals zurück, doch jedesmal vertrieb ihn Tom, indem er ihm mit dem Ruder auf den Kopf schlug. Schließlich sanken die Männer in einen unruhigen Schlummer, nachdem sie inständig gebetet hatten, es möge endlich der Morgen dämmern.

Beim ersten Tageslicht war der schlimmste Teil des Sturms vorüber, doch noch immer waren die Seen heftiger als alles, was Tom bis dahin erlebt hatte. Er befahl Stephens, dem größten Mitglied der Besatzung, aufzustehen und zu schauen, ob er irgendwo ein Segel oder zumindest das kleine Wasserfaß sehen könne. Die Wahrscheinlichkeit war ziemlich gering, denn das Meer und der Wind konnten es in der Nacht viele Meilen davongetrieben haben. Nachdem er den Ozean in allen Richtungen abgesucht hatte, schüttelte er niedergeschlagen den Kopf.

Tom musterte das Dingi. Es war knappe vier Meter lang, 1,20 Meter breit und ganze 50 cm tief. Richards Augen blickten ihn aus einem bleichen, angsterfüllten Gesicht an und suchten in seiner Miene nach irgendeinem schwachen Hoffnungsschimmer. Er wurde enttäuscht. Stephens wirkte äußerlich ruhig, Tom sah aber, daß ein Muskel in seinem Gesicht aufgrund eines nervösen Tics immer wieder zusammenzuckte. Nur Brooks zerfurchte Miene blieb unbewegt und ausdruckslos. Er blickte den Kapitän in Erwartung der nächsten Befehle an.

»Bevor wir nicht unsere genaue Position kennen, können wir nichts entscheiden«, sagte Tom. »Stephens, machen Sie sich an die Arbeit mit dem Sextanten. Brooks und Parker, Sie ösen Wasser aus, und ich dichte das Loch hier etwas besser ab.« Er nahm sein Klappmesser aus der Tasche und schnitt einige Zoll vom unteren Rand seiner Hose ab. Als er das vollgesogene Werg aus dem Loch gezogen hatte, war erneut Wasser in das Boot geflossen, aber nachdem er es mit dem schwarzen Stoff zugestopft hatte, sickerte es nur noch in einem dünnen Rinnsal herein. Dennoch benötigte er noch fast eine Stunde, bis er es so abgedichtet hatte, daß er damit zufrieden war. Dann setzte er sich und gab Stephens ein Zeichen, zu ihm in den Bug zu kommen, etwas abseits von den anderen.

»Wo sind wir?« Er sprach mit gesenkter Stimme, um dem Jungen keine zusätzliche Angst einzuflößen, da dieser nicht wußte, wie weit sie vom Land entfernt waren und in welch verzweifelter Lage sie sich tatsächlich befanden. Leichtmatrosen wie Parker und Brooks hatten keine Navigationskenntnisse, und erst recht wußten sie nicht, wie das komplexe Verfahren zur Bestimmung der geographischen Länge funktioniert. Nur wenige Seeleute besaßen hierfür das notwendige Wissen oder Interesse, und noch weniger verfügten über die erforderlichen finanziellen Mittel, da Schiffsoffiziere ihre Navigationsinstrumente selbst kaufen mußten. Infolge der hohen Preise für Sextanten und Chronometer verfügten mitunter sogar die Offiziere, die für die Navigation ihrer Schiffe zuständig waren, nicht über diese Geräte. Es verwundert daher nicht, daß ein Zeuge 1836 vor dem Untersuchungsausschuß zur Ermittlung der Ursachen für die zahlreichen Schiffbrüche einräumte, daß es »sehr viele« Fälle gäbe, in denen Schiffe drei- oder vierhundert Meilen von ihrer vermeintlichen Position entfernt gewesen seien.

Abgesehen davon, besaßen die Schiffseigner und Offiziere ein handfestes Interesse daran, die Mannschaften in Unwissenheit zu lassen. Die einzige Methode, wie der Kapitän eines Schiffes sicherstellen konnte, daß seine Männer nicht gegen sein häufig tyrannisches Regiment aufbegehrten und meuterten, bestand darin, daß nur er und seine höheren Offiziere über die notwendigen Fertigkeiten verfügten, das Schiff sicher in den Hafen zurückzubringen. Die Geheimnisse der Navigation wurden daher streng gehütet. Wenn ein Matrose versuchte, seine eigenen Aufzeichnungen über die zurückgelegten Kurse und Distanzen zu führen, konnte er dafür ausgepeitscht werden.

Nachdem sie außer Sichtweite der Küste waren, hatten weder Brooks noch Richard die geringste Vorstellung, wo sie sich befanden oder in welche Richtung sie fuhren. Um auf Land zu stoßen, waren sie also auf Tom und Stephens angewiesen.

»Nach unserem Koppelbesteck standen wir beim Untergang des Schiffes auf einer Breite von 27° 10′ S und einer Länge von 9° 50′ W«, sagte Stephens.

»Wo befindet sich das nächste Land?«

Der Maat zuckte nur mit den Schultern. »Eine ungünstigere Stelle ließe sich schwerlich finden. Wir sind genau in der Mitte zwischen St. Helena, siebenhundert Meilen nördlich, und Tristan da Cunha, vielleicht siebenhundertfünfzig Meilen südwestlich, und noch weiter von der afrikanischen Küste entfernt.«

»Das Kap?«

»Vielleicht fünfzehnhundert Meilen südöstlich, aber in diesen Breiten befinden wir uns noch immer in den südöstlichen Passatwinden. Ganz egal, welches Segel wir setzen, luvwärts werden wir nicht vorankommen.«

»Also Südamerika?«

»Aber das ist mehr als zweitausend Meilen entfernt.«

Tom dachte einen Moment nach, dann wandte er sich den anderen zu. »Wir befinden uns jetzt schon ein gutes Stück westlich der Dampfschiffroute zum Kap. Wir werden vor dem Wind segeln und zusehen, daß wir so schnell wie möglich die Route der Barken und Klipper erreichen. So Gott will, findet uns bald ein Schiff.«

»Oder wir stoßen auf Land«, sagte Richard mit einem nervösen, hoffnungsvollen Blick. Tom nickte nur. Brooks schwieg. Obwohl er nichts über Längen- und Breitengrade wußte, war er lange genug zur See gefahren, um sich darüber im klaren zu sein, wie riesig der Ozean war, auf dem sie trieben.

Tom dachte sorgfältig nach, bevor er erneut das Wort ergriff. Leichtmatrosen verstanden vielleicht nichts von Navigation, aber sie waren hinreichend mit dem Seerecht vertraut, um zu wissen, daß bei einem Schiffbruch nicht nur das Schiff, sondern auch die Autorität des Kapitäns unterging. Von jetzt an würde er nur noch durch sein Beispiel führen können. Wenn sie seinen Anweisungen nicht Folge leisteten oder sich gegen ihn verbündeten, konnte er nichts dagegen tun.

Er räusperte sich. »Unsere Lage ist sehr ernst. Wir haben kein Wasser und kaum etwas zu essen, und das, was wir haben, müssen wir solange wie möglich aufbewahren.« Er schaute Brooks an.

»Was ist in den Dosen?«

»Rüben.«

Er hatte gehofft, daß es etwas anderes sei, aber sein Gesichtsausdruck blieb unverändert: »Wir werden sie noch nicht öffnen.« Er machte eine Pause, aber niemand widersprach ihm. »Wir werden den Tag in vier Wachen aufteilen und abwechselnd Wasser ausösen und steuern.«

Brooks schüttelte den Kopf. »Der Junge kann Wasser ausösen, aber er weiß nicht, wie man das Boot steuert. Er ist zu jung.«

Tom nickte. »Er geht nur dann ans Ruder, wenn das Wetter es zuläßt. Ich werde die erste Wache übernehmen, Brooks die zweite, Stephens die dritte. Wir müssen das Boot auch im richtigen Trimm halten. Der Junge und ich werden im Heck schlafen, die beiden anderen vorne. Der Bug muß im Wind bleiben, aber wenn wir ein Segel setzen, können wir Fahrt über den Achtersteven machen.«

Brooks unterbrach ihn erneut. »Wir haben kein Segel.«

»Dann müssen wir eines aus unseren Hemden machen.«

Brooks schaute Stephens an. Nach kurzem Zögern schüttelte er den Kopf. Richard blickte unsicher von einem zum anderen.

»Sie widersprechen mir?« fragte Tom.

»Sollen wir unseren Tod riskieren, indem wir erfrieren oder an einem Hitzschlag sterben, nur um etwas schneller vor dem

Wind zu segeln, wenn wir nicht die geringste Vorstellung haben, wohin die Reise geht?« fragte Stephens.

Tom hielt inne. Mit Widerspruch von dieser Seite hatte er nicht gerechnet. »Wir haben unser Ölzeug.«

»Wenn wir das Ölzeug tragen, werden wir einen Herzschlag erleiden, und wenn wir es nicht tragen und keine Hemden anhaben, einen Hitzschlag.«

»Aber wir müssen in Richtung Südamerika segeln.«

»Bis wir dort ankommen, werden wir alle längst tot sein.«

»Aber es ist der einzige Weg. Vielleicht kreuzt ja ein Schiff unsere Strecke.«

Stephens nickte. »Das mag ja sein, aber wir sind zu weit von den üblichen Routen entfernt, und ein Schiff kann uns hier genausogut finden wie sonst irgendwo auf diesem riesigen Ozean.«

Tom beachtete ihn einen Augenblick lang nicht und blickte statt dessen die beiden anderen an. »Wollen Sie nicht das machen, was ich sage?« Keiner der beiden antwortete. Tom drehte sich um, um seinen Ärger zu verbergen. Er begann an den Bodenplanken des Dingis zu zerren. »Dann müssen wir wenigstens die hier aufstellen.« Brooks zögerte einen Moment, dann half er ihm, die Planken aufzurichten und sie senkrecht im Heck zu verkeilen.

Als Tom sich umdrehte, sah er, wie Richard auf dem Rand des Dingis kniete und ins Meer urinierte. »Halt!« Verdutzt hielt der Junge inne.

»Wir können ohne Wasser nicht überleben«, sagte Tom. »Du weißt genausogut wie ich, daß wir verrückt werden, wenn wir Salzwasser trinken. Wir haben kein frisches Wasser, außer unserem eigenen.« Es dauerte eine Weile, bis Richard begriff, was Tom meinte. »Nein, das werde ich nicht tun. Sind wir Hunde oder Menschen?«

»Wir sind Menschen, die vor Durst sterben werden, wenn uns nicht bald ein Schiff findet. Richard, wenn du überleben willst, mußt du es trinken.«

Der Junge zögerte, dann griff er nach dem hölzernen Ösfaß. Tom schüttelte den Kopf. »Das ist vom Salzwasser verseucht. Nimm lieber den hier.« Er gab ihm den Metallbehälter des Chronometers. Nachdem Richard uriniert hatte, starrte er lange auf die Flüssigkeit, bevor er den Behälter an die Lippen führte. Er nahm einen Schluck, doch ihn ergriff ein Würgen, und er übergab sich ins Meer. Tom legte ihm eine Hand auf die Schulter: »Du mußt dich dazu zwingen, es zu trinken, oder du wirst nicht überleben.«

»Ich kann nicht, Sir«, sagte er, aber nachdem er einige Male tief Luft geholt hatte, führte er den Behälter erneut an die Lippen. Er schauderte, schluckte den Inhalt in einem einzigen Zug herunter und fuhr sich mit dem Handrücken heftig über den Mund.

Tom schaute jedem von ihnen in die Augen. »Wir müssen alles tun, was zum Überleben notwendig ist. Und wir werden überleben!« Er hielt einen Moment inne. »Es ist jetzt Sonntagmorgen. Laßt uns zusammen beten, daß es Gott gefallen möge, uns zu retten und uns unseren Familien zurückzugeben.«

Sie neigten ihre Köpfe und schlossen sich seinem Gebet an. Das Gemurmel ihrer Stimmen verlor sich in der ungeheuren Weite der See und des Himmels.

Tom übernahm die erste Wache. Er hatte ungeachtet der Zuversicht, die er gegenüber der Mannschaft an den Tag legte, in Wirklichkeit kaum Hoffnung, daß sie überleben würden. Während die anderen die Augen schlossen und ein wenig zu schlafen versuchten, entfaltete er das Zertifikat, das sich im Inneren des Chronometerbehälters befand. Es war das einzige Stück Papier an Bord. Er fand in seiner Tasche einen Bleistiftstummel und begann auf der Rückseite der Urkunde einige Abschiedszeilen an seine Frau zu schreiben: »6. Juli 1884. An meine geliebte Frau – Phil Dudley, Myrtle Road, Sutton, in Surrey. Die *Mignonette* ist gestern gekentert. Der Sturm hat sie eingedrückt. Wir hatten nur fünf Minuten, um uns, ohne

Essen oder Wasser, in das Beiboot zu retten. Ich habe bis zum Schluß an Dich und unsere Kinder gedacht. Gott segne und behüte Dich. Dein Dich liebender Mann Tom.« Er faltete den Brief kräftig zusammen und steckte ihn in die Innentasche. Dann lehnte er sich auf das Ruder und starrte lange auf das Meer.

Stephens hatte ihn beobachtet. Er bat Tom um sein Messer und ritzte eine noch knappere Abschiedsbotschaft an seine Frau in die Oberfläche des Sextantbehälters. Dann fügte er noch die mutmaßliche Position des Schiffes hinzu. Außer dem Schaben des Ösfasses und dem Schlag der Wellen gegen den Rumpf des Dingis war das Kratzen der Messerklinge auf dem Holz das einzige Geräusch weit und breit.

Sie trieben den ganzen Tag auf dem Meer, ohne daß sich ein Segel zeigte. Am Abend machte Tom erneut einen Versuch, sie dazu zu bewegen, auf ihre Hemden zu verzichten. »Der Wind ist auf unserer Seite. Wir müssen in Richtung Westen vorwärts kommen, damit wir die Routen der Segelschiffe erreichen.«

Doch Brooks schüttelte erneut den Kopf. »Wir werden von der Sonne verbrannt werden, nachts fast erfrieren und ein Segel kann uns ebensogut zum Kentern bringen wie nach Westen treiben. Ich sage: Nein.«

Tom blickte die beiden anderen an: »Sind Sie in dieser Sache auf meiner Seite oder auf seiner?«

Beide wendeten die Augen ab.

Der nächste Tag dämmerte, ohne daß sich ein Segel gezeigt hätte. Der Anblick und das Geräusch der Wellen, die unermüdlich gegen das Boot schlugen, erinnerte sie immer wieder an ihren Durst. Toms Kehle fühlte sich hart und wund an, und seine Lippen waren geschwollen und rissig. Am frühen Morgen gab er Brooks die Anweisung, die erste Dose mit Rüben zu öffnen. Er nahm sein Messer heraus und schlug es mit dem Ösfaß von oben in die Dose. Dann arbeitete er sich am oberen Rand entlang, bis er den Deckel zurückziehen konnte. »Fünf Stücke. Teilen Sie ein Stück zwischen zweien auf, und geben Sie jedem von uns ein bißchen von der Flüssigkeit. Wir wollen den Rest so aufteilen, daß er bis morgen abend reicht.« Die Rübe, die Toms ausgedörrte Kehle herabrann, schmeckte wunderbar süß und herrlich kühl. Er spürte, wie ihm der Speichel im Mund zusammenlief. Aber die wenige Flüssigkeit verschaffte ihm nur kurzfristig Erleichterung.

Mittags gelang es Stephens, eine angenäherte Sonnenhöhe zu nehmen, dazu schätzte er die Deklination und errechnete daraus eine Mittagsbreite von ungefähr 24° und 50′ S. Sie standen also nahezu auf dem Wendekreis des Steinbocks. Die Winde wehten weiter sehr stark und trieben sie in nordwestlicher Richtung immer näher an den Äquator.

Die sengende Hitze war kaum mehr zu ertragen. Als Richard sich über Bord lehnte, um sein Gesicht mit Wasser zu benetzen, begann das Boot plötzlich heftig zu schwanken, und der Junge stürzte ins Meer. Tom hätte nicht sagen können, ob er von selbst gesprungen oder von Bord gefallen war. Bei dem Gedanken an Haie gerann ihm das Blut in den Adern, aber dennoch zögerte er keinen Augenblick. Weder Brooks noch Stephens konnten schwimmen. Tom riß sich das Hemd vom Leib und sprang ins Wasser. Als er wieder an die Oberfläche kam, war zunächst keine Spur des Jungen zu entdecken, doch als ihn eine Welle nach oben trug, sah er einen ausgestreckten Arm und Richards Gesicht mit weit aufgerissenem Mund. Dann schloß sich das Meer wieder über ihm.

Tom pflügte mit seinen Armen durch das Wasser und kämpfte sich zu dem Jungen vor. Weit und breit war nichts zu sehen außer dem Boot. Dann erkannte er im graugrünen Wasser die blasse Form eines nach oben gewandten Gesichts und dunkles, wie Seetang an der Oberfläche treibendes Haar. Er tauchte unter und packte Richard, der schon wieder zu sinken begann. Heftig mit den Beinen strampelnd, versuchte er, an die schwach leuchtende Wasseroberfläche zu gelangen. Diese schien eine Ewigkeit entfernt zu sein, und das Gewicht des Jungen und ihre vollgesogene Kleidung zog ihn immer wieder hinab. Mit seiner freien Hand kämpfte er gegen das Wasser an und versuchte, weiter strampelnd in Richtung der Oberfläche zu gelangen. Seine Ohren dröhnten, und in der Brust verspürte er einen stechenden Schmerz. Die verbrauchte Luft aus seinen Lungen entwich und stieg in Blasen nach oben. Er hielt den Atem an, bis er es nicht mehr länger aushielt, und er instinktiv einzuatmen versuchte. Wasser drang ihm in den Mund und in die Kehle, dann spürte er den Schlag einer Welle gegen sein Gesicht. Keuchend und würgend konnte er nun endlich wieder atmen und hörte, wie sich der Junge neben ihm erbrach. Dann begann Richard mit den Armen um sich zu schlagen. Tom verfluchte ihn: »Halt still! Du reißt uns beide in den Tod. Halt still, sag' ich!«

Noch immer den Jungen im Arm haltend, kämpfte er sich durch den heftigen Seegang in Richtung des Bootes vor. Erschöpft, wie er war, wurden seine Schläge immer schwächer und fahriger. Jedesmal, wenn ihn eine Welle nach oben trug, wirkte das Dingi genauso weit entfernt wie zuvor. Er fühlte, wie sein Kräfte nachließen und ihn die Mattigkeit überwältigte. Das Boot zu erreichen schien auf einmal nicht mehr so schrecklich wichtig zu sein. Er war müde, er würde eine Pause machen und dann weitersehen.

Sein Kopf glitt unter die Wellen. Er schluckte Wasser und spuckte es sofort wieder aus, dann versuchte er in Richtung des Bootes weiterzuschwimmen. Plötzlich hörte er ein klatschendes Geräusch, sah einen Wasserwirbel und erstarrte. Er rechnete damit, jeden Moment von einem herannahenden Hai zerrissen zu werden. Statt dessen hörte er erneut das Klatschen und erkannte durch die Gischt hindurch den schwarzen Umriß eines Ruders. Er streckte den Arm danach aus, griff daneben, versuchte es erneut. Diesmal kriegte er das Ruder zu fassen, und zog sich und den Jungen mit seiner freien Hand Stück um Stück daran entlang, bis er die Seite des Dingis erreicht hatte.

Richard schien seine Umgebung gar nicht wahrzunehmen, aber Tom drehte ihn herum, so daß er das Boot vor Augen hatte. »Halt' dich am Schandeckel fest.« Er schüttelte den Jungen. »Halt dich am Schandeckel fest – mit beiden Händen!«

Einen Augenblick später spürte er, wie die Last von seinem Arm wich, da Richard nun zum ersten Mal sein eigenes Gewicht trug. Tom klammerte sich an den Rand des Dingis. Mehr konnte er im Moment nicht tun. »Achtet auf Haie!« sagte er. Mehrere Minuten verstrichen. Als Brooks versuchte, den Jungen ins Boot zurückzuhieven, zog Tom sich am Rand entlang auf die gegenüberliegende Seite des Dingis, um ein Gegengewicht zu bilden, da er befürchtete, daß es sonst kentern könnte. Das Boot schaukelte heftig und kam erst wieder zur Ruhe, als Richard auf den Boden sank. Mit Brooks Hilfe zog Tom sich selbst mit quälender Langsamkeit über den Schandeckel und blieb dann neben dem Jungen liegen, zu müde, um zu sprechen oder sich zu bewegen.

Der nächste Tag war besonders grausam. Schrecklicher Hunger nagte an ihnen, und der Durst drohte sie regelrecht zu verzehren. Sie benetzten ihre Gesichter, Nacken, Arme und ihr Haar mit Salzwasser, doch dies brachte ihnen immer nur kurze Augenblicke Erleichterung.

Toms Kehle war ausgedörrt, seine Zunge wund und angeschwollen. Das Meerwasser, das er unfreiwillig geschluckt hatte, steigerte seinen Durst noch mehr. Dennoch spülte er seinen Mund damit aus und gurgelte ein wenig, um seiner Kehle eine kleine Linderung zu verschaffen. Die anderen ermutigte er, dasselbe zu tun, aber er beobachtete sie dabei aufmerksam und warnte sie mehrmals davor, etwas davon zu schlucken. Die Versuchung, sich über den Schandeckel zu beugen und etwas Salzwasser zu trinken, war groß, aber wie jeder Seemann war er sich sicher, daß dies entsetzliche Folgen haben würde. Es gab genügend Geschichten, die ihn in dieser Auffassung bestätigten. Anekdoten von Überlebenden, die diese während langer Nachtwachen zum besten gaben, liefen alle auf dasselbe hinaus: Seeleute, die Schiffbruch erlitten hatten und Salzwasser tranken, begannen an Wahnvorstellungen zu leiden, verloren dann rasch völlig den Verstand und starben.

Die Gefahren, die mit dem Verzehr von Salzwasser verbunden sind, wurden bis in die frühen 50er Jahre dieses Jahrhunderts nicht in Frage gestellt. Dann aber vertrat der Franzose Alain Bombard die These, daß ein Schiffbrüchiger, der von Anfang an kleinere Mengen Salwasser trinkt, statt zu warten, bis ihn der Durst überwältigt, überleben könne. Um seine Theorie zu beweisen, überquerte Bombard den Nordatlantik in dem Schlauchboot *L'Hérétique*, ohne Frischwasser mitzunehmen. »Während der ersten dreiundzwanzig Tage hatte ich kein Regenwasser ... Es gelang mir, zu zeigen, daß ich meinen Durst mit Hilfe gefangener Fische und Meerwasser löschen konnte ... Alles in allem trank ich vierzehn Tage lang Salzwasser und dreiundvierzig Tage lang den Saft der Fische. So gelang es mir, die Bedrohung, die vom Durst auf See ausgeht, zu überwinden.«

Dr. Bombards auftrumpfende Schlußfolgerung ist jedoch nicht ganz zutreffend. Der Stoffwechsel der Fische ermöglicht es diesen, das Salz aus der Nahrung und dem Meerwasser, das sie zu sich nehmen, auszuscheiden. Die Flüssigkeit, die Bombard aus den von ihm gefangenen Fischen extrahierte, reichte aus, um die kleinen Mengen Meerwasser, die er trank, zu verdünnen. Hätte er nur dieses getrunken, hätte er nicht überlebt. Andere Seefahrer, unter ihnen Thor Heyerdahl auf der *Kon Tiki* und Sir Francis Chichester auf der *Gypsy Moth IV*, tranken ebenfalls kleinere Mengen Salzwasser, ohne daß dies eine nachteilige Wirkung gehabt hätte. Weitere Experimente haben gezeigt, daß es nicht schädlich ist, wenn man es in einem Verhältnis, das 5:1 nicht überschreitet, mit Süßwasser mischt.

Der alte Glaube der Seeleute, daß man verrückt wird und stirbt, wenn man Meerwasser zu sich nimmt, ist völlig zutreffend. Es entzieht dem Körper Flüssigkeit. Meerwasser ist eine konzentrierte Lösung von Natriumchlorid und anderen Salzen und hat ein höheres spezifisches Gewicht als frisches Wasser. Infolge eines Osmoseprozesses – der Neigung von Flüssigkeiten, eine poröse Trennwand, in diesem Fall die Magenwand, in Richtung einer konzentrierteren Lösung zu durchdringen – wird Wasser vom Rest des Körpers abgezogen, um das Meerwasser zu verdünnen.

Der Körper reagiert auf diese Dehydrierung mit Durst und dem Bedürfnis, etwas zu trinken, doch wenn es sich bei diesem Getränk ebenfalls um Salzwasser handelt, gerät man in einen Teufelskreis. Der Betroffene trinkt immer mehr, in dem vergeblichen Versuch, seinen rasenden Durst zu stillen, doch jeder weitere Schluck verschlimmert nur seinen Zustand. Da ihnen nach und nach immer mehr Flüssigkeit entzogen wird, ziehen sich die Zellen des Körpers zusammen. Das Schrumpfen des Gehirns führt zu Halluzinationen und Wahnsinn. Der gegenteilige Effekt tritt ein, wenn ein Kind große Mengen Chlorwasser schluckt, nachdem es in ein Schwimmbad gefallen ist. Das Chlorwasser hat ein niedrigeres spezifisches Gewicht als das Frischwasser, dringt durch die Magenwand in den Körper ein, läßt die Gehirnzellen anschwellen und verursacht Paroxysmen.

Obwohl sich Tom Dudley dessen nicht bewußt war und seine Männer aufforderte, ihren eigenen Urin zu trinken, hat auch der Harnstoff, der darin enthalten ist, eine ähnliche, wenn auch weniger dehydrierende Wirkung. Trotz des Experiments von Dr. Bombard gilt: Wenn man Seewasser oder Urin ohne eine entsprechende Menge Frischwasser zu sich nimmt, beschleunigt dies die Dehydrierung und den Eintritt des Todes.

9

Der Tod des Richard Parker

Als sie die nächste Ration Rüben miteinander teilten, behielt Tom sein Stück so lange wie möglich im Mund, doch der größte Teil der Feuchtigkeit aus der Dose war bereits verdunstet, und innerhalb weniger Minuten fühlte es sich so rauh und trocken wie ein Stück Bimsstein an. Er konnte nur noch ein wenig darauf herumkauen und es dann herunterschlucken.

Eine große Mattigkeit hatte sich inzwischen ihrer bemächtigt. Ihre Kehlen waren so rauh und wund, daß sie kaum mehr miteinander sprachen und ständig ins Wasser starrten, jeder in seine Gedanken versunken. In der Abenddämmerung verzehrten sie die letzte Dose mit Rüben und teilten die wenigen Tropfen klebriger Flüssigkeit miteinander, die sich noch auf dem Boden der Dose befanden. Tom war erleichtert, als endlich die Nacht hereinbrach und die anderen vor seinen Blicken verbarg.

Früh am nächsten Morgen, es war der 9. Juli, sah Brooks eine dunkle Form auf der Wasseroberfläche, direkt neben dem Bug. Einen Moment lang erstarrte er vor Schreck, da er glaubte, der Hai sei zurückgekehrt, um sie erneut anzugreifen. Dann erkannte er die Gestalt des Tieres und weckte die anderen mit einem lauten Ruf: »Eine Schildkröte! An die Ruder, bevor sie abtaucht.« Die Schildkröte schlief auf der Oberfläche, keine zwanzig Meter von der Backbordseite des Bootes entfernt. Mit einigen Ruderschlägen waren sie bei ihr. Tom hielt Stephens an der Rückseite seines Hemdes fest, während dieser sich über den Rand des Bootes beugte und nach den Flossen der Schildkröte griff, die sich sofort heftig zu wehren begann. Stephens glitt die vordere Flosse aus der Hand, so daß er sich weiter vorlehnen und mit dem Kopf unter Wasser tauchen mußte, um sie erneut zu fassen zu kriegen. Dann richtete er sich auf, hustend und keuchend zwar, aber seine Beute fest umklammernd. Er zog die Schildkröte über den Rand des Bootes und ließ sie auf den Boden fallen, wo sie hilflos auf dem Rücken lag und mit den Flossen wedelte.

Tom zog sein Messer aus der Tasche. »Wir müssen ihr Blut trinken«, sagte er. »Die Flüssigkeit ist wichtiger für uns als das Fleisch.« Er griff nach der leeren Rübendose, doch dann besann er sich eines besseren, stellte sie zur Seite und nahm den Behälter des Chronometers. Während Stephens die Schildkröte festhielt, schob Tom den Behälter unter ihren Kopf und schnitt den Hals mit einem gezielten Messerhieb auf, so daß das Blut in die Metallschüssel schoß.

Brooks hatte das Geschehen vom Ruder aus mit vorgerecktem Hals verfolgt und nicht bemerkt, daß er das Dingi unterdessen quer zu den Wellen treiben ließ. Die nächste Woge brach sich über den Schandeckel, ergoß sich über den Boden des Bootes und schwappte in den Behälter des Chronometers.

Den Männern stand das Entsetzen ins Gesicht geschrieben. Richard beugte sich vor: »Es ist nur ganz wenig Wasser, wir können es doch bestimmt trotzdem trinken?« Tom zögerte einen Augenblick, dann kippte er die Flüssigkeit ins Meer. »Es ist mit Salzwasser verseucht. Wir würden davon verrückt werden.«

Stephens starrte auf den roten Fleck, der sich mit dem grünen Wasser vermischte, und fuhr dann Brooks an: »Wenn Du aufgepaßt hättest, würden wir das jetzt trinken und nicht die Fische.« Brooks ballte die Faust und stand auf: »Paß auf, was du sagst, oder du landest gleich selbst bei den Fischen.« Tom beugte sich erneut über die Schildkröte und fing die letzten Tropfen auf, die noch aus ihrem Hals hervorquollen. Er blickte nicht auf, doch seine Stimme brachte sie zum Schweigen: »Setzen Sie sich sofort hin, beide. Wenn wir jetzt auch noch miteinander streiten, wird das nur unser Ende beschleunigen.« Er hielt den Behälter hoch. »Es ist wenig genug. Jeder darf sich wirklich nur seinen Anteil nehmen.« Er reichte ihn erst dem Jungen, dann Stephens und Brooks. Den letzten und kleinsten Teil trank er selbst. Es war kaum noch etwas von dem Blut übrig, das bereits zu gerinnen begann. Es schmeckte warm, süßlich und unangenehm, aber sobald er es heruntergeschluckt hatte, fühlte er, wie seine Kräfte wiederkehrten.

Richard öste das Wasser aus dem Dingi, dann stellte Tom den Behälter des Chronometers auf den Boden des Bootes und begann die Schildkröte zu zerlegen. Er trennte die zähen Flossen ab und legte sie in einer Reihe auf die Duchten, dann riß er das Tier aus seinem Panzer. Er entfernte den Kopf und die Eingeweide und warf sie über Bord. Das Herz und die Leber hingegen legte er in den Behälter und schnitt sie in vier Teile. Trotz des fauligen Geruchs stürzten sich die vier Männer gierig darauf. Tom schnitt das Fleisch der Schildkröte in Streifen, und Stephens hängte sie zum Trocknen auf. Es waren nur wenige Pfund Fleisch, aber sie waren so glücklich über ihren Fang, daß sie in ihrer momentanen Euphorie auch den Rest der zweiten Dose mit Rüben verzehrten und den süßen Geschmack in vollen Zügen genossen.

Die Stürme dauerten noch über eine Woche an. Ein Sturm aus Südost – die Passatwinde, die sie auf der *Mignonette* so dringend benötigt hätten – jagte sie mit dem Heck voran achteraus, aber sie wagten nicht zu drehen und vor dem Wind abzulaufen, da sie fürchteten, daß das Boot sonst kenterte. Selbst ohne den Anker gierte der Bug des Dingis bedenklich, wobei es stets ein paar Grad aus der Richtung des Windes abfiel. Einer von ihnen mußte ständig mit dem Steuerriemen am Heck schuften, um das Boot mit der Vorderseite in jede aufsteigende Welle zu halten, aber dennoch brachen sich die Wellen ständig über dem Bug. Manchmal, wenn das Wasser im Boot fast in Höhe des Schandeckels stand, waren sie nahe daran zu kentern. Alle schöpften dann so schnell wie möglich das Boot aus, bis der Wasserpegel wieder sank. Am 13. Juli hatte der Sturm endlich seine Kraft verloren, die Windseen wurden flacher, und die Männer schliefen völlig erschöpft ein.

Jeden Morgen zwang Tom sich, aufzustehen und den Horizont nach einem Segel abzusuchen. Obwohl er wußte, daß sie Hunderte von Meilen vom Festland entfernt waren, ertappte er sich immer wieder dabei, wie er auf jenen grünlichen Schimmer am Himmel hoffte, der auf das flache Wasser einer Lagune hindeutet, oder aber auf eine vielversprechende Wolkenformation – einige Kumuluswolken oder eine dünne Wolkenlinie –, die auf eine Insel oder eine nahe Küstenlinie verweist. Aber weder an diesem noch an einem der folgenden Tage zeigte sich irgend etwas, das Anlaß zur Hoffnung gegeben hätte. Nichts war zu sehen als die immergleichen Wellen auf ihrem endlosen Marsch in Richtung des Horizonts.

Jedesmal, wenn eine Bö vorüberzog, versuchten sie in den Capes ihres Ölzeugs etwas Regenwasser aufzufangen, indem sie sie umdrehten und die Arme ausbreiteten. »Wir warteten mit brennenden Kehlen und Mägen und beteten zum Allmächtigen um Wasser, bis die Bö vorübergezogen war. Wie dankbar waren wir, wenn wir ein wenig abbekommen hatten!«

Manche Böen schienen sich regelrecht über sie lustig zu machen. Mehrmals prasselte der Regen in Sichtweite des Dingis auf die Oberfläche des Meeres nieder, ohne daß ein einziger Tropfen sie berührt hätte. Ohnehin mußten sie die ersten Tropfen für die Reinigung des Ölzeugs verwenden. Nur wenige Böen brachten ihnen mehr als einige wenige Schlucke Wasser, und häufig gingen auch diese verloren, wenn Wellen über das Boot brachen, noch ehe die Männer zum Trinken gekommen waren. Doch dank eines Wolkenbruchs kam schließlich jeder von ihnen in den Genuß eines halben Liters Wasser. Als Tom seine Portion trank, zwang er sich, jedesmal nur ein wenig zu nippen und die Flüssigkeit eine Weile im Mund zu behalten, bevor er sie herunterschluckte. Er spürte, wie sich Speichel im Mund bildete, und das erste Mal seit langem lockerte sich die Anspannung in seiner wunden Kehle ein wenig. Doch dies sollte der letzte Regen für die nächsten vier Tage sein, und schon bald litten sie wieder unter der brütenden Hitze. Sie konnten nur wenige Sekunden miteinander sprechen, dann ging ihr heiseres Geflüster in heftiges Husten über.

Tom schnitt von seinem Ölzeug einen Knopf aus Bein ab und nahm ihn in den Mund. Er hoffte, daß dies seinen Durst lindern würde. Tatsächlich schien der Knopf ein wenig weicher zu werden, und auf der Zunge spürte Tom einen schwachen Geschmack, so daß er ihn während der nächsten Stunden im Mund behielt. Dabei wurde der Knopf allmählich immer kleiner und löste sich schließlich ganz auf. Im Verlauf der nächsten Tage schnitt er einen Knopf nach dem anderen ab, bis keiner mehr übrig war.

Alle paar Stunden spülten sie sich den Mund aus und gurgelten mit Salzwasser. Eines Nachmittags meinte Tom zu sehen, wie der Junge etwas davon trank: »Junge, wir haben alle furchtbaren Durst, aber du darfst das einfach nicht trinken.« Die fahlen Wangen des Jungens färbten sich rot. »Es schadet doch bestimmt nicht, wenn wir nur ein bißchen davon trinken.« – »Es ist Gift, und es wird dich töten, wenn du es weiter zu dir nimmst.«

Die Hitze quälte sie genauso wie der Durst. Die ungeschützten Partien ihrer Körper waren rotgebrannt und mit weißen Blasen bedeckt, und ihre salzverkrusteten Flanellhemden scheuerten fürchterlich auf ihrer empfindlichen Haut. Um sich ein wenig Kühlung zu verschaffen, schlug Stephens vor, daß sie ihre Hemden ins Wasser tauchen, auswringen und dann wieder anziehen sollten. Er und Brooks machten die Probe aufs Exempel, doch nachdem sie die Hemden kurz vor Einbruch der

Abenddämmerung ein zweites Mal ins Wasser getaucht hatten, schlotterten sie in ihren nassen Sachen die ganze Nacht vor Kälte.

Im Verlauf der nächsten Tage zogen sie sich mehrmals völlig aus und tauchten abwechselnd kurz ins Meer, wobei sie sich am Schandeckel festhielten. Sie taten dies nacheinander und jeweils nur einige Sekunden lang, während die anderen Wache hielten. Denn jedesmal, wenn sie ein solches Bad nahmen, umkreisten sehr rasch Haie das Boot, als hätten sie die nackten Körper gewittert. Das kühle Wasser auf der Haut hatte eine erfrischende Wirkung, und selbst ihr Durst ließ kurzfristig etwas nach. Doch nachdem einige weitere Tage verstrichen waren, fühlten sie sich zu schwach, um sich selbständig auszuziehen. Sie konnten sich nun nur noch etwas Wasser über den Kopf gießen, aber selbst das bereitete ihnen große Mühe.

Während seiner Wache betrachtete Tom voller Entsetzen die Körper seiner Mannschaft. Die Rippen und Hüftknochen traten bereits unter dem dahinschwindenden Fleisch hervor, an den Ellbogen, Knien und Füßen hatten sich häßliche Eitergeschwüre gebildet, ihre Lippen waren aufgesprungen und die Zungen schwärzlich und angeschwollen. Noch eine Woche lang hatten sie sich von dem Fleisch der Schildkröte ernährt, obwohl das Fett in der schrecklichen Hitze schon bald zu stinken begonnen hatte. Tom schnitt die unappetitlichsten Fetzen heraus und warf sie über Bord. Nachdem sie auch den Rest des Fleischs verzehrt hatten, blieben ihnen nun nur noch die Knochen und die lederartige Haut.

Die letzten ranzigen Fetzen aßen sie am Abend des 17. Juli. Als er zu Ende gekaut hatte, schaute Tom die anderen an: »Wenn nicht bald ein Boot kommt, müssen wir Lose ziehen.« Es folgte ein langes Schweigen. »Besser, wir gehen gemeinsam zugrunde«, sagte Brooks. Einen Moment später nickte Stephens zustimmend. »Dann lassen wir es eben bleiben«, sagte Tom, »aber es ist schwer einzusehen, warum vier Menschen sterben sollen, wenn einer die übrigen retten könnte.«

Am nächsten Nachmittag riß Stephens sie mit einem heiseren Schrei aus ihrer Lethargie: »Ein Segel! Ein Segel! Gott sei Dank, ein Segel!« Tom richtete sich auf und sah, wie sich ihnen ein Segelschiff mit großer Geschwindigkeit näherte. Richard begann mit den Armen zu winken. Brooks packte ihn und riß ihn nach unten: »Bleib mit mir auf dem Boden liegen. Wenn sie sehen, daß es vier Mäuler zu füttern gibt, segeln sie vielleicht vorbei.« Der Junge blickte ihn verängstigt an und legte sich sofort wieder hin.

Tom starrte auf das Schiff. Es war nicht nötig zu rudern, denn das Boot hielt fast direkt auf sie zu. Man konnte sie unmöglich übersehen, aber er versuchte, seine Aufregung zu zügeln, da er nur zu gut wußte, wie recht Brooks hatte. Das Schiff kam immer näher, und Tom konnte bereits die einzelnen Segel und den Wimpel am Masttopp erkennen.

»Es ist ein englisches Schiff«, sagte Stephens. Er riß sich das Hemd vom Leib und begann es über dem Kopf zu schwenken. Tom sah, wie die Matrosen im Rigg aufenterten und die Segelfläche verkleinerten. Die Bugwelle des Schiffs fiel in sich zusammen, und es verlor an Fahrt. Keine vierzig Meter von ihnen entfernt glitt die Spitze des Klüverbaums an ihnen vorbei.

Es folgte ein Moment der Stille, dann stürmte der Kapitän des Schiffs an Deck und knöpfte sich die Jacke zu. Seine Stimme war so laut, daß sie bis zu dem Dingi durchdrang. »Wer hat den Befehl zum Stoppen gegeben?«

Ein Mitglied der Mannschaft trat einen Schritt zurück, sagte aber nichts, sondern zeigte nur auf das Dingi.

Tom stand auf und rief mit brüchiger Stimme, die vom Rumpf des Schiffes widerhallte: »Kapitän, bitte, helfen Sie uns. Wir treiben seit dreizehn Tagen ohne Nahrung und Wasser auf dem Meer.«

Der Kapitän kehrte ihnen den Rücken zu, antwortete aber nicht.

»In Gottes Namen, Kapitän. Bitte helfen Sie uns!«

Er drehte sich um und sah Tom an: »Wie viele sind Sie?«

»Vier. Alles englische Christenmenschen wie Sie, mit Frauen und Kindern daheim.«

Doch der Kapitän schüttelte bereits den Kopf. »Wir können Ihnen nicht helfen.«

»Aber wenn sie uns im Stich lassen, werden wir zugrunde gehen.«

Der Mann antwortete nicht.

Tom starrte ihn an. »Wenn Sie uns schon nicht an Bord nehmen, dann geben Sie uns wenigstens ein bißchen Wasser und etwas zu essen.«

»Wir haben nichts übrig. Besser, Sie verhungern in Ihrem Boot, als daß uns das gleiche Schicksal in unserem widerfährt.« Er wandte sich ab und brüllte einen Befehl. Als die Männer zögerten, ihn auszuführen, begann er zu fluchen: »Aufentern, verdammt! Setzt Segel!«

Die Männer enterten im Rigg auf. Als sich die Segel mit Wind zu füllen und das Schiff davonzufahren begann, schrie Brooks: »Sie sind ein Lügner, Sie fettes Schwein! Hoffentlich gehen Sie und Ihre ganze Mannschaft zugrunde!« Doch der Abstand zwischen den beiden Schiffen nahm bereits wieder zu, erst langsam, dann immer rascher. Brooks blieb im Bug und stieß weiter mit heiserer Stimme Flüche gegen das Schiff aus. Doch schließlich sank er auf die Knie. Er legte sich auf den Boden, kroch unter den Segeltuchfetzen, der den Bug bedeckte, und verbarg sein Gesicht wie ein Kind, das sich unter seiner Bettdecke verkriecht. Richard begrub sein Gesicht in den Händen und begann zu schluchzen. Es war ein schreckliches, schnarrendes Geräusch, doch keiner der anderen unternahm einen Versuch, ihn zu trösten. Zu sehr waren alle mit ihren eigenen düsteren Gedanken beschäftigt.

»Wir befanden uns nun in einer verzweifelten Lage. Wir saßen da und sahen einander beim Sterben zu. Hunger und Durst standen uns allen ins Gesicht geschrieben. Die Nächte waren am schlimmsten. Wir fürchteten uns richtig davor. Sie schienen endlos zu sein. Wir waren so schwach und der Raum um uns herum so beengend, daß wir uns kaum bewegen konnten. Und wenn es uns gelang, ein paar Minuten zu schlafen, träumten wir vom Essen und vom Trinken.«

In dieser Nacht zog eine Regenbö über sie hinweg, und es gelang ihnen, etwas Wasser aufzufangen. Aber Toms Hände zitterten so sehr, daß er das meiste davon verschüttete, als er versuchte, einen Teil davon aus seinem Ölzeug in den Behälter des Chronometers zu gießen, um es für später aufzubewahren. Am nächsten und am übernächsten Tag, Sonntag, dem 20. Juli, regnete es nicht. Tom gelang es schließlich, die anderen davon zu überzeugen, ihm die Hemden zu geben. Stephens und der Junge, die völlig ermattet auf dem Boden des Bootes lagen, schien es inzwischen völlig egal zu sein. Brooks hingegen widersprach zunächst noch, zuckte dann aber mit den Schultern. »Was soll's? Unser Schicksal ist ohnehin besiegelt. Ob wir an einem Hitzschlag sterben oder verdursten, zugrunde gehen werden wir auf jeden Fall.« Er zog sein Hemd aus und gab es Tom.

Tom erlaubte Richard, daß er sein Hemd anbehielt, doch die anderen drei laschte er so zusammen, daß sie ein dreieckiges Segel bildeten. Sie verwendeten ein Ruder als Mast und eine halbe Planke als Rahnock. Mit dem Ösfaß hämmerte Tom von hinten auf den Griff seines Messers, um so das Holz zu spalten. Dann drückte er es mit der Kante des Chronometer-Behälters auseinander, bis die Planke der Länge nach entzweisprang. Die Wanten und Stage fertigten sie aus der Vorleine des Bootes. Mit dem selbstgemachten Notsegel und den beiden festgelaschten Heckduchten würde das Boot mit dem Heck voran von dem starken Südoststurm mit einer Geschwindigkeit von zwei bis drei Knoten achteraus gedrückt werden, solange der Seegang nicht zu stark war.

Später am selben Tag wurden sie durch den Anblick eines weiteren Segels belohnt, das sich ihnen aus südwestlicher Richtung näherte. Während Stephens das Steuer übernahm, ergriffen Tom und Brooks die Ruder und versuchten sich seiner Route zu nähern. In vierhundert Metern Entfernung segelte das Schiff an ihnen vorüber, nah genug, daß Tom die Gesichter der Matrosen erkennen konnte, die an der Reling standen und sie anstarrten. Doch es verlangsamte weder das Tempo noch änderte es den Kurs. Brooks fluchte, bis ihm die brüchige Stimme versagte, doch in der frischen Brise segelte das Schiff rasch weiter. Binnen weniger Minuten befand es sich außer Sichtweite, und sie waren wieder allein.

Hierauf begannen Brooks und Stephens einen ebenso erbitterten wie sinnlosen Streit darüber, wie weit das Schiff von ihnen entfernt gewesen war. Mit geballten Fäusten starrten sie sich an und hätten womöglich aufeinander eingeschlagen, wäre Tom nicht fluchend dazwischengegangen und hätte sie zum Schweigen gebracht. Brooks verkroch sich in seinen Unterschlupf am Bug und sagte den ganzen Tag nichts mehr – genausowenig wie die anderen.

Die grausame Gleichgültigkeit der beiden Schiffe gegenüber ihrem Schicksal hatte Toms Überlebenswillen erst recht angestachelt. Aber die Mienen der anderen verrieten ihm, daß die schwache Hoffnung, gerettet zu werden, an die sie sich bisher geklammert hatten, nun erloschen war.

Das Stechen des Salzes auf ihrer Haut verstärkte noch die durch den Sonnenbrand verursachten Schmerzen, und die Blasen, unter denen sie alle litten, machten selbst den kleinsten Druck zu einem Martyrium. Wenn sich einer von ihnen über das enge Dingi schleppte, weil er mit dem Rudern oder Ausösen an der Reihe war, war es unmöglich, einander nicht zu berühren, aber der Schmerz, den dies verursachte, war so groß, daß Stephens jedesmal laut aufschrie.

In dieser Nacht flaute der Wind ab, und unter den ruhigeren Wetterbedingungen übernahm Richard die Nachtwache. Tom und Brooks schliefen, doch Stephens döste nur vor sich hin, als er plötzlich ein ungewohntes Geräusch vernahm und sah, wie sich Richard über den Rand lehnte und eine der leeren Dosen mit Salzwasser füllte, ein wenig davon trank und sich dann umdrehte. Er erschrak, als er sah, daß der Maat ihn beobachtete. Stephens legte seinen Zeigefinger auf die Lippen und kroch dann zu ihm ans Heck. Er beugte sich zu dem Jungen hinab und flüsterte ihm ins Ohr: »Wie schmeckt es denn, Dick?«

»Gar nicht schlecht.«

Stephens blickte sich um, griff nach der Dose und nahm einen Schluck. Er keuchte und hustete, dann spuckte er den Rest aus. »Das brennt ja wie Feuer in der Kehle. Du bist wahnsinnig, Dick, das darfst du nie wieder tun.«

»Was soll ich denn statt dessen tun – verdursten?«

Stephens kroch zu seinem Schlafplatz zurück und kauerte sich auf dem Boden des Bootes zusammen. Unmittelbar bevor er die Augen schloß, sah er wie Richard die Dose erneut ins Wasser tauchte.

Tom wachte von dem Geräusch des Jungen auf, der sich über den Rand des Bootes erbrach. Als Richard auf den Rücken fiel und nach Luft schnappend auf dem Boden des Dingis liegenblieb, ergriff Brooks das Steuerruder. Tom legte seine Hand auf die Stirn des Jungen. Sie war glühend heiß. »Was ist los mit dir, Richard?«

»Ich ... ich habe Salzwasser getrunken.«

»Wieviel hast du getrunken?«

»Ich weiß nicht, vielleicht anderthalb Liter.«

»Dann mußt du völlig verrückt sein«, sagte Brooks.

Richard versuchte zu weinen, aber es quollen keine Tränen aus seinen trüben Augen. Statt dessen keuchte er einige Male und stieß einige tiefe Seufzer aus. »Ich mußte einfach etwas trinken.«

Brooks zögerte einen Moment, dann legte er ihm eine Hand auf die Schulter. »Kopf hoch, Dicky, alles wird gut.«

Richard schüttelte den Kopf. »Nein, wir werden alle sterben.«

Während der nächsten Stunden verschlechterte sich sein Zustand zusehends. Er bekam heftigen Durchfall, und Tom und Brooks mußten ihm mehrfach über den Schandeckel helfen, weil sein Körper von heftigen Krämpfen geschüttelt wurde. Dann kroch er zurück auf den Boden des Bootes und blieb dort mit schrecklichen Magenkrämpfen liegen. In dieser Nacht hatte er die ersten Wahnvorstellungen, redete wirres Zeug und wurde mehrmals ohnmächtig. Jedesmal, wenn er wieder zu Bewußtsein kam, sagte er dasselbe: »Ich möchte an Bord eines Schiffes gehen.«

Er sprach nur noch über das Schiff. Trotz der Reibereien, die es immer wieder zwischen ihnen gegeben hatte, hatten alle drei den Jungen im Grunde gern und taten alles, um ihn aufzumuntern. Aber er schien sie kaum mehr wahrzunehmen oder ihre heiseren Stimmen zu erkennen. In einem der seltenen Augenblicke, in denen er bei klarem Verstand war, versuchte er vergeblich, etwas von seinem Urin zu trinken, und sackte dann wieder kraftlos in sich zusammen.

In Toms Augen lag eine eindeutige Frage, aber als keiner der beiden Männer darauf reagierte, sagte er: »Es muß etwas geschehen.«

Brooks blickte empor. »Lassen Sie uns nicht mehr davon sprechen. Es wird noch ein Schiff kommen.«

Tom schüttelte den Kopf und schaute weg. Er preßte die Finger in seine angeschwollenen Oberschenkel. Sofort bildeten sich mehrere weiße Abdrücke, die noch lange Zeit, nachdem er losgelassen hatte, zu sehen waren. Während er sie anstarrte, spürte er, daß einer seiner Zähne ausgefallen war. Er spuckte ihn in die Hand und warf ihn ins Meer. Dann betastete er die anderen Zähne mit dem Finger. Alle saßen locker und wurden von dem weichen, schwammigen Zahnfleisch nur noch notdürftig festgehalten.

Trotz der Zuversicht, die er gegenüber seiner Mannschaft auch weiterhin an den Tag zu legen versuchte, war er sich nun insgeheim sicher, daß sie alle sterben würden. Er nahm den Abschiedsbrief an Philippa, den er am Morgen nach dem Schiffbruch verfaßt hatte, heraus und kritzelte mit seinem Bleistiftstummel einige weitere Zeilen darunter:

»Am 9. Schildkröte gefangen. Am 21. Juli sind wir seit 17 Tagen hier, ohne etwas zu essen zu haben. Alle vier leben noch und hoffen, daß ein Schiff vorbeikommt. Wenn nicht, müssen wir bald sterben. Mr. Thompson wird sich um alles kümmern. Es tut mir leid, daß ich diese Reise jemals angetreten habe. Es sollte nur zu unserem Besten sein – dachte ich wenigstens. Du weißt, meine Liebe, ich würde so gerne gerettet werden. Du würdest sehen, daß ich für den Rest meiner Tage ein christliches Leben führen würde. Wenn diese Zeilen jemals in Deine Hände gelangen sollten, kennst Du die letzten Gedanken Deines Toms und Dich liebenden Ehemanns. Es tut mir leid, daß uns das Glück bislang nicht hold war, aber ich hoffe, Dich und alle unsere lieben Kinder im Himmel wiederzusehen. Du weißt, daß ich Euch alle von ganzem Herzen liebe, aber wenn ich von Euch gehen soll, so ist es Gottes Wille. Trotzdem hoffe ich noch, gerettet zu werden. Wir waren ungefähr 1300 Meilen vom Kap entfernt, als sich das Unglück ereignete. Also, leb wohl, und Gott segne und behüte Euch alle. Dein Dich liebender Ehemann Tom Dudley.«

An diesem Tag regnete es nicht mehr. Sie lagen ausgestreckt im Boot, dämmerten vor sich hin und überließen sich ihren Gedanken und Phantasien. Tom war erstaunt, wie präzise und vielfältig seine Erinnerungen waren. Längst vergessene Ereignisse, manche bedeutend, manche nichtig, kehrten kristallklar wieder. Er hörte Stimmen aus seiner Kindheit und sah die Kinder des Dorfes im Watt herumtollen. Er sah Philippa am Klavier in ihrem ersten Haus in Oreston und hörte jeden Ton der Lieder, die sie sang. Wenn er einschlief, quälte ihn derselbe immer wiederkehrende Traum – sanfter Regen, der auf die Oberfläche des Blackwater niederging, Morgennebel über dem Woodrolfe Creek, der kühle Schatten der Bäume auf den sonnenbeschienenen Wiesen, auf denen er und Philippa spazierenzugehen pflegten, und die kühle Limonade, die sie ihm aus dem Keller brachte, wenn er im Garten in Sutton saß und die Kinder zu seinen Füßen im Gras spielten.

Dann wieder schreckte er hoch, zurückgerissen in die Gegenwart vom Durst und den Schmerzen in seinem Körper. Jedesmal, wenn er sich bewegte, bereitete ihm dies Höllenqualen, aber lange Zeit regungslos zu verharren war ganz und gar unmöglich, da sich die rauhen Bretter in die Haut hineingruben und die salzverkrustete Kleidung an seinen Wunden scheuerte. Selbst der Versuch, den eigenen Urin zu schlucken, war eine Qual. Er war zähflüssig, gelb und blutig, und Toms Kehle war so trocken und rauh, daß er ihn kaum mehr herunterwürgen konnte. Den Durst linderte der Harn längst nicht mehr.

Am nächsten Morgen waren die Kehlen der Männer so ausgedorrt und ihre Zungen so angeschwollen, daß sie kaum mehr zu sprechen vermochten. Richard lag noch immer am Boden des Bootes und kam nur noch zeitweise zu Bewußtsein. Tom blickte auf ihn hinab, dann auf die anderen: »Besser einer von uns stirbt, als wir alle.« Auch das Sprechen war eine Tortur. »Ich werde mich natürlich auch daran beteiligen, aber wir müssen Lose ziehen.«

»Nein. Morgen werden wir ein Schiff sehen«, sagte Stephens.

»Und wenn nicht?«

Niemand antwortete darauf.

Der ganze Tag verstrich, ohne daß es geregnet hätte, und selbst als kurz nach Mitternacht ein Schauer niederging, traf kaum ein Tropfen ihre nach oben gereckten Münder oder benetzte ihre Capes. Zwischen Wachen und Dämmern wanderten Toms Gedanken ruhelos umher. Er begann zu phantasieren. Prächtige Inseln und schneebedeckte Berge stiegen aus dem Meer empor, und eine dünne Nebelbank auf dem Wasser verwandelte sich in die Kreidefelsen von Kent. Segelschiffe näherten sich dem Dingi, und er war gerade dabei, sich mit vor Freude pochendem Herzen zu erheben, da verschwand die Vision auch schon wieder, und er starrte auf die endlosen Wellen des leeren Ozeans.

Dann sah er seinen Vater, der am Ende eines Anlegesteges stand und ihm zuwinkte. Er fühlte, wie es ihn an den Rand des Dingis zog, und mußte der Versuchung widerstehen, sich ins Wasser gleiten zu lassen. Er schüttelte den Kopf und rief mit gebrochener Stimme: »Nein, ich kann nicht.« Die anderen beachteten ihn kaum, als er wieder auf den Boden des Bootes sackte. Jedesmal, wenn er das Bewußtsein verlor, träumte er davon, das Dingi zu verlassen und über das Meer zu einem Strand oder einem wartenden Schiff zu laufen. Einmal erwachte er und stellte fest, daß seine Beine sich bereits über dem Schandeckel befanden und seine Füße im Wasser schleiften. Doch diese Entdeckung beunruhigte ihn kaum. Dann wieder sah er, wie er in die Wogen hinabglitt und sich die grünen Wassermassen über ihm schlossen, und er träumte, er sei bereits tot.

Erneut dämmerte ein heißer, bleierner Morgen. Tom beugte sich vor und legte seine Hand auf die Stirn des Jungen. Sie war noch immer glühend heiß, und sein Atem ging flach und unregelmäßig. »Dick? Hörst du mich, Junge?« flüsterte er mit heiserer Stimme. Er erhielt keine Antwort.

Tom setzte sich und schaute die anderen an. »Wir wissen doch alle, was zu tun ist.«

»Besser, wir sterben alle zusammen als das«, sagte Brooks.

»Selbst wenn der Tod von einem von uns das Leben der anderen retten kann? Sie sind Junggeselle, aber Stephens und ich haben unsere Familie. Es geht nicht nur um unser eigenes Leben, wir müssen auch an unsere Angehörigen denken. Wollen Sie vielleicht, daß unsere Kinder im Elend leben oder ins Armenhaus müssen, obwohl wir die Mittel hätten, uns zu retten und sie vor diesem Schicksal zu bewahren?«

»Auch ich habe eine ...« begann Brooks und verstummte. »Lassen Sie ihn wenigstens erst sterben«, sagte er. »Wir sollten unser Gewissen nicht mit dem Mord an dem Jungen belasten.«

»Aber wenn wir warten, bis er stirbt, wird das Blut in den Adern gerinnen. Wir müssen ihn töten, wenn wir sein Blut trinken wollen. Wir müssen es einfach tun! Es kann drei Leben retten.« Brooks schüttelte erneut den Kopf. Er legte sich in den Bug und verbarg den Kopf unter dem Segeltuch. Stephens sagte nichts, aber Tom sah in seinen Augen, daß er anders darüber dachte.

In dieser Nacht hatte Brooks die Wache ab Mitternacht. Während er das Boot steuerte, saßen Tom und Stephens im Bug und unterhielten sich flüsternd miteinander. »Was sollen wir tun?« fragte Tom. »Ich glaube, der Junge stirbt. Brooks ist Junggeselle, oder behauptet zumindest, es zu sein, aber Sie haben eine Frau und fünf Kinder, und ich habe eine Frau und drei Kinder. Es wäre nicht das erste Mal, daß jemand Menschenfleisch zu sich nimmt.«

Stephens zögerte. »Warten wir ab, was der neue Tag bringt.«

»Aber wenn es wieder nicht regnet und sich kein Segel zeigt?«

Stephens starrte auf das dunkle Wasser. Dann murmelte er: »Gott, verzeih mir!« und nickte.

Kurz nachdem es zu dämmern begonnen hatte, richteten sich Tom und Stephens nacheinander an der improvisierten Takelage auf und suchten den Horizont nach einem Segel ab. Doch unter dem wolkenlosen Himmel war weit und breit keines zu sehen. Richard lag noch immer auf dem Boden des Bootes, den Kopf auf der Steuerbord-, die Füße auf der Backbordseite, mit dem Arm sein Gesicht verdeckend. Er kam jetzt nur noch selten zu Bewußtsein.

»Wir müssen Lose ziehen«, sagte Stephens. »Es ist der Brauch des Meeres.« Richard lag ohnmächtig am Boden des Dingis. Nichts deutete darauf hin, daß er Stephens Worte gehört haben könnte. Brooks sagte nichts, und Tom wartete auch nicht auf eine Antwort von ihm. Er zog sein Messer heraus und schnitt vier dünne Holzspäne aus dem Schandeckel des Dingis. Drei davon machte er gleich lang, den vierten einen Zentimeter kürzer.

»Wir müssen Dicks Los für ihn ziehen«, sagte Stephens.

Die drei Männer tauschten Blicke. Tom legte die Holzstückchen auf die Handfläche. Die Enden ragten zwischen seinem Zeigefinger vor. Das kürzeste Los befand sich auf der rechten Seite, was Stephens und Brooks deutlich sehen konnten, da Tom die Hand einen Moment lang öffnete. Dann schloß er sie über den unteren Enden der Späne, ohne ihre Position zu ändern, und streckte sie ihnen entgegen. Brooks leckte sich die schwarz angelaufenen Lippen. Als er sah, daß Stephens zögerte, beugte er sich vor und zog das linke Los. Stephens nahm das nächste. Tom wollte sich gerade anschicken, das Ritual zu Ende zu bringen, hielt dann aber plötzlich inne, schaute den anderen in die Augen und warf die beiden übrigen Späne ins Meer.

»Was soll der Mumpitz«, sagte er, »wenn sowieso einer von uns im Sterben liegt? Wir wissen alle, was zu tun ist. Lassen Sie uns wenigstens ehrlich sein.« Keiner der beiden anderen sagte etwas, aber Stephens sah zu dem Jungen hin und nickte. Dann wandten sie sich beide Brooks zu. Er zögerte, dann neigte er den Kopf.

»Wer von uns soll es tun?«

»Ich kann es nicht«, sagte Brooks.

Stephens schüttelte den Kopf. »Ich auch nicht.«

»Dann werde wohl ich es tun müssen«, sagte Tom.

Er starrte Brooks an. »Sie gehen am besten nach vorne und legen sich einen Moment hin. Stephens übernehmen Sie die Wache.«

Stephens nahm das Steuer, während Brooks sich zum Bug schleppte und sein Gesicht unter dem Segeltuch verbarg. Tom schützte seine Augen vor den Strahlen der Sonne, griff nach den Wanten und zog sich noch einmal in die Höhe, um den Horizont ringsum nach der Spur eines Schiffes abzusuchen. Doch auf der gesamten glasigen Oberfläche des Meeres war keines zu sehen. Einen Moment lang verharrte er regungslos, sprach ein Gebet für die Seele des Jungen und bat seinen Schöpfer um Vergebung. Danach stellte er den Behälter des Chronometers neben Richards Kopf, nahm sein Messer heraus und klappte es auf. Die Sonne spiegelte sich auf der Klinge.

Tom blickte Stephens an. »Halten Sie die Beine des Jungen fest, falls er sich wehrt.«

Richard schien bewußtlos gewesen zu sein, doch bei diesen Worten schlug er die Augen auf. Seine Pupillen hatten fast kein Pigment mehr und erinnerten an die Farbe entrahmter Milch. Tom bezweifelte, daß er ihn noch sehen konnte.

»Was – ich, Sir?« sagte er

Tom antwortete nicht. Er legte die Klinge an den Hals des Jungen und versuchte seine Gedanken zu verdrängen, indem er stumm die Anweisungen aus *Steward's Handbook* wiederholte, die er vor vielen Jahren auf seiner ersten Reise als Smutje auswendig gelernt hatte: »›Lassen Sie das Tier sofort ausbluten, indem Sie die Speiseröhre aufschneiden und die Arterien und Venen auf beiden Seiten des Halses nahe am Kopf durchtrennen. Das Blut kann dann ungehindert herausfließen.‹« Mit der linken Hand packte er die Haare des Jungen und hielt den Kopf auf den Planken fest, dann stieß er ihm das Messer in den Hals und schlitzte ihn ruckweise seitlich auf. Nachdem er mit der Klinge eine Arterie durchtrennt und die Luftröhre aufgeschnitten hatte, ließ er das Messer fallen und preßte die Metallschüssel gegen Richards Hals.

Der Junge schrie nicht einmal auf. Doch als sich das Blut in einem langsamen, stetigen Rhythmus aus der Wunde ergoß, schlug er mit den Armen um sich, und ein fürchterliches gurgelndes Geräusch drang aus seiner zerrissenen Luftröhre. Seine weißen Augen starrten Tom ausdruckslos an. Dieser versuchte seine Ohren vor dem Todesröcheln des Jungen zu verschließen, aber in seinem Bewußtsein hallten die Geräusche selbst dann noch lange nach, als der Körper aufgehört hatte zu zucken und nur noch ein kleines Rinnsal aus der Wunde floß.

Das Blut, das er in dem Behälter des Chronometers aufgefangen hatte, war dick und zähflüssig und begann bereits zu gerinnen, so daß sie es sofort tranken. Brooks kroch unter dem

Segeltuch hervor. »Gebt mir auch ein bißchen«, sagte er, und sie teilten es mit ihm.

Sobald sie das Blut getrunken hatten, zogen Tom und Stephens dem Jungen die Kleider aus. Dann stieß Tom das Messer in den Magen, direkt unterhalb des Brustbeins und zog es ruckweise ein Stück weiter nach unten, so daß ein tiefer Schlitz in Richards Bauch entstand. Obwohl ihn das Blut etwas gestärkt hatte, war Tom so schwach und langsam, daß er mehrere Minuten benötigte, um den Schnitt vollständig auszuführen.

Er machte eine Pause und atmete heftig, »›Dann öffnen Sie den Magen und schlitzen Sie das Tier bis zum Schwanz auf. Entfernen Sie das Fett um die Eingeweide und ziehen Sie diese und die Leber heraus. Schneiden Sie die Gallenblase sofort von der Leber ab. Drehen Sie das Nierenfett um, und entfernen Sie die Nieren. Schneiden Sie dann das Zwerchfell durch, das die Organe in der Brust von den Eingeweiden trennt, und entfernen Sie die Lungen, das Herz und den Thorax.‹«

Er griff in die noch warme Brusthöhle und zog das Herz und die Leber heraus. Dann legte er sie in den Behälter des Chronometers und schnitt sie in mehrere Stücke. Die drei Männer fielen gierig über sie her und stritten sich wie Hunde um die einzelnen Stücke. Nachdem sie den letzten Bissen verzehrt hatten, hob Tom seinen Blick von der Schüssel und starrte die anderen an. Ihre Gesichter waren blutverschmiert, ihre Augen wild. Er schauderte, da er wußte, daß sein Gesicht genauso aussah, doch zugleich spürte er, wie er wieder zu Kräften kam.

»›Wenn Sie das gemacht haben, spülen Sie den Leichnam mit warmem Wasser aus, und entfernen Sie gründlich alles Blut, das sich noch daran befindet.‹« Er beugte sich über den Schandeckel und wusch sich das Gesicht. Dann schickte er Brooks nach achtern ans Steuer, während Stephens ihm dabei half, den Körper zu zerlegen. Da er bei der Arbeit nicht ständig das Gesicht des toten Jungen vor Augen haben wollte, schnitt

Tom zunächst den Kopf ab und warf ihn über Bord. Mit blutigen Fingern arbeitete er so schnell er konnte, zerhackte das Fleisch in einzelne Streifen, die Stephens im Meer wusch und dann zum Trocknen über die Querbalken legte.

Zunächst benutzte Tom die hölzerne Ducht als Metzgerblock, doch da er fürchtete, er könne die dünne Beplankung des Bootes weiter beschädigen, indem er den Körper mit seinem Messer zerhackte und zersägte, erledigte er die schwierigeren Arbeiten, das Durchtrennen der Gelenke und der Sehnen, auf den Messingdollen der Ruder. Er benötigte drei Stunden, um sein grausiges Werk zu Ende zu bringen.

Die größeren Knochen und Richards Füße, Genitalien und Eingeweide wurden ebenfalls über Bord geworfen. Voller Grausen beobachteten sie, wie sich Haie hinter dem Boot um die blutigen Stücke stritten und das Wasser dabei zu einem rosa Schaum aufwirbelten. Einer von ihnen wurde von einem größeren Hai in den Kopf gebissen. Sofort stürzten sich die anderen, die bisher um die Fleischreste gekreist waren, auf die verwundete Kreatur und rissen sie in weniger als einer Minute in Fetzen.

Auch nachdem das Blut und die Eingeweide verzehrt oder von den Wellen davongetrieben worden waren, verfolgten die Haie das Dingi weiter. Ab und zu zeigte sich eine Rückenflosse, und ein schabendes Geräusch war zu hören, als einer von ihnen direkt neben dem Dingi die Oberfläche durchbrach und es in heftige Schwingungen versetzte. Tom wollte ihn mit dem Ruder schlagen, aber nachdem er die Leiche Richards zerlegt hatte, besaß er kaum mehr die Kraft, es über den Kopf zu heben, so daß Brooks diese Aufgabe übernahm. Obwohl es auch ihm nicht gelang, den Hai direkt zu treffen, reichte das Geräusch des auf das Wasser aufschlagenden Ruders aus, um ihn zu vertreiben. Dessenungeachtet folgten ihnen die Haie auch weiterhin, und selbst wenn sie nicht zu sehen waren, fürchteten die drei ihre Anwesenheit.

10

Kannibalen auf hoher See

In der gesamten Menschheitsgeschichte hat es Kannibalismus um des Überlebens willen gegeben. Einige Skelette des Pekingmenschen und des Neandertalers weisen Spuren zernagter und gespaltener Knochen auf und zeigen, daß die Großhirnrinde auf Schädeln künstlich vergrößert wurde, um das Gehirn extrahieren zu können. Der griechische Historiker Herodot berichtet von Menschenfressern bei den Völkern jenseits des Kaspischen Meeres, und ein ägyptischer Arzt, Abd al-Latif, wurde in Misr und Kairo während der großen Hungersnot des Jahres 1201 n. Chr. Zeuge von weitverbreitetem Kannibalismus:

»Angesichts der immer größer werdenden Not verzehrten die Armen Kadaver, Leichen, Hunde, Exkremente und Tierkot, ja sie gingen noch weiter und begannen, kleine Kinder zu essen … Der Befehlshaber der Stadt ordnete an, daß diejenigen, die dieses Verbrechen begangen hatten, bei lebendigem Leib verbrannt wurden … Am nächsten Morgen stellte man regelmäßig fest, daß die Leichen der Hingerichteten ebenfalls verzehrt worden waren. Die Leute aßen diese Leichen um so bereitwilliger, als das geröstete Fleisch nicht mehr gekocht werden mußte … Das Entsetzen, das die Menschen anfangs empfunden hatten, verschwand völlig.«

Auch ritueller Kannibalismus wurde bis ins 19. und 20. Jahrhundert überall auf der Erde praktiziert. Menschenfleisch wurde normalerweise nicht aus Hunger gegessen, sondern um sich den Mut und die Intelligenz des Gegners anzueignen – das Herz und das Gehirn waren die am häufigsten verzehrten Körperteile – oder um dem Feind eine letzte Erniedrigung zuzufügen. Hingegen verspeisten australische Aborigines vereinzelt ihre toten Verwandten auch als Ausdruck ihrer Wertschätzung. Bei den Ritualen der Azteken spielte der Kannibalismus eine zentrale Rolle, aber auch an der Golf- und Pazifikküste Amerikas, in Teilen Afrikas, in Neu-Guinea und in ganz Melanesien und Polynesien war er weitverbreitet. Auf den Fidschi-Inseln gab es für Menschenfleisch eigene Kochtöpfe und Küchengeräte, und die Maori auf Neuseeland betrachteten es als eine der wichtigsten Kriegstrophäen.

Im Europa des 16. und 17. Jahrhunderts erfreute sich eine bestimmte Form des Kannibalismus sogar staatlicher Unterstützung. Da man der Meinung war, Blut habe eine therapeutische Wirkung, vor allem für Epileptiker, schnitt man gehenkte Verbrecher häufig noch bei lebendigem Leibe vom Galgen, woraufhin sie von Ärzten zur Ader gelassen wurden, bis der Tod eintrat. Daraufhin verteilte man das Blut unter den Patienten in der Menge, die ihre eigenen Tassen mitbrachten, um sicherzugehen, daß sie den ihnen zustehenden Anteil erhielten.

Abgesehen von einigen berüchtigten Ausnahmen, fanden die Europäer kaum Geschmack am rituellen Kannibalismus, auch wenn er zum Selbsterhalt im großen Stil praktiziert wurde. In Kriegszeiten und während Hungersnöten blieb der verzweifelten Bevölkerung häufig keine andere Wahl. Wenn Burgen und Städte belagert wurden, aßen die Einwohner alles, was sie in die Hände bekamen – Katzen, Ratten, Leder und Stroh –, und wenn dies alles verzehrt war, blieben häufig nur noch die Körper der Toten und Sterbenden als einzige Nahrungsquelle.

Auch die Soldaten der Armee Napoleons wurden auf dem langen Rückmarsch von Moskau zum Kannibalismus gezwungen. Und die gängige Praxis von heimkehrenden Armeen, Feindesland zu verwüsten, Felder abzubrennen und das Vieh zu schlachten oder zu stehlen, trieb die Überlebenden bis zum Äußersten, zum Verzehr von Menschenfleisch.

Gut dokumentiert sind Fälle von Kannibalismus unter entflohenen Häftlingen australischer Strafkolonien. Und auch Forschungsreisende wurden in entlegenen Gebieten, etwa im amerikanischen Westen sowie am nördlichen Polarkreis, zu dieser Verzweiflungstat getrieben. Bei Sir John Franklins Polarexpedition im Jahre 1845 gab es keine Überlebenden, aber als die Suchtrupps schließlich den Unglücksort erreichten, war offensichtlich, daß Kannibalismus stattgefunden hatte. Wie es in einem berühmten Brief an die Admiralität hieß, ließ »der verstümmelte Zustand zahlreicher Leichen und der Inhalt der Töpfe« keinen Zweifel daran.

Im Frühling 1829 entdeckte eine Gruppe von Forschern auf einer unbewohnten Insel im Lorenzstrom eine primitive Hütte. Im Inneren befanden sich die Leichen von vier Menschen, deren Köpfe, Beine und Arme abgeschnitten und deren Eingeweide ausgenommen worden waren. Ein Kochtopf über dem seit langem erloschenen Feuer enthielt noch mehr Menschenfleisch, und die Blutspritzer an den Wänden und der Decke deuteten darauf hin, daß die Opfer keines friedlichen Todes gestorben waren. Es gab keine Überlebenden, und der Körper eines weiteren Mannes fand sich in seiner Hängematte. Die Toten waren keine Forschungsreisenden, sondern der Rest der zwanzigköpfigen Besatzung des britischen Schiffes *Granicus*, das im Herbst des Vorjahres vor der Insel gesunken war.

Sooft Schiffe Schiffbruch erlitten, suchten Seeleute in der äußersten Not ihre Rettung im Kannibalismus. Die Anfälligkeit von Rahseglern, die Schwierigkeit, den genauen geographischen Längengrad festzustellen, ungenaue Seekarten, die gefährliche Praxis, Ladungen auf Deck zu befördern, und die große Anzahl von überladenen, schlecht konstruierten oder personell unterbesetzten Schiffen auf hoher See waren für die häufigen Schiffbrüche verantwortlich. Da diese fast an der Tagesordnung waren, listete die *Times* in ihren Berichten über »Katastrophen auf hoher See« nur die wichtigsten auf. Im selben Jahr, in dem die *Mignonette* unterging, sanken 560 weitere, in Großbritannien registrierte Schiffe, darunter 397 Segelschiffe. 4259 Menschen verloren ihr Leben – 1490 Passagiere und 2769 Besatzungsmitglieder. So unglaublich diese Zahlen heute auch anmuten mögen, 1884 war keineswegs ein besonders »schlechtes« Jahr: Drei Jahre zuvor waren nicht weniger als 838 Segelschiffe gesunken. Einige Schiffseigner stellten so wenig Proviant zur Verfügung, daß Tod durch Verhungern oder Kannibalimus auch ohne Schiffbruch möglich waren. Sir James Bisset berichtete in seinen Erinnerungen, daß er als junger Mann mitsamt der Crew des Barkschiffes *County of Pembroke* auf einer Reise von Callao nach Falmouth beinahe verhungert wäre.

Kannibalismus unter Seeleuten war häufig mit eigenen Ritualen verbunden. Genauso, wie die Seeleute wußten, daß der Genuß von Meerwasser sie verrückt machen und töten würde, waren sie sich im klaren darüber, daß einer von ihnen getötet und verspeist werden mußte, bevor sie verhungerten. Das Opfer wurde durch Los bestimmt und zur Ader gelassen, denn normalerweise stellte Durst eine größere Gefahr dar als Hunger. Das Herz und die Leber, die besonders viel Blut enthalten und am verderblichsten sind, wurden sofort verspeist. Erst danach zerlegte man den Rest des Körpers. Jeder Seemann wußte vom Brauch des Meeres und was in einer ähnlichen äußersten Notlage zu tun war, denn die Überlebenden empfanden ihr Handeln als legitim und sahen keinen Grund, etwas zu verbergen. Man kannte den Brauch des Meeres nicht nur aus Erzählungen von wirklichen Kannibalenschiffen, die unter den Seeleuten die Runde machten, sondern auch aus populären Balladen, Romanen und Zeitungen, die weit über die Vordecks und Hafenkneipen hinaus bekannt waren.

Die Liste der Schiffbrüche, deren Überlebende den Brauch

des Meeres praktiziert haben, ist nahezu endlos. Der bekannteste Fall inspirierte Géricault zu seinem Gemälde *Das Floß der Medusa*. Das fertige Bild zeigt nichts von dem Kannibalismus, der dort stattgefunden hatte, auf vielen von Géricaults Skizzen jedoch ist er dargestellt. 1816 war die *Medusa* vor der afrikanischen Küste bei Kap Blanco auf Grund gelaufen. Sie hatte 400 Passagiere und Besatzungsmitglieder an Bord. Man baute ein großes, gut zwanzig mal sieben Meter großes Floß, auf dem 157 Überlebende Platz fanden. Sie hatten fünf Fässer Wein, zwei Fässer Wasser und fünfundzwanzig Pfund Schiffszwieback, der allerdings vom Salzwasser ungenießbar geworden war.

Im Schlepptau der Rettungsboote des Schiffes brachen sie in Richtung der weit entfernten Küstenlinie auf. Doch nach einiger Zeit schnitten die Offiziere in den Booten die Verbindungstaue durch und ruderten davon. Das Floß war so überladen, daß die Überlebenden hüfttief im Wasser standen und die rauhe See immer wieder einige von ihnen über Bord spülte. Es kam zu einer Meuterei, und die Passagiere begannen sich gegenseitig abzuschlachten. Von einem der Überlebenden stammt die folgende Schilderung:

»Diejenigen, die der Tod verschont hatte, fielen in der Nacht über die toten Körper her, von denen das Floß überquoll, und schnitten sich verschiedene Stücke heraus, von denen sie einige auf der Stelle verschlangen. Die anderen, die stark genug waren, der Versuchung zu widerstehen, nahmen eine größere Menge Wein zu sich. Wir versuchten Degenkoppeln und Kartuschhülsen zu essen, und es gelang uns tatsächlich, einige kleine Stückchen herunterzuschlucken. Einige aßen Stoffteile, andere kleine Lederfetzen, auf denen sich ein wenig Fett oder vielmehr Schmutz befand. Ein Matrose versuchte sogar, seine Exkremente herunterzuwürgen, was ihm aber nicht gelang.«

In den folgenden Nächten dezimierten eine weitere Meuterei und mehrere Gewalttaten die Besatzung des Floßes auf dreißig Personen, von denen viele verwundet waren. Statt Nahrungsmittel an Menschen zu verschwenden, die vermutlich ohnehin bald sterben würden, entschieden die übrigen fünfzehn, die Verwundeten ins Meer zu stoßen und einige Leichen als Nahrung zurückzubehalten. Diese fünfzehn überlebten und wurden nach siebzehn Tagen gerettet, doch fünf von ihnen starben kurz darauf.

Der Fall der *Medusa* war jedoch nur der berühmteste in einer ganzen Reihe. Der holländische Arzt Nicholaus Tulpius veröffentlichte im 17. Jahrhundert einen Bericht über ein Schiff mit sieben Engländern an Bord, die aus St. Christopher, dem heutigen St. Kitts, in der Karibik zu einem eintägigen Segeltörn aufbrachen. Doch ein Sturm trieb das Schiff weit aufs Meer hinaus, und die Besatzung trieb siebzehn Tage auf hoher See. Die Männer losten darum, wer von ihnen sterben und den anderen als Nahrung dienen und wer den Unglücklichen hinrichten sollte. Das Los traf denjenigen, der den Vorschlag gemacht hatte. Er wurde getötet, sein Blut getrunken und sein Körper verspeist. Die Überlebenden wurden schließlich auf der Insel St. Martin an Land gespült. Nachdem sie nach St. Christopher zurückgekehrt waren, stellte man sie wegen Mordes vor Gericht, sprach aber alle mit der Begründung eines »zwingenden Notstands« frei.

In einem anderen Fall aus dem 18. Jahrhundert segelte die *Peggy* am 24. Oktober 1765 mit einer Wein- und Spirituosenladung nach New York. Fünf Tage später wurde das Schiff von heftigen Stürmen gebeutelt. Im Verlauf des folgenden Monats rissen die gewaltigen Böen ein Segel nach dem anderen entzwei, bis das Schiff nur noch ein einziges Großsegel besaß. David Harrison, der Kapitän, berichtete später: »Aufgrund des ständigen Kampfes gegen die Wellen und den Wind war unser Schiff allmählich leckgeschlagen. Unsere Vorräte hatten sich dramatisch verringert, so daß wir gezwungen waren, jedem eine wöchentliche Ration von zwei Pfund Brot sowie ein Quart Wasser und einen halben Liter Wein pro Tag zuzuteilen.«

Trotz dieser Maßnahme war der Proviant schon kurze Zeit später völlig aufgebraucht. Die hungernde Crew, die sich Tag und Nacht verzweifelt mühte, das Kentern des Schiffes zu verhindern, begann, die Branntweinladung zu plündern. Am Weihnachtsmorgen schien Rettung nah, als auf ihrer Leeseite ein anderes Schiff erschien. Harrison sprach mit dem Kapitän, schilderte ihre dramatische Lage und bat ihn, sie an Bord zu nehmen. Doch der Mann weigerte sich, obwohl Harrison schwor, daß keiner von seinen Leuten die Vorräte anrühren werde. Der Kapitän des anderen Schiffes erklärte sich lediglich bereit, ihnen etwas Schiffszwieback zu geben, sobald er seine mittägliche Sonnenbeobachtung durchgeführt habe. Harrison ging unter Deck, um sich ein wenig auszuruhen, doch nur wenige Minuten später stürmten Mitglieder seiner Mannschaft in seine Kajüte. Das Schiff war davongesegelt, ohne ihnen auch nur eine Krume überlassen zu haben. »Solange meine armen Jungs noch die kleinste Spur von ihm sehen konnten, hingen sie in den Wanten oder rannten völlig entsetzt auf dem Schiff umher. Ihre Schreie erfüllten die Luft und wurden immer lauter, je weiter sich das andere Schiff entfernte.«

Zwei Tauben und eine Katze waren alles, was an Eßbarem noch übrig war. Die beiden Vögel wurden noch am selben Tag verspeist, die Katze am nächsten. Die Mitglieder der Mannschaft verlosten die einzelnen Stücke, und Harrison erhielt den Kopf. »Ich habe noch nie etwas gegessen, das derart köstlich geschmeckt hätte. Die nackte Not hatte mich meine Abneigung gegen derartige Speisen völlig vergessen lassen.«

Am 28. Dezember geriet das Schiff abermals in einen schweren Sturm, der das Großsegel mit sich riß. Die Matrosen tranken den Branntwein aus der Ladung und ernährten sich von Tabak und Kerzen, den Knöpfen ihrer Jacken und allen Lederfetzen, derer sie habhaft werden konnten. Sogar die Schiffspumpen nahmen sie auseinander, um an die Lederbälge zu gelangen. Dann berichteten sie dem Kapitän, daß sie Lose gezogen hätten und das Schicksal einen Sklaven, »einen armen Äthiopier«, getroffen habe, der Teil der Ladung war. Er wurde erschossen, gekocht und verspeist. Ein Mitglied der Mannschaft, der nicht warten konnte, bis der Körper zubereitet war, riß die Leber des Toten heraus und aß sie roh. Er verfiel dem Wahnsinn und starb drei Tage später. Sein Körper wurde über Bord geworfen, damit er seine Kameraden nicht infizieren konnte.

Der Kapitän weigerte sich, etwas vom Körper des Sklaven zu essen, und hatte immer zwei geladene Pistolen dabei, um seine Mannschaft daran zu hindern, ihn selbst zu verspeisen. Sie rationierten das Fleisch so, daß es neun Tage vorhielt, dann zogen sie erneut Lose. Der Kapitän wollte sich zunächst nicht daran beteiligen, kam dann aber zu der Einsicht, daß er womöglich selbst »nicht fair behandelt würde, wenn man die Lose nicht in seiner Gegenwart zöge«. Der kurze Strohhalm wurde von einem besonders populären Mitglied der Mannschaft gezogen. Einige Stunden vergingen, in denen die Matrosen entscheiden wollten, ob er tatsächlich getötet werden sollte. Aber die nervliche Anspannung war zu groß für ihn: Er wurde zunächst taub, dann verlor er den Verstand. Am nächsten Morgen zeigte sich ein Schiff am Horizont. Als die Mannschaft hereinstürmte, um Harrison zu informieren, daß sie gerettet würden, hätte er sie beinahe erschossen, da er befürchtete, daß die Reihe nun an ihm sei.

Danach aß Harrison vier Tage lang fast nichts, außer ein wenig Brühe. Als er etwas später wieder feste Nahrung zu sich zu nehmen begann, wurde er kurz darauf von einer »bestimmten natürlichen Schwäche ergriffen. Als ich ihr nachzugeben versuchte, dachte ich, ich würde zugrunde gehen. Der Schmerz, den sie mir verursachte, war grausam, die Körperteile, die während eines Zeitraums von sechsunddreißig oder siebenunddreißig Tagen nicht mehr in Anspruch genommen worden waren, erstarrten in Krämpfen, so daß ich es kaum mehr für möglich gehalten hätte, sie jemals wieder normal benutzen zu können. Schließlich stellte ich aber doch mit großer Erleichterung fest, wie ich mich eines harten Klumpens von der Größe eines Hühnereis entledigte.«

Noch berühmter und schrecklicher als der Fall der *Peggy* war der der *Cospatrick*, eines 1200-Tonnen-Schiffes, dessen Rumpf in Rangun aus bestem Teakholz gebaut und das 1856 vom Stapel gelassen wurde. Es diente viele Jahre als Truppenfrachter und beförderte so viele Soldaten, daß auf den Planken die Absätze ihrer Stiefel Abdrücke hinterlassen hatten. Zur weniger rühmlichen Vorgeschichte des Schiffes gehörte, daß man es im Sklavenhandel eingesetzt hatte, bevor es 1873 von Shaw, Savill & Albion erworben wurde, um damit Auswanderer nach Neuseeland zu befördern. Am 8. September 1874 lief die *Cospatrick* unter Kapitän Elmslie zu einer Reise nach Auckland aus. Sie hatte 433 Menschen an Bord, darunter 127 Kinder und 42 Mannschaftsmitglieder. Am 18. November lagen die brüllenden Vierziger bereits weit hinter ihnen, und sie segelten bei heftigem Seegang in östlicher Richtung, als eines Morgens ein Feuer in der Vorratslast des Bootsmannes unter der Back ausbrach. Schuld daran war entweder einer der Emigranten, der ein Streichholz durch die Gräting geworfen hatte, oder die Öllampe des Bootsmannes, »eines sehr unzuverlässigen Menschen«, wie später einer der Überlebenden zu Protokoll geben sollte. Der Lagerraum war voll mit Farbe, Leinsamenöl, geteertem Tauwerk und Werg. Ein Schacht, der von der Vorpiek zu einem offenen Skylight auf dem Vorderdeck verlief, wirkte wie ein Kamin und beschleunigte die Ausbreitung der Feuersbrunst.

Alle Hoffnung, das Feuer unter Kontrolle zu bringen, schwand dahin, als das Schiff mit dem Bug in den Wind drehte. Die Flammen rasten durch das Schiff und entzündeten die Fracht, darunter 1700 Gallonen Leinsamenöl und fast 6000 Gallonen Alkohol. Später wurde der Verdacht laut, daß einige der Auswanderer Alkohol gestohlen und durch ihre Trunkenheit das Feuer verursacht hatten. Die Pumpe im Bug ließ sich wegen der Hitze und der Flammen, die aus der Vorpiekluke schlugen, nicht in Betrieb nehmen, und schon bald loderte das Feuer auch aus dem Hauptluk. Innerhalb von zwei Stunden brannte das ganze Schiff lichterloh. Rettungsboote gab es nur für die Hälfte der Reisenden, doch die meisten Boote waren ohnehin unbrauchbar, da es keine technischen Möglichkeiten gab, sie ins Wasser zu fieren. Die Beplankung des Beiboots war morsch, und außerdem hatte es ein großes Loch im Rumpf. Das Langboot fing Feuer, bevor es ausgesetzt werden konnte. Nur zwei kleine Boote waren einsatzbereit, doch als sich zu viele von heller Panik ergriffene Emigranten und Besatzungsmitglieder auf eines der beiden stürzten, gaben die Davits nach, und es kenterte. Das Meer war voll von Menschen, die um ihr Leben schwammen oder sich an Teile des Wracks klammerten und die Luft mit Schreckens- und Verzweiflungsschreien erfüllten. Schließlich gelang es einem Matrosen, das Boot wieder aufzurichten, woraufhin es sich rasch mit Menschen füllte. Nur ein einziges weiteres Boot konnte sicher zu Wasser gelassen werden. Seine Besatzung hielt die dem sicheren Tod geweihten Auswanderer an Bord auf Distanz und setzte so schnell wie möglich achteraus von der *Cospatrick*.

Auf den beiden Booten befanden sich nur einundachtzig Passagiere und Mannschaftsmitglieder. Wegen der Hitze und aus Angst, daß einige der verzweifelten Seelen, die an Bord zurückgeblieben waren, auf die Boote springen und sie zum Kentern bringen könnten, wahrten sie sicheren Abstand von dem brennenden Schiff. Immer wieder sprangen Passagiere ins Meer und versuchten zu den Rettungsbooten herüberzuschwimmen, doch keiner von ihnen überlebte. Nacheinander stürzten die Masten ein, erst der Fockmast, dann der Großmast und schließlich der Besanmast, der viele auf dem Heck dicht zusammengedrängt stehende Passagiere unter sich begrub. Vor die Wahl gestellt, bei lebendigem Leib zu verbrennen oder zu ertrinken, waren bereits viele ins Meer gesprungen. Kapitän Elmslie stieß seine Frau und sein Kind über Bord und ertränkte sich dann selbst, als die Flammen über das Heck zu schlagen begannen. Während der nächsten sechsunddreißig Stunden beobachteten die Insassen der Rettungsboote, wie der rußgeschwärzte Rumpf des Schiffes allmählich ausbrannte. Erst als es schließlich im Meer versank, erloschen die letzten Flammen.

Der zweite Maat, Henry MacDonald, der Kommandant des Rettungsbootes, schlug der anderen Mannschaft ein Tauschgeschäft vor. Er erhielt ein Ruder und ein Blatt und übernahm dafür fünf Passagiere. Unter diesen fünf war auch Edward Cotter, einer der wenigen, die das Unglück überleben sollten. Bis in der Nacht des 21. November blieben die Boote zusammen, dann wurden sie durch einen Sturm auseinandergerissen, und das Rettungsboot mit zweiundvierzig Menschen an Bord ward nie mehr gesehen.

Doch auch die Lage in dem anderen Boot wurde in diesen tiefen südlichen Breiten immer verzweifelter, da lediglich ein Ruder zur Verfügung stand, es nichts zu essen oder trinken gab und die meisten Passagiere lediglich ihre dünnen Nachthemden trugen. Nach und nach starben die ersten vor Durst oder Kälte. Andere wurden über Bord gestoßen, um das Boot leichter zu machen. Doch schon bald begannen die Lebenden, sich »am Fleisch und Blut der Toten gütlich zu tun«. Mehrere von ihnen wurden im noch lebenden Zustand zur Ader gelassen. »Erst tranken wir das Blut, dann aßen wir das Fleisch. Danach wurde der Rest dem Meer übergeben. Die Größten, Fettesten und dem äußeren Anschein nach Gesündesten traf es als erste. »Doch das Blut holten wir uns nicht von ihnen, sondern von den anderen«, berichtete Cotter. »Ich habe nur zweimal davon gegessen, aber getrunken habe ich jedesmal, wenn wieder eine Vene geöffnet wurde.«

Am 26. November fuhr keine fünfzig Meter von ihnen ein Schiff vorbei, das ihre Hilferufe jedoch ignorierte. Als sie schließlich nach zehn Tagen von der *British Sceptre* aus Liverpool gerettet wurden, waren nur noch fünf von ihnen am Leben: Henry MacDonald, Edward Cotter, zwei Matrosen sowie ein Passagier, der wahnsinnig geworden war. Einer der Matrosen und der Wahnsinnige starben nur wenige Tage später. Drei Tage lang wurde Cotter von einem unstillbaren Durst gequält und kroch immer wieder über das Deck, um sich ein wenig Wasser aus einem Behälter zu holen, der an den Großmast angelascht war. Monatelang verspürte er einen Bärenhunger, so daß er auf dem Schiff, das sie nach Hause brachte, einen Steward bestach, damit er zusätzliche Nahrungsmittel erhielt.

Daheim behauptete er, der einzige Überlebende unter 475 Menschen zu sein, und wurde von Charles Williams, dem Impresario eines Varietétheaters, zu einer lebenden Legende stilisiert: »Ich hatte einen Platz in einer Loge neben der Bühne, und immer wenn Williams die Aufmerksamkeit auf mich lenkte, brachen wahre Begeisterungsstürme los. Wenn wir in seinem Brougham von Theater zu Theater fuhren, gab es jedesmal ein großes Tohuwabohu, weil mir alle die Hand schütteln wollten. Mehr als einmal gingen sogar die Fenster der Kutsche zu Bruch »... Ich wage zu sagen, daß ich ein großer Gewinn für die Aufführung war, auch wenn ich das damals noch nicht so recht begriff.«

In vielen anderen Fällen wurde Kannibalismus zwar nicht offen zugegeben, fand aber zweifelsohne statt. Die *Mary* lief am 19. Mai 1845 aus Port Jackson, New South Wales, aus. Ihr Ziel war London. Es gab zwanzig Frauen unter insgesamt dreiundvierzig Passagieren und Crewmitgliedern an Bord. Das Schiff war in einem schlechten Zustand und begann schon kurz nach der Abfahrt Wasser zu ziehen. Am 24. Mai liefen sie auf Flinders Island in der Straße von Bass auf. Dabei wurden in der heftigen See siebzehn Frauen über Bord gespült. Zumindest behaupteten dies die Überlebenden, die sieben Tage später von Siedlern gefunden und als »erstaunlich wohlgenährt« beschrieben wurden.

Im 18. Jahrhundert sank ein Sklavenschiff gleichen Namens in der Nähe der Kanarischen Inseln. Acht Mitglieder der Mannschaft entkamen in dem einzigen Boot und überantworteten fünfzehn ihrer Kameraden und die Sklaven dem sicheren Tod durch Ertrinken. Nur zwei der acht überlebten, der Rest wurde getötet und verspeist.

Die Mannschaften von Schiffen mit Holzladung waren besonders gefährdet. Diese Schiffe waren bekannt für ihre Labilität und konnten leicht kentern. Paradoxerweise machte sie der Auftrieb ihrer Ladung aber auch fast unsinkbar, was zu einer Fülle von Unfällen wie dem der *Peggy* führte, bei denen die Mannschaft auf dem halbgesunkenen Rumpf ihres Schiffes langsam verhungerte. Derartige Unglücke ereigneten sich so häufig, daß 1839 eigens eine parlamentarische Untersuchungskommission eingesetzt wurde. Einer der Fälle, mit denen sie sich befaßte, war der Schiffbruch der *Earl Kellie* im Winter 1835. Der alte Ostindienfahrer war bei heftigem Seegang gekentert, hatte sich aber nach dem Verlust seines Ankers und der Takelage wieder aufgerichtet, obwohl er inzwischen Wasser genommen hatte. In den eiskalten Fluten des Nordatlantiks unternahmen die Crewmitglieder verschiedene Tauchversuche, um zu den Vorräten im Lagerraum vorzustoßen. Es gelang ihnen aber lediglich, einige Ratten zu fangen und sich durch deren Verzehr am Leben zu erhalten.

Ein Schiff, das ihnen begegnete, konnte ihnen nicht helfen, da es keine Boote hatte, die es hätte herablassen können. Zwei Wochen später weigerte sich ein anderes Schiff, die Überlebenden an Bord zu nehmen, da es nicht mehr genügend Proviant hatte. Nach siebzehn Tagen wurden sie endlich von einem dritten Schiff gerettet.

Nicht alle Kapitäne, die unter solchen Umständen die Hilfe verweigerten, waren hartherzig. Männer aus einem Dingi oder einem treibenden Wrack zu retten war ein heikles und häufig gefährliches Unterfangen, vor allem für Schiffe der Handelsmarine, die oft nur wenige Besatzungsmitglieder hatten. Man mußte die Segel einholen, beidrehen, dann ein Boot hinablassen und das Schiff auf die Leeseite des Dingis oder Wracks manövrieren. In schweren Seen konnte es dabei leicht weiter beschädigt werden oder gar sinken, und auch für das Boot, das den Schiffbrüchigen zur Hilfe kam, war eine solche Aktion nicht ungefährlich. Viele Kapitäne gingen das Risiko nur bei ruhiger See ein.

Der Untersuchungsausschuß hörte auch vom Fall der *Caledonia*. Als das Schiff kenterte, retteten sich zwölf Besatzungsmitglieder auf ihren Rumpf. Zweien von ihnen wurde die Kehle durchgeschnitten. Dann tranken die übrigen ihr Blut. Ein russisches Schiff rettete die Überlebenden gerade noch rechtzeitig, bevor den Kabinenjungen dasselbe Schicksal ereilte. Ein weiterer vielbeachteter Fall war der der *Blake*, die 1856 von Mississippi nach Cork aufbrach, aber schon kurze Zeit später leckschlug. Nachdem sie in einen heftigen Sturm geraten und gekentert war, hatte sie sich zwar wieder aufgerichtet, doch im Laderaum stand das Wasser fast vier Meter hoch. Angesichts der eisigen Temperaturen des Nordantlantiks, ohne Flüssigkeit und Lebensmittel, befand sich die Mannschaft in einer verzweifelten Lage. Am siebten Tag fing der Kapitän eine halbertrunkene Ratte, die er, wie er später der *Times* berichtete, »sofort zerschnitt und jedem ein Stückchen davon gab; es war ein köstliches Mahl«. Drei Schiffe fuhren vorüber, ohne ihnen Hilfe anzubieten, so daß sie am dreizehnten Tag den Leichnam eines toten Matrosen verzehrten. Vier Tage später wurden sie von der *Pigeon* gerettet, der aber ihrerseits die Wasservorräte ausgingen und die nur durch das rechtzeitige Eintreffen der *Mercury* aus einer ähnlichen Notlage gerettet wurde. Acht Mitglieder von *Blakes* siebzehnköpfiger Mannschaft überlebten.

Der Mannschaft der *George*, eines weiteren Schiffes, das Holz transportierte, widerfuhr ein noch schlimmeres Schicksal. Auf einer Reise von Quebec nach Greenock im Jahr 1822 reduzierte ein Sturm das Schiff auf seinen Rumpf. Joyce Rae, eine Frau, wurde als erste getötet, um das Überleben der anderen zu sichern, und fünf Matrosen ereilte dasselbe Los, bevor die übrigen von der *Salton* gerettet wurden, die dann selbst einen Monat später vor der Küste von Cumberland Schiffbruch erlitt. Nur der Kapitän und ein Matrose überlebten das Unglück. Die doppelte Tragödie der Mannschaft der *George* und der ungewöhnliche Umstand, daß sich eine Frau unter den Opfern befand, machten dies zu einer der bekanntesten Geschichten, an die zahllose Balladen erinnern.

Seinerzeit noch berühmter war die *Nottingham Galley*, da John Dean, der Kapitän des Schiffes, und Christoher Langholm, der Maat, zwei stark voneinander abweichende, ja völlig widersprüchliche Versionen der Ereignisse veröffentlicht hatten. Dem Maat zufolge hatte Dean die Ladung des Schiffes überversichert, versucht, sie Freibeutern anzubieten, und die *Nottingham Galley* dann absichtlich Schiffbruch erleiden lassen. Dean hingegen führte den Schiffbruch auf einen Navigationsfehler zurück. Doch was immer die Ursache des Unglücks war, die Crew strandete mitten im Winter auf Boon Island, einem kahlen Felsen drei Meilen vor der Küste von Maine. Die Männer hatten nichts zu essen, außer Seetang, einigen Muscheln sowie etwas Käse, der aus der Schiffsladung stammte und von den Wellen angespült worden war. Es gelang ihnen, einige mit Wasser vollgesogene Planken und zerrissene Segel aus den Wellen zu fischen und daraus ein primitives Zelt zu errichten, das gerade groß genug war, sich hineinzukauern. Viele erlitten schwere Erfrierungen, und die anderen versuchten, aus den Teilen des Wracks erst ein Boot, dann ein Floß zu bauen. Doch beide wurden von den Wellen zerstört, die außerdem zwei Männer in den Tod rissen. Als der Schiffszimmermann nach etwa zwanzig Tagen starb, ordnete Dean an, daß »seine Haut, sein Kopf, seine Hände, Füße und Eingeweide im Meer bestattet und der Körper dann gevierteilt werden« sollte. Später beklagte er die »unglaubliche Gier«, mit der sich seine Mannschaft auf den Leichnam gestürzt habe. Die zehn Überlebenden wurden schließlich gerettet, aber die Vorwürfe des Maats ließen sich nicht erhärten.

Die *Francis Spaight*, ein weiteres Schiff mit einer Holzladung, das auf der Rückfahrt irische Auswanderer nach Nordamerika bringen sollte, kenterte im Dezember 1837. Drei Matrosen wurden über Bord gespült und ertranken. Fünfzehn Männer blieben an Bord und klammerten sich an die Takelage und den Rumpf. Nachdem der Kapitän die Mannschaft davon überzeugt hatte, daß es das Beste sei, die Masten und die Takelage zu kappen, richtete sich das Schiff wieder auf, aber es war voll mit Wasser, und nur das Heck und das Schanzkleid ragten über die Meeresoberfläche. Nachdem sie sechzehn Tage vergeblich auf Hilfe gewartet hatten und zwei Schiffe vorbeigefahren waren, ohne auf ihre verzweifelten Rufe zu achten, erklärte der Kapitän: »Einer muß sich für die übrigen opfern. Das Los soll zwischen den vier Jungen gezogen werden, den Lehrlingen, da diese keine Familien haben und für ihre Freunde keinen so großen Verlust bedeuten wie diejenigen, die Frauen und Kinder besitzen, die auf sie angewiesen sind.«

Das Gesetz schrieb damals vor, daß alle Handelsschiffe eine bestimmte Anzahl von Lehrlingen an Bord haben müßten. Ziel dieser Vorschrift war, daß für die Handelsschiffe und in Kriegszeiten für die Royal Navy immer ausreichend viele Matrosen zur Verfügung standen. Die Lehrlinge wurden von den übrigen Mitgliedern der Mannschaft meist geringgeschätzt oder verachtet. Überdies waren sie häufig körperlichem oder sexuellem Mißbrauch ausgesetzt. Im Falle eines Schiffbruchs wurde ihre Lage noch bedenklicher.

Die Lehrjungen waren zwar einverstanden, daß Lose gezogen werden, aber verständlicherweise nicht damit, daß dieser Vorgang auf sie beschränkt werden sollte. Doch die Mannschaft ließ ihnen keine andere Wahl. Einer der Lehrlinge, Patrick O'Brien, war besonders unbeliebt. Man verband ihm die Augen und zwang ihn, sich hinzuknien. Dann begann ein Matrose, die Lose zu ziehen, und O'Brien mußte sagen, für wen das jeweilige Los bestimmt sei. Beim ersten Mal nannte er den kleinen Johnny Sheehan. Das Los wurde kommentarlos zur Seite gelegt. Als er beim nächsten Mal sich selber nannte, wurde ihm mitgeteilt, es handele sich um das tödliche Los.

Der Koch weigerte sich zunächst, O'Brien ausbluten zu lassen, doch als die Mannschaft ihm drohte, statt dessen ihn selbst zu töten, stimmte er schließlich widerwillig zu. Nach mehreren fehlgeschlagenen Versuchen gelang es ihm schließlich, O'Briens Kehle durchzuschneiden. Als der Koch, der Salzwasser getrunken hatte, zwei Tage später den Verstand verlor, trennten die anderen auch seine Kehle durch und taten sich an seinem Blut gütlich. Nach weiteren zwei Tagen war George Burns, wieder ein Lehrjunge, an der Reihe; der dritte, Michael Behane, entging diesem Schicksal nur, weil er zuvor eines natürlichen Todes starb.

Schließlich rettete eine amerikanische Brigg die Schiffbrüchigen, bevor weitere Menschen getötet wurden. In ihrer Verzweiflung winkten einige der Überlebenden ihr sogar mit den Händen und Füßen O'Briens zu. Nach über zwanzig Tagen auf See waren nur noch elf der ursprünglich achtzehn Crewmitglieder am Leben, doch viele von ihnen hatten so schwere Erfrierungen erlitten, daß sie nie wieder arbeiten konnten. Die Überlebenden landeten am 6. Januar 1838 in Falmouth. Sie wurden ohne Auflagen freigelassen und durften nach Hause zurückkehren. Viele lokale Zeitungen und selbst die *Times* veröffentlichten diese Geschichte, und noch ein halbes Jahrhundert später wurde sie häufig in den Kneipen von Falmouth erzählt.

Bestimmte Eigenarten kehren in nahezu jedem Bericht über Kannibalismus auf hoher See wieder. Fast immer traf es die schwächsten, verletzlichsten, unbeliebtesten oder einsamsten Menschen an Bord. Zuerst waren stets die Sklaven an der Reihe. Ansonsten galt: Schwarze vor Weißen, Frauen vor Männern, Passagiere vor Crewmitgliedern, unbeliebte Crewmitglieder vor den übrigen. Auch die Hierarchie an Bord wurde beachtet: Kabinen- oder Lehrjungen wurden zuerst verspeist, dann kamen die »Nichtstuer« – Zimmerleute, Smutjes, Segelmacher und Bootsmänner, die aufgrund ihres Fachwissens keine Wachen hatten und überdies besser bezahlt wurden – und schließlich die Matrosen vor den Offizieren.

Es gibt keinen Zweifel daran, daß es sich bei vielen Todesfällen mit »natürlicher Ursache« in Wirklichkeit um Morde handelte und daß es in vielen, ja den meisten Fällen, in denen Lose gezogen wurden, nicht mit rechten Dingen zuging und man im nachhinein eine Geschichte erfand, um die Ermordung eines unbeliebten oder »überflüssigen« Besatzungsmitglieds zu rechtfertigen. Doch während der Brauch des Meeres bei den Seeleuten mehr oder weniger fraglos akzeptiert wurde, reagierte die viktorianische Oberschicht ganz anders darauf.

Viele grauenvolle Taten der viktorianischen Unterwelt, etwa die Kinderprostitution, wurden einfach ignoriert, aber die Offenheit und Aufrichtigkeit der Seeleute, die im Brauch des Meeres ihre letzte Rettung gefunden hatten, lenkten die Aufmerksamkeit der Öffentlichkeit fast zwangsläufig auf diese Gepflogenheit. Die »bessere« Gesellschaft war schockiert von der Vorstellung, daß Engländer Kannibalismus praktizierten und das Gesetz und christliche Moralvorstellungen derart mißachteten. Im Zeichen des viktorianischen Ideals, des selbstlosen Dienstes jedes einzelnen an der Gesellschaft und an Gott, erwartete man von Männern, daß sie heldenmütig für andere sterben und nicht, daß sie sie töten, um selbst zu überleben.

Hierfür gab es ein berühmtes Beispiel. Der stählerne Truppentransporter *Birkenhead* segelte am 25. Februar 1852 mit 648 Menschen an Bord von der Marinebasis Simonstown in Südafrika nach Port Elizabeth. Außer den Soldaten befanden sich auch viele Frauen und Kinder an Bord. Gegen zwei Uhr am folgenden Morgen stieß das Schiff vor Danger Point auf ein Riff im Meer, wo es von Haien wimmelte. Als die Fregatte in einen Raddampfer umgebaut wurde, hatte man das Schiff mit einer massiven Poop und einem Vorderdeck ausgestattet. Außerdem hatten die Behörden angeordnet, Löcher in die wasserdichten Schotten unter Deck zu bohren, um auf diese Weise mehr Transportraum für die Soldaten zu schaffen. Die Folge hiervon war, daß die gesamten vorderen Truppenunterkünfte binnen weniger Sekunden überflutet wurden, als die Felsen den Rumpf durchbohrten. Die meisten Männer im unteren Truppendeck ertranken in ihren Hängematten. Sechzig Überlebende wurden an die Kettenpumpen auf dem oberen Deck geschickt, in dem ein Teil der Soldaten untergebracht war, den anderen wurde befohlen, auf dem Poopdeck Aufstellung zu beziehen.

Der Versuch, das Schiff mit den Maschinen und »Rückwärts volle Kraft« von den Steinen zu ziehen, vergrößerte nur das Loch in der Seite. Während man Frauen und Kindern in einen der beiden Kutter des Schiffes half, verharrte der Rest regungslos an Deck. Leutnant zur See Lucas und Kornett Bond hatten die furchtbare Aufgabe, Frauen und Kinder von ihren Männern und Vätern zu trennen in dem Wissen, daß diese, die noch immer in Reih und Glied dastanden, zurückbleiben und sterben würden.

Die Pferde wurden über die Gangway ins Meer geworfen, und einigen von ihnen gelang es sogar, bis zum Ufer zu schwimmen, obwohl sie wiederholt von Haien angegriffen wurden. Der erste Kutter mit sämtlichen Frauen und Kindern befand sich bereits im Wasser. Der zweite mit etwa dreißig Mann sowie ein Dingi mit einigen weiteren wurden ebenfalls herabgelassen. Kaum war dies geschehen, stürzte der Schornstein auf das Deck und begrub die Männer, die versuchten, die übrigen Boote ins Wasser zu lassen, unter sich. Fünfzig von den sechzig Soldaten, die noch an den Pumpen arbeiteten, ertranken. Wie durch ein Wunder gelang es den anderen, an Deck zu klettern.

Der Kapitän, Robert Salmond, gab den Befehl zum Verlassen des Schiffes, aber der Kommandeur der Truppen, Major Alexander Seton, und die Hauptleute Wright und Girardot widerriefen ihn sofort, da sie befürchteten, daß sich die Männer auf die Boote stürzen würden, die bereits ins Wasser gelassen worden waren. Die Soldaten erhielten den Befehl, sich nicht von der Stelle zu rühren. Nur drei von ihnen widersetzten sich dieser Anordnung und sprangen über die Reling ins Meer. Alle drei ertranken oder wurden von Haien gefressen.

Kurz danach brach die *Birkenhead* in zwei Teile und sank. Diejenigen, die nicht von dem Schiff mit in die Tiefe gerissen wurden, klammerten sich an jedes Wrackteil, das sie greifen konnten, oder versuchten schwimmend die Küste zu erreichen. Doch die meisten Soldaten konnten nicht schwimmen, und selbst diejenigen, die dazu imstande waren, mußten schwer kämpfen, um sich ihren Weg durch den dichten Seetang zu bahnen und sich der Angriffe ganzer Rudel räuberischer Haie zu erwehren. Neunundsechzig Männer erreichten schließlich die Küste, fünfzig weitere klammerten sich an das Takelwerk des Großmasts, der noch über die Wasseroberfläche ragte. Viele stürzten während des Rests der Nacht erschöpft in den Tod, doch dreißig von ihnen hatten auszuharren vermocht, bis sie am nächsten Morgen von einem vorbeifahrenden Schoner gerettet wurden. Von den 648 Menschen an Bord der *Birkenhead* wurden nur 193 gerettet, unter ihnen alle Frauen und Kinder. Seton und Salmond zählten zu denen, die ihr Leben ließen. Im offiziellen Bericht eines der Überlebenden, Kapitän Wrights, hieß es:

»Die Ordnung und Regelmäßigkeit, die ab dem Moment, in dem das Schiff auflief, bis zu seinem Untergang herrschte, übertraf alles, was selbst durch die beste Disziplin bewirkt werden kann, und ist um so bemerkenswerter, als die meisten Soldaten erst vor kurzem ihren Dienst angetreten hatten. Jeder verhielt sich so, wie es ihm befohlen wurde, und es gab kein Murren und keinen Schrei, bis das Schiff schließlich in die Tiefe sank.« Das Beispiel der *Birkenhead* galt von da an als Vorbild für mustergültiges Verhalten in derartigen Situationen.

Die weniger vornehmen Kreise, zu denen die Seeleute zählten, zogen es jedoch vor, sich an den Brauch des Meeres zu halten. Trotz dessen Ablehnung durch die bessere Gesellschaft, gab es nur wenige Versuche, seine Rechtmäßigkeit in Frage zu stellen. Seit dem erfolglosen Prozeß gegen die Männer, die im frühen 17. Jahrhundert vor St. Christopher Schiffbruch erlitten hatten, waren nur noch zwei Fälle vor Gericht gebracht worden. Die Überlebenden der *Euxine* wurden in Singapur nur kurze Zeit festgehalten und vor Gericht gestellt. Dann ließ man sie frei, ohne daß sie in London mit einer Wiederaufnahme des Verfahrens rechnen mußten.

Im Mittelpunkt des anderen Falles stand Alexander William Holmes, ein Vollmatrose der *William Brown*, die unter amerikanischer Flagge fuhr. Das Kommando über das 550-Tonnen-Schiff hatte Kapitän George Harris. Es war mit achtzehn Mann Besatzung, fünfundsechzig Passagieren und einer gemischten Ladung von Liverpool aus mit Ziel Philadelphia in See gestochen. Am späten Abend des 19. April 1841 lief das Schiff vor einem Sturm aus südwestlicher Richtung, als es 250 Meilen vor Neufundland auf Treibeis stieß. Durch den Aufprall wurde der Bug eingedrückt, und fast im selben Augenblick begann die *William Brown* auch schon zu sinken.

Die Passagiere kletterten aus ihren Kojen und begaben sich an Deck, aber es gab nur zwei Boote. Die Jolle bestiegen Kapitän Harris, der zweite Maat, sechs Matrosen, der Kabinenjunge sowie Eliza Lafferty, ein weiblicher Passagier. Deren Vorzugsbehandlung läßt sich nur damit erklären, daß sie ein Verhältnis mit Harris hatte, denn selbst ihre Schwester durfte nicht mit in das Boot. Francis Rhodes, der erste Maat, bestieg mit Holmes, sieben anderen Matrosen und weiteren dreiunddreißig Passagieren das Langboot. Holmes hatte bereits mehreren Passagieren beim Einsteigen geholfen und war dann noch einmal an Bord zurückgekehrt, um die Tochter eines von ihnen zu holen. Eine Frau an Deck bot ihm ein Jahresgehalt, wenn er sie mitnehmen würde. Doch Holmes lehnte dies mit der Begründung ab, es gehe ihm »nicht um Geld, sondern darum, Leben zu retten«. Holmes war »die letzte Person, die das sinkende Schiff verließ«. Trotz all ihres Bittens und Flehens, blieben die übrigen dreißig Menschen an Bord zurück und ertranken allesamt, als die *William Brown* in dieser Nacht um 11.20 Uhr unterging.

Harris hatte Rhodes eine Uhr, einen Kompaß, einen Quadranten und eine Seekarte gegeben, aber die Bedingungen in dem völlig überfüllten Langboot waren grauenerregend. Die Passagiere waren äußerst spärlich bekleidet, das Boot hatte sein Ruder verloren, und überdies leckte es. Die Löcher wurden notdürftig gestopft, aber die Lecks waren so groß, daß das Boot ständig ausgeöst werden mußte und in der heftigen See jeden Moment zu kentern drohte. In der Nacht blieb die Jolle neben dem Langboot, aber in der Morgendämmerung tat Kapitän Harris seine Absicht kund, abzulegen, um an Land zu segeln, und die anderen ihrem Schicksal zu überlassen. Rhodes sagte ihm, er müsse einige der Passagiere auf der Jolle mitnehmen, andernfalls seien sie gezwungen, Passagiere über Bord zu werfen, um das Langboot leichter zu machen. Doch der Kapitän weigerte sich, sie an Bord zu nehmen, und sagte: »Ich weiß, was Sie meinen, aber sprechen Sie jetzt nicht darüber, sondern sorgen Sie dafür, daß Sie nur im äußersten Notfall zu dieser Maßnahme greifen müssen.« Der Kapitän und seine Begleitung segelten davon. Die Matrosen im Langboot hingegen bemannten die Riemen und begannen nach Süden zu rudern, in Richtung der Hauptschiffahrtsrouten. Aber am Abend steckten sie erneut im Eis.

Später gab Rhodes zu Protokoll, er habe »es für unwahrscheinlich gehalten, daß das Boot dem Druck standhalten würde, wenn man es nicht leichter machte. Daraufhin beriet ich mich mit den Matrosen. Wir waren alle der Meinung, daß es unerläßlich sei, diejenigen über Bord zu werfen, die ohnehin schon fast tot waren.« Etwas später legte Rhodes das Ösfaß aus der Hand und sagte der Mannschaft: »Das hat doch keinen Sinn. Möge Gott mir beistehen. Männer, an die Arbeit!« Auch wenn er später behauptete, es habe sich dabei nicht um einen Befehl gehandelt, sondern nur um eine Aussage über ihre mißliche Lage, sah er sich gezwungen, seinen Satz zu wiederholen, damit die Mannschaft ihre grausige Aufgabe in Angriff nahm. Holmes und mindestens vier weitere Matrosen begannen damit, die sechzehn männlichen Passagiere, ungeachtet ihres Flehens um Gnade und diversen Geldangeboten, über Bord zu werfen. Einer der Männer hatte zwei Schwestern, die ebenfalls mit in dem Langboot saßen. Als eine von ihnen sich anbot, an seiner Stelle zu sterben, warf die Mannschaft zunächst ihn ins Wasser und erklärte dann, sie könne ihm gerne Gesellschaft leisten, und stieß sie hinterher. Zwei Männer wurden durch das Eingreifen des Maats gerettet, weil sich ihre Ehefrauen ebenfalls in dem Langboot befanden. Zwei weitere versteckten sich zwischen den Frauen und wurden erst bei Tagesanbruch entdeckt, woraufhin auch sie ins Wasser geworfen wurden. Holmes war anfangs einer der heftigsten Befürworter dieser Aktion gewesen, doch später ergriff ihn das Mitleid, und er versuchte, wenn auch vergeblich, zwei seiner Kameraden daran zu hindern, die letzten beiden Opfer zu ermorden.

Es entbehrte nicht einer grausamen Ironie, daß kurze Zeit nachdem die letzten beiden Männer über Bord geworfen worden waren, am Horizont die *Crescent* gesichtet wurde. Holmes zwang die überlebenden Passagiere, sich auf den Boden des Bootes zu legen, damit das Schiff nicht durch die große Zahl von Menschen abgeschreckt würde. Aber die *Crescent* stoppte und rettete sie gerade noch rechtzeitig: Etwas später wurde das Langboot vom Eis zerdrückt. Die meisten Überlebenden wurden einem anderen, größeren Schiff, der *Ville de Lyons*, übergeben. Sobald dieses in Le Havre in den Hafen einlief, nahmen die Passagiere Kontakt mit dem amerikanischen und dem britischen Konsul auf, welche die Verhaftung der Mannschaft anordneten.

In den zeitgenössischen Zeitungsartikeln wurde kritisiert, daß die Mannschaft nicht Lose gezogen und keine nachvollziehbare Auswahl zwischen den Getöteten getroffen habe, aber niemand kritisierte die Tat an sich. Die Konsule ließen sich von fast allen Überlebenden eidesstattliche Erklärungen geben, doch ihr vorrangiges Interesse bestand offenbar in der Vertuschung des Vorfalls, denn alle diese Erklärungen ähneln sich auffällig und sprechen die Mannschaft von jeglicher Schuld frei. Die Konsule schlossen sich dieser Auffassung an, so daß die Besatzung aus dem Gefängnis entlassen wurde und mit dem nächsten Schiff nach Amerika segelte. In der *Times* hieß es dazu nur lapidar: »Die schreckliche Notwendigkeit, einen Teil der Passagiere für die Sicherheit der übrigen zu opfern, steht nun nicht mehr zur Debatte.«

Lord Palmerston, der damalige britische Außenminister, war anderer Ansicht und machte dem britischen Konsul in einer Reihe von Telegrammen schwere Vorwürfe. Er habe alles getan, einen Vorgang zu rechtfertigen, »der höchst widerwärtiger Natur ist und in dem zahlreiche britische Bürger durch Ausländer gewaltsam zu Tode gekommen sind ... Die Täter könnten nur im Rahmen eines ordentlichen Gerichtsverfahrens von ihrer großen und offensichtlichen Schuld freigesprochen werden.« Doch da die Mannschaft bereits das Weite gesucht hatte, ließ sich in dieser Sache nichts mehr machen. Lord Palmerstons abschließender Kommentar dazu findet sich in einem Appendix zur Akte des Außenministeriums: »Das war ein katastrophales Ereignis; mehr ist dazu nicht mehr zu sagen.«

Der Zorn der Überlebenden bei der Rückkehr nach Amerika war wesentlich größer, als er es in Le Havre gewesen war. Ihre Beschwerden bei den Behörden in Philadelphia führten zur Festnahme von Alexander William Holmes. Weder der Kapitän noch der Maat, noch irgendein anderes Mitglied der Mannschaft wurden jedoch jemals vor Gericht gestellt. Eine Anklagekammer lehnte sämtliche Mordvorwürfe ab und beschränkte sich darauf, Holmes wegen Totschlags unter Anklage zu stellen. Am 13. April 1842 wurde das Verfahren USA gegen Holmes eröffnet. Angesichts eines halben Dutzends eidestattlicher Erklärungen von Augenzeugen unternahm die Verteidigung keinen Versuch, abzustreiten, daß Holmes sich an der Ermordung der Passagiere beteiligt hatte. Statt dessen vertrat sie die Auffassung, daß dieses Handeln aufgrund eines Notstandes gerechtfertigt gewesen sei. Hätte man die wenigen nicht getötet, wären alle zugrunde gegangen, oder zumindest sei dies zu besagtem Zeitpunkt die feste Überzeugung des Angeklagten gewesen.

Der Richter wollte den Notstand als mögliche Verteidigung nicht ausschließen, erklärte aber, daß dieser nur in solchen Fällen zugestanden werden könne, in denen »ein Mensch gegenüber einem anderen keine Garantenstellung innehabe, keiner rechtlichen Verpflichtung unterliege, seine eigene Sicherheit hintanzustellen habe und daß er, wenn sein Fall in irgendeiner Hinsicht Vergehen aufweise, in seinem eigenen Land haftbar gemacht werden könne«. In seinem ausgewogenen Resümee hob der Richter dann noch hervor, daß selbst dann, wenn der Maat Holmes den Befehl gegeben habe, die Passagiere zu töten, sein Handeln durch einen ungesetzlichen Befehl nicht gerechtfertigt sei. Außerdem wies er die Jury auf den Brauch des Meeres, das Loseziehen, hin. Zugleich gab er aber auch zu bedenken, daß dieser Brauch im vorliegenden Fall nur in beschränktem Maße eingehalten werden konnte, weil die Matrosen, im Gegensatz zu den Passagieren, zum Rudern und Steuern des Bootes benötigt wurden. Doch er gab der Jury keine direkte Vorgabe, sondern überließ ihr die Entscheidung darüber, ob es notwendig gewesen sei, jemanden zu töten. Die Jury entschied auf schuldig, und Holmes wurde zu sechs Monaten Gefängnis verurteilt.

Der Fall stellte sowohl ein Verbot als auch eine Billigung des Brauchs des Meeres dar. Obwohl auf Totschlag entschieden worden war, hatte der Richter zugleich eingeräumt, daß ein extremer Notstand Taten rechtfertigen kann, die unter anderen Umständen strafbar seien. Holmes sei nur deswegen schuldig, weil die Mannschaft gegenüber den Passagieren eine besondere Sorgfaltspflicht hatte. Im Klartext bedeutete dies, daß sich Mitglieder der Mannschaft, die untereinander den Brauch des Meeres pflegten und einige ihrer Kameraden töteten, um andere zu retten, keines Verbrechens schuldig machten.

11

Die Rettung

Sobald sie getrocknet waren, wurden die sterblichen Überreste Richard Parkers unter dem Segeltuch im Bug verstaut. Noch zweimal an diesem Tag aßen die Männer vom Fleisch des Jungen. Am nächsten Morgen zog ein schwerer Sturm über sie hinweg, und jeder von ihnen kam in den Genuß eines guten halben Liters Wasser. Doch dann fiel während der nächsten vier Tage überhaupt kein Regen mehr, so daß sie erneut gezwungen waren, ihren eigenen Urin zu trinken.

Stephens' Beine waren inzwischen bedenklich angeschwollen. Außerdem litt er unter Magenkrämpfen, die ihn vor Schmerzen schreien ließen. In jener Nacht ging es ihm so schlecht, daß Brooks dachte, er würde sterben. Er blickte Tom an. »Sprechen Sie ein Gebet für uns, Kapitän.« Sie ergriffen Stephens Hände und begannen mit rauher Stimme gemeinsam zu beten und Gott zu bitten, daß er sie erlösen möge. Am nächsten Morgen, dem vierundzwanzigsten in ihrem Dingi, hatten Stephens Magenschmerzen ein wenig nachgelassen. Dennoch konnte er sich nur vorwärts bewegen, indem er sich mit den Händen auf dem Boden des Bootes entlangzog.

Tom und Brooks ernährten sich weiter vom Fleisch des Jungen, obwohl es inzwischen ranzig zu werden begann. »Wir schnitten die schlechten Stellen heraus und wuschen den Rest mit Salzwasser.« Stephens nahm wesentlich weniger zu sich. Er wirkte apathisch und war körperlich sehr viel schwächer als die beiden anderen. Tom hatte ihn im Verdacht, ebenfalls Salzwasser getrunken zu haben. Als er ihn darauf ansprach, warf Stephens ihm einen entsetzten Blick zu und bestritt den Vorwurf heftig.

Tom zuckte nur die Schultern und wandte sich ab. Er griff unter das Segeltuch und reichte jedem von ihnen einen Streifen des Fleisches. »Es ist fast nichts mehr übrig«, flüsterte er mit rauher Stimme, »und seit vier Tagen hat es nicht mehr geregnet. Wenn wir nicht alle sterben wollen...« Stephens wandte den Kopf ab, als ducke er sich vor den Worten seines Kapitäns, und Brooks warf Tom einen warnenden Blick zu. »Fangen wir nicht wieder davon an. Es wird ein Schiff kommen.«

»Ich bete, daß Sie recht haben mögen, aber wenn keines kommt oder wenn es vorbeifährt, wie die beiden anderen ...?«

»Ich sage Ihnen, es wird ein Schiff kommen!« Brooks kroch zurück ins Heck und klemmte sich den Steuerriemen unter den Arm, während er an seinem Fleischfetzen nagte. Tom musterte beide aufmerksam, bevor er sein eigenes Stück verzehrte.

Als Brooks seine Mahlzeit beendet hatte, zog er sich an dem Masten empor, um den Horizont abzusuchen. Beim Blick nach Südwesten erstarrte er plötzlich und streckte einen zittrigen Finger aus: »Ein Segel! O mein Gott, da kommt ein Schiff direkt auf uns zu.« Spontan versuchte Tom sich aufzurichten und versetzte das Dingi dadurch in eine heftige Schaukelbewegung. Am Horizont zeichnete sich eine weiße Fläche ab. »Laßt uns zu Gott beten, daß das Schiff in unsere Richtung fährt«, sagte Tom. Er neigte den Kopf und murmelte mit seinen aufgerissenen Lippen ein stilles Gebet. Dann schaute er sich um. »Es befindet sich luvwärts von uns. Runter mit dem Segel, wir dürfen nicht zulassen, daß die Entfernung zwischen uns größer wird. Brooks, steuern Sie direkt drauf zu, Stephens, wir beide rudern.«

Der Wind war so schwach, daß das Schiff sich ihnen kaum zu nähern schien. Sie ruderten bereits über eine Stunde, ohne daß sich der Abstand zwischen ihnen merklich verringerte. Plötzlich wurde der Wind heftiger. Eine Wolkenbank jagte über das Meer auf sie zu, und sie wurden plötzlich von einer Bö getroffen, die eine hauchdünne Gischt von den Wellenkämmen peitschte und das Schiff ihren Blicken entzog. Stephens ließ sein Ruder mit einem lauten Seufzer fallen und begrub seinen Kopf in den Armen. Toms Gesichtsausdruck verhärtete sich: »Fangen Sie das Regenwasser auf, verdammt noch mal. Die Sache ist noch nicht verloren.«

Die drei Männer saßen regungslos da und breiteten die Capes ihres Ölzeugs aus wie Bettler, die um Almosen bitten. Tom sah, wie der Regen keine hundert Meter neben dem Boot auf die Wasseroberfläche niederging, aber nur wenige dicke Tropfen trafen das ausgebreitete Cape. Er fluchte, doch dann senkte er den Kopf, um die rasch verdampfende Feuchtigkeit mit seiner ausgedörrten, geschwollenen Zunge aufzulecken. Er ließ das Cape auf den Boden fallen, zog sich am Mast empor und starrte nach Südwesten. Einige Minuten lang sah er nichts als die Wolkenschleier, die über das glatte Wasser hinwegjagten. Dann wurde allmählich eine Form im Nebel sichtbar. Zunächst unscharf und grau wie ein Gespenst, dann immer deutlicher, zeichnete sich der Umriß eines schmutzig-weißen Segels ab. Es war nun wesentlich größer und näher, und darunter erkannte er die dunklen Aufbauten des Schiffes.

»Ihr Kurs führt noch immer südlich an uns vorbei. Vielleicht können sie uns nicht sehen. An die Riemen. Wir müssen um unser Leben rudern.« Da Stephens ihn nicht zu hören schien, packte Tom ihn an der Schulter und schüttelte ihn heftig. »Nehmen Sie sich einen Riemen, und rudern Sie um ihr Leben!« Stephens erstarrte und schleppte sich dann mühsam auf die Ruderbank. Er ergriff einen der Riemen und begann mit schwachen und unregelmäßigen Bewegungen zu rudern, wobei ihm der Kopf bei jedem Zug auf die Schulter sank. Tom zog an dem anderen Riemen. Seine zusammengepreßten Lippen bildeten eine schmale Linie; seine finstere Entschlossenheit stand ihm ins Gesicht geschrieben. Das Boot bewegte sich in langsamem, schleppendem Rhythmus voran, begleitet vom angestrengten Schnaufen und pfeifenden Atmen der Männer, dem Knarzen der Ruder in den Messingdollen und dem Aufklatschen der Ruderblätter, bevor sie ins Wasser tauchten.

Tom wagte nicht, sich umzuschauen, so sehr fürchtete er, daß das Schiff an ihnen vorbeisegeln könnte. Er spürte, wie ihn die Kräfte verließen, und versuchte, sich gegen die tödliche Lethargie zu wehren, die sich seiner zu bemächtigen begann. In Ermangelung eines dritten Ruders benutzte Brooks eines der Bodenbretter als Steuer. Tom forschte in Brooks Gesicht nach einem Hinweis auf ihr Schicksal. Einen Moment lang trafen sich ihr Augen. »Wenn dieses Schiff nicht anhält …« Er ließ den Satz unvollendet, doch Brooks warf einen Blick auf Stephens und nickte dann langsam.

Während sich die anderen in die Riemen legten, schnitt Brooks das Seil, das die Hemden zusammenhielt, entzwei, und begann eines davon über dem Kopf zu schwenken. Er versuchte einen geraden Kurs zu halten, da Stephens' Bewegungen immer flacher und fahriger wurde. Schließlich klatschte Stephens Ruder mitten im Schlag auf die Wasseroberfläche, während er selbst nach hinten sank und heftig atmend auf dem Rücken liegenblieb. Ihn keines Blickes würdigend, schob Tom ihn zur Seite und ergriff selbst beide Riemen. Das rauhe, salzverkrustete Holz scheuerte an seinen geschwollenen Händen, aber er versuchte mit dem Schmerz die noch schrecklicheren Qualen zu betäuben, die ihm seine ausgezehrten Muskeln bereiteten, und sich völlig auf den nächsten Schlag zu konzentrieren. Stephens streckte eines der Hemden an einem Stock in die Höhe, besaß aber kaum noch Kraft, ihn über dem Kopf zu halten.

Toms Atem rasselte in seiner Brust wie der eines Sterbenden, aber er zwang sich, hundert Schläge zu zählen. Mit jedem Schlag wurde das Brüllen in seinen Ohren lauter, bis es schließlich jedes andere Geräusch übertönte. Er hob erneut die Augen und musterte Brooks Gesicht. Dieser schüttelte den Kopf. Tom blickte über die Schulter. Das Schiff befand sich nun fast auf gleicher Höhe mit ihnen und behielt weiterhin seinen Kurs bei. Noch einmal legte sich Tom mit aller Kraft in die Riemen, doch dann ließ er sie fallen und senkte den Kopf.

»Warten Sie!« Brooks sagte etwas anderes, doch wegen seiner geschwollenen Zunge und den aufgesprungenen Lippen war es kaum verständlich. »Was?« fragte Tom. »Was ist?«

»Es ändert den Kurs. Es hat uns gesehen.«

Er schwenkte weiter das Hemd, aber Tom starrte einfach auf das Schiff, ein dreimastiges Segelschiff, das sich ihnen näherte. Es segelte unter deutscher Flagge, und auf dem Bug konnte Tom den Namen *Moctezuma* erkennen. Er sah, wie Matrosen in die Takelage enterten, um die Segel zu reffen. Andere standen an der Reling und starrten auf das winzige Dingi.

Brooks übernahm die Riemen, und Tom erhob sich. Ein Seil, das vom Schiff herabgeworfen wurde, schlug mit einem klatschenden Geräusch auf das Wasser. Tom versuchte danach zu greifen, doch bevor er es erreichen konnte, versank das Ende im Meer und war nicht mehr zu sehen. Beim zweiten Versuch landete es auf dem Schandeckel, und er kriegte es zu fassen. Obwohl er vor Schmerzen aufschrie, so sehr schmerzte es in seinen wunden Händen, ließ er es erst wieder los, nachdem er es angelascht hatte.

Der Kapitän wandte sich von der Reling des Oberdecks an ihn. »Kapitän Simonsen von der *Moctezuma*, von Port Andemer, Punta Arenas, bestimmt nach Hamburg. Wie heißen Sie, und wie hieß ihr Schiff?« Tom öffnete den Mund, um zu antworten, aber er brachte keinen Ton hervor und starrte den anderen Mann nur mit dem Ausdruck stiller Verzweiflung an. Er unternahm einen neuen Versuch, und diesmal fand er seine

Stimme wieder, aber sie war so schwach, daß sie kaum über das Wasser drang, das die beiden Schiffe voneinander trennte. »Tom Dudley von der *Mignonette,* bestimmt nach New South Wales. Um Gottes willen, bitte helfen Sie uns. Wir treiben seit vierundzwanzig Tagen auf dem Meer, ohne etwas zu essen oder zu trinken. Wir haben Frauen und Kinder, die auf uns angewiesen sind. Bitte nehmen Sie uns an Bord.«

Er wartete und wagte nicht zu atmen, während der Kapitän einige Worte mit der Frau an seiner Seite wechselte. Dann nickte er kurz und gab den Befehl, weitere Seile herabzulassen. Toms Knie zitterten, und er atmete erleichtert auf. Brooks schaute ihn an und nickte dann in Richtung des Segeltuchs, das über den Bug gespannt war. »Was sollen wir mit dem Rest machen. Soll ich ihn über Bord werfen?«

Tom schüttelte den Kopf. »Lassen Sie ihn, wo er ist.«

Brooks wollte widersprechen, aber Tom schnitt ihm das Wort ab. »Ich sagte, lassen Sie ihn, wo er ist.«

Brooks zögerte einen Augenblick, drehte sich dann aber wieder um. Er besaß zwar noch genügend Kraft, um sich mit den Rüsteisen an das Schiff zu klammern, sackte dann aber in sich zusammen. Der Schiffszimmermann legte ihn sich wie ein Kind über die Schulter und brachte ihn an Deck. Da Tom und Stephens so schwach waren, daß sie nicht einmal mehr bis zu den Rüsteisen klettern konnten, legte man ihnen Seile um und zog sie dann an Deck.

Dort blieben sie zusammengekrümmt liegen und verlangten mit krächzenden Stimmen nach Wasser. Ihre knochigen Hände, die sie flehend ausgestreckt hielten, erinnerten an Klauen. Die Frau des Kapitäns schöpfte Wasser aus einem Faß, das am Fuß des Großmastes befestigt war. Sie mischte es mit ein wenig Wein, und reichte jedem von ihnen einen Löffel voll. Sie tranken es gierig. »Warten Sie einen Augenblick, bevor Sie mehr davon zu sich nehmen«, sagte sie, »sonst werden Sie noch krank davon.«

Vom Oberdeck rief ihnen der Kapitän zu: »Was soll mit

ihrem Dingi geschehen?« Erneut warf Brooks Tom einen Blick zu. »Laschen Sie es los. Wir brauchen es nicht mehr.« Doch Tom beachtete ihn nicht und rief statt dessen: »Bitte holen Sie es an Bord.«

Brooks starrte ihn an: »Warum, um Gottes willen? Warum?«

»Als Erinnerung.«

»Glauben Sie, wir könnten das jemals vergessen? Ich bitte Sie, Kapitän, lassen Sie es gemeinsam mit unserem Schiff auf dem Grund des Meeres ruhen.«

»Ich sage nein. Das Dingi kommt mit.«

Sie wurden den Niedergang hinab ins Mannschaftsquartier getragen. Die vertrauten Gerüche vermittelten Tom ein Gefühl der Sicherheit und Geborgenheit: der Geruch von feuchtem Holz und Teer vermischte sich mit den exotischeren Düften der Ladung, dem warmen von Zedern- und dem modrigen von Fisetholz.

Frau Simonsen gab ihnen noch etwas Wasser, ein wenig zu essen und einen winzigen Schluck Branntwein. Danach befreiten die Mitglieder der Crew sie von den salzverkrusteten Resten ihrer Kleidung. Tom machte noch einen schwachen Versuch, seine Blöße zu bedecken, dann lehnte er sich erschöpft zurück und schloß die Augen. »Bitte«, sagte die Frau des Kapitäns, »ich muß ihre Wunden waschen.« Als sie seinen ausgemergelten Körper sah, stockte ihr der Atem: Lilafarbene, eitrige Wunden bedeckten seine Beine, Hüften und Schultern. Seine gelbe, wächserne Haut war fest über die Rippen gespannt, und die aufgesplitterten Nägel seiner Hände und Füße hatten die Farbe gegerbten Leders. Während der Rest seines Körpers so dünn wie ein Stock war, waren seine Beine auf groteske Weise angeschwollen.

Sie wrang ein Tuch im Wasser aus, und Tom spürte eine angenehme Kühle auf seiner brennenden Haut. Dann trocknete sie ihn sanft mit einem weichen Handtuch ab. Nachdem sie die schlimmsten Wunden verbunden hatte, zog ihm die Crew frische Sachen an.

Er öffnete die Augen und blickte sie an. »Danke, daß Sie uns gerettet haben.«

»Der Herr hat Sie zu uns geführt. Wir konnten Sie doch nicht sterben lassen.«

»Andere schon.«

Sie neigte den Kopf. »Aber jetzt sind Sie sicher und müssen sich ausruhen. Später werden Sie noch genügend Zeit haben, uns Ihre Geschichte zu erzählen.«

Tom nahm noch einige Schlucke Wasser, dann lehnte er sich in seiner Koje zurück und schloß die Augen. Er hörte die vertrauten Geräusche eines Segelschiffs auf dem Meer: das Knarzen des Baumes, das Knallen des Tuchs, wenn der Wind die Segel füllte, das Platschen des schmierigen Bilgewassers und das Rascheln und Scharren einer Ratte hinter der Beplankung. Dann hörte er ein dumpfes Geräusch auf dem Deck über seinem Kopf: Sie hatten das Dingi an Bord geholt.

Kapitän Simonsen, der noch immer an der Reling lehnte und auf das Hauptdeck blickte, befahl den beiden Matrosen Julius Wiese und Christopher Drewe, das Boot auszuräumen. Wiese nahm den Behälter des Chronometers und starrte auf seine fleckige Oberfläche. Dann ließ er seine Finger über die Einkerbungen auf der hölzernen Ducht des Dingis und die Markierungen auf den Messingdollen für die Ruderriemen gleiten. Unter dem Segeltuch über dem Bug fand er ein kleines Stück Rippenknochen und die restlichen Streifen von ranzigem, stinkendem Fleisch. Er hielt sie dem Kapitän entgegen und fragte: »Was sollen wir damit tun?« Simonsen erschauderte. »Werfen Sie es über Bord.« Er machte auf dem Absatz kehrt und ging unter Deck.

Alle paar Stunden brachte die Frau des Kapitäns den Männern etwas zu essen und ein wenig Wasser mit Wein. Zwischendurch verlor Tom immer wieder das Bewußtsein. Er schlief unruhig, hatte furchtbare Alpträume, und mehrfach schreckte er entsetzt in die Höhe, weil er geträumt hatte, er befände sich noch immer auf dem Dingi und die Sonne brenne erbarmungslos auf ihn herab. Er streckte die Hand aus, um die beruhigend festen Planken des Decks zu berühren, dann legte er sich wieder hin und schloß die Augen.

Obwohl die Frau des Kapitäns sorgfältig darauf geachtet hatte, daß sie nicht zu viel aßen und tranken, erwachte Tom am nächsten Morgen mit heftigen Magenschmerzen. Nachdem er mühsam aus der Koje gekrochen war und sich auf den Nachttopf aus Ton gesetzt hatte, wurde er von heftigen Krämpfen geschüttelt. Das erste Mal seit fünfundzwanzig Tagen machten sich seine Eingeweide wieder bemerkbar. Aber als er aufzustehen versuchte, verließen ihn seine Kräfte, und er sackte auf den Topf zurück, wobei dieser zerbrach. Tom durchzuckte ein stechender Schmerz, als sich die Scherben in seine Gesäßbacken gruben. Mit einem Aufschrei stürzte er zu Boden und spürte, wie ihm das warme Blut die Schenkel herabrann. Als er Schritte und das Rascheln von Röcken hörte, schloß er die Augen und weinte vor Scham. Frau Simonsen rief nach Hilfe, und einige Augenblicke später hoben starke Arme Tom in die Höhe und legten ihn mit dem Gesicht nach unten in die Koje. Die Frau des Kapitäns entfernte behutsam die Tonscherben aus seinem abgemergelten Fleisch, säuberte die Wunden und brachte die Blutungen zum Stillstand. Sie bandagierte ihn, so gut sie konnte, und entfernte danach den Unrat vom Deck.

Bei Einbruch der Nacht wurde Tom von heftigen Fieberschüben geschüttelt, da sich seine Schnittwunden infiziert hatten. Jeden Morgen und jeden Abend kümmerte sich Frau Simonsen um die entzündeten Stellen und wusch seine Wunden, und jeden Nachmittag brachte man ihn und Brooks an Deck, damit sie ein wenig frische Luft schnappen und einige zögernde Schritte tun konnten. Keiner von ihnen vermochte schon wieder aufrecht zu stehen oder flach auf dem Rücken zu liegen, so steif waren ihre Gliedmaßen noch von der Zeit auf dem Dingi.

Tagelang taten sie fast nichts außer essen und schlafen. Das Essen war spartanisch, aber ausreichend, und allmählich begannen sie wieder etwas zu Kräften zu kommen. Brooks und Stephens blieben vorn in den Mannschaftsunterkünften des 140 Fuß langen 440-Tonnen-Schiffs, während Tom in Anbetracht seines Ranges als Kapitän der *Mignonette* von Simonsen dessen Tageskabine im Heck zur Verfügung gestellt bekam.

Am Sonntag nach ihrer Rettung war Frau Simonsen der Ansicht, die Männer seien schon wieder stark genug, um an dem Gottesdienst teilzunehmen, den ihr Mann an Bord zelebrierte. Mit entblößten Häuptern wohnten sie der Feier bei, beteten mit der Mannschaft und sangen zusammen mit ihr ein lutherisches Kirchenlied. Dann berührte Tom den Arm des Kapitäns und bat ihn um die Erlaubnis, ein Gebet für sich selbst und seine Männer sprechen zu dürfen: »Allmächtiger Vater, segne die, die uns aus unserer Not befreit haben, und gewähre ihnen eine gute Reise und frische Winde, damit sie sicher nach Hause zurückkehren. Wir empfehlen Dir die Seele unseres Kameraden Richard Parker, dem es nicht vergönnt war, seine Lieben wiederzusehen.« Seine Stimme erstarb, und Tränen rannen ihm über die Wangen. »Gott vergebe uns unsere Sünden. Amen.«

Der Kapitän ließ ihn einige Minuten allein, und lud ihn dann ein, mit ihm zusammen zu Mittag zu essen. Danach lehnten sie sich an die Heckreling des Oberdecks und führten eine Sonnenbeobachtung durch, während das Schiff in zügiger Fahrt die Wellen durchpflügte. Tom starrte ins Kielwasser und fragte: »Wo befanden wir uns, als Sie uns gerettet haben?« Simonsen ging unter Deck, um im Logbuch nachzusehen. »Breite 24° 28′ S und Länge 27° 22′ W, ungefähr tausend Meilen östlich von Rio. Sie hatten Glück, daß wir sie überhaupt gesehen haben. Ich war der erste, der Ihr Dingi entdeckte. Ich meinte, einen kleinen Fleck am Horizont zu sehen und schaute ihn mir durch mein Fernglas näher an. Ich sah etwas auf dem Wasser treiben, erkannte es aber zunächst nicht als ein Boot; ich dachte es sei ein Wrackteil. Als wir näher kamen, war ich überrascht, daß es sich um ein Dingi mit Menschen handelte. Es war ein entsetzlicher Anblick. Sie sahen wie lebende Skelette aus. In meinem ganzen Leben habe ich noch nie Menschen in einem solchen Zustand gesehen.« Er unterdrückte einen Schauder bei diesen Gedanken. »Wenn die Koppelrechnung ihres Maats richtig war, dann sind sie seit ihrem Schiffbruch über tausend Meilen getrieben. Bei dieser Geschwindigkeit hätte es vermutlich noch mindestens weitere fünfundzwanzig Tage gedauert, bis Sie Land erreicht hätten. Aber zu diesem Zeitpunkt wäre wohl niemand von Ihnen mehr am Leben gewesen.«

Tom blickte ihn an und forschte in seinen Worten nach einem hämischen Unterton, aber in Simonsens Gesicht stand nichts als Freundlichkeit geschrieben. »Haben Sie sich das Dingi angesehen?« Und als Simonsen nickte: »Dann wissen Sie, zu welch fürchterlicher Tat wir getrieben wurden?«

»Ja, ich weiß. Fürchterliche Situationen erfordern fürchterliche Maßnahmen.«

Er betrachtete Tom einen Moment lang. »Sie sind bereits wieder etwas stärker, denke ich, und wir haben noch fünf oder sechs Wochen vor uns, bevor wir den nächsten Hafen erreichen. Zeit genug, damit ihr Körper sich erholen kann und Ihre unangenehmen Erinnerungen ein bißchen abklingen können.« Er machte eine kleine Pause. »Wenn es nicht zu belastend für sie ist, würde ich gerne die Geschichte Ihrer Reise hören. Natürlich geht es mich nichts an, und wenn Sie lieber schweigen, dann werde ich das respektieren, aber es würde mich sehr interessieren. Die Ursache eines Schiffbruchs ist immer interessant für den Kapitän eines anderen Schiffes.«

Tom warf einen Blick auf Frau Simonsen, die in ihrer Nähe stand. »Ich glaube, manche Teile meiner Geschichte sind für die Ohren einer Dame nicht geeignet.«

Sie lächelte. »Es gibt kaum etwas, das diese Ohren während

der fünf Jahre, die ich mit meinem Mann auf Reisen war, noch nicht gehört haben, Kapitän Dudley. Aber ich habe sowieso unter Deck zu tun.« Dann stieg sie den Niedergang hinab.

Tom zögerte noch, da er sich eigentlich nicht an den finsteren Ort der Vergangenheit zurückbegeben wollte. Er stand schweigend da, starrte auf seine schwieligen Hände und umfaßte die Heckreling, als ob er sich im Zeugenstand eines Gerichtssaales befände. Langsam und zögerlich begannen die Worte aus ihm herauszuquellen. Mehrmals seufzte er laut auf und mußte seinen Bericht unterbrechen, so sehr quälten ihn die Erinnerungen, die dadurch hervorgerufen wurden. Simonsen stand schweigend neben ihm, ohne etwas zu sagen und ohne ihn zu verurteilen, so daß Tom seine Erzählung wiederaufnahm und dabei ins Kielwasser starrte.

Laut Plan hätte die *Mignonette* am 15. Juli in Kapstadt eintreffen sollen. Nachdem mehrere Wochen verstrichen waren, ohne daß ein Telegramm eingetroffen war, hatte Philippa immer verzweifelter auf ein Lebenszeichen ihres Mannes gewartet. Sie harrte weitere zwei Wochen aus und stürzte jedesmal, wenn jemand klopfte, an die Tür, in der Hoffnung, es sei der Botenjunge mit dem ersehnten Telegramm. Aber am 29. Juli, dem Tag, an dem die *Moctezuma* die Männer rettete, konnte sie ihre Ungeduld nicht mehr zügeln. Sie eilte ins Telegraphenamt und bat die Angestellten, in den Akten nachzusehen, doch es fand sich keinerlei Hinweis auf eine Nachricht für sie vom Kap. Daraufhin nahm sie den Zug nach London,und begab sich direkt zu Andrew Thompson von der Thames Yacht Agency.

Er tat alles, um sie zu beruhigen, erklärte ihr, wie häufig Segelschiffe durch ungünstiges Wetter, tage-, ja wochenlang aufgehalten würden, doch es gelang ihm nicht ganz, seine eigenen Befürchtungen vor ihr zu verbergen. Er hatte bereits ein Telegramm an eine Agentur am Kap geschickt und sich erkundigt, ob irgendwelche anderen Schiffe etwas von der *Mignonette* gehört hätten, aber in den sechs Wochen, seitdem Tom dem

Kapitän der *Bride of Larne* die Briefe für zu Hause übergeben hatte, war sie von niemandem gesehen worden. Mit jedem Tag, der verstrich, nahmen Philippas Sorgen zu. Als Lloyds den Verlust des Schiffes bekanntgab, fuhr Andrew Thompson nach Sutton, um ihr die Nachricht persönlich zu überbringen, und bestätigte damit ihre schlimmsten Befürchtungen.

Philippa hatte während der Reise die Heuer der Mannschaft bezahlt. Brooks Geld hatte sie an seinen Wohnsitz geschickt, das von Stephens und Parker an ihre Familien. Thompson empfahl ihr nun, die Zahlungen sofort einzustellen. Dies war eine harte, aber gängige Gepflogenheit, wenn ein Schiff verlorenging. Noch schlimmer war es für viele Matrosen, die dem uralten Spruch »Die Ladung ist die Mutter der Heuer« zum Opfer fielen. Wenn ein Handelsschiff und seine Ladung verschwanden, erhielt die Mannschaft keinerlei Entlohnung.

Philippa zögerte, denn sie wußte, wie hart dieser Schritt Stephens' Familie treffen würde, doch schließlich stimmte sie zu. Selbst wenn sie das Geld hätte weiter bezahlen wollen, wäre dies zu Lasten ihres eigenen Lohns aus der Schule gegangen. Wenn die *Mignonette* untergegangen war, würde es keine Bezahlung für die Überführung der Jacht nach Sydney geben.

In der Zwischenzeit klammerte sie sich an die Hoffnung, daß ihr Mann noch leben möge, doch mit jedem Tag, der verstrich, ohne daß sie etwas von ihm hörte, wurde diese Hoffnung etwas schwächer. Zusätzliche Sorgen bereitete ihr ihre jüngste Tochter Winifred. Sie war ein zartes Kind und ständig krank, mit dem pfeifenden Atem und dem keuchenden Husten einer Schwindsüchtigen. Die Sorgen, die an Philippa nagten, raubten ihr den Schlaf, so daß sie schließlich selbst erkrankte.

Auch Ann Stephens wurde von Ängsten gequält. Sie hatte den Brief ihres Mannes aus Madeira erhalten, in dem dieser sie gebeten hatte, mit ihm auszuwandern, und ihm ans Kap zurückgeschrieben, daß sie und die Kinder ihm folgen würden, sobald er in New South Wales angekommen sei. Doch seither hatte sie nichts mehr von ihm gehört. Der Brief von Philippa, in dem sie ihr mitteilte, daß die Zahlungen für Stephens jetzt eingestellt würden, enthielt Versicherungen, an die keine der beiden Frauen glaubte. Er schloß mit den Worten: »Wir können jetzt nur noch abwarten und beten.«

12

Boden unter den Füßen

Als Tom eines Morgens erwachte und feststellte, daß das ganze Schiff von einer emsigen Betriebsamkeit erfaßt worden war, wußte er, daß sie nun nicht mehr weit von zu Hause entfernt sein konnten. Simonsen war genauso stolz auf sein Schiff wie jeder andere Kapitän, und er trieb seine Männer an, die *Moctezuma* wieder in einen erstklassigen Zustand zu bringen, bevor sie in den Hafen einliefen. Die Crew enterte in das Rigg auf, teerte die Seile, Wanten und Stage. Der Mast und die Rahnocken wurden geschrubbt und frisch gestrichen, das Deck mit Ziegelsteinen gescheuert, und selbst die Ankertrosse und der Anker wurden mit Hämmern vom Rost befreit.

Als sie sich dem Ärmelkanal näherten, wurde das Schiff bei jedem Wachwechsel zum Loten angehalten. Die Segel wurden heruntergenommen, und sobald die Bark an Fahrt verlor, warf ein Mann am Bugspriet das Lot. Drei andere standen in festgelegten Abständen an Deck mit sauber aufgeschossenen Buchten der Leine, die sie nacheinander auslaufen ließen, bis der Lotkörper auf Grund stieß.

»Siebzig Faden. Muscheln und Sand.«

»Segel trimmen!«

Im weiteren Verlauf des Tages, es war Freitag, der 5. September 1884, wurden sie von einem Lotsenboot angerufen. Auf der Suche nach Kundschaft kreuzte Gustavus Lowry, ein Lotse aus Falmouth, im Gebiet der westlichen Ansteuerung des Ärmelkanals in Lotsenboot 13. Es war ein hart umkämpftes Geschäft, und die Lotsen versuchten häufig, ihren Rivalen zuvorzukommen, indem sie Schiffen, die sich auf dem Weg in den Ärmelkanal befanden, so weit westlich wie möglich entgegenfuhren. Lowry hatte einen der schnellsten Kutter in diesem Gebiet. Dies verschaffte ihm einen Vorteil gegenüber seinen Rivalen, denn häufig lieferte er sich mit bis zu drei anderen Lotsen ein Wettrennen um ein Segel, das am Horizont gesichtet worden war.

Doch heute hatte er noch kein Glück gehabt. Alle Schiffe, die er angerufen hatte, waren für weiter entfernte Häfen bestimmt. Insgeheim hatte er sich schon damit abgefunden, daß dies wohl nicht sein Tag sei, als er den deutschen Dreimaster erblickte: »*Moctezuma*, für welchen Ort sind Sie bestimmt?« Kapitän Simonsen kam an die Reling und antwortete ihm: »Wir sind für Hamburg bestimmt, aber wir haben drei englische Schiffbrüchige an Bord, die wir absetzen wollen.«

»Dann benötigen Sie einen Lotsen. Ich bringe sie nach Falmouth. Carrick Roads ist der beste Hafen in ganz England, eine Meile breit und fast genauso tief. Man kann dort unter allen Witterungsbedingungen auf die Reede laufen. Ganz egal, woher der Wind weht.«

Simonsen lächelte. »Warum benötigen wir dann einen Lotsen?«

»Weil es das Gesetz so vorschreibt. Sie können nicht ohne mich auf die Reede von Carrick laufen.«

»Dann kommen Sie an Bord.«

Sobald die *Moctezuma* wieder Fahrt machte, lud Simonsen Lowry in seine Kabine ein. »Nehmen Sie einen Drink?« Er goß ihm einen kleinen Schluck ein, dann deutete er auf Tom. »Das ist einer von unseren Schiffbrüchigen. Wir haben sie vor achtunddreißig Tagen im Südatlantik aus dem Meer gefischt.«

Tom schüttelte dem Lotsen die Hand. »Tom Dudley, ehemals Kapitän der Jacht *Mignonette,* die in einem Sturm auf der Reise nach New South Wales gesunken ist.«

»Und wie lange sind Sie auf dem Ozean herumgetrieben?«

»Vierundzwanzig Tage in einem offenen Boot.«

Der Lotse betrachtete Toms hageres, zerfurchtes Gesicht und die von Narben übersäten, spindeldürren Unterarme, die aus seinen Hemdsärmeln hervorragten. »Sie müssen schrecklich gelitten haben. Zu wievielt waren Sie denn?«

Toms Blick huschte kurz zu Kapitän Simonsen, dann wieder zu Lowry zurück.

»Zu viert.«

»Und was ist mit dem anderen geschehen? Ist er ertrunken?«

»Er ist getötet worden.«

»Als das Schiff verlorenging?«

»Nein.«

Lowry sah ihn einen Moment lang schweigend an. »Und wer hat ihn getötet?«

»Ich habe es getan.«

Der Lotse nickte mit ausdruckslosem Gesicht. Es gab keinen Seemann, der nicht schon solche grausigen Geschichten gehört hatte, und keinen, der bezweifelt hätte, daß er in einer solchen Situation dasselbe getan hätte.

»Es ist der Brauch des Meeres«, sagte Lowry. »Haben Sie Lose gezogen?«

Einen Augenblick lang zögerte Tom, dann sagte er: »Nein.«

Bei dieser Antwort änderte sich die Miene des Lotsen, und er blickte Tom entsetzt an. »Ich wollte«, sagte dieser, »aber die anderen waren nicht einverstanden. Einige Tage zuvor hatte der Junge Salzwasser getrunken. Er war fast tot. Es wäre verrückt gewesen, in dieser Situation Lose zu ziehen.«

Lowry nickte langsam mit dem Kopf, doch sein Gesichtsausdruck blieb nachdenklich.

Die *Moctezuma* wurde von einer steifen südwestlichen Brise den Ärmelkanal hinaufgetrieben. Immer mehr Segel erschienen am Horizont, und schon bald wimmelte es auf dem Wasser von Booten: Küsten- und Trampdampfern, Schmacken, die mit dem Fang eines Tages nach Hause fuhren, Vergnügungsbooten und Rennjachten, die die Küstenlinie absegelten, auslaufenden Barken und Fregatten, die gegen den Wind aufkreuzten.

In den frühen Morgenstunden des nächsten Tages umfuhren sie Lizard Point, und Lowry lotste das Schiff in nördlicher Richtung an der Küstenlinie der Halbinsel entlang. Als sie das Manacles-Riff passierten, erblickte Tom in der Ferne in Fahrtrichtung des Schiffes den Leuchturm auf St Anthony Head, von dem er nie gedacht hatte, daß er ihn jemals wiedersehen würde. Dahinter befand sich Falmouth.

Als es allmählich heller wurde, erkannte er die Türme der Zinnminen auf den Klippen über der gezackten Küstenlinie. Aus den Kaminen der Häuser, die um die geschützten Buchten herum lagen, stieg Rauch. Backbords erschienen die steilen Klippen von Nare Point und Rosemullion Head, die links und rechts des Helford liegen. Während die *Moctezuma* in die Bucht von Falmouth einlief, blickte Tom an dem vertrauten Wahrzeichen empor, den Arsenwerken mit ihrem großen Schornstein, ganz oben auf einer Klippe über Pennance Point, wo die hier vorherrschenden westlichen Winde die giftigen Gase von der Stadt wegbliesen.

Lowry setzte den Kurs in das breite Fahrwasser zwischen den Kaps ab, er hielt sich westlich von Black Rock, dessen Untiefenboje aus der Mitte des Kanals emporragte wie die abgebrochene Turmspitze einer untergegangenen Kirche. Die *Moctezuma* passierte die verrosteten Kanonen der Tudor-Festungen auf Pendennis Point und St. Mawes und lief auf die Reede von Carrick.

Wie Lowry stolz verkündet hatte, war es der schönste natürliche Hafen in England und einer der größten der Welt. Er wurde von sieben Flüssen gespeist und war so tief, daß auch das größte Seeschiff dort einen Ankerplatz fand. Aber die spezifischen Umstände seiner Geographie und seines Klimas hatten verhindert, daß er zu einem wirklich bedeutenden Hafen geworden war. Es gab dort kein großes landwirtschaftlich oder industriell genutztes Hinterland, und die wöchentliche Produktion selbst der größten Zinnminen betrug nur wenige Tonnen und wurde entweder mit der Bahn befördert oder in einem der zahlreichen kleinen Häfen an den kleinen Flüssen und Buchten entlang der Küste verschifft.

Seine strategische Position im Gebiet der westlichen Ansteuerung des Ärmelkanals hätte Falmouth eigentlich dennoch dafür prädestiniert, zur wichtigsten britischen Marinebasis zu werden, aber während der Hafen in alle anderen Himmelsrichtungen geschützt lag, war es für einen Rahsegler unmöglich, die Reede von Carrick Roads bei einem kräftigen südlichen Wind zu verlassen.

Die im Ärmelkanal dominierenden Westwinde hielten die französische Flotte häufig im Hafen von Brest zurück, aber solche Stürme drehten oft auf Süd zurück. Britanniens Rahsegler konnten nicht die Meere beherrschen, wenn sie selbst im Hafen gefangen waren, während die französische Flotte jederzeit in See stechen konnte. Daher hatte man Plymouth den Vorzug gegenüber Falmouth gegeben.

Als die *Moctezuma* in das geschützte Gewässer von Carrick lief, warf Lowry einen Blick auf Simonsen. »Sie werden nicht am Kai anlegen dürfen«, sagte er. »Hier geht die Angst vor der Cholera um, und jedes ausländische Schiff ist suspekt.« Simonsen lächelte. »Ich habe nicht die Absicht, hier anzulegen. Es gibt Matrosen in meiner Crew, die würden sofort das Weite suchen, wenn sie das Festland wittern. Sollen sie meinetwegen schwimmen.«

Auf Anleitung Lowrys warf die *Moctezuma* am Morgen des 6. September, an einem Sonnabend, etwa eine Meile vor Falmouth Anker. Er erhielt sein Geld, verabschiedete sich und segelte sein Lotsenboot dann an die Küste, vorbei an der Flotte der Bumboote, die es in die entgegengesetzte Richtung zog. Binnen kurzem hatten sie das Schiff umringt und priesen ihre Waren an: Wasser, Bier, Frischfleisch, Früchte, Gemüse und die Überfahrt zur Küste. Fetthändler kletterten an Bord und versuchten, dem Koch den Talg, den dieser während der Reise vom Kessel abgeschöpft hatte, abzukaufen. Sie wurden jedoch von Kapitän Simonsen schnell vertrieben.

Lowry machte am Kai fest und begab sich schnurstracks in eine Hafenkneipe, wo ihm sein Bericht über die Schiffbrüchigen an Bord der *Moctezuma* einige kostenlose Drinks einbrachte. Die Geschichte machte im Hafen schon längst die Runde, als einer der örtlichen Fährmänner, Richard Hodge, die drei Männer und Kapitän Simonsen an Land brachte. Jenseits des Hafendamms sah Tom in der Mitte des Kais die Rückseite des im georgianischen Stil errichteten Zollamtes. Daneben befand sich in einem größeren Granitgebäude das Hafenamt.

Im obersten Stockwerk hatte es einen Balkon, von dem aus der Hafenmeister sein Terrain überblicken konnte. Schmacken und Küstenschiffe tummelten sich auf dem Wasser, und ein halbes Dutzend Schiffe war am Kai festgemacht. Hodge laschte das Boot neben dem einer Fischerin an, die Krabben aus einem Korb nahm, ihre Scheren mit Garn zusammenband und sie dann in einen anderen Korb warf, wo sie mit einem klappernden Geräusch, das an rollende Würfel erinnerte, auf ihresgleichen zu liegen kamen.

Hodge half nacheinander Tom, Brooks und Stephens aus dem Boot. Mit weit aufgesperrten Mündern starrten sie auf das geschäftige und bunte Treiben um sie herum: Fährleute be- und entluden ihre Schiffe, Lastenträger boten ihre Dienste feil, und Fischer, Marketender und Straßenhändler priesen ihre Waren an. Tom blieb zunächst einen Moment lang auf den Pflastersteinen am Rand des Wassers stehen, um das ungewohnte Gefühl, wieder festen Boden unter den Füßen zu haben, auszukosten und dabei ein leises Gebet zu sprechen, mit dem er Gott für ihre Rettung dankte. Mit dem Gehen tat er sich zunächst ein wenig schwer, nachdem er seine Schritte vier Monate lang dem ständig schwankenden Grund eines Schiffes auf hoher See angepaßt hatte.

Angelockt von Gustavus Lowrys Kneipengeschichten, hatte sich am Ende des Kais eine große Menschenmenge versammelt, um die Überlebenden der *Mignonette* willkommen zu heißen. Unter den Anwesenden befanden sich auch ein örtlicher Zollbeamter sowie James Laverty, ein Sergeant der Hafenpolizei von Falmouth. Tom schrie vor Schmerz auf, als man ihn bei den Armen packte, auf ein umgedrehtes Faß vor der Kneipe hob und ihn aufforderte, zur Menge zu sprechen. Während er die zahlreichen Gesichter musterte, unsicher, was er von diesem Empfang halten sollte, hörte er Buhrufe und Pfiffe von einem Teil des Publikums. »Warum haben Sie nicht Lose gezogen?« rief eine Stimme aus der Menge. »Das ist doch der Brauch des Meeres.«

»Ich habe es den anderen vorgeschlagen«, sagte Tom, »aber meine Männer haben sich geweigert. Nachdem einige Tage verstrichen waren, trank der Junge in der Nacht Salzwasser. Er wäre sowieso gestorben. Welchen Sinn hätte es denn gehabt, Lose zwischen lebenden Männern und Familienvätern und einem todkranken Waisenjungen zu ziehen?« Erneut musterte Tom den Kreis der Gesichter um sich herum. Es entstand ein Gemurmel, dann hörte er vereinzelte Beifallsrufe und sah zustimmendes Nicken. Einen Moment später rief jemand: »Ein Hoch auf Käpitän Dudley und seine Männer! Hoch soll'n sie leben, dreimal hoch!« Es entstand eine allgemeine Unruhe, und die Leute feierten die Männer, indem sie ihre Hüte schwenkten.

Die Menge hielt sie noch eine Weile auf und löcherte sie mit Fragen über den Schiffbruch und ihr Martyrium, doch schließlich ließ man sie ziehen. Eine steile, mit Granitsteinen gepflasterte Flucht führte die schmale Gasse zur Straße hinauf. Alle drei Männer waren noch sehr schwach auf den Beinen und konnten sich nur mit großer Mühe fortbewegen. Um die Stufen zu bewältigen, benötigten sie fast eine halbe Stunde. Simonsen begleitete sie noch eine Weile, doch als Tom darauf bestand, ging er voraus, um das Büro des deutschen Konsuls in Falmouth aufzusuchen.

Als die drei die Straße erreicht hatten und innehielten, um Atem zu schöpfen, kamen der Zollbeamte und Sergeant Laverty auf sie zu: »Sie wissen, daß Sie drei und der Kapitän der *Moctezuma* vor dem Leiter des Seemannsamtes eine Erklärung über den Schiffbruch abgeben müssen?«

Tom nickte. »Ja, das wissen wir, aber dürfen wir vielleicht erst ein wenig ausruhen und etwas essen?«

Der Zollbeamte zögerte und schaute Laverty fragend an. Dieser sagte zunächst nichts, sondern musterte Tom und die anderen mit einem mißbilligenden Blick.

»Wir sind auf dem Weg zum Seemannsheim«, sagte Tom, nachdem er vergeblich auf eine Antwort gewartet hatte. »Wir wollen nur eine Kleinigkeit zu uns nehmen und uns einen Moment ausruhen, aber wir werden noch heute vormittag den Leiter des Seemannsamtes aufsuchen.«

»Das würde ich Ihnen auch dringend empfehlen«, sagte Laverty und machte auf dem Absatz kehrt. Der Zollbeamte blickte ihm einen Moment lang nervös hinterher und wandte sich dann mit einem unsicheren Lächeln wieder an Tom: »Je eher Sie Ihre Erklärungen abgeben, desto schneller werden Sie in der Lage sein, Ihre Reise nach Hause fortzusetzen.«

Brooks wartete, bis der Mann außer Hörweite war, dann blickte er Tom an. »Was ist das für eine Erklärung?«

»Eine reine Formalität, aber sie ist vom Gesetz im Falle des Verlusts eines Handelsschiffes vorgeschrieben.«

»Ist das alles, was der Seemannsamtsleiter von uns wissen will?«

»Die Sache mit dem Jungen muß er auch erfahren.«

»Und was werden Sie ihm sagen?

Tom blickte ihm in die Augen: »Die Wahrheit.«

»Aber, Kap ...«

Tom unterbrach ihn: »Was habe ich denn von der Wahrheit zu fürchten? Es gibt niemanden auf dieser Erde, dem ich nicht in die Augen schauen oder der behaupten könnte, ich hätte ihm Unrecht getan.«

»Es gibt jemanden, der aber nicht mehr auf dieser Erde ist«, sagte Brooks und beeilte sich, weiterzusprechen, als er sah, wie sich Toms Gesicht verfinsterte. »Ich bitte Sie, Kapitän, denken Sie noch einmal darüber nach. Die Sache betrifft schließlich uns alle.«

»Ich weiß, wie ich darüber denke. Es hat keinen Zweck, weiter darüber zu diskutieren.«

Brooks war im Begriff zu antworten, doch dann schüttelte er plötzlich den Kopf und wandte sich ab.

Die drei Männer machten sich auf den Weg zum Royal Cornwall Sailor's Home, wo sofort ein Arzt gerufen wurde, der sie der Reihe nach untersuchte. »Sie sind auf Ihrer Heimreise nach England gut versorgt worden, meine Herren. Sie haben wirklich Glück, daß sie dieses Martyrium so gut überstanden haben. Ihre Wunden verheilen nur langsam, Kapitän Dudley, und daran sind zweifellos die feuchte Luft der Tropen und Ihr geschwächter Zustand schuld. Aber ich werde Ihnen eine Salbe geben, und mit ausreichender Bettruhe, gesunder Ernährung und mit Hilfe der guten englischen Luft werden die Wunden bald verheilt sein. Aber bei den tiefen Narben, die durch Ihre Salzwasser-Geschwüre entstanden sind, sieht die Sache anders aus. Ich befürchte, daß sie nie richtig verheilen werden. Manche meiner Patienten haben solche Narben noch heute, zwanzig Jahre nachdem sie entstanden sind.«

In dem holzgetäfelten Speisesaal nahmen sie ein Frühstück zu sich, ruhten sich ein wenig aus und betrachteten die Staubpartikel, die im Sonnenlicht tanzten. Das einzige, was die Ruhe störte, war das Ticken einer Standuhr. Sobald die Banken ihre Schalter öffneten, hob Tom Geld ab, so daß sie ihre Familien benachrichtigen konnten. Kurz nach neun gab er ein Telegramm an Philippa in Surrey auf. »*MIGNONETTE* AM 5. JULI GESUNKEN, ZWÖLFHUNDERT MEILEN VOR DEM KAP. VIERUNDZWANZIG TAGE IM BOOT, SCHRECKLICH GELITTEN. BIN JETZT WOHLAUF.«

Einige Stunden später betraten sie das Zollamt mit den dorischen Säulen und der imposanten Fassade, um ihre Erklärung für das Handelsministerium abzugeben, die das Gesetz im Falle eines schweren Schadens, Verlustes, der Aussetzung einer Person oder im Falle eines Todesfalls an Bord eines in England registrierten Handelsschiffes vorschrieb.

Auch Kapitän Simonsen war vorgeladen worden, um eine Erklärung abzugeben. Nacheinander wurde jeder der Männer im Sitzungssaal des Zollamtes von Robert Cheesman verhört, der die Funktion des örtlichen Seemannsamtsleiters, Strandvogts, Zolleinnehmers und Leiter des Handelsmarineamtes bekleidete. Ein Schreiber zeichnete die Aussagen sorgfältig auf. Auch Sergeant Laverty war zugegen, doch obwohl die Erklärungen obligatorisch waren, dienten sie dem Zweck, die Sicherheit auf See zu erhöhen, und nicht als Beweismittel für strafrechtliche Ermittlungsverfahren.

Nach dem Verlust der *Mignonette* befragt, hätte Tom fast von sich aus eingeräumt, daß das Schiff für eine solche Reise zu alt gewesen war. »Bei unserer Abfahrt war das Schiff dicht, stabil und in jeder Hinsicht seetüchtig. Es hatte zwei gut funktionierende Pumpen, die von Hand betrieben wurden. Ich kann mir den Unfall nur damit erklären, daß die *Mignonette* schon ziemlich alt war. Aber wir haben bewiesen, daß es ein gutes Boot war, und ich bin mir sicher, daß sie die Fahrt ohne Probleme überstanden hätte, wenn sie neu gewesen wäre, auch wenn es sicherlich bequemere Schiffe gibt.«

In einer schriftlichen Erklärung für den Eigentümer der *Mignonette*, Jack Want, die Tom dann aber widerrief, nachdem er nochmals darüber nachgedacht hatte, schien er die »Steifheit« des Schiffes für den Untergang verantwortlich zu machen. Diese sei durch die vielen Tonnen Blei auf ihrem Kiel und die mittschiffs verstauten Wasserfässer und sonstige Ladung verursacht worden. »Als die See achterlich auflief, hatte ich das Gefühl, als ob der achtere Teil des Schiffes weggerissen würde, weil möglicherweise die Spanten von dem schweren Ballast, der mittschiffs auf ihnen ruhte, weich geworden waren.«

Dick Fox, der Schiffbauer von Fay's Yard, erklärte später dem Lehrling Vernon Cole, daß die *Mignonette* gesunken sei, als die mit Nasen im Achtersteven befestigten Endstücke der Kielgänge aus den Taschen sprangen. Fox hatte die *Mignonette* repariert, indem er die Kielgänge mit dem Steven verschraubt hatte, obwohl er festgestellt hatte, daß das Totholz des Stevens schon ein wenig angefault war. Er sagte, seither bohre er das Heck einer Jacht immer von einer Seite bis zur anderen durch und verwende zur Sicherung der Kielgänge Kupferstangen, die an beiden Enden einen Flansch hätten.

Laut Vernon Cole soll er mehrmals hintereinander versichert haben: »Ich bin mir sicher, daß ich alles richtig gemacht habe«, doch diese Aussage wird zumindest teilweise dadurch in Frage gestellt, daß er später seine Reparaturtechnik änderte. Aber auch andere Personen tragen Schuld am Verlust der Jacht. Jack Want und Andrew Thompson heuerten Tom Dudley an, um ein altes und unsicheres Schiff durch einige der rauhesten Meere auf diesem Planeten zu segeln, und Tom selbst beharrte darauf, daß die Reparaturen mit gebrauchtem, statt mit neuem Holz ausgeführt wurden. Nichtsdestotrotz bleibt die Monsterwelle der Hauptgrund für den Untergang des Schiffes. Tom, Brooks und Stephens erklärten übereinstimmend, sie hätten noch nie eine größere Welle gesehen, und wesentlich neuere, größere und stabilere Schiffe als die *Mignonette* wurden von solchen Wellen auf den Grund des Meeres versenkt.

Die Abgabe der Erklärungen vor dem Seemannsamtsleiter dauerte nicht lange. Der Verlust des Schiffes wurde formal »widrigen Witterungsbedingungen« zugeschrieben, die übliche Begründung für einen Untergang, der auf einen Sturm oder eine andere natürliche Ursache zurückzuführen ist. Die

Sterbeurkunde Richard Parkers verzeichnete als Grund seines Ablebens lapidar, er sei »getötet« worden.

Nachdem Tom seine Erklärung abgegeben hatte, unterhielt sich Cheesman noch einige Zeit mit ihm im Sitzungssaal. Er zeigte sich außerordentlich interessiert an den Details von Richard Parkers Tod, aber sein Tonfall war freundlich, und seine Hauptsorge galt ganz offensichtlich dem Wohlbefinden der Mannschaft.

»Wie haben Sie den Jungen getötet?« fragte er.

Tom beschrieb die Geschehnisse ganz genau und demonstrierte sogar, wie Richard zusammengekauert auf dem Boden des Bootes gelegen hatte. Dann zog er sein Messer aus der Tasche und zeigte Cheesman, wie er die Kehle des Jungen durchgeschnitten hatte. Sergeant Laverty war ebenfalls im Saal geblieben und hörte Toms Ausführungen aufmerksam zu. Er hielt ihm seine offene Hand entgegen und sagte: »Wären Sie bitte so freundlich, mir das Messer zu geben.«

»Ich möchte aber nicht, daß es verlorengeht«, sagte Tom. »Ich würde es gerne als Erinnerungsstück behalten.«

Laverty nickte mit dem Kopf, ohne die Hand zu schließen. »Sie werden es bei anderer Gelegenheit wiederbekommen.«

Daraufhin händigte Tom ihm das Messer aus, und Laverty verließ das Zollamt. Nachdem er gegangen war, übergab Tom Cheesman einen Stoß Papiere, die mit seiner engen, sorgfältigen Handschrift bedeckt waren. »An Bord der *Moctezuma* habe ich einen Bericht über den Untergang der *Mignonette* und über unsere Zeit auf dem Dingi verfaßt. Ich wollte es dem Eigentümer des Schiffes, Jack Want, in Sydney zukommen lassen, aber vielleicht wollen Sie es sich zuerst einmal ansehen?«

»Ich werde es mit den anderen Unterlagen an das Handelsministerium schicken«, sagte Cheesman, »mit der Bitte, daß er an Sie zurückgesandt wird, sobald die Formalitäten erledigt sind. Wie Sie vermutlich wissen, muß ich dem Handelsministerium einen Bericht über jeden Todesfall auf See zukommen lassen, aber normalerweise handelt es sich dabei um eine reine

Routineangelegenheit. Das Handelsministerium hat das Recht, eine formale Untersuchung einzuleiten, und kann Offizieren, die sich ein fehlerhaftes Verhalten haben zuschulden kommen lassen, ihre Patente aberkennen. Aber das geschieht in der Regel nur, wenn Passagiere ums Leben gekommen sind. Ich glaube nicht, daß man den Verlust eines Matrosen auf einem kleinen Schiff wie der *Mignonette* eines Kommentares für würdig befinden wird.

Ich werde dem Handelsministerium sofort ein Telegramm schicken und um Anweisungen bitten. Sie können in der Zwischenzeit in das Seemannsheim zurückgehen. Aber verlassen Sie Falmouth nicht, bevor ich eine Antwort aus London erhalten habe. Ich hoffe, daß Sie im weiteren Tagesverlauf alle nach Hause zurückkehren können.« Er schüttelte ihnen die Hände. »Seien Sie meines Mitgefühls versichert, Sie haben ein schreckliches Martyrium hinter sich.«

Vor dem Zollamt verabschiedeten sie sich sichtlich bewegt von Kapitän Simonsen. »Kapitän«, sagte Tom, »wenn Sie und Ihre Frau sich unser nicht so rührend angenommen hätten, wären wir mit Sicherheit zugrunde gegangen, auch nachdem sie uns gerettet hatten. Worte allein genügen nicht, um Ihnen zu danken.« Während er sprach, füllten sich seine Augen mit Tränen. »Das einzige, was mich im Moment beschäftigt, ist die Frage, wie wir uns bei Ihnen für Ihre außerordentliche Freundlichkeit revanchieren können. Wir werden Ihnen in Kürze etwas zukommen lassen, das Sie immer an die Überlebenden der *Mignonette* erinnern soll. Wir verdanken Ihnen unsere Existenz, und das ist eine Schuld, die man niemals begleichen kann. Ich hoffe, daß wir uns eines Tages wiedersehen. Möge Gott Sie und unsere Kameraden vor einem ähnlichen Schicksal bewahren.« Die beiden Männer umarmten sich, dann drehte sich Simonsen um und ging in Richtung seines Schiffes davon.

Auf ihrem Weg zurück ins Seemannsheim hielt Tom nochmals am Telegraphenamt an und schickte seiner Frau ein weiteres Telegramm: »BIN HIER UND DEN UMSTÄNDEN ENT-

SPRECHEND WOHLAUF. HOFFE BIS HEUTE ABEND ALLES ERLEDIGT ZU HABEN UND NACH HAUSE KOMMEN ZU KÖNNEN.«

Um 12.56 Uhr, wenige Minuten, nachdem Tom das Zollamt verlassen hatte, schickte Cheesman ein Telegramm an die Seeabteilung des Handelsministeriums, sowie eine Kopie an den allgemeinen Schiffsregistrator:

> »ÜBERLEBENDE DES SCHIFFBRUCHS DER YACHT *MIGNONETTE* AUS SOUTHAMPTON VON DEM DEUTSCHEN SCHIFF *MOCTEZUMA* HIER ABGESETZT; POSITION BEI DER RETTUNG 24°28′ SÜD UND 27°22′ WEST. NACHDEM SIE 24 TAGE IM OFFENEN BOOT VERBRACHT UND NUR ZWEI DOSEN MIT RÜBEN HATTEN, KEIN WASSER, WURDE RICHARD PARKER, DER KABINENJUNGE, AM ZWANZIGSTEN TAG VON THOMAS DUDLEY, DEM KAPITÄN, DER EIN MAATSPATENT HAT, GETÖTET, UM DAS ÜBERLEBEN DER ÜBRIGEN ZU SICHERN. ICH HABE MIR EIDESSTATTLICHE ERKLÄRUNGEN FÜR DAS HANDELSMINISTERIUM GEBEN LASSEN. ORDNUNGSNUMMER VON KAPITÄN DUDLEYS PATENT UNBEKANNT. DER JUNGE WURDE AM 25. JULI GETÖTET. EINE KOPIE DIESES TELEGRAMMS GEHT AN DEN STELLVERTRETENDEN SEKRETÄR DER SEEABTEILUNG DES HANDELSMINISTERIUMS. SOLLEN DIE ÜBERLEBENDEN FESTGEHALTEN UND EINEM VERHÖR UNTERZOGEN WERDEN? BITTE TELEGRAPHIEREN SIE MIR, OB ICH MICH AN DIE POLIZEI WENDEN SOLL.«

Nachdem Cheesman seines Amtes gewaltet hatte, machte er sich auf den Weg in seinen Club, um dort sein übliches üppiges Mittagessen zu sich zu nehmen. James Laverty hingegen verspürte keinen Appetit auf sein eigenes frugaleres Mahl. Vom Zollamt aus war er schnurstracks zum Gericht geeilt, um sich dort einen Haftbefehl für die drei Männer ausstellen zu lassen.

Aber der zuständige Gerichtsbeamte, John Genn, weigerte sich, dies ohne ausdrückliche Anordnung des Friedensrichters Henry Liddicoat zu tun. Liddicoat selbst, der gleichzeitig Bürgermeister von Falmouth war und in der Stadt einen Laden besaß, wußte, auf wessen Seite die Sympathien der Bevölkerung lagen.

Er hielt Laverty hin und spielte auf Zeit, indem er ihm versprach, die Angelegenheit beim Mittagessen in seinem Club zu überdenken. Aber als er anderthalb Stunden später zurückkehrte, wartete Laverty noch immer. Er hatte Cheesmans Unterhaltung mit den Männern mit an blanke Verachtung grenzendem Entsetzen zugehört. Der Leiter des Seemannsamts mochte ein Auge zudrücken angesichts des gesetzlosen Verhaltens der Seefahrer – man munkelte sogar, er selbst sei an den Gewinnen aus dem Schmuggelgeschäft und den Schiffbrüchen beteiligt – aber Laverty war aus anderem Holz geschnitzt und hatte mit der Verachtung seiner Mitbürger zu leben gelernt. Er stammte aus einer kleinen Gemeinde im Bodmin-Moor, wo er im streng methodistischen Glauben erzogen worden war, und er betrachtete Falmouth als einen Sündenpfuhl, in den sich alle Lasterhaftigkeit, Zuchtlosigkeit und Kriminalität des Landes ergossen, so sicher wie die Bäche und Flüsse in die Carrick Roads.

Cheesman mochte mit einem väterlichen Blick aus seinem Fenster über den Hafen blicken und stolz sein auf den Profit, den das geschäftige Treiben der Seeleute, Agenten, Händler, Fährmanner und Stauer für seine Gemeinde, und ihn selbst, bedeuteten, doch Lavertys unheilvolle Augen sahen darin nichts als die gefährliche Geißel der Korruption. Straßenräuber, Taschendiebe, Huren, Schmuggler, Flußpiraten und sonstiges Gesindel stahlen die Waren von den Kais und die Ladungen von den Schiffen, ja selbst deren Tauwerk und Takelage. Und wenn es keine Fremden gab, die man berauben konnte, dann beraubte sich dieses Pack eben gegenseitig.

Es wunderte Laverty daher nicht, daß selbst kraft ihrer eigenen Aussage überführte Mörder von diesen Leuten wie Helden gefeiert wurden, während man diejenigen, die sie zur Rechenschaft ziehen wollten, verunglimpfte. Aber wenn Cheesman und dieses andere schmerbäuchige Clubmitglied Liddicoat sich weigerten, ihre Pflicht zu tun, dann würde er, Laverty, sie eben dazu zwingen. Nach einer weiteren Stunde fruchtlosen Debattierens mit Liddicoat, änderte Laverty seine Taktik und kehrte ins Zollamt zurück. Dort brachte er Cheesman dazu, ein weiteres Telegramm an das Handelsministerium und den Allgemeinen Schiffsregistrator zu schicken: »BITTE BEANTWORTEN SIE MEIN TELEGRAMM BEZÜGLICH DER *MIGNONETTE* SO SCHNELL WIE MÖGLICH, DA DER KAPITÄN UND DIE CREW FALMOUTH MÖGLICHST BALD VERLASSEN WOLLEN.«

Die Antworten erfolgten zwar schnell, waren aber widersprüchlich. Der Schiffsregistrator telegraphierte sofort zurück: »DIE ÜBERLEBENDEN SOLLEN FESTGEHALTEN WERDEN. ABER SIE WERDEN SICHERLICH ANWEISUNGEN VOM HANDELSMINISTERIUM ERHALTEN.«

Diese erfolgten einige Minuten später und besagten dagegen, davon abzusehen, rechtliche Schritte in die Wege zu leiten, aber eine Kopie von Cheesmans Telegramm an das Innenministerium, der letzten Instanz in Fragen des Gesetzes und der öffentlichen Ordnung, zu schicken. Das Telegramm traf dort erst am Nachmittag ein, und die Beamten waren mit ihren Gedanken bereits im Wochenende, so daß sie an diesem Tag nicht mehr antworteten. Aber der unermüdliche Sergeant Laverty war bereits zu Henry Liddicoat zurückgekehrt und hatte diesen eine weitere Stunde lang bearbeitet, bis es ihm endlich gelungen war, ihn umzustimmen. Um seinen eigenen pünktlichen Aufbruch ins Wochenende sicherzustellen, unterzeichnete er einen Haftbefehl für Tom Dudley, Edwin Stephens und Edmund Brooks.

Zur Feier ihrer sicheren Rückkehr hatte der Leiter des Seemannsheims, Kapitän Jose, persönlich für die drei Männer gekocht. »Das ist das Beste, was wir seit langer, langer Zeit gegessen haben«, sagte Brooks, während er sich noch etwas nahm. »Ich hätte nie gedacht, daß ich so etwas in meinem Leben noch einmal vorgesetzt bekäme.« Kapitän Jose hatte den Kamin angezündet, um die Septemberkühle zu vertreiben, und die Männer saßen im Halbkreis um das Feuer, tranken starken, süßen Tee und warteten mit wachsender Ungeduld auf die Erlaubnis, Falmouth endlich verlassen zu dürfen. Spät am Nachmittag, als die Sonne bereits sehr niedrig stand und den Hafen in lange Schatten tauchte, hörten sie laute Stimmen und das Gepolter schwerer Stiefel auf den Pflastersteinen draußen.

»Endlich«, sagte Tom, und wandte sich, die Teetasse noch in der Hand, zur Tür. Herein stürmte Sergeant Laverty mit zwei Konstablern, deren rötliche Gesichter, schwielige Hände und schlechtsitzende Uniformen die Vermutung nahelegten, daß man sie gerade vom Kai oder vom Bauernhof geholt hatte, damit sie ihres Amtes walteten. Laverty baute sich in voller Größe vor den drei Männern auf: »Thomas Dudley, Edwin Stephens, Edmund Brooks, Sie sind verhaftet.«

Toms Tasse glitt ihm aus der Hand und zerschellte am Boden. »Verhaftet? Weswegen? Was haben wir getan?«

Lavertys Schnurrbart zitterte vor Entrüstung: »Sie haben Richard Parker umgebracht. Sie sind des Mordes angeklagt.«

»Aber wir sind unschuldig«, sagte Tom. »Wir haben nichts Unrechtes getan.«

»Darüber werden die Richter befinden.«

Sie wurden die Stufen hinuntergedrängt und in der einbrechenden Dämmerung durch die Straßen abgeführt. Als sie am Telegraphenamt vorbeikamen, hob Tom die Hand. »Lassen Sie mich bitte wenigstens meine Frau informieren. Sie erwartet mich heute abend zu Hause.« Laverty zögerte, als vermute er einen Trick. »In Ordnung. Aber fassen Sie sich kurz.« Tom sandte ein drittes, knappes Telegramm an seine Frau. »WERDE HEUTE ABEND NICHT KOMMEN KÖNNEN, DA WIR HIER ERST UNSERE ANGELEGENHEITEN REGELN MÜSSEN.«

Tom, Brooks und Stephens standen nebeneinander vor dem hohen Schalter des örtlichen Polizeireviers, wo ihnen ihre spärlichen Habseligkeiten abgenommen und in der gestochen scharfen, spinnbeindünnen Handschrift des Beamten im Hauptbuch verzeichnet wurden. Dann führten die beiden Konstabler sie eine steile Treppe hinab in den feuchten Keller des Gebäudes. Die Wände des Ganges, in dem sich sechs Eichentüren befanden, schimmerten vor Feuchtigkeit. Nachdem die drei Männer in eine Zelle gesteckt worden waren, wurde die Tür hinter ihnen mit einem lauten Knall, der von den Wänden widerhallte, zugeworfen.

Vier Pritschen, kaum größer als die Bretter eines Regals, ragten aus den Wänden. Es gab keine Matratzen, sondern nur eine grobe Decke pro Mann. In einer Ecke stand ein rostiger Eimer mit einem zerrissenen Stück Sacktuch. Sonst gab es keine Möbel, und das einzige Licht war der schwache Schein einer Laterne, die im Gang brannte und durch das Gitterfenster in der Tür drang.

»Warum hat man uns verhaftet?« fragte Tom. »Wir haben nichts Unrechtes getan.«

»Wir hätten den Mund halten sollen, ich habe Sie ja gewarnt«, sagte Brooks. »Aber wir können unsere Geschichte immer noch ändern.«

»Sie wollen, daß ich unter Eid lüge?« sagte Tom.

»Es gibt schlimmere Verbrechen. Und wer wüßte es denn schon?«

»Gott wüßte es. Ich werde nicht lügen.«

Brooks kniff die Augen fest zusammen, während er ihn anstarrte, als blinzele er in die Sonne. »Wenn Sie gehenkt würden, wenn Sie die Wahrheit sagen, und eine Lüge Ihnen das Leben rettete, würden Sie dann immer noch die Wahrheit sagen?«

»Wir haben von der Wahrheit nichts zu befürchten«, sagte Tom.

Abrupt drehte sich Brooks um. »Und was sagst du, Stephens?«

Der Maat schwieg einen Augenblick, dann sagte er: »Der Kapitän hat recht. Wir haben nichts Unrechtes getan. Wir sind nur dem Brauch des Meeres gefolgt, wie so viele Männer vor uns.« Zögernd zunächst, aber dann mit immer festerer Stimme, sagte er: »Wenn wir die Wahrheit sagen und zusammenhalten, haben wir nichts zu befürchten.«

Brooks spuckte auf den Boden, lief durch die Zelle und warf sich auf eine der Pritschen.

Tom rührte sich nicht, behielt ihn aber fest im Blick. »Haben wir Sie überzeugt, Brooks? Sind wir uns einig?«

Brooks antwortete nicht.

»Ich frage Sie noch einmal. Halten wir zusammen?«

Brooks stützte sich auf den Ellbogen auf und starrte ihn an. »Ja, wir werden zusammenhalten. Wir verdammten Idioten.«

Kurz darauf hörten sie Lavertys Stimme, der die Treppe herabkam und die beiden Konstabler verfluchte. »Haben Sie denn überhaupt nichts gelernt? Haben Sie Stroh zwischen den Ohren?«

Die Zellentür wurde wieder aufgerissen. »Zwei von Ihnen raus«, sagte Laverty. Tom und Stephens wurden herausgeführt und in zwei andere Zellen gesteckt. Über vier Monate lang hatten die drei Männer so nah beieinander gelebt, daß sie den Schweiß der anderen gerochen, das leiseste Flüstern gehört und einander an ihrem völligen Tiefpunkt erlebt hatten. Jetzt waren sie allein, getrennt durch dicke Steinmauern und massive Eichentüren.

Tom lief noch eine Weile in der Zelle hin und her, vorwärts und rückwärts über die kalten Steinfließen. Nur zwölf Stunden zuvor hatte er das Gefühl, wieder englischen Boden unter den Füßen zu haben, bejubelt und Gott dafür gedankt, daß ihr Martyrium zu Ende sei. Er sank auf die Knie neben der Pritsche und sprach ein Gebet für sich und seine Familie. Dann zog er sich wieder hoch, legte sich hin und schloß die Augen. Das einzige Geräusch, das er in der Dunkelheit hören konnte, war das Wasser, das von den glitschigen Wänden tropfte.

Teil II

Der Prozeß

CAPTAIN DUDLEY, OF THE YACHT "MIGNONETTE."

Tom Dudleys Zeichnung der Mignonette.

Fischer in Tollesbury.

THE ILLUSTRATED LONDON NEWS

REGISTERED AT THE GENERAL POST-OFFICE FOR TRANSMISSION ABROAD.

No. 2370.—VOL. LXXXV. | SATURDAY, SEPTEMBER 20, 1884. | WITH EXTRA SUPPLEMENT | SIXPENCE. By Post, 6½d.

THE LOSS OF THE YACHT MIGNONETTE.—FROM SKETCHES BY MR. EDWIN STEPHENS, THE MATE.

The way in which they stowed themselves in the dinghy.

Sailing before the wind: How the dinghy was managed during the last nine days.

How the dinghy was managed in the heavy weather: with the stern sheets up aft, and the "sea anchor," made of the water-breaker bed and the head-sheets grating.

THE SAD STORY OF THE SEA: FOUNDERING OF THE MIGNONETTE, AND THE CASTAWAY CREW.

Aus *The Penny Illustrated Paper* vom 20. September 1884.

Aus der *Illustrated Police News* vom 20. September 1884.

AS THE MIGNONETTE WENT DOWN.

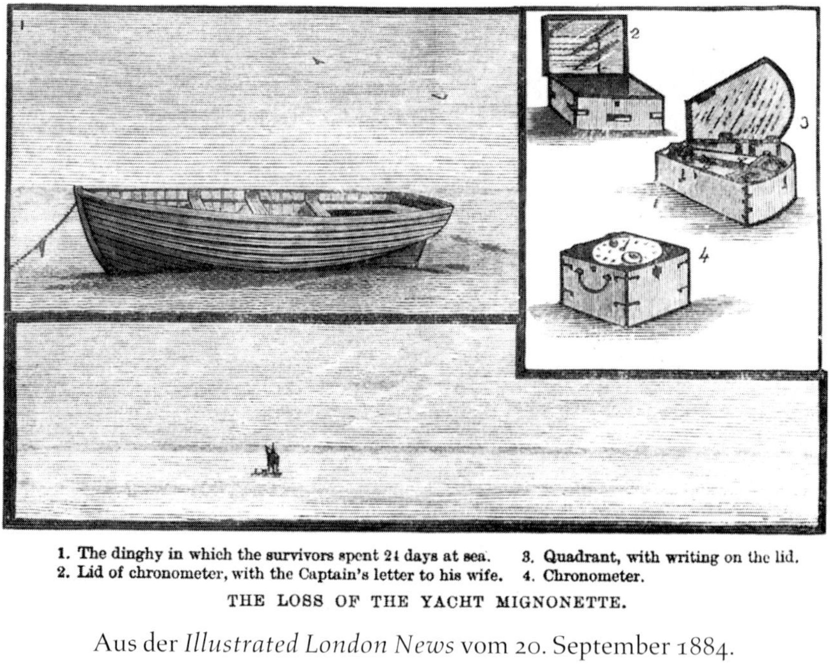

1. The dinghy in which the survivors spent 24 days at sea.
2. Lid of chronometer, with the Captain's letter to his wife.
3. Quadrant, with writing on the lid.
4. Chronometer.

THE LOSS OF THE YACHT MIGNONETTE.

Aus der *Illustrated London News* vom 20. September 1884.

St.-Anthony-Leuchtturm an der Mündung der Carrick Roads, Falmouth, um 1900.

Der innere Hafen von Falmouth im späten 19. Jahrhundert.

Das Market-Strand-Becken, Falmouth, um 1870.

Das Zollamt in der Arwenack Street in Falmouth im späten 19. Jahrhundert.

The Pictorial World

AN ILLUSTRATED WEEKLY NEWSPAPER

No. 116, New Series.—(Vol. V.) *NOVEMBER 13th, 1884* ice Sixpence. Post Free, 6½d.

REGISTERED AT THE GENERAL POST OFFICE FOR TRANSMISSION ABR

1. The Castle Gate. 2. Captain Dudley. 3. The Mate. 4. Master Wiese, of the *Montezuma*, who rescued the crew. 5. His Lordship informs the Jury of his inten
6. Edwin Brooks as witness. 7. Mr. Collins, Q.C., for the Defence. 8. The Trial: The case for the Prosecution.

THE LOSS OF THE YACHT "MIGNONETTE": TRIAL OF THE SURVIVORS AT EXETER.

Der »letzte Baron« Sir John Walter Huddleston.

Aus der *Illustrated Police News* vom 15. November 1884.

Lordoberrichter Coleridge.

Sir William Harcourt.

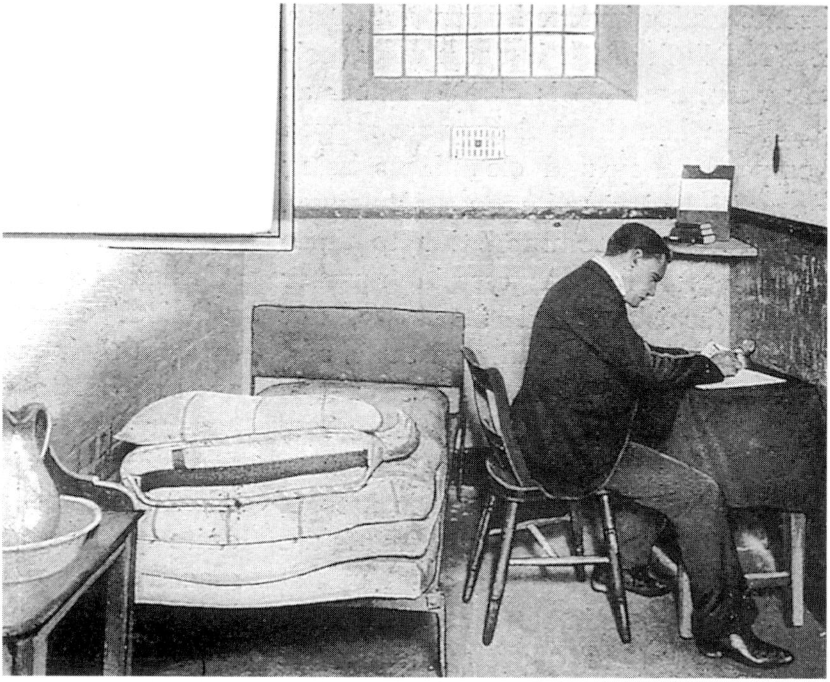

Zelle im Gefängnis Holloway, um 1880.

Häftlinge im Gefängnis Holloway bei der »Arbeit« auf dem Tretrad und beim Wergzupfen, 1862.

Der Gefängnishof von Holloway, um 1890.

Beim Empfang entlassener Häftlinge vor dem Gefängnis Holloway, 1890.

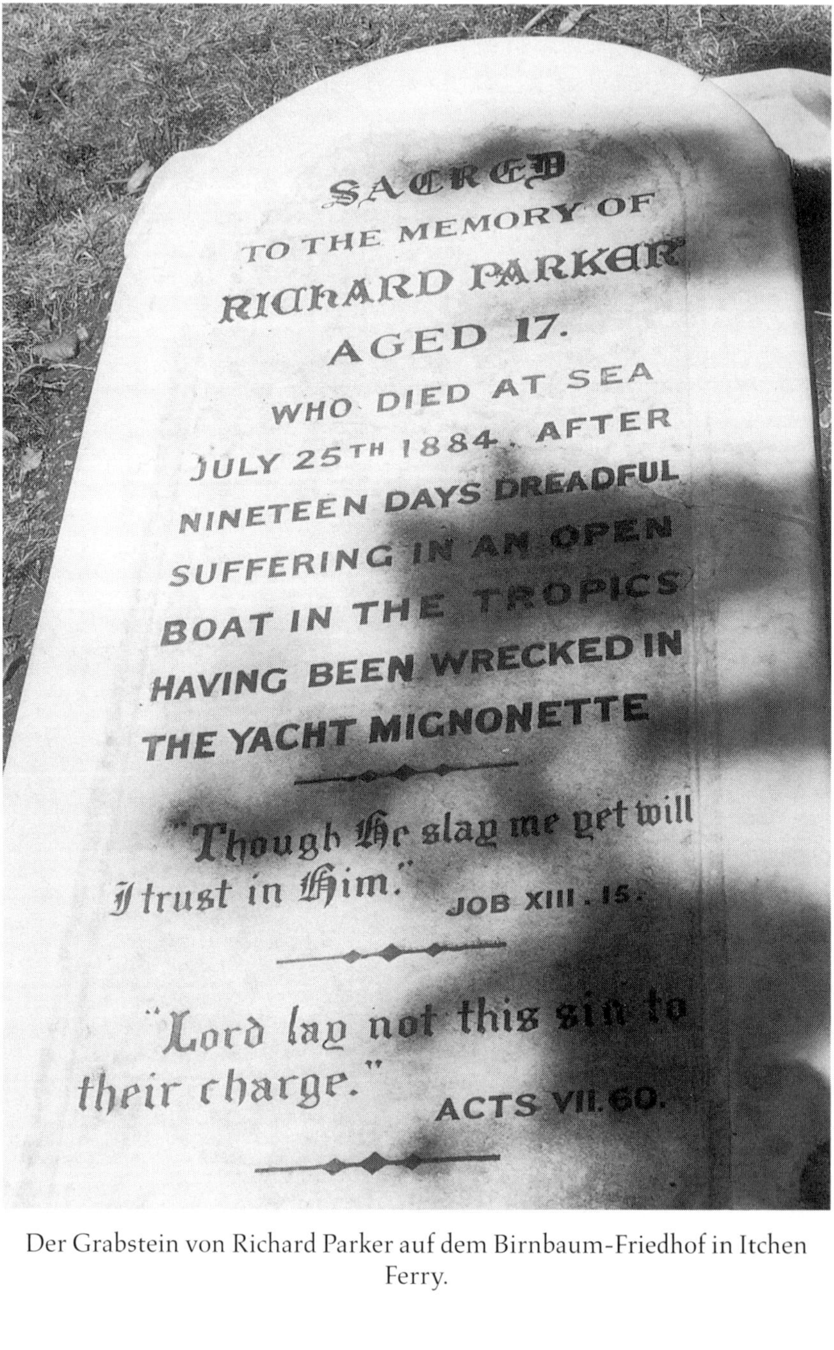

Der Grabstein von Richard Parker auf dem Birnbaum-Friedhof in Itchen Ferry.

13

Angeklagt

Die nächsten sechsunddreißig Stunden verbrachte Tom in einer dunklen Leere. In seine Zelle drang kein Tageslicht, und der Gang der Stunden wurde nur durch die Ankunft seiner Mahlzeiten – altbackenes Brot, Wasser und eine Schale mit dünnem, wäßrigem Haferschleim – und die Entleerung des stinkenden Eimers, der ihm als Toilette diente, angezeigt.

Von den anderen sah und hörte er nichts. Nur ein Wärter, der ihn weder ansah noch ein Wort mit ihm wechselte, betrat seine Zelle, während er ein Tablett mit Essen abstellte und das der letzten Mahlzeit mitnahm.

Montag früh wurde Tom in einen vergitterten Raum im Erdgeschoß hinaufgeführt. Die Augen vor dem Sonnenlicht abschirmend, betrachtete er die anderen Anwesenden. Sie saßen an einem Tisch, der mit verschnürten Papierrollen bedeckt war.

Einer der Männer war dünn und knochig und am hohen Kragen und dem tintenfleckigen Anzug als Schreiber zu erkennen. Der andere, ein beleibter Mann mittleren Alters, hatte ein gerötetes Gesicht, dichte Koteletten und einen buschigen Schnurrbart. Sein Anzug war zerknittert und abgewetzt, und die Weste klaffte zwischen den Knöpfen, die seinen Bauch im

Zaum zu halten versuchten, auseinander. Er hatte einen jovialen Gesichtsausdruck und ein freundliches Lächeln und wirkte eher wie ein Bauer, der am Markttag in die Stadt gekommen war, und weniger wie ein Anwalt.

»Kapitän Dudley, ich bin Arthur Tilly.« Er sprach mit dem breiten Akzent von Cornwall. »Ich bin Rechtsanwalt, Partner von Fox and Tilly, und soll Sie vor Gericht verteidigen.«

»Wozu sollte ich einen Anwalt brauchen? Ist Gottes Wahrheit nicht Verteidigung genug?«

Tilly schwieg einen Moment, so als wüßte er nicht, was er erwidern sollte. Dann sagte er: »Vielleicht, aber ich hätte noch größeres Vertrauen in den Herrn, wenn wir unsererseits vorher alles menschenmögliche zu Ihrer Verteidigung tun würden.«

»Ich möchte Sie nicht kränken, Mr. Tilly, aber ich bin sicher, daß das Gericht uns nicht weiter in Haft halten wird, sobald es die Geschichte unserer Leiden gehört hat. Ich setze mein Vertrauen lieber in die unverfälschte Wahrheit als in die glatten Worte eines Rechtsanwalts, wie berühmt er auch sein mag.«

Tilly gluckste. »Oh, ich bin weit davon entfernt, berühmt zu sein, Kapitän Dudley, obwohl ich glaube, den Menschen von Falmouth über die Jahre hinweg gute Dienste geleistet zu haben. Sie haben großes Mitgefühl mit Ihrer Notlage, und ich schulde es ihnen ebenso sehr wie Ihnen, Kapitän Dudley, dafür zu sorgen, daß Sie vor Gericht angemessen vertreten werden.« Er hielt inne. »Immerhin stehen Sie unter Mordanklage.«

Tom blieb eine Weile stumm, dann: »Ich bin nicht reich, Mr. Tilly.«

»Ich auch nicht, Mr. Dudley, und ich habe nicht die Absicht, mich auf Ihre Kosten zu bereichern. Ich bin zwar kein gefeierter Strafverteidiger, aber ein ehrlicher, hart arbeitender Mann, und wenn Sie mich zu Ihrem Anwalt nehmen, werde ich Sie nach besten Kräften verteidigen.«

Da Tom schwieg, versuchte Tilly in seinem Gesicht zu lesen. Dann blickte er auf seine Taschenuhr. »Sie sollen um elf Uhr zur ersten Anhörung vor Gericht erscheinen, und ein anderer

Anwalt hätte nicht mehr die Zeit, sich mit dem Fall vertraut zu machen. Ich werde heute vormittag für Sie sprechen, und wenn Sie sich danach dafür entscheiden sollten, sich von einem anderen Anwalt vertreten zu lassen, steht es Ihnen frei, dies zu tun. Mir werden Sie keinen einzigen Penny zahlen müssen. Ist das für Sie akzeptabel?«

Tom zögerte, dann nickte er. »Ich danke Ihnen, Mr. Tilly. Wenn ich unschlüssig wirkte, dann nicht Ihretwegen, sondern weil ich es immer vorgezogen habe, meine Schlachten selbst zu schlagen.«

Tilly neigte den Kopf. »Das ist Ihr gutes Recht, aber erst erlauben Sie mir, Sie heute vormittag vor Gericht zu vertreten. Danach reden wir weiter.« Er verstummte und wartete auf ein zustimmendes Nicken von Tom, bevor er fortfuhr: »Es wird eine kurze Anhörung sein. Ich nehme an, die Staatsanwaltschaft wird die Fortdauer der Haft beantragen, bis Anweisungen aus London eintreffen, aber ich werde versuchen, das Gericht zu überreden, Sie gegen Kaution auf freien Fuß zu setzen, so daß Sie zu Ihrer Familie zurückkehren können.«

Tom traten Tränen in die Augen, doch der Rechtsanwalt legte ihm eine Hand auf den Arm. »Machen Sie sich bitte nicht zu große Hoffnungen. Es ist so gut wie noch nie vorgekommen, daß ein Angeklagter in einem Mordfall auf Kaution freigelassen wurde. Aber ich werde mein Bestes für Sie tun. Sollte ich scheitern, hoffe ich die Behörden dazu bewegen zu können, Sie aus der Zelle in einen Raum zu verlegen, in dem sie wenigstens etwas Luft und Tageslicht bekommen.«

Er pausierte, während sein Blick von Toms eingefallenen Augen zu seiner abgemagerten Hand wanderte. »Wie steht es um Ihre Gesundheit?«

Tom zuckte die Achseln. »Den Umständen entsprechend. Stephens geht es am schlechtesten von uns. Er kann kaum schlafen und hat starke Kopfschmerzen. Er sagt, er sei zeitweise so benommen, daß er, wenn er sich hinsetze, um einen Brief zu schreiben, vergesse, wie man die Worte buchstabiert. Wir leiden alle unter großen Schmerzen in Gliedern und Gelenken, und unsere Armmuskeln sind so weich, daß sie kaum eine Fingerberührung aushalten. Außerdem sind unsere Füße und Beine stark geschwollen. Es nimmt zu, wenn der Abend kommt, und ist beim Auftreten sehr schmerzhaft.«

Er zog einen Ärmel hoch, um dem Anwalt seinen Arm zu zeigen. »Überall am Körper schält sich die Haut ab. Als man uns fand, waren wir gelb wie ein goldener Bilderrahmen. Wir haben auch festgestellt, daß das Weiße auf den Fingernägeln herauswächst. Der Arzt sagt, das geschehe nach einem schweren Schock öfter.«

Tilly nickte. »Ich werde vor Gericht mein Bestes für Sie tun, Kapitän Dudley. Mehr kann ich nicht versprechen. Jetzt muß ich mit Ihren Crewmitgliedern reden.«

Kurz nach zehn Uhr wurden Tom, Brooks und Stephens aus den Zellen geholt und die Treppe hinaufgeführt. Vor der Tür bildeten sie eine Kolonne, mit Sergeant Laverty an der Spitze und je einem bulligen Polizisten zu beiden Seiten jedes Gefangenen. Als Laverty die Tür aufdrückte, brach die Menschenmenge, die sich draußen versammelt hatte, in Begeisterung aus.

Mit vor Wut bleichem Gesicht bahnte sich Laverty mit den Ellbogen einen Weg durch die Menge. »Ihr behandelt gemeine Mörder, als wären sie Helden«, stieß er hervor. »Macht den Weg frei, oder ihr werdet die Zellen selbst von innen kennenlernen.«

Aus der Menge streckte sich ihm eine Hand entgegen und stieß ihm unter allgemeinem Jubel den Helm vom Kopf.

Immer noch müde und geschwächt, bemühte sich Tom, mit den Polizisten Schritt zu halten. Halb zogen, halb schoben sie ihn durch die jubelnde Menge. Viele streckten an den Polizisten vorbei den Arm aus, um ihm auf die Schulter zu klopfen. Doch jeder gutgemeinte Klaps ließ ihn vor Schmerz zusammenzucken.

Die Prozession bewegte sich langsam die steile, mit Kopfsteinen gepflasterte Straße zum Rathaus hinauf. Die großen Bogenfenster auf beiden Seiten des Eingangs waren durch dicke Eisenstangen gesichert.

Blaß und verschwitzt, ließ sich Tom die Treppe hinaufhelfen. Er konnte nur einen kurzen Blick in den Gerichtssaal werfen, bevor er mit seinen beiden Mitangeklagten zur Arrestzelle im Keller geführt wurde.

»Bleiben Sie bei ihnen«, sagte Laverty zu einem der Konstabler. »Und lassen Sie sie nicht miteinander sprechen.«

Sie warteten stumm und lauschten den Schritten und dem Scharren von Stühlen auf dem Holzboden über ihnen. Nach einer halben Stunde wurden sie aufgerufen und gingen die steile Holztreppe hinauf. Das Murmeln der Zuschauer wuchs orkanartig an, als Tom und die anderen den Anklagestand betraten.

Der nicht mehr als zwölf mal sechs Meter große Gerichtssaal war gepackt voll. Tom sah, daß auch die Straße vor dem Gebäude voller Menschen war, die darum kämpften, ihre Nasen an die Fenster pressen zu können.

Brooks nahm Platz. Doch Tom hätte mit seinen Wunden nicht auf der harten Holzbank sitzen können, und so stellte er sich vorn ans Geländer und hielt sich daran fest. Stephens zögerte einen Augenblick, dann stellte er sich neben ihn. Er stieß Tom an und zeigte auf die steifen Kragen vieler Zuschauer. »Scheint, als wäre jeder Pfarrer im Umkreis von fünfzig Meilen hergekommen.«

»Hoffen wir, daß sie hier sind, um für uns zu beten.«

Der Gerichtsbeamte John Genn bat um Ruhe, und die Friedensrichter der Stadt betraten, mit dem Vorsitzenden Henry Liddicoat an der Spitze, den Saal. Genn erhob sich und verlas die Anklage. Nur ein einziger Zeuge wurde aufgerufen, James Laverty. Sein Gesicht lief rot an, als sich alle Blicke auf ihn richteten. Er senkte den Kopf und begann in langsamem West-Country-Genuschel anhand seines Notizbuchs über das Gespräch zwischen Tom und Cheesman zu berichten, das er im Sitzungssaal des Zollamts mitgehört hatte. Dann zog er das

Messer aus der Tasche. Beim Anblick der Mordwaffe entfuhr einigen Zuschauern ein Laut des Entsetzens.

Laverty legte einen knochigen Finger auf die Seite seines Halses. »Dudley sagte mir, er hätte das Messer hier angesetzt. Der Junge hätte nicht einmal gezuckt.«

Mr. Tilly erhob sich zum Kreuzverhör. »Haben Sie von dem Kapitän gehört, wie lange sie in dem offenen Boot gewesen waren?«

»Nein, Sir, nicht, daß ich wüßte.«

»Ist Ihnen dann bekannt, daß sie über zwanzig Tage in dem Boot waren?«

»Ich habe es nie von ihnen gehört«, erklärte Laverty. »Ich hatte nie ein persönliches Gespräch mit ihnen.«

»Sind sie freiwillig zum Zolleinnehmer gegangen?«

»Ja.«

»Und haben Sie gehört, daß der Zolleinnehmer sie vernommen hat?«

Laverty schien darüber nachzudenken, ob die Frage eine Falle war. Dann antwortete er: »Nein, Sir. Alles, was ich gehört habe, war eine gewöhnliche Unterhaltung zwischen Dudley und dem Zolleinnehmer im Sitzungssaal.«

»Ich habe keine weiteren Fragen«, sagte Tilly.

Genn wandte sich der Richterbank zu. »Der Justitiar des Finanzministeriums ist angewiesen worden, das Strafverfahren fortzuführen«, sagte er. »Er hat die Fortdauer der Haft beantragt.«

Tilly stand wieder auf. »Mit Erlaubnis des Gerichts«, begann er, während er mit einer Hand an einer Augenbraue zupfte, »möchte ich darum bitten, eine Kaution für die Angeklagten festzulegen.«

Auf Liddicoats Gesicht zeichnete sich Überraschung ab. »Sind Sie denn bereit, Kaution zu stellen?«

»Nach Auskunft von Kapitän Dudley wird jede zumutbare Kaution gestellt werden.« Er hielt kurz inne. »Zur Begründung meines Antrags mache ich darauf aufmerksam, daß alle vorliegenden Beweise von den Angeklagten selbst freiwillig zur Verfügung gestellt worden sind. Es hat keinen Versuch gegeben, die Fakten dieses Falls zu verbergen. Ferner möchte ich hervorheben, daß diese armen Männer zwanzig Tage ohne Nahrung und ohne Wasser in einem offenen Boot getrieben waren, bevor sie die Tat begingen. Sie haben nicht die Absicht, der Untersuchung auszuweichen. Als sie den Anstoß dazu gaben, taten sie es einzig und allein in dem Wunsch, die Fakten des Falls vor das Tribunal ihres Landes zu bringen. Aus allen diesen Gründen bitte ich Euch, ihnen Kaution zu gewähren.«

Liddicoat beriet sich eine Weile mit seinen Kollegen. Während Tom sie beobachtete, spürte er, daß ihm wieder die Tränen in die Augen stiegen. Obwohl er sich dumm vorkam und es ihm peinlich war, vor all den Leuten im Gerichtssaal zu weinen, konnte er doch nichts dagegen tun, daß ihm die Tränen über das Gesicht rannen.

Liddicoat schlug mit seinem Hammer auf die Richterbank. »Wir haben die Sache ernsthaft erwogen und bedauern, daß die Umstände des Falls uns hindern, dem Kautionsantrag stattzugeben. Die Verhandlung wird auf kommenden Donnerstag vertagt.«

Aus dem Publikum war Murren zu hören, dann rief eine Frau: »Schande über dich, Henry Liddicoat. Haben sie nicht schon genug gelitten?«

Der Ruf wurde von der Menge auf der Straße aufgegriffen. Der Bürgermeister lief rot an und breitete die Arme aus. Dann warf er Sergeant Laverty einen haßerfüllten Blick zu.

Immer noch weinend, wurde Tom zusammen mit den anderen durch die Straßen zum Stadtgefängnis zurückgebracht. Tilly begleitete sie. »Wenn man uns keine Kaution zubilligt, Kapitän Dudley, können wir wenigstens für eine komfortablere Unterkunft für Sie sorgen.« Er hob die Stimme. »Superintendent Bourne?«

Beim Gehen wie ein Schiff stampfend, war der rundliche Polizeichef vom Rathaus an unmittelbar vor der Gruppe der Gefangenen hergegangen, während er sich mit einem Reporter der *Western Morning News* unterhielt.

»Mr. Tilly?« Seine Stimme war so wuchtig wie sein Gang.

»Superintendent, es ist völlig unannehmbar, daß diese Männer nach all den Entbehrungen, die sie auf hoher See erduldet haben, jetzt in ihren widerlichen Kerker eingesperrt werden.«

»Sie sind des Mordes angeklagt, Mr. Tilly.«

»Das ist bloß eine Formalität, Superintendent. Würden Sie sie vielleicht mit gewöhnlichen Kriminellen zusammen ins Gefängnis stecken?«

Der Polizeichef zögerte. »Welche Unterkunft würden Sie denn empfehlen?«

»Sie haben doch eine Wohnung in diesem Gebäude, nicht wahr?«

»Stimmt, aber ich verstehe nicht ...«

»Dann könnten die Männer sicherlich in einem der Zimmer untergebracht werden.«

»Ich – ich nehme an, das ließe sich machen.«

»Und die drei werden zusammen untergebracht?«

Als der Polizeichef wieder zögerte, mischte sich Sergeant Laverty ein. Mit hochrotem Gesicht sagte er gereizt: »Das kann ich nicht zulassen. Dann könnten die Männer sich jede Geschichte ausdenken, die sie wollen.«

Tom ballte wütend die Fäuste, doch Tilly legte ihm beruhigend eine Hand auf den Arm. »Aber, Sergeant«, sagte er. »Diese Männer sind nach ihrer Rettung fast sechs Wochen auf See gewesen. Wenn sie sich hätten absprechen wollen, hätten sie genug Zeit dafür gehabt. Trotzdem, das müssen selbst Sie zugeben, haben sie in keiner Weise angedeutet, daß sie etwas anderes im Sinn haben, als die reine, unverfälschte Wahrheit zu sagen.«

Er hielt Lavertys Blick stand, bis der Polizist etwas Unfeines brummte und sich abwandte.

Tilly legte die Spitzen seiner Zeigefinger zusammen, als würde er den ersten Punkt einer Liste abhaken. »Und dann ist da die Frage der Verpflegung. Diese Männer wären beinah verhungert. Sehen Sie sie jetzt an. Sie sind immer noch nicht viel mehr als wandelnde Skelette. Sie brauchen etwas Anständiges zu essen, keinen Gefängnisfraß.« Er drehte sich zu Tom um. »Haben Sie die Mittel, Ihr Essen zu bezahlen?«

»Ich habe genug, um die Mahlzeiten von uns dreien zu bezahlen.«

»Sie haben doch nichts dagegen, daß man ihnen Essen bringt, oder, Superintendent? Mr. Dudley wird es bezahlen.«

Der Polizeichef hob die Schultern. »Ich habe keine Einwände.«

Tilly wandte sich wieder zu Tom um. »Ich wünsche Ihnen einen guten Tag, Kapitän Dudley. Ich werde Sie morgen vormittag aufsuchen, um mit der Vorbereitung ihrer Verteidigung zu beginnen.«

»Danke für das, was Sie heute für uns getan haben, Mr. Tilly. Aber Gottes Wahrheit ist die einzige Vorbereitung, die ich brauche.«

Der Anwalt lächelte. »Ich beneide Sie, Kapitän Dudley. Denn ich werde erheblich mehr als das benötigen. Bis morgen also.«

Die Wohnung des Polizeichefs befand sich im ersten Stock des Gebäudes. In dem Zimmer, das Tom, Brooks und Stephens bezogen, war es zwar eng, aber wenigstens trocken und luftig, auch wenn die Eisenstäbe vor dem Fenster eine ständige Erinnerung an ihre mißliche Lage waren.

Falls es in Falmouth irgendwelche Bedenken gab, weil die Männer keine Lose gezogen hatten, dann waren sie jetzt vergessen. In den Straßen und Schenken wurde bereits gesammelt, um Tillys Honorar zu bezahlen, und jeder empfand Sympathie für sie und Abneigung gegen jene, die dafür verantwortlich waren, daß sie weiter hinter Gittern saßen. Aber was immer die Seefahrergemeinde denken mochte, sie sollte bald erfahren, daß die Meinung der Städter sich erheblich von der ihren unterschied.

Zusammen mit den Mahlzeiten, die Tom bei einer benachbarten Gaststätte bestellt hatte, brachte der Schließer den Männern die Lokalzeitung, die nicht nur in allen Einzelheiten über ihren Auftritt vor Gericht berichtete, sondern auch die Leitartikel der Londoner Zeitungen abdruckte.

War Tom schon überrascht, daß der Fall der *Mignonette* landesweit Aufmerksamkeit erregte, dann war er geradezu entsetzt über die Art der Berichterstattung. Der *London Standard* gab den Ton vor:

»Schon die Umrisse der Tragödie sind so haarsträubend, daß wir sie unter anderen Umständen vermutlich als Fieberwahn eines von Hunger und Entbehrungen verwirrten Hirns abgetan hätten, doch wir fürchten, daß uns diese Beruhigung versagt ist.

Als die *Moctezuma* längsseits des Boots kam, lagen die abgenagten Knochen des Kabinenjungen neben jenen, die ihn verzehrt hatten, und die Männer haben die Geschichte mit solcher Ausführlichkeit erzählt, daß es ihnen, wenn sie vor Gericht erscheinen, um sich der Anklage des Mordes an Richard Parker zu stellen, schwerfallen wird, ihre kaltblütige Darstellung auch nur in einem der verdammenswertesten Punkte zu ändern.

Offenbar erwarteten sie am Ende ihrer Reise keine derartige Reaktion, und bis das Gericht entschieden hat, ob drei Männer das Recht haben, einem vierten das Leben zu nehmen, um ihr eigenes zu retten, dürfen wir über die ethischen Aspekte einer Tragödie diskutieren, deren Abgebrühtheit schwerlich durch irgendeine Kasuistik abgemildert werden kann.«

Der *Spectator* hatte ebensowenig Mitgefühl:

»Die Friedensrichter von Falmouth haben der Öffentlichkeit einen Dienst erwiesen, indem sie Kapitän Dudley von der

Jacht *Mignonette* unter Mordanklage festnahmen und auf einer öffentlichen Untersuchung bestanden. Es ist höchste Zeit, daß die abscheuliche Tradition der Seefahrt, die es hungernden Seeleuten erlaubt, ihre Kameraden zu töten und zu essen, vor einen Gerichtshof gebracht und den Seeleuten ein für allemal klargemacht wird, daß die besonderen Gefahren ihres Berufsstandes keine Entschuldigung für eine Praxis sind, die dem menschlichen Gesetz ebenso widerspricht wie dem göttlichen.

Niemand bezweifelt, daß schiffbrüchige Seeleute, die sich ohne Nahrung in einem offenen Boot befinden, sich unter bestimmten Umständen gegenseitig getötet und sich einige Zeit mit Menschenfleisch am Leben erhalten haben, und es wäre nichts erreicht, wenn man die Aufmerksamkeit erneut auf derart schreckliche Vorfälle lenkte. Der Fall der *Mignonette* ist jedoch insofern besonders, als er auf eindrückliche Weise und über alle Fragen hinaus offenbart, wie sehr sich diese diabolische Tradition bei allen Seeleuten und, wie wir erstaunt feststellen, sogar bei Landbewohnern festgesetzt hat.

Die einzigen Zeugen für die erschreckende Geschichte, derentwegen sie unter Anklage stehen, sind die Seeleute selbst. Ihr Glaube an das Recht, ihre Kameraden zu essen, ist derart stark, daß Kapitän Dudley, der als höchst respektabler Mann mit ausgezeichneten Referenzen galt und auf freundlichste Weise mit seinem Opfer sprach und Gott um Vergebung bat, bevor er ihm das Leben nahm, den Zollbeamten von Falmouth ohne jede Scheu freiwillig die ganze Geschichte erzählt hat. Er tat dies in allen Einzelheiten, von denen manche schlimmer sind als alle von uns geschilderten, und unterschrieb seine Erzählung hinterher sogar als formelle Zeugenerklärung.

Um nicht mißverstanden zu werden, er legte kein Geständnis ab als jemand, der ein Verbrechen begangen hatte und nun voller Reue war, sondern er erzählte es einfach mit der freimütigen Aufrichtigkeit, mit der Seeleute für gewöhnlich jedes erwähnenswerte Ereignis einer Fahrt schildern. Er hatte offenbar keine Ahnung, daß er sich einem Rechtsverfahren würde stellen müssen, und reagierte völlig erstaunt, als er verhaftet wurde.

Vor Gericht stritt er nichts ab, brach aber mehrmals in Tränen aus. Er ist in der Tat ein ganz gewöhnlicher, im Grunde anständiger Mann, der unter dem Einfluß der traditionellen Ansicht seiner Berufsgruppe stand, daß Kannibalismus entschuldbar und sogar die Tötung eines Mannes, um ihn zu essen, wenn man ansonsten in einem offenen Boot verenden würde, keine Tat sei, die der menschlichen Justiz unterliege.

Dies ist die Überzeugung aller Seeleute und sogar von Arktisreisenden, was natürlich unmittelbar zur Folge hat, daß sie in einer Extremsituation dazu neigen, auf die traditionellen Mittel zurückzugreifen. Zu unserem Erstaunen mußten wir feststellen, daß mindestens die Hälfte der Journalisten, die den Fall besprochen haben, ebenfalls dieser Ansicht sind. Die Öffentlichkeit von Falmouth steht auf derselben Seite, und den Friedensrichtern der Hafenstadt wird vorgeworfen, sie brächen das ungeschriebene Gesetz, das uns zwingt oder, wie man meint, zwingen sollte, ein solches Vergehen zu dulden oder über es hinwegzusehen.

Wir haben, wie wir eingestehen, wenig Nachsicht mit einer modernen Toleranz gegenüber dem Kannibalismus, wie sie in der Debatte über den jüngst in der Arktis geschehenen Fall so deutlich zutage trat. Er ist durch den vom Leiden verursachten Wahnsinn entschuldbar, aber aus keinem anderen Grund.

Es gibt Dinge, die zu tun der Mensch nicht das Recht hat, und zwar sowohl aufgrund der Konsequenzen als auch deswegen, weil sie durch die direkteste Instanz verboten sind – das Gewissen, das in allen Rassen und Regionen das gleiche ist. Es gibt keine gute Rasse von Kannibalen und wird sie nie geben, und keine Rasse, die einmal in den Besitz des vollen Bewußtseins gelangt ist, ist nicht instinktiv über diese Praxis beschämt und fühlt sich entwürdigt, weil sie zu ihr Zuflucht genommen hat.

Ursprünglich entspringt der Kannibalismus einem Enthusiasmus für Mord, ist Ausdruck eines bis zum äußersten getriebenen, brutalen Zerstörungsgeistes und so wenig entschuldbar wie jedes andere Verbrechen gegen den inneren Instinkt.«

Die *Times* nahm in etwa den gleichen Standpunkt ein, indem sie ihre Überraschung darüber ausdrückte, daß die Bevölkerung die drei Seemänner »mit allen Anzeichen von Sympathie und Hochachtung« empfangen und sie behandelt habe, »als hätten sie eine verdienstvolle und lobenswerte Tat vollbracht«. Die Zeitung verwies als positives Beispiel auf einen britischen Präzedenzfall von 1836; damals waren die Toten über Bord geworfen worden, »damit die Lebenden nicht in die Versuchung geraten konnten, sich zu vergessen und in einer schrecklichen Mahlzeit Erleichterung von ihrem Elend zu suchen«. Der einzige Trost, den Tom und Stephens der *Times* entnehmen konnten, waren die Interviews, die deren Reporter sowohl mit Philippa als auch mit Ann in ihren Häusern geführt hatten. Auf diese Weise hörten sie zum ersten Mal, seit sie die Segel gesetzt hatten, wieder etwas von ihren Frauen. Philippa, hieß es, sei

»gesundheitlich geschwächt und sehr besorgt über ihren Ehemann. Sie lehrte weiter am Pensionat Newtown, wo sie viele Briefe von Freunden und früheren Untergebenen und Vorgesetzten von Kapitän Dudley erhielt. Sie alle drückten ihre größte Bewunderung für ihn aus. Einer schrieb ihm: ›Ich habe oft an Sie gedacht, seit Sie fort sind, und sage Ihnen rundheraus, daß ich Angst hatte, Sie würden es mit der Jacht nicht schaffen.‹

›Ich glaube, mein Mann hat alles erzählt, was passiert ist‹, sagte Mrs. Dudley. ›Er ist immer aufrichtig gewesen, und ich denke nicht, daß er den Hauptvorfall abstreiten will, aber ich kann einfach nicht glauben, daß sie bei Sinnen waren. Da muß noch etwas gewesen sein. Versetzen Sie sich einmal an seine Stelle. Hätte nicht jeder Mann, der zu Hause Frau und Kinder hat, die von ihm abhängen, genauso gehandelt? Ich habe gehört, daß er derjenige war, der zurückging, um Lebensmittel zu holen, während die anderen ihn beschworen, sein Leben nicht zu riskieren. Es braucht einen mutigen Mann, um das zu tun. Und er ist ein guter Christ.‹«

Tom schrieb Philippa sofort einen Brief, den sie am nächsten Morgen erhielt.

»Weder mir noch einem von Euch wird etwas geschehen, Liebes, dessen sei sicher, und vertrau auf Gott, damit er Dir die Kraft gibt, die furchtbaren Lügen zu ertragen, die in den Zeitungen stehen. Sie sagen, meine Aussage hätte die Untersuchung ausgelöst. Ich habe die Wahrheit gesagt. Wenn ich gelogen hätte, würde ich jetzt die Bequemlichkeit unseres Heims mit Euch teilen, statt hier zu sein. Denk nicht daran, herunterzukommen; es würde Dich nur krank machen – die Reise und mich hier zu sehen.«

Er setzte voraus, daß sie aus der Presse die Einzelheiten seiner Leidensgeschichte kannte, doch sie hatte sich geweigert, die Zeitungen zu lesen, und es vorgezogen, seine Version der Ereignisse abzuwarten. Das wenige, was sie über die »beunruhigende und quälende Geschichte«, wie sie sie nannte, wußte, hatte sie von Freunden erfahren und den kurzen Andeutungen in Toms Brief entnommen.

Stephens weinte, als er das Zeitungsinterview mit seiner Frau las. Wie dort stand, befand sie sich

»in einem Zustand großer seelischer Anspannung und brach bei der bloßen Erwähnung der Schwierigkeiten ihres Mannes in Tränen aus. Sie hat seit seiner Inhaftierung in Falmouth mehrere liebevolle Briefe von ihm erhalten. Er sagt, er sei immer noch so krank, daß er, seit er an Land ging, jeden Tag vom Arzt behandelt worden sei. Er bat sie, nicht alles zu glauben, was in den Zeitungen über ihn gesagt werde, und sich in Geduld zu fassen, bis sie aus seinem eigenen Mund die Geschichte der schrecklichen Prüfungen höre, die er durchgemacht habe.

Von Madeira hatte er ihr geschrieben, er würde in Australien bleiben, wenn sie ihm folge, da es in England kein Glück für ihn zu geben scheine. Sie hatte geantwortet, daß sie mit ihren fünf kleinen Kindern, sobald wie möglich, nachkommen würde. Der Brief hat ihn nie erreicht. Sie erklärte, er sei einer der liebenswürdigsten und nobelsten Ehemänner, der keinem Lebewesen absichtlich etwas zuleide tun würde.«

Tom hatte die Berichte gerade ausgelesen, als der Schließer die Tür öffnete und ihn ins Erdgeschoß führte, wo der Rechtsanwalt und sein Schreiber auf ihn warteten.

»Sie sind früh auf den Beinen, Mr. Tilly.«

»Es ist viel zu tun, Kapitän Dudley. Und ich kann nicht leugnen, daß ich ein gewissen Vergnügen ...« Er unterbrach sich. »Verzeihen Sie, daß ich so etwas über ein so ernstes Mißgeschick für Sie und Ihre Mannschaft sage, aber seit vierzig Jahren versuche ich, Streitereien zwischen Nachbarn und Ehepaaren oder zwischen Bauern über Weiderechte zu schlichten. Ich habe Testamente aufgesetzt, Grundstücke übertragen sowie Trunkenbolde, Schmuggler und kleine Diebe verteidigt. Da ist es für mich ein seltenes Vergnügen – und ich möchte mich noch einmal für das Wort entschuldigen –, mit einem derart bedeutenden Fall wie diesem zu tun zu haben.« Er errötete. »Das soll natürlich nicht heißen, daß ich nicht über die Fähigkeiten und Erfahrungen verfüge, um Sie zu verteidigen.«

Tom mußte lächeln. »Selbstverständlich nicht.«

»Ich verspreche Ihnen, daß wir nicht an einem Mangel an Engagement meinerseits scheitern werden. Darf ich also annehmen, daß Sie gewillt sind, mich weiterhin als Ihren Verteidiger zu nehmen?«

»Für den Augenblick, ja. Aber ich muß noch restlos von der Notwendigkeit eines solchen überzeugt werden.«

Tilly neigte den Kopf. »Zu gegebener Zeit werde ich von Ihnen eine Liste von Gentlemen benötigen, die Ihren guten christlichen Charakter bezeugen können, aber zuerst möchte ich, daß Sie mir mit Ihren eigenen Worten die Geschichte der Fahrt der *Mignonette* erzählen. Lassen Sie keine Einzelheit aus, die mit der Anklage gegen Sie in Zusammenhang steht.«

Er goß Tom aus einem Tonkrug ein Glas Wasser ein. Der Schreiber tauchte den Federhalter ins Tintenfaß und wartete dann, den Federhalter über einem leeren Blatt Papier haltend, mit gespannter Miene darauf, daß Tom begann.

Tom blickte aus dem Fenster. Durch die Lücke zwischen den Gebäuden auf der anderen Straßenseite konnte er eine Treppe sehen, die zum Ufer hinunterführte. Am Kai drängten sich die Schiffe, und hinter ihnen erhaschte er einen Blick auf einen Dreimaster, der mit der Morgenflut über die Roads hinaus ins offene Meer segelte.

»Sie sind Navigator?« drängte Tilly.

»Zuletzt, ja. Ich bin seit zehn Jahren Navigator, wie mein Vater vor mir. Aber ich habe meine Zeit auf Schmacken, Küstenschiffen und Frachtern gedient, als Kabinenjunge, Vollmatrose, Koch und Proviantmeister, Bootsmann und Maat.«

»Dann mußten Sie also auch lernen, Tiere zu schlachten?«

Tom warf dem Anwalt einen kühlen Blick zu. »Ich habe diese Kunst erlernt, ja.«

»Und die *Mignonette* war Ihr Schiff?«

Tom schüttelte den Kopf. »Es ist ein Sport reicher Männer, und ich bin weit davon entfernt, reich zu sein. Einige Jachteigner navigieren ihre Boote selbst, aber die meisten heuern für die Segelsaison einen Navigator und eine Mannschaft an. Ich selbst heuere von März bis September bei einem von ihnen an, und im Winter nehme ich jede Arbeit an, die ich finden kann – auf Fischerbooten, Austernfischern oder Handelsschiffen. Aber als Navigator hat man ein besseres Leben. Die Bezahlung ist gut; außerdem bekommt man einen Anteil vom Preisgeld. Ich kenne Eigner, die den ganzen Gewinn ihrem Kapitän und seiner Mannschaft geben.«

»Eine gute Bezahlung, gewiß«, warf Tilly ein. »Aber ist es auch sicher?«

Tom lächelte wehmütig. »Wenn man unter der Küste bleibt. Rennjachten bringt man bei Sturm überhaupt nicht auf See. Sie haben zuviel Segel.« Während er sprach, ging sein Blick nach oben, als erwarte er, anstelle der Zimmerdecke Segel und Takelage der Jacht zu sehen.

»Trotzdem segelten sie eine Jacht nach Australien.«

»Die *Mignonette* war als Kreuzer und Fischerboot gebaut und erst später in eine Rennjacht umgewandelt worden.« Sein Blick wanderte wieder zum Fenster und folgte dem Dreimaster, der sich inzwischen der Mündung der Roads näherte. Während er begann, noch einmal die Geschichte der Reise zu erzählen, konnte er fast das Knarren des Holzes und das Knattern des Tuchs hören, als sich die Segel mit Wind füllten, das Schiff Geschwindigkeit aufnahm und in der Fahrrinne auf die offene See hinausfuhr.

14

Kampf gegen den Brauch des Meeres

Als Tom am Ende der Geschichte angelangt war, dachte Tilly eine Weile nach. Dann fragte er: »Warum haben Sie Brooks daran gehindert, die Reste des Fleischs des Jungen über Bord zu werfen, als Sie gerettet wurden?«

»Weil es von Anfang an meine Absicht war, sie aufzubewahren, damit wir, falls wir auf ein Schiff stoßen sollten, nachweisen konnten, unter welchen Umständen wir gehandelt hatten.«

Tilly nickte bedächtig und suchte dann etwas in den Papieren, die vor ihm lagen. »Und nach Ihrer Ankunft sind Sie zusammen mit Brooks und Stephens zum Zollamt gegangen und haben vor dem Seemannsamtsleiter die Aussage gemacht, von der ich hier eine Kopie habe? ›Am zwanzigsten Tag war der Junge, Richard Parker, durch das Trinken von Salzwasser stark geschwächt. Der Zeuge tötete ihn mit Hilfe des Maats, Stephens, um das Leben der übrigen Männer zu erhalten, die alle darin übereinstimmten, daß die Tat absolut notwendig sei.‹

Stephens' Aussage war ebenso freimütig. ›Am zwanzigsten Tag stimmte der Zeuge mit dem Kapitän überein, daß es absolut notwendig sei, einen von ihnen zu opfern, um die anderen zu retten, und der Kapitän wählte Richard Parker aus, da der

Junge der schwächste war. Der Zeuge stimmte dem zu, und der Kapitän tötete daraufhin den Jungen.‹«

Er setzte sich zurück und musterte Tom einen Augenblick. »Was wissen Sie von Brooks?«

»Er stammt wie ich aus Essex. Ich war noch nie mit ihm gesegelt, kannte ihn aber seit ungefähr einem Dutzend Jahren. Er ist auf einigen der besten Rennjachten gesegelt und ein erstklassiger Matrose. Im Winter hat er als Takler in Fay's Yard am Itchen gearbeitet. Dort hat er gehört, daß ich nach Matrosen suche. Ihm war eine Koje auf einer neuen Jacht, der *Irex*, angeboten worden, aber er sagte mir, daß er ans Auswandern denke. Es ging das Gerücht, er hätte Frau und Kinder verlassen. Als ich es ihm vorgehalten habe, hat er mir sein Wort gegeben, daß es nicht stimme. Ob er die Wahrheit gesagt hat, weiß ich nicht.«

»Eine Kopie von Brooks' Aussage gegenüber Mr. Cheesman liegt noch nicht vor«, sagte Tilly. »Haben Sie eine Ahnung, was er gesagt hat?«

Tom schüttelte den Kopf. »Weder ich noch Stephens waren im Zimmer, als Brooks seine Erklärung abgab. Aber er wird das gleiche wie wir gesagt haben.«

»Sind Sie da sicher?«

Zum ersten Mal huschte der Schatten eines Zweifels über Toms Gesicht. »Bin ich. Warum?«

»Egal.«

Tom warf Tilly einen verunsicherten Blick zu. »Mr. Cheesman schien großes Verständnis für unsere Notlage zu haben.«

»Das hatte er zweifellos«, pflichtete Tilly ihm bei. »Als Seemannsamtsleiter ist er gesetzlich verpflichtet, über jeden Tod auf See Bericht zu erstatten, aber er weiß auch, wie oft schiffbrüchige Seeleute gezwungen sind, zum Brauch des Meeres Zuflucht zu nehmen. Hätte die Angelegenheit in seinen Händen gelegen oder hätten Sie angegeben, der Junge sei mit dem Wrack ertrunken oder eines natürlichen Todes gestorben, während Sie in dem Dingi trieben, wäre der Vorfall sicherlich stillschweigend in den Akten des Handelsministeriums begraben worden.

Unglücklicherweise haben Sie durch Ihre Entschlossenheit, um nicht zu sagen, Ihren Eifer, die ganze Wahrheit zu offenbaren – sosehr Ihnen dies zur Ehre gereicht –, Sergeant Lavertys Aufmerksamkeit erregt, und der hat wesentlich weniger Verständnis für Sie. Laut Mr. Cheesman hat Laverty gesagt, er habe nicht die Absicht, Beamte in Whitehall entscheiden zu lassen, ob Sie angeklagt werden. Er selbst sei Zeuge Ihres vollen, von Stephens erhärteten Mordgeständnisses gewesen, und Sie hätten ihm die Mordwaffe ausgehändigt.

Er hat augenblicklich das Zollamt verlassen, um einen Haftbefehl gegen Sie zu erwirken. Der Vorsitzende Friedensrichter war sich der verbreiteten Sympathie für Sie bewußt, und ich weiß, daß es ihm merklich widerstrebte, den Haftbefehl auszustellen, aber ich fürchte, Laverty hätte sich nicht abweisen lassen.«

»Aber die Anklage wird doch fallengelassen werden? Es wird nicht weitergehen, oder?«

Tilly zögerte und wählte seine Worte mit Bedacht. »Die Nachricht von Ihrer Festnahme ist bereits weit verbreitet, und in der Öffentlichkeit herrscht große Sympathie für Sie, nicht nur in Seefahrergemeinden wie Falmouth, sondern überall im Land. Aber sie wird vom Innenministerium nicht geteilt.«

»Wir haben uns doch nur an den Brauch des Meeres gehalten.«

Tilly drückte die Fingerspitzen gegeneinander und betrachtete sie schweigend, bevor er die Augen hob, um Toms Blick zu erwidern. »Ich fürchte, Sie sollten Ihre Hoffnung nicht auf den Brauch des Meeres setzen. Ganz gleich, wie viele schiffbrüchige Männer ihn angewandt haben, besitzt er doch keinerlei Rechtsstatus.«

Toms Miene verdüsterte sich, aber seine Stimme blieb fest und zuversichtlich. »Dann werde ich auf Gottes Wahrheit und die englische Justiz vertrauen. Wir haben kein Verbrechen verübt, und keine Jury von Engländern wird uns verurteilen.«

Tilly schürzte die Lippen und wich Toms unerschütterlichem Blick aus. »Ich hoffe, Ihr Vertrauen ist nicht fehl am Platz.«

Während Tilly Toms Verteidigung vorbereitete, wurde die Aufmerksamkeit der Beamten des Innenministeriums von den Telegrammen des Handelsministeriums in Anspruch genommen. Die Vermerke, die in die Akte des Innenministeriums geschrieben wurden, während sie die Amtspyramide hinaufgereicht wurde, spiegeln die Unsicherheit und Ambivalenz wider, die zumindest auf den unteren Ebenen in bezug auf die Frage der Strafverfolgung herrschten.

Der erste Kommentar stammte vom Vormittag des 8. September, jenem Montag, an dem Tom, Brooks und Stephens vor die Friedensrichter von Falmouth traten. Er lautete: »Es scheint mir kein Fall zu sein, in dem etwas unternommen werden sollte. Sie waren neunzehn Tage ohne Essen und Trinken gewesen und verrückt vor Durst, und die einzige Frage war, ob sie den Jungen töten oder alle sterben sollten.« Später am selben Tag fügte ein anderer Beamter hinzu: »Wenn sie eines Kapitalverbrechens angeklagt werden, wird der Fall bei normalem Verlauf in die Hände des Justitiars des Finanzministeriums gelegt werden.«

Die Akte landete auch auf dem Schreibtisch von Generalstaatsanwalt Sir Henry James, der sofort an den Innenminister Sir William Harcourt schrieb: »Die Leute von der *Mignonette* sollten natürlich verurteilt werden, denn wenn das Prinzip dieses Vorgehens als richtig und entschuldbar anerkannt wird, werde ich mich in Zukunft weigern, in der Nähe von Männern mit allzu großem Appetit zu sitzen.«

Als die Akte den Innenminister erreichte, waren sämtliche Zweifel über die angemessene Vorgehensweise ausgeräumt. »Es ist ein gräßlicher Fall. Die Justiz muß entscheiden, welchen Charakter diese furchtbare Tat hat. Ich nehme an, daß die Männer verurteilt werden. Auf jeden Fall wünsche ich, daß der

Staatsanwalt den Fall übernimmt, damit er angemessen behandelt wird.« Seine Instruktionen für das Handelsministerium waren sogar noch deutlicher: »Wenn diese Männer nicht des Mordes angeklagt werden, geben wir dem Kapitän jedes Schiffs einen Freibrief, wann immer der Proviant knapp wird, seinen Kabinenjungen zu verspeisen.«

Die Krone hatte bereits die gegenüber dem Zolleinnehmer abgegebenen inkriminierenden Erklärungen und die Mordwaffe in Händen, aber dies waren nicht die einzigen Beweismittel. Richard Hodge wurde auf die noch im Hafen liegende und auf die Segelorder wartende *Moctezuma* geschickt, um das Dingi der *Mignonette* an Land zu schleppen. Es wurde in einem privaten Lagerhaus, Mr. Buckinghams Speicher in Upton Slip, unter Verschluß gehalten und dort von Beamten des Zollamts untersucht.

Hodge brachte auch die Gegenstände aus dem Dingi an Land: zwei Ruder, die Messingdollen für die Riemen, den Chronometer mitsamt Metallbehälter, den Sextanten und ein Kleiderbündel. Beim Ausladen fiel ein Päckchen mit Papieren aus den Kleidern, und Sergeant Laverty stellte fest, daß es eine von Toms Hand geschriebene Darstellung des Untergangs der *Mignonette* und des Schicksals von Richard Parker enthielt. Obwohl sie nicht wesentlich von der Erklärung abwich, die Tom gegenüber Cheesman abgegeben hatte, fügte Laverty sie der anschwellenden Akte mit Beweisen und Zeugenaussagen hinzu.

Als Tom später die Kleider ausgehändigt wurden, durchsuchte er sie. »Haben Sie keine Papiere gefunden?«

»Hab' ich«, antwortete Laverty.

»Dann geben Sie sie mir bitte. Sie sind mein Privateigentum.«

»Das waren sie. Jetzt sind sie Beweisstücke der Krone.«

Am Abend des folgenden Tages, Dienstag, dem 9. September, hörte Tom laute Geräusche aus der Wohnung von Polizeichef Bourne. Richard Parkers ältester Bruder, Daniel, der nicht nur im Aussehen große Ähnlichkeit mit seinem Bruder hatte, sondern auch die gleiche Stimme besaß, hatte als Matrose auf der Jacht *Marguerite* gearbeitet, die in Torquay vor Anker lag, als er vom Tod seines Bruders und der Verhaftung von Tom, Brooks und Stephens erfuhr. »Am Sonntag habe ich nur wenig gehört und konnte kaum glauben, daß es der Wahrheit entsprach. Aber am Montagmorgen hat der Skipper der Jacht es vor allen Matrosen aus der Zeitung vorgelesen. Wir waren natürlich ausgesprochen schockiert.«

Daniel bat den Kapitän sofort um Urlaub, damit er zur gerichtlichen Anhörung nach Falmouth fahren konnte. Sobald er eingetroffen war, ging er direkt zum Polizeirevier, wo man ihn nach oben zu Bournes Wohnung führte. Tom, der Richards Bruder nie kennengelernt hatte, hatte nicht gesehen, wie Daniel das Haus betrat, doch als er die beiden Männer sprechen hörte, rief er aus: »Himmel, das ist Dicks Stimme.«

Daniel verlangte die drei Angeklagten zu sehen und beharrte solange darauf, bis er den Widerstand des Polizeichefs und die lautstarken Proteste Sergeant Lavertys überwunden hatte.

Als er das Zimmer betrat, stand Tom auf und streckte ihm die Hand entgegen. Nach kurzem Zögern schüttelte Daniel allen drei Männern die Hand, zuerst Tom, dann Brooks und schließlich Stephens.

»Sie sind Ihrem Bruder so ähnlich«, stellte Tom fest. »Er war ein guter Junge und hat Ihnen Ehre gemacht.«

Daniel nickte. »Er war immer ein cleverer kleiner Kerl. Er hat sich auf Booten herumgetrieben und selbst seinen Lebensunterhalt verdient, kaum daß er kriechen konnte. Wie wir alle hat er es ziemlich schwer gehabt, aber ich sage Ihnen, es gab keinen gesünderen jungen Burschen bei uns.« Er hielt inne. »Als er wegging, habe ich gerade mein Boot in Lymington gelenzt. Ich habe ihn gesehen, nachdem er auf der *Mignonette* angeheuert hatte. Hätte ich ihn gesehen, bevor er den Vertrag unterschrieb, hätte ich ihn vielleicht überredet, nicht zu gehen.«

Er wandte den Blick ab und schaute aus dem Fenster. Dann drehte er sich wieder um und erwiderte Toms festen Blick. »Warum haben Sie keine Lose gezogen, wie es der Brauch des Meeres verlangt.«

»Meine Männer haben sich geweigert«, antwortete Tom sachlich. »Ich hätte es mit den anderen zusammen darauf ankommen lassen, aber sie wollten nicht. Dann hat der arme Junge eines Nachts Seewasser getrunken. Er wäre sowieso gestorben, und wir hatten Frauen und Kinder, die von uns abhingen. Um das Leben von uns dreien zu retten, habe ich sein Ende beschleunigt.« Er hielt Daniels Blick stand. »Wenn ich noch einmal in dieselbe Lage käme, würde ich es nicht anders machen.«

Daniel blieb noch vierzig Minuten bei den drei Männern. Das Gespräch verlief freundlich und reichte von der Fahrt der *Mignonette* und den Gründen für ihren Untergang bis zu gemeinsamen Bekannten in der kleinen Welt der professionellen Jachtrennen.

Schließlich stand er auf. »Der Zweck meines Hierseins war, die Menschen wissen zu lassen, daß Dick jemanden hatte, und ich bin sehr froh, daß ich hergekommen bin, denn es hat meine Seele ein wenig beruhigt. Ich werde am Donnerstag im Gericht sein.«

Er gab wieder allen dreien die Hand, bevor er an die Tür klopfte. So schnell, wie Laverty die Tür öffnete, mußte er unmittelbar davor gestanden haben. Auch jetzt lag ein Ausdruck des Mißfallens auf seinem Gesicht.

Am nächsten Morgen suchte Tilly Tom auf. »Ein pensionierter Gentleman, Kapitän Douglas, hat den Wunsch geäußert, mit Ihnen zu sprechen. Er wartet draußen.«

Tom verzog keine Miene, und nach einem Augenblick fügte Tilly hinzu: »Er ist weit gereist.«

»Und warum sollte ich mit ihm zusammenkommen wollen?«

»Er kann Ihnen wertvolle Ratschläge geben.«

»Nun, dann lassen wir den Gentleman doch herein.«

Kapitän Douglas war ein weißhaariger Mann mit herabhängenden Schultern, aber er hatte das verwitterte Gesicht eines Seemanns, seine braunen Augen blickten klar und scharf, und als er Tom die Hand schüttelte, tat er es mit festem Griff.

»Danke, daß Sie mich empfangen, Kapitän Dudley. Ich bin auf Mr. Tillys Bitte hergekommen« – Tom warf dem Anwalt einen tadelnden Blick zu –, »um Ihnen meinen Rat anzubieten, falls Sie ihn wünschen. Ich war Friedensrichter der Polizei in Singapur, als die Überlebenden der *Euxine* dort an Land gingen. Sie wissen von dem Schiff?«

Tom nickte, ohne den Blick von Douglas zu wenden. »Ich weiß davon.«

»Vor zehn Jahren versuchte Sir William Harcourts Vorgänger einen Präzedenzfall zu schaffen, indem er die Beteiligten des Mordes anklagte. Wie Sie hatten die Überlebenden der *Euxine* die Tötung weder geleugnet noch Beweise zurückgehalten. Sie wurden von Batavia nach Singapur gebracht. Der dortige Seemannsamtsleiter holte die Meinung des Kronanwalts ein und teilte dem Handelsministerium in London mit, daß keine Notwendigkeit für eine Untersuchung bestehe. Die Männer seien ›frei, auf jedem Schiff anzuheuern, das ihre Dienste in Anspruch nehmen will‹. Doch ein Brief von Kapitän Harrington an die *Singapore Daily Times* zwang den Gouverneur zum Einschreiten.«

Douglas reichte Tom einen vergilbten Zeitungsausschnitt und saß schweigend da, während dieser ihn las.

»Diese Geschichte haben sie selbst erzählt, und so furchtbar es klingt, aber sie scheinen zu glauben, daß sie berechtigt waren, den abscheulichen Mord zu begehen, um ihre eigenen Bedürfnisse zu befriedigen …

Ich hoffe um der Menschlichkeit und der Ehre meiner Seemannsbrüder willen – welcher Nation sie auch angehören mögen –, daß Schritte unternommen werden, um diese Menschenfresser vor Gericht zu stellen und daß von Singapur die Entscheidung ausgehen möge, daß es Seeleuten unter keinen Umständen, wie groß ihre Leiden auch sind, erlaubt ist, einen der Ihren zu opfern, damit andere leben.

Ich bin mir aufgrund meiner über vierzigjährigen Erfahrung als Seemann vollauf bewußt, daß während der langweiligen Nachtwachen Schreckensgeschichten von unerhörten Leiden, die den Matrosen zu Ohren gekommen sind, weitergegeben werden, und indem sie sie erzählen, mögen sie unmerklich zu dem Schluß gelangen, daß sie in gewissen Notfällen berechtigt sind, einen der Ihren zu opfern. Je eher sie von dieser Vorstellung befreit werden, desto besser. Ich empfehle für solche Notfälle Gebete, nicht Kannibalismus.«

Tom faltete den Zeitungsausschnitt wieder zusammen und gab ihn zurück. Darauf erzählte Douglas den Rest der Geschichte der *Euxine*, wobei er ständig Dudleys Blick suchte, so als wollte er sicherstellen, daß diesem die Bedeutung seiner Worte nicht entging.

Die Zeitung hatte der Veröffentlichung des Briefs einen Leitartikel folgen lassen, der eine gerichtliche Untersuchung forderte, um die Rechtslage ein für allemal zu klären. Nach Ansicht des Gouverneurs sollte ein eventueller Prozeß jedoch vor einem britischen Gericht stattfinden, nicht in einer entlegenen Außenstelle, aber das Kolonialministerium wies ihn an, die Untersuchung in Singapur einzuleiten.

Zwei Überlebende wurden überredet, als Zeugen der Anklage aufzutreten. Im Gegenzug versprach man ihnen Straffreiheit, sofern sie in »untadeliger Weise« aussagten. Die restlichen Überlebenden wurden des Mordes angeklagt. Am 30. Januar 1874 begann unter dem Vorsitz von Kapitän Douglas die Voruntersuchung. Sie machte den mangelnden Enthusiasmus des Generalstaatsanwalts deutlich, der nur einen einzigen Zeugen aufrief, den Seemannsamtsleiter, Kapitän Ellis.

Dieser besaß Kopien der Erklärungen, welche die Angeklagten in Batavia abgegeben hatten. Doch die Originale waren nach London geschickt worden, und die Kopien konnten als Beweismittel nicht zugelassen werden. Alles, was Kapitän Ellis sagen konnte, war, daß der Zweite Offizier der *Euxine,* James Archer, freiwillig ausgesagt habe, ein Besatzungsmitglied habe den Kabinenjungen getötet. Aber es war weder ein Geständnis Archers selbst noch eine zulässige Aussage über ein Geständnis des Besatzungsmitglieds.

Kapitän Ellis' eigene Aussage half der Krone auch nicht weiter. Im Kreuzverhör stellte sich heraus, daß er einst selbst schiffbrüchig gewesen und in einem offenen Boot über die See getrieben war. Auf die Frage, ob die Männer für ihre Handlungen verantwortlich seien, antwortete er: »Gewiß nicht. Ich bin mir sicher, daß sie nicht in der Lage waren, Recht von Unrecht zu unterscheiden.«

Auf die Frage, ob es in der Geschichte der Seefahrt andere Vorfälle gegeben habe, bei denen schiffbrüchige Männer Lose gezogen hätten, um zu bestimmen, wer von ihnen für die anderen sterben sollte, antwortete er: »Ja, vor zwanzig oder fünfundzwanzig Jahren waren diese Fälle alltäglich. Aber ich habe nie gehört, daß die Männer dafür bestraft worden sind.«

Die Anhörung wurde auf unbestimmte Zeit vertagt, damit die Staatsanwaltschaft weitere Beweise sammeln konnte. Doch die *Java Packet* war schon lange ausgelaufen, ohne mehr als eine kaum verwertbare eidesstattliche Erklärung des Kapitäns zurückzulassen. Der einzige andere zulässige Beweis – die Originale der Erklärungen der schiffbrüchigen Seeleute – befand sich in London. Außerdem befürchteten die Behörden in Singapur, ein Freispruch oder eine Verurteilung wegen des geringeren Vergehens des Totschlags, weil der Getötete seiner Tötung zugestimmt oder willentlich die Gefahr des eigenen Todes auf sich genommen hatte, würde anderen Seemännern das unerwünschte Signal übermitteln, daß es akzeptabel sei, ihre Kameraden zu essen. Der Kronanwalt war für einen Prozeß in London:

»Der Rechtsspruch eines englischen Gerichts hätte in allen Teilen der Welt mehr Gewicht und würde wahrscheinlich in sämtlichen britischen Dominions als bindend angesehen werden, während der Spruch eines hiesigen Gerichtshofs nicht einmal für diesen selbst bindend wäre, und da dieser Fall der erste seiner Art ist, der jemals zur Verhandlung vorgeschlagen worden ist, wäre es wichtig, die Prinzipien, die in Zukunft für Fälle dieser Art gelten sollen, mit entsprechender Autorität zu versehen.«

Im Handelsministerium war man weit weniger auf einen Prozeß erpicht. Ein Beamter vermerkte:

»Ich nehme an, wir sollten dies ans Innenministerium weiterleiten, aber von diesem werden keine Schritte unternommen werden. Es ist etwas schrecklich Gesundes an dem ganzen Vorgehen, aber ich glaube nicht, daß die Männer für ihr Handeln verantwortlich waren. Aus einer Strafverfolgung oder Verurteilung wäre kein gesellschaftlicher Vorteil zu ziehen. Weiterzuleben muß als Bestrafung ausreichen.«

Der stellvertretende Leiter der Seeabteilung des Handelsministeriums sah es genauso: »Es ist unwahrscheinlich, daß eine Geschworenenjury zu einem Schuldspruch gelangen wird, und wenn ein ordentliches Gericht diesen Brauch mit klarer Autorität brandmarken würde, könnte es als Vorwand dienen, unbequeme Leute loszuwerden. Ich bin geneigt, die Sache auf sich beruhen zu lassen. Die Details sind zu ekelhaft, um sie vor Gericht zu behandeln.« Der Ständige Unterstaatssekretär bezeichnete den Vorfall als »einen der traurigsten und abscheulichsten«, den er kenne. Aber die Tat sei »unter dem unmittelbaren Druck der Notwendigkeit« begangen worden und »für alle Gefühle der menschlichen Natur zu abstoßend, um wiederholt zu werden, außer unter ähnlichen Umständen«. Eine Bestrafung, sofern sie erreichbar sei, oder eine Bloßstellung sei »nicht nötig und hätte keinerlei Auswirkungen auf künftige Fälle«.

Ein Beamter trug in der Schiffsmusterrolle hinter dem Namen des Jungen den Vermerk »Von der Besatzung zur Nahrung getötet« ein, dann wurden die Papiere der Form halber ans Innenministerium gesandt. Dort zeigte man erheblich mehr Verlangen nach einer Strafverfolgung, aber einen Fall, bei dem es um einen Mord auf hoher See ging, in London zu verhandeln, warf schwerwiegende juristische Probleme auf, zumal man die Beteiligten zuerst in Singapur verhaftet hatte und die Hauptzeugen nicht nur holländische Staatsbürger waren, sondern sich gegenwärtig auch irgendwo auf den fünf Ozeanen befanden.

Wäre es nach dem Generalstaatsanwalt gegangen, wären die Männer auf dem Kriegsschiff HMS *Adventure* nach England gebracht worden. Doch statt dessen kehrten sie mit einem Handelsschiff, der *Nestor,* nach Europa zurück. Es war bereits ausgelaufen, als das Kolonialministerium, von der Möglichkeit der illegalen Rückkehr der Männer aufgeschreckt, den Behörden in Singapur telegrafierte, sie nicht auf den Weg zu bringen.

Die fünf Überlebenden trafen am 9. Juli an Bord der *Nestor* in London ein und wurden für fünf Tage in Gewahrsam genommen, während die Bürokratie darüber nachgrübelte, was mit ihnen geschehen sollte. Das Innenministerium befürwortete weiterhin eine Strafverfolgung, um einen Präzedenzfall zu schaffen, der die Rechtsprechung festlegte. Zwei Faktoren gaben den Ausschlag gegen das Ministerium.

Der erste war der Mangel an Beweisen. Die Zeugen waren in Batavia, Singapur und auf hoher See. Als einziger zulässiger Beweis lagen die Erklärungen der beteiligten Männer vor, die sich jedoch nur vage und widersprüchlich geäußert hatten. Zudem war es eindeutig illegal gewesen, die Männer ohne Anklage festzunehmen und um die halbe Welt zu verschiffen.

Douglas unterbrach seine Erzählung. »Der Fall der *Euxine* hatte auch einen politischen Aspekt. Haben Sie jemals von Sir Edward Bates gehört?«

»Dem Reeder? Ich habe von ihm gehört, und zwar nur Negatives. Wie es heißt, überlädt er seine Schiffe und läßt ihre Besatzungen hungern.«

Douglas nickte. »Außerdem saß er als Konservativer im Parlament. Als die Männer von der *Euxine* in Großbritannien eintrafen, befand sich Disraelis Regierung von seiten Samuel Plimsolls, dem ›Freund der Seeleute‹, unter Druck. Im Juli jenes Jahres hatte Plimsoll im Unterhaus eine Rede gehalten, in der er davon sprach, daß Tausende von Menschen einem unverdienten und elenden Tod auf ›schwimmenden Särgen‹ überantwortet würden. Er beschrieb die mörderischen Praktiken von Reedern, und bevor er niedergeschrien wurde, erklärte er noch, er sei entschlossen, den Schurken, die Tausende in Tod und Vernichtung schickten, die Maske vom Gesicht zu reißen. Als einen von ihnen nannte er Edward Bates, einen ›Schiffsverschrotter‹, dem drei im vergangenen Jahr gesunkene Schiffe gehört hätten, mit denen achtundsiebzig Menschen ertrunken seien.

Eins von Bates' Schiffen war die *Euxine.* Für die Regierung wäre es eine politische Katastrophe gewesen, wenn der Prozeß stattgefunden hätte. Immerhin betraf er ein prominentes Mitglied der Konservativen Partei, dem bereits vorgeworfen wurde, er lasse die auf seinen Schiffen arbeitenden Männer hungern. Die Männer von der *Euxine,* die, um zu überleben, zum Kannibalismus gezwungen gewesen waren, wären als lebender Beweis dafür betrachtet worden. Gegen ihren Willen wurden die Beamten des Innenministeriums überredet, die Untersuchung einzustellen. Innenminister R. A. Cross traf seine Entscheidung am 13. Juli, und sein Parlamentarischer Staatssekretär schrieb dann ans Handelsministerium.« Douglas schaute in die Papiere auf seinem Schoß. »›Hinsichtlich des italienischen Seemanns, der in einem Boot mit mehreren Überlebenden des gesunkenen Schiffs *Euxine* getötet und teilweise gegessen wurde, bin ich angewiesen worden, Ihnen mitzuteilen, daß der Minister nach reiflicher Überlegung zu der Ansicht gelangt ist, daß dies kein Fall sei, in dem es ratsam wäre, eine Verhandlung gegen die Männer zu eröffnen.‹

Die Angeklagten wurden freigelassen und durften wieder zur See fahren, allerdings erst, nachdem sie unterschrieben hatten, daß sie keine Entschädigung von Edward Bates einfordern würden.« Er legte wieder eine Pause ein, in der er Tom musterte. »Ich erzähle Ihnen das alles, weil ich glaube, daß das Innenministerium seit langem auf eine neue Gelegenheit gewartet hat, das volle Gewicht des Gesetzes gegen den Brauch des Meeres einzusetzen. Ihr Fall ist diese Gelegenheit, und durch eine grausame Wendung des Schicksals ist Samuel Plimsoll, wenn auch unwissentlich, das Instrument gewesen, das Innenminister Sir William Harcourt in die Lage versetzt hat, Ihre Strafverfolgung anzuordnen.«

Sir William George Granville Venables Vernon Harcourt war damals siebenundfünfzig Jahre alt. Als liberaler Abgeordneter von Oxford 1868 ins Unterhaus gewählt, war er 1873/74 unter Gladstone stellvertretender Generalstaatsanwalt gewesen und seit 1880 Innenminister. Er war ein kluger und gelehrter Mann, früherer Professor des Völkerrechts in Cambridge und unter dem Pseudonym »Historicus« Korrespondent der *Times* mit einem solchen Ausstoß, daß seine Briefe 1863 als Buch erschienen waren. Aber er war alles andere als weltfremd. Eine Zeitgenossin, Augustine Birrell, beschrieb ihn als »guten, altmodischen parlamentarischen Kämpfer«. Sir Henry Campbell-Bannerman verglich ihn weniger zurückhaltend mit einem »großen Lachs ..., der unter seinem Stein lauert und gelegentlich einen Vorstoß unternimmt, der nicht immer frei ist von gewissen finsteren Absichten«.

Harcourts Amtszeit als Innenminister wäre beinah vorüber gewesen, noch bevor sie begonnen hatte, da er bei den allgemeinen Wahlen im Mai 1880 mit einem Rückstand von vierundfünfzig Stimmen seinen Parlamentssitz für Oxford verlor.

Er begann sich sofort nach einem sicheren Wahlkreis umzusehen.

Samuel Plimsoll wußte, daß sein enger Freund Joseph Chamberlain als Handelsminister fest im Sattel saß. Zudem war er angesichts der angegriffenen Gesundheit seiner Frau Eliza besorgt, daß ihn seine parlamentarischen Pflichten zu stark in Anspruch nehmen könnten. Daher ließ er sich ohne Schwierigkeiten überreden, zugunsten Harcourts auf seinen Parlamentssitz für Derby zu verzichten. Im Gegenzug erhielt er vom Innenminister das Versprechen, daß dieser sich für seine lebenslangen Forderungen für die Seeleute einsetzen würde.

Die Wähler von Derby nahmen den Wechsel jedoch zurückhaltend auf, und Plimsoll schrieb an Harcourt: »Es gibt mehr Ablehnung, als ich dachte. Nonkonformisten und Radikale sind sauer, aber ich rechne doch mit einem Erfolg. Wenn wir Erfolg haben wollen, sollten Sie mich zu Ihrem Wahlkampfbeauftragten ernennen. Ich bin qualifiziert und werde natürlich unentgeltlich tätig sein.«

Am 18. Mai 1880 stand Plimsoll auf dem Balkon des Midland Hotel in Derby und stellte Harcourt der Menge als einen Gentleman vor, »der, wie ich hoffe, Ihr künftiger Abgeordneter sein wird«. Dann fuhr er fort: »Denken Sie nicht, daß ich die Sache der Seeleute aufgebe. Ich glaube vielmehr, daß ich, indem ich jetzt beiseite trete und einem stärkeren Mann den Ehrenplatz überlasse, der Sache wesentlich wirksamer helfe, als es jemals in meiner Macht stand.«

Eine Woche später wurde Harcourt einmütig gewählt. Eine Karikatur im *Punch* zeigte ihn als einen »über Bord gegangenen Mann, der vom ›Freund der Seeleute‹ gerettet wurde«, das heißt von Plimsoll, der in einer Matrosenuniform abgebildet wurde. Eliza Plimsoll schrieb an Harcourt:

> »Haben Sie vielen Dank für Ihre gute Meinung über meinen lieben Ehemann. Diejenigen, die ihn am besten kennen, denken am höchsten von ihm, und ich bin sicher, er wird sich

freuen, seinen Sitz aufgegeben zu haben, wenn er dadurch sichergestellt hat, daß die Seeleute einen mächtigeren Freund erhalten, als er selbst es war. Einen wahreren hätten sie nicht haben können ... Ich hoffe, Sie werden, wie vordem mein Ehemann, als Vertreter der ›Arbeiter‹ für lange Zeit Abgeordneter von Derby bleiben.«

Harcourt war jedoch alles andere als ein mächtiger Freund der Seeleute. Nur ein einziges Mal in seiner Amtszeit als Innenminister zeigte er Interesse an maritimen Fragen, und zwar, als er das Strafverfahren gegen Dudley, Brooks und Stephens wegen des Mordes an Richard Parker in Gang brachte.

Douglas hob die Hand, als Tom den Mund öffnete, um etwas zu sagen. »Kapitän Dudley, wir sind Männer der See. Wir wissen, was für eine widerspenstige Geliebte sie sein kann. Ihnen und mir und vielen anderen ist klar, daß Sie nichts Unrechtes getan haben. Aber für die Herren in Whitehall sieht es anders aus.« Er suchte Toms Blick. »Ich empfehle Ihnen eindringlich, sich allen juristischen Beistands zu versichern, der Ihnen angeboten wird. Meiner Ansicht nach werden Sie ihn in vollem Umfang brauchen.« Damit stand er auf. »Nun möchte ich mich verabschieden. Viel Glück!«

Nachdem Douglas gegangen war, saß Tom eine Weile schweigend da. Als er den Kopf hob, begegnete er Tillys Blick. »Also gut, Mr. Tilly, ich bin überzeugt. Ich bin dankbar für jeden juristischen Rat, den Sie mir geben können.«

Der Anwalt quittierte es mit einem breiten Lächeln.

Tom empfing an diesem Vormittag noch einen Besucher, einen rotgesichtigen Mann namens John Burton, dem eine bekannte Attraktion von Falmouth gehörte, der Old Curiosity Shop, der dem nicht unähnlich war, den Charles Dickens in seinem Roman gleichen Titels beschrieben hat:

»… einer jener Aufbewahrungsorte alter, merkwürdiger Gegenstände, welche sich in die verborgensten Winkel dieser Stadt … verkriechen … Harnische standen da und dort, wie Gespenster in Waffenrüstungen, phantastisches Schnitzwerk aus Mönchsklöstern, rostige Waffen aller Art, wunderlich geformte Figuren aus Porzellan, Holz, Eisen und Elfenbein, Tapeten und seltsames Möbelwerk, deren Entwürfe in Träumen entstanden zu sein schienen.«

Als westenglischer P. T. Barnum hatte Burton sogar einmal den erfolglosen Versuch unternommen, den Eddystone-Leuchtturm zu kaufen und als Sehenswürdigkeit nach Falmouth zu verpflanzen.

Nach einem Besuch des Herzogs und der Herzogin von Edinburgh, die im März 1882 »über eine Stunde in Mr. Burtons Old Curiosity Shop« verbracht hatten, ließ der Besitzer, sparsam, wie er war, sein ursprünglich mit gotischer Schrift bedrucktes Briefpapier durch auftrumpfende Blockbuchstaben ergänzen. Von da an sah sein Briefkopf wie folgt aus:

ROYAL
»Burton's / Curiosity Shop, Falmouth.«

Außerdem verkündete der Text auf dem Briefpapier stolz die Besuche des Innenministers Sir William Harcourt im April 1882 und von Sir Garnet Wolseley im Mai desselben Jahres und prahlte mit Burtons »direkter Verbindung zu Käufern in Konstantinopel, Nagasaki, Sansibar, Schanghai, Trincomalee, Rangun, Akyab, Moulmain, Poonah, Singapur« und einer Reihe weiterer exotischer Hafenstädte.

Nach einiger Überlegung nahm Tom das Angebot des Kuriositätenhändlers an, die Kaution zu stellen und ihm zu helfen, das Geld für die Verteidigung der drei Männer zu sammeln. Als Gegenleistung sollte Burton Zugang zu jenen Papieren und Artefakten von der *Mignonette* erhalten, die Sergeant Laverty nicht beschlagnahmt hatte.

Tilly blieb an der Tür stehen, als Burton gegangen war. Tom hob eine Augenbraue. »Was für ein merkwürdiger Zufall, Mr. Tilly, daß ich binnen zwei Stunden zuerst den Besuch eines Gentleman erhalte, der mich drängt, jeden juristischen Beistand zu akzeptieren, den ich bekommen kann, und danach den eines Mannes, der mir die Mittel verspricht, mit denen ich ihn bezahlen kann.« Er lächelte. »Ich danke Ihnen dafür.«

15

Helden des Volkes

Am Morgen des 11. September 1884, einem Donnerstag, hatte Polizeichef Bourne alle verfügbaren Polizisten am Stadtgefängnis und am Rathaus zusammengezogen, aber wieder hatte sich eine große Menschenmenge versammelt, deren lärmender Zudringlichkeit die drei Angeklagten ausgesetzt waren, während sie durch die Stadt geführt wurden. Sie wurden durch den Eingang der Richter auf der Rückseite des Gebäudes ins Gericht gebracht und mußten auf einer Bank an der Seite des Gerichtssaals auf den Beginn der Verhandlung warten.

Die acht Friedensrichter nahmen ihre Plätze ein, bevor kurz nach elf Uhr die Türen für die Zuschauer geöffnet wurden. Die Straße vor dem Gebäude war von Menschen verstopft, und der Saal war sofort voller Neugieriger, die sich um die Sitzplätze stritten und sogar jene wegdrängten, die bereits einen Platz ergattert hatten. Binnen weniger Minuten war jeder Platz besetzt, und eine dichte Menschenmenge füllte die Gänge auf beiden Seiten der Sitzreihen und den Raum hinter ihnen.

Mehrere Polizisten und Gerichtsdiener waren nötig, um Richards Bruder einen Platz in der ersten Reihe zu sichern. Er trug die Weste eines Jachtnavigators mit dem auf die Brust gestickten roten Schriftzug *Marguerite*. Während der Verhandlung wanderte Toms Blick immer wieder zu ihm hinüber.

Trotz der Fülle im Saal herrschte gespannte Stille, als Mr. Genn sich erhob, um die Anklage zu verlesen. »Die Angeklagten«, verkündete er, »werden vor den Friedensrichtern Ihrer Majestät beschuldigt, am 15. Juli dieses Jahres des Herrn 1884 oder um dieses Datum herum als Untertanen unserer Herrin, der Königin der hohen See, unter Verletzung des Friedens unserer Herrin, der Königin, ihrer Krone und Würde verbrecherischerweise, vorsätzlich und mit Mordabsicht einen gewissen Richard Parker zu Tode gebracht zu haben.«

Er wandte den Kopf in Toms Richtung. »Wie plädieren Sie?«

Auf Tillys Anweisung gaben alle drei Männer dieselbe Antwort: »Ich behalte mir meine Verteidigung vor.«

Genn wandte sich wieder zur Richterbank um. »Vom Finanzministerium ist ein Antrag auf Fortdauer der Haft eingegangen. Ich habe brieflich um Klärung und genauere Anweisungen gebeten.« Er hielt inne. »Heute habe ich die Antwort erhalten. Danach werden die Justitiare des Finanzministeriums hinfort die Leitung des Falls übernehmen. Man hat mich gebeten, um eine Haftverlängerung von einer Woche zu ersuchen.«

Tilly war auf den Füßen, kaum daß Genn den letzten Satz beendet hatte. »Wenn Euer Ehren erlauben, halte ich es hinsichtlich des vom Finanzministerium gestellten Antrags auf Haftfortdauer für meine Pflicht, erneut an Euer Ehren zu appellieren, diesen unglücklichen Männern Kaution zu gewähren. Das kleine Zimmer, in dem sie zur Zeit festgehalten werden, ist für ihren Gesundheitszustand nicht geeignet. Sie haben sich von den Entbehrungen und Leiden, die sie durchgemacht haben, noch nicht erholt und werden es vielleicht nie tun. Ihr Gesundheitszustand ist schlecht, und darüber hinaus ist es unter den gegebenen Umständen äußerst schwierig, ihre Verteidigung vorzubereiten und durchzuführen. Deshalb hoffe ich weiterhin, daß Euer Ehren diese Frage nach neuerlicher

Überlegung anders beurteilen und meinen Antrag bewilligen werden.«

Liddicoat nickte ernst. »Wir verstehen Ihr Ersuchen und werden uns zur Beratung zurückziehen.«

Tilly blieb stehen. »Es gibt nur noch einen Punkt, auf den ich ein oder zwei Gedanken verwenden möchte«, fuhr er fort. »Das ist die Höhe der Kaution, denn Ihnen muß klar sein, daß diese Männer alles andere als reich sind und sich ihren Lebensunterhalt im Schweiße ihres Angesichts verdienen müssen. Wenn Sie also eine unangemessene Kaution festsetzen sollten, wäre dies keineswegs eine Bewilligung meines Antrags. Sie würden nur mit ihren Gefühlen spielen.«

Tilly verstummte, und der Anflug eines Lächelns umspielte seinen Mund, als er das zustimmende Gemurmel im Publikum hörte. »Doch ich bin sicher, daß dies Euer Ehren fernliegt. Sie sind sich wahrscheinlich bewußt, daß dies ein sehr ernster Fall ist. Das ist er in der Tat, aber als Rechtsanwalt, der viele Jahre in Ihrer Gegenwart praktiziert hat, sage ich Ihnen, daß diese Männer nur formell des schwersten Delikts angeklagt sind, mit dem ein Mann die Gesetze Englands brechen kann.«

Wieder legte er eine bedeutungsvolle Pause ein. »Die gegen sie erhobene Anklage ist nur formell eine Mordanklage. Deshalb halte ich es für meine Pflicht, in diesem frühen Stadium des Verfahrens in Ihren Köpfen zu verankern, was die Lehrbücher über das englische Strafrecht zu Delikten dieser Art zu sagen haben. Es gibt keinen fähigeren Kommentator des Strafrechts dieses Landes als Richter Stephen, und ihm zufolge gibt es eine einzige Art der gerechtfertigten Tötung, nämlich jene, bei der die Person, der die Schuld anzulasten ist, ebenso unschuldig ist wie die Person, deren Tod sie herbeigeführt hat. Darüber hinaus ist diese Tötung durch das große universale Prinzip der Selbsterhaltung gerechtfertigt, das in dem Fall, daß ein Mitglied einer Gruppe im Sterben liegt, jeden veranlaßt, nicht das Leben des anderen, sondern sein eigenes zu retten.

Ich möchte, daß Sie das universale Prinzip der Selbsterhaltung in Ihre Erwägungen einbeziehen, wenn Sie über die Kautionsfrage beraten. Alles zugegeben, was über diesen Fall gesagt worden ist, bleibt es doch einer, in dem nicht die geringste Chance besteht, daß die gegen diese Männer erhobene Anklage Bestand haben wird. Deshalb sollten Sie ihn nicht wie einen gewöhnlichen Mordfall behandeln, sondern als einen Fall, in dem die Anklage rein formaler Natur ist.«

Als er Platz nahm, brach das Publikum in Beifall aus, der von der Richterbank jedoch rasch zum Schweigen gebracht wurde. Die Richter berieten geraume Zeit, und Tom nagte an seinen Knöcheln und drückte die Fingernägel in die Handflächen, um die Tränen zurückzuhalten, die ihm wieder in die Augen zu steigen drohten. Als die Richter zurückkehrten, versuchte er in ihren Gesichtern zu lesen, aber ihre teilnahmslosen Mienen verrieten nicht, wie sie entschieden hatten.

»Auf Antrag des Finanzministeriums«, begann Liddicoat, »wird die Verhandlung bis nächsten Donnerstag vertagt. Das Richterkollegium hat Mr. Tillys Ersuchen sorgfältig geprüft und gibt ihm statt. Der Kapitän hat Sicherheiten für zweihundert Pfund, und ...« Der Rest ging im Jubel der Zuschauer unter. Liddicoat schlug mit seinem Hammer auf den Tisch, bis wieder Ruhe einkehrte. »... Sicherheiten für zweihundert Pfund zu stellen. Die anderen beiden haben Sicherheiten für jeweils hundert Pfund zu stellen.«

Wieder brach Jubel aus, den Liddicoat entgegennahm, als würde er ihm gelten. Er war politisch klug genug, um zu wissen, wie stark die Stimmung gegen die Inhaftierung der drei Männer im Ort war. Ein in Sheffield abgestempelter anonymer Brief dürfte ihm dies nur noch bestätigt haben. Er hatte ihn an eine Lokalzeitung weitergegeben, die seinen Inhalt so wiedergab:

»Eine Aneinanderreihung ekelhafter Schwüre, die den Bürgermeister mit den übelsten Schimpfworten belegen, weil er den Haftbefehl für die Überlebenden der *Mignonette* ausgestellt hat. Er habe kein Recht zu einem solchen Schritt gehabt, da die Männer keinen Mord begangen hätten. Der Absender schloß mit der Ankündigung, er beabsichtige, nächste Woche nach Falmouth zu kommen, um den Bürgermeister zu erschießen, weil er den Haftbefehl ausgestellt und dadurch den Männern, die bereits so viel durchgemacht hätten, noch mehr Leid zugefügt habe.«

Wie er Tom versprochen hatte, bot sich John Burton als Bürge für seine Kaution an. Von den Zuschauern wurde dies mit weiterem Applaus und Zurufen wie »Guter alter Burton!« aufgenommen.

Sowohl Stephens als auch Brooks nannten Einwohner von Southampton als Bürgen. Einer von denen, die für Stephens bürgen wollten, war J. H. Cocksey, der Vorsitzende Friedensrichter von Southampton. Doch obwohl Liddicoat es vermeiden wollte, daß sich die allgemeine Stimmung wieder gegen ihn wandte, konnte er nicht einfach aufgrund eines der Richterschaft unbekannten guten Namens, ganz gleich, wie respektabel der Betreffende war, Kaution gewähren.

»Gibt es keinen Einwohner von Falmouth, der für diese Männer die Kaution stellen will?« fragte er.

Nach kurzem Schweigen stand Burton noch einmal auf. »Ich werde für jeweils fünfzig Pfund geradestehen, wenn sich noch jemand findet, der für die andere Hälfte bürgt.«

Da sich niemand meldete, gestattete Liddicoat Stephens und Brooks, die Anklagebank zu verlassen und durch den Saal zu Burton hinüberzugehen. Nach kurzer, gedämpft geführter Unterhaltung erklärte er: »Ich werde für sie alle in voller Höhe Bürgschaft leisten.«

Der Jubel der Zuschauer erreichte einen Höhepunkt, als Daniel Parker zu den Angeklagten ging und ihnen nacheinander die Hand schüttelte. Es war nicht weniger als eine öffentliche Entlastung durch den nächsten Verwandten des toten Jungen.

Zu Toms Erleichterung blieb die Mehrheit der schulterklopfenden Menge zurück, nachdem sie das Gerichtsgebäude verlassen hatten. Als sie den Marktplatz erreichten, war die Gruppe, die ihnen folgte, auf eine Handvoll Menschen geschrumpft.

Tom winkte einen Hansom heran. Dann gab er Tilly die Hand. »Danke für all das, was Sie für uns getan haben.«

»Bisher habe ich wenig genug getan«, entgegnete Tilly, obwohl sein Gesicht vor Stolz rot angelaufen war. »Der wahre Test kommt in einer Woche, wenn wir die Richter davon zu überzeugen versuchen, Sie nicht zur Hauptverhandlung zu überstellen. Das wird nicht leicht sein. Aber ich bin froh, daß Sie wenigstens zu Ihren Lieben zurückkehren können.«

Während Tilly mit seinem Schreiber den Hügel hinunter davonging, wandte sich Tom zu den anderen um. Fünf Monate lang waren sie auf engstem Raum zusammen gewesen – auf der Jacht, im Dingi und im Gewahrsam. Jetzt konnten sie, wenn auch nur vorübergehend, getrennte Wege gehen. Wieder mußte er gegen die Tränen ankämpfen. Seit seiner Rettung hatte er öfter geweint als in seinem ganzen Leben zuvor, und oft aus den trivialsten Gründen. Da er keine passenden Worte fand, brummte er nur: »Dann bis nächsten Donnerstag«, stieg in die Kutsche und fuhr davon.

Am Bahnhof wartete Cheesman auf ihn. Er schüttelte ihm die Hand und drückte die Hoffnung aus, daß aus der befristeten Freilassung bald eine dauerhafte werden möge. Außerdem hatte er zwei wertvolle Dinge mitgebracht, Toms Sextanten und Chronometer, die nicht als Beweismittel benötigt wurden und von der Polizei freigegeben worden waren.

Um vier Uhr am nächsten Morgen traf Tom mit dem Postzug in Paddington ein und schlurfte in Slippern über den Bahnsteig; wegen seiner immer noch geschwollenen Füße hätte er den Druck von Schnürschuhen nicht ausgehalten. Obwohl Philippa die ganze Woche über krank gewesen war, erwartete sie ihren Mann in Begleitung zweier Freunde. Sie durchquerten London mit einem Hansom und nahmen um 5.50 Uhr in der Victoria Station den Zug nach Sutton.

Im Bahnhof von Sutton warteten einige Menschen, um Tom zu begrüßen und ihre Unterstützung für ihn zu demonstrieren. Er drückte jede Hand, die sich ihm entgegenstreckte, und schaffte es, einige Worte des Danks zu sagen, aber seine Gedanken waren nur noch darauf gerichtet, nach Hause zu kommen und seine Kinder zu sehen.

Beim Klang des Gartentors kamen die beiden älteren Kinder, Philippa und Winifred, aus dem Haus gerannt. Julian folgte ihnen auf schwankenden Beinen; er hatte seine ersten Schritte gemacht, während Tom auf See war. Als er die Kinder an sich drückte, begann er zu weinen, als würde ihm das Herz brechen.

Philippa hatte nichts Eiligeres zu tun, als ihn ins Bett zu stecken und einen Arzt zu rufen, der ihn untersuchen und seine Wunden verbinden sollte. Während sie auf den Arzt wartete, gab Tom ihr den Brief, den er ihr im Dingi geschrieben hatte.

Sie las ihn zweimal und ließ ihn dann sinken. Ihre Tränen vermischten sich, während sie sich gegenseitig an ihren Schultern ausweinten. Auch die Kinder, die sich an sie drängten, weinten, ohne zu wissen, warum.

Später, als Philippa ihn zum Essen und Trinken nötigte, erzählte er ihr die Geschichte des Untergangs und der Leiden in dem Dingi. Als der Arzt eintraf, wartete eine Gruppe von Reportern vor dem Haus. Trotz seiner Schwäche sprach Tom ausführlich mit ihnen und wiederholte ihnen gegenüber seine Darstellung der Fahrt und des Todes von Richard Parker.

Auch Philippa ergriff zur Verteidigung ihres Mannes das Wort und hob hervor, daß er Richard vor dem Ertrinken gerettet und seine Mannschaft am Leben erhalten habe, indem er sich selbst in Todesgefahr begab, um Proviant zu suchen, bevor er die *Mignonette* verließ. Er habe das Loch im Dingi gestopft, den Treibanker angefertigt, der verhinderte, daß es sank, gegen die Einwände der anderen darauf bestanden, ein Segel zu hissen, und sie ein ums andere Mal »daran gehindert, Selbstmord zu begehen«, indem er einschritt, wenn sie Meerwasser trinken wollten.

Dann waren die Reporter endlich gegangen, und Philippa führte ihren Mann ins Haus und verschloß die Tür hinter sich. Als Tom sich in seinen Ohrensessel setzte und auf die Kinder schaute, die vor ihm auf dem Teppich spielten, fühlte er zum ersten Mal, seit die *Mignonette* ausgelaufen war, Ruhe in sich einkehren.

Stephens und Brooks hatten länger gebraucht, um nach Hause zu gelangen. Nachdem Tom davongefahren war, hatte Brooks darauf bestanden, in eine Kneipe zu gehen und ihre Freilassung zu feiern. Obwohl Stephens sich nach seiner Familie verzehrte, erfüllte ihn der Gedanke, allein reisen zu müssen, mit einer ebenso unerklärlichen wie unleugbaren Angst, und so blieb er an der Seite seines Schiffskameraden.

In seinem angegriffenen Gesundheitszustand genügten zwei Krüge Ale, um Brooks betrunken zu machen, und als sie schließlich zum Bahnhof wankten, hatten sie den direkten Postzug nach Southampton verpaßt. Sie trafen erst Freitag mittag dort ein.

Auf dem Bahnhof hatten neben ihren Familien und Freunden und vielen Neugierigen auch einige Reporter auf sie gewartet. Diejenigen, die sie kannten, waren über ihr abgehärmtes Aussehen erschrocken. In der Lokalzeitung hieß es: »Beide Männer trugen die Spuren der Entbehrung im Gesicht.«

Stephens wurde durch die Menge offenbar eingeschüchtert. Sein Blick wanderte auf der Suche nach seiner Frau unstet hin und her, und er schien die Fragen, die Reporter und Neugierige ihm zuschrien, nicht zu verstehen. Dann trat Ann aus der Menge heraus, umarmte ihn und führte ihn fort.

Brooks war gesprächiger. »Wir hatten nicht die geringste Ahnung, daß wir in Falmouth festgenommen werden sollten«, erklärte er. »Wenn die Leute sich nur für einen Augenblick vorstellen würden, welche Leiden wir in dem Boot zu ertragen hatten, wären die Anklagen, die man gegen uns erhebt, so ungefähr das letzte, was ihnen einfallen würde.«

Es gab einige Beifallsrufe, aber auch Buhs und feindselige Fragen. Wie in Falmouth betrafen die meisten von ihnen die Tatsache, daß die Männer keine Lose gezogen hatten, bevor sie Richard Parker töteten. Brooks warf einen Blick in die Runde; er war sich vollauf bewußt, daß er nur ein Untermieter im Heimatviertel des toten Jungen war.

»Es tut mir sehr, sehr leid, daß unser armer kleiner Freund Parker nicht mit uns zurückgekehrt ist«, sagte er. »Aber wenn wir nicht getan hätten, was wir getan haben, wäre keiner von uns zurückgekommen. Was die Anklage gegen mich betrifft, so habe ich kein Geld, falls es zum Prozeß kommen sollte. Alles, was ich hatte, ist mit der *Mignonette* verlorengegangen, und unsere Heuer wurde in dem Moment ausgesetzt, als das Schiff sank.«

Unter den Zuschauern war eine Frau mit einem zerlumpten Bündel in der Hand, an deren Rockschößen zwei Kinder hingen. Als die Meute der Reporter und Neugierigen genug gehört hatte, nahm Brooks die Frau beiseite, wechselte einige zunehmend hitziger werdende Worte mit ihr und gab ihr schließlich eine Handvoll Münzen. Als seine Freunde einen Hansom heranwinkten, um mit ihm zur County Tavern in Northam zu fahren, blieb sie mit ihren Kindern allein am Straßenrand zurück. Wie sie sich umdrehten und davontrotteten, boten sie ein Bild der Verlorenheit.

Am nächsten Tag traf auch Daniel Parker in Southampton ein, nachdem er zunächst nach Torquay zurückgekehrt war, um wieder auf die *Marguerite* zu gehen, dort jedoch erfahren hatte, daß die Jacht bereits in Richtung Kanalinseln ausgelaufen war. Am Abend spürte ihn ein Reporter der *Southampton Times* in seinem Heim in Itchen Ferry auf. Daniels Antworten auf seine Fragen spiegelten den Zwiespalt wider, in dem sich die gesamte einheimische Bevölkerung befand. Die Leute hatten Richard gekannt und gemocht, aber als Gemeinde von Seefahrern verstanden sie auch den Brauch des Meeres.

»In bezug auf die Gefühle der hiesigen Fischer«, erklärte Daniel, »könnte ich natürlich sagen, wir wüßten nicht, was wir davon zu halten haben, doch alle, mit denen ich gesprochen habe, denken, daß der Kapitän zur Rechenschaft gezogen werden sollte, aber sie sagen auch, daß Brooks und Stephens sich geweigert hätten, Lose zu ziehen. Ich weiß, daß man argumentieren könnte, drei Leben seien besser als eines, aber der Junge war eine Waise, und wir glaubten, daß er übervorteilt worden war. Was die Frage der Bestrafung angeht, sind wir der Meinung, daß zumindest eine geringe Strafe verhängt werden sollte, da andere Männer auf See in Schwierigkeiten geraten und getötet werden könnten, weil die Leute wüßten, daß in diesem Fall nichts geschehen sei.«

Derselbe Reporter gewann auch das Vertrauen von Richards Adoptivmutter, Mrs. Matthews, die ihm sagte:

> »Dick war ein netter junger Mann für sein Alter. Im nächsten Februar wäre er achtzehn geworden. Er war seit drei Jahren in meiner Obhut und hat sich immer als guter Junge erwiesen. Er ist ein rauher, aber zuverlässiger Bursche gewesen, der keine Angst davor hatte, auf See zu gehen, obwohl er vorher noch nie von zu Hause fort gewesen war.
>
> Am 19. Mai, dem Tag, als er England verließ, stand er sehr früh auf und war um fünf Uhr unten. Ich und mein Mann gingen hinunter, um zu sehen, ob mit ihm alles in Ordnung war, und als er sich verabschiedete, gab er uns beiden einen Kuß und umarmte uns mehrere Minuten lang. Er schien traurig zu sein, daß er uns verließ. Es war das einzige Mal, daß er ein Zeichen des Bedauerns über seinen Entschluß zeigte. Das war das letzte, was ich von ihm sah, da ich nicht miterlebt habe, wie die *Mignonette* den Fluß verließ, obwohl sie am selben Nachmittag den Itchen hinuntergeschleppt wurde.
>
> Ich bekam einen Brief von Dick aus Madeira. Er hatte ihn selbst geschrieben. Danach habe ich nichts mehr von ihm

gehört, bis ich am letzten Sonntagvormittag erfuhr, daß das Schiff untergegangen war. Als ich von seinem schrecklichen Tod hörte, konnte ich es nicht glauben. Es war wirklich ein schwerer Tod für ihn. Es hat mir fast das Herz gebrochen, denn ich und mein Mann hatten ihn gern, als wäre er unser eigener Sohn. Ich glaube nicht, daß es in Ferry wirklich starke Gefühle gegen diese unglücklichen Männer gibt, und alles, was ich sagen kann, ist, daß ich wirklich glaube, daß sie ihn nicht hätten töten sollen. Ich sehe ihn förmlich vor mir, wie er zu Kapitän Dudley aufsieht und sagt: ›Was – ich, Sir?‹«

Der Leitartikel der *Southampton Times* gab die vorherrschende Meinung ihrer Leser wieder:

»Während viele aus der Bruderschaft der See beklagen, daß die vier erschöpften Schiffbrüchigen nicht die gleiche Chance durch das Ziehen von Losen erhielten, verweisen andere mit mehr Nachsicht auf die beispiellose Extremsituation, in der sie sich befanden, und geben zu bedenken, daß es ebenfalls ein Verbrechen gewesen wäre, einen der anderen drei Männer zu opfern, zumal klar war, daß der Junge nicht überleben konnte.«

Angesichts solch großzügiger Ansichten bei denjenigen, die dem Opfer am nächsten standen, nahm auch ein Teil der hauptstädtischen Presse eine weniger harte Haltung ein. Selbst der *Standard* zeigte in krassem Gegensatz zu seinem früheren Urteil plötzlich Mitgefühl:

»Es ist kaum möglich, daß sich jemand, der die Bequemlichkeiten des Lebens an Land genießt, eine gerechte Meinung über den Zustand bilden kann, in den Männer geraten sein müssen, bevor sie zu dieser schrecklichen Alternative greifen. Es ist unseres Wissens das erste Mal, daß die Justiz eine dieser furchtbaren Tragödien zur Kenntnis genommen hat, und das Interesse an dem Prozeß dürfte insbesondere unter Seeleuten sehr groß sein.«

Der *Daily Telegraph* besaß sogar noch mehr Verständnis für die Lage der Männer:

»Um der Menschlichkeit willen müssen wir bedauern, daß Geständnisse, wie sie die geretteten Männer abgelegt haben, jemals ans Tageslicht gekommen sind. Vielleicht wäre es besser gewesen, sie wären niemals gemacht worden. So abstoßend die letzte Zuflucht der Besatzung dieses Boots ist, muß doch daran erinnert werden, daß sie erst durch und nach Leiden ergriffen wurde, welche die Vernunft entthronen und das Menschsein auf ein rasendes Verlangen nach Essen und Trinken reduzieren, das alle Grenzen sprengt und für jeden anderen außer den Opfern völlig unverständlich ist.

Für den Rest ihres Lebens wird der Schatten dieser schrecklichen Erinnerung zwangsläufig ihre Tage verdunkeln und häufig auch ihre Nachtruhe stören. Aber es liegt bei ihren Kameraden, sie nicht zu verdammen, sondern Mitleid zu haben und diese erbarmungswürdige Geschichte mit der Gewißheit zu hören, daß sogar die Freunde des armen jungen Matrosen trotz ihres unsäglichen Kummers kein anderes Urteil äußern werden als ein trauriges Schweigen.«

Die öffentliche Sympathie für die drei Angeklagten wuchs weiter, als der bewegende Brief veröffentlicht wurde, den Tom im Dingi an Philippa geschrieben hatte. Dafür war John Burton verantwortlich, der begonnen hatte, das *quid pro quo* mit Tom, Brooks und Stephens in klingende Münze umzusetzen, indem er Kopien des zerknitterten, gefalteten und wasserfleckigen Briefs an die Zeitungen verhökerte. Der Brief sowie die Interviews mit den Überlebenden und Richards Verwandten vergrößerten den vorher schon unersättlichen Hunger der Öffentlichkeit nach Neuigkeiten über die *Mignonette* zusätzlich. Über den Fall war weltweit berichtet worden, und er beherrschte die britische Presse weiterhin und verdrängte sogar die täglichen Bulletins über die Fortschritte von Sir Garnet Wolseleys Expeditionstruppen, die den Nil hinaufmarschierten, um den belagerten General Gordon in Khartum abzulösen, auf den zweiten Platz.

Tom, Brooks und Stephens wurden ständig von Reportern verfolgt, und jeder, der auch nur im entferntesten etwas mit ihnen zu tun hatte, wurde interviewt. Eine Flut von Zuschriften, die überwiegend Verständnis für das Handeln der Angeklagten ausdrückten, füllte die Leserbriefseiten der Zeitungen; viele wandten sich auch direkt an die drei Männer, deren Adressen von der Presse veröffentlicht worden waren. So schrieb ein Schiffskapitän aus Perth an Tom:

> »Ich denke, ich muß meinen Empfindungen Ausdruck geben, indem ich Ihnen einen Brief schreibe. Wie froh Ihre liebe Frau gewesen sein muß, Sie sicher zurückbekommen zu haben, und wie tief muß Ihre Dankbarkeit gegenüber dem Herrn gewesen sein, der Sie auf so einzigartige Weise gesegnet und errettet hat. Ich versichere Sie der Sympathie unserer gesamten Schiffsbesatzung, da wir alle sicher sind, daß Sie in jeder Hinsicht das Beste getan haben.
>
> Ich habe nicht die geringste Vorstellung von dem, was Sie jüngst während Ihrer furchtbaren Prüfung durchgemacht haben, aber ich bin dankbar, daß Ihr Leben verschont geblieben ist. Möge Gott Sie weiterhin segnen, und möge Er die Herzen jener lenken, denen Sie nächste Woche gegenüberstehen werden. Unsere Gebete sind mit Ihnen.«

Es waren zu viele Briefe, als daß Tom sie hätte einzeln beantworten können. Deshalb bedankte er sich über die Leserbriefseiten für die Zuschriften:

»Erlauben Sie mir, meinen Dank auszudrücken für die zahlreichen Beweise des Mitgefühls sowohl für die beispiellosen Leiden und Entbehrungen, die ich selbst und meine Kameraden auf See durchlitten haben, als auch für unsere gegenwärtige Pein unter dem Bannstrahl der Justiz, die uns eine Tat vorwirft, die gewiß weder mit Vorbedacht noch mit Böswilligkeit im wahren Sinn dieser Worte begangen wurde, wie mein Gewissen bestätigen kann.«

Es ist sicherlich selten, wenn es überhaupt jemals vorgekommen ist, daß ein des Mordes Angeklagter in der *Times* seine Unschuld beteuern durfte.

Auch Stephens erhielt einige Briefe, darunter einen, der ihm zu seiner »bemerkenswerten, glücklichen Flucht aus dem nassen Grab« gratulierte und dann fortfuhr: »Die enormen Entbehrungen, die Sie und Ihre ehrenwerten Kameraden durchlitten haben, und die großen Fähigkeiten, mit denen Sie Ihr zerbrechliches Boot unter derart außergewöhnlichen Umständen und unter der tropischen Sonne gehandhabt haben, sichern Ihnen einen Platz in der ersten Reihe der Helden Englands.«

Andere, für gewöhnlich reiche und mächtige Männer, die dem Jachtsport verbunden waren, wandten sich an den Innenminister. Der Eigner einer von Toms früheren Jachten, Iain MacNab, schrieb Harcourt:

»Sir, dürfte ich Sie mit einem kurzen Appell zugunsten eines der drei unglücklichen Männer in dieser schrecklichen Seefahrtsgeschichte, die das ganze Land in Atem hält, belästigen?

Tom Dudley war einst Kapitän meiner Jacht, und während er in meinen Diensten stand, hat er in jeder Hinsicht meine höchste Achtung gewonnen. Er war in seinem Beruf geschickt und mutig, als Mann rechtschaffen, aufrichtig und ehrenhaft und zu allen, die unter seinem Kommando standen, überaus freundlich. Außerdem war er großzügig und half seinen weniger glücklichen Freunden freigebig mit seinem bescheidenen Vermögen aus. Sein Verhalten in allen Lebensbereichen nötigte Respekt ab. Er war ein durch und durch redlicher Mann. Dies alles weiß ich aus eigener Erfahrung.

Es übersteigt meine Vorstellungskraft, mir ein Bild der extremen Schrecken zu machen, die einen derart gutherzigen und mutigen Mann dazu bewegen können, etwas Unrechtes zu tun. Ich bin mir sicher, daß Dudley, ganz gleich, wie das Gericht die Tat bewerten mag, sie niemals als nicht zu rechtfertigen betrachtet haben kann. Zu seinem Charakter gehören weder Selbstsucht noch Grausamkeit.

Ich bitte um Verzeihung dafür, daß ich Ihre kostbare Zeit in Anspruch genommen habe, um Ihnen diese Tatsachen nahezubringen. Aber Leben und Glück eines Menschen stehen auf dem Spiel, und ich halte es für meine Pflicht, vorzubringen, was ich über den armen Dudley weiß, für dessen traurige Lage ich tiefes Mitgefühl empfinde, und ich bin mir Ihrer Nachsicht sicher, wenn ich Sie um ihre gütige Intervention zu seinen Gunsten ersuche.«

Der Brief wurde abgezeichnet und zu den Akten genommen, aber Harcourt hatte keineswegs die Absicht, sich zu irgendeiner »gütigen Intervention« zu Toms Gunsten verleiten zu lassen. Er blieb bei seiner Ansicht, daß im Fall der *Mignonette* das volle Gewicht des Gesetzes Anwendung finden müsse. Aber nicht alle juristischen Kreise stimmten mit ihm überein, wie die Leserbriefseiten von *Times* und *Telegraph* bewiesen, auf denen eine Reihe von Briefen von Rechtsanwälten veröffentlicht wurde, in denen das Für und Wider der Strafverfolgung in diesem Fall besprochen wurde. So schrieb ein Rechtsanwalt:

»Diese Männer für das, was sie getan haben, von einem strikt rechtlichen Standpunkt aus zu verurteilen, wäre höchst ungerecht. Nach fast zwanzig Tagen solch furchtbarer Entbehrungen konnten sie kaum als verantwortlich handelnde Personen gelten. Das Verlangen nach dem Blut des sterbenden Jungen war ein von physischem und geistigem Leiden verursachter Wahn. Ohne Zweifel wäre der Junge kurze Zeit später an Entkräftung und dem Meerwasser, das er getrunken hatte, gestorben.

Die groben Argumente, mit denen der Kapitän und Stephens den Tötungsakt vor sich selbst rechtfertigten – daß sie verheiratete Männer mit Familie seien und der Junge niemanden habe, der von seiner Unterstützung abhing –, sind, für sich genommen, gute Argumente.

Außerdem ist daran zu erinnern, daß sie nur aufgrund ihres eigenen Geständnisses unter Anklage stehen. Sie haben die von ihnen begangene Tat nicht verheimlicht, obwohl dies wahrscheinlich sehr einfach gewesen wäre.

Die Friedensrichter von Falmouth waren völlig im Recht, als sie ihre Festnahme unter der Anklage des Mordes anordneten. Wenn einem Menschen das Leben genommen wird, ist ein Mord anzunehmen. Es liegt bei den Angeklagten, ihre Schuld zu widerlegen oder mildernde Umstände zur Geltung zu bringen, aufgrund derer ein weniger hartes Urteil ergehen kann.

Interessant an diesem Fall ist, daß er die Grenzen des Rechts überschreitet. Er berührt die untersten Schichten der praktischen Ethik und wirft eine Frage der elementaren Moral auf, die jeder nach seinem eigenen moralischen Empfinden beantworten wird. Zu verallgemeinern wäre absurd.«

Ein anderer Leser der *Times* lenkte die Aufmerksamkeit auf die unheimlichen Parallelen zwischen diesem Fall und einer Kurzgeschichte, die Edgar Allen Poe 1837 geschrieben hatte. In »Der Bericht von Arthur Gordon Plym aus Nantucket« wird die Geschichte von vier schiffbrüchigen Männern erzählt, die, nachdem sie eine Schildkröte getötet und verspeist haben, einen von ihnen töten, den Kabinenjungen Richard Parker, und sein Blut trinken und sein Fleisch essen:

»Unsere Hauptleiden bestanden nunmehr in Hunger & Durst; und wenn wir die diesbezüglichen Hülfsquellen & Möglichkeiten ins Auge faßten, verging uns freilich jeglicher Mut, und wir waren nahe daran, zu bedauern, daß wir den weniger fürchterlichen Gefahren des Meeres entronnen seien. Wir versuchten jedoch, uns mit der Hoffnung zu trösten, daß wir sicher bald von einem Schiff aufgenommen werden würden; und ermunterten uns gegenseitig, alles was uns an Übeln noch begegnen könne, mit Standhaftigkeit zu ertragen.

... und ich zwang mich gewaltsam aufzuschauen – wo ich denn sofort am Gesichtsausdruck Parkers erkannte, daß ich gerettet und er derjenige war, den das Gericht ereilt hatte. ... Ich muß auf dem schrecklichen Imbiß nicht verweilen, der sich unverzüglich anschloß. Dergleichen Szenen kann man sich allenfalls vorstellen; aber Buchstaben haben nicht die Macht, das Gemüt mit der erlesenen Scheußlichkeit solcher Realität zu beeindrucken. Sei es genug, zu sagen, daß, nachdem wir den rasenden Durst, der uns verzehrte, einigermaßen mit dem Blut des Opfers gestillt hatten, auch dahin übereingekommen waren, Hände, Füße und Kopf abzutrennen, und sie, zusammen mit den Eingeweiden, dem Meer zu übergeben, wir den Rest des Leibes verschlangen, stückweis' ...«

16

Verrat

Am nächsten Donnerstag, dem 18. September 1884, kehrten die drei Angeklagten nach Falmouth zurück, um ihre Kaution auszulösen. Stephens und Brooks waren am Mittwochabend aus Southampton angereist und hatten die Nacht im Seemannsheim verbracht.

Tom war am frühen Donnerstagmorgen mit dem Postexpreß aus London in Truro eingetroffen und hatte von dort den ruckelnden Zug auf der eingleisigen Strecke um die Hügel herum nach Falmouth hinunter genommen. Als er zu früher Stunde in der Hafenstadt aus dem Zug stieg, wartete kein Hansom vor dem Bahnhof auf Fahrgäste, so daß er einen langsamen, schmerzhaften Fußmarsch durch die Stadt antreten mußte.

Die Wunden an seinen Hinterbacken, die er sich am Tag nach ihrer Rettung zugezogen hatte, mußten immer noch täglich behandelt werden. Auch Stephens' körperlicher und geistiger Gesundheitszustand war nach wie vor angegriffen, und Tom bemerkte voller Sorge, daß Brooks, der als einziger kräftig genug gewesen war, selbst auf das Schiff zu klettern, als sie gerettet wurden, jetzt der Schwächste von ihnen zu sein schien. Während sie frühstückten, saß er still und teilnahmslos da, wich Toms Blick aus und beteiligte sich kaum an der Unterhaltung.

»Kopf hoch, Brooks«, versuchte Tom ihn aufzumuntern. »Heute abend ist jeder wieder zu Hause, und die ganze Sache liegt hinter uns.«

Brooks quittierte es mit einem schwachen Lächeln und sah dann wieder weg.

Nach dem Frühstück schickte Kapitän Jose, der Leiter des Seemannsheims, einen Jungen nach einer Kutsche, mit der die drei Männer den Hügel hinauf zum Rathaus fahren sollten. Bis zum Verhandlungstermin war es noch fast eine Stunde. Trotzdem verstopfte bereits wieder eine riesige Menschenmenge die Straße, und die Türen des Gerichtsgebäudes wurden von Menschen belagert, die wenigstens einen Stehplatz in dem kleinen Bereich ergattern wollten, mit dem sich das allgemeine Publikum begnügen mußte.

Ein Aufschrei ertönte, als die drei Männer aus der Kutsche stiegen, und während sie sich einen Weg zum Eingang der Friedensrichter bahnten, drängte sich die Menge noch näher an sie heran. Im Gerichtssaal lehnte sich Tom mit zitternden Händen an die Wand, während die anderen beiden auf einer Bank warteten.

Um Schlag elf Uhr betraten die Friedensrichter den Saal, und die drei Angeklagten nahmen ihre Plätze auf der Anklagebank ein. Als alle bereit waren, gab der Gerichtsbeamte der Polizei das Zeichen, die Türen zu öffnen. Es gab einigen Tumult, während die Leute um einen Platz kämpften, und viele wurden ausgesperrt, als die Türen gewaltsam wieder geschlossen wurden.

Um den kleinen Tisch vor dem Anklagestand drängten sich die Anwälte fast genauso wie das Publikum im Zuschauerraum. Tillys rotes Gesicht wurde von einem Vogelnest aus zerzausten Haaren gekrönt. Ihm gegenüber saß ein großer, aristokratischer Mann. Kronanwalt William Otto Julius Danckwerts, Mitglied der Londoner Anwaltsvereinigung *Inner Temple*, Anwalt im Finanzministerium und Spezialist für Untersuchungen von Schiffsunglücken, vertrat zusammen mit dem Anwalt G. Appleby-Jenkins, der zugleich Leiter der Stadtkanzlei von Penryn war, die Staatsanwaltschaft.

Als Tom sich im Saal umsah, bemerkte er, daß er von der Pressebank eingehend gemustert wurde. Die Reporter vertrieben sich die Zeit damit, Bleistiftskizzen von den Angeklagten anzufertigten. Jedes landesweite Blatt und sämtliche Lokal- und Regionalzeitungen waren vertreten, und der Fortgang der Verhandlung wurde durch den Klang von Holzschuhen eingeläutet, die über das Kopfsteinpflaster der Straßen klapperten, wenn die in der Stadt als Boten angeheuerten Jungen die nächste Folge der Mitschriften der Anhörung zum Telegrafenbüro brachten.

Tom wäre nicht gekränkt gewesen, wenn er seine Beschreibung in der *Weekly Mercury* gelesen hätte:

»Er ist leicht unter durchschnittlicher Größe, breitschultrig und macht einen kräftigen Eindruck. Sein gut geformter Kopf und seine angenehmen Gesichtszüge deuten auf eine freundliche und großzügige Natur hin. Nach seiner Erscheinung zu urteilen, ist er als letzter auf der Welt fähig, eine Grausamkeit zu begehen. Obwohl kein Kostverächter, hat er in bezug auf Speis und Trank stets maßvolle Gewohnheiten gehabt, und seine Freunde schreiben sein Stehvermögen weitgehend dieser Tatsache zu.

Stephens ist größer und von gröberer Art als der Kapitän, ein in jeder Hinsicht prächtiger Bursche und das Musterbeispiel eines britischen Matrosen, soweit es das Physische betrifft. Sowohl Dudley als auch Stephens haben ein rötliches Gesicht und rote Haare. Brooks ist etwas größer und stämmiger als der Kapitän und hat eine dunkle Haut und fast pechschwarze Haare.«

Tom lockerte sein Jackett. Es war ein warmer Tag, und in dem überfüllten Gerichtssaal war es bereits unangenehm heiß. Die geflüsterten Unterhaltungen erstarben, als Liddicoat den Saal zur Ordnung rief und der Gerichtsbeamte die Anklage verlas.

Danach stand Danckwerts auf. »Euer Ehren, ich erscheine in diesem Fall, um auf Anweisung der Krone und des Staatsanwalts die Anklage zu vertreten. Es ist meine Pflicht, Ihnen die Fakten so kurz und bündig wie möglich darzulegen, und dann ist es an Euer Ehren, zu entscheiden, ob die Gefangenen zur Hauptverhandlung zu überstellen sind.«

Er pausierte und warf einen Blick auf die Reporter, so als seien seine Worte ebenso für sie wie für die Richterbank bestimmt. »Obwohl der Fall starke Sympathien erregt hat, können Sie und ich es uns wegen der uns obliegenden Pflichten nicht erlauben, uns aufgrund einer Regung von Kummer oder Mitleid oder irgendeines anderen Gefühls einer Seite zuzuneigen. Wir müssen uns ausschließlich von dem Wunsch leiten lassen, die öffentliche Gerechtigkeit zu fördern, und von nichts anderem.

Wie Sie wissen, Gentlemen, sind wir heute nicht zusammengekommen, um über den Fall zu Gericht zu sitzen. Wir sind nicht hier, um ein Urteil zu sprechen oder die Gefangenen anzuklagen, sondern einzig und allein, um die Frage zu beantworten: ›Gibt es irgendwelche Beweise, derentwegen gegen diese Gefangenen die Hauptverhandlung vor einer aus ihren Landsleuten bestehenden Jury eröffnet werden sollte?‹«

Er hielt wieder inne. Diesmal blieb sein Blick an dem am Anwaltstisch sitzenden Tilly hängen, und der Anflug eines Lächelns huschte über sein Gesicht. »Es gibt Fälle, in denen das Gesetz von Ihnen verlangt, einem Mitmenschen das Leben zu nehmen, aber im Vertrauen gesagt, wage ich zu behaupten, daß dies keiner dieser Fälle ist. Wir dürfen jedoch nicht vergessen, daß das Gesetz diese Tat als Mord betrachtet, und dem Gesetz muß Genüge getan werden.

Nach der Verfassung dieses Landes ist einer Person, die

höher steht als jeder von uns, die Macht gegeben, die Strenge des Gesetzes zu mildern.« Er hob den Blick zu dem über der Richterbank hängenden Porträt von Königin Viktoria. »Und möglicherweise gibt es Umstände, die diesen Fall von anderen unterscheiden. Wenn dem Gesetz Genüge getan ist, werden diese Umstände in Betracht gezogen und in angemessener Weise berücksichtigt werden.

Der Fall ist in der Tat eng umrissen. Es gibt nur wenige Fakten, und ich wage zu behaupten, daß sie unumstritten sind. Zu einem bestimmten Zeitpunkt, als Brooks im Bug des Boots lag, töteten der Kapitän und Stephens gemeinsam den Jungen. Anscheinend hat der Kapitän Stephens gebeten, ihm behilflich zu sein und seine Beine festzuhalten. Dann stach er mit einem Taschenmesser in die Kehle des Jungen, fing das Blut auf, und sie tranken es.

In diesem Augenblick scheint Brooks sie gesehen zu haben und verlangte einen Anteil von dem Blut. Soweit ich feststellen kann, wußte Brooks zwar von der Absicht der anderen beiden, gab aber nie ausdrücklich seine Zustimmung dazu, und ich würde sagen, man kann ihm in Anbetracht der dringenden Bedürfnisse, auf die sie reduziert waren, keinen großen Vorwurf daraus machen, daß er seinen Teil einforderte, als er die anderen das Blut trinken sah.«

Während Danckwerts sprach, drehte sich Tilly um und sah erst Tom und dann Brooks an. Auf seinem Gesicht lag ein besorgter Ausdruck. Brooks hatte den Kopf gesenkt und starrte unverwandt auf seine Hände.

»Nun betrachtet es das englische Gesetz als edler und wertvoller, wenn alle sterben, als wenn einem Mitmenschen das Leben genommen wird«, fuhr Danckwerts fort. »Welches Recht hätten Sie oder ich oder sonst irgend jemand, zu meinen, wir könnten im Unglück einem anderen das Unglück der anderen aufladen, indem wir ihm das Leben nehmen, um unser eigenes zu retten? Das englische Gesetz enthält keine Vollmacht für ein derartiges Verhalten, und ich fordere Sie auf …« Er unterbrach sich, um seinen Worten mehr Gewicht zu verleihen. »Sie haben tatsächlich keine andere Wahl, als die Gefangenen zur Hauptverhandlung zu überstellen. Der Kapitän hat die Tat begangen, und Stephens war ein Hauptbeteiligter. In ihrem Fall kann es überhaupt keinen Zweifel geben.

Was Brooks betrifft, so bin ich nach reiflicher Prüfung seiner Rolle zu dem Schluß gelangt, daß er in keiner Weise Akteur oder Komplize des Verbrechens seiner beiden Kameraden war. Deshalb schlage ich vor, keine Beweisaufnahme gegen ihn einzuleiten. Ich bitte Sie, ihn zu entlasten, und werde ihn in den Zeugenstand rufen, damit er berichten kann, was geschehen ist. Das ist fair gegenüber Brooks und auch gegenüber den anderen beiden Gefangenen, weil sie dann in einer unabhängigen Zeugenaussage die Gelegenheit haben, jene Tatsachen ans Tageslicht zu bringen, die ihrer Meinung nach erwähnt werden sollten.«

Danckwerts machte eine übertriebene Verbeugung vor der Richterbank und nahm Platz.

Nach kurzer Beratung mit seinen Kollegen verkündete Liddicoat: »Der Angeklagte Brooks ist formell entlastet.«

Die Zuschauer brachen in Jubel aus.

Danckwerts war augenblicklich wieder auf den Beinen. »Ich muß darum ersuchen, daß diese Gefühlsausbrüche unterbunden werden.« Seine offensichtliche Erregung war verständlich, wenn man bedenkt, was sein Sohn später enthüllte, daß Danckwerts nämlich glaubte, bei einer Verurteilung wäre in Westengland sein eigenes Leben in Gefahr.

Liddicoat lief wegen der schroffen Erinnerung an seine Pflichten rot an, hieb aber mit seinem Hammer auf den Richtertisch. »Bei weiteren Ausbrüchen dieser Art werde ich den Saal räumen lassen.«

Tom sah Stephens fragend an. »Hast du etwas davon gewußt?«

Der Maat schüttelte den Kopf.

Tom schaute nach links. Brooks hatte sich überrascht gegeben, saß jetzt aber wieder reglos und mit gesenktem Blick da. Tom sah ihn durchdringend an, während ein Polizist Brooks beim Ellbogen nahm und ihn aus dem Anklagestand zu einer Bank an der Seite des Saals führte.

Als Tom sich wieder zum Gericht umwandte, traf er auf den Blick seines Verteidigers. Tilly sprang auf. »Eure Hochwürden, ich muß darum bitten, die von den Angeklagten gegenüber dem Zolleinnehmer abgegebenen Erklärungen als Beweismittel zu prüfen.«

Danckwerts schraubte sich von seinem Stuhl hoch. »Wenn Mr. Tilly noch ein wenig warten will, wird genau dies geschehen.«

Tilly ignorierte ihn und wiederholte seinen Antrag.

Danckwerts' amüsierte Herablassung fiel von ihm ab. »Euer Ehren, ich wünsche den Fall mit der größten Rücksicht auf die unglücklichen Männer zu führen, aber ich protestiere gegen das Auftreten ihres Verteidigers.«

»Was immer mein gelehrter Freund vorbringen mag«, entgegnete Tilly, »bin ich angesichts der ernsten Natur des Falls entschlossen, jeden möglichen Einspruch zu erheben.«

»Aber Sie schlagen keinen angemessenen Kurs ein.«

Die beiden Anwälte maßen sich über den Tisch hinweg. »Ich schlage einen Kurs ein, von dem ich meine, daß er dem Fall gerecht wird. Wir müssen daraus keine persönliche Angelegenheit machen.«

»Sie sehen sich besser vor, Mr. Tilly, und erlauben mir, die Sache angemessen zu behandeln.« Der Kronanwalt streckte das Kinn vor und hakte die Daumen in seine Weste. Es war die Pose eines Bantamhahns, der sich für einen Kampf mit einem Rivalen bereitmachte, und im Publikum war hier und da Gelächter zu hören. Danckwerts starrte Tilly unverwandt an. »Sie erheben offenbar die lächerlichsten Einsprüche. Ich schlage vor, die Erklärungen, die Mr. Cheesman dem Handelsministerium geschickt hat, zu verlesen. Gegen sie dürften Sie keine Einsprüche zu erheben haben.«

»Ich werde die Einsprüche erheben, die ich für angebracht halte«, entgegnete Tilly. »Die Erklärungen wurden gemäß den speziellen Anforderungen des Gesetzes über die Handelsschiffahrt abgegeben. Mein Einwand lautet, daß sie in einer Untersuchung über die Ursache eines Schiffsuntergangs zulässig wären, aber nicht in einem Strafprozeß.«

Dies dürfte auch Danckwerts nicht entgangen sein, und Tom hatte den Wortwechsel der beiden Anwälte ebenso amüsiert verfolgt wie die Friedensrichter. Doch jetzt begriff er den Grund. Den Aussagen, die sie im Zollamt gemacht hatten, war keine Rechtsbelehrung vorausgegangen, und zudem konnte man anführen, daß sie nicht freiwillig erfolgt waren, da es eine gesetzliche Pflicht gab, jeden Tod auf See zu melden.

Tom war nicht wohl bei der Sache. Er wollte, daß das Gericht ihn freisprach, weil es erkannt hatte, daß er die Wahrheit gesagt und kein Verbrechen begangen hatte, und nicht aufgrund der Tricks eines Anwalts. Ohne ihre sie selbst belastenden Erklärungen hatte die Staatsanwaltschaft keinen Beweis gegen sie in der Hand, außer… Er blickte auf die andere Seite des Saals. Brooks hatte ihn beobachtet und konnte es nicht verhindern, daß sich ihre Blicke für einen Moment trafen. Das Schuldgefühl, das Tom in Brooks Augen gesehen hatte, sagte ihm, daß Danckwerts' Entscheidung, in Brooks' Fall nicht in die Beweisaufnahme einzutreten, für diesen alles andere als eine Überraschung gewesen war.

Zu Tillys kaum verhohlener Wut entschied Liddicoat nach kurzer Beratung mit seinen Kollegen zugunsten der Staatsanwaltschaft. Die Erklärungen von Tom und Stephens, nicht aber die von Brooks, wurden verlesen, und Cheesman wurde als Zeuge aufgerufen, um ihre Authentizität zu beschwören. Außerdem befragte ihn Danckwerts über das Gespräch, das er nach der Abgabe der Erklärungen mit Tom im Sitzungssaal geführt hatte.

Tom hörte aufmerksam zu und war derart erpicht darauf, daß alles korrekt ins Protokoll kam, daß er Cheesman sogar unterbrach, als dieser nicht sicher war, ob er ihm gesagt hatte, daß er das Messer auf der rechten oder linken Seite des Halses angesetzt hatte. »Es war diese Seite«, sagte Tom, indem er die Finger auf seinen Hals legte.

Stephens erzitterte unwillkürlich und schlug die Hände vors Gesicht.

Immer noch gereizt, erhob sich Tilly zum Kreuzverhör. »Diese Erklärung wurde vor Ihnen als Strandvogt und oberster Zolleinnehmer abgegeben, ist das richtig? Haben Sie ihn in irgendeiner Weise belehrt, bevor er sie unterzeichnete?«

»Nein. Ich untersuchte keinen Kriminalfall. Die Erklärung wurde nur hinsichtlich des Schiffsverlusts aufgenommen.«

»Haben Sie darauf hingewiesen, daß er sich selbst eines schweren Verbrechens bezichtige und nicht gezwungen sei, sich zu belasten?«

»Nein, das habe ich nicht getan. Ich habe nicht im entferntesten damit gerechnet, daß Anklage gegen ihn erhoben werden könnte.« Cheesman warf einen Blick ins Publikum. »Als ich ihnen meine Fragen stellte, wußte ich nicht, daß ihre Antworten gegen sie verwendet werden würden. Hätte ich es gewußt, hätte ich sie nicht gestellt.«

»Wirkte Mr. Dudley überrascht, als er festgenommen wurde?«

»Ja.«

»Er war also bis zu diesem Zeitpunkt offensichtlich der Meinung gewesen, er könne noch am selben Abend nach Hause zurückkehren?«

Cheesman wischte sich den Schweiß von der Stirn. »Ja. Und ich war derselben Meinung wie er.«

Tom war sich nicht sicher, ob Cheesman die Wahrheit sagte oder nur versuchte, sein heimisches Publikum zu beschwichtigen. Aber er hatte keine Zeit, länger über diese Frage nachzudenken, denn in diesem Augenblick wurde er selbst in den Zeugenstand gerufen, weil Danckwerts ihn zu einem Punkt seiner Erklärung befragen wollte.

»Kapitän Dudley, als Sie über die Tötung des Jungen diskutierten, sagte Brooks da nicht, er wolle damit nichts zu tun haben?«

Toms Blick war kühl, und er antwortete mit fester Stimme: »Nein, das hat er nicht gesagt.«

Danckwerts runzelte die Stirn und setzte zu einer weiteren Frage an, überlegte es sich aber anders und schüttelte den Kopf.

Die sechs Worte, mit denen Tom Danckwerts geantwortet hatte, waren die einzigen, die er und Stephens während des gesamten Gerichtsverfahrens äußern durften. Nach den seit dem Mittelalter in englischen Gerichten geltenden Verfahrensregeln war es keinem Angeklagten gestattet, eine eidliche Aussage in eigener Sache abzugeben. Es war Aufgabe der Staatsanwaltschaft, die Anklage zu beweisen, und eine Aussage des Angeklagten wurde als irrelevant angesehen, da er, ob schuldig oder nicht, angeblich generell dazu neigte, das von ihm verübte Verbrechen zu leugnen.

Zu einem früheren Zeitpunkt der viktorianischen Ära war im Unterhaus ein Gesetzentwurf eingebracht worden, nach dem einem Angeklagten die Aussage erlaubt werden sollte, aber er hatte eine derart stürmische Debatte ausgelöst, daß er wieder zurückgezogen wurde. Der Entwurf sollte schließlich 1898 im Rahmen des Gesetzes über das Beweisrecht im Strafverfahren verabschiedet werden. Danach hatte ein Angeklagter die Wahl, entweder unbeeidigt, und ohne sich einem Kreuzverhör stellen zu müssen, oder beeidigt und mit Kreuzverhör auszusagen.

Als nächster Zeuge wurde Brooks aufgerufen. Im Zuschauerraum machte sich Unruhe breit, während er um den Saal herum zum Zeugenstand ging, der sich am rechten Ende der Richterbank befand, diagonal gegenüber der Anklagebank in der Mitte des Saals.

Brooks blieb weit über eine Stunde im Zeugenstand und erwiderte in dieser Zeit nicht ein einziges Mal Toms Blick, sondern schaute stur geradeaus, die Seite des Saals entlang, ohne einmal zur Richterbank oder zu Danckwerts zu sehen, während dieser ihn durch seine Aussage führte. Er sprach so leise, daß selbst die neben dem Zeugenstand sitzenden Reporter ihn kaum verstanden und Liddicoat mehr als einmal eingreifen mußte: »Wir verstehen, daß es schmerzlich für Sie ist, aber bitte bemühen Sie sich, deutlicher zu sprechen.«

Einer der Reporter auf der Pressebank hatte den Eindruck, daß Brooks »die Rolle des Zeugen eher widerstrebend spielte und daß die Vergegenwärtigung der traurigen Szenen, an denen er bis zu einem gewissen Grad beteiligt gewesen war, schmerzlich und widerwärtig für ihn war«.

Danckwerts tat alles, um diesen Eindruck zu bestärken. »Wußten Sie, als Sie an diesem Morgen herkamen, daß Sie entlastet werden würden?«

»Nein, Sir.« Er schüttelte nachdrücklich den Kopf.

»Haben Sie außer gegenüber dem Zolleinnehmer, den Zeitungen und Ihrem Verteidiger irgend jemandem, der mit der Staatsanwaltschaft verbunden ist, eine Aussage gemacht?«

»Nein, Sir.«

»Wußten Sie, daß Sie heute vormittag als Zeuge aufgerufen werden würden?«

»Nein, Sir.«

»Nicht, bis Sie entlastet wurden?«

»Auch dann nicht, Sir.«

»Oh, auch dann nicht«, echote Danckwerts, als würde er Brooks' Überraschung teilen.

»Nein. Erst, als ich aufgerufen wurde.«

Danckwerts nickte. »Nun, als Sie in dem Dingi trieben, wann wurde die Frage des Losentscheids diskutiert?«

»Dudley brachte sie mehrmals zur Sprache, das erste Mal, bald nachdem wir das letzte Stück der Schildkröte gegessen hatten.«

Als wollte er die Distanzierung von seinen Schiffskameraden betonen, nannte er Tom jetzt nicht mehr »Kapitän«, sondern »Dudley«.

»Wir hatten danach acht Tage lang nichts zu essen gehabt«, fuhr er fort. »Aber wir haben uns nicht darauf geeinigt. Ich sagte: ›Laßt uns alle zusammen sterben.‹« Er sah Danckwerts an, als erwartete er seine Anerkennung, dann blickte er wieder starr geradeaus.

»Was hat der Junge dazu gesagt?«

»Er hat an dem Gespräch nicht teilgenommen. Es ging ihm noch ziemlich gut zu dieser Zeit, aber am fünfzehnten Tag ist er krank geworden.«

»Nun, wenden wir uns dem neunzehnten Tag zu, dem Tag vor Richard Parkers Tod. Können Sie sich an irgendein Gespräch über Lose an diesem Tag erinnern?«

»Ja, Dudley sagte, es müsse etwas geschehen. Ich habe darauf nichts erwidert. Es wurde nicht viel geredet an diesem Tag. Wir sahen uns nur alle ziemlich böse an.«

»Wer hat am nächsten Morgen als erster davon gesprochen, daß Parker getötet werden sollte?«

Brooks zögerte und rutschte ungemütlich auf seinem Stuhl hin und her. »Wir fanden alle drei, daß etwas geschehen müsse. Darüber, daß der Junge getötet werden sollte, haben wir nicht gesprochen. Aber mir war klar, was gemeint war, weil Stephens erst mit dem Kinn in Richtung des Jungen wies und dann mir zunickte.«

»Was passierte dann?« fragte Danckwerts.

»Der Junge lag in der Mitte des Boots, und ich legte mich mit dem Kopf nach vorn und den Füßen unter der Ruderbank in den Bug. Ich hatte einen Ölmantel über dem Kopf. Ich – ich hörte keine Worte, sondern nur ein leises Geräusch. Dann sah ich mich um und entdeckte, daß dem Jungen die Kehle durchgeschnitten worden war. Ich weiß nicht, wie. Ich habe nicht richtig hingesehen. Danach bin ich für ein, zwei Minuten ohnmächtig geworden. Als ich wieder zu mir kam, sah ich, daß Dudley und Stephens das Blut des Jungen tranken. Die Augen des Jungen waren ganz weiß. Ich bat Dudley um etwas von dem Blut.«

Als er verstummte, drängte Danckwerts weiter. »Und hat er es Ihnen gegeben?«

»Ja, es war etwas geronnen, aber ich schluckte es hinunter, so gut ich konnte. Wenig später sah ich das Messer. Es war voller Blut.« Er zögerte wieder.

»Was geschah dann?«

»Ich ging zum Heck, um das Boot zu steuern, und Stephens und Dudley schnitten die Kleider des Jungen auf. Wir teilten uns sein Herz und seine Leber und lebten noch einige Tage danach von der Leiche.«

Danckwerts ließ Stille eintreten, während er den Blick über die Gesichter der Friedensrichter wandern ließ, um die Wirkung von Brooks' Schilderung abzuschätzen. »Ich danke Ihnen, Mr. Brooks«, sagte er schließlich. »Ich weiß den Mut und die Ehrlichkeit, die es braucht, eine derart schreckliche Geschichte zu erzählen, zu schätzen.«

Tilly erhob sich zum Kreuzverhör. »Als Sie in dem Dingi trieben, befanden Sie sich doch alle in einem äußerst schlechten Zustand, dünn und schwach, wie sie waren? Ihr Körper schmerzte vom Sitzen, und Ihre Füße und Hände waren stark geschwollen?«

»Ja«, bestätigte Brooks mit abgewandtem Gesicht.

»Und der Junge war in einem noch wesentlich schlechteren Zustand als Sie. Er schien zu sterben, nicht wahr?«

»Soweit ich das sagen kann, ja. Er lag seit vielen Stunden mit dem Gesicht auf dem Arm da, ohne zu sprechen oder irgend etwas wahrzunehmen.«

Tilly drehte sich um und begann vor dem Zeugenstand auf und ab zu gehen, so daß der Tritt seiner Stiefel auf dem abgewetzten Holzboden durch den Gerichtssaal hallte. Er wartete, bis Brooks ihm einen nervösen Seitenblick zuwarf, bevor er die nächste Frage stellte: »Haben Sie sich wirklich gegen einen Losentscheid ausgesprochen?«

»J-ja, zu jeder Zeit.«

»Und warum haben Sie sich dagegen ausgesprochen?«

»Ich hielt es für besser, wenn wir alle sterben.«

»Nun, erlauben Sie mir eine Frage an Sie als Seemann: Angenommen, jemand muß sterben; ist dann nicht ein Losentscheid die gerechteste Methode?«

Brooks zögerte. »Ich würde lieber sterben, als ein Los zu ziehen. Es würde mir weder gefallen, einen Mann zu töten, noch, selbst getötet zu werden.«

»Haben Sie zu jenem Zeitpunkt nicht als Grund angegeben, daß Sie Frau und Kinder hätten und der Junge nicht?«

»Das habe ich nicht.«

»Sind Sie sicher? Sie stehen unter Eid.«

»Ich habe das nicht gesagt.«

»Aber Sie haben miteinander darüber gesprochen, daß etwas geschehen müsse, und Ihnen war klar, daß dies bedeutete, daß jemand – nämlich der Junge – würde sterben müssen.«

»Ja, Sir.«

»Es gab ein Gespräch mit Ihnen darüber, wer den Jungen töten sollte, nicht wahr?« Tilly fixierte ihn. »Ich erinnere Sie noch einmal daran, daß Sie unter Eid stehen.«

Brooks sah weg und murmelte etwas.

»Was?« mischte sich Liddicoat ein. »Sprechen Sie bitte deutlich, Mr. Brooks.«

»Nein, Sir, ein solches Gespräch gab es nicht.«

»Aber Sie wußten, daß er getötet werden würde. Hat man Ihnen gesagt, Sie sollten sich in den Bug legen, oder hat man Sie mit irgendeiner Geste nach vorn geschickt?«

»Nein, Sir.«

Tilly pochte mit den Knöcheln auf das Geländer des Zeugenstandes. Das Geräusch ließ Brooks zusammenfahren, und sein Blick flackerte zu Tilly. »Haben Sie auf irgendeine Weise zu verhindern versucht, daß der Junge getötet wurde?«

»Nein, Sir.«

»Und nachdem der Junge getötet worden war, nahmen Sie Ihren Teil von seinem Blut?«

»Ja.«

»Danke, Mr. Brooks«, sagte Tilly. »Das ist alles.«

»Sir«, setzte Brooks mit einem Blick zu Tom und Stephens an, »ich – ich möchte hinzufügen, daß wir ohne den Tod des Jungen, glaube ich, alle an Hunger und Durst gestorben wären. Und wenn der Junge gestorben wäre, hätten wir kein Blut von ihm gehabt, und was wir wollten, war natürlich etwas zu trinken. Ich habe mich danach ziemlich gestärkt gefühlt. Tatsächlich benutzten wir alle den Ausdruck, daß wir ein anderer Mensch seien.

Ich und der Kapitän aßen von dem Körper, und auch Stephens tat es manchmal, aber er nahm nur sehr wenig. Wir lebten vier Tage davon und haben einen großen Teil aufgegessen, bevor wir gefunden wurden – ich würde sagen, gut die Hälfte der Leiche. Und ich muß sagen, daß wir es mit fast demselben Behagen aßen wie gewöhnliches Essen.« Seine Stimme verebbte. »Das ist alles, was ich zu sagen habe.«

Danckwerts stand bereits und verkündete mit erhobener Stimme, um die Gespräche im Publikum zu übertönen: »Das sind die Beweise, die ich Ihnen von seiten der Staatsanwaltschaft vorzulegen habe, und ich denke, es wird Ihre Pflicht sein, die Gefangenen zur Hauptverhandlung zu überstellen.«

Liddicoat sah den Verteidiger an. »Mr. Tilly?«

Der Anwalt stand auf. »Ich bin nicht sicher, ob Eure Hochwürden noch für juristische Argumente in bezug auf die Überstellung der Angeklagten offen sind. Doch das Folgende muß ich auf alle Fälle sagen.« Er hatte einen Stapel Papiere in der Hand gehalten, den er jetzt auf den Tisch hinter sich warf, um ohne Notizen weiterzusprechen. »Wenn in früheren Zeiten Schiffbrüchige berichteten, daß sie von ihren unaussprechlichen Qualen zum Kannibalismus getrieben worden seien, war es bei unseren Vorvätern der Brauch, tiefes Mitleid für sie zu empfinden, ihnen Obdach und Trost zu geben, sie mit Geld auszustatten und sie auf vielerlei andere Weise wissen zu lassen, wie sehr sie die furchtbare Notlage, die sie glücklich überstanden hatten, nachvollziehen konnten und wie groß ihr Mitgefühl war.

Obwohl es in den Annalen der Seefahrt Tausende von Fällen gibt, in denen verhungernde Seeleute und Passagiere einen Menschen ermordet und gegessen haben, weiß ich von keinem, in dem Männer, die einen Schiffskameraden getötet und dann sein Blut getrunken und sein Fleisch gegessen hatten, nach ihrer Ankunft zu Hause ins Gefängnis geworfen wurden und dort schmachten mußten, bis Richter und Geschworene über ihr Schicksal entschieden hatten. Und warum?«

Er hielt für einen Moment inne, bevor er seine eigene Frage beantwortete: »Nicht nur, weil solche tragischen Geschehnisse so häufig vorkamen, wie sie heute selten sind, und weil ihre Notwendigkeit als ein Aspekt, sicherlich als der letzte, aber doch als ein Aspekt des schrecklichen und zermürbenden Kampfs mit der unbarmherzigen Tiefe akzeptiert wurde, sondern auch, weil die ganze Welt spürte, daß Taten dieser Art außerhalb der menschlichen Jurisdiktion lagen. Wer von uns, die wir über Kapitän Dudley und seinen Maat urteilen, wer von jenen, die über sie richten werden, falls ihnen der Prozeß gemacht werden wird, kann auch nur im geringsten verstehen, was es heißt, vierundzwanzig Tage ohne Essen und Trinken in einem winzigen Boot mitten auf dem Ozean zu treiben?

Denken Sie daran! Diese Seemänner sind einfache Leute wie die meisten ihrer Kollegen. Sie können nur in knappen, ungelehrten Worten wiedergeben, was sie durchgemacht haben. Um die Wahrheit zu sagen, die Wahrheit, die sie erlebt haben, müßten sie große Künstler sein, die fähig sind, ihr tägliches Leben zu analysieren und in Worte zu fassen, denn nur dann könnten sie jene subtilen Abfolgen von Einbildungen, Hoffnungen, Schrecken, wirren Gedanken voll rasender Verzweiflung und flammenden Entschlüssen, von denen ihre Leidenszeit in zunehmendem Maße erfüllt wurde, erfassen und wiedergeben.

Wenn wir die See nicht kennen, wenn wir nicht wissen, was es bedeutet, feuchten Nächten und Tagen unter einer stechenden Sonne ausgesetzt zu sein, wenn wir nicht wissen, wie

Durst Wahnsinn gebiert und Wahnsinn das Herz der Mannhaftigkeit und die Seele der Göttlichkeit beraubt, wie, sage ich, können wir uns dann vorstellen, was diese Männer ertragen haben? Was ist passiert, daß sie den Pfad betraten, der zu Parkers Ermordung führte, und wenn wir schon nicht in der Lage sind, uns dies vorzustellen, wie sollten wir dann über sie richten können?

Die Seeleute werden mit ihnen sein, dafür bürge ich. Denn es braucht einen Seemann, um zu wissen, wie sich vier Männer fühlen, die in einem kleinen Dingi in schwerer See treiben und nicht mehr an Lebensmitteln miteinander teilen können als zwei Dosen mit Gemüse. Weit entfernt von den Schiffsrouten, in einem Boot, das so klein ist, daß es zwischen den Wellen des dunkelblauen Ozeans von einem Schiff, das in einer Entfernung von nur einer Meile vorbeifährt, leicht übersehen werden kann.

Doch das ist erst der Anfang. Schauen Sie weiter, bis Sie zu den eingesunkenen Augen kommen, in denen das Feuer des Hungers lodert, zu den ausgemergelten Gesichtern, zu den Stimmen, die nur noch rauh flüstern können, wenn sie versuchen, die Länge des Boots zu überwinden, und zu dem Boot selbst, das, während es durch die Wellen gleitet, sanfte, an einen Springbrunnen erinnernde Geräusche erzeugt, als wollte es die vor Durst vergehenden armen Teufel, die sich in ihm befinden, foltern.

Ruderbänke und Innenwände sind trocken und ausgedörrt, und in der Hitze steigt von den blasenwerfenden Seiten ein widerlicher Farbgeruch auf. Aber noch ist kaum mehr als eine Woche vergangen, und über vierzehn Tage müssen noch vergehen, bevor diese verzweifelten, zum Skelett abgemagerten, weißlippigen Männer den Klauen des Todes entrissen werden.

Und wozu? Um zu Hause ins Gefängnis geworfen zu werden.

Denken Sie daran! Es ist keine Frage der Vorstellungskraft. Ein Seemann kann nachvollziehen, wie diese armen Burschen nach und nach vom Wahnsinn der unwiderstehlichen Bedürfnisse der Natur ergriffen wurden und die Menschlichkeit wie ein Kleidungsstück von ihnen abfiel.

Gibt es keine Grenze des Erduldens?« Er zeigte mit ausgestrecktem Arm auf Tom und Stephens im Anklagestand. »Ein gesunder Mann stirbt schwer. Er kann nicht verscheiden wie ein schwächerer Mann, der schnell von den Entbehrungen hingerafft wird. Die Natur beharrt auf der Verlängerung des grausamen Kampfes, und seine Instinkte verlassen ihn, während der Stoff, aus dem er gemacht ist, mit unerbittlicher Vitalität weiterpocht.

Laßt uns im Namen der Seeleute und im Namen dieses Landes, das ihnen so viel verdankt, in unserem Urteil über Kapitän Dudley und seine Kameraden barmherzig sein. Zwanzig Tage in einem offenen Boot auf See mit Tausenden von Schrecken für Geist und Körper gingen der furchtbaren Tat voraus. Und schließlich ist die Gegenwart der Überreste zu bedenken, mit deren Anblick sie im strahlenden Sonnenschein fertig zu werden hatten und neben denen sie immer wieder eine neue unerträgliche Nacht ausharren mußten, in der die Dunkelheit von genug Sternenlicht erhellt wurde, um einen verstümmelten Körper, der weiß aus der Düsternis im Innern des Boots heraufleuchtete, dreimal so grausig erscheinen zu lassen.

Denken Sie daran, sage ich, sofern der Geist die Macht besitzt, wahres Denken auf diesen unheimlichen Gegenstand anzuwenden. Haben sie nicht genug gelitten? Hat ihr Gedächtnis versagt, daß Buße in einer Gefängniszelle über sie verhängt und ihnen Sühne auferlegt werden muß durch ein Tribunal, das, wenn es nicht das des Himmels ist, die Bedeutung dieser Wochen voller Leiden, die sie zu der Tat zwangen, derentwegen sie vor Gericht stehen, niemals ermessen kann?«

Er hielt inne und wischte sich die Augen, so als wäre er selbst von der Macht seiner Worte gerührt. Vom Schluchzen einiger Frauen abgesehen, war es totenstill im Saal. Dann brach der Beifall los. Zuerst langsam und zögernd, dann immer lauter werdend. Die Polizei versuchte, die Zuschauer zum Schweigen zu bringen, aber sie klatschten weiter in die Hände, trampelten mit den Füßen auf den Holzfußboden und schrien ihre Zustimmung heraus. Die ganze Seefahrergemeinde fand eine Stimme und vereinte sich in der Verteidigung ihrer selbst gegen die Außenstehenden.

Danckwerts war aufgesprungen, um zu protestieren, und Liddicoat verstärkte das Getöse, indem er mit seinem Hammer auf den Richtertisch schlug und die Menge zur Ordnung rief. Aber der Lärm schwoll weiter an. Der Beifall wurde von der Menschenmenge auf der Straße aufgenommen. Als Tom zur Seite schaute, sah er schreiende, jubelnde Gesichter, die sich an die Fensterscheiben drückten.

Die Demonstration hielt einige Minuten an, bevor Liddicoat sich schließlich Gehör verschaffte, indem er seine ganze Stimmkraft aufbot und mit seinem Hammer trommelte. »Ruhe! Ruhe! Wenn nicht sofort Ruhe eintritt, werde ich die Öffentlichkeit ausschließen.«

Der Lärm verebbte langsam, und Liddicoat wandte sich an Tilly: »Dies ist ein Friedensgericht, Mr. Tilly. Hier gibt es keine Geschworenen, die Sie mit der Macht Ihrer Rede mitreißen müssen. Seien Sie so gut, Ihre weiteren Ausführungen auf Themen zu beschränken, die uns bei unseren Überlegungen helfen können, ohne die Leidenschaften des Publikums aufzupeitschen.«

Tilly neigte den Kopf. »Wenn Euer Ehren in der Frage, ob die Angeklagten zur Hauptverhandlung überstellt werden sollen, noch offen sind, würde ich mit Freuden einige weitere Anmerkungen vorbringen. Wenn Sie es aber nicht sind, würde ich die Zeit des Gerichts nicht weiter in Anspruch nehmen wollen.«

Liddicoat nickte. »Danke, Mr. Tilly. Ich denke, wir ziehen uns jetzt zurück.«

Tilly drehte sich zu Tom um und schüttelte den Kopf.

Keine fünf Minuten später kehrten die Friedensrichter

zurück und nahmen wieder ihre Plätze ein. Liddicoats Miene war ernst. »Das Gericht ist zu der Entscheidung gelangt, daß die Anklage gegen die Gefangenen von zu schwerer und bedeutender Art ist, als daß es über sie befinden könnte. Es hat deshalb beschlossen, die Gefangenen in Untersuchungshaft zu nehmen, bis eine Jury ihrer Landsleute über sie geurteilt hat.«

Im Publikum wurde ablehnendes Murren laut.

Tilly stand auf. »Ich beantrage, sie auf Kaution freizulassen. John Burton wird wieder für sie bürgen.«

Liddicoat hatte seine Antwort bereits begonnen, als Tilly noch sprach. »Das Gericht bewilligt Ihren Antrag und entläßt sie gegen dieselbe Kaution wie zuvor.«

Der Vorsitzende Friedensrichter von Southampton war wiederum bereit, die Kaution für Stephens zu hinterlegen, aber John Burton stellte erneut die Bürgschaft für beide Männer.

Das Murren der Zuschauer verwandelte sich in Jubel, und die Polizei unternahm nur einen halbherzigen Versuch, ihn zu unterdrücken. Die Uhr draußen schlug die halbe Stunde. Es war 17.30 Uhr. Die Voruntersuchung hatte sechseinhalb Stunden gedauert.

Stephens hatte während der Verhandlung deutliche Gefühlsregungen gezeigt, indem er sich immer wieder vorbeugte und das Gesicht in den Händen vergrub. Tom hatte dagegen einen gleichmütigen Gesichtsausdruck beibehalten, obwohl er innerlich vor Wut kochte, als Brooks auf die Zeugenbank wechselte, um gegen seine beiden Kameraden auszusagen. Als Tom den Anklagestand verließ, entspannte er sich jedoch, so daß er die Kontrolle über sich verlor und in Tränen ausbrach.

Tilly legte ihm eine Hand auf die Schulter und blieb bei ihm, bis er sich wieder gefaßt hatte. »Tut mir leid, Kapitän. Ich habe mein Bestes getan, aber ich fürchte, die Friedensrichter hatten sich bereits entschieden, als sie heute morgen auf der Richterbank Platz nahmen. Es ist immer leichter, einer schweren Entscheidung auszuweichen und sie einem anderen zu überlassen, nicht wahr?«

»Wie geht ...« Tom unterbrach sich, als er einen Blick auf Brooks erhaschte, und drängte sich zu ihm durch. Der Matrose zuckte zusammen, als Tom seinen Arm ergriff, und brachte es nicht über sich, ihm in die Augen zu sehen.

»Du bist also ein freier Mann, Brooks«, stellte Tom mit ruhiger Stimme, aber stechendem Blick fest. »Mr. Danckwerts hat sich auffallend viel Mühe gegeben, darauf hinzuweisen, daß keine Vereinbarung mit dir getroffen wurde, damit du gegen uns aussagst.«

Brooks blieb stumm, während sein Blick über die Menschentraube um sie herum huschte. »Ich habe ihn nicht umgebracht, Kapitän.«

Er versuchte sich loszureißen, aber Tom hielt ihn fest. »Das hast du nicht. Dazu hattest du nicht den Mumm. Aber du warst schnell dabei, dir deinen Anteil zu sichern, als das Blut des Jungen noch floß, und du hast tüchtig von seinem Körper gegessen.« Er hielt inne. »Hast du mir an dem Tag nicht zigmal die Hand geschüttelt und gesagt, daß ich euch das Leben gerettet hätte, und wenn wir jemals das Glück hätten, die Heimat wiederzusehen, würdest du nicht ruhen, bis du es mir vergolten hast?«

Brooks hielt den Kopf gesenkt.

»Ist das die Vergeltung? Wirst du heute nacht ruhig schlafen können?« Tom starrte ihn noch einen Moment an, dann ließ er ihn los, machte auf dem Absatz kehrt und ging davon.

Tilly wartete auf ihn.

»Wie geht es jetzt weiter?« fragte Tom.

»Sie werden in vierzehn Tagen vor die *Winter Assizes* (Winterschwurgericht) von Exeter gestellt.«

»Werden Sie uns dort auch verteidigen?«

Tilly schüttelte den Kopf. »Das kann ich nicht. Ich bin nur für Friedensgerichte zugelassen, nicht für höhere Gerichte. Sie brauchen einen Barrister. Aber ich werde Ihnen den besten besorgen, den wir finden ... und Sie sich leisten können.«

»Dann wird er nicht viel wert sein«, meinte Tom, »denn das Geld, das ich hatte, ist aufgebraucht. Ich kann nicht auf See gehen und meinen Lebensunterhalt verdienen, und von heute an hat auch meine Frau keine Anstellung mehr.«

»Der, den ich empfehlen würde – und da ich die heutige Entscheidung befürchtet habe, war ich so frei, mich bereits in Ihrem Namen mit ihm in Verbindung zu setzen –, ist Arthur Collins. Meiner Meinung nach gibt es in ganz Westengland keinen fähigeren Anwalt für Ihre Sache. Er wurde vor vierundzwanzig Jahren in die Londoner Anwaltsvereinigung *Gray's Inn* aufgenommen und war in den letzten sieben Jahren Kronanwalt und in den letzten fünf Stadtrichter von Exeter.« Tilly lächelte. »Es gibt noch zwei Punkte, die ihn empfehlen: Er ist Westengländer, und er ist leidenschaftlicher Segler.«

»Aber das Honorar, das ein so bedeutender Gentleman verlangen dürfte, übersteigt unsere Möglichkeiten.«

»Wir werden sehen«, sagte Tilly. »Ich weiß, daß bereits Schritte unternommen werden, um Geld für Ihre Verteidigung zu sammeln, und Mr. Collins ist ganz erpicht darauf, Ihren Fall zu übernehmen. Treffen Sie sich wenigsten mit ihm. In der Zwischenzeit werden wir schauen, was unternommen werden kann, um Ihre Kosten zu decken.«

»Und Ihre eigene Rechnung?«

»Eine Kleinigkeit, und keine, die dringend wäre. Die guten Leute von Falmouth haben schon einen Teil davon aufgebracht. Wir sprechen in besseren Zeiten wieder darüber. Zunächst wollen wir uns darauf konzentrieren, Ihren Freispruch zu erreichen.«

Tom spürte, daß ihm wieder Tränen in die Augen traten. »Mr. Tilly, wir alle drei ...« Er unterbrach sich, weil er sich eines Besseren besann. »Stephens und ich sind Ihnen dankbarer, als ich auszudrücken vermag. Sie haben hart für unsere Sache gearbeitet, und es ist nicht Ihre Schuld, daß wir noch nicht freie Männer sind.«

Tilly machte eine Handbewegung, als wollte er Toms Bemerkung beiseite schieben. »Ich werde Mr. Collins alle Papiere zu dem Fall zugehen lassen. Er hat eine Kanzlei in London, und ich werde deren Chef bitten, später in dieser Woche einen Termin für Sie zu machen. Ist Ihnen das recht? Dann sage ich jetzt adieu, und viel Glück, Kapitän Dudley. Ich bin zuversichtlich, daß Sie die Sache bald überstanden haben werden. Und erweisen Sie mir die Ehre, bei mir vorbeizuschauen, wenn Sie wieder einmal in Falmouth sind.« Damit schüttelte er Tom die Hand und ging davon.

Das späte Ende der Gerichtsverhandlung bedeutete, daß sowohl Tom als auch Stephens erst am nächsten Morgen abreisen konnten und die Nacht in Falmouth verbringen mußten. Stephens kehrte mit dem Boot nach Southampton zurück, da ihm J. E. le Feuvre, ein weiterer Friedensrichter aus Southampton und ein prominentes Mitglied von Stephens' Freimaurerloge, eine freie Passage auf der *Lady Wodehouse* angeboten hatte.

Tom verließ Falmouth mit dem ersten Frühzug. Trotz der frühen Stunde war Cheesman wieder auf dem Bahnhof, um ihn zu verabschieden. Die nächste Nacht schlief Tom in seinem Haus in Sutton und reiste dann weiter zu seiner Schwester nach Tollesbury. Sein Vater blieb auf seinem Schiff in amerikanischen Gewässern, obwohl er höchstwahrscheinlich aus den amerikanischen Zeitungen von Toms mißlicher Lage erfahren hatte.

17

Im Monstrositätenkabinett

Toms finanzielle Situation war genauso verzweifelt, wie er sie gegenüber Tilly dargestellt hatte. Der Schulvorstand des Pensionats Newtown hatte Philippa darauf hingewiesen, daß sie verpflichtet wäre, ihren Posten als Schulleiterin aufzugeben, falls es zur Hauptverhandlung gegen ihren Mann kommen sollte. Die Folge war, daß sich die Dudleys mit steigenden Prozeßkosten konfrontiert sahen, ohne ein anderes Einkommen zu haben als sporadische Härtefallzuwendungen von Andrew Thompsons Thames Yacht Agency.

In der folgenden Woche schrieb Thompson an die *Times*, um eine Spendenaktion für die Verteidigung von Tom und Stephens in Gang zu setzen. In dem Aufruf hob er hervor, daß das Ehepaar Dudley, solange der Prozeß dauere, keine Möglichkeit habe, seinen Lebensunterhalt zu verdienen, und es daher auch nicht in der Lage sei, die Kosten zu tragen. Zuerst hatte Tom die Idee verworfen, aber das Flehen seiner Frau und der Zustand seiner Finanzen hatten ihn schließlich umgestimmt, allerdings nur unter der Bedingung, daß jeder Überschuß, der nicht für die Verteidigung gebraucht wurde, für die Ausbildung von Richard Parkers Schwester Edith verwendet werden würde.

Auch von anderer Seite kam finanzielle Hilfe. Auf den Straßen wurden Flugblätter mit Balladen feilgeboten, um Geld aufzutreiben, und mehrere Jachtklubs veröffentlichten Appelle und starteten Spendenaktionen für Tom und Stephens. Das Dingi der *Mignonette* stand immer noch in Mr. Buckinghams Speicher in Upton Slip, und die *Falmouth News Slip* rief ihre Leser auf, »das Boot der Jacht *Mignonette* im Buckingham's zu besichtigen und ein paar Münzen für die Männer dazulassen«. Auch die *Falmouth & Penryn Weekly Times* bat ihre Leser um Unterstützung:

> »Offenbar sind die schiffbrüchigen Seemänner mittellos, und unser Freund, Mr. John Buckingham, in dessen Obhut sich das Boot befindet, ist bereit, es allen zu zeigen, die einen geringen Beitrag zugunsten der unglücklichen Männer zahlen wollen.
>
> Ferner vermelden wir erfreut, daß Mr. R. D. Patterson, ein großer Schausteller aus Neuseeland, am nächsten Mittwochabend in der Halle des Polytechnikums eine Benefizvorstellung geben wird, damit die Einwohner von Falmouth Gelegenheit bekommen, ihr praktisches Mitgefühl für in Not Befindliche zu zeigen, für das Falmouth stets mit Recht berühmt gewesen ist. Wir zweifeln nicht daran, daß der Saal mit Spendern gefüllt sein wird, die im Gedenken an die Errettung dieser Männer, deren Leiden fast beispiellos sind und deren seelische Kraft die von Seefahrern ist, zu Ovationen bereit sein werden.«

Mr. Pattersons Attraktion war ein »Grand Diorama« mit fünfzig Szenen aus dem neuseeländischen Leben auf einer tausendachthundert Meter langen Leinwand. Die Zeitung meldete später, die Benefizvorstellung habe eine »erkleckliche Spende für die Leidenden der *Mignonette*« eingebracht. Eine andere westenglische Zeitung berichtete:

»Das kleine Mahagoniboot, in dem die Männer trieben, befindet sich noch in Falmouth, und in den letzten Tagen haben Hunderte von Menschen, einschließlich vieler erfahrener Seeleute, es besichtigt. Sie alle haben übereinstimmend ihr Erstaunen darüber ausgedrückt, daß so viele Männer überhaupt in einem derart zerbrechlichen, von sturmgepeitschten Wogen hin und her geschleuderten Boot existieren und bei einem Wetter, wie es Kapitän Dudley und seine Kameraden hatten, überleben konnten.

Das Boot ist eingehend untersucht worden, aber es wurden keinerlei Blutspuren gefunden. Dafür gibt es viele Anzeichen, die darauf hindeuten, daß es übel herumgestoßen wurde. In Falmouth wie im gesamten restlichen England empfindet die Öffentlichkeit tiefes Mitgefühl mit den unglücklichen Männern.«

Auch Jack Want, der Eigner der *Mignonette,* schickte aus Sydney eine Spende für den Verteidigungsfonds. Tom hatte ihm zwar den vorbereiteten Bericht nicht schicken können, da er als Beweisstück beschlagnahmt worden war, aber er hatte ihm einen Brief geschrieben, in dem er die Ereignisse schilderte und zu verstehen gab, daß Kapitän Simonsen eine angemessene Belohnung erhalten sollte.

»Wir konnten Kapitän Simonsen unsere traurige Geschichte selbst erzählen, aber erst, nachdem er schon von seiner Besatzung, welche den Rest der Leiche aus dem Boot werfen mußte, einiges erfahren hatte. Ich bat ihn, das Boot für mich zu retten, und bin dankbar, daß er es getan hat.

Wir waren während der Passage nach Falmouth 38 Tage an Bord der *Moctezuma,* und Kapitän Simonsen ließ uns in dieser Zeit jede nur erdenkliche Aufmerksamkeit angedeihen. Als wir an Bord kamen, waren wir nichts als Haut und Knochen, aber aufgrund der Behandlung und Freundlichkeit, die wir von diesem Gentleman erfuhren, konnte sich

> unser allgemeiner Gesundheitszustand enorm verbessern, weshalb wir alle ihm zu großem Dank verpflichtet sind. Für die Freundlichkeit, die er uns bezeigte, fehlen die Worte. Nichts, was wir jemals tun oder geben können, könnte ihm die erwiesene Freundlichkeit vergelten. Dennoch hoffe ich, daß etwas getan werden kann, um die Erinnerung an die armen Seelen, die er gerettet hat, in ihm wachzuhalten.«

Want ließ nicht nur Kapitän Simonsen eine Anerkennung zukommen, sondern schickte Tom auch die hundert Pfund, die er erhalten hätte, wenn er die *Mignonette* sicher in Sydney übergeben hätte. Die Jacht war für mehr als den Kaufpreis versichert gewesen, so daß Want dadurch nicht an den Bettelstab kam, aber es war dennoch eine großzügige Geste.

Gleichzeitig unternahmen Tom und Stephens einen ersten Schritt, um wieder selbst ihren Lebensunterhalt zu verdienen, indem sie beim Handelsministerium die Erneuerung ihrer nautischen Patente beantragten. Sie waren mit der *Mignonette* verlorengegangen, und ohne sie hätten sie auf Schiffen nur als gewöhnliche Matrosen anheuern können.

Zwei Beamte des Handelsministeriums billigten die Anträge und vermerkten auf der Akte: »Ich nehme an, sie sollten sie bekommen«, und: »Ich sehe keinen Grund dafür, sie ihnen vorzuenthalten«. Zur endgültigen Entscheidung wurden die Anträge jedoch ans Innenministerium weitergeleitet:

> »... da es heißt, daß sowohl Mr. Dudley als auch Mr. Stephens, die derzeit auf Kaution frei sind, weiterhin unter der Anklage stehen, ein Besatzungsmitglied der *Mignonette* ermordet zu haben, soll ich Sie bitten, sich an Sir William Vernon Harcourt zu wenden und ihn zu veranlassen, uns zu informieren, ob er einen Einwand gegen die Erneuerung der Patente hat.«

Im Innenministerium fürchtete man, daß die Männer, wenn sie im Besitz ihrer Patente wären, einen Vorwand hätten, die Kaution verfallen zu lassen, und so entschied der Innenminister: »Ich denke, die Scheine sollten zumindest nicht erneuert werden, bis das Gericht entschieden hat, ob die Männer des Mordes schuldig sind.«

Brooks hatte keines der finanziellen Probleme seiner früheren Schiffskameraden. Wenngleich als Zeuge vors Schwurgericht geladen, stand es ihm doch frei, in der Zwischenzeit wieder zur See zu fahren oder in Fay's Yard eine Arbeit als Takler anzunehmen. Er zog es jedoch vor, eine einträglichere Beschäftigung bei einem Schausteller anzunehmen. Auch Tom war von mehreren Schaustellern Geld angeboten worden, wenn er sich selbst zur Schau stellte, aber er hatte sie alle abgewiesen. Brooks hatte keine solchen Skrupel. Als »Der Kannibale des Meeres« etikettiert, trat er überall in Westengland und an der Südküste in einer Schaubude am Rande eines Wanderjahrmarkts zwischen bärtigen Frauen und gefesselten »Wilden« auf.

Unrasiert und in zerfetzte Lumpen gekleidet, posierte er vor einem grob gemalten Hintergrund, auf dem das auf dem Ozean treibende Dingi der *Mignonette* zu sehen war. Zur weiteren Erbauung der zahlenden Zuschauer verschlang er in einer grausamen Vergegenwärtigung der Leiden, die er durchgemacht hatte, rohes Fleisch. Zusätzlich zu seiner Gage sowie Unterkunft und Verpflegung erhielt er die Hälfte des Gewinns, den er mit dem Verkauf von Postkarten mit einem Bild von sich erzielte.

Auch das Dingi der *Mignonette* erwies sich als Attraktion. Nachdem es in Falmouth ausgestellt worden war, wurde es für fünfzig Pfund an einen Schausteller aus Exmouth verkauft. Obwohl es das echte Boot war, wurden einige Verbesserungen vorgenommen, bevor es dem Publikum vorgeführt wurde. Die vorhandenen Kerben auf Querstreben und Messingdollen wurden vertieft, damit sie deutlicher zu sehen waren, und um den Nervenkitzel des Publikums zu erhöhen, wurden einige Blutflecken hinzugefügt.

Es fehlte nicht an zahlenden Zuschauern, die Brooks und das Dingi sehen wollten. Die Viktorianer hatten einen unersättlichen Appetit auf das Kuriose, Unheimliche und Verbrecherische. Nachdem öffentliche Hinrichtungen verboten worden waren, umlagerten stets Trauben von Neugierigen die Leichenschauhäuser, in denen die aus Flüssen und Häfen geborgenen, nicht identifizierten Leichen ausgestellt wurden, bevor man sie in Armengräbern bestattete, und genossen das makabre Schauspiel. Gruppen von Mitgliedern der feinen viktorianischen Gesellschaft pflegten sich auch damit zu vergnügen, die Tollhäuser, die damaligen Krankenhäuser für Geisteskranke, zu besuchen und sich auf Kosten der unglücklichen Insassen lustig zu machen.

Auf Flugblätter gedruckte Balladen über natürliche oder vom Menschen verursachte Katastrophen wurden hastig verfaßt und auf den Straßen verkauft, und Sensationsblätter wie die *Illustrated Police News* erreichten mit einem ständigen Nachschub von grausamen Bildern und unheimlichen Berichten über Verbrechen und Katastrophen riesige Auflagen. Der Fall der *Mignonette* bot den Illustratoren dieser Zeitungen reichhaltiges Material.

Die wandernden Monstrositätenkabinette taten nicht mehr, als Geld aus diesem unersättlichen Verlangen der Öffentlichkeit zu schlagen. Ihre Wurzeln reichten zu den ländlichen Gänse-, Pferde- und Stellenmärkten zurück, die alljährlich an Feiertagen abgehalten wurden. Auf diesen Jahrmärkten wurden zwischen Krämern, Huren, Quacksalbern, reisenden Zahnziehern und Anwerbern für König und Vaterland, die betrunkenen Bauernjungen den Werbeschilling des Königs aufdrängten, auch Monstrositäten gezeigt. Es gab ungewöhnliche und exotische Tiere wie Löwen, Elefanten oder »Kameleoparden« (Giraffen) zu bestaunen, aber den meisten Anklang fanden menschliche Merkwürdigkeiten. Zu den beliebtesten gehörten

»Monster« mit körperlichen Mißbildungen wie der Elefantenmann, Zwerge, albinotische Neger, bärtige Frauen und Kinder, Riesen und Riesinnen, siamesische Zwillinge, Menschen mit Hautkrankheiten, Hermaphroditen und »Wilde«.

Monstrositäten erlangten für das finanzielle Wohl dieser wandernden Märkte eine derartige Bedeutung, daß sie häufig von den anderen Schaustellern subventioniert wurden. Im Winter, wenn außer Eismärkten keine Jahrmärkte stattfanden, wurden die Monstrositäten in gemieteten Räumen von Geschäften oder Gasthäusern vorgeführt. Wandershows bereisten ständig das Land und schlossen sich häufig uneingeladen solchen Veranstaltungen wie der Großen Ausstellung von 1851 an. Doch die Urbanisierung der Bevölkerung infolge der industriellen Revolution brachte ein Publikum hervor, das empfänglich war für größere, dauerhaftere Veranstaltungen – Groschenmuseen und Raritätenkabinette, wie sie Dickens beschrieben hat.

In einer Zeit, in der man in Theatern wenig mehr als Bordelle mit Unterhaltungsprogrammen sah, fanden die Groschenmuseen einen Weg, Gemeindeverordnungen, die lüsterne oder unanständige Zurschaustellungen verboten, zu umgehen, indem sie den Status einer Bildungseinrichtung beanspruchten. Wenige erfüllten tatsächlich eine Bildungsfunktion, aber die meisten waren wie John Burtons Geschäft in Falmouth nicht mehr als Sammlungen von belebten und unbelebten Kuriositäten, die mit pseudowissenschaftlichen Etiketten wie »Das Bindeglied zwischen Mensch und vernunftloser Kreatur« versehen wurden. Auch modische Theorien aus wissenschaftlichen Grenzbereichen wie die des »mütterlichen Eindrucks« wurden herangezogen, um die Zurschaustellung von Abnormitäten zu rechtfertigen: So war der Vater eines »löwengesichtigen« Jungen angeblich vor den Augen seiner Mutter zu Tode geprügelt worden, und die Mutter von siamesischen Zwillingen hatte zwei Hunde gesehen, die sich nach dem Koitus nicht voneinander lösen konnten.

Die größten Museen dieser Art, wie das von Madame Tussaud in London und das von P. T. Barnum in New York, wurden regelrechte Massenattraktionen. Barnums riesiges American Museum war der größte Publikumsmagnet von New York, zu dem die Familien mit Proviantpaketen pilgerten, um den ganzen Tag dort zu verbringen.

Sogar die Mittel- und die Oberschicht waren gegen die Anziehungskraft der neuen Museen nicht immun. Die berühmtesten Attraktionen wurden von Vertretern der großen Gesellschaft besucht und oftmals private Vorführungen veranstaltet. So kam Königin Viktoria dreimal mit dem kleinwüchsigen Tom Thumb und seiner Braut zusammen, und P. T. Barnum gab bei den königlichen Stellmachern eine Miniaturversion ihrer Staatskutsche in Auftrag, mit der die Thumbs 1863 zu ihrer von ihm ausgerichteten Hochzeit fuhren. Die *New York Times* berichtete auf einer ganzen Seite über das Ereignis. Auch die Königin empfing das »größte lebende Paar« am Vorabend ihrer Hochzeit im Buckingham-Palast und schenkte der Braut einen Diamantring und ein Hochzeitskleid.

Mitte des Jahrhunderts zeigten die meisten Museen und Monstrositätenkabinette auch Bühnenshows, bei denen die Attraktionen entweder lebende Bilder darstellten oder regelrechte Auftritte absolvierten, einschließlich Gesangs- und Tanznummern. In Barnums American Museum gab es einen von Kronleuchtern erhellten »Vorlesungssaal«, in dem dreitausend Zuschauer die Auftritte der »Monster« verfolgen konnten.

Wie die meisten Attraktionen mußte sich auch Ned Brooks auf der Bühne produzieren. »Wilde« gingen auf und ab, knurrten das Publikum an, nagten an Knochen, aßen rohes Fleisch und bissen lebenden Hühnern oder Ratten den Kopf ab. Aber auch Feuer- und Schwertschlucker und Schlangenbeschwörer – in der Regel knapp bekleidete Frauen – unterhielten das Publikum. Geld wurde nicht nur mit dem Eintritt, sondern auch mit Broschüren und Fotografien verdient, wobei jede Attraktion Fotos von sich feilbot und die Hälfte des Gewinns für sich behielt. Eintritts- und Postkarten zu sammeln war eine der Lieblingsbeschäftigungen im viktorianischen England. Neben steifen Familienporträts wurden Aufnahmen von Music-Hall-Berühmtheiten, von Militärs wie General Gordon und Sir Garnet Wolseley sowie von Attraktionen der Monstrositätenkabinette gesammelt, katalogisiert und in Alben geklebt.

Der phänomenale Erfolg der Kuriositätenmuseen war zugleich ein Grund für ihren Niedergang. Andere Attraktionen – Straßenfeste, Zirkusse, Karnevals und Vergnügungsparks – begannen neben Zirkuszelt und Riesenrad als Ergänzung der Hauptshow auch Monstrositätenstände einzubeziehen. Die zunehmende Konkurrenz von Music Halls und Kinos signalisierten den endgültigen Niedergang der Monstrositätenkabinette, doch noch in den dreißiger Jahren waren in entlegenen ländlichen Gegenden einige dieser Schausteller unterwegs. Leblose Monstrositäten werden bis heute ausgestellt.

Kannibalen gehörten schon ein halbes Jahrhundert vor dem Untergang der *Mignonette* zur Stammbesetzung von Monstrositätenkabinetten, aber es hatte sich bei ihnen fast immer um exotische »Primitive« gehandelt. Eine Ausnahme war Mrs. Fraser, die den Untergang der *Stirling Castle* vor der Küste von Queensland überlebt hatte und 1837 in einer Londoner Show auftrat. Ihre Darstellung des Lebens unter den »kannibalistischen Wilden« Australiens wurde auch auf einem populären Flugblatt verbreitet.

Im 18. Jahrhundert galten die Einwohner der Südseeinseln als »edle Wilde« im Sinne von Rousseau, und im Licht der Erlebnisse früher Weltreisender, wie Kapitän Cook, erschien die Inselwelt der Südsee wie das Paradies auf Erden. Cook hatte von seiner ersten Reise einen Tahitianer nach England mitbringen wollen, aber der Mann starb während der Rückfahrt. Von der zweiten Reise brachte er einen lebendigen tätowierten Polynesier namens Mai mit, der nach Cooks Rückkehr nach England zur Schau gestellt wurde.

Anfang des 19. Jahrhunderts führten erfundene, manchmal aber auch wahre Horrorgeschichten über Wildheit und Kannibalismus primitiver Völker beim breiten Publikum zu einem Stimmungsumschwung. Der vordem edle Wilde wurde jetzt weithin als untermenschliche, vernunftlose Kreatur angesehen. So wurden die Hottentotten als das »primitivste Volk auf der Welt« betrachtet, und die südafrikanischen Buschmänner galten als »Erdbewohner, die sich im Boden eingraben«. Die *Illustrated London News* schränkte allerdings ein: »Unter dem Eingraben darf sich der Leser jedoch nicht vorstellen, daß sie sich wie Kaninchen in die Erde graben und unter der Oberfläche verstecken. Vielmehr scharren sie Mulden in den Boden, um sich in gewissem Maß vor dem Wind zu schützen.«

Für die Schausteller waren derlei feine Unterscheidungen unerheblich. Die Hottentotten, erklärten sie den Schaulustigen, lebten in einer Kolonie, »die einem riesigen Kaninchengehege ähnelt. Sie essen sowohl giftige als auch unschädliche Schlangen ..., den Kopf trennen sie mit einem Messer ab, und wenn ein solches fehlt, beißen sie ihn ab.« Schwarzafrikaner und Südsee-Insulaner, insbesondere Bewohner der Fidschi-Inseln, wurden regelmäßig als »Kannibalen« vorgestellt.

Aber nicht alle waren, was sie zu sein schienen. Einmal wurde ein angeblicher Zulukannibale von zwei Besucherinnen erkannt: »Das ist kein Zulu, das ist Bill Jackson. Er arbeitet drüben in Camden im Hafen.« Und von den »Vier Fidschi-Kannibalen«, die P. T. Barnum 1872 vorführte, kam einer aus Virginia, und zwei weitere hatten einige Jahre in Kalifornien gelebt, was Barnum nicht daran hinderte, nach dem Tod eines der »Kannibalen« eine Presseerklärung herauszugeben, in der er behauptete, die anderen drei seien dabei überrascht worden, wie sie aus dem Toten ein Mahl zubereiteten. Doch schließlich gaben selbst die Schausteller zu, daß es auf den Fidschiinseln keine Kannibalen mehr gab. Fortan führten sie falsche »Söhne und Töchter von Kannibalen« vor.

Berichte über Eingeborene, die sich in entlegenen und exotischen Teilen der Welt an Menschenfleisch labten, brachten einen Hauch von Nervenkitzel in die viktorianischen Salons, doch die tätowierte Haut und der vorgebliche Kannibalismus der Attraktionen der Schausteller galten als klare Beweise für die degenerierte, primitive und zurückgebliebene Natur dieser Völker, die von den viktorianischen Idealen von Anstand, Moral und Pflichtbewußtsein himmelweit entfernt war. Daß britische Seeleute – weiße Angelsachsen – die gleichen Male der Tätowiernadel trugen und die gleiche Bereitschaft zeigten, in einer Extremsituation Menschenfleisch zu essen, waren dagegen unangenehme Anzeichen dafür, daß der Abstand zwischen den primitiven Völkern und der englischen Zivilisation möglicherweise nicht so groß war, wie es die viktorianische Oberklasse glauben wollte.

Dies war mehr noch als der ständige Ausbau der staatlichen Regulierung der Handelsschiffahrt die treibende Kraft der Versuche, die abstoßendste aller Gewohnheiten der Seefahrer zu ächten: den Brauch des Meeres.

18

Das Drama vor Gericht

Als Vorsitzender Richter des Prozesses gegen Dudley und Stephens vor dem Schwurgericht von Exeter wurde Baron Huddleston ausgewählt, ein hochmütiger und extravaganter Mann, der die Farbe seiner Handschuhe auf den jeweiligen Fall abstimmte – Weiß für gewöhnliche Diebstähle und Betrug, Lavendel für den Bruch des Eheversprechens und Schwarz für Mord.

Er stand verdientermaßen in dem Ruf, Geschworene zu Urteilen zu drängen, die mit seinen eigenen Schlußfolgerungen übereinstimmten, und besaß einiges Wissen über die Welt der Seefahrt, da er eine Zeitlang Marinestaatsanwalt und Justitiar der Admiralität gewesen war. Obwohl er laut seinem Nachruf in der *Times* »weniger von den Leinen eines Schiffs wußte als von den Punkten eines Pferds, vermochte er sich gegenüber den geschickten Handelsanwälten seiner Zeit zu behaupten«. Wie die Zeitung weiter feststellte, hatte Huddleston, »dessen charmantes Auftreten und Konversationstalent ihn später in der vornehmen Gesellschaft besonders akzeptabel machten, seinen Aufstieg keineswegs in der günstigsten oder vielversprechendsten Umgebung« begonnen.

1817 geboren, war der Sohn eines Kapitäns der Handelsmarine in Westengland aufgewachsen, aber ins heimatliche Irland zurückgekehrt, nachdem sein Vater die Seefahrt aufgegeben hatte. Dort war der künftige Richter ins Trinity College in Dublin eingetreten, das er jedoch nie abschloß.

Seine juristische Laufbahn hatte er als Gerichtsdiener begonnen, bevor er 1836 als Student ans *Gray's Inn* ging. Drei Jahre später wurde er als Rechtsanwalt zugelassen und machte sich als Verteidiger am *Central Criminal Court*, dem *Old Bailey* (Zentralstrafgericht) in London, einen Namen. Er zeigte schon früh eine Vorliebe für das gute Leben und die Vergnügungen der Gesellschaft. Die *Times* bemerkte bissig: »Für viele wird es eine Überraschung sein, daß seine Spezialität in dieser frühen Phase seiner Karriere die Vertretung von Armenrechtsfällen war. In seinem späteren Leben spielte die Gesellschaft in der Tat eine große Rolle und raubte ihm die Muße fürs Studium, das ein Richter, der auf befriedigende Weise Rechtsstreite beilegen will, absolvieren sollte.« Im Scheidungsgericht jedoch habe Huddleston die ganze Fülle seines Talents entfalten können, »indem er den gewöhnlichen Leuten auf der Geschworenenbank die genaue Bedeutung französischer Koseworte erläuterte, die er – vermutlich absichtlich – mit stärkstem englischem Akzent aussprach«.

Nachdem er 1857 zum Kronanwalt aufgestiegen war, trat er in vielen Strafprozessen im *Old Bailey* auf und vertrat eine Reihe prominenter Angeklagter. Gleichzeitig hegte er politische Ambitionen und kandidierte als Konservativer erfolglos in Worcester und Shrewsbury sowie zweimal in Kidderminster, bevor er 1865 in Canterbury einen Parlamentssitz gewann, den er bei der allgemeinen Wahl von 1868 aber wieder verlor. Danach trat er 1870 ohne Erfolg in Norwich an. Daß er sich dort vier Jahre später mit einem Vorsprung von vierundsiebzig Stimmen durchsetzen konnte, hatte er zum großen Teil der Tatsache zu verdanken, daß er kurz zuvor Lady Diana de Vere Beauclerk, die Schwester des Herzogs von St. Alban, geheiratet hatte. Seine neue Frau war in Norwich gut bekannt und hatte sich zusammen mit ihrer Mutter, der Herzogin von St. Alban, stark in seinem Wahlkampf engagiert.

Im Februar des darauffolgenden Jahres gab Huddleston seine politischen Ambitionen auf, um Richter am *Court of Common Pleas* (Oberes Zivilgericht) zu werden. Im Mai desselben Jahres wurde er geadelt, und nach dem Tod von Baron Pigott ans *Court of Exchequer* (Finanzgericht) versetzt, wodurch er automatisch den Titel des ehrenwerten Baron of the Exchequer erhielt, der in Zeiten zurückreichte, als es noch keine Berufsrichter gab und Streitfälle im Gericht des Königs vor die Barone des Reichs gebracht wurden. Huddleston war der letzte, dem dieser Titel verliehen wurde, bevor das *Court of Exchequer* abgeschafft wurde, und er bezeichnete sich gern als den »letzten Baron«.

Alter und Erfolg hatten Huddlestons Ehrgeiz nicht gedämpft, auch wenn manche seiner Kollegen fanden, er sei dem Recht nicht ergeben genug, um als künftiger Lordoberrichter in Frage zu kommen. Die Chance, bei einem großen Leitfall den Vorsitz innezuhaben, bot ihm Gelegenheit, seine Ansprüche anzumelden.

Zuvor mußte er jedoch die Geschworenen der Voruntersuchung in Exeter davon überzeugen, daß Tom und Stephens der Prozeß gemacht werden sollte. Die Grand Jury setzte sich im Unterschied zur Jury bei Strafprozessen nicht aus zwölf beliebigen unbescholtenen Bürgern zusammen, sondern bestand aus Gentlemen »von höchstem Ansehen im Land«. Deren Zusammenkünfte waren ebensosehr gesellschaftliche wie juristische Ereignisse, abgerundet durch gemeinsame Essen und sogar einen Ball. Die Grand Jury schlug die Empfehlung des Richters am Schwurgericht zwar selten in den Wind, aber Huddleston war bestrebt, selbst die Möglichkeit eines solchen Juryspruchs auszuschließen. Immerhin hatte in Philadelphia eine Grand Jury im Fall Holmes eine Mordanklage durch eine Anklage wegen Totschlags ersetzt. Sollte die Grand Jury von Exeter die Anklage ebenfalls zurückweisen oder auf einen geringeren Straftatbestand erkennen, wären sowohl die Chance, einen Leitfall aufzubauen, als auch Huddlestons Hoffnung auf einen weiteren Aufstieg zunichte gemacht.

Als die Grand Jury am Montag, dem 3. November, zusammentrat, hakte Huddleston zuerst die Anklagen in anderen Verfahren ab, die in dieser Woche anstanden. Seiner Empfehlung folgend, wies die Jury die Anklage in einem Vergewaltigungs- und einem Tötungsfall zurück, setzte sich aber über ihn hinweg, indem sie auch im Fall einer Mutter von zwei ermordeten Kindern die Anklage fallenließ. Der Vater sollte einen Tag vor der Eröffnung des Prozesses gegen Tom und Stephens zum Tode verurteilt werden.

Als der Fall der *Mignonette* an der Reihe war, gestattete Huddleston weder der Anklage noch der Verteidigung, sich an die Jury zu wenden. Statt dessen hielt er eine obrigkeitliche Vorlesung, in der er die »Fakten« darlegte, einschließlich der Versicherung, Brooks sei nicht nur an dem Mord nicht beteiligt gewesen, sondern habe sich auch »ernstlich dagegen verwahrt«. Nachdem er die Glaubwürdigkeit des Hauptzeugen der Anklage unterstrichen hatte, gab er ein formelles Gutachten über das relevante Gesetz ab, indem er die einschlägigen juristischen Autoritäten zitierte und die von anderen Gerichten geschaffenen Präzedenzfälle kurzerhand zurückwies, einschließlich des Falls Holmes, den ein Prozeßanwalt mit dem Pseudonym »Peluca« in einem Brief an den *Telegraph* zur Rechtfertigung des Handelns von Dudley und Stephens herangezogen hatte.

Außerdem trat er kategorisch den möglichen Verteidigungsargumenten Selbstverteidigung und Notwendigkeit entgegen. Seine Schlußbemerkung ließ keinen Zweifel daran, was er von der Jury erwartete: »Man kann unmöglich sagen, die Tat von Dudley und Stephens sei ein Akt der Selbstverteidigung gewesen. Der auf dem Boden des Boots liegende Parker brachte durch keinerlei Handlungen ihr Leben in Gefahr; das Boot faßte sie alle, und das Motiv seiner Ermordung war nicht, das Boot leichter zu machen, sondern die Absicht, ihn zu essen, was sie nicht tun konnten, solange er lebte, vielmehr erst, als er tot war. Was ihr Leben gefährdete war nicht die Anwesenheit von Parker, sondern das Fehlen von Nahrung.«

Der Hinweis auf das mögliche Motiv, »das Boot leichter zu machen«, war eine Anspielung auf den Fall Holmes, mit der Huddleston die Jurymitglieder zweifellos davon abhalten wollte, dem Beispiel ihrer amerikanischen Kollegen zu folgen und die Anklage auf Totschlag herabzusetzen. Allerdings implizierte sein Argument, daß jemanden zu ertränken, um sich selbst vor dem Ertrinken zu retten, ein geringeres Verbrechen sei, als jemanden zu essen, um selbst nicht zu verhungern.

Über die Fakten eines Falls zu entscheiden, ohne daß sie anhand vorliegender Beweismittel geprüft worden waren, war beispiellos. Huddlestons Vorverurteilung machte den juristischen Standpunkt der Verteidigung irrelevant: Welche Argumente sie auch anführen mochte, der Richter hatte seine Entscheidung bereits gefällt. Er hielt sich damit zwar an den Buchstaben des englischen Rechts – demzufolge von einem Richter anzunehmen ist, daß er die Gesetze kennt, während die Aufgabe der Anwälte nur darin besteht, ihn an sie zu erinnern –, aber nicht an ihren Geist. Sein Handeln war bestenfalls regelwidrig, schlimmstenfalls aber ein flagranter Mißbrauch des ordnungsgemäßen Verfahrens.

Nachdem die Grand Jury ihm zu Diensten gewesen war, indem sie die Anklage für begründet erklärte, stand Huddleston vor der Aufgabe, die Geschworenen im Strafprozeß zu überzeugen. Das Fundament hatte er bereits gelegt. Sein Exkurs über die Rechtslage war in der Lokalpresse abgedruckt worden, das heißt, die Männer, die der Jury angehören würden, wußten, daß der Richter die Angeklagten, noch bevor der Prozeß überhaupt begonnen hatte, des Mordes für schuldig hielt.

Natürlich war es nicht sicher, daß sie ihm beipflichten würden. Es gab eine Besitzklausel für die Eignung als Geschworener, aber die Geschworenen in Strafprozessen standen für gewöhnlich nicht auf derselben sozialen Stufe wie die Mitglieder der Grand Jury und nahmen häufig eine wesentlich unabhängigere Haltung ein. Von fünf Mordprozessen endete damals einer mit einem Freispruch. In weiteren sechzig Prozent wurden die Angeklagten nur des Totschlags für schuldig befunden oder für wahnsinnig erklärt. In weniger als zwanzig Prozent der Prozesse wurde die Todesstrafe verhängt, die infolge des königlichen Gnadenrechts nur in der Hälfte der Fälle tatsächlich vollzogen wurde. 1884 zum Beispiel, einem Jahr, in dem ein größerer Anteil der Verurteilten als üblich hingerichtet wurde, waren 192 Menschen des Mordes angeklagt worden, von denen nur fünfzehn am Strang endeten.

Zudem mußte das Urteil der Geschworenen einstimmig sein. Selbst wenn die Kraft von Huddlestons Argumenten und Persönlichkeit stark genug gewesen wäre, elf Geschworene zu überzeugen, hätte der zwölfte, wenn er sich hartnäckig gegen eine Verurteilung gesträubt hätte, einen neuen Prozeß erzwungen.

Angesichts der verbreiteten Sympathie für Tom und Stephens sowie des bevorstehenden Eintreffens einer großen Zahl von Leumundszeugen für die beiden Männer war sich Huddleston nur zu sehr der Gefahr bewußt, daß am Ende des Prozesses nicht mehr als eine Verurteilung wegen Totschlags oder sogar ein Freispruch stehen konnte. Ein solches Urteil würde den Brauch des Meeres legitimieren, statt ihn zu ächten. Seine raffinierte Lösung dieses Problems war der Versuch, die Geschworenen dazu zu bringen, überhaupt kein Urteil zu finden.

Der Prozeß gegen Dudley und Stephens vor den *Winter Assizes* des Gerichtsbezirks Westengland, Grafschaft Nummer 15, wurde am Donnerstag, dem 6. November 1884, um 10.30 Uhr eröffnet. Tom hatte um vier Uhr früh bei eisigem, nebligem Wetter den Postzug von Paddington genommen. Nachdem er in Exeter ausgestiegen war, blieb er eine Weile auf dem Bahnsteig stehen, bis sich die Menge der Mitreisenden entfernt hatte. Er war stets ein verschlossener, einzelgängerischer Mann gewesen, und an diesem besonderen Morgen war ihm mehr denn je daran gelegen, mit sich allein zu bleiben.

Er blickte zu der massiven Ziegelfassade des Gebäudes oberhalb des Bahnsteigs hinauf und entdeckte über dem Eingang den Schriftzug »Devon County Prison«. Als er die Augen abwandte, fiel sein Blick auf den Ort des Prozesses, die Burg, die sich auf dem nächsten Hügel über die Stadtmauer erhob.

Er ging in eines der Gasthäuser, die sich am Fuß des Burghügels drängten, und wählte einen Tisch in einer dunklen Ecke, wo er mit dem Rücken zum Raum frühstückte. Aus den Fetzen der Unterhaltungen, die er mit anhörte, konnte man schließen, daß es an diesem Tag nur ein Thema gab: den Prozeß gegen Dudley und Stephens.

Da er immer noch nicht kräftig genug war, um den steilen Hügel zur Burg zu Fuß hinaufzugehen, winkte er einen Hansom heran.

»Sind Sie wegen des Prozesses hier?« erkundigte sich der Kutscher. »Dann brauchen Sie Glück, um einen Platz zu bekommen. Ganz Exeter will dabeisein.«

»Ich bin sicher, daß ich einen Platz finden werde«, sagte Tom.

Es war 9.20 Uhr, über eine Stunde vor Prozeßbeginn, doch die zur Burg führende Straße war bereits voller Menschen. Mordprozesse waren eine beliebte Form der Unterhaltung, egal, ob man sie als Zuschauer oder als Leser von Groschenheften genoß. Landadelige im Gehrock, förmlich gekleidete Städter und ihre Frauen, sogar ganze Familien eilten den Hügel hinauf. Nach den munteren Unterhaltungen und dem Gelächter zu urteilen, hätte man meinen können, sie befänden sich auf dem Weg zu einem Jahrmarkt.

Dreißig Meter über ihnen erhob sich die alte Stadtmauer und verschattete die schmale Straße, und auf den dunklen Pflastersteinen glänzte die Feuchtigkeit des Regens der vergangenen Nacht. Neben dem Burgtor stand der zerfallende, mit Efeu bedeckte große Turm, dessen Dach sich zum Himmel öffnete und der nur noch von Krähen bewohnt wurde.

Die Kutsche fuhr unter den Eisenspitzen des Fallgatters hindurch, das Tom daran erinnerte, daß hinter dem Tor möglicherweise seine Freiheit endete. Auf dem Hof vor dem eleganten georgianischen Bau drängten sich die Schaulustigen, und Tom drückte sich in seinen Sitz, als sie sich umdrehten, um zu sehen, wer in der Kutsche saß. Der Fahrer hielt auf den dreibogigen Eingang zu, vor dem einige Polizisten mit Mühe die Menge zurückhielten.

»Nicht dorthin«, rief Tom. »Zum Eingang der Gerichtsbeamten.«

Der Kutscher warf einen Blick über die Schulter, dann zuckte er die Achseln und hob die Peitsche. Vor dem von zwei Polizisten bewachten Seiteneingang bezahlte Tom rasch den Fahrer und hastete dann zu den Polizisten, bevor die Menschenmenge ihn erreichen konnte.

»Tom Dudley«, stellte er sich vor. »Über mich soll hier heute zu Gericht gesessen werden.«

»So ist es, Kapitän Dudley«, sagte einer der Polizisten.

Er führte Tom durch die breiten, hallenden Korridore der Burg und eine steile, ausgetretene Wendeltreppe hinab, die zum Warteraum unter der Anklagebank führte.

Als Tom den Raum betrat, stand Stephens auf, um ihm die Hand zu geben. Er schien in den vergangenen drei Wochen, die Tom ihn nicht gesehen hatte, nicht zugenommen zu haben. Seine Wangen waren immer noch hohl, die Augen eingesunken, und darunter lagen tiefe, schwarzrote Schatten.

Tom schüttelte ihm die Hand und drehte sich dann zu dem anderen Mann im Raum um. »Sind Sie guten Mutes, Mr. Collins?«

Arthur Collins hatte graumelierte Haare und trug einen dunklen Anzug aus feinem Kammgarn. Seine rötliche Gesichtsfarbe rührte nicht von frischer Luft her, sondern von reichhaltigem Essen und viel Wein. Sein Händedruck war weich, und als er sprach, tat er es langsam und bedächtig, so als würde er jedes Wort abwägen, bevor er es aussprach. »Das bin ich, Mr. Dudley, obwohl ich mir für diesen Fall einen anderen Richter gewünscht hätte.«

Er schob die vor ihm liegenden Papiere zusammen und räusperte sich. »Ursprünglich war Sir William Grove als Vorsitzender der *Winter Assizes* vorgesehen, aber er ist nach Konsultationen zwischen dem Lordoberrichter, Lord Coleridge, und dem Innenminister durch Baron Huddleston ersetzt worden. Baron Huddleston ist ein Mann in fortgeschrittenen Jahren, doch das Alter hat weder seinen Ehrgeiz verringert noch sein Temperament gemäßigt. Außerdem hat er ein delikates Leiden. Man sagt, Richter Jefferies hätte unter demselben Leiden gelitten, als er den *Bloody Assizes* (Blutigen Schwurgerichten) nach Monmouths Rebellion vorsaß. Wir können nur hoffen, daß Baron Huddleston, wenn er heute vormittag auf dem Richterstuhl Platz nimmt, weniger mißgelaunt ist.«

Kurz vor 10.30 Uhr wurden Tom und Stephens die Treppe zum Anklagestand hinaufgeführt. Die Sympathie der örtlichen Einwohnerschaft für die Angeklagten war in Exeter ebenso groß wie in Falmouth, und das Stimmengewirr im überfüllten Gerichtssaal wurde von Beifall übertönt, als sie in Sicht kamen. Da seine Verletzungen ihm das Sitzen immer noch zur Qual machten, stellte sich Tom wie in Falmouth ans Geländer des Anklagestands und blieb dort während des gesamten Prozesses stehen.

Die Vormittagssonne fiel in Streifen durch die Eisengitter vor den Fenstern. Unmittelbar vor der Anklagebank, in dem tiefer gelegenen Bereich der Anwälte, stand ein großer rechteckiger, mit Papieren und Pergamentrollen übersäter Tisch. Von Tom aus gesehen rechter Hand saßen Arthur Collins und die anderen Mitglieder des Verteidigerteams. Collins' Assistent war Henry Clark, Stadtrichter von Tiverton und Mitglied des Royal Western Yacht Club in Plymouth. Ihnen gegenüber saßen die Vertreter der Anklage, mit Kronanwalt Arthur Charles und dessen Assistenten Charles Matthews an der Spitze. Das Format des Chefanwalts der Krone und die Zahl der anwesenden Anwälte – an drei Seiten des Tischs waren nicht weniger als vierzehn von ihnen versammelt (an der vierten Seite saßen die Gerichtsbeamten) – zeigten an, welche Bedeutung das Innenministerium dem Fall beimaß.

Die beiden Sitzreihen der Geschworenen befanden sich auf der rechten Seite des Saals. Im Augenblick starrten die zwölf Männer, die zu diesem Anlaß ihren besten Sonntagsanzug angezogen hatten, mit offensichtlicher Neugier auf Tom.

Der Anklagebank gegenüber befand sich der Richterplatz mit einem üppig geschnitzten Mahagonistuhl, dessen Polster mit blutrotem Samt bezogen war, links daneben der Zeugenstand, und auf der anderen Seite schloß sich eine Art Loge an, in der, ihrer Kleidung nach zu urteilen, eine Frau der feinen Gesellschaft saß.

Der Rest des Saals war von Landadeligen, Offizieren in Uniform und Geistlichen gefüllt. Für die meisten Sitze waren Eintrittskarten ausgegeben worden, zweifellos an Vertreter der Oberschicht der Grafschaft, aber auch für das allgemeine Publikum waren, neben den Stehplätzen, einige Karten reserviert worden. Diese Bereiche waren besetzt, kaum daß die Türen geöffnet worden waren. Auf den Bänken hinter Tom drängten sich die Zuschauer dicht an dicht, und durch die offene Tür konnte er sehen, daß es den Polizisten nur mit Mühe gelang, die Menschen zurückzuhalten, die versuchten, sich in den Saal durchzukämpfen.

Nach wenigen Minuten schlugen die schweren Eichentüren zu. Danach trat für kurze Zeit Stille ein, bevor sich die Tür hinter der Richterbank öffnete und Baron Huddleston, von einem Gerichtsdiener begleitet, den Saal betrat und auf seinem Stuhl Platz nahm. Er trug die purpurne Robe eines Richters am Schwurgericht. Mit einem Lächeln auf dem Gesicht schaute er nach rechts und begrüßte die Dame in der Loge, die es mit einer Handbewegung quittierte.

»Das ist seine Frau«, flüsterte der Schließer Tom zu. »Sie kommt immer, um sich die großen Prozesse anzusehen. Gestern hat er einen armen Teufel zum Tode verurteilt, und sie hat die Hand vor den Mund gehalten, um ein Lächeln zu verbergen.« Er lächelte selbst und offenbarte einen Mund voller verdorbener Zähne.

Tom drehte den Kopf weg. Der Atem des Mannes stank nach Tabak und saurem Ale; außerdem wollte er keine weiteren Vertraulichkeiten von ihm hören.

Der Richter schlug mit seinem Hammer auf den Richtertisch, um die Unterhaltungen im Publikum zum Verstummen zu bringen. Tom musterte ihn, während der Gerichtsbeamte begann, die Anklage zu verlesen. Huddlestons Haare waren von seiner Perücke verdeckt, aber seine langen Koteletten waren grau, und seinem Aussehen nach war er mindestens sechzig Jahre alt. Seine Augenbrauen waren dunkler und zu einem ständigen Runzeln zusammengewachsen, ein Eindruck, der von den herabgezogenen Mundwinkeln noch verstärkt wurde. Außerdem ging er aus dem Leim, und sein Doppelkinn zitterte, wenn er sich vorbeugte, um etwas zu sagen. Dabei schien sein Lächeln ausschließlich seinen eigenen Geistesblitzen und den Bemerkungen, die er an die Geschworenen richtete, vorbehalten zu sein. Er war unduldsam und seine Sprache knapp und präzise, aber hin und wieder verrieten ein verschluckter Vokal oder eine falsche Aussprache seine niedere Herkunft.

Elf der zwölf Geschworenen hatten bereits an sieben anderen Verhandlungen dieser Sitzungsperiode des Schwurgerichts teilgenommen, einschließlich des Mordprozesses gegen den dreiunddreißigjährigen Edward Bath Edwards, den Huddleston, wie der Schließer Tom erzählt hatte, am Tag zuvor zum Tode verurteilt hatte, weil er seinen beiden Kindern die Kehle durchgeschnitten hatte.

Der Gerichtsbeamte legte die Anklageschrift aus der Hand und sah Tom und Stephens an. »Wie plädieren Sie?«

»Nichtschuldig«, antworteten sie nacheinander.

Arthur Charles nahm den Zwicker ab, durch den er einige Akten studiert hatte, und stand, die Daumen in die Westentaschen klemmend, auf, um sein Eröffnungsplädoyer zu halten. Wie Huddleston spickte er seine Ausführungen mit lateinischen Zitaten, die den Geschworenen, nach ihrem Gesichtsausdruck zu urteilen, genauso unverständlich waren wie Tom.

»Mit Erlaubnis Eurer Lordschaft, Gentleman der Jury, von seiten der Staatsanwaltschaft ist es jetzt meine Pflicht, die Fakten dieses außergewöhnlichen und schmerzlichen Falls vor Ihnen darzulegen und nachzuweisen – ich bedaure, dies ohne Zweifel oder Zögern sagen zu müssen –, daß die Gefangenen auf der Anklagebank nach den Gesetzen dieses Landes des Mordes an Richard Parker schuldig sind.

Gentlemen, Sie müssen alle das tiefste Mitgefühl für diese Männer in ihrem entsetzlichen Leiden empfinden, aber das befreit Sie nicht von der ernsten Verantwortung, ein Urteil in diesem Fall zu finden, das den Gesetzen und den Beweisen, die vor Ihnen ausgebreitet werden, Genüge tut.

Mitgefühl für die erschreckenden und furchtbaren Leiden, die diese Gefangenen zweifellos durchgemacht haben, mag ein mächtiges Argument für den Verzicht auf die vom Gesetz vorgesehene Höchststrafe sein, aber es darf Sie nicht davon abhalten, sich darüber schlüssig zu werden, ob diese Männer nach den Gesetzen Englands des Verbrechens, dessen sie angeklagt werden, schuldig sind.

Nun kommen wir zu einer Frage von großer Bedeutung und grundsätzlichem Interesse in diesem Fall, und soweit ich weiß, kann sie nur in einer Weise beantwortet werden. Diese Männer sind des Mordes angeklagt. Was ist Mord? Nach meinem Verständnis ist Mord die unrechtmäßige Tötung eines Menschen durch einen anderen, der geistig gesund ist und mit Vorsatz handelt.

Wenn den Gefangenen Unzurechnungsfähigkeit zugebilligt werden könnte, wäre Ihre Aufgabe, Gentlemen, vergleichsweise einfach. Nach dem in der letzten Sitzungsperiode des Parlaments verabschiedeten Gesetz wäre es Ihre Pflicht, festzustellen, daß sie der Tat schuldig sind, aber zum Zeitpunkt, als sie diese begingen, unzurechnungsfähig waren.

Doch Sie werden erkennen, daß Dudley und Stephens bei klarem Verstand waren, als sie die Tat verübten. Dudley wußte um die Natur der Tat, die er beging, und er wußte, daß sie falsch war, denn bevor er sie beging, schickte er ein Gebet für den armen Jungen und für die unbesonnene Tat, die er plante, gen Himmel.«

Es war kaum nötig, diese Verteidigungsstrategie zurückzuweisen. Angesichts des verdientermaßen schlechten Rufs der viktorianischen Irrenanstalten hätte es sich sogar ein Mann, dem der Galgen drohte, zweimal überlegt, ob er sich für unzurechnungsfähig erklären ließ. Allerdings wäre Collins mit einem Plädoyer auf zeitweise Unzurechnungsfähigkeit bei den Geschworenen möglicherweise auf offene Ohren gestoßen.

Als nächstes tat Charles die wenigen Präzedenzfälle ab, einschließlich der Entscheidung im Fall Holmes. »Ein anderes Argument der Verteidigung, das in diesem Fall bereits in der Öffentlichkeit besprochen worden ist und das, wie ich annehme, erneut vorgebracht werden wird, lautet, daß es eine zu rechtfertigende oder entschuldbare Tötung gewesen sei. Es kann keinen Zweifel daran geben, daß dem englischen Recht Fälle bekannt sind, in denen eine Tötung zu rechtfertigen oder entschuldbar war, aber ich muß darauf hinweisen, daß ich keinerlei Anhaltspunkte im vorliegenden Fall gefunden habe.

Ich kann mir nicht helfen, aber meiner Meinung nach wäre es eine völlige Verkennung der Bedeutung dieses Prinzips, wenn man es auf diesen Fall anwenden würde. Sie hätten einen Mann töten können, um zu verhindern, daß er sie tötet – das wäre Selbstverteidigung gewesen –, aber den Gefangenen drohte von Parkers Seite keine Gefahr. Er griff sie nicht an, sondern lag auf dem Boden des Boots, und das schon seit vielen Stunden.

Die Gefahr, die ihnen wirklich drohte, war eine heftige

Attacke von Hunger und Durst, und deshalb, um zu verhindern, daß sie durch diese getötet wurden, verfielen sie darauf, einen Unschuldigen zu opfern. Ein Tötungsakt ist nach englischem Recht nur zu rechtfertigen, wenn er zur Verteidigung des eigenen Lebens erfolgte, aber sie begingen ihn nicht, um sich gegen Parker zu verteidigen; sie begingen ihn, weil sie zu dem Schluß gelangt waren, daß er schwächer sei als sie, wahrscheinlich nicht mehr so lange leben würde wie sie und sein Leben weniger wert sei als das ihre, weil er keine Frau und keine Kinder hatte, die von ihm abhingen.

Sie haben seiner Existenz ein Ende gesetzt. Gentlemen, nach meiner Ansicht sind die Gefangenen, da sie dies getan haben und, wie ich Ihnen erläutert habe, zurechnungsfähig waren, nach den Gesetzen dieses Landes des Verbrechens des vorsätzlichen Mordes schuldig.«

19

Not und Notwendigkeit

Bevor Collins sein Eröffnungsplädoyer halten konnte, ergriff Huddleston das Wort. »Mr. Collins, ich nehme an, Sie erheben Einspruch gegen das Gesetz?«

Es war eine archaische und abstruse Art, ihn zu fragen, ob er den Ausführungen der Anklage entgegentreten wolle, so als ob die Angelegenheit im Pub diskutiert würde, statt in einem Gerichtssaal.

»Ja, Euer Ehren«, antwortete Collins.

»Und Sie stützen sich auf dieselben Fälle, die der gelehrte Anklagevertreter erwähnt hat?«

»Ich stütze mich auf dieselben Fälle, und ich sage, daß diese Männer, als die Notwendigkeit sie dazu zwang, ein Leben zu nehmen, es gerechtfertigterweise taten.«

»Ich kann es ruhig sofort sagen, daß ich dieser Ansicht nicht beipflichten kann«, erklärte Huddleston. »Ich habe bereits meiner Meinung über die Rechtslage Ausdruck verliehen, und ich werde die Geschworenen belehren, sich davon leiten zu lassen.«

»Wie Euer Lordschaft wünschen.«

»Ich werde als Grundsatz festhalten, daß es keine Rechtfertigung gab«, fuhr Huddleston fort. »Dies werde ich deutlich und absolut feststellen.«

»Ich muß über diesen Punkt zu den Geschworenen sprechen.«

»Ja. Ich werde es mit aller Deutlichkeit feststellen. In diesem Punkt bin ich unerschütterlich. Das ist meine Sicht des Gesetzes, und ich muß in diesem Punkt entschieden handeln.«

»Ja. Ich werde den Geschworenen meine Ansicht über den Fall mitteilen. Danach können Euer Lordschaft natürlich jeden Kurs einschlagen, der Eurer Lordschaft beliebt.«

Huddleston sah, daß einige Geschworene miteinander flüsterten, und mäßigte seinen Ton. »Aber ich werde alle Möglichkeiten nutzen, um den Fall vor ein höheres Tribunal zu bringen, das dann über ihn entscheiden mag. Meines Dafürhaltens gibt es zwei Wege, wie dies geschehen kann. Der eine ist, daß die Geschworenen, meinen Empfehlungen folgend, die Gefangenen für schuldig befinden und der Fall vors *Court of Crown Cases Reserved* (Gericht für aufgehobene Strafsachen) gebracht wird.«

Die Richterschaft hatte mit Erfolg alle Versuche des Parlaments vereitelt, eine Instanz zu schaffen, die ihre Entscheidungen überprüfen konnte. Doch obwohl es kein Berufungsgericht gab, war ein Mechanismus vorhanden, um rein rechtliche Fragen zu entscheiden, wenn die Gesetzeslage nicht eindeutig war. Das *Court of Crown Cases Reserved,* ein Gremium aus fünf Richtern, das unter dem Vorsitz des Lordoberrichters in London tagte, konnte einen unangreifbaren Präzedenzfall schaffen – aber erst, nachdem der Angeklagte verurteilt worden war. Nach einem Freispruch war es nicht möglich, das *Court of Crown Cases Reserved* anzurufen.

Huddleston wischte diese Möglichkeit beiseite, indem er mit der Hand über den Richtertisch strich. »Der andere Weg ist eine Tatsachenfeststellung durch die Geschworenen, durch die lediglich die Fakten bestätigt werden. Die Entscheidung darüber, welche Gesetzesverletzung begangen wurde, würde in diesem Fall dem Gericht überlassen. Ein solches Vorgehen ist aus neuerer Zeit kaum bekannt, aber es wird in alten Büchern wiederholt erwähnt, und es ist der Kurs, den ich einzuschlagen geneigt bin.«

Collins stand augenblicklich auf. »Euer Ehren, Ich sehe mich außerstande, dem zuzustimmen.«

»Ich werde Sie nicht darum bitten«, entgegnete Huddleston. »Ich werde es selbst verantworten.« Damit wandte er sich mit einem breiten Lächeln an die Geschworenen. »Meine Herren Geschworenen, die Tatsachen des Falls sind nicht strittig, aber wie Sie bemerkt haben, gibt es Meinungsverschiedenheiten über die von ihnen aufgeworfenen Rechtsfragen. Ich würde Ihnen gern eine Möglichkeit vorschlagen, die Ihnen die schmerzliche Erfahrung erspart, erneut hören zu müssen, wie ein schreckliches Todesurteil ausgesprochen wird.«

Er hielt inne, um den Geschworenen Zeit zu geben, die Ereignisse des vorangegangenen Tages zu rekapitulieren. »Zu Ihren Rechten gehört die Möglichkeit, statt dessen eine Tatsachenfeststellung vorzulegen, in der Sie, die Geschworenen, die Tatsachen des Falls darlegen und es dann einem beziehungsweise mehreren Richtern überlassen, über die Rechtsfragen und damit auch über Schuld oder Unschuld der Angeklagten zu entscheiden. Die größte Chance, daß der Rechtsstandpunkt ihres ausgezeichneten Anwalts in Erwägung gezogen wird, haben diese Männer auf dem soeben beschriebenen Kurs.«

Weder er noch Collins – was eher überrascht – wies die Geschworenen darauf hin, daß es ihnen freistand, den Vorschlag abzulehnen.

Nachdem Huddleston die Argumente der Verteidigung praktisch ausgeschlossen hatte, gestattete er der Anklage, mit der Beweisaufnahme zu beginnen. Als erster Zeuge wurde Brooks aufgerufen. Gleich seine erste Antwort ließ Huddleston theatralisch aufseufzen.

»Sie sind neununddreißig Jahre alt?«

»Nein, achtunddreißig im letzten Mai. Das war mein Fehler.«

Im weiteren Verlauf der Aussage wurde Charles wiederholt

von Huddleston unterbrochen, so als Brooks die Geschehnisse nach dem Untergang der *Mignonette* schilderte und er ihn fragte: »Wie weit waren Sie zum Zeitpunkt des Untergangs schätzungsweise von der Küste entfernt?«

Brooks sah ihn verdutzt an. »Das kann ich nicht sagen. ich bin kein Navigator.«

»Aber Sie wußten, wo sie waren, oder?«

»Der Kapitän und der Maat wußten es, ich nicht.«

Huddleston verfiel kopfschüttelnd in Schweigen.

Im Saal war es mucksmäuschenstill, während Brooks den Rest der mittlerweile glatt geschliffenen Geschichte erzählte, die in Tod und Zerstückelung des Jungen kulminierte.

Als Collins sich zum Kreuzverhör erhob, sah Brooks ihm mit der gleichen Begeisterung entgegen, mit der er den um das Dingi kreisenden Hai beobachtet hatte.

»Nun, Sie haben uns gesagt«, begann Collins, »daß Sie am achtzehnten oder neunzehnten Tag nach etwas Eßbarem und noch mehr nach etwas Trinkbarem gierten. Der Durst war schlimmer als der Hunger, nicht wahr?«

»Viel schlimmer. Tagelang waren wir gezwungen, unseren eigenen Urin zu trinken. Die Folgen waren gräßlich. Unsere Lippen wurden schwarz, und unsere Zungen waren trocken wie Steine.«

»Ihnen ging es allen sehr schlecht, nehme ich an. Sie müssen in dieser Zeit in einem furchtbaren Zustand gewesen sein. Sie alle.«

»Ja, es ging uns allen sehr schlecht.«

»Ich weiß nicht, ob es Ihnen genauso schlecht ging wie den anderen beiden Männern.«

Als Brooks zögerte, mischte sich Huddleston ein. »Er hat bereits gesagt, daß es ihm besser gegangen sei als den anderen.«

»Ich bin Eurer Lordschaft zu Dank verpflichtet«, sagte Collins, bevor er sich wieder Brooks zuwandte: »Und seit einigen Tagen konnten sie weder liegen noch stehen?«

»Nein, sie konnten sich nicht ausruhen; solche Schmerzen

hatten sie. Wir hatten überall am Körper wunde Stellen, und Dudleys und Stephens' Beine waren bis zu den Knien hinauf furchtbar geschwollen. Ich hatte Stiefel an, sie nicht, und sie litten mehr als ich.«

Collins nickte. »Nun haben Sie gesagt, und ich habe keinen Zweifel daran, daß es wahr ist: ›Wenn der Junge nicht gestorben wäre, wären wir, glaube ich, an Hunger und Durst gestorben.‹«

»Ja.«

Wieder unterbrach Huddleston das Kreuzverhör, und die Schärfe in seiner Stimme offenbarte seine Gereiztheit. »Nein, Sie sagten, wenn die Nahrung nicht gewesen wäre, die Sie von dem Jungen hatten. Ich zitiere: ›Wenn der Körper des Jungen nicht gewesen wäre, hätten wir nicht überlebt, bis wir gefunden wurden.‹«

Collins verbeugte sich erneut vor Seiner Lordschaft. »Wie ich mich entsinne, haben Sie vor den Friedensrichtern unter Eid erklärt, Kapitän Dudley sei ein guter Skipper und Sie hätten ihn für einen freundlichen und guten Kapitän gehalten.«

»Ja.«

Huddleston trommelte mit den Fingern auf die Richterbank.

»Sie haben uns berichtet, Sie selbst hätten sich gegen einen Losentscheid ausgesprochen«, fuhr Collins fort.

»Ja, ich konnte nicht zustimmen. Dafür hatte ich nicht das Herz. Ich habe gesagt: ›Laßt uns alle zusammen sterben. Es würde mir nicht gefallen, von jemandem getötet zu werden, und es würde mir nicht gefallen, jemand anderen zu töten.‹«

Die zahlreichen Wiederholungen seiner Geschichte für die Besucher der Monstrositätenkabinette hatten Brooks' Vortrag enorm verbessert. Er war jetzt wesentlich flüssiger als in Falmouth.

»Hat der Junge zugestimmt, und wurde er überhaupt gefragt?«

»Das kann ich nicht mehr mit Sicherheit sagen.«

»Aber es wurden keine Lose gezogen?«

»Nein.«

»Der Junge lag, glaube ich, schon seit einigen Stunden im Boot. Hatte es den Anschein, als würde er sterben?«

»Es ging ihm sehr schlecht. Er war sehr still und sagte so gut wie nichts.«

»Vor den Friedensrichtern sagten Sie – und ich nehme an, es ist die Wahrheit –, daß er nach Ihrer Einschätzung dabei war zu sterben. Er lag, glaube ich, mit dem Gesicht auf dem Arm da und hatte seit vielen Stunden nichts mehr gesagt oder auf irgend etwas reagiert. Hatten Sie den Eindruck, daß er wahrscheinlich eher sterben würde als Sie und ihre beiden Kameraden?«

»Er schien der Schwächste zu sein. Ich hätte es nicht sagen können.«

»Als sie sahen, wie der Kapitän den Jungen erstach, war kein Segel in Sicht, nehme ich an?«

»Nein.«

Collins hob schweigend eine Augenbraue. Brooks hatte der Behauptung, er hätte gesehen, wie Tom zustach, nicht widersprochen. Doch der Anwalt hakte nicht nach, was merkwürdig war, denn wenn er hätte nachweisen können, daß Brooks wie Stephens ein Komplize der Tat gewesen war, wäre eine der Säulen der Anklage zusammengebrochen.

»Sie konnten dem Anblick des Blutes nicht widerstehen«, stellte Collins fest. »Ich glaube, Sie baten um etwas davon. In einem derartigen Zustand waren Sie?«

»Ich konnte nicht anders. Ich mußte darum bitten.«

»So schrecklich es war, mußten Sie doch darum bitten?«

»Ja.«

»Und Sie waren darauf angewiesen, von Herz und Leber des Jungen zu essen. Und jene vier Tage lang erhielt der Körper des unglücklichen Jungen Sie am Leben?«

»Ja, Sir, so war es ohne Zweifel. Davon bin ich überzeugt.«

Huddleston hatte Collins' Tonfall und Fragestellung mit wachsender Unruhe zugehört, und jetzt war seine Geduld erschöpft. »Mr. Collins«, intervenierte er erneut, »wir haben dies alles bereits ausführlich behandelt. Könnten wir jetzt weitermachen?«

Collins' Lippen versteiften sich, aber seine Stimme blieb ruhig. »Wie Euer Lordschaft wünschen«, sagte er mit einer Verbeugung und nahm Platz.

Nachdem Brooks den Zeugenstand verlassen hatte, wurde einer der Matrosen von der *Moctezuma* aufgerufen. Ihr Schiff war zwei Wochen zuvor in Richtung Hamburg ausgelaufen, aber Julius Wiese und Christopher Drewe, die beiden Besatzungsmitglieder, die das Dingi untersucht hatten, nachdem es an Bord gehievt worden war, waren an Land zurückgeblieben, weil sie als Kronzeugen benötigt wurden.

»Ich sah in dem Dingi einige kleine Fleischstücke und ein kleines Stück einer Rippe«, berichtete Wiese. »Ich konnte nicht sagen, welche Art von Fleisch und Knochen es war. Wir hatten von Kapitän Simonsen den Befehl, alles über Bord zu werfen.«

Huddleston kürzte Wieses Aussage ab, und Drewe wurde gar nicht erst in den Zeugenstand gerufen. Danach bezeugte Gustavus Lowry, der Lotse von Falmouth, was ihm Dudley auf der *Moctezuma* erzählt hatte. »Ich fragte ihn, wer den Jungen getötet habe. ›Das habe ich getan‹, antwortete Dudley. Bevor er es getan habe, habe er ein Gebet an den Herrn gerichtet, daß er ihm vergeben möge, wenn er eine Sünde begehe. Ich fragte ihn, wie er den Jungen getötet habe. Er sagte, indem er mit dem Messer unter dem Ohr zugestochen habe. Sie hätten gut einen Liter Blut gehabt. Er und der Maat hätten die ersten Schlucke getrunken, und dann hätte er sich umgeschaut und gesehen, wie der andere Mann zu ihm kam, um seinen Teil zu erhalten. Sie hätten dem Jungen die Kleider vom Leib geschnitten, Herz und Leber herausgeholt und gegessen und von ihm gelebt, bis sie gefunden wurden.«

Huddleston beugte sich vor. »Ich denke, es ist überflüssig, all diese unnötigen Wiederholungen zu hören, sofern sie keine Abweichungen von den Aussagen des Kapitäns enthalten.«

Nach dem Lotsen trat der Zolleinnehmer Robert Cheesman in den Zeugenstand, blieb dort aber kaum länger als Lowry. Er schilderte das Gespräch, das er im Sitzungssaal des Zollamts mit Dudley geführt hatte. »... ›das Blut sprudelte aus der Wunder heraus, und wir fingen es mit dem Ösfaß auf‹, erzählte Dudley, ›und ich und Stephens tranken sofort etwas davon. Dann zogen wir den Jungen aus und schnitten ihn auf ...‹«

»Sie brauchen nicht fortzufahren«, unterbrach ihn Huddleston.

Danach verlas der Gerichtsbeamte für das Protokoll die Erklärungen, die Dudley und Stephens vor dem Zolleinnehmer abgegeben hatten.

Anschließend wurde Richard Hodge, der Fährmann, der die Gegenstände aus dem Dingi in Falmouth an Land gebracht hatte, aufgerufen, um zu bezeugen, daß sich Dudleys Papiere zwischen den Kleidern befunden hatten. Aber bevor er den Mund öffnen konnte, griff Huddleston ein: »Mr. Charles, ist es unbedingt notwendig, daß dieser Mann aussagt, obwohl die Fakten bereits so deutlich nachgewiesen wurden?«

Hodge verließ den Zeugenstand mit der gleichen Mischung aus Erleichterung und Widerwillen wie seine Vorgänger.

Der letzte Zeuge der Anklage war Sergeant Laverty. Er hastete ohne Punkt und Komma durch seine Aussage, als fürchtete er, Huddleston würde eine Pause dazu nutzen, ihn als Zeugen zu entlassen. »Ich bekam von Hodge die Kleider, und im Stadtgefängnis gab Dudley vor Polizeichef Bourne zu, daß die Dokumente, die zwischen ihnen lagen, von seiner Hand geschrieben worden seien und einen weiteren Bericht über den Untergang der *Mignonette* und die nachfolgenden Ereignisse enthielten. Er sagte mir, es seien seine privaten Papiere. Ich habe gehört, wie Kapitän Dudley sagte, das bei Gericht vorgelegte Messer sei dasjenige, mit dem er den Jungen getötet habe.«

»Die Papiere können zu den Akten genommen werden«, verkündete Huddleston. »Aber es besteht keine Notwendigkeit, sie zu verlesen. Hier sei nur festgestellt, daß Kapitän Dudley seine Geschichte nie abgeändert und nie versucht hat, etwas zu verheimlichen.« Er hielt inne. »Mr. Charles, hat die Anklage weitere Zeugen aufzurufen?«

Charles erhob sich. »Nein, Euer Ehren. Die Beweisaufnahme der Anklage ist abgeschlossen.«

Huddleston zog seine Taschenuhr aus der Westentasche und warf einen Blick darauf. Auf seinem Gesicht malte sich Enttäuschung, und er wechselte einen Blick mit seiner Frau. »Wir werden jetzt Sie anhören, Mr. Collins.«

Collins rief keine Zeugen auf und brachte nur zwei obskure Rechtsfragen zur Sprache. Die erste betraf die Jurisdiktion, das heißt, die Frage, ob das Gericht überhaupt das Recht besaß, diesen Fall zu verhandeln. Collins verwies darauf, daß das Dingi der *Mignonette* nicht als britisches Schiff galt. Huddleston konzedierte ihm gnädig, daß diese Frage in die Tatsachenfeststellung der Geschworenen aufgenommen werden könne.

Als zweiten Punkt verlangte Collins das Recht, auf das Schlußplädoyer der Anklage erwidern zu dürfen. Wenn die Verteidigung keine Zeugen aufgerufen hatte, wurde ihr dies normalerweise zugestanden, aber Collins berief sich auf Präzedenzfälle, in denen die Verteidigung das letzte Wort erhalten hatte, weil die Anklage auf Anweisung des Justitiars des Finanzministeriums agierte. Zur Zeit des Prozesses gegen Dudley und Stephens war dies in den Gerichten eine umstrittene Frage.

»Ich werde mir beide Seiten anhören, bevor ich mich entscheide«, sagte Huddleston. »Aber ich habe meine eigene Meinung dazu.«

Collins Miene verriet, daß er sich diese Meinung denken konnte, und so zeigte er keinerlei Erstaunen, als der Richter schließlich gegen ihn entschied.

»Mit Erlaubnis Eurer Lordschaft«, sagte Collins und wandte sich an die Geschworenen: »Gentleman der Jury, ich werde mich nicht über die Entscheidung beklagen, die Seine Ehren soeben getroffen hat. Ich kenne meinen Freund, Mr. Charles, zu gut, um zu glauben, daß er diese Entscheidung in unfairer Weise ausnutzen wird, und falls doch etwas Unfaires unternommen werden sollte, bin ich mir absolut sicher, daß Seine Ehren als Vorsitzender dieses Gerichts es Ihnen gegenüber umgehend richtigstellen wird.«

Während Collins ruhig und mit ausdrucksloser Miene sprach, sah ihn Huddleston mit augenscheinlichem Mißfallen an.

»Wie ich gesagt habe, und ich möchte kein weiteres Wort darüber verlieren, könnte dies zu einer gefährlichen Praxis werden. Es könnte und wird zweifellos eine erhebliche Unterstützung der Anklage darstellen, die sie vielleicht nicht immer verdient hat.«

Fast hätte seine Gereiztheit über seine Vorsicht gesiegt. Jedenfalls war er einer offenen Insubordination so nahe wie möglich gekommen. Huddlestons Gesicht war zur Maske erstarrt, und er beugte sich noch weiter nach vorn und streckte das Kinn vor, als warte er nur auf eine Gelegenheit, um sich auf Collins zu stürzen.

»Gentlemen«, sagte der Verteidiger, »ich muß zu Ihnen über einen Fall sprechen, der zu den schmerzlichsten gehört, über die zwölf Männer jemals zu urteilen hatten. Sie sollen über diese beiden Männer auf der Anklagebank wegen eines der schwersten Verbrechen, die unsere Gesetze kennen, zu Gericht sitzen: wegen des Verbrechens des Mordes. Wie Sie wissen, sieht das Gesetz als Strafe für dieses Verbrechen den Tod vor. Die Frage, die sich Ihnen stellt, ist nun: Sind diese Männer schuldig? Anders ausgedrückt, Sie werden, wie Seine Ehren sagte, gewisse Fragen zu beantworten haben, und aufgrund Ihrer Antworten wird Seine Ehren den Fall einem höheren Gericht vorlegen. Aber in Ihrer Eigenschaft als Jury zwischen der Krone auf der einen Seite und den Gefangenen auf der anderen sind Sie, Gentlemen, im Hinblick auf die Fakten die oberste Instanz. Sie zwölf haben zu entscheiden, ob diese Männer aufgrund der von Seinen Ehren festgestellten

Fakten des Verbrechens des vorsätzlichen Mordes schuldig sind oder nicht.

Sind Sie Mörder? Was denken Sie? Gentlemen, ich habe es Seinen Ehren vorgetragen, und Seine Ehren ist in dieser Hinsicht gegen mich, aber ich meine, daß ich das Recht habe, Ihre Meinung darüber einzuholen: über die Ansicht nämlich, daß die Umstände dieses Falls die Tat dieser Männer entschuldigen. Sie haben das ihnen zur Last gelegte Verbrechen, das des vorsätzlichen Mordes, nicht begangen.«

Huddleston lief rot an und öffnete den Mund, als wollte er erneut einschreiten, doch dann schloß er ihn wieder und setzte sich, erneut mit den Fingern trommelnd, zurück.

»Wir alle wissen, daß in vielen Fällen unglückliche Männer von Hunger und Durst dazu getrieben wurden, ihre Mitmenschen zu essen«, erinnerte Collins die Geschworenen. »Ich glaube, ich habe recht, wenn ich sage, daß die jeweilige Regierung keines zivilisierten Landes jemals eine einzige Person deswegen der Strafverfolgung ausgesetzt hat, und ganz offensichtlich haben diese Männer bei ihrer Heimkehr nicht im Traum daran gedacht, daß sie ein Verbrechen begangen haben könnten.

Es wäre zwecklos, in diesem Gerichtssaal von Milde oder Gnade zu reden, sobald die Gerechtigkeit ihren Lauf nimmt. Vielleicht wird die Krone nicht sagen, daß die beiden Männer genug gelitten haben. Vielleicht nehmen der Generalstaatsanwalt und die zuständigen Stellen einen anderen Standpunkt als Seine Ehren ein. Ich werde über diese Dinge nicht spekulieren, aber ich möchte Ihnen vor Augen halten, daß dies, soweit wir wissen, das erste Gerichtsverfahren nach englischem Recht wegen der erschreckenden Umstände ist, die Ihnen von den Zeugen geschildert worden sind.

Diese Männer waren acht Tage – bedenken Sie die Zeit, Gentlemen – ohne Essen und fünf ohne Wasser. Jetzt bitte ich Sie, Gentlemen, sich, soweit Sie können, an die Stelle dieser unglücklichen Männer zu versetzen. Stellen Sie sich vor, was sie erlitten – Kehlen und Lippen trocken und schwarz, die Zungen hart wie Stein. Ihr Zustand hätte nicht elender sein können.

Hunger, Verzweiflung, Kälte, Durst und Hitze hatten ihre Spuren bei ihnen hinterlassen. Sie befanden sich in einem Zustand, der jedem Mann, jeder Frau und jedem Kind auf dieser Welt Mitleid abnötigen muß. Es waren angesehene Männer, gottesfürchtige Männer mit einem guten Ruf. Sie waren so krank, daß nach Brooks' Aussage insbesondere Stephens nicht mehr aufrecht stehen konnte und über den Boden des Boots kriechen mußte.

Brooks ist allerdings Zeuge der Anklage. Er hat von jenen, die meine gelehrten Freunde instruieren, den Ratschlag angenommen, gegen die anderen auszusagen, und er hat dies, wie Sie gehört haben, allem Anschein nach auf anständige Weise getan, ohne einen der beiden besonders zu belasten, sondern indem er darlegte, was Sie, wie ich glaube, für die Wahrheit halten.

Der Kapitän schlug angesichts der verzweifelten Lage vor, Lose zu ziehen. Doch die anderen Männer lehnten es ab, und so wurden keine Lose gezogen. Am Morgen des neunzehnten Tages wußten und spürten diese Männer, in welchem Zustand sie sich befanden, und sie sahen den unglücklichen Jungen, der laut Brooks offenbar bald sterben würde, auf dem Boden des Boots liegen. Die Männer, die Ehemänner und Familienväter waren, kamen zu der Einsicht, daß ›etwas geschehen mußte‹, um Kapitän Dudleys Worte zu benutzen, oder sie würden alle sterben.

Gentlemen, wie ich bereits sagte, und ich wiederhole es: Wenn es jemals einen Fall gegeben hat, in dem die Notwendigkeit als mildernder Umstand für eine solche Tat gelten konnte, dann, darin wird mir gewiß jeder von Ihnen zustimmen, läßt sich kein schrecklicherer finden als dieser.

Sie taten es, um ihr Leben zu retten, und ich denke, Sie haben keinerlei Zweifel daran, daß der unglückliche Junge, wenn er nicht auf die von Dudley beschriebene Weise getötet worden wäre, den Tag oder die nächste Nacht nicht überlebt hätte. Und Sie können keinen Zweifel daran haben, daß die schreckliche Nahrung den Männern das Leben rettete. Wenn sie nicht getan hätten, was sie taten, wäre an dem Morgen, als sie aufgefischt wurden, kein einziger mehr am Leben gewesen.

Sie wußten sehr gut, welche Gefahren sie überstanden hatten. Sie wußten sehr gut, in welch furchtbare Notlage sie geraten waren. Sie wußten sehr gut, wie furchtbar es ist, jemandem das Leben zu nehmen, selbst wenn es durch die Notwendigkeit gerechtfertigt ist, aber sie machten keinerlei Anstalten, es zu verbergen, sondern setzten das Zollamt davon in Kenntnis. Sie berichteten über ihre Leiden und darüber, wozu sie gezwungen gewesen waren.

Gentlemen, Sie kennen alle Fakten und werden unter Anleitung Seiner Ehren in bezug auf bestimmte Tatsachen eine Antwort finden müssen, aber dann werden Sie zu der Anklage zurückkehren, über die hier verhandelt wird, der Frage nämlich, ob diese Männer einen vorsätzlichen Mord begangen haben oder nicht, und Sie zwölf müssen Einstimmigkeit erreicht haben, bevor Sie sie für schuldig oder unschuldig befinden können.

Gentlemen, ich möchte Ihnen noch einmal vor Augen halten, daß angesichts der unbestrittenen Tatsachen dieses Falls, des furchtbaren Zustands, in dem sich die Männer befanden, und der Notwendigkeit, die sie zwang, den augenscheinlich im Sterben liegenden Jungen zu opfern, kein Verbrechen vorliegt, das man als Mord bezeichnen könnte.«

Weder die Anklage noch die Verteidigung hatte die Möglichkeit erwähnt, daß es sich um einen Totschlag handeln könnte. Das Prinzip der unabwendbaren Notwendigkeit, das Collins als Begründung für den von ihm geforderten Freispruch seiner Mandanten von der Anklage des Mordes angeführt hatte, hätte mit derselben oder mit noch größerer Überzeugungskraft als Argument für die Umwandlung der Anklage in Totschlag dienen können.

Während Huddleston und Charles ihre Gründe hatten, warum sie die Geschworenen nicht darauf aufmerksam machen wollten, war es auf seiten der Verteidigung eine merkwürdige Unterlassung, denn Collins hätte wesentlich weniger Interesse daran haben müssen, daß auf Kosten seiner Mandanten ein Leitfall geschaffen wurde. Möglicherweise hatte er die Hoffnung auf einen fairen Prozeß unter Baron Huddlestons alles andere als wohlwollendem Despotismus bereits aufgegeben und hob sich diese Verteidigungslinie für ein höheres Gericht auf. Wie sich herausstellte, sollte er jedoch nie die Gelegenheit bekommen, sie vorzutragen.

Charles erhob sich, um sein Schlußplädoyer zu halten. Dessen Kürze spiegelte seine Zuversicht hinsichtlich des Prozeßausgangs wider. »Gentlemen, wenn es eine Tatsachenfrage für Sie und nicht eine Rechtsfrage für Seine Ehren wäre, würde es, glaube ich, sehr lange dauern, bis Sie sagen würden, daß es, unter welchem Druck die Männer auch gestanden haben mögen, das Gesetz Englands und die Meinung der Jury sei, daß der Schwächste dran glauben muß. Das ist die einzige Anmerkung, die ich als Erwiderung auf meinen Freund zu den Tatsachen des Falls machen möchte. Gentlemen, ich übergebe den Fall Seinen Ehren.«

Huddleston quittierte es mit einem trüben Lächeln, aber bevor er etwas sagen konnte, stand der Assistent des Verteidigers, Henry Clark, auf. »Ich möchte darauf hinweisen, Euer Ehren, daß wir eine Reihe von Leumundszeugen haben, einschließlich sämtlicher Kapitäne, unter denen Kapitän Dudley jemals gedient hat. Ich sollte erwähnen, daß sie auf eigene Kosten aus großer Entfernung angereist sind, viele aus Nordengland und Schottland. Wenn sie nicht gehört werden sollen, steht es ihnen dann frei, zu gehen?«

»Ja, gewiß.« Huddleston übersah die Uhr an der ihm gegenüberliegenden Wand und konsultierte erneut seine Taschenuhr, bevor er sich an die Geschworenen wandte: »Gentlemen der Jury, ich bin sehr froh, daß mir in diesem Fall die Unterstützung von Gentlemen zuteil wird, die in anderen schwierigen Fällen mannhaft ihre Pflicht erfüllt haben, und ich bin überzeugt, daß sie, ungeachtet aller Sympathie für die beiden Männer auf der Anklagebank, erneut ihre Pflicht erfüllen werden, so wie Sie es sich selbst schuldig sind.«

Er schenkte den Geschworenen ein Lächeln. »Zu welchem Ende die Verhandlung auch führen mag, ich bin überzeugt, daß außer den Tatsachen dieses unseligen Falls weder der Charakter der Gefangenen noch ihre menschliche Natur in die Überlegungen einfließen werden. Obwohl Sie, Gentlemen, und ich eine unangenehme Pflicht zu erfüllen haben, muß ich Ihnen mitteilen, was ich für den Standpunkt des Gesetzes halte, und dafür übernehme ich die volle Verantwortung. Sie, Gentlemen, haben die Fakten abzuwägen, sind dabei aber an den Buchstaben des Gesetzes gebunden, wie ich es Ihnen darlege. Wenn Sie, wozu man Sie indirekt aufgefordert hat« – er unterbrach sich, um einen Blick auf Collins zu werfen –, »wenn Sie also meine Belehrung über die Rechtslage mißachten, wäre ich genötigt, von Ihnen zu verlangen, das Gesetz in der von mir dargelegten Weise anzuwenden.«

Er setzte wieder ein Lächeln auf und fuhr in sanfterem Tonfall fort: »Aber ich bin mir gewiß, daß Sie den Wunsch haben, die beste und endgültige Entscheidung zu treffen, und wie ich bereits ausgeführt habe, werden Sie wahrscheinlich feststellen wollen, welche Tatsachen Ihrer Einschätzung nach in diesem Fall vorliegen. Damit würden Sie, statt ein Urteil über die Anklage gegen diese Männer abzugeben, einen Standpunkt einnehmen, der einst häufig von Jurys eingenommen wurde. Er lautet: ›Die Tatsachen mögen zutreffen, aber ob die Gefangenen hinsichtlich der gesamten Angelegenheit schuldig sind, weiß die Jury nicht; sie verläßt sich deshalb auf das Gericht.‹

Ich werde die Tatsachen eingehend mit Ihnen prüfen und die mildeste Beurteilung, die zugunsten der Gefangenen möglich ist, vornehmen.« Er hatte noch ein Lächeln in petto. »Und nachdem Sie Ihre Feststellung über diese Tatsachen abgegeben haben, werden Sie die Frage, ob die Männer des Verbrechens des Mordes schuldig sind oder nicht, an das Gericht zurückverweisen, und zwar nicht an mich persönlich, sondern an ein noch zu bestellendes Gericht in London, das aus Richtern des Landes bestehen wird, die das Gesetz auf zufriedenstellende Weise als Meinung aller Richter dieses Gerichts auslegen werden.

Gentlemen, der gelehrte Vertreter der Verteidigung hat geltend gemacht, und er hat dies mit der Kraft und dem Können getan, die wir von einem der Führer dieses großen Gerichtsbezirks erwarten dürfen« – seine Stimme war voller Sarkasmus –, »daß es möglicherweise ein Gesetz gibt – das Gesetz der Notwendigkeit –, das über dem öffentlichen Recht steht und die Stärkeren berechtigt, Schwächeren das Leben zu nehmen. Wenn sich mehrere Männer in Gefahr befinden, soll der Schwächste dran glauben.

Diese Vorstellung weise ich entschieden zurück. Ich denke, daß es gegenüber Dudley als einem mutigen Mann ungerecht wäre, unerwähnt zu lassen, daß er von Anfang an vorschlug: ›Laßt uns Lose ziehen und sehen, wen es trifft.‹ Ich führe dies nur an, weil ich auf diesen Punkt eingehen muß, denn er gehört zu jenen Punkten, die auf eindrucksvolle Weise vorgebracht wurden und die leicht den Geist fesseln und das Urteil trüben können.

Also, Gentlemen, betrachten wir einmal die Auffassung, ein Mann könne unter gewissen Umständen in eine Lage geraten, in der er berechtigt ist, das unschuldige Leben eines anderen zu nehmen, um sein eigenes zu retten.

Ich für meinen Teil, Gentlemen – und ich sage dies mit aller auf mir lastenden Verantwortung –, ich weiß von keinem solchen Gesetz unter den Gesetzen Englands. Die Väter unserer Verfassung hielten es für richtig, die Krone mit der Macht der Begnadigung einzelner Erbarmungswürdiger auszustatten.

Auch wenn es bei der Auslegung des Gesetzes große Härten zu geben scheint, muß es doch befolgt und angewendet werden. Aber es gibt einen Thron der Gnade« – er hielt inne und hob den Blick zu dem Basrelief des königlichen Wappens an der Wand –, »vor dem kein Bittsteller verstoßen wird.

Kapitän Dudley hat die Überlegung erläutert, aus der heraus er den Schritt unternahm, und ich glaube durchaus, daß er sich im Recht fühlte, vielleicht weil er irgendwelche abstrusen Bücher über das Thema gelesen hatte. Damit bin ich bei der Frage der Überlegung angelangt. Er hat ein Gebet an den Allmächtigen gerichtet und ihn, wie er sagte, für seine Sünde um Vergebung gebeten.

Gentlemen, es gab Überlegungen und einen mit Überlegung ausgeführten Mord, und wenn ich Sie anweisen müßte, ein Urteil abzugeben, müßte ich Ihnen sagen« – seine Stimme schwoll an, um das Folgende zu unterstreichen –, »und Sie wären verpflichtet, sich daran zu halten, daß ihr Urteil nur lauten könnte: schuldig des vorsätzlichen Mordes.«

Er hielt inne und musterte die Gesichter der Geschworenen. »Nun hoffe ich, ihre Aufmerksamkeit zu verdienen, wenn ich Sie in die Lage versetze, allein die Tatsachen festzustellen, ohne das Urteil ›schuldig des vorsätzlichen Mordes‹ fällen zu müssen. Wenn Sie so freundlich sein wollen, der von mir vorbereiteten Darstellung der Tatsachen zu folgen und zu jedem Absatz, den ich vorlese, Ihre Zustimmung zu geben, wird die Sache, wenn die Gesamtheit dieser Absätze oder Tatsachen von Ihnen bestätigt ist, dem Gericht zu dem Zweck übergeben werden, daß dieses die Rechtslage feststellt, was es, hoffe ich, zu Ihrer Zufriedenheit tun wird.«

Ohne eine Pause einzulegen, um Atem zu holen und den Geschworenen die Möglichkeit zu geben, seinem Vorschlag zuzustimmen, begann er den von ihm ausgearbeiteten Entwurf ihrer Tatsachenfeststellung zu verlesen. »Ich schlage vor, festzustellen, daß die Männer, wenn sie sich nicht vom Körper des Jungen ernährt hätten, wahrscheinlich nicht überlebt hätten, bis sie gefunden und gerettet wurden, und innerhalb von vier Tagen verhungert wären.«

Als er ansetzte, fortzufahren, hob der Geschworenensprecher Samuel Widgery die Hand. »Zum letzten, Euer Ehren. Sie wären gestorben, wenn sie die Leiche nicht gehabt hätten, von der sie sich ernähren konnten.«

»Genauso habe ich es ausgedrückt«, erwiderte Huddleston. »Ich will den Absatz noch einmal lesen: ›... daß die Männer, wenn sie sich nicht vom Körper des Jungen ernährt hätten, wahrscheinlich nicht überlebt hätten, bis sie gefunden und gerettet wurden, und innerhalb von vier Tagen verhungert wären.‹«

Das so harmlos wirkende Wörtchen »wahrscheinlich« machte eine Verteidigung mit dem Prinzip der Notwendigkeit nahezu unhaltbar. Was bloß wahrscheinlich ist, kann nicht notwendig sein. Doch Collins erhob keinen Einspruch.

»Denken Sie darüber nach, ob der Junge in einem solchen Zustand war, daß er wahrscheinlich vor den anderen gestorben wäre.« Huddleston sah zu Widgery hinüber. »Es liegt bei Ihnen.«

»Wir sind alle dieser Meinung«, sagte Widgery.

»Dann nehme ich es so. Den Gefangenen erschien es als höchst wahrscheinlich, daß sie verhungern würden, wenn sie nicht sofort oder bald von dem Jungen oder einem von ihnen« – er unterbrach sich für einen Moment – »Sie bemerken die Unterscheidung – oder einem von ihnen. Was sagen Sie dazu?«

Die Geschworenen berieten sich kurz, dann nickte Widgery.

In bezug auf die Notwendigkeit, Richard Parker zu töten, hatte Huddleston drei Entwürfe geschrieben. Der erste hatte gelautet: »Bestand die absolute Notwendigkeit, Parker und nicht einen der anderen drei Männer zu töten?«

Da er fürchtete, die Geschworenen könnten dies bejahen, verwarf er diese Formulierung und ersetzte sie durch die Feststellung: »Es bestand keine größere Notwendigkeit, Parker zu töten, als einen der anderen drei Männer.«

Doch das ließ den Geschworenen immer noch die Möglichkeit, ihm zu widersprechen, und so verfaßte er eine dritte Version. Die Art und Weise, wie er sie der Jury nahebrachte, war ein Meisterstück der Vernebelung: »Die Notwendigkeit, den Jungen zu töten, war nicht größer als die, einen von ihnen zu töten. Alles, was sie brauchten, war etwas zu essen. Aber die Notwendigkeit, etwas zu essen, bedeutete nicht, daß es notwendig gewesen wäre oder es zumindest entschuldigte, den Jungen dafür auszuwählen.

Das ist die Frage: Bestand die Notwendigkeit, statt Lose zu ziehen, den Jungen auszuwählen? Ich denke, Sie werden dies mit nein beantworten. Deshalb schlage ich vor, das folgende hinzuzufügen: daß – die Notwendigkeit, jemanden zu töten, vorausgesetzt – keine größere Notwendigkeit bestand, den Jungen zu töten, als einen der anderen drei Männer. Stimmen Sie dem zu, Gentlemen?«

Er machte weiter, ohne den Geschworenen Zeit zum Antworten zu lassen. Auf ihren Gesichtern malte sich Verwirrung, während sie sich bemühten, mit Huddleston Schritt zu halten. Möglicherweise glaubten sie sogar, sie würden den Losentscheid als Teil des Brauchs des Meeres bestätigen, während Huddleston in Wirklichkeit mit seiner Formulierung jede Notwendigkeit, jemanden zu töten, ausgeschlossen hatte. Hätten Sie das Gegenteil für wahr erachtet, wäre es keinem Gericht möglich gewesen, die Tat als rechtswidrig anzusehen: Denn wenn sie notwendig war, wie konnte sie dann unrechtmäßig sein?

Der Brauch des Meeres blieb von den Gerichten unangetastet. Da Tom keinen Losentscheid herbeigeführt hatte, konnte die Verteidigung nicht damit argumentieren, daß das Verfahren, das allen die gleiche Chance, zu leben oder zu sterben, einräumte, unter extremen Umständen eine Tötung rechtfertige. Huddleston hatte diese Vorstellung zwar als »blasphemisch« zurückgewiesen, aber sie war nie von einer Jury abgelehnt worden, wenn man von der absichtlich verworrenen Formulierung in der Tatsachenfeststellung absah, die er den Geschworenen aufdrängte.

»Ihre Feststellung wird mit dem Schluß enden, daß Sie diese Tatsachen bestätigen, in bezug auf das gesamte Problem, ob die Gefangenen des Mordes schuldig sind, aber unentschieden an das Gericht verweisen. Das heißt, Sie stellen die Rechtsfrage, ob es sich, wenn man alle Umstände in Betracht zieht, um Mord handelt oder nicht. Gentlemen, dies wäre Ihre Tatsachenfeststellung, die Sie in diesem Fall vorlegen.«

Es war die erste Tatsachenfeststellung einer Jury seit einem Jahrhundert. Die letzte war 1785 im Fall Hazel eingereicht worden.

Huddleston legte seine Papiere auf den Richtertisch und strahlte die Geschworenen an.

Widgery beriet sich mit den anderen, dann räusperte er sich und stand auf. »Wir würden gern eine Empfehlung für ...«

»Ich verstehe, was Sie vorschlagen wollen«, unterbrach ihn der Richter. »Sie möchten Ihre Feststellung mit einem Ausdruck ...«

»Es war meine Idee«, erklärte Widgery.

»Und meine«, ergänzte ein anderer Geschworener.

»Wenn ich Sie richtig verstehe, haben Sie den Wunsch, daß ich an der richtigen Stelle einen Ausdruck Ihres starken Mitgefühls für die Lage dieser Männer einfüge.« Huddleston hatte seine Worte wiederum sorgfältig gewählt, denn eine Gnadenempfehlung konnte es in einem Fall, in dem die Angeklagten noch nicht einmal schuldig gesprochen worden waren, nicht geben.

»Ja, Euer Ehren«, bestätigte Widgery.

»Es soll getan werden«, versprach Huddleston und blickte dann zu Collins. »Unter Vorbehalt der Entscheidung des Falls durch ein höheres Gericht werden die Angeklagten auf Kaution freigelassen.«

»Mit der gleichen Kaution wie bisher, Euer Ehren?«

»Mit der gleichen Kaution wie bisher.«

Thomas Houston Kirk, ein Rechtsanwalt aus Glasgow und einer der Männer, deren Jachten Tom einst navigiert hatte, stellte dessen Bürgschaft in Höhe von zweihundert Pfund.

Huddleston schlug mit dem Hammer auf den Richtertisch. »Das Gericht vertagt sich.«

Bevor er aus dem Saal rauschte, warf er seiner Frau einen Blick zu. Dabei konnte er ein triumphierendes Grinsen nicht unterdrücken.

Die *Exeter & Plymouth Gazette* teilte seine Selbsteinschätzung und bezeichnete seine abschließenden Bemerkungen an die Adresse der Geschworenen als »Rechtsbelehrung von einzigartiger Brillanz, die an die klaren, umfassenden juristischen Ausführungen von Lordoberrichter Cockburn erinnert«. Auch die *Times* zollte Huddleston Beifall:

> »Damit wurde in aller Schärfe und auf schlagende Weise eine Frage aufgeworfen, die häufig als juristische Kuriosität behandelt worden ist, als ein Thema, bei dem sich Kasuisten im Haarespalten üben können, das bisher jedoch offenbar nie einer praktischen Klärung bedurfte.
>
> Baron Huddleston konnte die Geschworenen auf keinen Fall hinweisen, in dem die Frage von einem englischen Gerichtshof entschieden worden wäre, und so mußte er tun, was englische Richter unter dem Deckmantel der Interpretation der Gesetze regelmäßig tun. Er mußte sie selbst entscheiden.
>
> Obwohl es genaugenommen keinen einschlägigen Fall gibt, entspricht es dem Geist des englischen Strafrechts, das der Vermehrung von Entschuldigungen für Gewalttaten, insbesondere für jene, die tödlich enden, stets ablehnend gegenüberstand, daß bei der Anerkennung der Rechtfertigung und Notwendigkeit von Tötungsakten sehr vorsichtig vorgegangen wird. Der tödliche Schlag wurde nicht in Selbstverteidigung geführt.

Das englische Recht, so wie Baron Huddleston es ausgelegt hat, ist dagegen, die Vorstellung zu fördern, daß die Gefahr des Verhungerns eine Entschuldigung für einen Mord ist, und es dürfte am besten sein, bei dieser Regel zu bleiben. Es wäre gefährlich, das Gegenteil zu akzeptieren und zur See fahrenden Männern zu sagen, es stünde ihnen frei, unter extremen Umständen einen der Ihren zu essen, und sobald der Proviant knapp wird, solle der Kabinenjunge verspeist werden.

Hätten die drei Männer so viele Tage gewartet und die Qualen, die sie durchmachten, so lange erlitten, wenn ihnen nicht bewußt gewesen wäre, daß ein Tötungsakt aus Hunger ein Mord ist, und wenn sie nicht in dem Glauben aufgewachsen wären, daß die Tötung eines Menschen so gut wie immer ein Verbrechen darstellt?

Wohin würde das Prinzip der Notwendigkeit in diesem weiten Sinn führen, wenn es als Gesetz verankert würde? Es wäre aus noch stärkeren Gründen eine gute Entschuldigung für geringere Verbrechen als Mord. Ein Mann bräuchte nur äußerste Armut anzuführen, um einen Freibrief für Diebstahl zu haben. Sobald eine derartige Ausnahme zugelassen würde, verlören wir den Boden unter den Füßen, und es wäre ein Fehler, diese einfache Abgrenzung durch irgendein Verlangen, so natürlich es sein mag, zu verdrehen und zu pervertieren, um unglückliche Männer vor der Bestrafung zu schützen.

Es wäre bedauerlich, wenn in irgendeiner Form die Vorstellung Verbreitung fände, daß in Gefahrensituationen auf See alle Gesetze aufgehoben sind. Von Zeit zu Zeit tritt die Pflicht in strengerer Form mit einem solch gnadenlosen Gesicht auf, wie sie es ihnen zeigte, so ausgehungert sie waren. Es ist die Ehre unserer Natur, daß die Menschen vor dieser harten Verpflichtung gleich sind und Seite an Seite den Tod erwarten.

Wir wissen nicht genau, aus welchem Stoff Helden und

Märtyrer gemacht sind, und man muß Nachsicht mit der Schwäche jener üben, die handeln, wie Dudley und Stephens es in ihrer schrecklichen Lage getan haben, aber die Gesellschaft kann gar nicht eifrig genug über den Erhalt der Sicherheitsvorkehrungen zum Schutz des Lebens wachen.

Härtefälle, das ist bekannt, stellen Gesetze in Frage. Das Schicksal von Männern, die tagelang ohne Essen in einem offenen Boot treiben, ist grausam, aber der Gerechtigkeit wird diesmal Genüge getan, und in Zukunft wird keine Peinlichkeit mehr vorkommen, wenn die Sache mit möglichst wenig Rücksicht auf Sympathien beigelegt wird.«

Auch der *Spectator* stellte sich hinter Huddleston, drückte aber sein Bedauern über die Notwendigkeit seines juristischen Taschenspielertricks aus:

»Die Voreingenommenheit in den Hafenstädten ist so groß, daß die Geschworenen möglicherweise dem Richter zum Trotz die Angeklagten freigesprochen hätten. Es ist traurig, daß eine solche Anmerkung immer noch nötig ist.

Die Konvention, derzufolge manche Morde durch das Gesetz der Selbstverteidigung gerechtfertigt und daher nicht unrechtmäßig sind, ist bei den Seeleuten so verbreitet und hat die maritime Literatur derart stark infiziert, daß eine förmliche Entscheidung für das Gegenteil durch mehr als einen Richter unerläßlich geworden ist.

Wie eine Vorstellung, die sich nicht nur im diametralen Gegensatz zu Moral und Gesetz befindet, sondern auch der Kameradschaft der Seefahrer widerspricht, jemals entstehen konnte, ist unerklärlich, aber an ihrer Existenz gibt es leider keinen Zweifel. Selbst heute noch würde wahrscheinlich einer von drei Bewohnern der Hafenstädte die Seeleute der *Mignonette* nur dafür schuldig sprechen, daß sie zur Wahl des Opfers keine Lose gezogen haben.«

20

Die Unterdrückung der Wahrheit

Der letzte Akt in der Strafsache gegen Dudley und Stephens sollte am Donnerstag, dem 4. Dezember 1884, in London stattfinden. Vor der eigentlichen Verhandlung vor den fünf höchsten Richtern des Landes waren zwei Sitzungen anberaumt, um die von Huddlestons einfallsreicher Tatsachenfeststellung verursachten verfahrensrechtlichen Probleme zu lösen.

Am 25. November empfing Huddleston in seinem Dienstzimmer Generalstaatsanwalt Sir Henry James und Arthur Collins. Ein großer Teil der Diskussion galt der Frage, unter welchem Namen das den Fall entscheidende Gericht zusammentreten sollte. Das *Court of Crown Cases Reserved* (Gericht für aufgehobene Strafsachen) konnte nur angerufen werden, nachdem der Angeklagte verurteilt worden war, und das früher bei Tatsachenfeststellungen zuständige *Court of Queen's Bench* war aufgelöst worden, als 1873 das archaische System getrennter, quasi unabhängiger Gerichtshöfe abgeschafft und ein einziges Zentralzivilgericht, das *High Court of Justice*, gebildet wurde. Einer der letzten Fälle, der vor dem *Court of Queen's Bench* verhandelt wurde, war die Verleumdungsklage gegen Samuel Plimsoll gewesen. Jetzt existierte der Gerichtshof nur noch als Abteilung des *High Court of Justice*.

Der Generalstaatsanwalt schlug vor, das Gericht einfach als Kammer des Schwurgerichts des Gerichtsbezirks Westengland zu betrachten, die eben statt in Exeter in London zusammentrat. Diese Idee schuf zwar ebenso viele Probleme, wie sie löste, wurde aber für den Augenblick als einzige machbare Lösung akzeptiert.

Bevor sich die Runde vertagte, stellte Collins, der die endgültige Fassung der Tatsachenfeststellung, die dem Gericht vorgelegt werden sollte, eingehend studiert hatte, einen Antrag, der Baron Huddleston aus der Fassung zu bringen schien.

»Euer Ehren«, sagte Collins, »wir haben ein Gesuch ans Finanzministerium gerichtet, und es scheint dort gewisse Probleme zu geben, aber ich habe keinen Zweifel daran, daß der Generalstaatsanwalt so gut sein wird, meiner Bitte stattzugeben und mir eine Kopie der stenographischen Mitschrift zukommen zu lassen.«

»Welcher stenographischen Mitschrift?« fragte Huddleston.

»Des Prozesses.«

»Mein Freund braucht Eure Lordschaft nicht damit zu belästigen«, mischte sich Sir Henry ein. »Er wird alles erhalten, was er haben will. Was wir meinem Freund geben können, wird er bekommen.«

»Wenn Sie möchten, können Sie eine Kopie meiner Notizen haben«, bot Huddleston an. »Aber wozu brauchen Sie die stenographische Mitschrift des Prozesses?«

»Ich möchte sie lesen, Euer Ehren.«

Die Herausforderung, die darin lag, war nicht zu überhören, schien Collins doch zu unterstellen, daß die endgültige Fassung der Tatsachenfeststellung nicht mit jener der Geschworenen übereinstimmte.

Huddlestons Lippen wurden weiß, aber er unterdrückte seine Wut, bevor er erwiderte: »Nun gut, Mr. Collins, Sie werden sie erhalten.«

Eine Woche darauf, am 2. Dezember, nur zwei Tage vor der Verhandlung, kamen Huddleston, Collins und Sir Henry noch einmal zusammen, diesmal beim Lordoberrichter, Lord Coleridge, der die Fiktion, die Richter bildeten eine Kammer des Schwurgerichts des Gerichtsbezirks Westengland, für juristisch bedenklich hielt.

Er hatte Sir Henry aufgefordert, eine weniger problematische Alternative zu finden, und der Generalstaatsanwalt schlug jetzt vor: »Das Gericht sollte, sofern es konstituiert werden kann, nicht als das alte *Court of Queen's Bench* auftreten, sondern als *Queen's Bench Division* (Abteilung Queen's Bench). Es gab eine Überstellung an dieses Gericht, dem ich die Akten des Prozesses vor dem Schwurgericht vorlegen muß.«

Die Zaghaftigkeit, mit der Sir Henry sprach, spiegelte seine Unsicherheit wider. Als Teil des *High Court of Justice* besaß die *Queen's Bench Division* nicht mehr Autorität als das Schwurgericht des Gerichtsbezirks Westengland. Außerdem gab es noch ein anderes Problem: Die Regelung, derzufolge ein Kollegium aus fünf Richtern über strittige Rechtsfragen verhandeln und für alle anderen Strafgerichte verbindliche Entscheidungen fällen konnte, galt nur für das *Court of Crown Cases Reserved*. Richter des *High Court of Justice* saßen normalerweise allein auf der Richterbank, während das Gericht, das jetzt der Vergessenheit entrissen wurde, mit fünf höheren Richtern besetzt werden sollte, um ihm das für einen Leitfall nötige juristische Gewicht zu verleihen.

Aber das Gerichtsverfassungsgesetz von 1873, durch das das *Court of Queen's Bench* aufgelöst worden war, hatte die Größe der Richterkollegien, die gebildet wurden, um über »solche Fälle und Sachen, die von einem einzigen Richter nicht angemessen verhandelt werden können«, zu entscheiden, auf maximal drei Richter begrenzt. Das hieß, selbst wenn die Überstellung des Falls von Exeter nach London rechtmäßig war – was keineswegs als sicher gelten konnte –, wäre das Gericht, das in zwei Tagen zusammentreten sollte, unzulässig zusammengesetzt und daher dem Buchstaben des Gesetzes nach illegal. Bei einer Anfechtung seiner Zuständigkeit würden seine Entscheidungen zwangsläufig kassiert werden.

Jeder halbwegs kompetente Rechtsanwalt, erst recht einer vom Format eines Arthur Collins, hätte dies bemerken und im Interesse seiner Mandanten ansprechen müssen. Aber Collins tat es nie.

Als Tom am Morgen des 4. Dezember 1884 nach London reiste, war er in düsterer Stimmung. Seine Gedanken kreisten nicht um die bevorstehende Verhandlung, sondern sie waren bei seiner jüngsten Tochter, Winifred, die seit einigen Tagen an schwerer Kongestion litt. Man hielt es für unwahrscheinlich, daß sie überleben würde, und Tom hatte sie Tag und Nacht gepflegt. Während der Zug in Richtung Victoria Station ratterte, konnte er an nichts anderes als ihr blasses, fiebriges Gesicht denken. Er befürchtete, daß er, auch wenn er am Abend freigelassen werden sollte, zu spät kommen könnte. Möglicherweise war sie dann schon tot.

Als er The Strand entlanglief, sah er eine große Menschenmenge, die sich vor dem Eingang des Gerichtsgebäudes versammelt hatte. Unweit der Menge hatte ein Straßenhändler eine große Kohlenpfanne aufgestellt, und der süße Geruch von gerösteten Kastanien erfüllte die Luft.

Die Verhandlung begann um elf Uhr. Auf der Richterbank saßen die fünf höchsten Richter Englands: Lordoberrichter Coleridge, Richter Grove, Richter Denman, Baron Pollock und Baron Huddleston. Der Generalstaatsanwalt höchstselbst vertrat, von Arthur Charles, Charles Matthews und William Danckwerts assistiert, die Krone. Für die Verteidigung erschien Arthur Collins, dem Henry Clark und Lionel Pyke, der am Seegericht praktizierte und wie Danckwerts Spezialist für Schiffsunglücke war, zur Seite standen.

Als erstes wollte der Generalstaatsanwalt die Frage geklärt wissen, ob die Anwesenheit der Angeklagten vonnöten war.

»Sie sind informiert worden und halten sich meines Wissens in den Räumen des Gerichts auf.«

»Wir meinen, daß sie hier sein sollten«, erklärte Coleridge.

Da er wußte, wie besorgt Tom wegen seiner Tochter war, unternahm Collins den Versuch, die beiden Männer von der Teilnahme an der Verhandlung zu befreien. »Eure Lordschaften ordnen ihre Anwesenheit an? Sie wurden auf Kaution freigelassen, um in Exeter zu erscheinen, nicht in London.«

Coleridge wischte die Frage beiseite. »Ja, wir halten es für angebracht.«

Tom und Stephens wurden aufgerufen und nahmen neben ihrem Anwalt Platz. Danach begann der Leiter des *Crown Office*, der Kriminalkammer der *Queen's Bench Division*, mit der langwierigen Verlesung der formellen Akte des Prozesses in Exeter: »Die Geschworenen für unsere vorerwähnte Herrin, die Königin, erklären unter Eid, daß Thomas Dudley und Edwin Stephens am fünfundzwanzigsten Tag im Juli des Jahres 1884 auf hoher See innerhalb der Jurisdiktion der Admiralität von England verbrecherischerweise, absichtlich und mit Mordvorsatz unter Verletzung des Friedens unserer Herrin, der Königin, ihrer Krone und Würde mit Gewalt und Waffen einen gewissen Richard Parker ermordeten.«

Die Verlesung umfaßte die Bestellung des Schwurgerichts des Gerichtsbezirks Westengland, die Namen sämtlicher Richter, die qualifiziert waren, ihm vorzusitzen, die Entscheidung der Grand Jury, das Prozeßprotokoll und schließlich die Tatsachenfeststellung der Geschworenen.

Als der Leiter des *Crown Office* verstummte, stand Collins auf. »Ich muß vor Euren Lordschaften einen Einspruch gegen diese Akte erheben. Sie enthält nicht die wirkliche Tatsachenfeststellung, die von den Geschworenen abgegeben wurde.«

»Gegen welche Worte erheben Sie Einspruch?« erkundigte sich Huddleston mit eisiger Stimme.

»Gegen die Formulierungen ›ein registriertes britisches Schiff‹ und ›zu besagter Jacht gehörende‹. Diese Worte standen weder in der Tatsachenfeststellung noch in ihrer Kopie, noch in der vom Finanzministerium zur Verfügung gestellten stenographischen Mitschrift. Die Jury hat diese Tatsachenfeststellung nicht abgegeben.«

Bei der Niederschrift der Tatsachenfeststellung war Huddleston aufgefallen, daß ihm ein möglicherweise verheerender Fehler unterlaufen war: Er hatte nicht erwähnt, daß die *Mignonette* in England registriert war und das Dingi zu der Jacht gehörte. Da er wußte, daß Collins diese Unterlassung nutzen würde, um dem Gericht das Recht abzusprechen, den Fall überhaupt zu verhandeln, hatte er aus eigenem Antrieb die Löcher gestopft.

Mit ausdruckslosem Gesicht erklärte er: »Es trifft zu, daß diese Worte nicht in der Feststellung der Geschworenen standen, aber sie befanden sich in meinen Notizen, und es gibt Präzedenzfälle, in denen eine Tatsachenfeststellung anhand der Notizen des Richters geändert wurde.« Er spürte die Blicke der anderen Richter auf sich ruhen und hielt für einen Moment inne. Dann fuhr er fort: »Auf jeden Fall sind diese Aussagen unerheblich.«

»Dann sollen sie einvernehmlich gestrichen werden«, sagte Coleridge. »Wir werden diese Worte streichen.«

Collins wandte sich der nächsten Fälschung zu, die Huddleston begangen hatte. Die Tatsachenfeststellung hatte ursprünglich mit den Worten geendet: »Und in bezug auf das gesamte Problem, ob die Gefangenen des Mordes schuldig sind, ist die Jury unentschieden. Sie verweist es an das Gericht zurück.« Besorgt über die Implikation, daß auf diese Weise nicht die Geschworenen, sondern die Richter das Urteil sprechen würden, hatte Huddleston hinzugefügt: »... und befindet entsprechend.«

Auch diese Abweichung war Collins nicht entgangen. »Das ist niemals von den Geschworenen befunden worden.« Er verstummte für einen Moment. »Wenn ich diesen Einspruch erhebe, dann nur um meiner Mandanten willen.«

Tom sah überrascht zu ihm hoch. Es war eine merkwürdig defensive Art, einen derart entscheidenden Einspruch vorzubringen. Denn wenn Collins nachweisen konnte, daß die Geschworenen gar keinen Beschluß erreicht hatten, könnten die Richter kein Urteil fällen.

»Sie sagen also, daß die Geschworenen sie im Grunde weder schuldig noch nichtschuldig befanden?« hakte Richter Grove nach.

»Ich sage, daß es eine ergebnislose Hauptverhandlung war.«

»Dann käme nur ein Prozeß *de novo* in Frage.« Er meinte eine neue Verhandlung.

»Mit diesem Problem werde ich mich befassen, wenn es ansteht, Euer Ehren.«

»Aber laut Akte sind die Geschworenen dazu aufgefordert worden, über Schuld oder Unschuld zu entscheiden«, sagte Grove. »Dann spielt es keine Rolle, ob dies ausgelassen wurde. Man kann es streichen und beibehalten, was die Geschworenen tatsächlich entschieden haben.«

Der Generalstaatsanwalt sprang auf. »Die Jury mußte weitergehen. Nachdem sie bestimmte Tatsachen festgestellt hatte, mußte sie von diesen ein bestimmtes Ergebnis ableiten. Sollten Sie dies herausstreichen, hätten wir kein Ergebnis. Wir hätten einen Weg ohne Ende.«

Es entspann sich ein Streit, an dem sich alle Richter beteiligten. Collins blieb, wenn auch in merkwürdig zurückhaltender Weise, bei seinem Argument, die unveränderte Fassung der Tatsachenfeststellung belege, daß die Geschworenen zu keinem Ergebnis gelangt seien. Damit seien die fünf Richter praktisch zur Jury geworden.

Sir Henry hielt dagegen, daß das Ergebnis, ungeachtet dessen, ob die Geschworenen es tatsächlich erreicht hatten, in der Tatsachenfeststellung implizit enthalten sei: als »natürliche Folgerung aus ihrer Vorlage«.

Grove schüttelte leicht den Kopf. »Ich muß gestehen, meine Schwierigkeiten sind nicht ausgeräumt. Ich habe nicht im geringsten die Absicht, in einem Fall abweichender Meinung zu sein, in dem es reine Formsache, ja fast eine Glaubensfrage ist.«

»Ich denke«, warf Pollock ein, »wir sollten es so verstehen, daß es die Absicht der Geschworenen war.«

»Wir wissen nicht, was sie zu tun beabsichtigten«, widersprach Collins.

Coleridge war im Verlauf der sich hinziehenden Diskussion immer unruhiger geworden. »Nach meiner Ansicht ist es völlig unerheblich«, erklärte er. »Sie haben die Tatsachen festgestellt, und das Gericht hat aufgrund derer ein Urteil zu fällen. Es geht überhaupt nicht um einen Schuldspruch.«

Damit war die Diskussion beendet, und die von Huddleston hinzugefügten drei Worte durften stehenbleiben. Aber der Streit hatte die Richter verunsichert, denn Collins' Einspruch hatte sie gezwungen, sich der unangenehmen Realität zu stellen: Fünf Richter in London, nicht zwölf ehrenwerte Männer in Exeter, würden über Schuld oder Unschuld von Tom Dudley und Edwin Stephens entscheiden. Mit anderen Worten, Lord Coleridge und seine Kollegen waren sowohl Richter als auch Geschworene.

Nach dem Ende des Streits trug der Generalstaatsanwalt den Fall aus Sicht der Krone vor. »Ich muß in aller Ergebenheit bemerken, Eure Lordschaften, daß es Ihre Ansicht sein sollte, daß die Tötung von Richard Parker den Tatbestand des Mordes erfüllt. Ich gebe zu, daß der Fall in der für die Angeklagten günstigsten Weise dargestellt werden sollte. Deshalb gehe ich davon aus, daß sie zum Zeitpunkt der Tötung des Jungen glaubten, andernfalls würden sie sterben, und daß sie wahrscheinlich tatsächlich gestorben wären, wenn sie ihn nicht getötet und gegessen hätten. Aber es gab eine Chance, daß sie innerhalb der vier Tage gerettet werden würden, also haben sie dem Jungen nicht nur das Leben genommen, sondern auch die Chance seiner Fortdauer.

Es ist klar, daß sie ihm absichtlich das Leben nahmen, und ich gebe zu bedenken, daß dies, außer als Folge von Rechtsverfahren oder in einem Krieg, nur aus Gründen der Selbstverteidigung gerechtfertigt sein kann.«

Als Sir Henry dazu ansetzte, die Argumente anzuführen, mit denen er die Verteidigungslinie des entschuldigenden Notstands entkräften wollte, brachte Coleridge ihn zum Schweigen, um sich mit den anderen Richtern zu beraten. »Ich habe meine gelehrten Kollegen konsultiert, und die Idee des Notstands ist für jeden von uns so absolut neu und verblüffend, und unser gegenwärtiger Eindruck ist so klar der, daß es sich nach englischem Recht eindeutig um Mord handelt, daß wir gern hören würden, was Mr. Collins vorzubringen hat, um diesen starken Eindruck aufzulösen.«

Collins stand auf. »Nach dem in der Tatsachenfeststellung niedergelegten Befund der Geschworenen sind diese Männer weder des Mordes noch des Totschlags schuldig.«

»Es ist nach unser aller Auffassung Mord oder gar nichts«, fiel ihm Coleridge ins Wort. »Sie brauchen uns gar nicht erst mit Totschlag zu belästigen.«

»Wie es Euren Lordschaften beliebt«, sagte Collins. »Es ist Mord oder überhaupt kein Verbrechen.«

Seine Assistenten Clark und Pyke wechselten einen erstaunten Blick. Indem er das Prinzip der Notwendigkeit zur Verteidigung gegen die Mordanklage heranzog, nahm er sich erneut die Möglichkeit, es als Argument für die Herabsetzung des Tatvorwurfs auf Totschlag zu nutzen.

»In der Tatsachenfeststellung heißt es, daß es keine nennenswerte Chance der Lebensrettung gab, außer der, jemanden zu töten, damit die anderen zu essen haben. Wenn dies so war, wird diese Tat durch das Prinzip der Notwendigkeit gemildert.

Laut Richter Stephens steht ein Mann unter Zwang, wenn er nur noch zwischen Übeln wählen kann: wenn er sich in einer Lage befindet, in der er, um dem zu entgehen, was er am meisten ablehnt, etwas tun muß, das er weniger stark ablehnt, auch wenn ihm das, was er zu tun beabsichtigt, extrem zuwider sein mag.

Darin wird auch die wahre Bedeutung von Freiheit deutlich. Diese Männer waren an einem Ort, wo sie keine Hilfe erhalten konnten. Die extreme Notwendigkeit trieb sie zu einer Tat, die unter anderen Umständen ein Verbrechen gewesen wäre. Eure Lordschaften werden sich erinnern, daß ich sagte, die eigentliche Frage an die Geschworenen laute: ›Handelten sie aus Notwendigkeit heraus?‹«

Huddleston reagierte prompt. »Ich hätte den Geschworenen diese Frage niemals gestellt.«

»Euer Lordschaft haben den Geschworenen diese Frage nicht gestellt, aber ich meine, daß es richtig gewesen wäre, sie ihnen vorzulegen. Lord Mansfield hat erklärt, daß ein Mann, der gezwungen wurde, Hochverrat zu begehen, des Hochverrats nicht schuldig sei, wenn die Geschworenen einen derartigen Zwang konstatiert hätten, daß von einem Menschen nicht erwartet werden konnte, ihm zu widerstehen. Und Zwang, Euer Ehren, meint, denke ich, nicht nur physischen Zwang.«

»Aber dann«, wandte Coleridge ein, »müssen Sie auch sagen, daß keine Tat, wie gemein und gottlos sie sein mag, bestraft werden kann, wenn man sein Leben retten kann, indem man sie begeht.«

»Das zu entscheiden liegt bei den Geschworenen«, entgegnete Collins. »Aber wenn man vom großen Gesetz von Natur und Selbsterhaltung dazu gezwungen ist, ist es gerechtfertigt, sofern man dadurch sein Leben rettet.«

»Wie gemein und gottlos die Tat auch sein mag? Das müssen Sie schon anerkennen.«

»Ich will es so ausdrücken«, erwiderte Collins. »Wenn ein Mann unter dem absoluten Zwang der Notwendigkeit steht, stimmt sein Wille nicht mit der Tat überein, und daher ist es in jedem Fall, in dem es um einen natürliche Notstand geht, Aufgabe der Geschworenen und nur der Geschworenen, darüber zu entscheiden. Ich habe in diesem Fall ausgeführt, daß es keine größere Notwendigkeit geben kann als die, unter der diese Männer standen.«

»Mit Sicherheit ist dies kein Fall, in dem Sie sagen können, daß diese Männer nicht den Willen und die Absicht hatten.«

»Sehr richtig«, sagte Collins. »Die Absicht war, ihr Leben zu retten.«

Coleridge schüttelte den Kopf. »Aber die Geschworenen wollten dem Gericht die Entscheidung darüber überlassen, ob es einen Beweis für einen entschuldigenden Notstand gibt.«

»Sie haben festgestellt, daß keine Chance bestand, am Leben zu bleiben, es sei denn dadurch, daß jemand getötet wurde, um sich von ihm zu ernähren.«

Huddleston fing den Ball auf. »In der Tatsachenfeststellung heißt es weiter, daß keine größere Notwendigkeit bestanden habe, Parker zu töten, als einen der anderen drei Männer. Warum sollte es für Dudley und Stephens notwendiger gewesen sein, Parker zu töten, als den anderen Mann, der davor zurückschreckte und es nicht tun wollte?«

»Weil die anderen es nicht zu tun brauchten, wenn einer die Tat ausführte.«

»Nein«, widersprach Huddleston. »Brooks hat gesagt: ›Ich würde lieber selbst sterben, ich will nichts damit zu tun haben.‹ Und sie wußten es, denn sie haben Brooks befohlen, sich schlafen zu legen, während sie darangingen, den Jungen zu töten.«

Collins schüttelte den Kopf. »Das hat er gesagt. Aber, bei allem gebührenden Respekt, es hat nichts mit dem zu tun, was ich über den entschuldigenden Notstand gesagt habe. Jemand mußte getötet werden, und obwohl Brooks sagte, er sei ans andere Ende des Boots gegangen, hat er, kaum daß der Junge tot war, einen Teil von seinem Blut und Fleisch genommen.«

Er hielt inne und blickte die Reihe der Richter entlang. »Das sind die einzigen Punkte, die ich dafür vorzubringen habe, warum diese Männer des ihnen zur Last gelegten Verbrechens nichtschuldig sind.«

»Herr Generalstaatsanwalt«, wandte sich Coleridge an Sir Henry, »falls wir mehr von Ihnen zu hören wünschen, werden wir es Sie wissen lassen, wenn wir zurückkommen.« Danach zogen sich die fünf Richter zur Beratung zurück.

Sir James Fitzjames Stephens hatte in seiner im Jahr zuvor erschienenen *History of the Criminal Law of England* die prophetische Bemerkung gemacht, die Gesetzeslage in bezug auf das Prinzip der Notwendigkeit sei »derart vage, daß die Richter, wenn jemals Fälle zur Verhandlung kommen sollten, welche diese Frage aufwerfen, praktisch jede Entscheidung fällen könnten, die sie als zweckmäßig betrachten«.

Was die fünf Richter im vorliegenden Fall für zweckmäßig halten würden, stand außer Zweifel. Sie blieben denn auch keine zehn Minuten fort, und als sie zurückkehrten, verkündete Coleridge: »Ich hatte Gelegenheit, mit meinen gelehrten Kollegen zu konferieren, und wir sind einhellig der Ansicht, daß das Urteil bestätigt werden sollte.«

Es gab kein Urteil, und doch wurde es vom Lordoberrichter und seinen Kollegen bestätigt. Anschließend ergingen sich Ihre Lordschaften in weiteren Spitzfindigkeiten, um den Anschein dessen zu vermeiden, was sie in Wirklichkeit taten, nämlich sich die Funktion einer Geschworenenjury anzumaßen, indem sie einen Schuldspruch abgaben.

Coleridge sah den Generalstaatsanwalt an und fragte ihn: »Würden Sie uns sagen, welchen Kurs wir Ihrer Meinung nach einschlagen sollten?«

»Laut Gesetz ist der einzige Kurs, den ich sehe, um das Verfahren ordnungsgemäß abzuwickeln, der, Eure Lordschaften in diesem Gericht zu bitten, ein Urteil zu verkünden.«

»Ein Urteil über die Frage von Schuld oder Unschuld?«

»Ja, und ihm eine Entscheidung über das Strafmaß folgen zu lassen.«

»Das Urteil muß nach der Strafzumessung verhängt werden«, wandte Coleridge ein.

Sir Henry nickte. »Wäre es dann nicht für Eure Lordschaften ein gangbarer Weg, zu sagen: ›Wir sprechen ein formelles Urteil erst nach Ablauf von vier Tagen aus‹?«

Coleridge seufzte. »Wenn wir uns auf diese technischen Fragen einlassen, wird es sehr kompliziert. Denn falls wir so vorgehen, wogegen könnten die Gefangenen dann Berufung einlegen? Gegen einen bloßen Schuldspruch können sie keine Berufung einlegen.«

Tom hatte den Kopf auf die Hände gestützt. »Sie haben sich selbst als Richter und Geschworene eingesetzt«, flüsterte er Stephens zu. »Und jetzt wollen sie so tun, als wäre es nicht so.«

Nachdem die Richter dieses verfahrensrechtliche Problem gelöst hatten, boten sie den Angeklagten das Schauspiel eines weiteren langwierigen Streits über die Frage, wann und wo die Todesstrafe – für einen verurteilten Mörder gab es keine andere Strafe – verkündet und vollstreckt werden sollte.

Nach Huddlestons Ansicht sollte der Fall zur Urteilsverkündung ans Schwurgericht zurückverwiesen werden, aber Coleridge überstimmte ihn: »Wir werden unser formelles Urteil jetzt bekanntgeben. Die Urteilsbegründung werden wir am kommenden Dienstag vorlegen. Mr. Collins, Ihnen dürfte klar sein, daß unser Urteil formell gegen Sie ergeht.«

»Wie es Euer Lordschaft beliebt«, sagte Collins.

Die viertägige Vertagung sollte Collins Gelegenheit geben, einen Antrag auf Einstellung des Verfahrens zu stellen. Auf diese Weise erhielten Verurteilte üblicherweise die Chance, Gründe dafür vorzubringen, warum kein Todesurteil verhängt werden sollte.

Der Generalstaatsanwalt stand erneut auf. »Ich möchte fragen, welches Vorgehen Sie in bezug auf den Aufenthalt der Gefangenen für richtig halten?«

»Wir haben darüber beraten, und ich denke, sie müssen im Gewahrsam des Gerichts verbleiben.«

»Wir haben Kaution für sie gestellt«, warf Collins ein.

»Vor dem heutigen Tag war das etwas anderes.« Coleridge zeigte auf Huddleston. »Mein gelehrter Kollege hatte noch keine Entscheidung gefällt. Wir haben es getan.«

»Ich will nicht mit dem Gericht streiten«, sagte Collins,

»aber sie haben sich heute nur aufgrund einer Mitteilung dem Gericht übergeben. Sie waren nicht dazu verpflichtet.«

Coleridge schüttelte den Kopf. »Wir sind alle der Auffassung, daß es nicht richtig wäre, sie aus dem Gewahrsam zu entlassen. Man wird sie ins Gefängnis von Holloway bringen, das, wenn ich richtig informiert bin und soweit man einen Vergleich anstellen kann, das bequemste für sie ist.«

Die beiden Angeklagten waren zu schockiert und durcheinander, um Coleridges Großzügigkeit würdigen zu können. Immer noch von der Sorge um seine Tochter erfüllt, wurde Tom aus dem Saal geführt und mit Handschellen an Stephens gekettet.

Collins war ihnen gefolgt. »Ich wünsche eine private Unterredung mit den Gefangenen, bevor sie weggebracht werden.«

Der diensthabende Polizeibeamte nickte widerwillig und ging mit seinen beiden Konstablern einige Schritte zur Seite.

Collins nahm seine Perücke ab und tupfte sich mit einem Taschentuch die schweißnasse Stirn ab. »Kapitän Dudley, Mr. Stephens, ich habe versucht, Sie auf diesen Augenblick vorzubereiten, aber ich fürchte, Sie waren nicht in der Stimmung, meine Warnungen zu beherzigen.«

Er zögerte. Stephens hatte den Kopf gesenkt und schien ihn nicht einmal zu hören, während Tom ihn unverwandt ansah.

»Der Sachverhalt und die Schuldfrage in ihrem speziellen Fall haben niemals im Mittelpunkt dieses Verfahrens gestanden.« Collins verstummte wieder. Auf seinem Gesicht war abzulesen, wie unangenehm ihm die Situation war. »Seit einigen Jahren hat das Innenministerium versucht, einen unanfechtbaren Präzedenzfall zu schaffen, um den Brauch des Meeres zu ächten. Es hat bereits einen Prozeß geführt, ist aber gescheitert.«

Tom nickte. »Ich kenne den Fall.«

»Sie haben ihm nun die Gelegenheit gegeben, es erneut zu versuchen, und der Innenminister hat alle nötigen Schritte unternommen, um sicherzustellen, daß Sie ohne das Risiko eines

Freispruchs unter Anklage gestellt wurden. Baron Huddleston ist sorgfältig als Richter für diesen Fall ausgewählt worden. Wie Sie gesehen haben, ist er ein kluger Mann.« Collins verzog den Mund. »Und er ist immer noch sehr ehrgeizig. Trotz seines Alters hofft er auf weiteren Aufstieg.

Ihm war unmißverständlich zu verstehen gegeben worden, daß der Innenminister einen Präzedenzfall wünsche. Einen Fall, der unter dem Vorsitz eines einzigen Richters vor einem Schwurgericht verhandelt worden war, hätte man jedoch nicht als bindend für andere Gerichte betrachtet. Deshalb mußte Huddleston dafür sorgen, daß der Fall vor das Richterkollegium eines höheren Gerichts kam.

Als ersten Schritt dorthin bot die Krone Brooks strafrechtliche Immunität an, wenn er sich als Kronzeuge zur Verfügung stellte. Nicht ganz ohne Bedeutung war dabei die Tatsache, daß seine Aussage vor dem Zolleinnehmer in Falmouth angeblich verlorengegangen ist. Die Krone wünschte zweifellos nicht, daß der Verteidigung Aussagen ihres Hauptzeugen zugänglich waren, in denen er sich selbst belastete oder widersprach. Ohne mir Gelegenheit zu geben, mich an sie zu wenden, hielt Huddleston dann der Grand Jury seinen Vortrag, in dem er die möglichen Verteidigungslinien von Notwendigkeit und Selbstverteidigung von vornherein ausschloß.«

Collins unterbrach sich für einen Moment, wich aber Toms Blick aus. »Daß über einen Fall vor der Beweisaufnahme entschieden wurde, ist meines Wissens ohne Beispiel.« Er hielt wieder inne, so als wäre er selbst über das Ausmaß seiner Verärgerung erstaunt. »Nachdem die Grand Jury die Anklage für begründet erklärt hatte, mußte der Baron die Jury der Hauptverhandlung überzeugen, und er war sich der Gefahr eines Freispruchs vollauf bewußt. Der Anklagevertreter durfte den Fall darstellen, während er mich daran hinderte, den Geschworenen das Verteidigungsargument des entschuldigenden Notstands der Tat nahezubringen, bevor er ihnen die Idee einer Tatsachenfeststellung eingegeben hatte, und als ich darauf bestand, meine Verteidigung vorzubringen, wies er sie an, meine Äußerungen zu ignorieren.«

Collins' Stimme ging Tom auf die Nerven. Sie hatte einen wehleidigen, fast weinerlichen Ton angenommen, so als wäre das größere Ärgernis die Tatsache, daß er, Collins, am Sprechen gehindert worden war, und nicht die ungerechte Behandlung seiner Mandanten.

»Was wird jetzt, Mr. Collins?«

Der Anwalt zupfte an seinen Augenbrauen und warf Tom einen kurzen Blick zu, sah aber sofort wieder weg. »Das unzulässig konstituierte Gericht und Baron Huddlestons Mißachtung der ordnungsgemäßen Verfahrensweise geben mir einige technische Gründe für eine Berufung an die Hand. Aber selbst wenn sie erfolgreich sein sollte, wird das Resultat kein Freispruch, sondern ein neuer Prozeß sein, und ...« Er verstummte und sammelte mit mahlendem Kiefer die Kraft für das, was er als nächstes zu sagen hatte.

Tom beobachtete ihn einen Augenblick. Dann sagte er: »Mr. Collins, aus dem, was Sie gesagt haben, entnehme ich, daß Sie wußten, daß der Prozeß von Anfang an eine Farce war. Trotzdem haben Sie mich und Stephens – die Männer, die Sie verteidigen sollten – darüber im dunkeln gelassen. Sie haben zugelassen, daß wir die Hoffnung auf einen Freispruch hegten, als Sie bereits wußten ...«

»Ich schwöre, daß ich es bis zum Beginn des Prozesses selbst nicht gewußt habe«, fiel ihm Collins ins Wort, und zum ersten Mal hob er die Augen, um Toms Blick zu erwidern. »Kapitän Dudley, Sie sind ein aufrechter Mann, auch wenn es Ihnen zum Nachteil gereicht. Ich schulde Ihnen mindestens ebensoviel Aufrichtigkeit und möchte mich dafür entschuldigen, daß ich Ihnen diesen Umstand vorenthalten habe. Aber ich hielt es für besser, wenn Sie Hoffnung hätten, statt die Qualen des Prozesses in dem Wissen zu erdulden, daß Ihr Schicksal bereits besiegelt war.« Er sprach rasch weiter, bevor Tom etwas sagen konnte. »Huddleston hat mich in sein Amtszimmer bestellt, um mir wegen der von mir eingeschlagenen Verteidigungslinie Vorhaltungen zu machen. Er ließ mich wissen, daß der Innenminister persönlich an dem Fall interessiert sei und daß unser beider Zukunftsaussichten davon abhingen, daß das richtige Urteil verhängt werden würde.«

Er warf einen Blick auf die wartenden Polizisten und dämpfte die Stimme. »Als ich einige Tage später in meinem Klub zu Abend aß, erhielt ich den Besuch eines Abgesandten des Innenministers, der mir zu verstehen gab, daß ich, falls ›keine Mißgriffe oder unvorhergesehenen Fehler‹ meinerseits dazwischenkämen, Ihrer Majestät für den Ritterschlag vorgeschlagen und binnen eines Jahres in den Richterstand erhoben werden würde.«

»Das ist also die Belohnung für Ihre Rolle in diesem Stück«, stellte Tom fest. »Ich gratuliere Ihnen zu Ihrem Glück.«

Collins zuckte zusammen, als er die Verachtung in Toms Stimme hörte. »Ich verstehe Ihre Verärgerung, Sir, aber ich hoffe, daß Sie, wenn Sie Zeit gehabt haben, darüber nachzudenken, erkennen werden, daß ich Sie trotz des guten Zuredens der Gegenseite weiterhin nach besten Kräften verteidigt habe. Wie gesagt, es gab eine Reihe von Verfahrensfehlern, die ich für die Begründung der Berufung verwenden kann, aber ich muß Ihnen sagen, daß durch eine weitere Verzögerung des Falls nichts zu gewinnen ist.

Das ganze Gewicht des Establishments steht gegen Sie, von Ihrer Majestät der Königin über den Innenminister bis zu den Richtern, die das Urteil über Sie sprechen, und sie alle haben beschlossen, daß Ihr Fall mit einer Verurteilung und einer Strafe enden wird, die andere davon abhalten soll, zu tun, was Sie getan haben. Sie haben mein Mitgefühl, aber Sie müssen auf das furchtbare Urteil gefaßt sein, das verhängt werden muß, um den Gesetzen Englands zu entsprechen. Aber seien Sie versichert, sobald die Angelegenheit in aller Form erledigt ist, wird man Sie begnadigen. Soviel ist sicher.«

»Sollen sie das Schlimmste tun«, entgegnete Tom, »und mit

Ihnen zusammen verdammt sein. Sie haben sich mit Ihresgleichen verschworen, weitere Leiden über uns und unsere Familien zu bringen, die wir schon mehr gelitten haben, als menschliche Wesen aushalten können.«

»Aber den Gesetzen Englands muß Genüge getan werden«, wandte Collins ein.

»Auch wenn es erfordert, einem Engländer die Gerechtigkeit zu versagen?«

»Es geschieht, um den Brauch des Meeres zu ächten.«

Tom stieß ein bitteres Lachen aus. »Nichts dergleichen wird erreicht. Statt dessen wird die Wahrheit geächtet. Es werden weiterhin Schiffe untergehen, und Seeleute werden weiterhin schiffbrüchig werden. Sie werden dürsten und hungern, und sie werden tun, was sie immer getan haben, um zu überleben, denn kein Instinkt ist stärker als dieser. Aber niemals wieder werden Männer an diese Küste zurückkehren und freimütig eingestehen, was sie getan haben. Man wird die Beweise der Tiefe übergeben, um sie verschwinden zu lassen, und die Überlebenden werden sagen, sie hätten von Kerzentalg, Schuhleder, Plankton und Gottes frischer Luft gelebt. Sie werden die Wahrheit wissen, und diejenigen, die sie vernehmen, werden sie wissen, aber sie wird nie wieder ausgesprochen werden. Der Brauch des Meeres wird weiterbestehen, aber die feine Gesellschaft – Ihre Gesellschaft, Mr. Collins – wird in der Lage sein, ihn zu verleugnen wie die Huren in den Elendsvierteln. Die einfachen Leute, wie ich einer bin, werden es besser wissen.«

Er fixierte den Anwalt. »Ich hoffe, Ihre Karriere verschafft Ihnen Zufriedenheit, Mr. Collins. Ich wünsche Ihnen einen guten Tag.« Damit drehte er ihm den Rücken zu, bis er die Tür ins Schloß fallen hörte.

Stephens hatte immer noch den Kopf gesenkt, aber Tom sah Tränen in den Staub vor seinen Füßen tropfen.

Sie wurden zu einer Grünen Minna gebracht – einem dunklen, stinkenden, von Pferden gezogenen Wagen mit einem Mittelgang zwischen derart engen Zellen, daß sie kaum Platz zum Stehen boten – und langsam nach Norden in Richtung Holloway gefahren.

Nachdem sich das Gefängnistor hinter ihnen geschlossen hatte, wurden Tom und Stephens aus dem Wagen geholt und zu einem Empfangsschalter gebracht, wo ein Beamter Alter, Religion, Anklage und Urteil der neuen Häftlinge erfragte. In der Akte, die sie gegenzeichnen mußten, wurden ihre gesamten Habseligkeiten notiert. Dann mußten sie ihre Kleider ausziehen, die weggebracht wurden, um gereinigt und bis zu ihrer Entlassung aufbewahrt zu werden.

Nackt und vor Kälte bibbernd, wurden sie gewogen und medizinisch untersucht. Anschließend mußten sie sich mit Laugenseife waschen und wurden mit einem Schlauch abgespritzt. Dann erhielten sie ihre Gefängniskleidung und mußten sich einen Vortrag des Chefaufsehers über die Gefängnisordnung anhören, bevor sie in ihren Zellenblock geführt wurden.

Als die Tür hinter ihm zukrachte und Tom allein in der Stille und dem Halbdunkel seiner Zelle zurückblieb, waren die Figuren in der Schreckenskammer von Madame Tussauds Wachsfigurenkabinett bereits neu arrangiert worden, um Platz zu schaffen für ein grobes Abbild von »Tom Dudley, dem Kannibalenkapitän«.

21
Zum Tode verurteilt

Holloway war eine Haftanstalt für Männer und Frauen sowie für Jungen ab acht Jahren. Wie Lord Coleridge angedeutet hatte, war sie neuer und besser ausgestattet als andere berüchtigte Institutionen wie Newgate oder die heruntergekommenen Gefängnishulke, die bei Woolwich auf der Themse verankert waren. Aber das System, zu dem es gehörte, war so grausam und entwürdigend wie eh und je.

Anfang des 19. Jahrhunderts waren die Gefängnisse nicht nur brutal und unmenschlich gewesen, sondern auch durch und durch korrupt. In den dreißiger Jahren verdoppelten oder verdreifachten die Wärter ihren Lohn durch den Verkauf von Lebensmitteln, Alkohol und Tabak an Insassen, die es sich leisten konnten, und durch Bestechungsgelder, die sie erhielten, wenn sie männliche Gefangene zu weiblichen Insassen ließen, die zur Prostitution bereit waren.

George Chesterton, der Direktor des Gefängnisses Coldbath Fields, führte 1834 eine neue Ordnung ein, das »Schweigesystem«. Es beendete einen Großteil der Korruption, ersetzte aber auch die früheren willkürlichen Grausamkeiten durch ein System, das Isolation und Erniedrigung jedes Gefangenen erforderte. Die neue Ordnung wurde mit Prügel und Auspeitschungen durchgesetzt, die Chesterton als »nützlich, ja sogar unerläßlich« bezeichnete.

Es gab weder Heizung noch Beleuchtung, noch eine Ausbildung oder produktive Beschäftigung der Häftlinge. Jeder Insasse war völlig anonym; angesprochen wurde er mit der Nummer seiner Zelle, die auf einem Messingschild an seiner Mütze eingraviert war. Die Zwangsarbeit wurde überwiegend in der Zelle ausgeführt; die Gefangenen aßen allein und hatten keinerlei Kontakt mit den anderen Insassen, die sie noch nicht einmal zu Gesicht bekamen. Wenn sie ihre Zellen zum Hofgang oder aus anderen Gründen verließen, mußten sie eine Kapuze tragen. Redete doch jemand, wurde er für gewöhnlich bei Brot und Wasser in eine der Strafzellen im Keller eingesperrt.

Chestertons Schweigesystem fand erst 1863 allgemeine Verbreitung, als aufgrund einer Verbrechenswelle in London, die insbesondere gewalttätige Raubüberfälle mit sich brachte, ein Parlamentsausschuß unter Lord Carnavaron gebildet wurde, der zu dem Schluß gelangte: »Jetzt muß ein eigenes System als Fundament der Gefängnisdisziplin eingeführt werden. Seine strenge Einhaltung ist ein grundlegendes Prinzip der Effizienz der Gefängnisse der Städte und Grafschaften. Andere Mittel der Besserung von Zuwiderhandelnden sollten stets von angemessener und effektiver Bestrafung begleitet sein.«

Außerdem einigte sich der Ausschuß auf eine gesetzliche Definition von Zwangsarbeit. Danach war sie ein endloser, qualvoller Kreislauf bedeutungsloser Wiederholungen einer anstrengenden Aufgabe. Zwangsarbeit erster Klasse waren Tretmühle, Kurbel, Kanonendrill, Winde und Steinbrechen, wobei die ersten beiden die »Hauptelemente der Gefängnisdisziplin« darstellten.

Die Tretmühle hatte in Holloway wenigstens eine Funktion: Sie trieb die Pumpen an, die das Gefängnis mit Wasser versorgten. Es handelte sich um eine Art langes Schaufelrad, an dem vierundzwanzig Gefangene in abgeschotteten Nischen auf die Schaufeln traten, um es in Bewegung zu halten. Obwohl sie im Vergleich mit den alten Tretmühlen in anderen Gefängnissen relativ sicher war – im Gefängnis von Aylesbury waren innerhalb eines Jahres bei drei Unfällen Häftlinge zerquetscht worden, konnten achtlose oder erschöpfte Gefangene am Fuß oder Bein erfaßt werden, und es war unmöglich, die Maschine schnell genug zu stoppen, um die Verstümmelung oder sogar den Tod des Unglücklichen zu verhindern.

Die Kurbel war ein auf Beinen stehender schmaler Zylinder mit einem langen Griff an einer Seite. Wenn man diesen drehte, setzte sich im Innern eine Reihe von Schöpfbechern in Bewegung, die sich wie die Schaufeln eines Baggers mit dem am Boden des Zylinders liegenden Sand füllten, ihn nach oben transportierten und beim Abschwung wieder ausschütteten. Ein Zählwerk vor dem Zylinder zeigte an, wie viele Umdrehungen die Kurbel gemacht hatte. Solche Apparate standen in jeder Zelle, wo die Häftlinge sie schweigend und isoliert bedienen mußten. Erreichten sie nicht die geforderte Zahl von Umdrehungen, wurden sie in eine Dunkelzelle gesperrt oder erhielten eine Prügelstrafe.

Über den Kanonendrill sagten Mayhew und Binny: »Es läßt sich kaum etwas vorstellen, das offensichtlich nutzloser wäre als diese Form der Zwangsarbeit.« Die Häftlinge mußten sich in einer Reihe neben einer Pyramide aus eisernen Kanonenkugeln aufstellen, worauf der erste in der Reihe eine Kanonenkugel nahm und vor seinen Füßen ablegte, um sie dann wieder aufzunehmen und an seinen Nachbarn weiterzureichen. Dies wiederholte sich die ganze Reihe entlang bis zum letzten Mann, der aus den Kanonenkugeln eine neue Pyramide errichtete. War diese fertig, begann das ganze in umgekehrter Richtung von vorn.

Zwangsarbeit zweiter Klasse, wie das Wergzupfen, war weniger anstrengend, doch die Häftlinge qualifizierten sich frühesten nach drei Monaten in der ersten Klasse dafür. Beim Wergzupfen wurden alte Schiffstaue zuerst in Stränge und dann in die einzelnen Fäden aufgetrennt. Täglich mußten drei Pfund Tau »mit bloßen Händen zu einem feinen weichen Werg« verarbeitet werden, bevor die Gefangenen schlafen gehen durften. Erfüllten sie die Norm nicht, wurden sie bestraft.

In Holloway folgten auf zwanzig Minuten Tretmühle zwanzig Minuten Wergzupfen. Das Werg wurde von Häftlingen, die Zwangsarbeit zweiter Klasse ausführten, zu Matten verarbeitet, die dem Gefängnis sogar Geld einbrachten, da sie an die Eisenbahn und andere Institutionen verkauft wurden. Auch die Schneiderei trug durch den Verkauf von Gefängnisuniformen an andere Gefängnisse und die Gefangenenkolonie in Gibraltar zum Etat von Holloway bei.

Die Strafe für Verletzungen der Gefängnisordnung war »Rückstufung von einer höheren in eine niederere Strafklasse, ergänzt durch härtere Arbeit und schmalere Kost. Ist der Regelverletzer jedoch verstockt und hat er die Regelverletzung absichtlich wiederholt, ist körperliche Züchtigung die wirkungsvollste Strafe und manchmal die einzige Abhilfe.«

Die Vorschläge des Ausschusses flossen in das Gefängnisgesetz von 1865 ein, das die Unterscheidung von »Arbeitshäusern« wie Holloway und Pentonville, in denen männliche und weibliche Häftlinge mit Strafzeiten zwischen sieben Tagen und zwei Jahren einsaßen, und den alten, heruntergekommenen Zuchthäusern und Gefängnishulken, in denen Straftäter mit Langzeitstrafen gefangengehalten wurden, aufhob. Von nun an sollten alle Häftlinge »an jeglicher Kommunikation miteinander gehindert werden, entweder, indem jeder Häftling Tag und Nacht, außer wenn er in der Kapelle oder beim Hofgang ist, in einer separaten Zelle untergebracht wird, oder indem jeder Häftling nachts in seine Zelle eingesperrt und tagsüber einer solchen Überwachung ausgesetzt wird, daß der Austausch mit anderen Gefangenen ausgeschlossen ist«.

Die Gefängniskost war absichtlich knapp und einfach. Nach dem Maßstab der Gefängnisinspektoren sollte die »Qualität der Verpflegung ... stets ausreichend sein, und nicht mehr als ausreichend, um Gesundheit und Kraft zu den geringsten Kosten zu erhalten«. Für die Häftlinge bedeutete dies für gewöhnlich zweimal täglich Haferschleim und ein halbes Pfund Brot.

Hängematten wurden durch nackte Holzbetten ersetzt, und für aufsässige Häftlinge wurden eiserne Hand- und Fußfesseln wiedereingeführt. Für den Fall eines Gefangenenaufstands befand sich im Büro des Direktors ein Arsenal mit Gewehren, Pistolen, Bajonetten und Macheten.

Als Kleidung erhielten die Häftlinge gelbbraune Gefängnisanzüge oder mit roten Streifen markierte graue Jacken, Hemden, Mützen und Strümpfe. Bei Verlegungen in ein anderes Gefängnis wurden Gruppen von Häftlingen an den Handgelenken aneinandergekettet. Mayhew und Binny beschreiben das System als »Strafhölle, in der die Menschen der Züchtigung durch Einzelhaft unterzogen werden, so als wollte man sie auf das Nachfolgende vorbereiten« – Zwangsarbeit oder Abtransport.

Das Gefängnisgesetz von 1877 brachte nur geringfügige, überwiegend administrative Änderungen des bestehenden Systems. Es legte die Kontrolle sämtlicher Gefängnisse in die Hände von fünf Regierungskommissaren, die direkt dem Innenminister unterstanden, und unterschied zwei Arten von Haftstrafen: gewöhnliche Gefängnisstrafen bis zu zwei Jahren und Zuchthausstrafen von fünf Jahren bis lebenslänglich.

Sir Edmund du Cane, der für die nächsten achtzehn Jahre vorsitzender Gefängniskommissar war, erklärte in aller Gemütsruhe, das ihm unterstehende System wirke sich »auf intelligente Menschen entschieden verrohend aus. Es erregt Wut, ist deprimierend und verdirbt die geistigen Fähigkeiten.«

Die Haft bestand aus vier Phasen, deren Dauer dem Ermessen der Gefängnisverwaltung überlassen war. In der ersten Phase, die mindestens einen Monat umfaßte, schlief der Häftling auf einem Brett ohne Matratze und erledigte zehn Stunden Zwangsarbeit am Tag, davon mindestens sechs Stunden an Tretmühle oder Kurbel. In der zweiten Phase erhielt er in fünf Nächten pro Woche eine Matratze, durfte jeden Sonntag zum Hofgang hinaus und konnte in seiner Zelle »erbauliche Bücher« lesen. Die dritte Phase zeichnete sich dadurch aus, daß der Gefangene in sechs Nächten auf einer Matratze schlafen konnte, leichtere Arbeit, etwa in der Schneiderei oder Schuhmacherei, bekam und Bücher aus der Gefängnisbibliothek ausleihen durfte. In der vierten Phase schließlich behielt er die Matratze die ganze Woche über und wurde als »Kalfakter« beschäftigt. Alle Vierteljahre durfte er einen Brief schreiben und erhalten, und zwei Verwandte oder »respektable Freunde« konnten ihn für zwanzig Minuten in Gegenwart eines Wärters besuchen. Es gab allerdings keinen Besuchsraum; die Häftlinge begaben sich statt dessen in einen schmalen, käfigartigen Gang, der quer über den Gefängnishof verlief und in gut einem Meter Abstand von einem Eisengittergeländer flankiert wurde, hinter dem die Besucher standen.

Holloway war 1862 eingeweiht worden. Seine 438 gekalkten Zellen waren vier mal zwei Meter groß und zweieinhalb Meter hoch. Ausgestattet waren sie mit einem kleinen Klapptisch, einem dreibeinigen Hocker, einer Toilette und einem Kupferbecken mit einem Wasserhahn, mit dem, wenn man ihn zur Seite drehte, auch die Toilette gespült werden konnte. Das Bettzeug wurde tagsüber auf einem Bord verstaut und abends auf den Asphaltboden gelegt.

An der Wand hingen zwei Karten: eine mit der Gefängnisordnung und dem täglichen Zeitplan und eine mit Namen, Straftat und Urteil des Insassen. Es gab ein einziges, vergittertes Fenster hoch oben in der Außenwand und eine schwere Eisentür mit Schieberiegel und Glasfenster. Da die Wärter nachts Schuhe mit weichen Sohlen trugen, konnten die Häftlinge sie nicht kommen hören, so daß sie in dem Gefühl lebten, sie befänden sich unter ständiger Beobachtung. Die Zellenblöcke waren nach dem Vorbild von Jeremy Benthams »Panopticon«

errichtete Rundbauten, von deren Mittelpunkt sämtliche Zellen zu sehen waren. In den ersten fünfzehn Jahren nach dem Bau von Holloway waren weitere vierundfünfzig Gefängnisse nach demselben Modell errichtet worden.

Der übliche Haftverlauf in Holloway entsprach den harten Vorschriften der Gefängnisgesetze: Einem halben Jahr Einzelhaft folgte ein halbes Jahr »stille Gesellschaft«. Zwar setzte man in Holloway das Schweigesystem nicht in voller Härte durch, aber es war den Gefangenen, auch wenn sie nicht verhüllt waren, verboten, miteinander zu sprechen. Zudem mußten sie ihre Arbeit in Nischen ausführen, deren hohe Wände den Sichtkontakt untereinander verhinderten. Die Zwangsarbeit wurde nur durch Schlaf, Mahlzeiten und Gottesdienste unterbrochen.

Trotz der besseren Ausstattung führte die vollständige Trennung der Häftlinge im Schweigesystem in moderneren Haftanstalten wie Holloway oder Pentonville zu einer zehnmal höheren Rate von Wahnsinn als in Gefängnissen, die in jeder anderen Hinsicht weitaus schlimmer waren. Sogar die Gefängnisverwaltung im zaristischen Rußland sah sich genötigt, die Grausamkeit und Unmenschlichkeit des britischen Strafvollzugs zu tadeln, doch es dauerte noch bis 1894, ehe ein Parlamentsausschuß unter Herbert Gladstone Reformen vorschlug, durch die Einzelhaft und Schweigegebot abgeschafft werden sollten.

Gladstone forderte außerdem das Ende von Kurbel und Tretmühle und die Einführung von produktiver Arbeit und technischer Ausbildung sowie eine Verbesserung der Verpflegung und die Lockerung der Vorschriften über Lektüre, Korrespondenz und Besuche. Diese Empfehlungen fanden Eingang in das Gefängnisgesetz von 1898. Für die Gefangenen Nummer 5331 und 5332, Dudley und Stephens, kamen sie allerdings zu spät.

Am Dienstag, dem 9. Dezember, wurden Tom und Stephens aus ihren Zellen geholt und zur Urteilsverkündung zum Gerichtsgebäude gefahren. Wiederum hatte sich auf The Strand eine riesige Menschenmenge versammelt.

Die beiden Männer betraten den Gerichtssaal eine halbe Stunde vor den Richtern, wurden aber nicht zur Anklagebank geführt, sondern zu dem abgegrenzten Bereich der Anwälte, wo sie zwischen zwei Gefängniswärtern Platz nahmen. Im Gerichtsbereich drängten sich Vertreter der Anwaltschaft, und auch die der Öffentlichkeit zugängliche Galerie war gespickt voll. Philippa war jedoch nicht unter der Menge. Tom hatte ihr gesagt, sie solle zu Hause bleiben. Zum einen war Winifred immer noch schwerkrank, und zum anderen hätte er es nicht ertragen, ihr Gesicht zu sehen, wenn das Urteil zu seinen Ungunsten ausfiel, was, wie er wußte, so gut wie sicher war.

Um 10.45 Uhr betraten die fünf Richter den Saal, und der Gerichtsbeamte verlas zunächst die Tatsachenfeststellung der Geschworenen. Anschließend gab der Lordoberrichter das formelle Urteil bekannt. »Aus diesen Fakten«, erklärte Coleridge, »die mit der kalten Präzision der Tatsachenfeststellung dargestellt wurden, geht deutlich hervor, daß die Gefangenen einer schrecklichen Versuchung ausgesetzt waren und Leiden durchmachten, welche die Körperkräfte des stärksten Mannes gebrochen und das Gewissen des Besten angefochten hätten.

Weitere, noch entsetzlichere Einzelheiten, noch abscheulichere und abstoßendere Tatsachen wurden den Geschworenen vorgetragen und sind in den Notizen meiner gelehrten Kollegen enthalten. Dennoch ist eines klar: nämlich, daß die Gefangenen einen schwachen Jungen, der ihnen nichts getan hatte, um der Chance willen, ihr Leben zu retten, indem sie sich von seinem Fleisch und Blut ernährten, zu Tode brachten.

Die Tatsachenfeststellung konstatiert, daß die Männer wahrscheinlich nicht überlebt hätten, wenn sie sich nicht vom Körper des Jungen ernährt hätten, und daß der Junge, der sich in einem wesentlich schlechteren Zustand befand als sie, vermutlich vor ihnen gestorben wäre. Es war möglich, daß sie am nächsten Tag von einem Schiff aufgenommen wurden; es war aber auch möglich, daß man sie niemals fand. In beiden Fällen wäre die Tötung des Jungen ebenso unnötig wie sinnlos gewesen.

Mr. Collins hat eingeräumt, daß die Schlußfolgerung der Tatsachenfeststellung, der zufolge die Geschworenen ihr Urteil in Übereinstimmung mit der Entscheidung des Gerichts gefällt haben, ihnen nicht von meinen gelehrten Kollegen aufgenötigt wurde. Daraus folgt zweierlei. Erstens, daß sie wirklich das ausdrückt, was die Geschworenen meinten, und die juristische Formulierung dessen darstellt, was bereits als notwendige Implikation in ihrem unstrittigen Befund enthalten ist, und zweitens, daß sie eine bloße Formsache ist – bis vor hundert Jahren war es in Strafrechtsfällen die Form der Tatsachenfeststellung gewesen.«

Wie Lord Coleridge sehr wohl wußte, hatte es seit neunundneunzig Jahren keine Tatsachenfeststellung mehr gegeben.

»Bleibt die eigentliche Frage in diesem Fall zu untersuchen, ob nämlich die Tötung unter den in der Tatsachenfeststellung festgehaltenen Umständen ein Mord war. Die Vorstellung, daß sie etwas anderes sein könnte, fanden wir alle nicht nur neu und fremd, sondern auch gefährlich, unmoralisch und gegen alle rechtlichen Prinzipien und Analogien verstoßend.

Wir befinden uns mit unserer Auffassung nicht im Widerspruch zu dem, was die gelehrten Mitglieder der Strafrechtsausschüsse ausgeführt haben. Sie erklären zu diesem Thema: ›Wir sind nicht bereit, anzunehmen, daß der Notstand in jedem Fall eine Rechtfertigung darstellt. Ebensowenig sind wir bereit, anzunehmen, daß der Notstand in keinem Fall eine Rechtfertigung darstellt. Wir halten es für besser, solche Fragen offenzulassen. Sie können unter Anwendung der Grundsätze, die das Gesetz in den Umständen des jeweiligen Falls bereithält, geklärt werden, wenn und falls sie sich jemals in der Praxis stellen.‹

Nun, außer zur Prüfung der Frage, wieweit die Erhaltung des eigenen Lebens in allen Fällen und unter allen Umständen eine absolute, uneingeschränkte und vorrangige Pflicht ist, können wir alle kriegerischen Vorkommnisse aus unseren Überlegungen ausschließen. Wir haben es nicht mit einer Tötung zu tun, die Männern im Dienst des Souveräns und bei der Verteidigung des Vaterlandes aufgenötigt wurde, sondern mit dem Fall eines privaten Tötungsdelikts.

Gesetz und Moral sind nicht dasselbe, und vieles, was moralisch sein mag, ist nicht unbedingt legal, doch die völlige Trennung des Rechts von der Moral hätte fatale Konsequenzen, und eine solche Trennung wäre die Folge, wenn die Versuchung – in diesem Fall zum Mord – vom Gesetz als absolute Verteidigung angesehen würde. Dem ist nicht so.

Das eigene Leben zu retten ist im allgemeinen eine Pflicht, aber es kann auch die klarste und höchste Pflicht sein, es zu opfern. Der Krieg ist voller Ereignisse, bei denen ein Mann verpflichtet ist, nicht zu leben, sondern zu sterben. Bei einem Schiffsunglück ist es die Pflicht des Kapitäns gegenüber seiner Besatzung, der Besatzung gegenüber den Passagieren, von Soldaten gegenüber Frauen und Kindern, wie im noblen Fall der *Birkenhead*. Diese Pflicht erlegt den Männern die moralische Notwendigkeit auf, das eigene Leben nicht zu erhalten, sondern es für andere hinzugeben, wovor sie in keinem Land, am wenigsten, so ist zu hoffen, in England, jemals zurückschrecken werden, wie sie es in der Tat in der Vergangenheit nicht getan haben.

Es ist daher nicht richtig, zu sagen, es gebe eine absolute und uneingeschränkte Notwendigkeit, sein Leben zu erhalten. Es wäre leicht und eine billige Zurschaustellung der Allgemeinbildung, Zitate griechischer und lateinischer Autoren aneinanderzureihen, in denen in glühenden, eindringlichen Worten die aus den Prinzipien der heidnischen Ethik folgende Pflicht, für andere zu sterben, beschrieben wird. In christlichen Ländern genügt es, sich an das eine Beispiel zu erinnern, dem zu folgen wir öffentlich bekunden.

Es ist nicht nötig, die schreckliche Gefahr der Anerkennung

eines Prinzips zu betonen, das demjenigen, der von ihr profitiert, die Entscheidung überließe, wann die Notwendigkeit gegeben ist, die ihm gestattet, einem anderen Menschen absichtlich das Leben zu nehmen, um sein eigenes zu retten. ›So sprach der Satan, und durch des Tyrannen Macht / Notwendigkeit entschuldigte die teuflische Tat.‹

In diesem Fall wurde der Schwächste, Jüngste und Wehrloseste ausgewählt. Bestand eine größere Notwendigkeit, ihn zu töten, als einen der erwachsenen Männer? Die Antwort darauf muß lauten: ›Nein.‹ Es dürfte klar sein, daß ein solches Prinzip, sollte es akzeptiert werden, einen rechtlichen Vorwand für ungezügelte Leidenschaften und grausige Verbrechen darstellen würde.«

Tom wandte sich zu Stephens um. »Er hat die Frage, vor der wir standen, nicht einmal erwähnt – ob es nicht besser wäre, wenn einer stürbe, damit die anderen leben, als wenn alle ums Leben kämen.«

Der Wärter neben ihm versetzte ihm einen Rippenstoß. »Seien Sie still, oder es wird Ihnen schlecht ergehen!«

Coleridge unterbrach sich für einen Augenblick. »Es gibt für Richter keinen anderen Weg, als das Gesetz nach besten Kräften zu erkennen und es ihrem Urteil gemäß auszulegen, und wenn das Gesetz im Einzelfall zu hart ist, es dem Souverän zu überlassen, jenes Vorrecht der Gnade auszuüben, das die Verfassung in die für seine Ausübung geeigneten Hände gelegt hat.

Man darf nicht glauben, weil die Versuchung als Entschuldigung des Verbrechens abgelehnt wird, würde vergessen werden, wie furchtbar sie war, wie schrecklich die Leiden und wie hart es ist, in solchen Prüfungen einen klaren Kopf zu behalten und untadelig zu handeln. Wir sind oftmals genötigt, Maßstäbe zu setzen, denen wir selbst nicht genügen, und Regeln aufzustellen, die wir selbst nicht erfüllen können, aber niemand hat das Recht, die Versuchung als Entschuldigung anzuführen, auch wenn er selbst ihr erliegen würde, oder zuzulassen, daß

Mitleid mit dem Verbrecher in irgendeiner Weise die juristische Definition des Verbrechens ändert oder abschwächt.

Deshalb ist es unsere Pflicht, zu erklären, daß die Tat der Gefangenen in diesem Fall vorsätzlicher Mord war, daß die in der Tatsachenfeststellung konstatierten Fakten keine Rechtfertigung der Tötung darstellen und daß sie nach unserer einhelligen Auffassung auf der Grundlage der Tatsachenfeststellung der Geschworenen des Mordes schuldig sind.«

Es war absolut still im Saal, als sich der Generalstaatsanwalt erhob. »Euer Ehren, es ist meine Pflicht, das Gericht um sein Urteil zu ersuchen.«

Der Leiter des Crown Office sprang auf. »Gefangene, Sie sind des Mordes schuldig gesprochen. Welche Gründe haben Sie vorzubringen, aus denen das Gericht Sie nicht zum Tode verurteilen sollte?«

Tom stand auf. Es gab tausend Dinge, die er hätte sagen können, und viele Wege, wie er seiner Wut über den Schauprozeß, den sie über sich ergehen lassen mußten, hätte Luft machen können, aber als er in die ungerührten Gesichter der Richter schaute, schüttelte er nur den Kopf. Sie zu verärgern wäre zwecklos gewesen und hätte alles nur noch schlimmer gemacht.

Also holte er tief Luft und sagte: »Was ich zu sagen habe, Euer Ehren, ist dies: Ich hoffe, Sie werden die extrem schwierige Lage, in der ich mich befand, als die Tat begangen wurde, in Erwägung ziehen, und ich bin zuversichtlich, daß das Gericht mir gnädig sein wird.«

»Ich sage das gleiche, Euer Ehren«, erklärte Stephens mit kaum hörbarem Flüstern.

Die beiden Männer standen am Geländer des Anklagestandes, um das Urteil zu hören. Tom wirkte gelassen, während sich auf Stephens' Gesicht immer noch Verwirrung widerspiegelte.

Ein Gerichtsdiener reichte Coleridge die schwarze Kappe, aber er winkte ihn gereizt fort. Tom zog daraus die schwache Hoffnung, daß die Richter selbst noch in diesem späten Stadium dazu bereit sein könnten, Gnade walten zu lassen, und Coleridges Worte schienen diese Hoffnung zunächst zu bestärken: »Sie beide sind des Verbrechens des vorsätzlichen Mordes schuldig gesprochen worden, aber Sie sind auch nachdrücklich der Gnade der Krone empfohlen worden. Wie ich meinen gelehrten Kollegen, der über Sie zu Gericht gesessen hat, verstanden habe, stimmt er dieser Empfehlung ebenso zu wie wir, die wir diese Verhandlung gehört haben. Aber als Organ des Gerichts ist es meine Pflicht, die vom Gesetz vorgesehene Strafe über Sie zu verhängen.

Für das Verbrechen des vorsätzlichen Mordes, dessen Sie beide schuldig gesprochen worden sind, lautet das Urteil des Gerichts, daß Sie in das Gefängnis, aus dem Sie gekommen sind, verbracht werden und von dort an einem noch festzulegenden Tag zur Richtstätte geführt werden; daß Sie am Halse aufgehängt werden, bis Ihre Körper tot sind; und daß Ihre Leichen auf dem Gelände des Gefängnisses, in das man sie nach diesem Ihrem Urteil einsperren wird, begraben werden.«

Es war das erste Todesurteil, das das *Court of Queen's Bench* seit dem Jakobitenaufstand von 1746 verhängte.

Als Tom und Stephens abgeführt wurden, waren ihre Schritte auf der in die Zellen hinunterführenden Treppe die einzigen Geräusche im Gerichtssaal. Sie wurden ohne Zwischenaufenthalt zum Gefangenenwagen gebracht und kehrten nach Holloway zurück, um dort ihr weiteres Schicksal abzuwarten.

Die Menge auf der Straße, die Tom und Stephens bei der Ankunft so lautstark begrüßt hatte, verfolgte ihre Abfahrt in nahezu völliger Stille. Einige zogen sogar den Hut, so als würde kein Gefangenen-, sondern ein Leichenwagen die Straße entlangfahren.

Das Innenministerium beeilte sich, die im Gerichtsgebäude versammelten Reporter darüber zu informieren, daß das Todesurteil rein »formaler Natur« sei, und in den Zeitungsberichten, die am nächsten Tag, dem 10. Dezember, erschienen, wurde die Entscheidung des Gerichts einhellig positiv bewertet. Die *Times* gab den Ton vor:

»Das gestern von Lord Coleridge verkündete Urteil hat die wenigen und nicht stichhaltigen Rechtfertigungen, die von der Verteidigung vorgebracht worden waren, beiseitegefegt ... Es ist ungewöhnlich, daß es der jüngsten Zeit vorbehalten war, mit deutlichen Worten eine Ansicht zu ächten, die empörende Konsequenzen nach sich ziehen würde. Doch das ist jetzt getan. Es wurde festgestellt, daß die Lehre von der notwendigen Tötung ebensowenig begründet ist wie die Ansicht, daß Fleischer keine Geschworenen werden sollten oder Engländer ihre Frauen mit dem Segen des Gesetzes auf dem Markt verkaufen dürfen ...

Die Situation war enorm schwierig und die Versuchung nur zu groß, das Gewissen abzutöten, aber wir wenden uns gegen die Vorstellung, daß Menschen unter den Bedingungen von extremem Hunger und Durst von allen gegenseitigen Pflichten entbunden sind. Es ist ein Mißbrauch der Sprache, zu behaupten, das Verbrechen sei auf die Notwendigkeit zurückzuführen. Es war eine Notwendigkeit, der einer der Männer an Bord, wie es scheint, durchaus zu widerstehen vermochte und der andere, die in eine ähnlich schwierige Lage geraten waren, bekanntermaßen Herr geworden sind. In unserer Zeitung erschien 1836 ein Bericht über die Fährnisse einer schiffbrüchigen Crew, die ebenso grausame Qualen erlitt wie die Überlebenden der *Mignonette.* Aber keiner der Männer kam auf die Idee, einen von ihnen zu töten, und die Toten wurden, wie wir erfuhren, über Bord geworfen, damit die Lebenden nicht in Versuchung geführt wurden, ihr Elend durch eine schreckliche Mahlzeit zu lindern.

Bergarbeiter, die ohne Nahrung und Wasser in unterirdischen Schächten eingeschlossen sind, verzehren in ihrem

Hunger Kerzenstumpen und sogar die Sohlen ihrer Stiefel, um schließlich heroisch zu sterben, und auch die Kriegsakten sind kaum mit Schrecken befleckt wie jenen, deren die Crew der *Mignonette* schuldig ist …

Es wird keinen Grund zur Klage geben, wenn ein Verbrechen derselben Art hinfort als Mord behandelt wird und die üblichen Konsequenzen nach sich zieht. Niemand will, daß gegen Dudley und Stephens mit besonderer Härte vorgegangen wird, wenngleich sie zum Ziel einer etwas abgeschmackten, fehlgeleiteten Sympathie geworden sind … Aber es wäre ein großer Skandal, wenn jemand, der einer ähnlichen Versuchung nachgegeben hat wie jener, der Dudley und Stephens erlegen sind, künftig mit der gleichen Gnade rechnen dürfte wie sie.«

22

Der lange Weg zur Begnadigung

Collins hatte Tom und Stephens versichert, daß sie sofort begnadigt und entlassen werden würden, doch die Tage vergingen, ohne daß sie etwas vom Innenministerium hörten, und ihre Zweifel wuchsen.

Innenminister Harcourt hatte jedoch umgehend die über ihnen schwebende Todesdrohung beseitigt. Wenigstens in dieser Hinsicht hatten ihm Zweckdienlichkeit und Prinzip denselben Schluß nahegelegt. 1878 hatte er sich in einer Rede für die Abschaffung der Todesstrafe eingesetzt, obwohl er wußte, daß weder das Parlament noch die Öffentlichkeit seine Forderung unterstützten, und nachdem er zum Innenminister aufgestiegen war, hatte er sich zu der Zusicherung bequemt, er glaube »fest an die Todesstrafe«. Dennoch hatte er 1882 einen Gesetzentwurf eingebracht, demzufolge die Todesstrafe nur noch bei Mord ersten Grades – Tötung mit Vorsatz – verhängt werden sollte, aber der Widerstand von Parlament und Justiz hatte ihn gezwungen, das Vorhaben fallenzulassen. Was Tom und Stephens betraf, hatte er seinen Staatssekretär noch am selben Tag, an dem sie zum Tode verurteilt worden waren, angewiesen:

»Ich setze das Urteil auf unbestimmte Zeit außer Vollzug, behalte mir aber die Frage der tatsächlichen Haftdauer vor. Informieren Sie den Gefängnisdirektor, daß die Gefangenen für den Augenblick bleiben sollen, wo sie sind, und weder verlegt noch in eine Todeszelle oder etwas dergleichen gesteckt werden sollen. Kurz gesagt, für sie ist einstweilen absolut der Status quo aufrechtzuerhalten.«

Wenngleich Harcourt zufrieden war, daß der Brauch des Meeres formell geächtet worden war, blieb er entschlossen, das Urteil nur in eine lebenslange Zuchthausstrafe umzuwandeln. Nach seiner Ansicht würde eine weitere Strafminderung den Schiffsbesatzungen dasselbe falsche Signal übermitteln wie ein Freispruch:

»Ich würde es als unschuldige Tat hinstellen, die keine Bestrafung verdient hat. Wenn ich das täte, würde ich das Gesetz mißbilligen und sagen, daß ich glaube, es habe eine ungerechte Schlußfolgerung gezogen. Wenn einen Unschuldigen zu töten, um das eigene Leben zu retten, eine Tat wäre, die eine Begnadigung verdient, mit welchem Recht könnte man dann einen Mörder der Fenier bestrafen, der tötet, weil das Los auf ihn gefallen ist, den Mord zu begehen, und der weiß, daß er sein Leben verwirkt hat, wenn er ihn nicht ausführt?«

Es war zumindest eine prägnantere und verständlichere Begründung des Urteils als jene der fünf Richter.

Harcourt wurde postwendend vom Generalstaatsanwalt darauf aufmerksam gemacht, daß eine lebenslange Haftstrafe nicht durchsetzbar sein werde und sogar zu Unruhen führen könnte. Außerdem ging Sir Henry auf Collins' Vernachlässigung des möglichen Plädoyers auf Totschlag – oder deren stillschweigende Duldung – ein: »Die Männer befanden sich in einem Zustand des Wahnsinns, in dem das gewöhnliche geistige

Gleichgewicht weitgehend aufgehoben ist. Wenn Collins versucht hätte, ein Urteil für Totschlag zu erhalten, wären die Geschworenen wahrscheinlich zu einem Urteil gelangt, und kein Richter hätte mehr als drei Monate Haft verhängt.«

Zuerst wies Harcourt den Rat zurück: »Jeder weiß, daß die Volksmeinung zu diesem Thema anfangs die war, daß die Männer kein Verbrechen begangen hätten. Das Urteil des Gerichts in diesem Fall unterstreicht, daß die Rettung des eigenen Lebens keine Rechtfertigung oder Entschuldigung dafür ist, einen Unschuldigen zu töten. Deshalb sind es keine technischen, sondern moralische und ethische Gründe, aus denen das Gesetz die im Volksgeist herumschwirrende lockere und gefährliche Vorstellung zurückweist, solche Taten seien alles mögliche, nur nicht das schlimmste Verbrechen, das das Gesetz kennt.«

Auch Harcourts Sohn Lewis, der mit Sir Henry befreundet war und in dieser Zeit als Privatsekretär seines Vaters arbeitete, sprach sich für Milde aus: »Es wäre sehr schädlich, Sympathie für sie hervorzurufen, indem man ihnen eine lange Haftstrafe auferlegt. Ich empfehle nicht mehr als sechs Monate.«

Der Innenminister kannte jedoch die unnachgiebige Haltung der Königin in bezug auf die Bestrafung von Verbrechen. Immerhin hatte er bereits einige heftige Auseinandersetzungen über Gnadengesuche mit ihr hinter sich. Eine endete sogar mit der Androhung seines Rücktritts, weil sie sich weigerte, die Todesstrafe eines neunzehnjährigen Arbeiters, der des Mordes an seiner Frau schuldig gesprochen worden war, umzuwandeln.

Jetzt wappnete er sich für einen weiteren bitteren Disput über den Fall der *Mignonette*, doch zum Glück für Tom und Stephens war die Königin derart mit dem Schicksal von Wolseleys Expedition zur Rettung von General Gordon in Khartum beschäftigt, daß sie wider Erwarten kaum Interesse daran zeigte, daß verurteilte Mörder mit der vollen Härte des Gesetzes bestraft wurden.

Harcourt fällte seine Entscheidung am 11. Dezember, und das Dokument über die Strafumwandlung wurde noch am Nachmittag desselben Tages ausgefertigt. Tom und Stephens wurde sie allerdings erst zwei Tage später mitgeteilt. Am Morgen des 13. Dezember, einem Samstag, wurden sie zu Oberstleutnant Everard Milman, dem Gefängnisdirektor, gerufen. Mit wachsender Ungeduld warteten sie in Habachtstellung vor seinem Schreibtisch, bis der Schreiber die umständliche Präambel der Entscheidung verlesen hatte. Dann endlich war es soweit:

> »In Anbetracht gewisser Umstände, die Uns demütig vorgetragen wurden, gefällt es Uns huldvoll, [Thomas Dudley und Edwin Stephens] Unsere Gnade und Barmherzigkeit zu bezeigen und Unsere Begnadigung für das Verbrechen, für welches sie verurteilt wurden, zu gewähren, unter der Voraussetzung, daß sie ohne Zwangsarbeit für die Zeitspanne von sechs Monaten inhaftiert bleiben mögen, gerechnet von dem Tag an, an welchem das Urteil über sie gesprochen wurde, nämlich dem 4. Tag des Dezember 1884.
>
> Unser Wunsch und Wille ist es daher, daß Sie dementsprechend die notwendigen Anweisungen erteilen, und dafür wird dies Ihre Vollmacht sein. Gegeben an Unserem Hof von St. James, dem 11. Tag des Dezember 1884, im 48. Jahr Unserer Regierung.«

Tom und Stephens reagierten auf die Mitteilung keineswegs erfreut. Vielmehr waren sie schockiert, da sie beide an Collins' Versicherung geglaubt hatten, daß man sie unverzüglich freilassen werde. Tom hatte am Freitagnachmittag Besuch von Philippa gehabt und ihr trotz des bedrückten Eindrucks, den er machte, gesagt, daß sie damit rechneten, von der Königin begnadigt zu werden und am Sonntag wieder zu Hause zu sein.

Sie hatte sich an diesem Samstagmorgen gerade darauf vorbereitet, das Haus zu verlassen, um Tom zum letzten Mal vor seiner Freilassung zu besuchen, als ein Telegramm mit der Neuigkeit von der sechsmonatigen Haftstrafe eintraf.

Bevor ihr Urteil bestätigt worden war, waren Tom und Stephens als »Straftäter erster Klasse« behandelt worden, die zusammen auf dem Hof spazierengehen, Besucher und Briefe erhalten, eigene Kleider tragen und sich Lebensmittel ins Gefängnis bringen lassen durften. Jetzt wurden ihnen alle diese Privilegien genommen, und sie wurden dem Schweigesystem unterstellt, in dem selbst die brutale Zwangsarbeit eine willkommene Abwechslung von der Dunkelheit und Stille ihrer Zellen gewesen wäre. Voneinander und von allen anderen Insassen getrennt und mit dem allgemeinen Sprechverbot belegt, wurden sie dreiundzwanzig Stunden am Tag weggeschlossen und nur zum Gottesdienst und einem stillen Hofgang aus der Zelle geholt.

Tom bedrückte zudem, daß seine Ersparnisse für die Verteidigung verbraucht worden waren und Philippa als Frau eines verurteilten Mörders weder am Pensionat Newtown noch an irgendeiner anderen Schule lehren durfte. Deshalb richtete er auf dem vom Gefängnis zur Verfügung gestellten Formular, auf dem Datum und Ort seiner Verurteilung sowie sein Verbrechen und Urteil verzeichnet waren, eine ebenso weitschweifige wie leidenschaftliche Bitte um größere Milde an den Innenminister, die am 8. Januar 1885 beim Gefängnisausschuß einging. Nachdem er die »schrecklichen Leiden, während wir für 24 Tage in unserem 4,5-Meter-Boot waren«, und den Zustand des Jungen beschrieben hatte, fuhr er fort:

> »Ich kann Ihnen versichern, daß ich den Anblick meiner beiden unglücklichen Kameraden bei dem unheimlichen Mahl niemals vergessen werde. Wir waren alle wie wahnsinnige Wölfe, die das meiste haben wollten. Wir können nicht bei Verstand gewesen sein, daß wir als Männer und Väter eine solche Tat begingen. Das war auch nicht zu erwarten, nachdem wir uns Tag und Nacht die Augen aus dem Kopf geguckt

hatten, um am Horizont Hilfe zu entdecken. Welche sterbliche Zunge kann unsere Leiden erzählen außer unserer eigenen?«

Er sei bereit gewesen zu sterben, aber dafür habe er nur Gott als Zeugen. Seit ihrer Rettung sei er von dem Schmerz über die schreckliche Vergangenheit erfüllt, weshalb seine traurige Lage doppelt schwer zu ertragen sei.

»Ich bitte Sie deshalb, weiterhin in Betracht zu ziehen: erstens, daß ich zuversichtlich erwarte, Sie mögen es als angebracht ansehen, Ihrer Gnädigen Majestät, der Königin, zu empfehlen, ihrem untertänigen Diener die unbeschränkte Begnadigung zu gewähren und mich in mein glückliches Heim zurückkehren und ehrlich meinen Lebensunterhalt verdienen zu lassen, wie ich es auf See getan habe, seit ich zehn Jahre alt war.

Ich darf behaupten, daß kein Mann und keine Frau sagen kann, ich hätte jemals etwas Unrechtes getan. Jeder noch lebende Kapitän, unter dem ich seit Knabenzeiten gedient habe, war in Exeter, um zu meinen Gunsten auszusagen. Drei von ihnen kamen den weiten Weg aus Schottland, aber sie wurden nicht zugelassen.

Wenn Sie keine Begnadigung empfehlen können, ersuche ich, zweitens, darum, den Beginn der Strafe auf den 6. November zu datieren, den Tag, an dem ich in Exeter vor Gericht gestellt wurde.

Drittens bitte ich Sie, eine Ausnahme zu machen und mir zu gestatten, von meiner Frau zu hören und ihr zu schreiben oder sie zu festgelegten Zeiten zu sehen, die Sie abweichend von den Gefängnisvorschriften in meinem Fall für angemessen erachten. Dann fände mein Geist Frieden, weil ich wüßte, daß zu Hause alles in Ordnung ist.

Viertens bitte ich Sie darum, eine Ausnahme von der Verpflegung zu gestatten und mir eine gute Mahlzeit am Tag zu gewähren, nämlich das Krankenhausessen, das ich in den ersten Tagen erhielt, oder daß Sie mir erlauben, ein Mahl auf eigene Kosten zu bestellen.

Ich bin zuversichtlich, daß die erbetenen Vergünstigungen von Ihnen in wohlwollende Erwägung gezogen werden und daß Sie die unglücklichen Umstände, die mich in diese Lage gebracht haben, in Rechnung ziehen werden und ich eine günstige Antwort erwarten darf.«

Das einzige, was Harcourt Tom gewährte, waren das Recht, Briefe zu empfangen und gelegentliche Besuche seiner Frau. Auch von anderer Seite erhielt der Innenminister Post: Aus dem ganzen Land trafen Petitionen zugunsten der beiden Gefangenen ein, unter anderem aus den Orten, die am engsten mit der Tragödie verknüpft waren – Tollesbury, Falmouth und Southampton.

»Wir, die unterzeichnenden Einwohner von Tollesbury in der Grafschaft Essex, haben einstimmig beschlossen, eine Petition an Sie, Sir, zu richten, um Ihre Fürsprache bei Ihrer Gnädigsten Majestät, der Königin, zugunsten einer unbeschränkten Begnadigung von Thomas Dudley, derzeit Insasse des Gefängnisses Holloway, zu erbitten.

Thomas Dudley stammt aus diesem Ort und wird von allen, die ihn kennen, geachtet. Wir erbitten dies im Hinblick auf sein bisheriges untadeliges Leben, die schreckliche Prüfung, die er durchgemacht hat, die Tatsache, daß medizinische Befunde aus seinem Prozeß völlig ausgeschlossen wurden, und darauf, daß seine weitere Inhaftierung ihm die Möglichkeit nimmt, die Arbeit anzunehmen, die ihm von einer Verwandten in den Kolonien angeboten wurde.«

Ferner erhielt der Innenminister eine »untertänige Bittschrift des Bürgermeisters, der Friedensrichter, der Gemeinde und Einwohner von Falmouth zugunsten von Dudley und Stephens, Kapitän und Maat der unglückseligen Jacht *Mignonette*«, sowie Petitionen von John Burton, dem Eigentümer des Raritätenladens in Falmouth, der Harcourt zwei Jahre zuvor kennengelernt hatte, und einer Reihe anderer Einzelpersonen. So setzte sich eine gewisse Alice Maude Lever aus Cheshire für eine unbeschränkte Begnadigung ein und legte ihrem Brief fünfzig Pfund bei, die den Familien der Gefangenen »als Neujahrsgeschenk« ausgehändigt werden sollten.

Harcourt ließ sich davon nicht beeindrucken. »Schreiben Sie der Dame, daß die gegen diese Männer verhängte Strafe sorgfältig erwogen worden sei und nicht abgeändert werden könne, und schicken Sie ihr das Geld zurück. Es ist nicht nötig, ihr irgendeine Adresse zu geben, da ich Geschenke dieser Art nicht ermutigen möchte. Lassen Sie den Brief sorgfältig registrieren, da der Scheck auf den Überbringer ausgestellt ist.«

Er konnte allerdings nicht verhindern, daß Alice Lever sich mit Philippa in Verbindung setzte und ihr die Spende zukommen ließ. Außerdem brachte sie ihren Bruder Ellis Lever, einen Industriellen und Philanthropen, dazu, sich ebenfalls an den Innenminister zu wenden. Sein Brief enthielt »einen Vorschlag, der von Nutzen sein könnte, um solche bedauernswerten Unglücksfälle in Zukunft auszuschließen«. Seine Anregung, daß Schiffseigner künftig gezwungen sein sollten, die Rettungsboote mit Verpflegung und Wasser auszustatten, wurde schließlich aufgegriffen, aber ein Gesetz, das eine genügende Anzahl von Rettungsbooten vorschrieb, wurde erst nach einer noch furchtbareren Tragödie, dem Untergang der *Titanic*, verabschiedet. In einer zweiten Bittschrift an »Ihre Gnädigste Majestät Viktoria« schrieb Lever:

> »Die Lage der Frau und Kinder des Gefangenen ist so ungewöhnlich und herzergreifend, und was den Mann selbst betrifft, sollte nicht vergessen werden, daß er vorbehaltlos und freiwillig zu seinem eigenen schrecklichen Nachteil sämtliche Umstände offenbart hat. Ein derart beständiges und

reuevolles Erinnern dürfte von Dauer sein, und zwar nicht nur für sechs Monate, sondern für sein gesamtes Leben. Deshalb ersuche ich Euer Majestät eindringlich und untertänig, die Gebräuche der Justiz in diesem Fall zu lockern, indem Ihr gnädig die Anweisung gebt, die Haftzeit von Kapitän Thomas Dudley abzukürzen, und sei es auch nur um einen Teil der ausstehenden Reststrafe.«

Lever legte seiner Petition einen Brief bei, den ihm Philippa mit der ausdrücklichen Erlaubnis der Weitergabe geschrieben hatte:

»Wir sind seit sieben Jahren verheiratet und haben drei Kinder ... Von Jugend an hat er hart gearbeitet und sich bemüht, seine Lage zu verbessern. Da er nur wenig oder keine Bildung erhalten hatte, versuchte er auf jede Weise, diesen Mangel zu beseitigen. Er lernte eifrig und erhielt schließlich ein Patent des Handelsministeriums.

Jeder Jachteigner hat zu seinen Gunsten ausgesagt. Tatsächlich wird er von allen, die ihn kennen, geachtet, und er hielt sich etwas darauf zugute, daß kein Mann, keine Frau und kein Kind ihm in die Augen sehen und sagen konnten: ›Tom Dudley, du hast mir unrecht getan.‹

Er hat mich wegen der Sorgen, die meine Lehrtätigkeit mit sich bringt, oft gedrängt, sie aufzugeben, aber angesichts der Unsicherheit seiner Stellung habe ich es vorgezogen, zu arbeiten. Als sich ihm die Gelegenheit bot, die *Mignonette* für eine bestimmte Summe nach Australien zu segeln, ergriff er sie, weil er die Anstellung, die uns von einer Tante in Sydney angeboten worden war, selbst ohne die Gefahr, Geld zu verlieren, in Augenschein nehmen wollte, bevor er das Risiko einging, seine Familie dorthin zu bringen. ...

Am 3. Juni bekam ich ein Telegramm von ihm aus Madeira, das besagte: ›Alles in Ordnung.‹ Das war das letzte Zeichen von ihm, bis ich am 6. September das Telegramm mit der Nachricht von dem Unglück und den schrecklichen Leiden, die er durchgemacht hat, erhielt.

In der Zwischenzeit war am 5. Juli die Jacht gesunken, zwölfhundert Meilen vom Kap entfernt, und er und seine Kameraden hatten vierundzwanzig Tage und Nächte in dem offenen Boot unbeschreibliche Qualen erlitten. In letzteren hatten sie den schrecklichsten Tod vor sich gesehen; jede Welle konnte sie unter sich begraben, und sie lebten in der ständigen Angst, daß die Haie den Boden des Boots durchstoßen könnten.... War dies nicht eine Zeit von Delirium und Fieber? Arme Opfer des Jammers, kann man sich ihre Lage überhaupt vorstellen? Ihre Zungen waren geschwollen und schwarz. Er sagte, sie seien wie wilde Tiere gewesen.

Ohne seine Kameraden im Leid kränken zu wollen, muß man meinem Mann und seiner großartigen Voraussicht, Tapferkeit und Selbstlosigkeit Gerechtigkeit widerfahren lassen. Er war derjenige, der, um Lebensmittel zu holen, auf der Jacht blieb, bis es fast zu spät war. Er baute den Treibanker, mit dem die Kraft der großen Wellen gebrochen wurde, so daß sie nicht unter ihnen begraben wurden. Er schnitt ein Stück seiner Hose ab, um das Loch im Bootsrumpf zu stopfen. Er forderte die Männer auf, Kleidungsstücke für ein Segel herzugeben ...

Die hoffnungslosen, gepeinigten Männer neigten zum Selbstmord, wurden aber von ihm aufgerichtet, und nach der Tat ergriffen sowohl Brooks als auch Stephens viele Male am Tag seine Hände, um ihm zu sagen, daß er ihnen das Leben gerettet habe und wie sie ihm ihre Dankbarkeit bezeigen würden, wenn sie jemals nach Hause kämen.

Als sie aufgefischt wurden, waren sie schwach und hilflos wie Kinder. Sie mußten in Kojen getragen und mit großer Sorgfalt gepflegt werden. Ohne Behandlung wären sie gestorben. In den fast sechs Wochen an Bord der *Moctezuma* wurde ihnen alle erdenkliche Aufmerksamkeit zuteil, so daß man sich später keine Vorstellung mehr davon machen konnte, wie mitleiderregend ihr Zustand bei ihrer Rettung gewesen war.

Am 6. September gingen sie in Falmouth an Land, und Tom machte sofort seine Aussage vor den Friedensrichtern, ohne irgend etwas zu bemänteln, obwohl er gebeten worden war, es niemals preiszugeben. Daß der Mutigste und Ehrenwerteste am meisten leiden soll, erscheint hart, wenn einer, der zwar zu feige war, es zu tun, aber keine Skrupel hatte, seinen Teil zu nehmen, ungestraft davonkommt und aus der Not seiner Kameraden ein Geschäft macht....

Nachdem Tom zur Hauptverhandlung nach Exeter geladen worden war, kehrte er am 6. November nach Hause zurück und hatte anschließend bis zum 4. Dezember einen Monat voller Anspannung zu ertragen. In dieser Zeit erkrankte Winifred an einer Kongestion der Lungen, und er pflegte sie Tag und Nacht. Wir hatten Sorge, daß sie sich nicht wieder erholen würde, als er wieder nach Holloway mußte, um eine weitere, noch bedrückendere Tortur auf sich zu nehmen. Am 9. Dezember wurde er nach der Verkündung des Todesurteils wieder nach Holloway gebracht, wo er das Urteil von sechs Monaten Haft erfuhr.

Vom 6. September bis zum 6. März sind es sechs Monate, und unter den gegebenen Umständen bezweifle ich, ob er jemals wieder so stark sein wird wie vorher. Jetzt drängt es ihn, England sobald wie möglich zu verlassen. Wir hoffen, unsere Angelegenheiten bald regeln und einen neuen Anfang in Australien machen zu können.

Obwohl die Direktoren öffentlicher Vergnügungsstätten ihm große Summen geboten haben, um ihn dazu zu verleiten, sich zur Schau zu stellen, hat er sie abgewiesen. Die Publizität und Qual der Tragödie überstiegen fast die menschliche Leidensfähigkeit ...«

Ein Beamter des Innenministeriums vermerkte in dem Hefter, der die Briefe von Ellis Lever und Philippa enthielt: »Es heißt, daß er, sobald er entlassen ist, mit seiner Frau nach Australien gehen will. Der Brief seiner Frau, der eine Darstellung ihrer Sorgen etc. enthält, ist sehr pathetisch.«

Harcourt blieb bei seinem Standpunkt. »Nichts da. Das ist ein trauriger Fall, aber die Strafe ist gering und kann nicht geändert werden.«

Stephens, der sich in einem schlechten physischen und psychischen Zustand befand, hat nicht weniger als dreiundzwanzig Bittschriften an den Innenminister gerichtet. Das letzte lautete:

> »In Anbetracht seiner vergangenen Leiden und der in Exeter sowohl vom Richter als auch von den Geschworenen ausgesprochenen Empfehlungen hofft er, noch eine weitere Gunst zu erfahren, die darin bestünde, daß ein Teil seiner Reststrafe gestrichen würde.
>
> Der Bittsteller ersucht darum, daß es ihm während seiner restlichen Haftzeit erlaubt sein möge, Briefe zu schreiben und zu empfangen sowie in kleineren Abständen, als sie in den gewöhnlichen Gefängnisvorschriften festgelegt, Besuche seiner Familie zu erhalten. Der Bittsteller wird immer bitten ...«

An dieser Stelle endete das nicht unterzeichnete Schreiben mitten im Satz. Harcourt notierte: »Erhielt dieselben Vergünstigungen in bezug auf Briefe und Besuche. Der Rest des Gesuchs ist abgelehnt.«

Nach dem Scheitern ihrer Bittschriften schrieb Philippa an Ellis Lever, um ihm für seine Bemühungen zu danken. Zunächst drückte sie ihre Enttäuschung über den Fehlschlag aus, um dann fortzufahren:

> »Ich habe erfahren, daß Mr. Bates, ein begnadigter Mörder, auf freien Fuß gesetzt wurde, und dachte, daß vielleicht Tom und sein Kamerad folgen würden. Auf jeden Fall wird seine

Haft am Jahrestag der Reise, die ihn zwölf verlorene Monate des Leidens gekostet hat, zu Ende gehen.

Mit Ihrer Erlaubnis möchte ich erwähnen, daß es mir überhaupt nicht gut ging, aber ich bin dankbar, sagen zu können, daß es mir wieder besser geht. Ihnen und Ihrer Familie nochmals Dank für Ihre Freundlichkeit, die mir neue Hoffnung gegeben hat. ...«

23

Kurzes Glück in Australien

Die Gefangenen 5331 und 5332 wurden am 20. Mai 1885 aus Holloway entlassen, ein Jahr und einen Tag nachdem die *Mignonette* zu ihrer letzten Fahrt aus Southampton ausgelaufen war.

Immer noch über seine Behandlung verbittert, verließ Tom England für immer und reiste mit seiner Frau, seinen Kindern und einer seiner Schwägerinnen mit dem Dampfschiff *Austral* nach Australien. Es verließ Gravesend am 19. August 1885 und passierte am nächsten Tag die königliche Regatta von Portsmouth, an der auch die Jacht *Marguerita* mit Daniel Parker an Bord teilnahm.

Zu Philippas Erleichterung folgte die *Austral* dem Kurs der *Mignonette* nur bis zur Bucht von Biskaya und nahm dann die übliche Dampferroute durchs Mittelmeer. Sie fuhr durch den Suezkanal und lud in Aden Kohlen auf, bevor sie über den Indischen Ozean dampfte, um am 5. Oktober 1885 Sydney zu erreichen.

Tom trat in das Geschäft der Tante seiner Frau ein, das unter dem neuen Namen T. R. Dudley and Company mit Ölzeug, Segeln, Zelten, Persennings und Flaggen handelte sowie Jachten ausstattete und takelte, zuerst in der Clarence Street und später in der Sussex Street 47, 49 und 51, nahe der Kreuzung mit der Erskine Street. Außerdem befand sich auf dem Grundstück seines Wohnhauses in der Cambridge Street in Drummoyne eine Helling zum Parramatta hinunter. Um 1900 herum beschäftigte Tom mehr als vierzig Menschen und war in den Segelsportkreisen von Sydney als Segel- und Persenninglieferant großen Stils bekannt.

Philippa hatte drei weitere Kinder zur Welt gebracht, zwei Mädchen – Elizabeth und Charlotte – sowie einen Jungen, der jedoch im Säuglingsalter starb. Doch das Familienglück war von kurzer Dauer. 1894 brach in Hongkong die Beulenpest aus, die sich, von Schiffsratten übertragen, in alle Welt verbreitete und dreizehn Millionen Menschen das Leben kostete. Anfang 1900 erreichte sie Sydney. Die ersten Anzeichen waren Hunderte von toten Ratten in der Nähe der Kais der Union Shipping Company und der Slums und verfallenden Kais von Darling Harbor.

Wie sich die Pest ausbreitete, war noch kaum bekannt, aber auf Drängen von Dr. Ashburton Thompson, dem Leiter des Gesundheitsamts von Sydney und einer Autorität auf diesem Gebiet, begannen die Behörden der Stadt eine Ausrottungskampagne, die sich zunächst auf die Kais und Lagerhäuser im Hafen konzentrierte. Alle dabei Eingesetzten wurden gegen die Pest geimpft und weit über Durchschnitt bezahlt. Fußböden wurden herausgerissen, um tote Ratten zu entfernen, Straßen von Abfall gesäubert, Abwasserkanäle gereinigt und 179 Wagenladungen mehr als gewöhnlich zur Müllkippe gefahren.

Trotz dieser Anstrengungen wurde am 26. Januar der erste Pestkranke in Sydney unter Quarantäne gestellt. Er war jedoch nur leicht erkrankt und erholte sich später wieder. Das zweite Opfer wurde Tom. Seine im ersten Stock gelegenen Geschäftsräume in der Sussex Street befanden sich unmittelbar am Hafen, und der Abfluß der Toilette bestand aus einem gebrochenen Rohr, das ins Wasser führte. Am Dienstag, dem

13. Februar, entfernte er fünf Ratten aus dem Zimmer. Vier Tage später, am Samstag, erkrankte er während der Arbeit. Er blieb noch zwei Tage in der Sussex Street, bevor er in sein Haus in Drummoyne gebracht wurde. Am Nachmittag des 22. Februar 1900, einem Donnerstag, verstarb er im Alter von sechsundvierzig Jahren.

Da er einige Tage zuvor bei der Arbeit schwer gestürzt war und sich am Bauch verletzt hatte, vermuteten die Ärzte zuerst eine Bauchfellentzündung, aber der rasche Verlauf der Krankheit und der plötzliche Tod sowie der vorherige Pestfall waren Grund genug für eine Obduktion. Anhand von Blutproben bestätigte Dr. Thompson die Beulenpest als Todesursache. Die Erreger waren von Fliegen übertragen worden, die auf den Ratten gesessen hatten.

Tom war in Sydney das erste Todesopfer nach Ausbruch der Seuche. Bis Ende Juni wurden über hundert weitere Todesfälle in der Stadt registriert.

Binnen einer Stunde nach Beendigung der Obduktion hatte die Polizei Toms Geschäftsräume und sein Haus in der Sussex Street abgeriegelt und seine Familie sowie jeden anderen, der sich dort aufhielt, unter Quarantäne gestellt. Vor dem Wohnhaus standen fünf Polizisten Wache, um die dreizehn Menschen darin von der Außenwelt zu isolieren, darunter Philippa und ihr inzwischen siebzehnjähriger Sohn Julian sowie einige Personen, die nur ins Haus gekommen waren, um zu kondolieren.

In den Geschäftsräumen wurden Toms Tochter Philippa und drei weitere Menschen festgehalten und zusammen mit zwei weiteren Personen, die später als gefährdet eingestuft worden waren, in die Quarantänestation auf dem North Head oberhalb der Hafeneinfahrt von Sydney gebracht.

Toms Wohnhaus und die Geschäftsräume wurden auf Anweisung der Behörden ausgeräuchert, und Dr. Thompson meldete den Behörden, daß die Abwasserleitung in der Sussex Street kaputt war. Dies war kein Einzelfall. Ein Reporter entlockte einem Vertreter des Gesundheitsamts die Aussage, daß nur eins von zweiundzwanzig Häusern richtig an die Kanalisation angeschlossen war.

Dr. Thompson und Dr. Pinkburn überwachten die Arrangements für Toms Beisetzung. Man hüllte seine Leiche in mit fünfprozentiger Schwefelsäure getränktes Segeltuch und legte sie in einen wasserdichten Sarg, der bis zum Rand mit Schwefelsäure gefüllt war. Anschließend wurde der Sarg in mehrere Lagen Segeltuch eingewickelt, die mit demselben scharfen Desinfektionsmittel durchfeuchtet waren, und als Außenhülle diente schließlich ein »Asphalttuch«.

Am Abend des 24. Februar trug man den Sarg aus dem Haus und verlud ihn auf ein Skiff, das von einer Barkasse zur Quarantänestation auf dem North Head geschleppt wurde. Das Begräbnis fand noch am selben Abend auf dem Friedhof der Quarantänestation statt. Weder Philippa noch einem anderen Familienmitglied war die Teilnahme an der Zeremonie erlaubt worden. Nach einem kurzen Gottesdienst wurde der Sarg der Erde übergeben und mitsamt seiner ungewöhnlichen Verpackung in einem ungewöhnlich tiefen Grab beigesetzt, das von Amts wegen die Nummer 48 trug.

Epilog

Seit der Verurteilung von Tom Dudley und Edwin Stephens sind nur zwei Fälle des Brauchs des Meeres aktenkundig geworden.

Am 4. Januar 1893 zogen drei von vier Überlebenden, die sich seit dreizehn Tagen an den Rumpf der voll Wasser gelaufenen *Thekla* klammerten, Lose und töteten den vierten. Seine bein- und kopflose Leiche hing noch in der Takelage, als die Männer gerettet wurden. Die norwegischen Behörden führten eine Untersuchung durch, leiteten aber ebensowenig ein Strafverfahren ein wie die amerikanischen Behörden im Fall der Überlebenden der *Drot,* die 1899 in einem Hurrikan vor der Küste von Mississippi unterging.

Sechs Mitglieder der Besatzung bauten aus Wrackteilen ein Floß und trieben auf dem Meer. Einer der Männer wurde wahnsinnig und sprang von Bord. Ein weiterer, der augenscheinlich im Sterben lag, wurde getötet, und die anderen tranken sein Blut. Das gleiche Schicksal ereilte kurz darauf einen dritten Mann. Die drei verbliebenen Männer zogen Lose, um das nächste Opfer zu ermitteln. Der Verlierer, ein deutscher Seemann, ergab sich in sein Schicksal und bot dem Messer seine entblößte Brust dar – so wenigstens erzählten es die beiden

Überlebenden nach ihrer Rettung. Der deutsche Konsul versuchte, ihre Verhaftung und Auslieferung unter Mordanklage zu erreichen, aber die amerikanischen Behörden verzögerten das Verfahren und ließen es schließlich ganz fallen, weil »diese unglücklichen Seeleute genug gelitten« hatten.

Aus dem 20. Jahrhundert ist kein Fall bekannt, obwohl trotz enormer Fortschritte in Schiffssicherheit, Überlebenstechniken und Suchmethoden kein Zweifel daran bestehen kann, daß es solche Vorfälle gab, insbesondere während des Zweiten Weltkriegs. Tom Dudleys Prophezeiung gegenüber Arthur Collins »Aber niemals wieder werden Männer an diese Küste zurückkehren und freimütig eingestehen, was sie getan haben« ging in Erfüllung.

Bei der Untersuchung des Unglücks der 1987 vor Seebrügge gesunkenen Fähre *Herald of Free Enterprise* tauchte allerdings ein Nachhall des Falls der *Mignonette* auf. In seinem Plädoyer führte der Coroner die Aussage eines Armeeunteroffiziers an, der mit Dutzenden von anderen Passagieren eingeschlossen war. Der einzige Fluchtweg vor dem steigenden Wasser war eine Strickleiter, die von einem vor Panik erstarrten Mann blockiert wurde. Nachdem der Unteroffizier ihn mehrmals angeschrien hatte, er solle weiterklettern, befahl er den nächsten auf der Leiter, den Mann wegzuziehen. Sie taten es, und der Mann stürzte ins Wasser und ertrank, während die anderen Passagiere sich retten konnten.

Weder gegen den Unteroffizier noch gegen einen der anderen Beteiligten wurde jemals ein Strafverfahren eingeleitet. Der Coroner gab zwar zu, man müsse »wenigstens einen Blick in Richtung Mord werfen«, fuhr aber fort, manche Tötung sei »ein vernünftiger Vollzug dessen, was man Selbsterhaltung nennt«, und nach seiner Ansicht schloß dies »die Rettung anderer ein; eine solche Tötung ist keineswegs notwendigerweise Mord«. Die Notwendigkeit – das »große Gesetz von Natur und Selbsterhaltung« –, die ein Jahrhundert zuvor von den meisten höheren Richtern Englands zurückgewiesen worden war, könnte in der Tat eine Verteidigung gegen eine Mordanklage darstellen.

Tom Dudleys Körper ruht noch immer in der steinigen Erde des North Head über dem Hafen von Sydney. Aber die Inschrift auf dem kleinen Grabstein, der seine letzte Ruhestätte markiert, ist verwittert.

Über den Verbleib des Dingis der *Mignonette*, des Messers, mit dem Richard Parker erstochen wurde, und des Briefs, den Tom auf der Rückseite des Chronometerzertifikats an Philippa schrieb, ist nichts bekannt.

Philippa Dudley wurde am Dienstag, dem 6. März 1900, aus der Quarantäne entlassen. Sie überlebte ihren Ehemann um achtundzwanzig Jahre und starb 1928 im Alter von sechsundachtzig Jahren in Chatswood im Norden Sydneys. Ihre beiden in Australien geborenen Töchter waren bereits vor ihr gestorben, doch die drei älteren Kinder überlebten sie, und ihr Sohn Julian führte bis 1946 das Familienunternehmen. Danach kam es in andere Hände und blieb bis in die siebziger Jahre hinein tätig.

Den anderen Hauptbeteiligten an der Strafsache Dudley und Stephens waren unterschiedliche Schicksale beschieden. Arthur Collins wurde Anfang 1885, als seine beiden Mandanten noch im Gefängnis saßen, wie versprochen, geadelt. Später im selben Jahr wurde er in den Richterstand aufgenommen und zum Oberrichter von Madras berufen, wo er fünfzehn Jahre amtierte und von 1889 bis 1899 auch Vizekanzler der Universität war, bevor er in Pension ging und nach England zurückkehrte. Er starb am 12. September 1915 im Alter von einundachtzig Jahren.

William Harcourts Amtszeit als Innenminister endete mit der Niederlage der Regierung Gladstone in den allgemeinen Wahlen von 1885. Im darauffolgenden Jahr sowie von 1892 bis 1895 war er Finanzminister und 1893 bis 1898 Vorsitzender des Unterhauses. Er starb 1904.

Samuel Plimsoll führte, auch nachdem er 1880 seinen Sitz im Unterhaus aufgegeben hatte, um mehr Zeit für seine kranke Frau Eliza zu haben, unermüdlich seine Kampagnen fort, aber die Öffentlichkeit hatte sich anderen Themen zugewandt. Als er 1885, nach dem Tod seiner Frau, versuchte, als Abgeordneter von Central Sheffield ins Parlament zurückzukehren, scheiterte er. Der Held des vorangegangenen Jahrzehnts war mittlerweile eine in Vergessenheit geratene Randfigur. Er starb 1898.

Alter und Krankheit sowie womöglich ein gewisser Standesdünkel angesichts seiner Herkunft und der Verdacht, ihm mangele es an der von einem Lordoberrichter zu erwartenden Entschlossenheit und Ernsthaftigkeit, versagten Baron Huddleston die Erfüllung seines größten Ehrgeizes. Der »letzte Baron« starb am Freitag, dem 5. Dezember 1890, im Alter von dreiundsiebzig Jahren. In Erinnerung geblieben ist er wegen des Leitfalls der Strafsache gegen Dudley und Stephens, der noch heute jedem englischen Jurastudenten geläufig ist.

Toms Schiffskameraden überlebten ihren Kapitän, aber keiner von beiden lebte in glücklichen Umständen. Zwei Tage nach der Entlassung aus dem Gefängnis schrieb Stephens erneut ans Handelsministerium, um sein nautisches Patent zu erneuern. Ein Beamter des Ministeriums vermerkte widerstrebend auf dem Antrag: »Ich nehme an, wir sollten ihm das Patent wiedergeben.«

Immer noch in schlechter körperlicher und geistiger Verfassung, lehnte Stephens Jack Wants Angebot einer freien Passage nach Sydney ab und fuhr den Rest des Jahres nicht zur See. Statt dessen nahm er Gelegenheitsarbeiten an Land an und lebte ansonsten von dem Geld, das seine Frau verdiente. Im nächsten Frühjahr kehrte er als Navigator der in Cowes liegenden Segeljacht *Madeline* auf See zurück, und später im Jahr überführte er zwei Dampfjachten nach Alexandria.

Anfang der neunziger Jahre arbeitete er gelegentlich auf der Atlantikroute, aber zwischen seinen Fahrten lagen immer länger werdende Aufenthalte an Land, da sein Geisteszustand sich verschlechterte und er in zunehmende Alkoholabhängigkeit geriet. Unter diesem Druck brach auch seine Ehe auseinander, und er verließ Southampton und lebte eine Weile in Leytonstone im Nordosten Londons.

1898, im Alter von fünfzig Jahren, ging er als Erster Offizier auf dem Dampfschiff *Jourcoing*, das von Portsmouth nach Sardinien fuhr, zum letzten Mal auf Fahrt. Danach fuhr er nie wieder zur See. Zu immer häufiger werdenden Anfällen von Depression und Trunksucht neigend, fiel es ihm schwer, Arbeit zu finden, und er starb am 25. Juni 1914 im Alter von sechsundsechzig Jahren völlig verarmt in Hull.

Ned Brooks stellte sich noch einige Monate lang in Museen und fahrenden Monstrositätenkabinetten zur Schau, doch der Fall der *Mignonette* verschwand nach und nach aus dem Gedächtnis der Öffentlichkeit, und die Schausteller suchten ständig nach neuen und immer exotischeren Attraktionen. So stand er bald ohne Arbeit da und kehrte nach Southampton zurück, aber das Geld, das er verdient hatte, brachte ihm keinen dauerhaften Nutzen.

Über die Frau und die Kinder, die er verlassen haben soll, bevor er mit der *Mignonette* auf Fahrt ging, gibt es keinerlei Akten. Bekannt ist jedoch, daß er 1891 heiratete und Arbeit als Takler sowie als Matrose auf Jachten und Fähren zur Isle of Wight fand. Er segelte sogar eine Weile zusammen mit einem Cousin von Richard Parker auf derselben Jacht, der *Una*.

Brooks wohnte weiterhin in Southampton und Umgebung, eine Zeitlang sogar in einem Haus am Smith's Quay in Richards altem Viertel Itchen Ferry. »Curly« Bedford, ein weiterer Verwandter des toten Jungen, berichtete, er hätte Brooks oft betrunken nach Hause wanken und in die Nacht hinausschreien hören: »Ich habe es nicht getan.«

Brooks starb am 22. Juli 1919 im Alter von dreiundsiebzig Jahren verarmt im Gemeindekrankenhaus von Southampton an den Folgen eines Herzanfalls.

Zum Gedenken an Richard Parker wurde auf den vorher nicht gekennzeichneten Gräbern seiner Eltern auf dem Friedhof Pear Tree in Itchen Ferry ein mit einer Inschrift versehener Grabstein aufgestellt. Grab wie Grabstein wurden viele Jahre lang sorgfältig gepflegt. Niemand wußte, wer im Schutz der Nacht den Stein putzte und das Grab in Ordnung hielt, doch der örtlichen Legende zufolge hatte Tom Dudley vor seiner Abreise aus England jemanden mit dieser Arbeit beauftragt. Sicher ist, daß er, obwohl er sich damals in einem finanziellen Engpaß befand, nichts von dem übriggebliebenen Geld des Verteidigungsfonds für sich behielt, sondern es, wie angekündigt, für die Ausbildung von Richards Schwester Edith spendete.

Die Inschrift auf dem Grabstein des Jungen lautete ursprünglich: »Dem Andenken an Richard Parker geweiht, der im Alter von siebzehn Jahren auf See starb, nach neunzehn Tagen furchtbarer Leiden in einem offenen Boot in den Tropen, nachdem er zuvor auf der Jacht *Mignonette* schiffbrüchig geworden war.«

Darunter stand ein Vers aus dem Buch Hiob: »Siehe, er wird mich doch umbringen, doch ich will meine Wege vor ihm verantworten.« Auf Drängen von Richards älterem Bruder Daniel wurde dem ein zweiter Bibelvers aus der Apostelgeschichte des Lukas hinzugefügt: »Herr, behalte ihnen diese Sünde nicht!«

Anhang

Nachbemerkung

Der Untergang der *Mignonette* und der Tod Richard Parkers sind wahre Ereignisse, und ein Großteil der Dialoge beruht auf den Gerichtsprotokollen und anderen Papieren aus der Zeit des Prozesses.

In bezug auf den Verlauf der Ereignisse habe ich mir jedoch einige kleine Freiheiten erlaubt. So habe ich den Nachnamen des Lotsen Gustavus Lowry Collins gestrichen, um eine Verwechslung mit Toms Verteidiger auszuschließen. Außerdem habe ich aus eigenem Zutun zwei Vorfälle geschildert, bei denen Schiffe sich den Schiffbrüchigen näherten, ohne zu stoppen. Es gibt keine Belege dafür, daß die Männer von der *Mignonette* etwas dergleichen erlebten, aber da nicht nur der besondere Fall der *Mignonette,* sondern auch der Brauch des Meeres im allgemeinen das Thema des vorliegenden Buchs ist und achtlos vorüberfahrende Schiffe ein derart häufig vorkommender und aktenkundiger Aspekt der Leiden von Schiffbrüchigen waren, hielt ich es für angemessen, ihn in die Darstellung einzubeziehen.

Von diesen wichtigen Ausnahmen abgesehen, entsprechen alle Ereignisse der Wahrheit oder beruhen, sofern sie nachgestaltet wurden, auf zeitgenössischen Berichten und ähnlichen Erlebnissen anderer schiffbrüchiger Seeleute.

Danksagung

Dieses Buch ist keine akademische Abhandlung, weshalb der Text nicht mit Fußnoten belastet wurde. Die Primärquellen und die herangezogene Sekundärliteratur sind in der Bibliographie angeführt. Doch niemand kann über die *Mignonette* schreiben, ohne anzuerkennen, daß er in der Schuld Professor A. W. B. Simpsons und seines großartigen Buchs »Cannibalism and the Common Law« über die rechtlichen Aspekte des Falls steht.

Der unverhältnismäßige Stolz, der mich erfüllte, wenn ich ein Dokument oder einen Quellenverweis ausgrub, die Professor Simpson noch nicht entdeckt und kommentiert hatte, ist selbst schon eine Verbeugung vor der Gründlichkeit seiner Forschungen. Darüber hinaus danke ich ihm für die Erlaubnis, aus seinen Interviews mit Ivor Bedford, einem entfernten Verwandten von Richard Parker, und Vernon Cole zitieren zu dürfen.

Ein besonderer Dank geht an Mark Lucas und Sally Hughes bei Lucas Alexander Whitley sowie an Patrick Janson-Smith, Marianne Velmans, Bill Scott-Kerr, Sheila Lee, Henry Steadman, Michelle Kane und alle anderen Mitglieder des Teams von Transworld. Ihr Professionalismus und ihre Begeisterung haben die Zusammenarbeit mit ihnen zu einem Vergnügen gemacht.

Danken möchte ich ferner Pete Metcalf für die Informationen über Gesetze und Rechtsprozeduren des 19. Jahrhunderts, Robin Poulier für die Erklärung der physiologischen Auswirkungen des Trinkens von Meerwasser und Urin, Ian Platts und Gavin Craig dafür, daß sie dieser Landratte ein gewisses Verständnis für Jachten und fürs Segeln vermittelt haben, Simon Wilkinson dafür, daß er innerhalb von fünf Minuten einen Fotografen am anderen Ende des Landes aufspürte, sowie Jo, Julie, Belle und Bridget von Just A Sec für die Umwandlung meiner unverständlichen Tonbänder in ein lesbares Manuskript.

Ebenso zu Dank verpflichtet bin ich Kathy Wallace und Alex Hooper von der Falmouth Art Gallery, den Mitarbeitern der Falmouth Public Library, Kapitän George Hogg, Roger Stephens und den Mitarbeitern des Falmouth Maritime Museum, Peter Gilson, Ehrenbibliothekar der Royal Cornwall Polytechnic Society, der Woodrolfe-Werft in Tollesbury, dem Kurator des Brightlingsea Museum, Helen Langley von der Abteilung für Spezialsammlungen und westenglische Manuskripte der Bodleian Library, den Mitarbeitern der British Library in St. Pancras, der Abteilung für britische Zeitungen in Colindale, dem Public Record Office in Kew, dem National Maritime Museum in Greenwich, der Ilkley Library, der Bradford Reference Library, der Leeds Reference Library und den zahlreichen anderen Institutionen und Personen, die mir ihre Zeit geopfert und ihr Wissen zur Verfügung gestellt haben.

Bibliographie

Zeitungen

Bristol Gazette; Bristol Mercury; Colchester Chronicle; Colchester Mercury and Essex Express; Commercial Shipping & General Advertiser; Cornubian; Daily Recorder; Daily Telegraph; Devon Evening Express; Essex Standard; Exeter & Plymouth Gazette; Falmouth News Slip; Falmouth Packet; Falmouth & Penryn Weekly Times; Field; Fun; Graphic; Hunt's Yacht List; Hunt's Yachting Magazine; Illustrated London News; Illustrated Police News; Limerick Star & Evening Post; Limerick Times; Liverpool Weekly Post; Mariner's Mirror; Morning Post; National Review; New York Herald; New York Times; Pall Mall Gazette; Penny Illustrated Newspaper; Philadelphia Public Ledger; Pictorial News; Pictorial World; Plymouth Weekly Mercury; Police Guardian; Punch; Royal Cornwall Gazette; Saturday Review; Singapore Daily Times; Southampton Observer & Winchester News; Southampton Times & Hampshire Express; Southern Echo; Spectator; Standard; Straits Observer; Sutton Herald; Sydney Gazette; Sydney Mail; Sydney Morning Herald; Sydney Daily Telegraph; The Times; Weekly Mercury; West Briton; Western Weekly News.

Federal Cases, United States v. Holmes, Case No. 15,383
Regina v. Dudley and Stephens, (1884) Queen's Bench Division 273, (1885) 560,1
Select Committee Appointed to Inquire into the Causes of Shipwrecks, 1826
Report from the Select Committee on Shipwrecks of Timber Ships, 1839
First and Second Reports from the Select Committee on Shipwrecks, 1843
Preliminary Report from the Royal Commission on Unseaworthy Ships, 1873
Final Report of the Royal Commission on Unseaworthy Ships, 1874
Report of the Outbreak of Plague at Sydney, 1900, by the Medical Officer of Health

Archivquellen

Public Record Office, Kew: ASSI 21/71; BT 99/90; BT 108/14; BT 109/204; BT 122; CO 273/76, 80; CUST 31/244; CUST 67/11; DPP 4/17; FO 27/634; HO 34/35; HO 34/52; HO 144/141 A36934; IND 6687/2; KB 6/6 (2); MT 9/101/M257/75; MT 9/112/M13696/75; MT 9/257/M9658 85; RG 9/1091; RG 10/1675; RG 10/1196; RG 10/1778; RG 11/1217; RG 11/1206
Bodleian Library, Oxford: The Harcourt Papers, MS Harcourt Dep. and MS Harcourt Dep. Adds.

Adams, W. H. D.: *Great Shipwrecks. A Record of Perils and Disasters at Sea, 1544-1877*, London 1877
Alexander, Michael: *Mrs Fraser on the Fatal Shore*, London 1971
Arens, W.: *The Man Eating Myth: Anthropology and Anthropophagy*, New York 1979
Ashley, F. W.: *My Sixty Years of Law*, London 1936
Babington, Anthony: *The English Bastille. A History of Newgate Gaol and Prison Conditions in Britain 1188-1902*, London 1971
Baker, Sherston: »The Judgement in the Mignonette Case«, in: *National Review* 4/1884-85
Barker, James P.: *The Log of a Limejuicer*, London 1934
Bennet, George: *Journal of the Voyages and Travels by the Rev. Daniel Tyerman and George Bennet, Esq*, zusammengestellt von James Montgomery, Bd. 2, London 1831
Bisset, J.: *Sail Ho!*, London 1961
Bogdan, Robert: *Freak Show. Presenting Human Oddities for Amusement and Profit*, Chicago, Illinois, 1988
Bombard, Alain: *The Bombard Story*, London 1953
Bombard, Alain: *The Voyage of the Hérétique*, New York 1954
Bond, Richard: *The Ship Steward's Handbook*, Glasgow 1918
Camp, John: *Holloway Prison. The Place and the People*, Newton Abbot 1974
Chase, Owen: *Der Untergang der Essex*, Hamburg 2000
Coppleson, Victor: *Shark Attack*, London 1959
Dana, Richard Henry: *Two Years Before the Mast*, London 1972
Davis, Ralph: *The Rise of the English Shipping Industry*, London 1962
Dean, John: *A Narrative of the Shipwreck of the Nottingham Galley in Her Voyage from England to Boston*, Portland, Maine, 1968

Dean, John: *A Narrative of the Suffering, Preservation and Deliverance of Capt. John Dean and Company in the Nottingham Galley of London, cast away on Boon Island, near New England, December 11, 1710*, London 1711
Dickens, Charles: *Der Raritätenladen* (= ders., *Meister Humphrey's Wanduhr*, Bd. 1*)*, Berlin 1970 (Neuausgabe des Neudrucks Meersburg 1929)
The Dictionary of National Biography, London 1966
Elms, Charles: *Shipwrecks and Disasters at Sea, or, Historical Narratives of the Most Noted Calamities, and Providential Deliverances from Fire and Famine on the Ocean*, Philadelphia, Pennsylvania, 1849
Elms, Charles: *The Tragedy of the Seas or Sorrow on the Ocean, Lake and River from Shipwreck, Plague, Fire and Famine*, New York 1841
Engels, Friedrich: *Die Lage der arbeitenden Klasse in England. Nach eigener Anschauung und authentischen Quellen*, in: Karl Marx/Friedrich Engels, *Werke*, Bd. 2, Berlin 1957
Fiedler, Leslie: *Freaks. Myths and Images of the Secret Self*, Harmondsworth 1981
Gilbert, P. W.: *Sharks and Survival*, Lexington, Massachusetts, 1963
Gilbert, William S.: *The Bab Ballads*, London 1898
Gray, Thomas: *Fifty Years of Legislation in Relation to the Shipping Trade and the Safety of Ships and Seamen 1836-1886*, London 1887
Harrison, Brian: *Drink and the Victorians. The Temperance Question in England, 1815-72*, London 1971
Harrison, David: *The Melancholy Narrative of the Distressful Voyage and Miraculous Deliverance of Captain David Harrison of the Sloop Peggy*, London 1766
Hassan, David: *Sailing to Australia. Shipboard Diaries by Nineteenth Century Emigrants*, Manchester 1994
Hefferman, Thomas F.: *Stove by a Whale. Owen Chase and the Essex*, Middletown, Connecticut, 1981

Hocking, Charles: *Dictionary of Disasters at Sea During the Age of Steam, 1824–1962*, 2 Bde., London 1969
Hugill, Stan: *Sailortown*, London 1967
Huntress, Keith: *Narratives of Shipwrecks and Disasters 1586-1860*, Ames, Iowa, 1974
Jennings, Cyril: *An Ocean Without Shores*, London 1950
Johnson, Peter: *The Encyclopaedia of Yachting*, London 1989
Kemp, P.: *The British Sailor. A Social History of the Lower Deck 1588-1905*, London 1971
Langman, Christopher: *A True Account of the Voyage of the Nottingham Galley of London, John Dean Commander, from the River Thames to New England*, London 1711
Layson, J. F.: *Memorable Shipwrecks and Seafaring Adventures of the Nineteenth Century*, London 1884
Lee, E. C. B./Lee, Kenneth: *Safety and Survival at Sea*, London 1989
Leslie, Edward: *Desperate Journeys, Abandoned Souls*, London 1989
Lewis, Michael: *The Navy in Transition. A Social History 1814-1864*, London 1965
The Lifeboat. The Journal of the Royal National Lifeboat Institution, 1. Juli 1867 und 1. November 1870
Lloyd, Christopher: *The Nation and the Navy. A History of Naval Life and Policy*, London 1954
MacCormick, Donald: *Blood on the Sea*, London 1962
Marcombe, David: *The Victorian Sailor*, Princes Risborough, Buckinghamshire, 1985
Marine Research Society: *The Sea, the Ship and the Sailor. Tales of Adventure from Log Book and Original Narratives*, Salem, Massachusetts, 1925
Marriner, Brian: *Cannibalism, The Last Taboo*, London 1992
Melville, Herman: *Moby Dick*, Düsseldorf 1999
Neider, Charles (Hg.): *Great Shipwrecks and Castaways*, New York 1952

Newby, E.: *The Last Grain Race,* London 1956
Ortzen, Len: *Stories of Famous Shipwrecks,* London 1974
Paine, Ralph D.: *Lost Ships and Lonely Seas,* New York 1921
Peters, George: *The Plimsoll Line. A Biography of Samuel Plimsoll,* Chichester 1975
Plimsoll, Samuel: *Our Seamen. An Appeal by Samuel Plimsoll, MP,* London 1872
Poe, Edgar Allan: *Der Bericht des Arthur Gordon Pym und andere Erzählungen,* Köln 1995
Pool, David: *What Jane Austen Ate and Charles Dickens Knew,* London 1998
Rediker, Marcus: *Between the Devil and the Deep Blue Sea,* Cambridge 1987
Robb, Frank: *Handling Small Boats in Heavy Weather,* Chicago, Illinois, 1965
Rogers, Stanley: *Crusoes and Castaways,* London 1932
Saunders, Ann: *Narrative of the Shipwreck and Sufferings of Miss Ann Saunders,* Providence, Rhode Island, 1827
Schofield, Brian/Louis, Martyn: *The Rescue Ships,* Edinburgh 1968
Shea, Michael: *Maritime England. The Nation's Heritage,* London 1981
Shurtleff, William: *Distressing Dangers and Signal Deliverances,* Boston, Massachusetts, 1727
Simpson, A. W. B.: *Cannibalism and the Common Law,* Chicago, Illinois, 1984
Slocum, Joshua: *Allein um die Welt. Er wagte es als erster, Berlin 2000*
Smith, C. Fox (Hg.): *Adventures and Perils of the Sea. Being Extracts from the 100-years-old Mariner's Chronicle and Other Sources Descriptive of Shipwrecks and Adventures at Sea,* New York 1937
Smith, J. C./Hogan, Brian: *Criminal Law,* London 1996
Snow, Edward Rowe: *True Tales of Terrible Shipwrecks,* London 1964

Stevens, R. W.: *On the Stowage of Ships and their Cargoes,* Plymouth 1891
Tannahill, Reay: *Flesh and Blood. A History of the Cannibalism Complex,* London 1975
Thomas, R. (Hg.): *Interesting and Authentic Narratives of the Most Remarkable Shipwrecks, Fires, Famines, Calamities, Providential Deliverances, and the Lamentable Disasters on the Seas, in Most Parts of the World,* Hartford, Connecticut, 1850
Thompson, E. P.: *The Making of the English Working Class,* London 1963
Thompson, F. M. L.: *The Rise of Respectable Society. A Social History of Victorian Britain, 1830-1900,* London 1988
Thornton, David: *Plough and Sail,* Tollesbury, Essex, 1987
Tiira, Ensio: *Raft of Despair,* London 1954
Who Was Who, Bde. 1 und 3, London 1920
Williams, G.: »A Commentary on R. v. Dudley and Stephens«, in: *Cambrian Law Review* 8/1977
Williams, Walter: *The Loss of the Mignonette. A Terrible Tale of the Sea,* London 1884
Wood, Walter: *Survivors' Tales of Famous Shipwrecks,* London 1932

Bildnachweis

Frontispiz: The Illustrated London News, Picture Library

Tafel 1 *Pictorial World*, 25. September 1884, British Library
Tafel 2 Tom Dudleys Zeichnung der *Mignonette*, Public Record Office CKB 6/0006543
Tafel 3 *The Illustrated London News*, Picture Library
Tafel 4 *The Penny Illustrated Paper*, 20. September 1884, British Library
Tafel 5 *Illustrated Police News*, 20. September 1884, British Library
Tafel 6 *The Illustrated London News*, Picture Library
Tafel 7 Royal Cornwall Polytechnic Society, Falmouth
Tafel 8 Der innere Hafen und das Market-Strand-Becken in Falmouth, Royal Cornwall Polytechnic Society, Falmouth
Tafel 9 Royal Cornwall Polytechnic Society, Falmouth
Tafel 10 *Pictorial World*, 13. November 1884, British Library
Tafel 11 National Portrait Gallery, London
Tafel 12 *Illustrated Police News*, 15. November 1884, British Library

Tafel 13 Lord Chief Justice Coleridge und Sir William Harcourt, National Portrait Gallery, London
Tafel 14 Zelle und Häftlinge bei der Arbeit im Gefängnis Holloway, Hulton Getty
Tafel 15 Gefängnishof von Holloway und Empfang entlassener Strafgefangener, Hulton Getty
Tafel 16 *Southern Daily Echo*

Glossar

Ausösen
In ein Boot eingedrungenes Wasser mit einem Gefäß (Ösfaß) ausschöpfen

Außenklüver
Vorderstes der drei Vorsegel

Bändsel
Kurze Strippe

Baum
An einem Ende schwenkbar befestigtes Rundholz im Gegensatz zu mittig befestigten Rahen

Besanmast
Hinterster Mast eines Segelschiffes

Brasse
Tau zum Stellen der Segel

Bugspriet
Über den Bug hinausragende Segelstange

Dingi
Kleines Beiboot, Ruderboot

Dolle
Drehbare Metallgabel oder zwei Holzpflöcke am oberen Rand der Bordwand von Ruderbooten als Lager für die Riemen

Dollbord
Obere Planke auf dem Bootsbord, in der die Dolle angebracht ist

Ducht
Sitz- oder Ruderbank in einem offenen Ruder- oder Segelboot

Fieren
a) eine Last durch Lösen des Taus herunterlassen
b) ein belastetes Tau ablaufen lassen

Fußpferde
Drähte unter den Rahen, auf denen man stehen und laufen kann

Gieren
Außer-Kurs-Laufen eines Schiffes bei nicht ausgelegtem Ruder als Folge einer Drehschwingung um die senkrechte Achse; entsteht durch schräg von vorn oder achtern kommende See (oder Wind), vor allem bei Schiffen in Leer- bzw. Ballastfahrt oder mit hohen Aufbauten auf dem Vor- oder Hinterschiff, also bei solchen, die eine große Angriffsfläche bieten

Glas
Halbe Stunde

Gräting
Gitterwerk, Rost

Gut, laufendes
Alle Fallen (bewegliche Teile)

Gut, stehendes
Wanten, Stage (feste Teile)

Helling
Bauplatz für den Bau von Schiffen mit einer oder mehreren zum Wasser geneigten Ebenen für den Stapellauf

Kausche(e)
Ring mit rinnenförmigem Rand zur Verstärkung von Tau- und Seilschlingen

Klüver
Dreieckiges Vorsegel

Klüverbaum
Rundholz, das über den Bug hinausragt

Krängen
Neigen eines Schiffes zur Seite durch Winddruck, seitliches Stauen von Ladung, Übergehen (Verrutschen) von Ladung, Seegang o.a.

Lasching
Bändsel

Lee(seite)
Die dem Wind abgekehrte Seite

Lose
Schlaffes Taustück

Luk
Viereckige, wasserdichte Luke im Deck eines Schiffes

Luv(seite)
Die dem Wind zugekehrte Seite

Masttopp
Spitze des Mastes

Niedergang
Schmale, steile Treppe auf einem Schiff

Nock
Ende einer Spiere

Ösfaß
Gefäß zum Ausschöpfen bzw. Ausösen des Wassers aus einem Schiff

Poop
Aufbau auf dem Heck, der oben durch das Poopdeck abgeschlossen ist

Rah(e)
Waagerechte Stange am Mast, an der ein rechteckiges Segel befestigt ist

Rigg
Takelung, Segel(werk)

Schandeckel
Bei Holzdecks die äußerste, die Enden der Spanten abdeckende Planke

Schanzkleid
Rings um das Oberdeck von Schiffen in Verlängerung der Bordwände laufende, im Unterschied zur Reling geschlossene Schutzwand mit Abflußöffnungen

Schot
Segelleine

Schmack
Kleines, vorn und hinten abgerundetes anderthalbmastiges Seeschiff

Schott
Querwand im Schiff zur wasserdichten Abtrennung

Speigat(t)
Rundes Loch in der Schiffswand zum Wasserablauf

Spiere
Rundholz, Segelstange

Stag
Drahtseil zum Verspannen und Abstützen von Masten (in Längsrichtung des Schiffes)

Stagfock
Vorsegel, das dem Mast am nächsten ist

Steven
Der vordere und hintere Abschluß des Schiffskörpers

Talje
Flaschenzug

Taljereeps
Über die Talje laufendes starkes Tau

Topp
Oberstes Ende eines Mastes

Toppnant
Von der Nock einer fierbaren Rah zum Topp des zugehörigen Mastes führendes Tau.
Die Toppnanten tragen die Rah im gefierten Zustand und halten sie in der Waagerechten.

Wanten
Zum stehenden Gut gehörende Taue, mit denen Schiffsmasten seitlich (querschiffs) abgespannt sind